LUCY DILLON

Im Herzen das Glück

Lesen erleben

Buch

Willkommen im Swan Hotel – willkommen im Glück!

Nicht in ihren kühnsten Träumen hätte Libby Corcoran sich vorstellen können, dass es sie einmal von der pulsierenden Metropole London aufs Land verschlagen könnte. Doch als ihr Schwiegervater an der Rezeption des kleinen Familienhotels in Longhamton mit einem Infarkt zusammenbricht und ihre Schwiegermutter Margaret – mit ihrem Hund Lord Bob – alleine zurückbleibt, packen Libby und ihr Mann Jason die Koffer und kehren der Stadt den Rücken. Ihr Plan: Sie wollen aus der abgelebten Herberge ein exklusives Landhotel machen. Die Renovierung kostet Zeit, Geld und Nerven. Doch das wird nebensächlich, als es zu einem Unfall kommt: Vor dem Swan Hotel wird eine junge Frau angefahren. Rührend kümmert sich Libby um die Fremde. Als klar wird, dass sie ihr Gedächtnis verloren hat und niemand sie zu vermissen scheint, bietet Libby ihr an, im Hotel zu bleiben – nicht ahnend, dass diese eine gute Tat ihr ganzes Leben verändern wird …

Weitere Informationen zur Autorin
sowie zu lieferbaren Titeln
finden Sie am Ende des Buches.

Für Jan und James Wood,
die nettesten und besten Nachbarn,
die man sich nur vorstellen kann.
Vor allem, wenn man eine schusselige Schriftstellerin ist,
die ständig ihre Schlüssel verliert.

Kapitel eins

Arthur schaute zu Libby hoch. In seinen Knopfaugen spiegelte sich die Frage, die sich seine älteren Besitzer aus Höflichkeit verkniffen: »Sie haben unsere Reservierung nicht im System, nicht wahr?«

Libby, die auf der anderen Seite des polierten Eichentresens stand und sich durch das Check-in-Programm des Swan Hotel klickte, erstarrte. Er *weiß* es, dachte sie, als sie Arthurs Blick erwiderte. Er *weiß*, dass wir keine Reservierung haben, dass wir im Moment auch nicht über ein präsentables Zimmer verfügen und dass ich insgeheim sowieso der Meinung bin, Hunde hätten in Hotels nichts zu suchen, geschweige denn in Betten.

Der Dackel ließ seinen elastischen Schwanz langsam hin und her wippen und neigte den Kopf, als könne er ihr da nur recht geben. Vor allem, was Hunde in Betten anging.

Libby zwinkerte energisch. Diese Wurst auf Beinen ist doch kein Hotelinspektor, mahnte sie sich.

Obwohl, wenn man die Drohungen der Hotelbewertungsforen ernst nahm, konnte man nie wissen.

»Zwei Nächte, auf den Namen Harold«, wiederholte Mrs Harold und schob ihre Handtasche auf den anderen Unterarm. »Gibt es ein Problem? Wir sind schon seit acht Uhr unterwegs.«

»Aus Carlisle«, erklärte Mr Harold. »Dreimal umsteigen und einmal Schienenersatzverkehr. Eigentlich bräuchte ich jetzt dringend eine Tasse Tee, meine Liebe.«

»Es tut mir furchtbar leid.« Libby riss den Blick von Arthur los und lächelte noch herzlicher, damit man ihr die Panik nicht ansah, als sie die Zimmer im Obergeschoss vor ihrem inneren Auge vorbeilaufen ließ. Der Grund dafür, dass sie vor zwei Stunden die »Operation porentief rein« gestartet hatte, war ja gerade, dass das Hotel vollkommen leer war. In keinem Zimmer stand das Bett am angestammten Platz, und ein Set ordentlich aufgeklopfter Kissen konnte man sowieso vergessen. Dawn, die Putzfrau, und sie selbst hatten alles umgeräumt, um die Teppiche in Angriff nehmen zu können. Unter den Betten hatten sich nämlich derart viele Hundehaare angesammelt, dass man – in Dawns Worten – eine internationale Hundeausstellung daraus stricken könnte. Libby verdrängte den Gedanken. »Mein Ehemann und ich haben das Hotel erst letzten Monat übernommen«, erläuterte sie. »Wir müssen uns mit dem Buchungssystem noch anfreunden.«

Als Mr Harold hüstelte und sich verlegen ins grau melierte Haar fasste, bestätigte das den Verdacht, den Libby hegte, seit sie an der Rezeption die Messingglocke gehört und sich im Eiltempo hinunterbegeben hatte. »Ich möchte Ihnen ja nicht … Aber haben Sie da vielleicht etwas in den Haaren?«

Libby fuhr sich betont beiläufig durch den blonden Bob. Richtig. Es war tatsächlich eine Spinnwebe. Keine kleine zudem.

»Wir stecken mitten in der Renovierung«, erklärte sie, während sie versuchte, die Spinnwebe unauffällig von ihren Fingern zu schnipsen. Wenn Dawn vielleicht ein Bett zurückschieben und sämtliche anderen Türen schließen würde, dann könnte man vielleicht einen Raum bereitstellen …

»Okay, wo waren wir?« Sie beschwor den Bildschirm, keine Späße mit ihr zu treiben. »Und Sie sind sich ganz sicher, dass Sie für den *vierundzwanzigsten April* gebucht haben?«

»Natürlich! Ich hatte sogar länger mit Ihrer Rezeptionistin telefoniert. Einer älteren Dame.«

Einer älteren Dame? Plötzlich ging ihr ein Licht auf. »Oh. In dem Fall ...« Libby angelte unter dem Tresen nach dem zerfledderten Reservierungsbuch und hielt es so, dass die Harolds nicht erkennen konnten, dass die Spalten für Freitag und Samstag von keinerlei Reservierung verunstaltet waren – sei es nun in Form eines Bleistifteintrags, eines Klebezettels oder sonst eines Merkzettels, der ihrer Schwiegermutter Margaret, die Reservierungen überhaupt erst seit Neuestem schriftlich vermerkte, zufällig in die Finger gefallen war.

»Donald und ich haben nie etwas aufgeschrieben«, hatte sie beharrlich erklärt. »Wenn du ein Hotel führst, *weißt* du einfach, wer kommt.«

Die Sache war nur, dachte Libby, als sie vergeblich in dem Buch herumblätterte, dass nicht mehr Margaret das Hotel leitete. Sie führten es jetzt zu dritt: Libby, Jason und Margaret. Und im Moment kamen so gut wie überhaupt keine Gäste.

Das Buchungssystem war nur eine der Neuerungen, die Jason eingeführt hatte, als er und Libby in das Hotel gezogen waren, um Margaret nach dem plötzlichen Tod ihres Mannes Donald zur Hand zu gehen. Wie alle Versuche, ihr das Leben zu erleichtern, hatte sie aber auch diesen als persönliche Kritik aufgefasst. Jasons Vorschlag, eine Website einzurichten, war ebenfalls nicht gut angekommen (»Dein Vater stand dem Internet äußerst skeptisch gegenüber, Jason«), und auch nicht ihre Überlegungen, wenigstens ein paar Räume zur hundefreien Zone zu erklären oder Croissants zum Frühstück zu servieren.

Libby brach es regelmäßig das Herz, wenn sie die arme Margaret sah. Ohne den fröhlichen, einfühlsamen Donald, den sie fünfunddreißig Jahre lang gepiesackt und vergöttert hatte, wirkte sie plötzlich farblos und verloren. Trotzdem musste im Swan dringend etwas geschehen, finanziell und in Sachen Hygiene. Um die »Operation porentief rein« starten zu können, ohne Margaret zu beleidigen, die der Ansicht war, diese »Paranoia wegen ein, zwei Hundehaaren« würde von den meisten Gästen sowieso nicht geteilt, hatte Jason seine Mutter zu einem gemütlichen Einkaufsbummel in den großen Waitrose entführt. Libby war also alleine mit dem Hotel und ihrem verdeckten Einsatz gegen den Schmutz. Und mit Margarets hochnäsigem Basset Bob, der allerdings im Büro eingeschlossen war. Libby mochte gar nicht darüber nachdenken, was er dort alles anstellte.

»Ist das denn nicht egal? Sie sind doch sicher nicht ausgebucht, oder?«, fragte Mr Harold und schaute sich in der ausgestorbenen Rezeption um. Als sein Blick von den Glotzaugen des mottenzerfressenen Hirschs über der Salontür erwidert wurde, fuhr er entsetzt zurück.

Libby seufzte. Legte sich Margaret schon beim Reservierungsbuch quer, so war das noch nichts gegen ihre Weigerung, die Modernisierung der Einrichtung in Angriff zu nehmen. Jason war im Swan aufgewachsen und hatte keine Probleme mit dem allgegenwärtigen Disteldekor in den öffentlichen Räumen. Auch Libby hatte der altmodische Charme, wenn sie ein paarmal im Jahr aus London angereist waren, immer gefallen. Jetzt aber, da ihre gesamten Ersparnisse in dieser schäbigen, hirschverseuchten Umgebung steckten, konnte sie das nicht mehr so entspannt sehen. Sie wünschte, Margaret würde sie einfach machen lassen, wie sie es eigentlich längst beschlossen hatten, als sie in London alles verkauft hatten und für einen Neuanfang in den Norden gezogen waren.

Margarets Verweigerungshaltung und ihr eigenes schmales Budget nötigten sie dazu, bei der Renovierung selbst Hand anzulegen, Raum für Raum, immer nach Feierabend. Die Zimmer waren mehr Laura Ashley als schottischer Freiheitskampf, und so hatten sie den letzten Monat damit verbracht, die überladene rosafarbene Tapete in Zimmer vier abzureißen und die Wände in einem beruhigenden Taubengrau zu streichen. Weiches Leinen hielt Einzug. Mithilfe von Moodboards hatte Libby ihre Vorstellung von dem kleinen, romantischen Luxushotel entwickelt, das man aus diesem Haus machen musste, um eine zahlungskräftige Klientel anzulocken. Oder überhaupt Klientel, wenn man es recht besah. Jasons und ihre Ersparnisse hatten gerade einmal gereicht, um Margaret aus den Klauen der Bank zu befreien, aber es war nicht viel geblieben, um das Hotel selbst vor den Verheerungen der Zeit zu retten.

Weder Libby noch Jason waren gewiefte Heimwerker – Jason war Börsenmakler, und Libby hatte in der Rechercheredaktion eines Fernsehsenders gearbeitet –, aber Zimmer vier sah gar nicht mal schlecht aus. Außerdem hatte es Libby gefallen, Jason dabei zu beobachten, wie er mit hochgekrempelten Ärmeln die Schleifmaschine schwang, das helle Haar dunkel vor Schweiß. Das war mal etwas anderes als der ewige Anzug oder die Freizeitkluft am Wochenende. Und es war auch schön, sich bei diesen Verrichtungen zu unterhalten. Oder sich einfach mal nicht zu unterhalten und nur Seite an Seite zu schuften, wohl wissend, dass jede abgezogene Diele und jedes abgeschmirgelte Fensterbrett ein Schritt in die richtige Richtung war. Zimmer vier war der Beginn von etwas Neuem, musste Libby wieder einmal denken. Es war etwas Reales und der beste Beweis dafür, dass ein Neuanfang oft als Ende mit Schrecken daherkam.

Als könne sie Gedanken lesen, verkündete Mrs Harold nun: »Die Dame, mit der wir telefoniert haben, sprach davon, dass wir ein komplett renoviertes Zimmer bekommen würden. Zimmer vier? Arthur mag harte Matratzen, wegen seines Rückens, und wenn ich es recht verstanden habe, hat das Bett in Zimmer vier eine nagelneue Komfortschaummatratze mit Memoryeffekt.«

»O ja, das stimmt! Zimmer vier ist …«, begann Libby, um dann gerade noch rechtzeitig daran zu denken, dass Arthur ja der Gast war, der soeben am Wäschesack schnüffelte und … na prima … sein krummes Bein daran hob. »Zimmer vier, äh, müsste aber noch ein, zwei Tage lüften. Frisch gestrichen«, schloss sie mit so viel Überzeugungskraft wie nur möglich.

Arthur schaute sie an und wedelte mit dem Schwanz, aber das machte ihn Libby auch nicht sympathischer. Hundehaare waren in ihren Plänen nicht vorgesehen, obwohl Margaret beharrlich darauf hinwies, dass hundefreundliche Zimmer über viele Jahre hinweg ihr Markenzeichen gewesen seien.

»Zimmer vier liegt im Obergeschoss, was Arthurs Rücken sicher nicht zuträglich wäre«, improvisierte sie. »Ich könnte Ihnen ein zauberhaftes Zimmer im Erdgeschoss geben, mit Blick auf den Garten …«

»Was war das denn?« Mr Harold hielt einen Finger hoch und neigte den Kopf.

»Das könnte unsere Putzfrau im Obergeschoss gewesen sein.« Dawn holte alles aus dem geliehenen Teppichshampoonierer heraus; die pechschwarze Brühe, die in den Auffangbehälter sprudelte, hatten sie bereits fasziniert bestaunt. »Bis Mittag werden wir damit fertig sein, dann werden Sie nicht mehr damit belästigt.«

»Nein, es war eher draußen«, sagte er. »Es sei denn, ich werde allmählich schwerhörig …«

»Gelegentlich frage ich mich schon, ob du überhaupt

noch mitbekommst, was ich dir so alles erzähle«, murmelte Mrs Harold vor sich hin.

Libby hielt inne und lauschte. Da war nichts als das Geräusch, mit dem Dawn die Teppiche shampoonierte. Und ein ominöses Schmatzen im Büro. Libby fiel ein, dass sie die leckeren Kekse dort vergessen hatte, die eigentlich für potenzielle Gäste im Salon bereitstehen sollten. Zu spät.

»Es klang wie ein bremsendes Auto«, sagte Mr Harold.

Das nächste Geräusch hörten sie dann alle: Es war der Schrei einer Frau, unverkennbar. Ein dünner, abfallender Klang, der die Luft zerriss.

Libby zuckte zusammen. Das Hotel lag an einer Kurve, und die Einfahrt zum Parkplatz war schwer zu erkennen. Autos, die das Tempo drosselten, um sie zu suchen, liefen Gefahr, dass ihnen jemand hineinfuhr. Margaret hatte allerdings versichert, dass die Leute aus der Gegend die Straße kannten und den Spiegel, den Libby so schnell wie möglich hatte aufstellen wollen, nicht bräuchten.

»Ich geh besser mal nachschauen, ob alles in Ordnung ist. Möchten Sie vielleicht so lange im Salon Platz nehmen?« Sie trat hinter dem Tresen hervor, nahm ihr Handy und durchquerte die Rezeption, um die Tür zum Salon zu öffnen. Mehr Schottenkaros und mehr Plüschsofas, aber immerhin hatte Dawn hier am Morgen noch geputzt, während Libby einen Stapel vorsintflutlicher *Country-Life*-Ausgaben durch aktuellere Zeitschriften ersetzt hatte. »Wenn Sie und, äh, Arthur es sich hier bequem machen und sich einen Tee oder einen Kaffee nehmen würden? Ich bin gleich zurück.«

Die Harolds beäugten den Hirschkopf, um dann unter seinem gläsernen Blick in die plüschige Gemütlichkeit des Salons zu treten.

Libby blinzelte in das grelle Sonnenlicht, das durch die Bäume fiel, aber es konnte kein Zweifel daran bestehen, was auf der Hauptstraße geschehen war.

Der monströse Geländewagen eines Bauern und ein roter Mini hatten in einem merkwürdigen Winkel geparkt, wie zwei Spielzeugautos, die ein gelangweiltes Kind einfach liegen gelassen hatte. Der Mini zeigte mit der Schnauze in die Hecke auf der Straßenböschung, der Land Rover stand mitten auf der Straße. Von seinem Fahrer war nichts zu sehen, während aus dem Mini jetzt ein Mann stieg, der vollkommen erschüttert wirkte.

Es war seine schuldbewusste Miene, die Libby einen Schauer über den Rücken jagte. Was auch immer hier passiert sein mochte, das Entsetzen spiegelte sich in seinem Gesicht wider.

»Geht es Ihnen gut?«, rief sie ihm zu. »Soll ich einen Krankenwagen rufen?«

Der Mann schüttelte den Kopf. Er war um die dreißig und hatte dunkle Haare und einen Dreitagebart. Libby nahm sich vor, sich die Details gut einzuprägen, falls sie später eine Zeugenaussage machen müsste – bis ihr irgendwann klar wurde, wohin der Mann starrte.

Auf dem Boden sah man zwei nackte Füße, die von den Rädern des Land Rover halb verdeckt wurden. Dann entdeckte Libby auf der anderen Straßenseite einen vereinzelten Flip-Flop, schlicht und schwarz.

Ihre Brust schnürte sich zusammen. Die Füße waren schmal und blass, Frauenfüße, und die Waden waren mit winzigen Tropfen frischen Bluts gesprenkelt.

»Ich habe sie nicht gesehen«, sagte der Fahrer des Mini und rieb sich ungläubig das Gesicht. »Die Sonne hat mich geblendet. Die Frau lief mitten auf der Straße …«

Libby eilte um den Land Rover herum, wo sich der Fahrer über den Körper einer jungen Frau beugte. Ein älterer Mann, registrierte sie, und verzichtete darauf, weiter hinabzuschauen. Graue Haare, irgendetwas in den Fünfzigern, kariertes Hemd, Cordhose. Vermutlich ein Bauer. Gut. Der würde wissen, was zu tun wäre, und hätte sicherlich auch keine Angst vor Blut. Libby hingegen war eher zart besaitet. Aufs Land zu ziehen hatte nicht geholfen, da bei Unfällen in der Gegend von Longhampton reihenweise Menschen umzukommen schienen.

Stell dich nicht so an, mahnte sie sich. Wer soll denn sonst helfen?

»Atmet sie?« Libby trat ein winziges Stück näher. »Geht es ihr ... gut?«

Der Fahrer verzog das Gesicht. »Sie ist in den Mini hineingelaufen. Ich konnte ihr gerade noch ausweichen. Nachdem sie von seiner Motorhaube aufgegabelt wurde, ist sie auf die Straße geknallt. Ihr Kopf hat einen ziemlichen Schlag abbekommen. Ob etwas gebrochen ist, weiß ich nicht, aber sie ist nicht bei Bewusstsein, das arme Ding.«

Die Frau hatte sich zusammengerollt, als würde sie ein Nickerchen machen. Das dunkelbraune Haar wallte um ihren Kopf, und der Jeansrock war ihr bis über die Knie hochgerutscht. Die Fingernägel waren leuchtend pink lackiert, aber das war auch schon der einzige Farbklecks an ihr. Alles andere war düster: dunkler Rock, dunkles Haar, langärmeliges schwarzes T-Shirt, und das, obwohl die Sonne schien.

Unvermittelt schoss Libby ein Gedanke durch den Kopf: Sie sieht aus wie Sarah. Dann bekam sie es mit der Angst zu tun. Ihr war schon klar, dass dies nicht ihre kleine Schwester war – Sarah war in Hongkong –, aber dieses Gesicht hatte etwas so Verletzliches: die sanfte Haut mit den eichenbraunen Sommersprossen, die langen Puppenwimpern. Für einen Moment vergaß Libby ihre Empfindlichkeiten, beugte sich vor und legte die Finger an die blasse Kehle der Frau.

Die Haut war kühl, aber man konnte den Puls spüren. Libby atmete auf und merkte erst jetzt, wie heftig ihr eigenes Herz pochte.

»Alles gut, ich spüre den Puls.« Sie schaute auf. »Haben Sie die Polizei gerufen? Und einen Krankenwagen?«

»Das werde ich sofort tun.« Er trat beiseite und ging zu seinem Wagen zurück.

Libby konnte den Blick nicht von der Frau wenden. Gleichzeitig schaltete sich ihr Gehirn ein und versorgte sie mit praktischen Informationen, um die Panik abzuwehren. Für die Arbeit im Hotel hatte sie einen eintägigen Erste-Hilfe-Kurs absolviert (der Gott sei Dank vor allem in theoretischen Unterweisungen und nicht in makabren praktischen Übungen bestanden hatte) und ein paar grundlegende Kenntnisse erworben. Den Körper nicht bewegen, für den Fall, dass die Wirbelsäule verletzt sein sollte. Atemwege – frei. Gut. Blut – nein, obwohl der vollkommen verschrammte Arm in einem komischen Winkel abstand. Auf dem groben grauen Asphalt, wo er quer auf der weißen Linie lag, wirkte er noch blasser.

Die weiße Linie. Libby sprang auf und gestikulierte zu dem Fahrer des Mini hinüber.

»Wir müssen den Verkehr stoppen, der um die Ecke kommt. Sie haben doch ein Warndreieck dabei, oder?«

Er rührte sich nicht, sondern starrte immer noch auf den reglosen Körper, wie gelähmt von dem, was ihm da mitten an einem normalen Tag auf dem Lande widerfahren war. Libby hätte ebenfalls weiter hingestarrt, aber ihr war deutlich bewusst, dass für die Frau am Boden jede Sekunde zählte. An der blassen Schläfe hatte sich eine enteneigroße Beule gebildet, und die Augenpartie war blutunterlaufen. Libby mochte gar nicht darüber nachdenken, was für innere Verletzungen die Frau haben mochte.

»Warndreieck – Sie müssen es aus dem Wagen holen, schnell! Möchten Sie, dass noch jemand verletzt wird, weil er in Ihren Wagen kracht?« Sie warf ihm einen energischen Blick zu. Er wollte etwas sagen, besann sich dann aber anders und lief los.

Libby beugte sich hinab, um ihren eigenen Schock zu verbergen. »Alles ist gut«, murmelte sie und legte der Frau die Hand auf die Schulter. Das hatte der Erste-Hilfe-Lehrer ihnen nahegelegt: einfach weiterreden, Kontakt herstellen, selbst wenn man denkt, der Verletzte hört einen nicht. »Keine Angst, der Krankenwagen ist unterwegs. Sie werden das schon schaffen. Es wird alles gut …«

Dann war es wieder still. Man hörte nur das gedämpfte Murmeln des Bauern, der mit der Polizei telefonierte, und das Zwitschern der Vögel in den Bäumen. Solche Dramen sollten sich nicht in einer derart friedlichen Gegend abspielen, dachte Libby. In London würde man längst die Sirenen hören, und es hätten sich bereits die ersten Schaulustigen versammelt. Leute würden Kommentare abgeben, ihre Hilfe anbieten oder einfach weitergehen. In Longhampton gab es nur Scharen von Vögeln. Und in der Ferne vielleicht ein Schaf.

Das verlieh ihr das Gefühl, persönlich für die Sache verantwortlich zu sein.

»Halten Sie durch«, flüsterte sie wieder und gab sich alle Mühe, nicht ihre kleine Schwester in der Frau zu sehen. »Atmen Sie weiter. Es wird alles gut. Ich bleibe bei Ihnen, bis Sie im Krankenwagen liegen, das verspreche ich Ihnen. Ich bin hier.«

Was konnte sie sonst noch tun? Libby sah die nackten Füße der Frau und zog ihre blaue Kaschmirjacke aus, um sie zuzudecken. Komisch, dass sie überhaupt hier herumgelaufen war, und das auch noch in Flip-Flops. Die Straße hatte keinen Bürgersteig, und zu Fuß war es ziemlich weit von der Stadt bis zum Hotel. Manchmal sah Libby Leute mit Hunden hier vorbeikommen. Durch die Gegend führte ein Reitweg, der zum Apfelpfad von Longhampton gehörte, aber den konnte sie auch nicht genommen haben – von ihren Spaziergängen mit Margarets Hund wusste Libby, dass man besser Gummistiefel anzog, weil er noch ziemlich matschig war.

War sie auf dem Weg zum Hotel gewesen? Libby hielt nach einer Tasche Ausschau, konnte aber keine entdecken. Und eine einzelne Frau hatte definitiv nicht reserviert. Obwohl, wenn Margaret die Reservierung entgegengenommen hatte …

Sie schaute auf ihre Uhr. Fast zehn vor eins. Jason hatte nicht gesagt, wann er und Margaret zurückkehren würden. Margaret zog ihre Ausflüge zum großen Waitrose gerne in die Länge, nicht nur, weil sie die herausragende Qualität der Produkte schätzte. Für sie war es auch eine willkommene Gelegenheit, um vor ihren ebenso shoppingbegeisterten Komiteebekanntschaften mit ihrem brillanten Sohn, dem Finanzgenie, anzugeben. Libby wollte nicht, dass sich Margaret wegen des Unfalls aufregte, aber sie war auch nicht darauf erpicht, dass die Harolds vor Langeweile das Hotel erkundeten und das Chaos im Obergeschoss entdeckten. Es war eine dumme Idee, alle Zimmer gleichzeitig reinigen zu wollen, dachte Libby und trat sich innerlich in den Hintern. Ein Anfängerfehler – aus der Perspektive von Haus- und nicht von Hotelbesitzern gedacht.

Libby ließ sich auf die Fersen sinken, beschämt, weil sie über die Putzlogistik nachdachte, während die bewusstlose Fremde ernsthafte Verletzungen davongetragen haben konnte.

»Es ist alles gut«, flüsterte sie in der Hoffnung, die Frau bekomme mit, dass sich jemand um sie kümmerte. »Alles gut. Ich werde Sie nicht allein lassen.«

Sie summte tonlos, auch um ihre wachsende Panik unter Kontrolle zu halten, bis sie irgendwann Schritte hörte. Libbys Kopf fuhr herum, weil sie auf die beruhigende Gegenwart einer Person in Uniform hoffte oder wenigstens auf den Bauern, der mit neuen Nachrichten kam. Stattdessen erblickte sie Jasons kräftige Gestalt. Erleichterung durchströmte sie wie die plötzliche Wärme, wenn die Sonne hinter den Wolken hervortrat.

Jason wirkte besorgt, aber nicht ängstlich – Angst war nicht seine Sache. Als er näher kam, runzelte er allerdings die Stirn und fuhr sich mit der Hand durchs blonde Haar – durch seinen Bauernschopf, wie Libby zu Beginn ihrer Beziehung immer gespottet hatte. Zu seinen Nadelstreifenanzügen hatte er nie so recht passen wollen, dazu war er zu widerspenstig und zu dick. Zu dem karierten Hemd und der Jeans sah er aber gut aus. Überhaupt hatte sich Jason in die Welt hier eingefunden, als sei er nie woanders gewesen.

»Hat es einen Unfall gegeben? Ich habe kurz vor der Parkplatzeinfahrt das Warndreieck gesehen, daher sind wir ausgestiegen und ...« Er riss die Augen auf, als er die Frau auf dem Boden liegen sah. »Um Himmels willen! Was ist denn passiert? Ist alles in Ordnung, Schatz?«

»Nein.« Libby stand mit wackeligen Knien auf. Ihr war schwindelig. »Ich meine, mir geht es gut, aber für die Frau gilt das wohl eher nicht.«

»Hey, komm her, du bist ja kreidebleich.« Jason zog sie an die Brust, drückte ihr sanfte Küsse auf die Stirn und massierte ihr den Rücken. Libby spürte, wie sich ihre Schultern entspannten. Seine Berührung hatte etwas Beruhigendes. Ihr Körper fügte sich perfekt an seinen, und ihr Kopf ruhte genau unterhalb seines Kinns. Gott sei Dank, dass Jason da ist, dachte sie und war sich bewusst, in wievielerlei Hinsicht sie das meinte.

Als sie sich gerade erkundigen wollte, ob Margaret direkt zum Hotel gegangen sei, sah sie ihre Schwiegermutter mit zwei Einkaufstüten um die Ecke biegen. Im ersten Moment wirkte sie wie die alte Margaret – immer in Eile, immer mit irgendetwas beschäftigt, immer perfekt gekleidet –, aber ihr Lächeln erlosch, als sie die Szene vor ihren Augen erfasste. Plötzlich schien sie um Jahre gealtert, eher siebzig als sechzig. Sie stellte die Tüten ab und schlug die Hand vor den Mund; in ihren Augen, die von demselben ungewöhnlichen Blassblau waren wie Jasons, spiegelte sich Entsetzen.

»Ach du meine Güte.« Es klang wie ein Klageruf. »Was ist denn hier passiert?«

Libby wünschte, Margaret wäre das erspart geblieben. Es war erst sechs Monate her, dass Donald in der Rezeption zusammengebrochen und noch vor dem Eintreffen des Krankenwagens an einem schweren Herzanfall gestorben war. Margaret war ganz allein gewesen. Praktisch über Nacht hatte sie jeden Lebensmut verloren und legte seither eine Nervosität an den Tag, die jeden Moment in einem Tränenausbruch enden konnte. Libby riss sich aus Jasons Armen los, ging ihr entgegen und verstellte ihr die Sicht.

»Keine Ahnung. Ich habe nichts gesehen. Ich bin gerade erst herausgekommen und sah die beiden Wagen hier stehen. Die Frau lag schon auf dem Boden. Mach dir keine Sorgen. Wir haben einen Krankenwagen gerufen, und die Polizei wird auch gleich da sein.« Libby äugte zu der Frau hinab; es fühlte sich komisch an, über sie zu reden, als sei sie gar nicht anwesend. »Sie wird die Sache bestens überstehen«, fügte sie hinzu, für den Fall, dass die Frau sie hören konnte.

»Offenbar hast du alles getan, was in deiner Macht stand.«

Jason schaute zwischen seiner Frau und seiner Mutter hin und her und wusste nicht, wen er zuerst trösten sollte.

Libby schob ihn in Margarets Richtung und flüsterte: »Bring sie hinein. Im Salon wartet ein Paar – kannst du dich um sie kümmern? Sie heißen Harold und behaupten, sie hätten fürs Wochenende ein Zimmer gebucht. Im Computer ist allerdings nichts verzeichnet.«

Jason schaute sie gequält an, aber Libby schüttelte den Kopf. »Ist nicht so dramatisch. Mach keinen großen Aufstand deswegen. Wir müssen sie nur irgendwo unterbringen. Vielleicht kannst du nachschauen, ob Dawn eines der Zimmer fertig hat. Oder … Mit dem Teppich in Zimmer sieben hatten wir noch nicht angefangen, versuch es dort mal.«

»Können wir denn nicht irgendetwas tun?«, rief Margaret herüber. Ihre Stimme klang tapfer, aber weinerlich.

»Nein, es ist alles in die Wege geleitet, Margaret. Geh ruhig hinein.« Libby warf Jason einen Blick zu. »Beeil dich, bevor deine Mutter ihnen Zimmer vier gibt. Sie haben einen *Hund*.«

Er riss die Augen auf. »Kein Wort mehr.« Jason drückte ihre Schulter. »Bist du sicher, dass nicht *ich* auf die Polizei warten soll? Du hast schon so viel getan.«

Libby hätte fast eingewilligt, gleichzeitig sperrte sich irgendetwas in ihr, die Frau allein zu lassen. »Ist schon okay. Ich habe ihr versprochen, bei ihr zu bleiben, und das werde ich auch tun.«

»Wie heißt sie?«

»Keine Ahnung.«

»Wo ist ihre Handtasche?«

Sie blickten sich beide um; nichts zu sehen.

»Ich schau mal in der Hecke nach«, sagte Jason, aber Libby scheuchte ihn fort.

»Das mach ich schon, wenn die Polizei kommt. Du kümmerst dich erst einmal um unsere Gäste. Und stell bitte sicher, dass deine Mutter Bob nicht wieder in den Salon lässt. Ich habe den ganzen Morgen damit zugebracht, das Sofa abzusaugen. Er müsste längst kahl sein, so viele Haare wie er verliert.«

Jason machte den Mund auf, aber in diesem Moment zerrissen in der Ferne Sirenen die Luft. Der blanke Schmerz in Margarets Gesicht vertrieb jede Sorge um die Macken des Buchungssystems.

Die Sanitäter bemühten sich beflissen um die verletzte Frau, und als sie gerade die Trage vorbereiteten, traf ein Polizeiwagen ein. Die beiden Beamten befragten die Fahrer, sperrten den Unfallort ab und sprachen Anweisungen in ihr Funkgerät.

Nach der Stille hatte die kontrollierte Betriebsamkeit etwas Beruhigendes. Libby schritt die Straße ab und hielt nach der Handtasche der Frau Ausschau, fand aber nichts. Danach war sie unschlüssig, was sie noch unternehmen sollte. Eigentlich hatte sie nichts mit der Sache zu tun, aber sie wollte nicht gehen, bevor sie nicht wusste, was mit der Fremden geschehen würde. Die Sanitäter hatten sie in eine Decke gewickelt und ihr eine Sauerstoffmaske auf das blasse Gesicht gesetzt. Unter der Decke wirkte sie viel kleiner.

»Haben Sie den Unfall beobachtet, Ma'am?«

Libby zuckte zusammen. Direkt neben ihr stand ein junger Polizist. Er sprach mit dem lokalen Akzent mit den gedehnten Vokalen, die in Libby sofort den Gedanken an Traktoren, Äcker und Apfelhaine heraufbeschworen. Jasons Akzent, der in den Londoner Jahren härter geworden war, hatte sich nach den Begegnungen mit seinen alten Kumpels schon wieder ein wenig abgeschliffen. Keiner der Jungs, mit denen er im Bells herumhing, war nämlich länger als zwei Jahre aus Longhampton herausgekommen.

»Nein. Ich habe den Lärm vom Hotel aus gehört.« Sie zeigte in die Richtung. »Ich heiße Libby Corcoran. Uns gehört das Swan. Als ich hier eintraf, war alles schon so, wie Sie es jetzt sehen.«

»Und diese Frau kennen Sie nicht?«

»Nein. Ich habe sie noch nie gesehen.«

»Haben Sie ihre Handtasche an sich genommen?«

»Die habe ich gar nicht gesehen. Ich habe die Hecke abgesucht, aber da ist sie nicht. Vielleicht ist sie ja ins Feld geflogen.«

Der Polizist wirkte enttäuscht. »Ich hatte gehofft, dass Sie eine gefunden hätten. Das verkompliziert die Sache etwas, da wir keinerlei Hinweise auf ihre Identität haben.«

Libby war überrascht. »Überhaupt keine? Kein Handy? Haben Sie unter den Wagen nachgeschaut?«

»Wir haben den gesamten Unfallort abgesucht. Nichts. Und Sie sind sich absolut sicher, dass Sie die Frau noch nie zuvor gesehen haben?«

»Absolut«, sagte Libby. »Warum fragen Sie?«

Er runzelte die Stirn. »Weil das Einzige, das die Sanitäter bei ihr gefunden haben, Ihre Adresse war. Sie steckte in ihrer Tasche – handschriftlich notiert.«

»*Meine* Adresse?« Diese unerwartete Verbindung verblüffte sie. Warum sollte diese Fremde ihre Adresse haben? Sie waren meilenweit von Wandsworth entfernt.

»Ja.« Der Polizist schien sich über Libbys Reaktion zu wundern. »Sie sagten doch, Ihnen gehört das Hotel, oder?«

»Ach so, natürlich, das Hotel.« Was hatte sie denn gedacht? Das Haus in Wandsworth gehörte ihr sowieso nicht mehr. Andere Menschen wandelten jetzt durch ihre wunderbare Küche, dieselben, die auch in ihrer viktorianischen Emaille-Badewanne plantschten. Sie schüttelte den Kopf. »Entschuldigung, ich muss mich noch an meinen neuen Job gewöhnen. Wir sind erst ein paar Monate hier.«

Der Polizist lächelte freundlich. »War mir schon aufgefallen, dass Sie nicht wie eine Hiesige klingen, Ma'am.«

»Wenn ich von jedem, der das sagt, fünf Pfund bekommen würde ...«, begann sie, unterbrach sich dann aber schnell. »Dann könnte ich wenigstens ein paar unserer Rechnungen begleichen«, wäre ihr fast herausgerutscht.

Die unerwartete Verbindung beunruhigte sie trotzdem: Diese dunkelhaarige, barfüßige Fremde hatte sich den Namen ihres Hotels notiert, woher auch immer sie ihn hatte, und war auf dem Weg zu ihnen gewesen. Nur noch zwei Minuten, und sie wäre zur Tür hereinspaziert und hätte den Schleier des Geheimnisses gelüftet. Für Libby war sie eine Fremde, die ihrerseits den Namen ihres Hotels kannte. An Libbys Armen richteten sich die Härchen auf.

»Für heute Abend haben wir keine Reservierung«, sagte sie.

»Vielleicht wollte sie sich erkundigen, ob Sie eine Stelle zu vergeben haben. Haben Sie in letzter Zeit eine Anzeige geschaltet? Suchen Sie Putzfrauen? Köchinnen?«

»Nein. Wir stellen keine neuen Leute ein.«

Im Gegenteil. Nachdem Jason die Bücher durchgegangen war, hatte es lange so ausgesehen, als könnten sie nicht einmal beide Teilzeitreinigungskräfte behalten.

»Vielleicht wollte sie sich mit jemandem treffen?« Der Polizist zog die Augenbrauen zusammen. »Einem Freund? Einem Liebhaber?«

»Entschuldigen Sie bitte«, witzelte Libby. »*So* ein Hotel sind wir bestimmt nicht.« Die knallroten Ohren des Polizisten signalisierten ihr, dass sie mit ihrem großstädtischen Humor vorsichtig sein sollte.

»Wir haben selten spontane Gäste, und essen kann man bei uns auch nicht, daher kommen die Leute nicht einfach so vorbei«, ergänzte sie hastig. »Ich kann aber darauf achten, ob sich jemand nach ihr erkundigt.«

»Wenn Sie uns dann anrufen würden, wäre ich Ihnen sehr dankbar.« Er nahm ihre Kontaktdaten auf. Aus dem Augenwinkel sah Libby, dass die Trage in den Krankenwagen geschoben wurde. Die Frau war unter der Decke kaum zu sehen, aber das braune Haar, das oben herausschaute, erinnerte Libby an ihre Schwester, der immer der Pony in die Augen fiel. Sie wurde von einem schlechten Gewissen gepackt, weil sie der Frau versprochen hatte, bei ihr zu bleiben.

»Soll ich vielleicht mit ins Krankenhaus fahren?«, fragte sie. »Kann sie überhaupt allein bleiben?«

»Das ist sehr nett von Ihnen, aber in diesen Krankenwagen ist nicht viel Platz. Außerdem wollen sie sofort ein CT machen.« Das Funkgerät des Polizisten krächzte, und er griff danach. »Ich habe ja Ihre Daten. Und wenn Sie etwas in Erfahrung bringen, rufen Sie mich an.«

»In Ordnung.« Libby schaute zu, wie das Blaulicht wieder aufblinkte, und fühlte sich innerlich eiskalt. Sie musste an die verschrammten Beine und die pinkfarbenen Fingernägel denken. »Ich würde nur wünschen ... ich könnte noch irgendetwas tun.«

»Sie haben schon sehr viel getan, indem Sie bei ihr geblieben sind und uns so schnell gerufen haben ...« – er schaute in seine Notizen – »... Mrs Corcoran.«

»Libby«, sagte sie. »Aber das ist doch selbstverständlich. Was hätte ich denn sonst tun sollen?« Der andere Beamte schaute zu ihr herüber. Er stand neben dem Mini, dessen Fahrer missmutig in ein Röhrchen blies und mit den Tränen kämpfte.

»Viele Leute tun überhaupt nichts, das können Sie mir glauben. Sie wären wirklich überrascht. Aber jetzt lassen Sie sich schön eine Tasse Tee mit viel Zucker servieren, was?«, fügte er hinzu und tätschelte ihren Arm. »Der Schock kommt sicher, wenn Sie erst einmal sitzen. Im ersten Moment begreift man es meist gar nicht richtig, aber Sie haben heute viel geleistet.«

Libby zwang sich zu einem Lächeln. Seine Freundlichkeit, und nicht der Schock, ließ sie fast in Tränen ausbrechen.

Sie zuckte zusammen, weil der Krankenwagen die Sirene aufheulen ließ und losraste. Die Arme um den Leib geschlungen, sah sie ihm hinterher, bis er verschwunden war.

»Wir melden uns, wenn es ... Neuigkeiten gibt«, sagte der Polizist. Erst die Haltung seines Kopfs und das Wort »Neuigkeiten« machten Libby bewusst, was hier tatsächlich passiert war, und es durchlief sie eiskalt.

Kapitel zwei

Das Erste, was sie beim Aufwachen bemerkte, war der Geruch von Desinfektionsmitteln und Kaffee.

Irgendjemand war im Raum. Eine Frau. Eine Krankenschwester in einem blauen Kittel, die soeben die Patientendaten am Fußende ihres Bettes kontrollierte, die Stirn gerunzelt. Als sie sich rührte, hielt die Schwester nicht in ihrer Tätigkeit inne, sondern wandelte nur das Stirnrunzeln in ein Lächeln um und sagte: »Guten Morgen!«

»Wo bin ich?«, wollte sie fragen, aber ihre Kehle war wund und trocken. Außer einem Krächzen brachte sie nichts heraus.

»Bleiben Sie ruhig liegen«, sagte die Schwester. »Ich hole Ihnen ein Glas Wasser.«

In der Zeit, in der die Krankenschwester fort war, um schließlich mit einem Plastikbecher eiskalten Wassers wiederzukommen, konnte sie sich leidlich orientieren: Sie war in einem Krankenhauszimmer, ganz allein, mit Blick auf einen halb vollen Parkplatz, und wurde von schweren Decken aufs Bett gedrückt. Ihr Gehirn schien sich sehr langsam zu bewegen.

Wie bin ich nur hierhergekommen?, fragte sie sich. Statt einer Antwort hatte sie nur ein schweres, düsteres Gefühl im Kopf, eine Art gummiartiges Gewölk, das sich an der Stelle breitmachte, wo normalerweise die Antwort sein sollte. Das sollte mich eigentlich stärker beunruhigen, dachte sie.

»Hier, bitte sehr. Trinken Sie ganz langsam. Wahrscheinlich sind Sie noch ein wenig erschöpft. Sie waren ja ein Weile außer Gefecht gesetzt, nicht wahr?« Die Krankenschwester drückte ihr den Becher in die Hand.

Sie wollte reflexartig zurücklächeln, aber irgendetwas schien ihre Gesichtsmuskeln zu lähmen. Als sie sich ins Gesicht griff, spürten ihre Finger Bandagen. Grobe elastische Binden an der Wange.

Ihr Kopf war einbandagiert. Wie kam das denn? Was hatte sie nur getan? Sie hob die Hand höher, um zu ertasten, wo die Bandagen endeten, aber in ihrem Handrücken steckte die Kanüle vom Tropf, und der dünne Schlauch verfing sich in der Decke.

Die Krankenschwester hielt ihre Hand fest, freundlich, aber bestimmt.

»Fassen Sie die Bandagen bitte nicht an. Darunter juckt sicher alles, ich weiß.« Dann schob sie die Manschette eines Blutdruckmessgeräts über ihren Arm und setzte das Gerät in Gang. »Sie haben eine schwere Gehirnerschütterung. Das muss sich anfühlen, als hätten Sie den Kater Ihres Lebens.«

Einen üblen Kater, das konnte man wohl sagen. In ihrem Kopf pochte der grauenhafteste Kopfschmerz, den sie je gehabt hatte, als sei das Gehirn zu groß für ihren Schädel. Ihre Augen waren wund und verklebt, und ihre Mundhöhle war ... rau. Aber da war noch etwas anderes am Rande ihres Bewusstseins, etwas Schlimmeres, das sich ihrem hilflosen Zugriff immer wieder entzog.

Sie war im Krankenhaus, allerdings hatte sie nicht die leiseste Ahnung, wie sie dorthin gelangt war. Alles schien in Ordnung, wirkte aber irgendwie künstlich. Als sei es ein wenig langsam. Als habe es sich wie eine schlechte Erinnerung in einen fernen Winkel ihres Bewusstseins zurückgezogen.

Warum werde ich nicht von Panik gepackt, fragte sie sich. Bevor sie etwas sagen konnte, erklärte die Krankenschwester: »Vermutlich fühlen Sie sich auch ein wenig dumpf von den Schmerzmitteln.« Sie zog die Manschette wieder ab. »Der Blutdruck ist in Ordnung, das ist schon einmal gut. Dürfte ich dann Ihre Pupillen kontrollieren? Schauen Sie einmal hierher … und jetzt hierher …«

Sie blinzelte, als sie sich auf den Finger der Krankenschwester konzentrierte, der sich langsam vorwärts und rückwärts und seitwärts bewegte. Auf dem Namensschild der Schwester stand »Karen Holister«. Sie hatte kurze graue Haare und trug eine schwarze Hornbrille. Ihr Gesicht war fremd, aber ihre Stimme nicht. Als sie dem Finger der Schwester folgte, war ihr auch diese Bewegung vertraut. Warum, wusste sie nicht. In ihrem Hinterkopf regte sich eine zittrige Angst, als würde der Wind sanfte Wellen auf die Oberfläche eines tiefen Sees malen.

»Was ist passiert?« Das klang nicht wie ihre eigene Stimme. Es war kratzig und schwach. Das Sprechen tat weh, nicht nur im Hals, sondern auch in Kopf und Brust.

»Sie hatten einen Unfall. Als Sie in die Notaufnahme eingeliefert wurden, waren Sie bewusstlos. Sie standen zwei Tage unter Beobachtung. Es war die ganze Zeit jemand bei Ihnen, keine Sorge.«

Zwei Tage? Sie war schon *zwei* Tage hier?

Sie nippte an dem Becher, um sich abzulenken. Das eiskalte Wasser rann schmerzhaft ihre ausgetrocknete Kehle hinunter und verstärkte das Pochen an ihren Schläfen. Ein Kater. War das ein Kater? Hatte sie so viel getrunken, dass sie ohnmächtig geworden war? Hatte man sie irgendwo gefunden? Das ergab alles keinen Sinn.

»War das der Grund, warum ich einen Unfall hatte?« Das Reden bereitete ihr Schmerzen.

Die Krankenschwester nahm ihr den Plastikbecher ab. »Was meinen Sie?«

»War ich … betrunken?« Sie wühlte in ihrem Geist nach

Einzelheiten, aber da war nichts, nur Finsternis. Große Leere. Als würde man seine Hände ins Wasser stecken und nichts ertasten.

»Nein. Sie waren nicht betrunken. Sie wurden von einem Auto angefahren.«

Von einem Auto angefahren? Erneute Leere. Ihre Erinnerungen gaben nichts her. Keinen Krankenwagen, keinen Schmerz, keine Panik. »Wo bin ich?«

»Im Krankenhaus von Longhampton. Wir haben Sie in einen Nebenraum gelegt, weil es sonst etwas laut zugeht.« Die Krankenschwester blickte in ihre Notizen und schaute dann auf die Uhr, die falsch herum an ihrem blauen Kittel hing. »Der Neurologe kommt gleich, um Sie zu untersuchen.«

»Longhampton?«

Das konnte nicht sein. Oder?

Die Schwester nahm das Krankenblatt vom Plastikhalter am Fußende des Bettes, drückte auf ihren Kugelschreiber und lächelte sie an. »Da Sie nun wach sind, können Sie uns vielleicht helfen, ein paar Rätsel zu lösen. Zunächst einmal: Wie heißen Sie?«

Sie öffnete den Mund, aber im nächsten Moment hatte sie das Gefühl, als habe man ihr aus dem Nichts einen Kübel kaltes Wasser über den Leib gegossen.

Sie wusste es nicht.

Der Neurologe kam kurz nach elf, gefolgt von derselben Krankenschwester.

Die Schwester hieß Karen, sagte sie sich, Karen Holister. An gegenwärtige Dinge konnte sie sich erinnern. Die Gegenwart war kein Problem. Das Problem war alles, was dorthin geführt hatte.

»Guten Morgen, also.« Er lächelte und schob die Brille auf die Nase, um das Krankenblatt zu studieren. »Mein Name ist

Jonathan Reynolds, ich bin Experte für Schädel-Hirn-Traumata. Und Sie sind ...?«

»Wie ich Karen schon sagte ...«, sie versuchte, ruhiger zu klingen, als sie sich fühlte, »ich kann mich nicht erinnern.«

Die nebelhafte Schwärze in ihrem Kopf verstärkte sich, und jenseits der künstlichen Ruhe der Schmerzmittel spürte sie Panik anrollen. Es zu hören, ließ es real werden. Und es löste keinesfalls eine plötzliche Flut an Erinnerungen aus, wie sie insgeheim gehofft hatte.

Jonathan Reynolds murmelte der Krankenschwester etwas zu. Sie schloss die Tür, während er sich an ihr Bett setzte, die Beine übereinanderschlug und sanft lächelte.

»Das muss ein schreckliches Gefühl sein, aber machen Sie sich bitte keine Sorgen. Sie haben bei Ihrem Unfall eine Gehirnerschütterung erlitten, und es sieht so aus, als würden sie unter retrograder Amnesie leiden. Gedächtnisverlust, mit anderen Worten. Das ist keineswegs ungewöhnlich. Normalerweise renkt sich das innerhalb kürzester Zeit wieder ein. Gleich nach Ihrer Einlieferung wurde ein CT gemacht, und das hat keinerlei signifikante Schädigung des Gehirns ergeben. Das ist ein sehr gutes Zeichen.«

Er wirkte entspannt, aber sie merkte, dass er sie genau beobachtete. Seine scharfen braunen Augen huschten hinter der Brille hin und her. Zwei Tage war sie schon hier. Zwei Tage hatte sie unter Beobachtung gestanden. Und sie hatte keinerlei Erinnerung an all diese Dinge.

»Heißt das nun, dass ich einen Hirnschaden habe?«, fragte sie langsam. »Oder heißt es das nicht?«

»Ja und nein. Das Gehirn ist ein seltsames Organ. Ich weiß nicht, wie viel Sie über das Gedächtnis und seine Funktionen wissen«, fuhr er fort, als würden sie über das Wetter reden. »Wir speichern frische und ältere Erinnerungen in anderen Gehirnarealen. Wenn Sie einen Schlag auf den Kopf bekommen oder eine traumatische Erfahrung machen, werden die Verbindungen unterbrochen und Sie haben keinen Zugriff mehr auf Dinge, die in der jüngeren Vergangenheit geschehen sind. Dinge, die Sie als Kind erlebt haben, sind davon nicht betroffen. Oder Dinge, die Sie durch unzählige Wiederholungen gelernt haben, wie gehen oder Auto fahren. All diese Dinge scheinen bei Ihnen prima zu funktionieren. Sie können reden, Ihre Körperkoordination ist nicht beeinträchtigt. Jetzt müssen wir nur herausfinden, welcher Teil Ihres Gedächtnisses betroffen ist, um alle anderen Fähigkeiten auch wieder herauszukitzeln. Oft ist nach ein paar Tagen alles wieder im Lot. Nur in ganz seltenen Fällen kommt es zu einem vollständigen Gedächtnisverlust. Machen Sie sich also keine Sorgen.«

»Ich kann mich nicht an den Unfall erinnern«, sagte sie.

»Nun, das überrascht mich nicht. Sie wurden mit einer schweren Gehirnerschütterung eingeliefert. Die gute Nachricht ist, dass Sie mit ein paar gebrochenen Rippen und ein paar ziemlich fiesen Schrammen davongekommen sind. Die üblen Blutergüsse nicht zu vergessen.«

Sie starrte ihn an, eiskalt unter der warmen Decke der Schmerzmittel. Er sprach ständig von »guten Nachrichten« und »guten Zeichen«, aber wie konnte das sein, wenn sie nicht einmal wusste, wer sie war?

»Aber ich weiß nicht einmal, wie ich heiße.« Es laut auszusprechen zog ihr den Boden unter den Füßen weg, als säße sie in einer Achterbahn, die unvermittelt ins Nichts stürzte. Sie fühlte sich schwerelos und hangelte sich von Sekunde zu Sekunde. »Ich weiß nicht, wer ich bin. Und wie kann es sein, dass nicht einmal *Sie* wissen, wer ich bin? Gibt es denn keinerlei ... Hinweise?«

Der Arzt drehte sich um und gab die Frage an die Schwester weiter. Die schüttelte bedauernd den Kopf.

»So weit sind wir mit dem Polizeistaat nun auch noch

nicht. Sie hatten keinen Ausweis dabei, als Sie eingeliefert wurden, also mussten wir warten, bis Sie aufwachen, damit Sie es uns verraten.«

Das ergab keinen Sinn. »Ich hatte keinen Ausweis dabei? Und was ist mit meiner Handtasche?«

»Sie hatten keine. Zumindest hat die Polizei am Unfallort keine gefunden.«

»Und ein Handy? Hatte ich kein *Handy* dabei?«

»Kaum zu glauben, nicht wahr?« Er lächelte. »Nein, ein Handy hatten Sie auch nicht dabei. Die Polizei erkundigt sich in den Fundbüros, ob vielleicht irgendjemand etwas abgegeben hat.«

»Aber hat denn niemand nach mir gefragt?« Noch ein merkwürdiges Gefühl durchlief sie: schnell und flirrend, zu schnell, um es greifen zu können. Ihre ganze Identität hing von anderen ab, von irgendjemandem, der sie finden und ihr einen Namen geben würde. Der sie zurückholen würde.

»Bislang nicht, obwohl wir natürlich die Vermisstenanzeigen prüfen. Nur eines haben wir …«, sagte Schwester Karen. »Dies hier hat die Polizei in Ihrer Rocktasche gefunden. Sagt Ihnen das etwas? Die Leute, die an der Adresse wohnen, kennen Sie leider nicht.«

Die Schwester reichte ihr einen kleinen Reißverschlussbeutel mit einem Zettel darin.

Ein Beweismittelbeutel, dachte sie, wie in einer Fernsehserie. Ich bin Teil einer Fernsehserie. Ich bin die geheimnisvolle Frau. Es fühlte sich an, als würden sie über eine andere Person sprechen.

Den Zettel hatte jemand aus einem Notizbuch herausgerissen. Jason und Libby Corcoran, The Swan Hotel, Rosehill Road, Longhampton, stand darauf. Darunter war eine Telefonnummer gekritzelt.

Enttäuschung übermannte sie, vermischt mit Panik. Das

hatte nicht die geringste Bedeutung. Das war vollkommen irrelevant – wie die Rückseite eines Zettels, auf dessen Vorderseite etwas Wichtiges notiert war.

Ist das meine Handschrift?, fragte sie sich. Ordentliche Großbuchstaben, gut leserlich und präzise.

»Nein«, sagte sie. »Das … das weckt überhaupt keine Erinnerungen.«

»Nein? Kein Problem!«, sagte Jonathan Reynolds. Sollte er enttäuscht sein, ließ er es sich nicht anmerken. »Dann versuchen wir jetzt erst einmal herauszufinden, wann Ihr Gedächtnis einsetzt und abbricht, indem wir ein paar Fragen durchgehen. Ist das in Ordnung für Sie? Fühlen Sie sich in der Lage dazu?«

Sie nickte. Was hatte sie schon für eine Wahl?

»Denken Sie nicht allzu scharf über die Antworten nach, sondern sagen Sie einfach, was Ihnen spontan in den Sinn kommt.« Als er auf den Kugelschreiber drückte und in seine Unterlagen schaute, schoss ihr ein Gedanke in den Kopf. Bevor er seine erste Frage stellen konnte, hatte sie ihn bereits laut ausgesprochen.

»Wie haben Sie mich bislang genannt? Was für ein Name steht in Ihren Unterlagen?«

Sie fühlte sich verletzlich, weil sie diesen Fremden auf Gedeih und Verderb ausgeliefert war. Die Krankenschwestern *kannten* die Patienten auf ihrer Station nicht im eigentlichen Sinne des Wortes, aber die anderen hatten wenigstens einen Namen. Sie hatten eine Identität, irgendetwas, auf dem man ein Gespräch aufbauen konnte. Hinweise darauf, wer sie waren – eine Elsie, eine Camilla, eine Natalie.

»Wir haben Sie Jo genannt«, sagte die Schwester freundlich. »Das ist die Kurzform von Joanne Bloggs. Wir sind davon ausgegangen, dass wir Sie nach Ihrem Namen fragen können, wenn Sie das Bewusstsein wiedererlangen.«

Sie riss die Augen auf. *Joanne*. Ich bin keine Joanne. Aber jetzt bin ich es. Diese Leute haben entschieden, dass ich es bin.

»Oder dass Sie uns sagen, wie wir Sie nennen sollen, falls Sie sich nicht erinnern«, fuhr die Schwester fort, als sei das vollkommen normal.

Nun schauten beide sie an und warteten darauf, dass sie ihnen mitteilte, wie sie genannt werden wollte. Wer sie sein wollte.

»Na ja, ich weiß eigentlich gar nicht, wie ich genannt werden möchte.« Sie war hin- und hergerissen, weil sie ihnen einerseits helfen wollte, sich andererseits nicht imstande sah, eine so gewaltige Entscheidung zu treffen.

»Wir kommen später darauf zurück, dann können Sie noch ein wenig darüber nachdenken.« Dr. Reynolds lächelte. »Also, wo wohnen Sie?«

»Das weiß ich nicht.«

»Okay. Mum und Dad, wo leben die?«

»Nirgendwo.« Das kam wie aus der Pistole geschossen. Es war eine Tatsache, nicht irgendetwas, das sie fühlte. »Sie sind beide tot.«

»Oh, das tut mir leid. Wie lange sind sie denn schon tot?« Er sprach im Plauderton, aber sie wusste, dass er seine Fragen sehr gezielt stellte, um im weichen emotionalen Gefüge ihres Lebens etwas medizinisch Verwertbares festzunageln.

Sie kniff die Augen zusammen, weil der dumpfe Schmerz in ihrem Kopf anschwoll und die Details sich ihrem Gedächtnis entzogen. Es war da, aber sie hatte keinen Zugriff darauf. »Das weiß ich nicht.«

»Darauf kommen wir später zurück«, sagte er unbekümmert. »Aber es ist schon mal ein gutes Zeichen, dass es nicht ganz weg ist. Was ist mit Ihnen? Wo leben Sie?«

Sie öffnete den Mund, aber ... Nichts. Sie schüttelte den Kopf.

»Leben Sie hier in der Nähe? Leben Sie in Longhampton? Oder in der Nähe? Marley? Rosehill? Headley?«

Wieder schüttelte sie den Kopf. Keiner dieser Orte klang vertraut.

»Denken Sie nicht über einen Namen nach. Denken Sie einfach an Ihr Zuhause. Was riechen Sie? Was hören Sie?«

Die schwarze Masse hinter ihren Lidern verdichtete sich. Sie geriet in Panik. Dann aber sorgte irgendetwas dafür, dass sich ihre trockenen Lippen bewegten.

»Ich glaube ... London?« Da war ein unbestimmter Eindruck von hohen Fensterfronten und roten Doppeldeckerbussen. Der Geruch von gegrilltem Huhn. Heiße Straßen und ein Park mit kümmerlichem Rasen. Lärm.

»London! Wunderbar. Nun, in dem Fall sind Sie ziemlich weit weg von zu Hause.«

»In letzter Zeit aber nicht«, sagte sie, ohne die Augen zu öffnen. Sie kramte verzweifelt in ihrem Gedächtnis, in ihrem Unterbewusstsein, damit ihr vielleicht noch etwas wie eine Tatsache in den Mund sprang. »Ich denke, das muss gewesen sein, als ich jünger war.«

»Das ist schon einmal ein Anfang. Leben Sie mit jemandem zusammen? Sind Sie verheiratet?«

Sie öffnete die Augen und schaute auf ihre Hände hinab, aber das half auch nicht weiter. Kein Ring. Keine blasse Stelle, wo der Ehering sein sollte. Kein Nagellack, keine abgekauten Nägel. Einfach nur ganz normale Hände.

Das ist grotesk, dachte sie, als sie sich das Hirn zermarterte: Ich betrachte meinen Körper, um etwas über mein Leben zu erfahren. Was könnte ihr Körper den Ärzten wohl noch alles erzählen, wozu sie selbst nicht in der Lage war? Könnte sie Mutter sein und sich nicht daran erinnern, obwohl sie die Narbe vom Kaiserschnitt am Bauch hatte? Hatten die Schwestern das längst kontrolliert und ihren nackten Körper, während sie im Koma lag, nach Anzeichen für irgendetwas abgesucht? Wussten sie etwas über sie, das sie selbst nicht wusste?

Das Gefühl, am Rande eines Abgrunds zu stehen, überkam sie wieder mit aller Macht.

Wer bin ich?

»Ich weiß nicht. Ich denke nicht.«

»Wie alt sind Sie an Ihrem letzten Geburtstag geworden?«, fragte Dr. Reynolds, und sie hörte sich antworten: »Dreißig«, ohne auch nur nachzudenken.

»Gut.« Er klang erfreut.

Aber ihr Gehirn griff nun wieder ins Leere. »Woher soll ich wissen, dass das stimmt? Was, wenn es einfach nur der letzte Geburtstag ist, an den ich mich erinnere?«

»Möglich. Aber immerhin wissen wir jetzt, dass Sie mindestens dreißig sind«, sagte er in seinem üblichen Plauderton und schaute über seine Brille hinweg. »Ich kann mir kaum vorstellen, dass sich jemand an seinen dreißigsten Geburtstag erinnert, wenn er ihn noch gar nicht hatte, oder?«

Sie schaute an dem Neurologen vorbei zur Schwester. Zu *Karen*, bemühte sie sich zu denken. »Hat sich wirklich niemand gemeldet? Ganze zwei Tage lang nicht?«

Nach zwei Tagen dürfte doch irgendjemandem aufgefallen sein, dass sie nicht mehr da war. Wenn schon keinem Ehemann, so doch wenigstens irgendwelchen Arbeitskollegen, oder?

Ihre Brust schnürte sich zusammen, immer enger und enger. Was war das für ein Mensch, den niemand vermisste? Oder gab es vielleicht jemanden, der sie vermisste, der sie aber nicht finden konnte?

»Na ja, wir wissen nicht, ob nicht jemand nach Ihnen sucht. Sie könnten aber eine ganze Ecke von zu Hause weg sein. Man versucht es sicher erst in den Krankenhäusern in

Ihrer Gegend.« Schwester Karen hatte freundliche Augen. »Aber keine Sorge, es gibt ein gut funktionierendes Netzwerk für vermisste Personen. Die Polizei kümmert sich darum. *Die* hat ziemlich oft hier angerufen, um sich nach Ihnen zu erkundigen – das ist wohl mal etwas anderes, als nach geklauten Traktoren und Ladendieben zu suchen.«

Sie schaute wieder auf ihre Hände hinab. An ihrem Handgelenk zog sich eine lange Narbe entlang, und die Handfläche war zugepflastert, weil sie vielleicht – wie sie vermutete – über den Asphalt geschrammt war. Die Fragen flatterten nun, da sich die Schläfrigkeit legte, wie ein Schwarm schwarzer Vögel in ihrem Hinterkopf auf. Was, wenn niemand kam? Was, wenn die Erinnerungen nicht zurückkehrten? Wo soll ich hingehen?

»Erinnern Sie sich, wo Sie letztes Jahr Weihnachten verbracht haben?«, fragte Jonathan Reynolds, und plötzlich wurde sie ohne Vorwarnung von großer Traurigkeit erfüllt.

»Nein.«

Tränen der Erschöpfung stiegen in ihrer Kehle auf, stauten sich in ihrem Kopf und traten in ihre verklebten Augen. Sie bemerkte eine Bewegung – die Schwester warf dem Arzt einen Blick zu und runzelte unmerklich die Augenbrauen, um zu signalisieren, dass es nun reichte. Sie war ihr dankbar dafür. Der Arzt war neugierig und wollte das Problem vor seinen Augen lösen, während sie selbst immer noch mit der Erkenntnis kämpfte, dass *sie* dieses Problem war. Wie begierig auch immer Jonathan Reynolds darauf sein mochte, ihre Identität zu ergründen, es war nichts gegen ihre eigene Sehnsucht, sie zu kennen.

»Tut mir leid«, sagte sie. »Ich kann nicht … Mein Kopf … tut so weh.«

»Natürlich. Ich denke, das reicht wohl fürs Erste«, sagte er. »Das Wichtigste ist, dass Sie sich erholen. Wir lassen

Ihnen Stifte und Papier hier, und wenn Ihnen etwas einfällt, schreiben Sie es einfach auf oder rufen Sie eine Schwester, um es ihr zu erzählen. Ich komme später noch einmal vorbei.«

Sollte das auch ein Test sein?, fragte sie sich. Ob ich noch schreiben kann?

Zögerlich griff sie nach einem Stift. Ihre Finger hielten ihn fest, und sie verspürte Erleichterung.

»Und bitte, machen Sie sich keine Sorgen«, sagte er. »Bei den meisten Patienten mit retrograder Amnesie kehren die Erinnerungen nach ein, zwei Tagen zurück. Als würde man einen Computer wieder hochfahren.«

Sie merkte, dass sie sein beruhigendes Lächeln erwiderte. Tatsächlich aber war sie nicht im Mindesten beruhigt.

Kapitel drei

Bevor Libby nach Longhampton gezogen war und ihre neue Karriere als semiprofessionelle Frühstückschefin gestartet hatte, war ihr nicht klar gewesen, dass man Bacon auf eine richtige und auf eine falsche Weise braten konnte.

Oder vielmehr, dass man es auf *irgendeine* Weise und auf Donalds Weise tun konnte.

»Richtig, genau so«, kommentierte Margaret von ihrem Posten am Küchentisch her. Obwohl Jason beharrlich darauf hinwies, dass nun Libby und er sich um die morgendlichen Verrichtungen kümmerten, ließ Margaret es sich nicht nehmen, fast immer früh aufzustehen und Libby in die Kunst der ordnungsgemäßen Frühstückszubereitung einzuweihen. »Und jetzt mit der Presse andrücken.« Sie nickte anerkennend, als Libby folgsam den Bacon platt drückte und es in der Pfanne zischte. Unter dem Tisch – wo er definitiv nicht sein sollte, wenn Libby die Richtlinien für Lebensmittelsicherheit und Hygiene richtig verstanden hatte – lag Bob und schlug mit dem Schwanz gegen das Stuhlbein. Es klang wie ein Morsezeichen für: »Doppelte Portion für mich, bitte, aber ohne Ketchup.«

»Wusstest du, dass Donald sich die Bacon-Presse extra aus Amerika hat schicken lassen?«, fuhr Margaret fort. »Gleich nach der wunderbaren Bostonreise, die Jason für unseren Hochzeitstag organisiert hat. Oh, der Bacon, den wir dort gegessen haben, war einfach *göttlich*.«

»Ach tatsächlich?« Libby sah nach dem Toast. Sie hatte es

natürlich gewusst. Sie hatte es schon so oft gehört, dass sie manchmal vergaß, dass sie und Jason nicht selbst bei dieser Reise im Luxuswohnmobil mit von der Partie gewesen waren. Die Erinnerungen schienen aber ein wenig von der alten Margaret zurückzubringen, und so hörte Libby ihr gerne zu. Sie suchte immer noch nach einem Weg, mit der Trauer ihrer Schwiegermutter umzugehen. Die Corcorans waren der Menschenschlag, der darauf bestand, dass das Leben weiterging, und direkter als in diesen Erzählungen würde Margaret über ihren Verlust nicht sprechen. Obwohl sich Libby alle Mühe gab, konnte oder wollte Margaret sich nicht helfen lassen – wie es bei Menschen mit Helfersyndrom eben üblich war. Wenn ihr also nach Reden zumute war, hatte Libby kein Problem damit, sich dieselben Geschichten noch einmal anzuhören.

Innerlich ging sie die montags anfallenden Aufgaben durch, während sich Margaret über Brunchs in himmlischen Lokalen und über die herrliche Färbung des Herbstlaubs ausließ, dabei aber auch nicht zu erwähnen vergaß, dass Donald jeden Tag im Hotel angerufen hatte, um sicherzustellen, dass es nicht während ihrer allerersten längeren Abwesenheit niederbrannte. Am Abend wollten Jason und sie Zimmer sechs in Angriff nehmen, und Libby freute sich schon darauf, Jason den Dampftapetenablöser schwingen zu sehen. Einen Vorteil hatte es, dass Margaret sich weigerte, an den Renovierungsmaßnahmen Anteil zu nehmen, dachte sie und unterdrückte ein Gähnen. Privatheit. Und Dampf.

»... habe Bob wahnsinnig vermisst. Du und Jason, ihr wart so großzügig«, schloss sie mit einem traurigen Lächeln. »Diese zwei Wochen werde ich nie vergessen. So glückliche Erinnerungen.«

»Das freut mich. Ihr hattet einen schönen Urlaub auch wirklich verdient.« Libby konzentrierte sich darauf, das Ei in die Spiegeleiform zu schlagen, ein weiteres Detail eines perfekten Frühstücks im Swan Hotel. Und weil es sie jedes Mal wurmte, wenn von der Reise die Rede war, fügte sie schließlich noch hinzu: »Aber du weißt ja, dass Luke an dem Geschenk beteiligt war, oder?«

Luke war Jasons älterer Bruder, der sich ziemlich rarmachte. Er war das schwarze Schaf der Familie, obwohl Libby den Grund nicht recht sah. Er hatte eine schwierige Jugend gehabt, wie man Jasons durchaus bewundernden Erzählungen entnehmen konnte, war dann zur Army gegangen und besaß jetzt ein Unternehmen für Alarmanlagen und maßgeschneiderte Sicherheitssysteme. Er hätte die Reise auch allein bezahlt, aber Jason hatte darauf bestanden, die Kosten zu teilen. Im Zuge dieses Wettstreits war sie immer aufwendiger geworden, mit Champagner auf dem Hotelzimmer und allem Pipapo – bis sie mehr gekostet hatte, als ihr eigener vierzehntägiger Urlaub auf Bali.

Libby versuchte, den Gedanken an Bali zu verdrängen. Die Zeiten kostspieliger Reisen waren unwiederbringlich vorbei. Das Geld, das sie hatten, wurde nun zur Gänze dafür gebraucht, ihr Hotel in das behagliche Idyll zu verwandeln, für das die Londoner eine Anreise von zweieinhalb Stunden in Kauf nehmen würden. Libbys Leben drehte sich nun um anderer Leute Urlaub. Was schon in Ordnung war, ermahnte sie sich selbst. Der Neustart barg die Chance, etwas Besseres aus ihrem Leben zu machen als das, was sie hinter sich gelassen hatten.

»Aber es war Jasons Idee, nicht wahr?«, insistierte Margaret. »Er hat das alles geplant. Er war schon immer so *außergewöhnlich* gut organisiert. In dieser Hinsicht kommt er ganz nach seinem Vater.«

»Um ehrlich zu sein, Margaret, haben wir es gemeinsam geplant – es war richtiges Teamwork.« Libbys Hand schwebte über dem Toaster. Hatte Mr Brayfield aus Zimmer zwei nun Weizen- oder Vollkorntoast bestellt? »Ich hatte für einen Dokumentarfilm auf BBC 4 Recherchen zur Boston Tea Party gemacht, daher habe ich die Route ausgearbeitet. Luke hat die Flüge gebucht, und Jasons Assistentin hat sich auch ordentlich ins Zeug gelegt – sie hat stundenlang im Internet nach Hotels recherchiert! Weißt du noch, ob er Weizen oder Vollkorn wollte?« Als sie aufschaute, sah sie, dass Margaret missmutig wirkte.

»Ich weiß, mein Schatz, und wir waren euch auch sehr dankbar dafür. Aber Jason hatte eine solche Arbeitsbelastung in seinem Job«, sagte sie. »Donald und ich waren einfach gerührt, dass er Zeit für uns erübrigen konnte.«

Libby nahm ihren extrastarken Kaffee. Wenn es um Donald ging, hatte sie keine Probleme damit, sich den ganzen Tag Margarets Schwärmereien anzuhören. Aber sosehr sie Jason auch liebte – der jetzt noch friedlich im Bett vor sich hin schnarchte, während sie und Margaret das Frühstück zubereiteten: Von dem perfekten Sohn aus Margarets liebevollen Fantasien trennten ihn Welten. Es hatte schon seine Gründe, warum sie jetzt hier in Longhampton waren und nicht ihre nächste Fernreise planten. Abgesehen davon war Jason nicht der Einzige mit einem fordernden Job. Luke hatte genauso viel zu tun, hatte es damals aber trotzdem geschafft, Probleme mit einem Flug zu regeln, obwohl er sich aus beruflichen Gründen in Dubai aufgehalten hatte.

Margarets unverblümte Parteinahme war sogar zu einer Art Running Gag geworden, aber jetzt fehlte Donald, der seine Frau liebevoll damit aufzog. Außerdem … Nun, Libby hatte es nie gerecht gefunden, dass Luke derart außen vor gelassen wurde. »Wir *alle* wollten, dass ihr eine schöne Reise habt.«

Margaret war ihr Unbehagen offenbar nicht entgangen.

»Das stimmt wohl. Und das hatten wir ja auch.« Sie lächelte traurig. »Vollkorntoast. Und würdest du es dieses Mal bitte in Dreiecke schneiden, Elizabeth? Tut mir leid, wenn ich dich so trieze.«

»Du triezt mich nicht«, log Libby. »Wenn du übrigens mit Bob Gassi gehen willst, könnte ich den Rest allein erledigen.«

»Ach so, nun ... Eigentlich wollte ich warten, bis Jason herunterkommt.« Margaret schenkte sich noch einen Tee ein. »Bob hat heute seinen Therapeutentag, und ich dachte, Jason könnte uns vielleicht zum Krankenhaus bringen. Es ist das Highlight der Woche für die lieben Alten, wenn Bob zu Besuch kommt.«

Wie aufs Stichwort war unter dem Tisch ein ausgedehntes Knurren zu hören, begleitet von einem widerwärtigen Gestank. Libby musste sich schnell zum Kühlschrank umdrehen, um ihre ungläubige Miene zu verbergen.

Bob – oder Broadpaws Bobby Dazzler, laut dem Fünf-Generationen-Stammbaum, der auf der Toilette im Erdgeschoss hing – herrschte im Swan Hotel mit liebenswürdiger Selbstherrlichkeit, die Libby immer an Karl II. erinnerte, nachdem ihm der Erfolg zu Kopf gestiegen war. Als er als zerknitterter Welpe ins Haus gekommen war, hatte man ihn Bob gerufen, aber sein herrisches Gehabe und die hermelinartig gesprenkelte Kehlwamme, der schwere Mantel aus schwarz glänzendem Fell und die ausdrucksstarken rötlichen Augenbrauen hatten Jason dazu verleitet, ihn zu nobilitieren und nur noch Sir Bob zu nennen. Innerhalb weniger Monate war Lord Bob daraus geworden, und König Bob würde wohl nicht mehr lange auf sich warten lassen. Obwohl er die Hausordnung größtenteils ignorierte, überall schlief, wo er nicht schlafen sollte, und besser nicht in die Nähe von butterhaltigen Spezialitäten gelassen wurde, hatte er Margaret sofort um seine mächtige Pfote gewickelt. Das galt auch für die meisten Hotelgäste, die entzückte Lobeshymnen über ihren »tierischen Gastgeber« ins Gästebuch schrieben.

Wie viele eigensinnige, übel riechende Menschen zeichnete sich auch Lord Bob dadurch aus, dass er unermüdlich zu irgendwelchen wohltätigen Veranstaltungen unterwegs war. Seine Besuche bei den örtlichen Hospizen und Kinderstationen als beliebtester Hund der »Tiere als Therapeuten«-Initiative waren ein prominentes Motiv von Margarets und Donalds Weihnachtskarten gewesen, auf denen er meist sein Weihnachtsmannkostüm getragen hatte. Was er zu Hause auch anstellen mochte, in der Öffentlichkeit war er ein Ausbund an Gehorsam und Charme, ertrug geduldig jedes Maß an Streicheleinheiten und schaute derweil so tragisch in die Welt hinaus, wie nur ein Basset es vermochte.

Libby nahm die Milch aus dem Kühlschrank und äugte unter den Tisch. Die gerunzelte Stirn ließ darauf schließen, dass Bob irgendetwas im Maul hatte. Vermutlich ein Stück Bacon, da Margaret ebenfalls schuldbewusst dreinschaute.

»Was hat er denn heute für einen Auftritt?«, erkundigte sie sich.

»Er muss ins Seniorentageszentrum im Krankenhaus.« Margaret wirkte fast so melancholisch wie Bob. »Für manche Leute ist es die einzige liebevolle Hinwendung, wenn sie Bob streicheln dürfen. Ich würde ja selbst hinfahren, aber der Parkplatz ist so eng. Das traue ich mir nicht mehr zu.«

»Sag das nicht, Margaret, du bist eine großartige Autofahrerin!« Libby stellte die Milch ab und ging hin, um sie in den Arm zu nehmen. Margarets plötzlicher Mangel an Selbstvertrauen war das Schlimmste für Libby. Wenn sie sich früher auf die Heimaturlaube mit Jason gefreut hatte, dann vor allem wegen der Umtriebigkeit seine Mutter: Telefone klingelten, Listen wurden abgehakt, Leute schauten vorbei, Bestellungen wurden aufgegeben. Selbst Margarets berühmte Blumengestecke explodierten vor Farbe und Energie und ihre flott geknoteten Designerhalstücher ebenso. Sie war so anders als Libbys eigene Mutter – die ängstliche, bazillophobe Diane, die jetzt mit ihrem zweiten Mann in Jersey lebte –, dass Libby oft zu Jason gesagt hatte, sie habe ihn nur wegen ihrer Schwiegereltern geheiratet. Und jetzt wollte Margaret nicht einmal mehr Auto fahren, sondern ließ sich von Jason in der Gegend herumkutschieren.

Libby wusste, dass nicht die Parkerei das Problem war. Nicht dass sie Margaret die Zeit mit ihrem Sohn missgönnte, aber es wäre nicht gerade ideal, wenn Jason schon wieder ein paar Stunden verschwinden würde. Abgesehen davon, dass sie Zimmer sechs in Angriff nehmen wollten, sollte er sich auch endlich um die Buchhaltung kümmern, die sie in einem desolaten Zustand übernommen hatten. Die Steuerberater fragten ständig nach irgendwelchen Belegen, und Jason vertröstete sie schon seit Wochen.

Margaret überließ sich seufzend der Umarmung, während Libby über ihre Locken hinweg das Spiegelei beäugte, das nun einen filigranen, goldbraunen Rand gebildet hatte. Wenigstens ihre Eier entsprachen allmählich der anerkannten Norm.

»Weißt du was?«, sagte sie und drückte sie noch einmal fest an sich. »*Ich* kann dich doch zum Krankenhaus fahren. Mir geht die ganze Zeit diese arme Frau im Kopf herum, die am Freitag angefahren wurde. Wenn sie immer noch dort ist, kann ich sie besuchen und mich erkundigen, ob es ihr besser geht.«

Der Polizist hatte am Wochenende angerufen, um nachzufragen, ob irgendetwas abgegeben wurde, das bei der Identifizierung der Frau weiterhelfen könnte. Offenbar war sie immer noch bewusstlos, und es lag auch keine Vermisstenanzeige für eine Person ihres Aussehens vor. Die Vorstellung, dass sie namenlos und verloren dort lag, ließ Libby seither keine Ruhe mehr.

»Oh, das wäre wundervoll, Elizabeth.« Margaret strahlte. »Aber vielleicht sollte Jason mitkommen und …«

»Parken kann ich, das sagt sogar Jason. Schließlich habe ich in der Innenstadt von London fahren gelernt. Außerdem hat Jason Rezeptionsdienst«, sagte Libby. »Bleibt nur zu hoffen, dass sich keine Dramen ereignen, während *er* hier allein ist.«

Als Margaret und Libby mit Bob an den Aufnahmeschalter traten, bekam Libby einen Eindruck davon, wie man sich als Hofdame der Queen fühlen musste. Oder wie es war, eine unsichtbare Robe zu tragen.

»Guten Morgen, Bob, du hübscher Bursche!«, gurrte Sonia, die Stationsschwester, bevor sie irgendwann hinterherschob: »Ihnen natürlich auch, Margaret! Vielen herzlichen Dank, dass Sie ihn zu uns bringen. Eigentlich sollte ich ja keine Lieblinge haben, aber er ist wirklich unser aller Lieblingstherapiehund, das bist du doch, nicht wahr, Bob?«, fügte sie hinzu, während Bob knurrte, sich erst setzte und dann hinlegte, ein Bild königlicher Ruhe, die lange gesprenkelte Nase zwischen den Pfoten.

»Bob!« Zwei weitere Schwestern waren aus dem Nichts aufgetaucht. »Wir haben dich schon sehnsüchtig erwartet. Er ist hinreißend«, sagte die eine zu Margaret. »Wie wir immer sagen: Er scheint direkt einem Werbespot entsprungen.«

»Einer seiner Verwandten ist tatsächlich der Hund auf der Bonio-Schachtel!« Margaret strahlte. Bob trug nun sein offizielles Therapeutenmäntelchen und wedelte liebenswürdig

mit dem Schwanz, als sich sein Publikum versammelte. So liebenswürdig hatte er nicht ausgesehen, als ihm Libby kurz vor der Abfahrt die letzte Scheibe Toast wegnehmen wollte.
»Übrigens, meine Damen, dies ist meine Schwiegertochter, Elizabeth ...«

Libby lächelte und schüttelte jedem die Hand, während die Stationsschwester nun ihre Besucherausweise fertigstellte.

»Hier, du bist im Team Bob!«, sagte Margaret und hängte ihr ein Schild um den Hals. Auf der einen Seite befand sich ein Foto von Bob, auf der anderen stand »Offizieller Besucher«.

»Soll ich Sie gleich hinbringen?«, fragte die Stationsschwester. »Kommen Sie doch bitte mit in die Lounge. Es warten schon eine Menge Fans auf ihn.«

Libby fühlte sich wie die persönliche Assistentin eines Rockstars, als sie Lord Bob folgte. Er hatte sich erhoben und watschelte an Margarets Seite treu und brav den Gang entlang, ohne mit einem Stück Käse bestochen werden zu müssen. Als sei er immer so problemlos zum Laufen zu bewegen.

Nachdem sie sich zehn Minuten in Bobs Glanz gesonnt hatte, konnte Libby eine triftige Entschuldigung vorbringen, um seine erleuchtete Fangemeinde zu verlassen und sich auf die Suche nach jemandem zu begeben, der ihr den Weg zu der geheimnisvollen Fremden zeigen könnte. Zwei Gänge war sie schon erfolglos abgelaufen, als sie den berühmten Baum der guten Taten entdeckte, dessen grüne Blätter sich zwischen zwei Snackautomaten über die Wand zogen.

Interessiert betrachtete sie ihn.

Vom Baum der guten Taten hatte Margaret schon viel erzählt, und immer hatte sie ihn als etwas gepriesen, das es nur in Longhampton geben könne. Er war an die Wand gemalt, bis hoch an die Decke, und hatte Blätter aus grünen Handabdrücken, von denen Vögel in Form gelber Klebezettel aufflogen. Auf den Klebezetteln hatten Menschen ein Dankeschön an Fremde hinterlassen, die ihnen mal einen Dienst erwiesen hatten. Der Baum sollte die kleinen Aufmerksamkeiten rühmen, die das Leben für jedermann angenehmer gestalteten, und andere Menschen zur Nachahmung inspirieren – indem die »Vögel« der Freundlichkeit in die Gemeinde hinausflatterten. Margaret war der Meinung, dass der Baum den Geist der Stadt wunderbar erfasse. »Den Menschen hier ist nicht einfach alles egal«, erklärte sie Libby mindestens viermal die Woche. »Sie kümmern sich umeinander.«

Die Botschaften waren tatsächlich anrührend, das musste Libby zugeben, als sie den Kopf zur Seite neigte, um ein paar der Texte zu entziffern.

Danke dem Jugendlichen, der meinen Buggy zwei Treppen hochgetragen hat, als der Aufzug am Bahnhof außer Betrieb war – du machst der Highschool von Longhampton alle Ehre.

Dank an die Krankenschwestern, die sich während der Herzoperation um meinen Vater gekümmert haben, besonders an Schwester Karen, die seine Lottozahlen für ihn gespielt hat.

Dank an meine Strickgruppe, die mich abwechselnd ins Gemeindezentrum mitgenommen hat, als ich mir das Bein gebrochen hatte.

Man fand auch überraschend wenig verkappte Prahlerei. Libby hielt vergeblich Ausschau nach Verweisen auf die großzügige Überlassung von Ferienhäusern oder bewundernswertes wohltätiges Engagement. Stattdessen ging es um die Tücken des Alltags, die dank der spontanen Hilfe von Fremden gemeistert werden konnten. Das war tatsächlich nett, dachte Libby. Nett in seiner grundlegenden Bescheidenheit. Und nett auch, daran erinnert zu werden, dass zwanzig Pence, die man einem Fremden für die Parkuhr gab, seinen ganzen Tag verändern konnten.

»Kann ich Ihnen helfen?«, fragte eine Stimme hinter ihr.

Libby drehte sich um. An einem Informationsschalter saßen zwei Angestellte. Die eine telefonierte, die andere trug ein Schild mit der Aufschrift: »Bitte Geduld, ich lerne noch!«

»Ja«, sagte sie. »Ich suche eine Patientin, aber ich weiß nicht, auf welcher Station sie liegt.«

Die Finger der Frau schwebten schon über der Tastatur. »Kein Problem. Würden Sie mir bitte den Namen nennen?«

»Das kann ich nicht. Sie wurde vor unserem Haus von einem Auto angefahren, und die Polizei hat mich auch schon angerufen, um ihre Identität zu klären …«

Die Augen der Frau leuchteten auf. »Oh, Sie meinen das geheimnisvolle Verkehrsunfallopfer auf der Notfallstation?«

»Paula!«, sagte ihre Kollegin und verdrehte die Augen.

»Nein, Entschuldigung, ich meinte nicht Sie«, sagte sie zu der Person, mit der sie telefonierte.

Libby schaute hinab und merkte, dass sie immer noch den Besucherausweis trug. Sie schob ihn unauffällig über die Kante des Tresens, worauf Paulas Finger wie durch ein Wunder über die Tastatur zu sausen begannen.

»Wenn Sie durch den Loughborough-Flügel gehen, kommen Sie in die Dean-Station, wo sie meines Wissens in einem etwas abgelegenen Einzelzimmer liegt. Fragen Sie am besten auf der Station noch einmal nach.« Jetzt musterte sie Libby genauer, die beschloss, lieber schnell aufzubrechen.

Bevor Paulas Kollegin ihr Telefonat beenden und tausend Fragen stellen konnte, eilte sie schon die weißen Gänge entlang.

Das geheimnisvolle Verkehrsunfallopfer lag direkt gegenüber vom unbesetzten Schwesternzimmer der Dean-Station. Die Tür zum Zimmer der Frau stand auf, gerade weit genug, dass Libby sie im Bett sitzen sehen konnte.

Ihr Gesicht war fast genauso bleich wie vor ein paar Tagen, als sie bewusstlos auf der Straße gelegen hatte, und die Bandagen an ihrem Kopf ließen Libby schaudern bei dem Gedanken, was sich wohl darunter verbarg. An den Armen, die aus dem grauen T-Shirt herausragten, sah man tiefviolette Blutergüsse. Die gekreuzten Beine beulten die Decke wie ein Donut aus, als sie sich vorbeugte, das spitze Kinn in die Hände gestützt.

Libby fragte sich, worauf sie sich wohl derart konzentrierte. Die Frau runzelte die Stirn, als würde sie angestrengt über etwas nachdenken. Dann rieb sie sich plötzlich das Gesicht und blinzelte, worauf sich ein Ausdruck großer Traurigkeit auf ihrem Gesicht breitmachte. Die Winkel ihrer braunen Augen sackten herab.

Libby zögerte. Störte sie hier? Aber in dem kahlen Raum war nichts zu sehen – keine Blumen, keine Karten, keine persönlichen Gegenstände –, was der Frau jemand mitgebracht hätte, um sie aufzumuntern. Als Libby die Gallenblase herausgenommen worden war, hatte ihr Zimmer wie ein Blumenladen ausgesehen, mit all den Sträußen von Jason, ihren Freunden, ihren Eltern, ihrer Schwester, ihrem alten Chef. Sie hatte nur drei Tage im Krankenhaus gelegen, und irgendwann war es ihr fast peinlich gewesen, dass immer noch weitere üppige Blumenarrangements eingetroffen waren, als würde sie schon an die Himmelspforte klopfen und sich nie wieder von dieser unbedeutenden Operation erholen. Selbst als man sie schon entlassen hatte, waren noch zwei Sträuße gekommen.

War überhaupt Besuchszeit? War die Frau überhaupt in der Lage, Besuch zu empfangen?

Libby trat einen Schritt zurück und hielt nach jemandem Ausschau, den sie fragen konnte. Dem Lärm aus einem anderen Zimmer nach zu schließen war offenbar die gesamte Belegschaft damit beschäftigt, eine Person zu beruhigen, die sich selbst entlassen wollte. Zwei Schwestern, die vom anderen Ende der Station herbeigeeilt kamen, steuerten direkt auf den Raum zu und nahmen Libby kaum wahr.

Als Libby wieder zurückschaute, merkte sie, dass ihre Bewegungen die Aufmerksamkeit der Frau erregt hatten. Sie hatte den Kopf zur Tür gedreht und blickte Libby mit verhaltener Neugierde an.

»Hallo!«, sagte Libby. Sie dachte an die Danksagungen im Baum der guten Taten: Mindestens ein Dank war für einen Besuch im Krankenhaus ausgesprochen worden. »Entschuldigung, ich hoffe, ich störe nicht. Mein Name ist Libby. Libby Corcoran. Ich arbeite im Swan Hotel. Ich war dabei, als Sie den Unfall hatten. Eigentlich wollte ich bei Ihnen bleiben, aber es war kein Platz im ...«

Die Frau runzelte die Stirn. »Danke. Tut mir leid ... Ich kann mich an den Unfall gar nicht erinnern. Ich habe eine retrograde Amnesie. Und massenhaft Blutergüsse.« Als sie sich bewegte, zuckte sie zusammen. »Und drei gebrochene Rippen.«

»O Gott, das klingt ja furchtbar. Aber Sie haben keine ...?« Libby unterbrach sich und fuhr sich mit einer vagen Geste um den Kopf herum, plötzlich unsicher, ob man jemanden wohl fragen konnte, ob er Gehirnverletzungen hatte.

»Nein, neurologische Schäden sind nicht zurückgeblieben. Abgesehen von der Amnesie natürlich. Offenbar hatte ich Glück. Die Verbände habe ich wegen der Abschürfungen. Man hat mir die Haare abscheren müssen, um sie reinigen zu können. Wenn die Verbände abkommen, werde ich wohl ein bisschen kantig aussehen.« Sie verzog das Gesicht.

Trotz der Krankenhausblässe war sie sehr hübsch, dachte Libby – gerade Nase, lange dunkle Wimpern, kleiner Mund und die Sommersprossen, die sie sofort an Sarah erinnert hatten. Und eine Porzellanhaut, die sofort errötete und zu blauen Flecken neigte.

Die Frau schien zu merken, dass Libby sich alle Mühe gab, nicht auf ihr blaues Auge zu schauen, und berührte es vorsichtig. »Es sieht schlimmer aus, als es ist. Als ich zum ersten Mal auf der Toilette war, hat mich fast der Schlag getroffen.«

Libby hatte gar nicht damit gerechnet, dass sie so munter sein würde. Vielleicht stand sie unter dem Einfluss von Schmerzmitteln. Unschlüssig, wie sie sich verhalten sollte, verharrte sie an der Tür. »Entschuldigung, ich habe Sie gar nicht gefragt, ob Sie überhaupt Besuch wünschen. Sie müssen müde sein. Soll ich …?«

»Nein, bitte. Kommen Sie doch herein. Ich würde gerne mehr über den Unfall erfahren, wenn es Ihnen recht ist.« Sie zeigte auf den Stuhl an ihrem Bett, und nun sah Libby auch, dass auf dem Bett etwas lag: ein Notizbuch und ein Stift. Die Frau schrieb sich etwas auf, und Libby erkannte, wie in einer ordentlichen Handschrift ihr eigener Name – »Libby Corcoran« – auf dem Papier erschien. Dann: »Zeugin des Unfalls am Swan Hotel.«

»Entschuldigung«, sagte die Frau, die immer noch schrieb. »Ich schreibe mir alles auf. Dieser Typ von Amnesie beeinträchtigt offenbar nicht die basalen Fähigkeiten, sondern nur die jüngsten Erinnerungen. In meinem Fall auch eher unbedeutende Details wie meinen Namen. Ich kann mich also nicht vorstellen.« Sie sah auf. Die Verletzlichkeit in ihren Augen war so schmerzlich, dass Libby blinzeln musste.

»Oh … Wie soll ich Sie denn dann nennen?« Sie versuchte, sich vorzustellen, wie es sich anfühlen musste, seinen Namen nicht zu kennen, gab es aber nach einer Weile auf.

»Die Schwestern sagen Jo zu mir. Das ist die Kurzform von Joanne Bloggs – Joe Bloggs' anonyme Schwester.«

Das sagte sie derart trocken, dass Libby lachen musste. »Besser als Ann O'Nymous, vermutlich. Die Irin ohne Gedächtnis.«

Die Frau rang sich ein Lächeln ab, das unvermittelt in ein Stirnrunzeln überging. »Es ist so merkwürdig, nicht zu wissen, wer man ist. Oder wo man wohnt. Oder was für eine Telefonnummer man hat, damit jemand kommen und einen abholen kann. Nicht einmal die Polizei hat etwas herausgefunden. Und es hat mich auch niemand vermisst gemeldet.«

»Was?« Das konnte Libby sich kaum vorstellen. »Und Sie können sich wirklich an nichts erinnern? An überhaupt nichts?«

Die Frau presste die Lippen zusammen. »Ich weiß, dass meine Eltern tot sind. Ich weiß, dass ich mindestens dreißig geworden bin – das muss eine denkwürdige Party gewesen sein, aber ich weiß nicht, *warum*. Ich bin in London aufgewachsen. Aber der Rest … blanke Leere. Der Neurologe geht davon aus, dass irgendein vertrautes Detail alles andere zurückholen wird, und zwar bald. Gerüche haben manchmal diesen Effekt, sagt er. Oder Musik. Eher unbedeutende Dinge. Diese Art von Amnesie hält selten länger als ein paar Tage an.« Sie zwang sich zu einem Lächeln, das aber ihre traurigen Augen nicht erreichte. »Da kann man wohl nur die Daumen drücken.«

Libby hielt ihre Hände mit den gedrückten Daumen

hoch. »Vielleicht kann ich Ihrem Gedächtnis etwas auf die Sprünge helfen, während Sie hier sind ... Soll ich Sie Jo nennen? Oder Joanne?«

Die Frau rümpfte die sommersprossige Nase. »Ehrlich gesagt fühlt sich das nicht so richtig passend an.«

»Eine Jo sind Sie also nicht«, hielt Libby fest. »Was ist mit Jenny? Catherine? Louise?«

»Auch nicht.«

»Charlie? Jessica? Erin? Becky?« Sie hielt inne. Das waren die Namen ihrer alten Londoner Freunde; sie war im Geiste die Liste ihrer Facebook-Freunde durchgegangen. Das löste ein sonderbares Unbehagen aus, über das sie jetzt nicht nachdenken wollte.

»Sehe ich wirklich so aus? Wie eine Becky?« Die Frau zog die Augenbrauen hoch, als sei ihr schon bewusst, wie absurd ihr Gespräch war. »Beckys habe ich mir immer blond vorgestellt. *Sie* könnten eine Becky sein.«

»Ha! Danke«, sagte Libby. »Ich hätte nichts dagegen, meinen Namen gegen einen interessanteren einzutauschen. In meiner Klasse gab es *vier* Elizabeths. Als ich neun war, habe ich ein Jahr lang darauf bestanden, dass man mich Philomena nennt.«

»Wirklich? Warum? Sie sehen überhaupt nicht wie eine Philomena aus.«

»Das war vermutlich der Witz an der Sache.« Libby fuhr sich durch den blonden Bob, der nun nicht mehr den üblichen präzisen Schwung hatte, sondern zu zotteligen Wellen herausgewachsen war. Seit ihrem Umzug war sie nicht mehr beim Friseur gewesen. Jason hatte ihr versprochen, ihr zum Geburtstag einen Besuch in ihrem alten Salon zu schenken, obwohl es ihr verrückt vorkam, in ihrer jetzigen Situation so viel Geld für einen Haarschnitt hinzulegen. Ehrlich gesagt war es Libby schon damals verrückt vorgekommen, aber es hatte ein beschämendes Suchtpotenzial, mit schwingendem Haar aus dem Salon zu treten und sich den »Stadt«-Frauen mit ihren Fellwesten und den hautengen Jeans ebenbürtig zu fühlen. »Damals wollte ich ein dunkelhaariger, grünäugiger irischer Vamp sein, nicht das nette Mädchen aus Petersfield.«

»Falls es Sie tröstet, Sie sehen tatsächlich wie eine Elizabeth aus.«

»Und wie sehen die aus?«

»Zuverlässig. Vernünftig. Sehr englisch.« Die braunen Augen zogen sich zu Schlitzen zusammen, und Elizabeth hatte das Gefühl, einer Prüfung unterzogen zu werden. »Aber Sie sind auch eine Libby. Libbys tragen ausgefallene Sandalen und Siebzigerjahremuster. Haben Ihre Eltern Ihnen einen ungewöhnlichen Zweitnamen gegeben?«

»Ha! Hätten sie bloß drauf verzichtet.« Libby lachte. »Mein zweiter Name ist Clair – ohne ›e‹ am Ende. Meine Eltern kamen sich regelrecht verwegen vor, weil sie das ›e‹ weggelassen haben.«

Die Frau schaute von ihrem Notizbuch auf und schenkte ihr ein vages Lächeln, das Echo des verschmitzten Grinsens, das sie unter normalen Umständen vielleicht aufgesetzt hätte – wenn sie nämlich sie selbst wäre und wüsste, wie es um ihren Sinn für Humor bestellt ist, dachte Libby. In gewisser Weise ließ sie das schutzbedürftiger erscheinen als vor ein paar Tagen, als Libby sie auf der Straße gefunden hatte.

»Vielleicht würde es Ihrem Gedächtnis auf die Sprünge helfen, wenn sie einen Namen wählen würden, den Sie mögen«, schlug sie vor. »Irgendeinen, der sich anfühlt, als würde er zu Ihnen passen, ohne allzu lange darüber nachzudenken. Wenn die Leute Sie dann mit diesem Namen anreden, kann das vielleicht etwas wachrufen.«

Die Frau klopfte sich mit dem Stift an die Lippen und

dachte nach. »Wissen Sie was«, sagte sie. »Mir kommt der Name Pippa in den Sinn. Pippa. Aber im wahren Leben werde ich ja wohl nicht Pippa sein, oder?«

»Warum nicht?«

Sie runzelte die Stirn. »Kann ich mir kaum vorstellen.«

»Nehmen Sie ihn doch einfach. Besser als Jo.«

»Ha! In der Tat ... Könnten Sie mir bitte das Wasser reichen, das hinter Ihnen steht? Meine Kehle ist immer so trocken.« Wieder huschte dieses vage Lächeln über ihr Gesicht.

Libby reichte der Frau – oder Pippa, wie sie sie wohl nennen sollte – das halb leere Glas vom Nachttisch. Sie hatte tatsächlich etwas von einer Pippa an sich. Dieser leicht altmodische Bogen ihrer Augenbrauen, die für ihr dunkelbraunes Haar ziemlich blass waren. Die Prägnanz ihrer Wangenknochen und der Nase.

»Entschuldigung«, sagte sie. »Haben Sie etwas dagegen, wenn ich das aufschreibe?«

»Überhaupt nicht«, sagte Libby. »Machen Sie nur.«

Im Verlauf ihrer Unterhaltung schien Pippas Haut Farbe angenommen zu haben, und ihre Wangen schimmerten fast rosig. Sie kaute auf ihrer Lippe herum, während sie schrieb, und kratzte sich mit der anderen Hand geistesabwesend unter dem Kopfverband, weil sie so davon absorbiert war, jedes Detail, das ihr durch den Kopf ging, aufs Papier zu bringen.

Libby fragte sich, was sie sonst noch tun könnte, um ihr zu helfen. Es war merkwürdig, wie zielsicher eine vollkommen fremde Person darauf gestoßen war, dass der Name Libby zu ihr passte. *Eine Person, die ausgefallene Sandalen trug.* Sie hatte nichts dazu gesagt, aber tatsächlich hatte Libby jede erdenkliche Kurzform von Elizabeth ausprobiert – Beth, Lizzy, Eliza –, und Libby war die einzige gewesen, die ihr gefallen hatte. Weil sie irgendwie zu ihr zu passen schien. Und weil eine Libby etwas interessanter zu sein versprach als die Elizabeth Clair, die ihre Eltern offenbar in ihr sehen wollten.

Libby sah zu, wie Pippa eine Seite in ihrem Notizbuch umblätterte, und wunderte sich, wie leicht es war, sich mit ihr zu unterhalten, trotz Gehirnerschütterung und obwohl sie sich nicht an die letzten Jahre erinnerte. Libby fiel es nicht schwer, mit Leuten ins Gespräch zu kommen, aber in London hatte man schon viel über sich erzählen und eine Menge gemeinsamer Interessen entdecken müssen, bevor so etwas wie Freundschaft entstanden war. Jason konnte mit den Männern über die Finanzmärkte und Chelsea palavern, aber unter Frauen musste man erst eine ganze Lawine an Themen durchkauen – Schule, Taschen, Diäten, Heimverschönerungsmaßnahmen – und zu jedem die richtige Meinung kundtun, bevor es zu persönlicheren Dingen kam. Vielleicht hatte es auch mit ihr zu tun, musste sie zugeben. Jason hatte sie für verrückt erklärt und ihr geraten, sich einfach bei einer feuchtfröhlichen Damennacht mit den anderen zu verschwistern. Nur dass leider keine der Damen trank.

Libby hatte gehofft, dass es auf dem Land besser wäre, aber trotz des Baums der guten Taten kam es ihr manchmal so vor, als unterscheide sich Longhampton nur durch die Themen von London – das neue Einkaufszentrum, Hunde in Betten, Jagd, Thermounterwäsche –, wobei ihr hier noch weniger klar war, wie die richtigen Meinungen lauteten.

Philomena. Daran hatte sie schon so lange nicht mehr gedacht. Sofort kamen auch die Bilder zurück: heißer Fruchtsaft, das Schürzenkleid aus rotem Cord, der Geruch von Sonnencreme. Libby wurde bewusst, dass sie niemandem mehr davon erzählt hatte, seit Kirsty Little es vor über fünfzehn Jahren an der Uni aus ihr herausgekitzelt hatte.

Pippa hatte aufgehört zu schreiben und starrte sie an, die Stirn wieder konzentriert gerunzelt. Als sie Libbys Blick bemerkte, lächelte sie entschuldigend. »Tut mir leid. Es ist nur ... Ich kann mich des Eindrucks nicht erwehren, dass wir uns von irgendwoher kennen. Kann das sein? Sie kommen mir so bekannt vor.«

»Ich denke nicht, aber ich weiß, was Sie meinen«, sagte Libby. »Sie kommen mir auch irgendwie bekannt vor. Haben Sie vor gut fünfzehn Jahren in Bristol studiert? Geschichte vielleicht? Haben Sie bei der BBC gearbeitet? Ich war in einem Rechercheteam für Infotainmentsendungen. Dann war ich als Freie bei Thimble Productions.«

Pippa wollte den Kopf schütteln, verdrehte dann aber die Augen. »Nun, könnte natürlich sein. Ich kann mich aber nicht erinnern, nicht wahr?«

»Das hat das Zeug dazu, in den nächsten Jahren Ihre Standardausrede auf Partys zu werden«, sagte Libby trocken. »Sie müssen sich nie wieder an irgendjemandes Namen erinnern. Oh ...«, sagte sie und schlug sich an den Kopf. »Sie hatten die Adresse unseres Hotels in der Tasche. Hat man Ihnen das mitgeteilt?«

»Ja, aber das hat auch keine Glocken läuten lassen. Habe ich schon einmal bei Ihnen übernachtet?«

»Kann sein. Aber mein Mann und ich haben das Hotel erst letzten Monat übernommen. Falls Sie also schon einmal da waren, sind wir uns sicher nicht über den Weg gelaufen.« Libby dachte scharf nach. »Vielleicht erkennt Ihr Unterbewusstsein meine Stimme von dem Unfall her. Es klammert sich vielleicht daran, weil es etwas Vertrautes ist, und verleiht Ihnen das Gefühl, mich zu kennen.«

»Haben Sie denn viel geredet?«

»O ja. Nichts ist mir lieber, als ein aufmerksames Publikum. Ich habe gar nicht mehr aufgehört. Irgendwann habe ich mich sogar aufs Singen verlegt – als mir nichts mehr einfiel, was ich sonst noch für Banalitäten von mir geben könnte: wie man ein kleines, exklusives Hotel einrichtet, wo Jason und ich in London gelebt haben, wie wir uns im Zug über den Weg gelaufen sind. Ich dachte, dass Sie vielleicht irgendwann so tun, als würden sie erwachen. Aus lauter Langeweile.«

Pippa lächelte, dann flog ein Schatten über ihr Gesicht. »Ich habe mich noch nicht einmal bedankt.«

»Wie bitte? Nein, Quatsch, so ein Blödsinn. Ich habe nur getan, was jeder getan hätte.« Libby hob die Hände und ließ sie wieder sinken. »Viel konnte ich sowieso nicht tun, nur ...«

»Nicht nur wegen des Unfalls. Danke, dass Sie heute gekommen sind. Es fühlt sich an, als ... als sei ich mir plötzlich näher, seit Sie hier sind. Das klingt komisch, oder?«

»Nicht komischer als alles andere auch. Man kann sich kaum vorstellen, wie sich das anfühlen muss.«

Pippa bohrte den Finger in den Haaransatz und kratzte sich unter dem Verband. »Wenn ich versuche, gezielt über Details nachzudenken – meinen Namen, meine Herkunft –, breitet sich eine große Leere in meinem Gehirn aus. Dann werde ich panisch, und die Leere wächst. Wenn dann auch noch der Arzt und die Krankenschwester vor mir stehen, macht der Druck alles nur noch schlimmer. Je angestrengter ich mich erinnern will, desto stärker blockiert mein Kopf. Aber seit wir uns einfach unterhalten haben ...«, sie rümpfte die Nase in dem Versuch, die richtigen Worte zu finden, »habe ich das Gefühl, dass alles da ist, nur halt außerhalb von meinem Kopf und nicht drinnen. Das hat etwas Beruhigendes. Ich habe das Gefühl, dass noch alles da ist.«

»Gut«, sagte Libby, weil sie nicht wusste, was sie sonst sagen sollte.

Pippa lächelte, und Libby war gerührt, wie schön dieses Lächeln war, wie vertrauensvoll, trotz der schrecklichen Situation. »Es ist sehr nett von Ihnen, dass Sie gekommen sind und mit einer Person reden, die Sie gar nicht kennen.«

»Wenn es ein wenig geholfen hat, freut mich das sehr. Aber ich bin mir sicher, dass jeden Moment die Polizei vorbeischauen und jemanden mitbringen wird, der Sie abholen möchte. Ihren Ehemann, der schon wahnsinnig ist vor Angst.«

Pippa streckte die nackten Hände aus. »Kein Ehering, nirgends. Ich glaube nicht, dass es einen Ehemann gibt.«

»Dann eben Ihren Freund«, sagte Libby und dachte im selben Moment, dass es auch dafür keine Garantie gab.

Sehr hilfreich, Libby, schalt sie sich selbst.

»Oder Ihre Freundin«, fügte sie schnell hinzu. »Oder irgendwelche anderen Freunde. Ich meine, wer weiß? Wer weiß schon, wer durch diese Tür spazieren wird, um Sie abzuholen? Vielleicht ist es ein Promi! Es könnte … jeder sein.«

Sie schauten sich an, und Libby vermeinte einen Anflug von Angst in Pippas Augen zu erkennen. Vielleicht war es aber auch nur das Licht.

»Wer weiß?«, sagte Pippa und lächelte tapfer. Dieses Mal, dachte Libby, war das Lächeln bei Weitem nicht so zuversichtlich wie zuvor.

Kapitel vier

Zimmer sechs war ein Doppelzimmer mit einem perfekt proportionierten Schiebefenster, durch das man einen Traumblick auf den Garten mit dem Flieder und den Apfelbäumen hatte. Der Garten war das Einzige, das keinerlei Veränderungen bedurfte, weil Margaret die Beete mit wahrer Besessenheit pflegte: Der samtgrüne Rasen wurde von einem Kaleidoskop an Blumen eingefasst, die Libby nicht kannte und nur unter Margarets Aufsicht pflücken durfte, um das Haus damit zu schmücken.

War die Gartenarbeit Margarets stille Therapie, übernahm im Fall von Jason und Libby die Heimwerkerei diese Funktion. Anfänglich, als sie sich noch mühsam durch den Schutt und Rauch von Jasons Abschied von der Arbeit und Donalds Tod hindurchgequält hatten, war Libby der Überzeugung gewesen, dass sie, wenn sie schon nicht redeten, einfach beisammen sein und ein gemeinsames Ziel verfolgen sollten. Nach einem holprigen Start waren sie aber allmählich ins Gespräch gekommen. Sie sprachen sogar mehr miteinander, als sie es je zuvor getan hatten, seit Beginn ihrer Beziehung, als Jason als Trainee in einer Woche mehr verdient hatte als Libby als kleine Praktikantin in einem ganzen Monat. Dass sie beide zwei linke Hände hatten, schweißte sie in gewisser Weise zusammen. Sie sprachen über Farben, Ideen für die Website, die Unmöglichkeit, Lord Bob zu erziehen, Jasons Erinnerungen an Donald, Longhampton. Das Einzige, worüber sie nicht sprachen, war gleichzeitig das Einzige, worüber sie hätten sprechen müssen: die unglückselige Verquickung von Ereignissen, die überhaupt nur dazu geführt hatten, dass sie Wandsworth verlassen und zum Dampf-Tapetenablöser gegriffen hatten.

Libby trat von der Wand zurück, an der sie soeben eine Tapetenbahn abgelöst hatte, und massierte sich mit den Fingerknöcheln den Hals. Jason hatte schon angefangen, aber es blieben noch etliche Tapetenschichten, durch die sie sich hindurchackern mussten. Einer langweiligen Tapete mit Zweigdekor folgte eine Laura-Ashley-Tapete mit Regency-Streifen aus den Achtzigern und dann ein psychedelisches Sonnenblumenmuster, das die Gäste in den Siebzigern mit dem berauschenden Gefühl ins Bett geschickt haben dürfte, etwas Pilzartiges verspeist zu haben.

Libby schloss die Augen, rief sich ihr Moodboard zu Zimmer sechs vor Augen und versuchte, die Bilder in dieses Chaos zu projizieren. Keine Tapete, keine Teppiche mit wilden Ornamenten, nur klare Flächen in einem beruhigenden Französisch Grau. Ein geschmackvoller Designerteppich in einer knalligen Farbe – Türkis oder Senf –, weich unter nackten, müden Füßen. Großzügige, verdunkelnde Gardinen aus beigefarbenem Leinen, von schweren Goldkordeln zusammengehalten. Ein neues Vi-Spring-Bett mit einem Gänsedaunenoberbett und echten Federkissen. Samtene Tagesdecke.

Ein warmes Gefühl durchströmte sie. Jason hatte recht: Das war mehr als einfach nur okay. Klar, sie mussten ans Budget denken, aber Libby hatte darauf bestanden, dass sie genug Geld von dem Hausverkauf zurückbehielten, um nicht bei den letzten Details sparen zu müssen. Sie waren es, die den Leuten auffielen. Sie waren es, die dieses heruntergekommene Hotel nicht nur ganz nett, sondern zu etwas Besonderem machen würden.

Sie schlug die Augen wieder auf und betrachtete die verwüstete Wand, an der hartnäckig noch ein paar Tapetenfetzen hingen. Das warme Gefühl verflüchtigte sich. Es würde einfach seine Zeit brauchen, aber das war ja nichts Neues. Libby hatte den Ausbau ihres Londoner Hauses beaufsichtigt – damals hatte sie gerade im Rahmen von Sparmaßnahmen ihren Job bei der Produktionsfirma verloren, und Jason hatte vorgeschlagen, dass sie einfach sechs Monate aussetzte, um die Arbeiten zu beaufsichtigen –, aber erst jetzt wurde ihr klar, wie perfekt Mareks Team gearbeitet hatte. Und was für ein brillanter Planer Marek war. Und wie schnell seine Leute gearbeitet hatten. Und wie wenig sie selbst, die überaus kompetente Recherchefrau, eigentlich hatte tun müssen.

Libbys Sehnsucht nach ihrer luftigen Küche mit den vom Architekten entworfenen Oberlichtern und der komplett grifflosen elfenbeinfarbenen Schrankwand, die jedem einzelnen Mitglied ihres Lesezirkels einen neidischen Seufzer abgerungen hatte, löste sich beim Klingeln ihres Handys in Luft auf.

Das Bild ihrer Freundin Erin lächelte vom Display zu ihr auf: die witzige, begeisterungsfähige Erin, Modeeinkäuferin und Libbys Nachbarin in der St Mary's Road mit Bostoner Akzent, gewaltigem amerikanischem Kühlschrank und Zwillingen, den Beans.

Libby kniff die Augen zusammen. Sie hätte ihre Freundin längst anrufen sollen. Erin hatte schon ein paar Posts auf Libbys Facebook-Seite hinterlassen und um Fotos vom Hotel gebeten – sie *eingefordert* vielmehr –, aber irgendetwas in Libby hatte sich immer dagegen gesperrt. Stolz musste sie nicht auf sich sein: Da das Swan Hotel keine Website besaß, hatte Libby ihren Londoner Freunden erzählt, dass das Swan Hotel so etwas wie Babington House sei, nur in Richtung

Wales. Alle schienen beeindruckt – während sie selbst noch nie in Babington House gewesen war, fuhren die anderen offenbar jedes zweite Wochenende hin –, und Libby wollte sie nicht mit der Realität konfrontieren, bevor sie nicht drei Zimmer vollkommen fertig hatte.

Nicht dass sie sich für das Swan Hotel schämte, aber sie hatte – auch unter dem noch frischen Eindruck des Schocks, dass Jason seinen Job verloren hatte – den Verkauf des Hauses, den Wechsel in bescheidenere Verhältnisse und den Start in ein besseres Leben als freiwillige Entscheidung verkauft. Sie hatte sich einfach besser damit gefühlt. Ihr Freundeskreis war nämlich ... Libby suchte das richtige Wort, um ihren Freundeskreis zu beschreiben. »Versnobt« klang so unsympathisch, dabei waren es keine schlechten Menschen; sie waren großzügig, stilbewusst, gesellig. Trotzdem waren sie ... nun ja, versnobt.

Erin nicht, glücklicherweise. Als Amerikanerin war sie der Meinung, dass sie gar nicht wusste, zu welchen Dingen man eine definitive Meinung haben musste, und so war sie dankbar, dass sie Libby hatte, weil die ihr die soziale Fallhöhe zwischen einem Salon und einem Wohnzimmer erklären konnte. Sie kleidete sich modisch, aber auf eine lockere, nicht auf Marken fixierte Weise. In einem frühen Stadium ihrer Bekanntschaft, als Libby sie bei einer Flasche Wein in die verschiedenen Nachbarschaftsintrigen eingeweiht hatte, hatte sie Erin auch gestanden, dass sie sich, seit sie mit Jason in das Viertel gezogen war, nie richtig angezogen fühlte. Libby war Kleidung nicht so wichtig, während alle ihre Bekannten aus dem Lesezirkel und der Barbecueclique den neuesten Modejargon beherrschten – und eine von ihnen sogar einen Blog zum Elternparcours vor der Schule unterhielt. Erin hatte prompt einen Abend Babysitting gegen eine Modeberatung getauscht und Libby so lange durch Umkleidekabinen gescheucht, bis sie sich nicht mehr wie eine arbeitslose Recherchespezialistin gefühlt hatte. Ein Nachmittag mit Erin hatte Libby ein Selbstvertrauen beschert, das die Belastung der Kreditkarte bei Weitem überwog, zudem eine echte Freundin. Wie sie Jason hinterher erklärt hatte: Wenn einen jemand in einem knallengen Schlauchkleid gesehen hat, hatte man nicht mehr viele Geheimnisse vor ihm.

Die Begegnung mit Erin war der Wendepunkt in Libbys Leben in dem neuen Haus gewesen. Sie war es, die Libby darauf aufmerksam gemacht hatte, dass man nur eine einzige teure Handtasche im Jahr kaufen musste, um immer ein Gesprächsthema mit Rebecca, Marian und Helena zu haben. Aus diesem Samen waren dann tatsächlich Freundschaften erwachsen. So etwas in der Art zumindest.

Libby nahm das Handy, bevor sie es sich anders überlegen konnte. Es war schließlich nicht Facetime; Erin würde die verhunzte Tapete nicht zu Gesicht bekommen. »Erin! Wie schön, dein Gesicht auf meinem Handy zu sehen.«

»Hallo Fremde!« Erin klang erfreut. »Hast du etwa angerufen, als wir im Urlaub waren? Das ist schon *Wochen* her. Es passt gar nicht zu dir, dass du nicht wissen willst, was hier so los ist.«

Libby hörte die Stimmen der Beans im Hintergrund und wusste sofort, von wo aus Erin anrief: vom Spielplatz in der Ecke des Parks, mit der roten Marienkäferschaukel und dem Cricketpavillon mit der Teestube, wo es Kaffee-Walnuss-Kuchen gab. Ihr alter Treffpunkt.

»Tut mir leid, hier war die Hölle los.« Sie kehrte der Wand den Rücken zu und zwang sich zu einem Lächeln, als sie von einer starken Sehnsucht nach dem verlorenen Leben, das jetzt ohne sie weiterging, gepackt wurde. »Ich wollte immer anrufen, aber es ist nie genug Zeit, um sich in Ruhe unterhalten zu können.«

»Klar, das muss irre viel Arbeit sein! Entschuldigung, dass ich so selbstsüchtig und neugierig bin. Wir vermissen dich nur einfach. Bist du derart eingespannt? Tobias, komm sofort da runter, mein Schatz, du könnest dir wehtun ... Hier herrscht Krisenstimmung, weil alle Nannys im Urlaub sind! Du musst mir ein paar Tipps geben, wie man mit Personal umgeht.«

Libby versuchte, sich in Erinnerung zu rufen, was sie Erin über ihre Personalsituation erzählt hatte. Vermutlich hatte sie nicht erwähnt, dass ihr Personal nur aus ihr selbst, Jason, Jasons Mutter – falls sie denn in Stimmung war – und den beiden abwechselnd arbeitenden Reinigungskräften Dawn und Peggy bestand.

»Also, schieß los, ich will alles wissen!«, sagte Erin. »Renoviert ihr gerade? Hast du eine Pinterest-Pinnwand eingerichtet? Was für Pläne habt ihr für den Spa-Bereich?«

Beim Abschiedsessen hatte sich Libby nach drei Gläsern Wein und einem intensiven Austausch mit Rebecca Hamilton über deren vierwöchigen Body-Wellness-Urlaub in Mustique selbst dabei überrascht, wie sie die Idee eines ganzheitlichen Spa-Bereichs hinter dem Hotel ins Spiel gebracht hatte. Plötzlich hatten *alle* vorbeikommen wollen. Zumindest hatten es alle gesagt.

»Wir müssen erst eine Weile hier wohnen, um ein Gefühl für den Ort zu bekommen, bevor wir die größeren Projekte in Angriff nehmen.« Es wäre verlockend, Erin das Herz auszuschütten, aber das ging einfach nicht. Sie war es Jason schuldig, ihre Übergangsschwierigkeiten für sich zu behalten. Positiv denken, mahnte sie sich selbst. Neuanfang.

»Beeil dich aber. Ich sterbe vor Neugier – das wird sicher *überwältigend*. Übrigens habe ich meiner Freundin Katie von dir erzählt. Erinnerst du dich an Katie? Die Redakteurin von *Inside Home*? Ich habe ihr gesagt, dass sie eine ihrer freien

Mitarbeiterinnen schicken soll, eine gewisse Tara, um ein Porträt über das Swan Hotel zu schreiben, wenn es erst einmal fertig ist. Ich habe mich mächtig ins Zeug gelegt: intimes Luxushotel, ein Stück London auf dem Lande, anrührende Familiengeschichte im Hintergrund ... Sie war hochgradig entzückt von der Vorstellung, wie ihr beiden euch in ein Hotelabenteuer stürzt!«

Libby wusste nicht, ob sie begeistert oder entsetzt sein sollte. Eine Journalistin. Im Hotel. Eine Journalistin von *Inside Home*.

»Nein, wirklich? Danke, Erin, das ist aber nett von dir.«

»Keine Ursache. Das ist sicher hilfreich, wenn ihr euch bei der Wiedereröffnung gleich richtig positionieren wollt. Wann wird es denn so weit sein? Hattest du nicht gesagt, dass es sich, vom Spa-Bereich mal abgesehen, nur um ein paar Schönheitsreparaturen handelt?«

Aufregung und Panik packten Libby gleichermaßen. »Ein paar Monate könnte es schon noch dauern ...«

»Perfekt! Dann wird es eine Weihnachtsstory! Romantische winterliche Fluchten im Vereinigten Königreich. Ihr habt doch einen Kamin, oder?« Erin stieß ein Geräusch aus, das auf gewaltigen Neid schließen ließ. »Ich *liebe* Landhotels. Vermutlich ist es das, was ich an England am meisten liebe. Das und die John-Lewis-Shops.«

Libby konnte sich kaum auf ihre Worte konzentrieren. Als sie sich zum Fenster umgedreht hatte, hatte sie einen Riss entdeckt, der sich zuvor hinter der Tapete versteckt hatte. Er schien sich bis zur Decke hochzuziehen. War er am Vorabend schon da gewesen? Jason hatte es rundheraus abgelehnt, das Haus vor dem Kauf von jemandem begutachten zu lassen (»Mum würde es doch wissen, wenn es baufällig wäre«), aber seit sie mit der Renovierung angefangen hatten, war sie schon auf einige Probleme gestoßen, die sie von ihrem eigenen Haus her kannte: feuchte Flecken, Risse, knarrende Dielen.

»Darf ich Katie also deine Kontaktdaten geben?«, fuhr Erin fort, die Libbys gerunzelte Stirn nicht sah. »Und könnt ihr etwas Nettes arrangieren?«

»Mhm, klar!« Die Vorstellung, dass eine Reisejournalistin in dieses feuchte, mit Hundehaaren gespickte Hotel kommen würde, ließ Libby das Blut in den Adern gefrieren. Aber Erins Angebot war ein echter Joker. Ein Wahnsinnsjoker. Mit einem Feature in einem solchen Magazin würden sie genau in die Märkte vorstoßen, die sie erobern mussten, wenn sie dem Hotel ein anderes Image verpassen wollten. So eine Werbung konnte man gar nicht kaufen. Nun ja, können könnte man schon – wenn man das nötige Geld hätte.

Das wäre doch ein Ziel, sagte sie sich und spürte ihren Puls in der Kehle flattern. Ein Ziel würde sie und Jason zwingen, sich auf das Wesentliche zu konzentrieren. Sie müssten endlich anfangen, wie die Besitzer eines stilvollen Hotels zu denken. Niemand würde den Bluff durchschauen, wenn sie sich ins Zeug legten.

»Erin, du bist ein Genie«, sagte sie dankbar. »Das wäre absolut fantastisch. Für die Frau wird schon im September Weihnachten sein – einschließlich eines überwältigenden Kaminfeuers.« Libby sah den Salon schon vor sich, wenn man den karierten Teppich rausgeschmissen und Teppichboden aus Sisal verlegt haben würde. Edle Harris-Tweed-Sofas gruppierten sich um einen Kamin herum. Einen hochwertigen Kamin. Eine Antiquität, die man noch irgendwo beschaffen müsste. Dann Kerzen, Stechpalmen, Glühwein aus Pokalen. »Wir würden gerne Weinproben anbieten. Und winterliche Teezeremonien mit heißem Grog und dem Früchtekuchen nach dem alten Familienrezept meiner Mutter. Hier in der Gegend kann man auch wunderbar spazieren gehen …«

Libby hatte keine Ahnung, ob man in der Umgebung wunderbar spazieren gehen konnte – sie kannte nur den Weg hinter dem Hotel, der in die Stadt hinabführte –, aber Longhampton lag auf dem Land, und war das nicht der Witz an der Sache? Weite Landschaften, wo man kalt und nass wurde, um dann hineinzugehen und sich bei einem Glas Wein aufzuwärmen?

»Ach, du weißt gar nicht, wie sehr ich dich beneide, Libby.« Erin seufzte. »Ich habe Pete davon erzählt – und wir haben schon darüber gesprochen, ob wir es euch nicht nachtun und etwas Ähnliches aufziehen wollen.«

Jetzt wurde Libby von ihrem Schuldbewusstsein wieder eingeholt. »Wirklich?«

»Was ihr da vorhabt – das ist ein Traum. Aus der Stadt herauskommen, ein eigenes Unternehmen aufziehen ... Verrate es bitte niemandem, aber ich habe mir bereits sanierungsbedürftige Hotels im Bundesstaat New York angeschaut. Es gibt sogar schon eine heimliche Pinterest-Pinnwand!«

»Um Himmels willen, Erin, warum solltet ihr das tun?«, fragte Libby. »Pete wurde gerade erst befördert.«

Erins Mann Pete war Grafikdesigner. Gemessen an den anderen Paaren aus ihrem Bekanntenkreis – die alle mehr oder weniger im Bankensektor arbeiteten –, waren die Douglas ziemlich normal. Sie fuhren nur zweimal im Jahr ins Ausland, Ostern außerdem in den Skiurlaub, und Pete stammte aus Wolverhampton.

»Stimmt schon. Aber ich bekomme ihn kaum noch zu Gesicht. Wenn er von der Arbeit heimkehrt, sind die Beans längst im Bett, und ich bin erledigt ... Klar, unsere Urlaube sind wunderbar, aber ein gemeinsamer Alltag ist Gold wert. Ihr habt vollkommen recht, wenn ihr eure Beziehung an die erste Stelle setzt. Ich finde es absolut umwerfend, dass

Jason auf seinen Job in der Stadt verzichtet hat, um mit dir und seiner Mutter das Hotel aufzubauen. Das passt zu ihm! Nun, zu dir passt es natürlich auch.«

Libby zwang sich zu einem Lächeln, damit Erin nicht merkte, dass sie die Augen zusammenkniff. »In der Tat!«

Erin wusste nicht, was hinter dem »Jobverzicht« steckte und was Jason getan hatte, um seinen Chefs gar keine andere Wahl zu lassen. Ihr war nicht klar, dass der Erlös aus dem Verkauf des wunderschönen Hauses an der 24 St Mary's Road zum Teil in die Tilgung atemberaubender Schulden und zum Teil in die längst überfälligen Ratenzahlungen von Margarets Hypotheken geflossen war. Und dass nur das wenige, was dann noch übrig war, für die Renovierung blieb. Jason und Libby hatten eine tolle Beziehung, klar, aber Erin wusste nichts von den Auseinandersetzungen, die Libby dazu gebracht hatten, Dinge zu sagen, über die sie selbst entsetzt gewesen war. Und die Dinge, die der liebenswürdige, allseits als Mustergatte geschätzte Jason zurückgeknurrt hatte, ließen Libby immer noch mitten in der Nacht die Haare zu Berge stehen. Die Worte waren im Zorn gefallen, und es hatte viele Tränen und Entschuldigungen gegeben, aber sie hatten dem reinen, unbeschwerten Glück ihrer Beziehung einen deutlichen Dämpfer verpasst. Ein winziger, finsterer Teil von Libby war fast erleichtert gewesen, als das Verhängnis über ihr Leben hereingebrochen war. Niemand verdiente ein derart ungetrübtes Glück, wie sie es genossen hatten. Konnte man *zu* glücklich sein? Hatten sie all ihre Chancen verbraucht in diesen rasanten, unbekümmerten, liebestollen Jahren, als Geld und Urlaube wie Wasser aufliefen und wieder abflossen und London einem Film glich, in dem man Champagner trank, Taxi fuhr und sonntags durch die Gegend flanierte?

Libby starrte auf den Riss in der Wand. Es war schrecklich, Erin gegenüber nicht ehrlich sein zu können, aber niemand kannte die ganze Wahrheit. Weder Margaret noch ihre eigenen Eltern (um Gottes willen, die schon gar nicht) noch ihre Schwester. Nur sie und Jason. Es war Teil ihrer Strafe, damit fertigzuwerden, fern von der vertrauten Welt.

Fern von *Libbys* vertrauter Welt. Dies hier war schließlich Jasons Heimat.

»Bleibt aber die wirklich wichtige Frage«, fuhr Erin überschwänglich fort. »Wann können *wir* vorbeikommen? Ich habe schon zu Pete gesagt, dass wir so bald wie möglich ein Wochenende in Longhampton verbringen sollten. Hinterher werde ich dann eine große PR-Aktion einleiten! Wenn ich erst einmal allen davon erzählt habe, werdet ihr schon bald Gäste ablehnen müssen!«, schloss sie mit ihrem ironischen amerikanischen Akzent, mit dem sie immer sprach, wenn sie sich selbst auf den Arm nahm.

»Klar«, sagte Libby schwach. »Wir sind nur ... Vielleicht wenn wir noch ein paar Zimmer fertig haben?«

»Sag einfach Bescheid, wenn ich mein Partykleid einpacken soll!«, sagte sie. »O Gott, da fällt mir etwas ein – hast du auf Instagram die Fotos von Rebeccas Geburtstagsparty für Otis gesehen?«

Libby biss sich auf die Lippe. Hatte sie, klar. Sie konnte es einfach nicht lassen, sich mit dem nächtlichen Studium der sozialen Medien ihrer alten Freundinnen zu quälen. Und während sie alles Mögliche likte, fragte sie sich, ob überhaupt jemandem auffiel, dass sie nicht mehr da war.

»Ist was, mein Schatz?«

Libby wurde bewusst, dass ihr ein Seufzer entwichen war. »Entschuldigung, nein. Ich hatte nur ... mit dem Hund gesprochen.«

»Ihr habt einen Hund? Wie cool ist das denn? Ein Hotel auf dem Land braucht natürlich einen Hund. Was für einer ist es denn?«

Wie aufs Stichwort kam Bob aus einem Zimmer gewatschelt, in dem er gar nichts zu suchen hatte. Als er Libbys grimmigen Blick bemerkte, zog er die rötlichen Augenbrauen hoch, bis sie in den Falten an seinen Ohren verschwanden.

»Ein Basset«, sagte sie und blitzte Lord Bob weiterhin an. Auf seinen treuherzigen Blick, mit dem er sich bei den Menschen einzuschmeicheln versuchte, fiel sie bestimmt nicht herein. Sobald sie einlenkte, wäre ihr Kampf gegen Hundehaare in Schlafzimmern verloren, und da war bei ihr eine Grenze überschritten. »Er gehört meiner Schwiegermutter. Aber er ist eher ein Quälgeist.«

»Ah! Ich liebe Bassets!«

»Den hier würdest du nicht lieben«, sagte Libby finster, als ihr Lord Bob einen letzten Blick zuwarf, um dann zur Treppe zu watscheln und unbekümmert den Abstieg zu beginnen. Die wedelnde weiße Schwanzspitze geriet allmählich außer Sicht. »Er ist vollkommen verzogen. Da er aber ein unglaublich schwerer Brocken ist, möchte man sich nicht mit ihm anlegen. Er scheint den ganzen Tag zu schlafen, aber wehe, du machst im Nebenraum eine Tüte Chips auf, dann steht er sofort auf der Matte. Außerdem stinkt er. Die Hälfte meiner Zeit verbringe ich damit, Hundehaare aufzusaugen, die andere Hälfte jage ich ihm mit Febreze hinterher.«

Erin lachte, als sei das ein guter Witz gewesen. »Ich würde wetten, dass er nicht schlimmer ist als meine Kinder, und die Betreuung ist sicher günstiger, oder? Aber jetzt erzähl doch mal von deiner armen Schwiegermutter. Wie lange ist es jetzt her? Sechs Monate? Wie kommt sie mit der Situation …« Im Hintergrund hörte man Geschrei, ein Kind, dann ein zweites. Erin stöhnte. »Tobias! *Tobias!* Ich hatte dir doch gesagt, dass genau das passieren würde, oder? Tut mir leid, Libby, aber ich fürchte, ich muss Schluss machen. Es ist ein kleiner Unfall passiert.«

»Kein Problem.« Libby gab sich Mühe, sich ihre Enttäuschung nicht anmerken zu lassen. Gerade hatte sie angefangen, sich zu entspannen, und plötzlich schien sich eine Tür zu schließen und sie ganz alleine zurückzulassen, an einem schrecklich stillen Ort.

»Ich ruf später noch mal an«, versprach Erin. »Tobias, ich mache keine Witze, Mister ... Wir müssen noch so viel bequatschen. Ob du zum Beispiel einen neuen Lesezirkel gefunden hast.«

»Gott bewahre! Dazu müsste ich mich erst einmal irgendwo vorstellen. Nicht einmal Margaret kann ...«, begann Libby, aber Erin hatte das Gespräch schon halb beendet.

»Ich schreibe dir eine SMS«, sagte sie. »Dann machen wir einen Termin aus und ... Tobias! Tut mir leid, tschüss, Libby.«

Und weg war sie.

Libby fiel ein, dass sie ihr gar nicht von dem Unfall erzählt hatte und von der Fremden, die auf dem Weg zu ihrem Hotel war.

Typisch, dachte sie und knibbelte wütend an dem Riss in der Wand herum. Es gab so vieles, was sie Erin erzählen könnte, aber es war ausgerechnet dieser Mistkerl Lord Bob, der zum Zuge kam.

Erins Anruf – und die Tatsache, dass ihr Tapetenkratzer durchbrach – hatte zur Folge, dass Libby den Rest des Nachmittags im Büro verbrachte und einen Zeitplan erstellte, der es ihnen ermöglichen würde, im Spätsommer eine Journalistin zu empfangen und ihr Hotel wiederzueröffnen.

Dass sie in Eigenregie renovierten, war preisgünstig und erfreulich amüsant, aber wenn sie in dem Tempo fortfuhren, wären sie nächstes Jahr noch nicht fertig. Libby ließ den Stift um den Finger kreisen, als sie den Kalender in ihrem Laptop studierte. So konnte das nichts werden. Und der Riss in der Wand ging ihr auch nicht aus dem Kopf. Das Hotel musste *richtig* in Schuss gebracht werden. Gäste bemerkten jeden Riss und jede knarrende Diele und schrieben dann dreiste Bewertungen auf TripAdvisor.

»Hallo, mein Schatz, was machst du denn da?«

Jason war schwungvoll ins Büro getreten, ein paar B&Q-Tüten und eine Abendzeitung in der Hand. Er war mittags aufgebrochen, um sich »neue Türen anzuschauen«, und seither nicht wieder aufgekreuzt.

»Wo warst du?« Libby runzelte die Stirn und wollte ihn schon zur Rede stellen, aber er griff theatralisch in eine der B&Q-Tüten und legte ihr eine Papiertüte vom Stadtbäcker hin. Ein Eccles Cake – Blätterteig gefüllt mit Trockenfrüchten – ihr neues Lieblingsgebäck.

»Du gehst mir nicht aus dem Sinn«, deklamierte Jason feierlich. »Nicht einmal vor dem Schmirgelpapierregal. Was hast du getan, während ich weg war?«

Bevor sie antworten konnte, war er um den Tisch herumgekommen, hatte seine Arme um sie geschlungen und liebkoste ihren Hals. Libby schmolz dahin, wegen des Eccles Cake, aber auch, weil Jason so zielsicher wusste, wo er sie küssen musste. Er gab sich alle Mühe, sagte sie sich. Und er liebte sie, ob sie nun Kohlenhydrate in sich hineinschaufelte oder nicht, was man von Rebecca Hamiltons Ehemann nicht behaupten konnte.

»Ich plane«, sagte sie. »Wo warst du?«

»B&Q, um Werkzeug zu besorgen. Und in der Stadt.« Er riss sich ein Stück von ihrem Eccles Cake ab und aß es über ihrer Schulter. »Erstaunlich, wie viele von den alten Läden noch existieren. Und ein paar neue gute Geschäfte gibt es auch. Sogar zwei Feinkostläden, wer hätte das gedacht? Wenn man mir in meiner Jugend erzählt hätte, dass es in Longhampton mal gefüllte Oliven geben würde, hätte ich gelacht. Und gefragt, wer oder was eine Olive denn sei.«

»Erin hat angerufen«, sagte Libby. »Sie hat sich aus dem Fenster gehängt, um Werbung für uns zu machen, aber dazu müssen wir unseren Zeitplan überdenken. He!« Sie schlug ihm auf die Finger, als er sich schon wieder an ihrem Eccles Cake vergreifen wollte. »Können wir vielleicht heute Abend darüber reden? Zusammen mit deiner Mutter? Ich denke, wir müssen in den sauren Apfel beißen und ein bisschen Geld für Handwerker ausgeben.«

Jason riss ein großes Stück Blätterteig ab und steckte es ihr im selben Moment in den Mund, in dem er sagte: »Können wir das verschieben? Ich habe heute Abend etwas vor.«

»Was?«, platzte Libby mit vollem Mund heraus. »Du hast heute Abend Rezeptionsdienst. Das steht im Dienstplan, an den wir uns doch strikt halten wollten.«

Jason zog eine zerknirschte Miene, die seine blauen Augen so anziehend und jungenhaft wirken ließ. Er sah ohnehin schon nicht wie fünfunddreißig aus, aber mit diesem Gesichtsausdruck wirkte er wie zehn. »Tut mir leid, das hatte ich ganz vergessen. Der Chopper hat mich gefragt, ob ich auf ein Bier in den Pub komme.«

»Der Chopper? Ein Holzhacker, oder was?«

»Mike Prosser.« Er grimassierte auf eine Weise, die offenbar ihrem Gedächtnis auf die Sprünge helfen sollte. »Du kennst doch den Chopper. Mike, den Holzhacker!«

»Der einzige Mike, den ich kenne, ist Mike Adams«, sagte Libby. »Unser Zahnarzt. Und der ist eher ... der Bohrer.«

»Hahaha!« Jason lachte ein wenig zu laut. »Köstlich. Bist du dem Chopper noch nie begegnet? Musst du unbedingt. Er ist eine Legende.«

»Einem Holzhacker bin ich noch nie begegnet. Der Name klingt so, als würde ich mich erinnern.«

»Oh, na ja, kann schon sein. Wir haben zusammen Rugby gespielt. Er war eine Stufe über mir, der erste Typ in meinem Leben, der ein Pint in einem Zug hinunterstürzen konnte. Sein Vater hatte einen Bauernhof in der Nähe von Hartley, und wir sind oft dort gewesen, um …«

»Holz zu hacken?«

»Richtig.« Jason grinste begeistert. »Aber egal, jedenfalls habe ich ihn heute in der Stadt getroffen. Er hat mich zu einem Drink eingeladen – und da konnte ich schlecht Nein sagen.«

Können hättest du schon gekonnt. Libbys Brustkorb schnürte sich zusammen, und sie gab sich alle Mühe, sich nicht von diesem Gefühl beherrschen zu lassen. Was will mir dieses Gefühl jetzt sagen?, fragte sie sich, wie es ihr Eheberater immer getan hatte. Wie er es vielmehr in den beiden Sitzungen getan hatte, die sie wahrgenommen hatten, bevor sie dann umgezogen waren.

Bin ich sauer, weil sich Jason jetzt schon aus der gemeinsamen Verantwortung stiehlt?

Bin ich eifersüchtig, weil er Freunde hier hat, während meine Freunde alle in London sind?

Oder hat es damit zu tun, dass dieser Holzhacker einer dieser hirnlosen Rugby-Idioten ist, mit denen sich Jason bestimmt gerne volllaufen lässt, weshalb mein Ehemann nicht nur heute Abend, sondern gleich auch noch am morgigen Tag aus dem Verkehr gezogen sein wird? Und das, obwohl ich mich so darauf gefreut hatte, ihm beim Abdampfen der Tapeten zuzuschauen?

Libby schaute auf ihre Hände, die auf der Tastatur ihres Laptops lagen. Der Nagellack war beim Abkratzen der Tapeten abgeplatzt, und sie hatte noch keine Zeit gehabt, ihn zu erneuern. Ein lachsfarbener Farbsplitter hatte sich unter dem Diamanten ihres Verlobungsrings verfangen – einem Ring aus Edwardischer Zeit aus einem Antiquitätenladen in

Brighton. Libby erinnerte er immer noch lebhaft daran, wie ihr ein tropfnasser Jason – er hatte ihr bei einem plötzlichen Wolkenbruch seinen Mantel geliehen – auf dem Riesenrad von London einen Heiratsantrag gemacht hatte. Der Diamant war nicht riesig, da er ihn noch vor seiner großen Karriere gekauft hatte. Sie hatte ihn aber nicht gegen einen größeren austauschen wollen, obwohl ihre Freundinnen sie regelmäßig dazu gedrängt hatten.

»Oh, Libs, du bist doch nicht sauer, oder?« Er nahm sie in den Arm. »Nicht sauer sein. Es wird nicht spät. Nur ein Pint – er ist jetzt Rechtsanwalt. Kann nicht schaden, so jemanden zu kennen.«

Sie gab sich Mühe, ihre Gedanken zu sortieren. Vielleicht hatte der Chopper eine Frau. Vielleicht war Mrs Chopper jemand, mit dem sie mal einen Kaffee trinken könnte. Jemand, der ihr einen Tipp geben würde, wo man sich hier in der Gegend die Haare schneiden lassen konnte oder welche Werkstatt einen nicht ausnahm, nur weil man einen auswärtigen Akzent hatte.

»Kann ich nicht mitkommen?«, fragte sie munter und drehte sich auf ihrem Stuhl herum. »Nur für eine halbe Stunde, um Hallo zu sagen. Ich würde deine alten Freunde gerne kennenlernen. Wir könnten in einem gemütlichen Lokal einen Tisch reservieren und schon einmal Empfehlungen für unsere Informationsbroschüre sammeln.«

»Ah.« Jasons Gesichtsausdruck veränderte sich. »Die Sache ist nur, dass ich vorher noch zum Training gehe und erst hinterher in den Pub.«

»Was für ein Training?«

»Im Club«, sagte er etwas zu beiläufig. »Für die nächste Saison fehlen noch ein paar Leute, und da hatte Mike die Idee, dass ich vielleicht in der Trainingsmannschaft einspringen könnte. Um mal zu sehen, wie es so läuft.«

Sie riss ungläubig die Augen auf. »Wie was läuft? Aber nicht in der Rugbymannschaft, oder?«

»Nein, in der Ikebanagruppe. Haha! Natürlich in der Rugbymannschaft.«

»Aber du hast nicht mehr Rugby gespielt, seit ...« Libby versuchte, sich zu erinnern. »Seit der Zeit vor unserer Hochzeit. Hast du vergessen, was damals los war? Du hast geschworen, nie wieder Rugby zu spielen, als du ausgerechnet vor der Hochzeit meiner Schwester mit einem blauen Auge nach Hause gekommen bist.«

Jason winkte ab. »In London hatte ich eben keine Gelegenheit dazu. Außerdem ist es etwas anderes, wenn man mit seinen Kumpels spielt.«

»Aber es ist fünfzehn Jahre her, Jase. Wie willst du Tapeten abkratzen, wenn du dir den Rücken verdrehst?«

»Es ist ja nicht so, dass ich herumgesessen und Däumchen gedreht hätte.« Jason schien beleidigt. »Ich bin nicht außer Form, Libby. Immerhin bin ich den Viertelmarathon gelaufen.«

Libby schluckte schnell herunter, was ihr auf der Zunge lag. Der Viertelmarathon hatte Jason fast den Rest gegeben, nachdem er sich in der City nur mit starkem Kaffee und Alkohol über die langen Nächte und den Stress gerettet hatte. Er war mit dem schlimmsten Kater seines Lebens angetreten, und nur reiner Sturheit – und dem Geld des Sponsors und der Konkurrenz unter den Kollegen, die auch keine Zeit ans Training verschwendet hatten – war es zu verdanken, dass er die Ziellinie überhaupt erreicht hatte. Was sie an Jason immer geliebt hatte, war seine Weigerung, ein Versprechen zu brechen. Aber der Preis durfte natürlich nicht zu hoch sein.

»Was ist denn? Du guckst so komisch, Libby.«

Er starrte sie an, wie er es in London nie getan hatte, nicht einmal, wenn sie sich nach seiner Kündigung Sachen an den Kopf geschmissen hatten. Defensiv. Libby hielt seinem Blick stand und spürte, dass sich der nächste Krach anbahnte. Es war furchtbar, wenn es so aus dem Nichts kam – diese Abwärtsspirale, der sie sich nicht mehr entziehen konnten, wenn sie erst einmal hineingeraten waren. Sie führte unweigerlich zu einer Tür, hinter der sich etwas Furchtbares verbarg, und obwohl sie die Schwelle nie überschritten und in das finstere Herz ihrer Gedanken gelangten, kamen sie doch nah genug heran, um einen Blick darauf zu erhaschen. Die Stille war schlimmer als jeder Krach. Sie sagte ihnen beiden, dass sie Angst vor dem hatten, was sich auf der anderen Seite verbarg.

»Du willst doch wohl nicht sagen, dass ich nach einem harten Tag nicht ausgehen darf, um wenigstens *ein* Bierchen zu trinken«, begann er mit einer gequälten Miene, die sie verdammt an Margaret erinnerte, aber sie hatte nicht die Energie, große Debatten anzustrengen. Sie verspürte Schmerzen an Stellen, von deren Existenz sie bislang nichts gewusst hatte.

»Gut«, sagte sie und hob die Hände. »Aber brich dir bitte nicht die Knochen.«

»Klar – zumindest nicht, bis die Räume fertig sind ... *Ma'am*.«

Libby war sich nicht sicher, wie witzig das gemeint war. Sie stand auf und öffnete das Fenster, nicht weil es besonders heiß gewesen wäre, sondern weil sie ihre derzeitige Stimmung abschütteln wollte.

»Hier stinkt's nach Hund«, sagte sie, als er sie fragend anschaute.

Jason verschränkte die Arme. »Was ist bloß los? Nun komm schon.«

»*Ich* kenne hier niemanden, mit dem ich etwas trinken gehen könnte, Jason. Und ich bin vollkommen erledigt.« Libby musste sich bemühen, ihre Stimme unter Kontrolle zu halten, aber nachdem sich die Euphorie über Erins Anruf in Luft aufgelöst hatte und nur noch die Realität ihrer tausend Pflichten zurückgeblieben war, fühlte sie sich ausgelaugt. Viel zu wenig schlafen, den ganzen Tag putzen, schrubben, lächeln, mit Zahlen jonglieren, Margarets Verzweiflung mit anschauen – das zog jedes Fünkchen Energie aus ihr heraus. »Wie soll ich überhaupt jemanden kennenlernen, wenn ich ununterbrochen hier schufte und die Leute unseres Alters ohnehin keine Zeit haben, weil sie so viel arbeiten oder ständig ihre Kinder hin und her kutschieren. Dass mir *das* in absehbarer Zeit passieren wird, ist ja wohl auch nicht sehr wahrscheinlich, nicht wahr?« Ihre Stimme brach. So weit hatte sie nicht gehen wollen.

Jasons Missmut war wie weggeblasen. »Oh, Lib.« Er trat auf sie zu und streckte schuldbewusst die Arme aus. »Komm her, mein Schatz.«

Libby zögerte einen Moment, aber dann ließ sie sich in den Arm nehmen und hin und her wiegen. Seine Berührungen taten ihr immer gut. Sein Geruch, seine fürsorgliche Wärme.

»Es tut mir leid, dass du es so empfindest«, sagte er sanft. »Du scheinst immer so fantastisch mit allem zurechtzukommen.«

Dazu sagte sie lieber nichts. Sie traute sich selbst nicht über den Weg.

»Wie wär's, wenn ich ein gemeinsames Treffen vorschlage?«, sagte er, den Mund an ihren Haaren. »Ich habe allerdings keine Ahnung, wie der Chopper so lebt. Als ich auf der Uni war, hat er Steff Taylor geheiratet, aber ich weiß nicht, ob sie noch zusammen sind. Ich wollte ihn nicht fragen, ob er Lust hat, mit mir und meiner wunderbaren Frau essen zu gehen, wenn er selbst keine hat. Das verstehst du vermutlich. An die heiklen Dinge muss man sich vorsichtig herantasten.«

»Mag sein.«

»Aber ich werde es herausfinden«, fuhr er fort. »Gleich heute Abend werde ich mal vorfühlen. Dann können wir vielleicht für nächste Woche etwas ausmachen, oder?«

»Ich muss auch Freunde finden, Jase«, sagte Libby. »Für dich ist es leicht, du hattest immer Freunde hier. Ich vermisse das ... irgendjemandes Freundin zu sein.«

»Ich weiß. Es ist mir wichtig, dass du glücklich bist. Wirklich.«

Sie schauten sich an. Wenn es nur uns beide gäbe, sagte Libby sich bitter, wäre alles in Ordnung. Er und ich. Wir kennen uns schon so lange. Wir sind nicht wie diese vorschnellen Paare, die heiraten und ganz schnell zwei Kinder bekommen, um dann eines Morgens neben einem Fremden aufzuwachen.

Aber wenn er sich in einen Mann verwandelte, den sie gar nicht kannte, den Mann, der er vorher gewesen war ...

»Wir unterhalten uns, wenn ich zurückkomme«, sagte er. »Versprochen.«

Damit küsste er sie auf die Stirn und ging sein Sportzeug suchen. Pfeifend.

Libby konnte sich nicht erinnern, dass er in London je gepfiffen hätte.

Kapitel fünf

Als Pippa am fünften Tag aufwachte, versuchte sie sofort zu rekapitulieren, was sie geträumt hatte. Sie war irgendwo … am Meer gewesen? Mit Freunden? Einem Hund? Es war windig gewesen. Sie war glücklich gewesen. Das Glücksgefühl hielt sogar noch an, ein Nachhall, der ihr Inneres aufblühen ließ. Sie hatte sich schwerelos gefühlt, und ihre Haut war warm gewesen. Hinter ihren geschlossenen Augen waren Wolken entlanggezogen.

Ihre Hand griff nach dem Stift, aber je angestrengter sie über die Details nachdachte, desto schneller entzog sich der Traum, und sie sah nichts mehr als die schwachen Spuren des Morgenlichts, das sich an den Rändern der verdunkelnden Gardinen ihres Zimmers abzeichnete.

Dies war der erste Morgen, an dem sie nicht mit dem Gedanken aufgewacht war: *Wie sonderbar, ich habe geträumt, ich hätte mein Gedächtnis verloren.* Dies war der erste Morgen, an dem sie beim Aufwachen sofort gewusst hatte, dass die gegenwärtige Version ihrer selbst, Pippa, in diesem Krankenhauszimmer begann und aufhörte. Es hatte ein Vorher gegeben, aber die Verbindung zwischen diesem Vorher und ihr selbst war gekappt; und solange nicht jemand erschien, der sie dorthin zurückführte, war es, als hätte dieses Vorher nie existiert.

Sie fröstelte, als die angenehme Erinnerung an den Traum verblasste und der schnöden Realität das Feld überließ. Solange nicht jemand erschien – und danach sah es bislang nicht aus –, hatte sie nichts als die Kleidung, in der sie eingeliefert worden war. Kein Geld, kein Zuhause, kein Handy, keine Qualifikationen, keinen Lebenslauf, keine Ahnung, wer sie jenseits des jeweiligen Moments war. Nichts.

Pippa spürte Panik aufsteigen, unterdrückte den Seufzer, der sich ihrer Kehle unwillkürlich entrang, und konzentrierte sich auf ihre Atmung. Sie atmete flach, wegen der schmerzenden Rippen, und zählte bis vier, immer wieder und wieder, bis die Station allmählich erwachte und sie sich weniger einsam fühlte. Während sie atmete, strengte sie ihr Gehirn an, um in ihrem leeren Geist vielleicht doch noch ein unbemerktes Fragment zu entdecken, das geräuschlos wie eine Katze nach ihren nächtlichen Streifzügen zurückkehrte.

Ihr Kopf schmerzte … ein bisschen weniger als zuvor? Man hatte den Tropf abgenommen, und die Nadel hatte auf ihrem Handrücken einen Fleck in Form eines grün-violetten Stiefmütterchens hinterlassen. Ihre Rippen schmerzten allerdings stärker, vielleicht weil die Wirkung der Schmerzmittel über Nacht nachgelassen hatte.

Pippa wusste, dass drei Rippen gebrochen waren, links, über dem Herzen. Vermutlich, wie der Arzt mit Blick auf die Haarrisse im Knochen gesagt hatte, vom Aufprall auf den Wagen. Möglicherweise sei sie gegen den Außenspiegel geknallt, hatte er spekuliert, und sie hatte genickt und vergeblich versucht, sich den Vorgang vorzustellen. Der Außenspiegel, der könnte es gewesen sein. Später hatte er ihr das bunte Bild von ihrem Gehirn gezeigt, und sie hatte sich gewundert, dass die Spezialisten zwar in ihren Kopf hineinschauen, aber nichts Nützliches herauslesen und ihr Gehirn auch nicht zur Zusammenarbeit ermuntern konnten.

Vier Wochen, hatte er gesagt, würde es dauern, bis die Rippen wieder heil wären. Bis dahin würden nur eine Menge Schmerzmittel und viel Ruhe helfen.

Sein Name war noch mal … meldete sich eine Stimme in ihrem Kopf. *Sein Name war* …

Sein Name war Dr Shah. Dr Suveer Shah. Sie lag auf der Dean-Station im Loughborough-Flügel. Die Krankenschwestern hießen Bernie und Karen, die Nachtschwestern Sue und Yolanda. Der Spezialist für Kopfverletzungen war Jonathan Reynolds. Er hatte sie in den letzten drei Tagen, seit sie wieder zu Bewusstsein gelangt war, täglich besucht und immer dieselben Fragen gestellt, manchmal auch andere, um herauszufinden, wo ihre verschwommenen Erinnerungen aufhörten. Den Zauberknopf, mit dem man ein vollständiges Gedächtnis-Reset durchführte, hatte er nicht gefunden.

»Machen Sie sich keine Sorgen«, verabschiedete er sich jedes Mal mit einem zuversichtlichen Lächeln. »Neue Informationen kann Ihr Gehirn bestens verarbeiten, und nichts an den Bildern deutet darauf hin, dass sich der Gedächtnisverlust nicht früher oder später wieder geben wird. An den Unfall werden Sie sich vielleicht nie erinnern können, aber wenn ihr Gehirn bereit ist, wird der Rest schnell zurückkommen, da bin ich mir ziemlich sicher.«

Ziemlich sicher. Pippa war nicht entgangen, dass er nie »absolut sicher« sagte.

Der Polizist – Police Constable Canning – war auch da gewesen, um sie über den Stand der Ermittlungen zu informieren. Die Dinge, an die sie sich erinnern konnte, reichten aber nicht für weitere Nachforschungen, und die Erwähnung ihres Unfalls in der Lokalzeitung hatte auch nichts gebracht. PC Canning war freundlich, aber da sich Pippa auf jedes noch so unbedeutende Detail stürzte, merkte sie, dass er genauso neugierig war wie sie, warum niemand nach ihr fragte. Sein Mitleid erfüllte sie mit Scham. Und mit Angst. Sie war nicht normal. Die ganze Situation war nicht normal, und sie hatte keine Ahnung, warum.

Ansonsten schrieb sie weiterhin alles auf, teils aus Angst, sie könne irgendwann aufwachen und feststellen, dass die letzten Tage auch ausgelöscht waren, teils um sich irgendwie zu beschäftigen. Sie hatte Bernie, die Tagesschwester, gefragt, ob sie sich nicht irgendwo Zeitschriften oder ein Buch ausleihen könne, und Bernie hatte geseufzt und ihr versprochen, sich zu erkundigen, hatte aber gleichzeitig erklärt, dass es vielleicht keine gute Idee sei, ihre Augen zu überanstrengen – sie solle sich doch lieber entspannen und ausruhen. Als sei Lesen eine lästige Pflicht.

Pippa hatte in ihr Notizbuch geschaut und geschrieben: *Ich lese gern.*

Das war sie. Alles, was in diesem Notizbuch stand.

Neunzig Minuten und zwei nahezu perfekte englische Frühstücke später saßen Libby und Margaret im Wagen und fuhren mit Lord Bob zum Krankenhaus. Frisch gebürstet saß er auf der Rückbank und war bereit, ein wenig Trost, Zuneigung und stinkenden Hundeatem ins Leben der älteren Menschen von Longhampton zu bringen.

Jason, der nach dem Training immer noch schwach auf den Beinen war, sollte sich um die beiden Gäste in Zimmer vier kümmern und ihnen sofort einen Frühstücksgutschein anbieten, sollten sie das pochierte Ei auch nur erwähnen. Libbys pochierte Eier gelangen ihr längst nicht so gut wie die Spiegeleier, und die Pattersons wirkten ganz wie Leute, die gerne im Internet beißende Kritiken über enttäuschende Eier schrieben.

Fast sofort, nachdem sie den Parkplatz verlassen hatte, hing Libby plötzlich hinter zwei Pferden, deren Reiter sich offenbar gemütlich unterhielten. Jedenfalls unterhielten sie sich nicht darüber, wie eilig sie es hatten, in die Stadt zu kommen.

Neben ihr rutschte Margaret auf dem Beifahrersitz

herum, was Libby sofort in Alarmstimmung versetzte. Margaret hatte die Angewohnheit, schwierige Themen für Momente aufzusparen, wenn Libby sich wirklich konzentrieren musste – wenn sie zum Beispiel Zwiebeln schnitt oder mit Tempo fünfzehn hinter zwei gewaltigen Huntern herschlich. Einer schwang seinen Schweif so energisch, dass Libby Angst um ihre Motorhaube bekam.

»Jason hat mir erzählt, dass du eine Journalistin eingeladen hast, damit wir in ein Magazin kommen«, sagte sie.

Ach, darum ging's. Das war gar nicht so schlecht. Libby entspannte sich.

»Ja! Na ja, eingeladen habe ich sie nicht gerade. Eine meiner Freundinnen hat ihr empfohlen, sich mal bei uns umzuschauen. Erst wenn wir mit der Renovierung fertig sind, natürlich.«

Margaret stieß das Geräusch aus, das sie immer ausstieß, wenn sie die Notwendigkeit einer Renovierungsmaßnahme schon einsah, sich aber trotzdem nicht recht damit anfreunden konnte. »Eine Freundin aus London?«

Libby zog in die Straßenmitte, um zu sehen, ob sie an den Pferden vorbeikam, aber das war ausgeschlossen. »Ja. Erin. Sie ist Amerikanerin und hat viel mit Designern und Zeitschriften zu tun. Wir haben uns die Putzfrau mit ihr geteilt. Sie ist wunderbar.«

»Du brauchst Freunde hier«, erklärte Margaret, als würde sich Libby dagegen sperren. »Warum machst du nicht auch bei ›Tiere als Therapeuten‹ mit? Das ist doch eine tolle Gelegenheit, Leute kennenzulernen. Für Jason ist es leichter – er kann die Kontakte zu den alten Freunden wieder auffrischen. Du brauchst aber deine eigenen Freundinnen.« Sie hielt inne und fügte dann zaghaft hinzu: »Wenn du ein Kind hättest, oder auch zwei, würdest du natürlich jeden Tag auf dem Weg zur Schule Leute treffen.«

Ah, *darauf* wollte sie hinaus. Libby packte das Lenkrad fester. Margaret war nie eine dieser Schwiegermütter gewesen, die ständig Anspielungen auf potenzielle Enkel fallen ließen, aber in letzter Zeit hatte Libby doch immer mal wieder dezente Andeutungen registriert. Seufzer bei Babymilchreklame. Wehmütige Kommentare, wie entzückend Jason als Baby gewesen sei. Hinweise, dass sie immer in der Nähe sei, um einzuspringen, wo sie jetzt alle zusammenwohnten. Erzählungen von ihren Freundinnen, die in ihrer Großmutterrolle aufgingen und mit ganz neuem Elan ins Leben sahen.

Libby riss sich zusammen, bevor der Ärger sie übermannen würde. Sie wusste, dass sie überempfindlich war. Jason und sie *wollten* ja Kinder. Aber wie das so war, hatten sie entsprechende Pläne auf der Prioritätenliste immer weiter nach unten verschoben, hinter das Hotel, ihre finanzielle Misere, ihren Beistand für die trauernde Margaret ... Libby wollte, dass alles seine Ordnung hatte. Sie wollte nicht bei ihren Kindern die Probleme ihrer eigenen verkorksten Kindheit noch einmal mit ansehen müssen. Was Jason und sie mehr brauchten als Geld, war Vertrauen.

»Ist das etwas, worauf wir uns in absehbarer Zeit freuen dürfen?«, hakte Margaret nach.

»Aktuell nicht«, sagte Libby bei einem erneuten Versuch, um die Pferde herumzuschauen. »Im Moment sollten wir erst das Hotel auf Vordermann bringen, oder?«

»Oh.« Margaret lachte auf. »Ich hatte eigentlich gedacht, bei der Landluft und all dem Raum um euch herum und dem nachlassenden Stress könnt ihr beiden ...«

»Wow, das ist ein Haufen Fakten, Margaret!«, sagte Libby.

Und nachlassender Stress? *Nachlassender Stress*? Manchmal würde sie sich wünschen, Jason hätte ein bisschen mehr darüber erzählt, warum sie überhaupt hier waren, bei seiner Mutter.

»Tut mir leid.« Margarets Hände falteten sich in ihrem Schoß, eine Geste der Abwehr. »War nur eine Frage.«

»Jason und ich würden gerne bald eine Familie gründen, aber es soll alles seine Ordnung haben.« Endlich war die Straße frei. Libby setzte den Blinker, um zu überholen. Ganz langsam. »Du weißt doch, wie sehr uns das Hotel fordert. Wir müssen ein neues System zum Laufen bringen. Wir müssen neue Gäste gewinnen. Das ist eine große Chance für uns – und wir lernen ja noch.« Sie schaute zu Margaret hinüber. »Wir brauchen dich, damit du uns deine Erfahrungen mit der Hotelführung weitergibst. Da können wir dich nicht mit Kinderbetreuung blockieren.«

»Ach, ihr scheint ziemlich gut zurechtzukommen. Ob ich überhaupt etwas dazu beitrage, könnte ich nicht sagen. Die Verantwortung liegt jetzt nicht mehr bei mir, oder?«

Im tiefsten Innern wusste Libby, dass Margaret recht hatte. Und sie wusste, dass Margaret es wusste. Sie fühlte sich unbehaglich.

»Ich bin mir sicher, dass es nicht mehr allzu lange dauert«, sagte sie, weil sie ihre Schwiegermutter nicht enttäuschen, ihr aber auch nichts versprechen wollte. »Bis dahin kannst du uns noch jede Menge gute Tipps geben.«

Die Hände verschränkten und lösten sich unentwegt und ließen die Diamantringe aus den Stationen ihrer Ehe glitzern. »Die jungen Leute heutzutage scheinen zu denken, dass alles immer perfekt sein muss.« Ihre Stimme bekam etwas Verdrießliches. »Als Donald und ich hierherzogen, war Luke noch ganz klein und Jason war gerade auf dem Weg. Wir haben einfach angepackt.«

»Na ja, nun … Jason und ich haben ein schweres Jahr hinter uns. Das sollten wir erst einmal abschließen.«

»Schwerer als mein Jahr?« Margaret schaute sie an, und in ihren blassblauen Augen glitzerten Tränen. »Gute Nachrichten wären genau das, was die Familie jetzt bräuchte, würde ich sagen.«

Libby wurde von Schuldgefühlen übermannt. »Ich weiß, Margaret. Du hattest ein entsetzliches Jahr. Aber Erins Empfehlung *ist* eine gute Nachricht, wirklich.« Sie zermarterte sich das Gehirn auf der Suche nach weiteren guten Nachrichten. Dann fiel ihr etwas ein, das ihr Jason am Vorabend erzählt hatte. »Was ist mit Luke? Hat Jason nicht gesagt, dass er mit seiner Firma einen Preis gewonnen hat? Irgendeinen Unternehmerpreis?«

Margaret verschränkte die Finger. »Hab ich auch gehört. Das ist natürlich erfreulich, aber das Geschäft ist nicht alles. Wenn Luke weniger Zeit mit seiner Arbeit und mehr mit Suzanne verbracht hätte, hätte er jetzt jemanden, der an seinem Erfolg Anteil nehmen könnte. Arme Suzanne.«

»Ja, schade, dass es mit den beiden nicht geklappt hat.« Libby war allerdings nicht der Ansicht, dass die arme Suzanne so arm war. Nicht nach dem Wenigen, was sie von ihr mitbekommen hatte. Lukes Exfrau war im militärischen Sanitätsdienst und hatte Haare auf den Zähnen, was sie immer wieder gerne unter Beweis stellte. Die Ehe hatte nicht lange gehalten. Schon vor dem Standesamt hatten Jason und Libby die beiden dabei überrascht, wie sie sich gestritten hatten, wer zum Empfang fahren würde. »Aber wenn sie nun einmal nicht zueinander passen, ist es doch besser, wenn sie die Chance erhalten, jemand anders kennenzulernen …«

»Suzanne war Lukes Chance, zur Besinnung zu kommen und erwachsen zu werden. Er hat sie schlicht vertan«, sagte Margaret mit einer Entschiedenheit, die keinen Einwand zu dulden schien. »Und du willst die Dame besuchen, die den Unfall hatte?«, fuhr sie im munteren Plauderton fort.

»Ja.« Libby hätte es wissen müssen, dass es keinen Sinn machte, das Gespräch auf Luke zu lenken. »Siehst du? Ich lerne doch Leute kennen. Ich habe sogar schon eine neue Freundin.«

Und dann zog sie an den Pferden vorbei, just in dem Moment, als eines von ihnen eine Ladung Pferdeäpfel auf die gewundene Straße fallen ließ.

Pippa erstellte eine Liste von Namen, die mit »L« anfingen, um ihrem Gedächtnis auf die Sprünge zu helfen, als Bernie, die nette Schwester von der Tagesschicht, den Kopf zur Tür hereinsteckte, die blassroten Augenbrauen amüsiert hochgezogen. »Sind Sie in der richtigen Stimmung, um Besuch zu empfangen?«

»Klar! Wer ist es denn?«

Endlich, dachte sie, und die Erwartung ließ ihren Magen kribbeln. Endlich ist jemand gekommen! Im nächsten Moment ging das Gefühl in ein düsteres Flattern über. Was, wenn es ihr Mann oder Freund war und sie ihn nicht erkannte? Woher sollte sie überhaupt wissen, dass es ein Freund war?

Aber egal, Hauptsache es war jemand gekommen! Jemand, der Antworten auf ihre Fragen kennen könnte.

Bernies Lächeln verflog, als sie ihre Begeisterung sah. »Tut mir leid, mein Schatz, es ist nicht ... Es ist die Dame von dem Unfall. Lizzy?«

»Libby«, sagte Pippa.

»Ich wollte Sie nur auf die Probe stellen«, sagte Bernie mit einem Zwinkern.

»Hallo!« Libbys Gesicht kam hinter der Schwester zum Vorschein. »Ich war zufällig im Krankenhaus, und da dachte ich, ich schau mal herein. Tut mir ja eigentlich leid, dass ich Sie immer noch hier antreffe ...«

»Mich wird man so schnell nicht los«, sagte Pippa. »Ich drehe mich im Kreis herum wie ein Koffer, den niemand vom Ausgabeband holt.«

»Für mich sind das immer die faszinierendsten Koffer«, sagte Bernie. »Sie sind irgendwie ... geheimnisvoll. Wollen die Damen vielleicht eine Tasse Tee?« Pippa merkte, dass sie die Enttäuschung wiedergutmachen wollte. Die Station war unterbesetzt, und Bernie hatte nicht einmal Zeit, für sich selbst eine Tasse Tee zu kochen, geschweige denn für irgendwelche Besucher. Bernie war aber einfach die Freundlichkeit in Person, das stand auch in Pippas Notizbuch. Pippa hatte sich schon vorgenommen, bei ihrer Entlassung einen Dank für die vielen Extratees an den Baum der guten Taten zu kleben. Die Schwestern hatten sie am Vortag bis dorthin gehen lassen, damit sie ein wenig Bewegung bekam, und die kleinen Dankesbotschaften hatten sie zu Tränen gerührt. Und das, obwohl sie immer noch unter starken Schmerzmitteln stand.

»Oh, das wäre wunderbar«, sagte Libby, bevor Pippa dankend ablehnen konnte.

»Und wie fühlen Sie sich heute?« Libby ließ sich auf dem Stuhl am Bett nieder. »Gibt es Fortschritte?«

»Nein. Es sei denn, man wollte die blauen Flecken dazuzählen, die noch erschienen sind.« Pippa zeigte auf einen Ring violetter Flecken an ihrem Oberarm.

»Aua.« Libby verzog das Gesicht. »Aber vielleicht habe ich etwas, das Sie ein wenig ablenken kann ... Ich dachte, Sie könnten vielleicht etwas Lesestoff gebrauchen.« Sie kramte in ihrer Tasche.

Es war eine teure Tasche, registrierte Pippa, weiches, pflaumenfarbenes Leder mit Messingbeschlägen und Anhänger – einem dieser Anhänger, die etwas über die Besitzerin aussagen sollten, obwohl Pippa die Marke nicht kannte und daher auch keine Botschaft damit verband. In jedem Fall sah Libby wie eine Person aus, die einfach die »richtige« Tasche hatte: schick, aber nicht zu protzig und auch nicht absurd teuer. Pippa nahm ihren Stift und wollte es aufschreiben, hielt dann aber inne.

Libby hatte eine eigene Seite in Pippas Notizbuch. Libby Corcoran: Swan Hotel, verheiratet, gerade erst hergezogen, um die dreißig, keine Kinder. Nahm man Libbys weichen Akzent hinzu, ihr dichtes Haar mit den honigfarben-goldenen Highlights, ihre Lederballerinas und jetzt auch noch die Tasche, musste man wohl davon ausgehen, dass es sich um ein ziemlich schickes Hotel handelte.

Warum war *sie* dorthin unterwegs gewesen? Wollte sie sich mit jemandem treffen? In ihrem Gehirn nahm etwas Gestalt an, dunkel und deutlich, löste sich aber im nächsten Moment wieder auf und hinterließ nur Kälte.

»Hier, bitte. Wenn Sie nichts finden, was Sie interessiert, legen Sie sie einfach ins Wartezimmer.« Libby hielt ihr einen dicken Stapel Hochglanzmagazine hin. »Vielleicht werden ja bestimmte Erinnerungen ausgelöst – wenn Sie ein Kleid sehen, das Sie selbst besitzen, oder falls Sie auf etwas stoßen, das Sie schon einmal beim Friseur gelesen haben.«

»Das ist wirklich sehr nett. Danke schön.«

»Nicht der Rede wert, ich beziehe sie für die Hotellobby.« Sie ging den Stapel durch. »*Vogue, Red, Vanity Fair, Cosmo, Country Life*. Ich wusste nicht, was für Zeitschriften Sie lesen, aber ...«

»Das weiß ich selbst nicht, insofern ist alles wunderbar.«

Libby wollte sich schon entschuldigen, merkte dann aber, dass das ein Scherz sein sollte. Sie grinste und wirkte plötzlich viel weniger erwachsen. Weniger erwachsen als die schicke Tasche und die Ballerinas. Irgendwie mehr wie Libby. Mehr wie schrille Sandalen.

»Nun, *Country Life* ist wohl eher nichts für mich.« Pippa betrachtete die Cover, die auf dem Bett ausgebreitet waren, und erkannte zu ihrer Erleichterung ein paar berühmte Gesichter – Judi Dench auf *The Lady*, Kate Moss auf der *Vogue* –, aber andere Frauen waren einfach große Unbekannte. Hübsch, lächelnd, blond. Panik packte sie. Wie arg war ihr Gedächtnis tatsächlich beeinträchtigt? Wie viele Jahre fehlten?

»Sollte ich die kennen?« Sie zeigte auf das Titelgesicht von *Heat*, eine dunkelhaarige Frau in einem knappen Bikini, die ihre Bauchfalten inspizierte.

»Mhm.« Libby musterte sie mit gerunzelter Stirn und schüttelte den Kopf. »Nein, keine Ahnung, wer das ist … Oh, sie spielt in *Made in Chelsea* mit. Sehen Sie sich die Serie an? Ich nicht. Ha, das mit den Zeitschriften scheint mir keine gute Idee zu sein. Demnächst werde ich selbst noch das Gefühl haben, an Gedächtnisschwund zu leiden.«

Pippa lachte, während Libby nun schuldbewusst kicherte. »Tut mir leid. Das war wirklich ein geschmackloser Scherz.«

»Kein Problem. Das zeigt mir immerhin, dass ich Sinn für Humor habe.« Pippa fing ihren Blick auf und lächelte, bis Libby nicht mehr ganz so zerknirscht aussah. Sie dachte, dass Libby ein sympathisches, ausdrucksstarkes Gesicht hatte, das Gedanken und Gefühle nicht gut verbergen konnte. Ihre Augen wurden groß und bildeten tausend Fältchen, wenn sie lachte oder die Stirn runzelte, und ihre Hände waren unentwegt in Bewegung, fuhren über den Mund, strichen das Haar hinter die kleinen Ohren. Nach allem zu urteilen, was Pippa bislang gesehen hatte – zwei Besuche, ein aufmerksames Geschenk, nette Gespräche –, schien Libby ein guter Mensch zu sein. Sie strahlte eine wohltuende Hilfsbereitschaft aus.

»Vielleicht sollten wir ein Quiz machen«, schlug Libby vor, als sie die Magazine auf dem Bett liegen sah. »Wir könnten herausfinden, was …« Sie betrachtete ein Cover. »Welcher Romcom-Beziehungstyp sind Sie?«

»Welcher *was*?«

»Nein, ernsthaft. Schauen Sie ...« Libby zeigte auf Fotos von Schauspielern aus verschiedenen romantischen Komödien. Pippa hätte nicht sagen können, ob sie irgendjemanden davon kannte.

Andererseits schienen alle Zeitschriften mit dringlichen Fragen gespickt zu sein, auf die Pippa keine Antwort wusste. *Sind Sie ein Kontrollfreak? Wie ist es um Ihre Social-Media-Kompetenz bestellt? Sind Sie selbst Ihre beste Freundin?* Wenn jetzt jemand hier wäre, der mich kennt, dann würde er vielleicht sagen: »Ja, du bist der totale Kontrollfreak. Denk nur dran, wie oft du das Wohnzimmer gestrichen hast, bis du genau den richtigen Grünton hattest?« Oder er würde lachen und sagen: »Ausgerechnet du, die du erst alle deine Freundinnen anrufst, bevor du dich entscheiden kannst, was du zu einem Date anziehst.«

Auf diese Weise erfuhr man, wer man war: aus einem Leben voller Episoden und Anekdoten und Prüfungen und Momente, die von Freunden bezeugt und erinnert wurden. Wenn sie aber weg waren – die Freunde und die Erinnerungen –, woher sollte man dann wissen, wer man war, ohne wieder von vorn anzufangen?

»Ich weiß nicht, ob ich dazu in der Lage bin«, sagte sie, und dieses Mal brach ihre Stimme.

»Ach, das klappt schon«, sagte Libby. »Dafür braucht man keinen IQ-Test.« Sie blätterte in einer Zeitschrift herum. »Ich mach auch mit. Ich lasse mir gerne sagen, was ich für ein Typ bin. Es heißt schließlich nie ›Um Himmels willen, Sie sind ein Psychopath‹, sondern ist immer eine Abwandlung von etwas Nettem.«

»Okay.« Pippa lehnte sich in ihrem Kissen zurück. Libbys liebenswürdige Bestimmtheit hatte etwas Beruhigendes.

»Erste Frage: Was ist für Sie absolut unverzichtbar in Ihrer Beziehung? (a) Romantik, (b) Vertrauen, (c) Humor, (d) Leidenschaft?«

»Sollten nicht alle vier unverzichtbar sein?«

»Mhmm. Ja, möglicherweise. Aber was wäre das Wichtigste für Sie? Denken Sie nicht zu viel darüber nach. Wer auch immer den Test entworfen hat, hat es sicher auch nicht getan.«

Pippa wog die Optionen ab. »Ich würde sagen ... Vertrauen. Man sollte doch wissen, mit wem man zusammen ist. Nur wenn man jemandem vertraut, kann man man selbst sein.«

»Das gefällt mir.« Libby malte einen Kringel drum herum. »Okay, ich nehme ... Romantik. Wenn die fehlt, kann man auch eine WG gründen.«

»Wie haben Sie Ihren Mann denn kennengelernt? War das romantisch?«

Libby lächelte und verdrehte die Augen. »Ja, das war es, unbedingt. Wir sind immer mit demselben Pendlerzug nach London reingefahren, zur Arbeit. Ich habe ihn bemerkt, und er hat mich bemerkt, aber Sie wissen ja, wie das ist, wir haben nie etwas gesagt. Mir gefiel er derart gut, dass ich das Gefühl hatte, er müsse es quer durch den Waggon hinweg spüren. Dann stieg er eines Tages an einer anderen Tür ein, und wir standen dicht gedrängt nebeneinander. Im nächsten Moment machte der Zug eine Vollbremsung, und er schüttete sich seinen Kaffee über den Leib – worauf ich ihn mit meinem *nagelneuen* Halstuch abtupfte, damit sein Anzug nicht in Mitleidenschaft gezogen wurde.« Pippa fiel auf, dass sich Libbys Wangen rosa färbten und ihre Mundwinkel sich zu einem nostalgischen Lächeln verzogen, als stecke sie mitten drin in der Szene. »Mein Halstuch war natürlich ruiniert. Er bestand darauf, es mitzunehmen und reinigen zu lassen. Später schickte er mir dann ein Neues, zusammen mit Blumen ... Und so ging es dann los.«

Sie wirkte plötzlich sehr jung, und ihre Wangen hatten Farbe angenommen. Rosig wie ein Milchmädchen sah sie aus.

»Das ist wirklich anrührend«, sagte Pippa, aber ihr schwirrte der Kopf, wie immer, wenn er mit neuen Informationen gefüttert wurde.

Was sagte das über die beiden? Dass Libby spontan war? Und Jason etwas ungeschickt? Dass sie beide ziemlich schüchtern waren? Was auch immer passieren würde, diese Erinnerung wäre immer etwas Verbindendes, eine goldene Aureole um diesen geteilten Moment, die ihre Leben von diesem Moment an vereinte. Und jetzt war sie, Pippa, ebenfalls Teil dieser Erinnerung. Das war es, was Menschen miteinander verband. Erinnerungen. Erinnerungen an Gespräche.

Pippa fühlte einen großen Schmerz. Andere Menschen erinnerten sich jetzt an sie, während sie es nicht tat. Ihre Beziehung zu den Menschen war abgerissen, und sie selbst existierte nur noch in fremden Gehirnen, nicht mehr in ihrem eigenen. »Wie lange sind Sie schon zusammen?«, fragte sie schnell, um sich davon abzuhalten, diese Gedanken weiter zu verfolgen.

»Neun Jahre. Demnächst haben wir fünften Hochzeitstag!« Libby schien noch etwas sagen zu wollen, aber dann wurde sie rot und hielt inne. »Aber jetzt genug von mir. Frage zwei! Ihr perfekter Held lebt in (a) einem Schloss, (b) einem Apartment in Manhattan, (c) einem georgianischen Landhaus, (d) einer Mansarde in Paris? Nicht zu viel nachdenken.«

»Georgianisches Landhaus.«

Libby hob die Augenbrauen. »Haben Sie etwa ein Auge auf Mr Darcy geworfen?«

»Nein. Ich sehe mich nur nicht in einem Penthouse in

Manhattan oder in einer französischen Dachkammer. Oder in einem Schloss.« Damit konnte man ein paar Lebensformen ausschließen, dachte sie bei sich selbst. Offenbar bin ich eher der bodenständige Typ, nicht der Vielreiser.

»Ich nehme auch das Landhaus.« Libby malte fast ein vollständiges O um den Buchstaben. »Kaminfeuer haben etwas sehr Romantisches, vor allem wenn ein Mann seine Kniehose daran wärmt. Ich für meinen Teil werde Mr Darcy tatsächlich hinterherlaufen.«

»*Der* ist Ihr Traummann?«

»Klar. Ich mag gestandene Kavaliere, die Verantwortung übernehmen. Jason musste zu jedem Kostümfest weiße Hemden in Übergröße anziehen, bis ihm schließlich ein Licht aufging. Allerdings weigert er sich immer noch, das Reiten zu lernen.«

Sie stürzten sich in die Beantwortung weiterer Fragen. Pippa hatte das Gefühl, dass sie mehr über Libby erfuhr als über sich selbst. Libby ließ unbekümmert Details aus ihrem Leben fallen, über Jason, über ihre Vorlieben, über ihre Abneigungen, und Pippa musste zugeben, dass sie Libby darum beneidete, dass sie immer eine Antwort parat hatte und mit all diesen Erinnerungen um sich werfen konnte.

Schließlich kringelte Libby die letzte Antwort ein und zählte dann die Punkte zusammen. Wie vorhergesehen bekam sie Mr Darcy und freute sich, dass sie ihre Persönlichkeit wieder einmal bestätigt fand.

»Und Ihr idealer Held ist …« Libby blätterte um. »Jack Dawson aus *Titanic*. Sie wünschen sich jemanden zum Lachen, aber auch zum Verlieben. Eine loyale, treue Person, auf die Sie sich hundertprozentig verlassen können, aber auch mit Sinn für Humor.«

»Und was sagt das jetzt über mich?«

Libby dachte nach. »Das heißt, dass Sie die Art Person

sind, die unabhängig sein möchte, aber sich einen gleichberechtigten Partner wünscht. Sie lassen sich nicht viel gefallen. Und wenn sich die Gelegenheit ergibt, lassen Sie vermutlich gerne die Hüllen fallen, und Sie lassen sich wie diese französischen Mädchen malen.«

»Ganz herzlichen Dank«, sagte Pippa. »Das klingt perfekt.«

»Jetzt wissen wir also, wer Sie abholen kommt«, sagte Libby mit einem ermunternden Lächeln. »Wir müssen nur noch warten, bis er aufkreuzt.«

»Woher wollen Sie wissen, dass jemand aufkreuzt?«, fragte Pippa.

»Ich bin mir vollkommen sicher, dass Sie jemand sucht, genau in diesem Moment.« In Libbys heiterem Gesicht spiegelte sich ihre Gewissheit. »Das *weiß* ich einfach. Und falls nicht, wird sich das bald ändern.«

Pippa erwiderte ihr Lächeln, aber in ihrem Innern regte sich etwas, das lange nicht so heiter war. Dunkle Motten flatterten zwischen den bleichen Schmetterlingen der Erwartung herum.

Kapitel sechs

Erins Freundin Katie, die Redakteurin, rief Mittwochmorgen an und schwärmte in den höchsten Tönen von dem »entzückenden« Hotel und dem romantischen Abenteuer, das Erin ihr beschrieben hatte. Nachdem sie aufgelegt hatte, war Libby selbst ganz aufgeregt und hatte zugestimmt, dass Tara, die freie Journalistin, Anfang September kommen könne.

Das war in vier Monaten. Sechzehn Wochen.

Oder wie sie es Jason gegenüber sagte: »*Sechzehn Wochen!*«

Jasons Antwort war kurz und bündig. Zunächst sagte er: »Du bist absolut umwerfend, du geniale Netzwerkerin!«, und dann küsste er sie derart ungestüm, dass sie das Klingeln des Telefons an der Rezeption beide ignorierten, zwei Mal.

Dann sagte er: »Wir müssen Marek anrufen. Es wird Zeit, Profis ans Werk zu lassen.«

Obwohl sie selbst vorgeschlagen hatte, Handwerker zu engagieren, war Libby fast ein wenig beleidigt, als sie es jetzt aus Jasons Mund hörte. »Muss das unbedingt sein? Ich habe Katie davon vorgeschwärmt, was für eine romantische Erfahrung es sei, bis drei Uhr nachts aufzubleiben, um Tapeten abzukratzen und Gesprächssendungen zu hören.«

Als sie Katie ihre Heimwerkertherapie beschrieben hatte, hatte es ihr wieder lebhaft vor Augen gestanden, was für ein Heidenspaß das gewesen war. Wie viel sie gelacht hatten und mit was für einem Stolz es sie erfüllt hatte, als der Raum wieder zu neuem Leben erwacht war. Ab sofort, fügte eine leise Stimme hinzu, würden sie so beschäftigt sein, dass es nicht klar war, ob sie sich solche gemeinsamen Stunden noch abzwacken könnten. Würden sie abends jetzt Margaret Gesellschaft leisten, Wiederholungen von *Agatha Christie's Poirot* anschauen und fleißig nicken, wenn sie ihnen erzählte, dass Donald jeden Roman von Agatha Christie gelesen hatte?

Jason zog sie an sich. »In der Tat, es war eine romantische Erfahrung«, sagte er schlicht und küsste sie auf die Nasenspitze. »Wir haben sie gemacht und können sie in unserem Herzen verwahren und mit dieser Journalistin darüber sprechen. Und wenn du eine verbindende Erfahrung mit den Handwerkern suchst, steh ich dem nicht im Wege. Bitte mich aber nie wieder, auch nur einen Zipfel Tapete abzukratzen. Es ist nur eine Frage der Zeit, bis ich jemandem mit irgendeinem Gerät das Auge aussteche.«

Trotz ihrer Enttäuschung musste Libby lächeln.

»Du musst realistisch sein. Wir sind nicht die geborenen Heimwerker, oder?«, fuhr er fort. »Versuch gar nicht erst, mir zu widersprechen. Ich habe gesehen, wie du die Anweisungen auf der Farbdose gelesen hast. Es handelt sich um *Farbe*. Was soll man damit schon tun?«

»Aber können wir uns Marek denn leisten?« Marek war der Beste, das wusste sie, aber er war teuer. Libby machte sich Sorgen wegen des Geldes, sie konnte nicht anders. »Sollten wir uns nicht nach hiesigen Unternehmen erkundigen?«

Jason schaute sie todernst an. »In unserer Situation solltest du dich besser fragen, ob wir es uns leisten können, Marek *nicht* zu engagieren.«

Das ließ jeden Widerstand schwinden. Libby konnte die professionell perfektionierte Version ihres Hotels schon vor sich sehen, und ihr fiel eine Last von den Schultern. Die Erleichterung überraschte sie selbst.

Jason küsste sie noch einmal, und bevor sie sagen konnte: »Weißt du noch, wie teuer Marek am Ende war«, hatte er schon seine Nummer gewählt.

Libby wusste nicht, was Jason gesagt oder wie viel er zu zahlen versprochen hatte, aber schon am nächsten Tag, kurz vor dem Mittagessen, fuhr mit knirschenden Reifen der vertraute schwarze Lieferwagen auf die Kiesauffahrt.

Zu Libbys Erleichterung war Margaret mit Bob unterwegs und würde beim Rundgang der Handwerker nicht zugegen sein – Marek schlug einen ziemlich pragmatischen Ton an, wenn es um Häuser ging, und würde Margaret zu heftigen Verteidigungen schottischer Interieurs und in Wischtechnik bemalter Wände provozieren. Libbys Küche hatte er damals in einer Weise niedergemacht, dass selbst sie hatte schlucken müssen.

Libby eilte in den Salon, wo Jason auf einer Trittleiter stand und die staubigen Glühbirnen des gewaltigen Kronleuchters austauschte. Inzwischen brannten nämlich nur noch fünf, was angesichts der Spinnweben ein Segen, zum Lesen aber nicht gerade ideal war.

»Marek ist da«, sagte sie. »Hast du die Liste fertig?«

»Was für eine Liste?« Jason stieg von der Leiter herunter, und Libby hielt das wackelige Ding fest.

»Du wolltest doch eine Liste anfertigen, was alles gemacht werden muss, damit er einen Kostenvoranschlag erstellen kann.«

»Ach so. Nein, tut mir leid. Das habe ich noch nicht geschafft – ich musste Mums Handy einrichten.« Jason strich sich den Schopf aus dem Gesicht. »Brauchen wir denn eine Liste? Marek wird schon sehen, was zu tun ist.«

»Hattest du denn Zeit, ein neues Budget aufzustellen?« Libby schaute Jason ganz ruhig an, um ihre innere Nervosität zu verbergen. Das war so ein Moment, in dem sie ihm signalisieren musste, dass sie ihm vertraute. Neubeginn. Absolute Aufrichtigkeit. Keine Unterstellungen.

»Ja«, sagte Jason ebenso ruhig. »Ich habe ein Budget aufgestellt.«

»Einschließlich der neuen Badezimmer?«

»Einschließlich der neuen Badezimmer.«

Sie schauten sich an, und Libby stellte die Frage, die sie lieber nicht gestellt hätte. Sie wollte es nicht tun, wusste aber, dass sie es musste. »Und wir haben definitiv genug Geld auf dem Konto?«

»Ja«, sagte Jason und bohrte seine blassblauen Augen in die ihren. »Wir haben definitiv genug Geld. Hattest du nicht gerade gesagt, Marek sei da?«

Sie traten auf die vordere Terrasse, um Marek zu begrüßen, der mit seinem Elektriker Jan den Kiesweg hochkam. Beide trugen Sonnenbrille und ein schwarzes Poloshirt und schienen mitten aus London in die Hortensienpracht der Hotelkulisse gefallen zu sein. Plötzlich wurde Libby von Begeisterung gepackt. Die verschnörkelten Tapeten und der düstere Salon lösten sich vor ihrem inneren Auge in Luft auf, ohne dass sie sich auch nur einen winzigen Splitter zuzog oder sich am Schleifpapier die Haut aufschürfte.

Wenn Margaret erst einmal sehen würde, wie gut diese Leute arbeiteten, würde sie sich auch nicht mehr gegen die Veränderungen sperren, dachte Libby. Alles würde fertig und schön sein, bevor sie auch nur Zeit hatte, eine beleidigte Miene aufzusetzen. Und hatte Donald nicht große Achtung vor echter Handwerkskunst gehabt? Ihm würde es gefallen, wenn das Hotel wieder gut laufen würde, so wie zu seinen glorreichen Zeiten.

»Sieh an, die Reservoir Dogs sind zurück«, kommentierte Jason leise.

»Sag das bloß nicht laut«, murmelte Libby. »Ich bin mir ziemlich sicher, dass das nicht der Look ist, den sie anstreben.«

»Da wär ich mir nicht so sicher … Morgen, Jungs. Ich hoffe, die Fahrt hier hoch war nicht allzu anstrengend«, sagte Jason und streckte die Hand aus.

»Hallo, Jason, Libby«, sagte Marek, und sofort waren die Erinnerungen wieder da: die langen heißen Sommer mit Radio 1 von acht bis fünf, die Suche nach verschimmelten Kaffeetassen unter Bergen von Zeug, der Geruch von Staub, LYNX-Deo und Ginsters-Pasteten aus der Zellophanpackung. Sechs Monate lang hatten sie in einem einzigen Zimmer gehaust, während Marek und seine wilde Schar das Londoner Haus kurz und klein geschlagen und dann wieder zusammengesetzt hatten, mit fünfzig Prozent mehr Licht und Luft, wie es den Anschein hatte. Niemand hatte das Haus je betreten, ohne in Begeisterungsstürme auszubrechen, weil reines Licht durch unsichtbare Fenster zu sickern schien. Und nun würde er sich in ihrem Hotel austoben.

»Hallo, Marek!«, rief sie und konnte sich gerade noch beherrschen, ihn nicht zu küssen.

Der schweigsame Jan deutete ein Lächeln an, und Libby verspürte eine Freude, die sie auf dem Höhepunkt ihrer eigenen Heimwerkertätigkeit niemals für möglich gehalten hätte.

»Darf ich euch etwas zu essen oder zu trinken anbieten?«, fragte sie. »Eine Tasse Tee?«

»Das ist sehr nett, Libby«, sagte Marek, nahm seine Sonnenbrille ab und rieb sich die Augen. Er arbeitete wie ein Verrückter und herrschte über eine unbestimmte Anzahl an hocheffizienten Bautrupps, die alle das schwarze Poloshirt mit seinem Unternehmenslogo trugen. »Aber können wir einfach anfangen? Ich muss heute Nachmittag zurück sein, um noch für einen anderen Auftrag einen Kostenvoranschlag zu machen. Ihr haust weiter weg von London, als ich gedacht hätte …«

»Tja«, sagte sie. »Das gilt nicht nur hinsichtlich der Autobahnkilometer. Was denn?«, fragte sie, als sie Jasons vorwurfsvollen Blick sah.

»Es sind höchstens drei Stunden«, sagte er.

»Und ungefähr zwanzig Jahre!«

»Libby …«

»Marek sollte einfach wissen, dass wir zwar nicht mehr in London wohnen, deswegen aber noch lange nicht auf Gummistiefel und Blumenborten umgestiegen sind«, erklärte sie munter. »Wir möchten, dass das Swan Hotel dieselben hohen Standards erfüllt wie Spitzenhotels anderswo. Es soll das beste Hotel der Grafschaft werden.«

»Ich rieche da etwas.« Marek hielt einen Finger hoch und schnupperte mit fachmännischer Miene. »Habt ihr Schimmel?«

»Oder ist es das Abwassersystem?«, fragte der schweigsame Jan, der bei dieser Vorstellung offenbar nicht an sich halten konnte. Libby zuckte zusammen, weil es dann schon etwas Schlimmes sein musste.

Jason seufzte. »Nein«, antwortete er und schaute schnell zu Libby hinüber, damit sie nicht sofort auftrumpfte, weil sie das ja immer gesagt habe. »Das ist der Hund.«

»Ihr habt Hunde? Im Hotel?« Das Entsetzen in Mareks Miene übertraf den Gedanken an Schimmel noch bei Weitem.

»Im Moment schon. Das ist aber eines der Dinge, über die wir noch sprechen müssen.« Libby lächelte. »Sollen wir oben anfangen und uns dann nach unten vorarbeiten?«

»So«, sagte Jason, als Mareks schwarzer Lieferwagen ein paar Stunden später hinter der Ecke verschwand. Das Wort hing zwischen ihnen wie der Rauch aus einer Startpistole. Im Hotel war es plötzlich unglaublich still geworden. Keine ratschenden Maßbänder mehr und keine erregten polnischen Diskussionen, nicht mehr Mareks Handy, das alle drei Minuten klingelte, und auch nicht die zunehmend besorgten *Mhms* von Jan, wenn er schon wieder auf einen Beweis für Donalds begeisterte Betätigung als Hobbyelektriker gestoßen war.

»So«, sagte Libby. Sie wollte, dass Jason zuerst sprach, für den Fall, dass sie die Situation missverstanden hatte und die glänzenden Visionen nur in ihrem Kopf existierten. Marek hatte alles so machbar aussehen lassen, dass Libby ihre Pinterest-Inspirationsseiten schon in voller Pracht vor sich gesehen hatte, einfach durch ein paar Minuten intensiver Betrachtung und ein, zwei radikale und teure Vorschläge zur Verlegung von Rohrleitungen.

Sie standen auf der Steinterrasse, zwischen den Säulen, als würden sie sich wie die Besitzer aus Georgianischen Zeiten vor ihrem ländlichen Anwesen in Positur stellen.

»Das wäre ein hübsches Motiv für unsere Website, wir beide auf der Eingangstreppe«, fügte sie hinzu. »Vielleicht mit Bob zusammen. Falls er stillhält.«

Jason warf ihr einen süffisanten Blick zu. »Für die Website? Sollten wir nicht erst die Feuchtigkeit beseitigen?«

»Nein, wir müssen darüber hinausdenken – entwirf die perfekte Präsentation und setze sie dann um.« Libby atmete tief durch und genoss die frische Luft nach der Besichtigung des stickigen, mit Möbeln überladenen Hotels. Es war der erste Frühlingstag, an dem man bereits den Sommer spürte, und die Luft roch grün, nach Blättern und Gras.

Jason legte ihr den Arm um die Schulter, und sie lehnte sich an seine Brust. So blieben sie einen Moment stehen und freuten sich daran, wie die Sonne in dem vermoosten Springbrunnen in der kreisförmigen Auffahrt glitzerte. Libby stellte sich vor, wie in den Dreißigerjahren, als das Hotel noch kein Hotel, sondern das Haus einer wohlhabenden Familie gewesen war, glänzende Austins und Fords vorgefahren waren, um Partygäste abzusetzen.

Sie bohrte ihre Nase in Jasons sauberes blaues Hemd und atmete seinen vertrauten Geruch ein: Hugo Boss und Waschpulver und die markante Männlichkeit seiner goldbraunen Haut, diese Mischung aus Sex und Geborgenheit, auf die ihr Gehirn sofort reagiert hatte, als sie in jenem Pendelzug zum ersten Mal in seine Nähe geraten war. Monatelang hatte sie sich von der Waggonseite aus vorgestellt, wie er wohl roch und wie sich seine Haut anfühlte. Mittlerweile wusste sie es, und es war genauso, wie sie es sich vorgestellt hatte.

»Jetzt wirkt es schon realistischer, oder?«, sagte er, und sie spürte die Vibrationen seiner Stimme in seiner Brust. »Das Hotel, meine ich.«

»Was? Es hat schon immer ziemlich realistisch gewirkt. Du hast halt noch nicht das Frühstück zubereitet, so wie ich es immer tue.«

»Nein, realistisch in dem Sinn, dass ich Marek schon bei der Arbeit sehe.« Er schüttelte den Kopf, als könne er nicht fassen, wie dumm man doch sein konnte. »Wir hätten ihn sofort herbestellen sollen. Vier Wochen zum Renovieren und eine Woche für den anderen Krempel. Vermutlich können wir spätestens Anfang Juli eröffnen. Dann können wir noch ein wenig üben, bis diese Journalistin kommt.«

Unser Eindruck ist tatsächlich derselbe, dachte Libby erleichtert. »Ist es ein gutes Zeichen, dass Marek sofort anfangen kann? Warum ist er nicht über Monate hinweg ausgebucht?«

»Nun … Er ist der Chef, oder? Er lässt seine Leute für

sich arbeiten.« Jason lehnte sich an die Säule und blies Luft aus den Wangen aus. »Marek ist nicht der Billigste, aber wir kennen ihn, im Gegensatz zu den Handwerkern hier. Wir brauchen jemanden, der gut ist. Und schnell.«

Das hatte er beiläufig gesagt, aber Libby wusste, dass eine Warnung dahintersteckte. Das würde nicht billig werden. Das würde den Einsatz erhöhen. Das würde sie in eine Lage zurückversetzen, in der sie über Geld reden müssten, über große Summen, die sie nicht mehr hatten. Das Sicherheitsnetz von Jasons üppigem Gehalt war gekappt und auch das ihres bedingungslosen Vertrauens ineinander.

Können wir das stemmen?, fragte sie sich, und ihre positive Stimmung geriet für einen Moment ins Wanken. Wäre es nicht besser, doch ein paar Abstriche zu machen, die avocadofarbenen Badezimmer zu behalten und zu lernen, bescheidener und ruhiger zu leben? Margaret wäre ohnehin glücklicher damit.

Dann schaute sie zu Jason hoch, der mit einer verhaltenen Hoffnung in den Augen auf ihre Reaktion wartete. Ihr war klar, dass *er* nicht glücklicher wäre damit. Und sie wäre es auch nicht. Sie mussten etwas Neues schaffen, etwas Besseres. Und würde es nicht auch ihre Ehe auf ein neues Fundament stellen, wenn sie ein gemeinsames Ziel verfolgten?

Jason wollte beweisen, dass sie ihm trauen konnte. Und sie wollte beweisen, dass sie dazu bereit war. Es gab viele gute Gründe, die Sache durchzuziehen.

Libby atmete tief durch. »Wie viel denkt Marek, wird es kosten?«

Jason antwortete nicht sofort. Er schaute zu ihren Autos hinüber, die an der Rhododendronhecke parkten, und kaute auf der Unterlippe herum. Das tat er, wenn er nichts sagen wollte, eine Unart, die Libby auf Partys an ihm bemerkt hatte. Bei ihr hatte er das noch nicht oft getan.

»Wie viel, Jason?«

»Wir haben immer gesagt, dass wir, wenn wir das hier machen, alles ordentlich machen wollen«, sagte Jason langsam. »Wenn wir eine Vision haben, um etwas ganz Eigenes zu schaffen …«

»Dann sollten wir es auch durchziehen.« Libbys Atem beschleunigte sich. »Wir würden am falschen Ende sparen, wenn wir die Hälfte des Hotels richtig schön machen würden und der Rest schäbig bliebe. Das würde den Leuten sofort auffallen. Wenn wir das Haus erst einmal voller Gäste haben, kommt das Geld schon wieder herein.«

»Und die Gäste kommen bestimmt. Deine wunderbare Website wird sie schon herbeilocken.« Er legte ihr den Arm um die Taille. »Und dein fantastisches Frühstück. Und deine luxuriösen Zimmer. Und du selbst als Empfangsdame, die allen das Gefühl gibt, etwas Besonderes zu sein.«

Libby blinzelte, als sich die harte Wirklichkeit dessen, was noch an Arbeit auf sie wartete, hinter der Euphorie bemerkbar machte. Wenn Marek wieder verschwunden sein würde, ginge es erst richtig los. Das Hotel würde traumhaft aussehen, aber *sie* würden sich darum kümmern müssen, um jedes einzelne Handtuch, jede Werbeaktion, jedes strahlende Lächeln für neue Gäste, auch wenn man mit den Kräften am Ende war. Die bissigen Kommentare auf TripAdvisor würden sich alle gegen *sie* richten.

»Was ist denn?« Jason war einen Schritt zurückgetreten und schaute sie an. »Du siehst aus, als sei dir etwas auf den Magen geschlagen. Du musst das doch nicht alles alleine machen – ich bin doch auch noch da.«

»Davon bin ich überzeugt. Nein, mir ist nur klar geworden, was da auf uns zukommt. Ich habe so etwas noch nie getan, mich so …« Sie suchte nach dem richtigen Wort. »Exponiert. Egal, wie perfekt alles klappt und wie hart wir arbeiten, wir können uns niemals verstecken. Dabei habe ich immer gerne im Hintergrund gewirkt.«

Jason hob ihr Kinn an, damit sie ihm ins Gesicht schaute. Seine Augen glänzten, und er schien zum ersten Mal seit Monaten vor Energie zu platzen.

»Aber das ist doch genau das, was ich möchte, Libby«, sagte er. »Die letzten zehn Jahre habe ich damit verbracht, Geld hin und her zu schieben, das ich nicht sehen konnte, und Zeug zu handeln, das nicht existiert. Dies hier ist wirklich. Wir werden es anschauen können und dabei denken: Das ist unser Werk. Wenn die Gäste mit beglückter Miene abreisen, weil wir die besten Betten in der Grafschaft haben, oder wenn jemand aus London da war und gleich den nächsten Aufenthalt bucht, weil es ihm noch nie so gut ergangen ist … dann ist das *unser* Werk.«

»Ich weiß«, sagte sie.

»Ich werde mit aller Kraft dafür sorgen, dass wir es schaffen, Libby«, sagte er entschlossen. »Das verspreche ich dir. Unser Hotel wird das Beste sein, was uns passieren konnte.«

Er strahlte eine solche Zuversicht aus, dass Libby alle Anschlussfragen zu Finanzierung, Hypothek und Personal vergaß. Jason hatte viel verloren, als er seinen Job verloren hatte, aber was sie am meisten an ihm vermisste, war seine Zielstrebigkeit, dieser unbändige Enthusiasmus, den sie schon bei ihren ersten Treffen an ihm geliebt hatte. In diesem Moment war er wieder ganz der Alte, und sie konnte ihrer eigenen Begeisterung mit besserem Gewissen nachgeben. Libby hasste es, wenn sie herumnörgeln und ihm mit Dienstplänen zu Leibe rücken musste. Es erinnerte sie beide an die Tage nach der Kündigung, wenn sie ihn morgens buchstäblich aus dem Bett zerren musste.

»Ja«, sagte sie und schlang ihm die Arme um den Hals. »Eines Tages, wenn die glorreichen Zeiten unseres Romantikhotels angebrochen sein werden, werden wir an diesen Moment noch denken.«

Er grinste. »Was für eine Vorstellung. Jetzt müssen wir es nur noch Mum verklickern.«

Libby wollte der Begegnung in dem chaotischen Büro einen gemütlichen Anstrich verpassen und servierte Tee und Kuchen, aber Margaret saß an dem schweren Doppelschreibtisch, als habe sie ein Erschießungskommando vor sich. Bob lag zu ihren Füßen und hob gelegentlich die Schnauze, um zu erschnüffeln, ob sich Kuchenkrümel auf den Boden verirrt hatten.

Jason erläuterte die Umbaupläne, und Libby zeigte Margaret die Moodboards, die Badezimmerkataloge, die Marek dagelassen hatte, und die Farbmuster, was unterschiedslos mit einem schwachen Lächeln und einem »Sehr hübsch« quittiert wurde.

Die wichtigste Veränderung in den Plänen bestehe darin, erklärte Jason, dass sie neue Badezimmer einbauen würden, statt die alten einfach nur zu streichen.

»Aber warum denn?«, protestierte Margaret. »Was ist denn das Problem mit unseren Bädern?«

»Nichts ist das Problem, aber es wird Zeit, sie zu modernisieren«, sagte Libby einfühlsam. »Die Gäste wollen ein wenig Luxus – weiße Bäder, stilvolle, glänzende Armaturen, eine kräftige Dusche.«

Margaret schaute hilfesuchend zu Jason hinüber. »Solange alles sauber ist, kann es doch egal sein, ob die Badezimmer modern sind, oder?«

»Sie müssen unbedingt erneuert werden, Mum«, sagte er. »Im Gästebuch standen doch schon ein paar Kommentare über Flecken in den Bädern. Libby hat mit Dawn gesprochen, aber die sagt, sauberer bekommt man sie nicht …«

»Dann müssen wir eben bessere Reinigungsmittel anschaffen.« Margarets Kiefer spannte sich an. »Die Bäder sind absolut hochwertig. Sie waren extrem teuer.«

»Daran habe ich keinen Zweifel. Aber wann? 1983? Das ist über dreißig Jahre her.«

»Nein, es ist ...« Sie unterbrach sich. »Oh, vermutlich hast du recht.« Sie blinzelte. »Dreißig Jahre, ach du meine Güte.«

Jason machte es sich zunutze, dass sie in Gedanken abschweifte. »Die Sache ist die, Mum. Gäste haben heute vollkommen andere Erwartungen, und wir müssen ein ganz anderes Ambiente schaffen. Dieses Design ist groß in Mode bei ein paar britischen Ausstellern. Damit hätten wir ein Ziel vor Augen, für das sich die Mühe lohnt.«

»Die Unterstellung, dass die gegenwärtige Ausstattung unter der Schwelle des Erstrebenswerten liegt, gefällt mir nicht.« Margaret reckte das Kinn. Libby war überrascht; noch nie hatte sie erlebt, dass sich Margaret so entschieden gegen ihre Umbaupläne sperrte. »Ich gebe gerne zu, dass die Dinge nicht dem ... Londoner Standard entsprechen, aber wir sind jahrelang gut damit gefahren, auf unsere eigene, *anspruchslose* Weise.«

»Oh, Mum. Das sollte doch keine Kritik sein.« Jason hielt inne. Libby sah, wie er in sich zusammensackte und sein ganzer Elan unter dem verletzten Blick seiner Mutter erlosch.

»Natürlich sollte das keine Kritik sein. Was Jason meint, ist ...«, erklärte Libby schnell, »du hast doch selbst immer gesagt, dass das Hotel renovierungsbedürftig sei. Jetzt haben wir die Chance, alles Notwendige zu erledigen, indem wir *ein Mal* viel Geld in die Hand nehmen. Tapeten, Reparaturen, Wartungsarbeiten – Marek kann alles in einem Abwasch erledigen. Das klingt nach einer Menge Arbeit, aber wenn es erst einmal fertig ist, wird es sein, als ...« Sie suchte nach einem angemessenen Vergleich, da sie ja drastische Veränderungen *wollte*. Libby *wollte*, dass man das Hotel nicht wiedererkennen würde, angefangen bei dem räudigen Hirschkopf. »… als wenn man eine neue Brille bekommt und ein, zwei Tage braucht, um sich daran zu gewöhnen«, sagte sie. »Aber dann wundert man sich, warum man sich nicht schon vor Jahren für diesen Stil entschieden hat.«

Eine lange Pause entstand. Libby spürte den Druck von Jasons Fuß an ihrem Knöchel. Ein stummer Dank.

Schließlich gab Margaret jeden Widerstand auf. »Nun ja, ihr habt schon viel über dieses Projekt nachgedacht. Ich kann nicht wirklich etwas dazu beitragen, aber ich bin mir sicher, dass ihr schon wisst, was ihr tut.«

»Aber wir *wollen* deine Meinung doch hören, Margaret«, sagte Libby. »Es ist doch auch dein Hotel.«

Zu spät fragte sie sich, ob dieses »auch« ein Fehler gewesen war. Margaret schnaubte. Mist, dachte Libby, genau das war es gewesen.

Kapitel sieben

Niemand wird mich abholen.

Schlagartig gingen Pippas Augen auf. Die Worte waren so klar und deutlich gewesen, dass es sich für eine schläfrige halbe Sekunde lang anfühlte, als habe sie ihr jemand ins Ohr gesprochen. *Niemand wird mich abholen.* Diese nackte Wahrheit war in den letzten Tagen durch ihr Unterbewusstsein gewabert, obwohl sie sich immer irgendwie hatte ablenken können, aber jetzt war es der einzige Gedanke in ihrem Kopf. Keine Träume. Keine treibenden, unscharfen Erinnerungen, die sich auflösten, sobald sie ans Tageslicht kamen. Nur kalte, hilflose Angst.

Niemand wird mich abholen. Ich habe keinen Namen. Ich habe kein Zuhause. Ich weiß weder, wo ich hingehen, noch wo ich einen Anfang machen soll.

Pippas Kopf füllte sich mit weißem Rauschen, das sie ans Bett fesselte und ihr Herz in der zugeschnürten Brust pochen ließ, während ihr Hirn wie eine Maus in der Falle hin und her raste. Sie starrte an die Decke und versuchte wie üblich, ihr Gedächtnis nach neuen Erinnerungsfragmenten abzusuchen, aber die Angst blockierte sämtliche Gedanken. Sieben Tage. Sieben Tage, ohne dass sie jemand vermisste. Okay, es gab also keinen Freund, der vor Angst außer sich war. Mochte ja sein. Vielleicht hatte sie zurzeit keine Beziehung. Aber keine Familie? Keine Arbeitskollegen? Keine Mitbewohner? Niemanden?

Die Angst wühlte sich tief in ihre Magengrube. Wer *war*

sie bloß? Sie hatte nicht das *Gefühl*, dass sie ein eigenbrötlerischer oder unbeliebter oder ungeliebter Mensch war, ein Sonderling. Mit den Schwestern kam sie prima klar, und mit Libby Corcoran hatte sie sogar eine lustige Zeit verbracht – mit Libby, einer vollkommen Fremden, die sie bereits zweimal besucht hatte und jedes Mal eine Stunde geblieben war. Wo waren ihre Freunde? War sie jenseits dieses Krankenzimmers eine schüchterne Person? Hatte sie sich mit allen ihren Bekannten heillos verkracht? Hatte sie jemandem den Laufpass gegeben? War sie gerade aus dem Gefängnis gekommen? War sie mit irgendjemandes Ehemann abgehauen? War das der Grund, warum sie auf dem Weg in das Hotel gewesen war – warum sie ihr Zuhause verlassen hatte?

Sie betrachtete den hellen Streifen Sonnenlicht, der sich um die Gardinen herumzog, als das Geräusch der Schwingtür die Ankunft der ersten Schicht verkündete. Das vertraute Geräusch dämpfte ihre Panik ein wenig. Gefängnis war wohl etwas melodramatisch; sie *fühlte* sich auch nicht wie eine Straftäterin. Und wie eine Ehebrecherin auch nicht. Aber wer wusste das schon? Die immensen Möglichkeiten konnte man gar nicht alle erfassen. Sie könnte buchstäblich jeder sein. Ohne Vergangenheit, ohne Erinnerungen, woher sollte man da schon wissen, wer man war? Die Zeitschriften, die Libby ihr dagelassen hatte, wimmelten von Ermunterungen an die Leserinnen, noch einmal von vorn anzufangen – »Erfinden Sie sich neu durch Erneuerung Ihrer Garderobe!« oder »Gehen Sie neue Wege in der Liebe!« –, aber das machte nur Spaß, wenn man wusste, wer man zurzeit war. Pippa fühlte sich elend.

Die Schwestern hatten viele Gründe angeführt, warum niemand gekommen war, um sie abzuholen. Alle waren durchaus plausibel gewesen, aber lange nicht so beruhigend, wie es sich die Schwestern vermutlich erhofft hatten.

»Ach, die sind im Urlaub«, war Bernies Lieblingserklärung. Sie hat einen Urlaubsfimmel, hatte Pippa in ihr Notizbuch geschrieben – wie ein Falke hatte sie im Blick, was die Leute an ihren freien Tagen so machten. »Bestimmt kommen sie braun gebrannt und mit lauter Geschenken hier angerannt und schämen sich zu Tode, weil sie die ganze Zeit ahnungslos in der Sonne gelegen haben.«

Karen, die andere Tagesschwester, lebte allein, meilenweit von ihrer Familie in Schottland entfernt. Ihre Theorie lautete folglich, dass Pippa ein beneidenswert unabhängiges Leben führte, wofür man sich nicht schämen müsse. »Ich müsste schon einen ganzen Monat im Krankenhaus liegen, bevor meiner Familie auffallen würde, dass ich weg bin«, sagte sie und klopfte energisch die Kissen hinter Pippas schmerzenden Rippen auf. »Über Weihnachten. Und hier würde man mich bestenfalls vermisst melden, wenn Personalnotstand herrscht.«

Es war sehr nett von ihnen, dass sie alle irgendwelche Erklärungen parat hatten, dachte Pippa, aber was, wenn sie wirklich keine Freunde hatte? Vielleicht würde sie sich, wenn die Erinnerungen wiederkamen, schlicht damit abfinden müssen. Als die Morgensonne kräftiger wurde, ließ sie endlich den Gedanken zu, den sie immer hartnäckig zu verdrängen versucht hatte, der aber mit jedem erfreulichen Blutdruckmessergebnis, jeder Reduktion der Schmerzmittel, jedem ratlosen Gespräch mit den Neurologen, die ihr Gehirn für vollkommen gesund erklärten – wenn man mal vom Gedächtnisverlust absah –, an Brisanz gewann.

Wo sollte sie nach ihrer Entlassung hingehen, wenn sie nicht wusste, wer sie war?

Pippa lehnte sich in ihrem Kissen zurück, kniff die Augen zusammen und wünschte sich, der Morgen wäre gar nicht erst angebrochen. Sie wünschte sich, in einen tiefen Schlaf zu sinken und erst wieder aufzuwachen, wenn alle ihre Erinnerungen zurückgekehrt waren.

In der Mittagszeit schaute die Schottin Karen um die Ecke. »Sie haben Besuch.« Sie lächelte aufmunternd, und Pippa hoffte auf Libby, aber die war es nicht.

Die Frau, die hinter Karen stand, kannte Pippa nicht, aber sie wirkte sympathisch: eine Frau mittleren Alters in einem geblümten Sommerkleid und einer kurzärmeligen, marineblauen Jacke. Die bequemen Sandalen ließen darauf schließen, dass sie tagsüber meist auf den Beinen war. Ihr dünnes blondes Haar hatte sie zu einem kleinen Knoten festgesteckt, sodass man ihre Ohrläppchen mit den schweren Kreolen daran sehen konnte.

Pippa suchte ihr Gesicht nach vertrauten Zügen ab – waren das ihre eigenen Augen? Könnte sie eine Tante sein? Eine alte Freundin? Eine Vermieterin? Zu ihrer eigenen Überraschung war sie nicht erleichtert, sondern nervös.

»Hallo ... Pippa«, sagte die Frau, und da sie dafür auf Pippas Krankenkarte schauen musste, war jede Hoffnung sofort hinfällig.

Sie kannte sie also nicht. Es war einfach nur eine weitere Fremde, die nett zu ihr war, weil sie eben eine nette Person *war* und weil es außerdem ihr Job war, nett zu sein. Pippa rang sich ein hoffnungsvolles Lächeln ab. »Hallo.«

»Mein Name ist Marcia, ich komme vom Sozialdienst«, erklärte sie und setzte sich, ohne zu fragen, auf den Stuhl am Bett. »Die Polizei hat Ihren Fall an mich abgegeben, da niemand Sie vermisst gemeldet hat und auch Ihre DNA nicht im System ist.« Sie machte eine Pause und lächelte. »Was natürlich gut ist!«

Während Marcia sprach, öffnete sie die Akte auf ihren Knien. Sie war dünn und bestand nur aus ein paar Zetteln.

Bin ich das?, dachte Pippa. Ist das alles, was ich bin? Natürlich. Ich beginne noch einmal ganz von vorn. Ich bin sieben Tage alt.

»Sozialdienst?«, wiederholte sie.

Marcia sah die Panik in ihren Augen und stieß ein beruhigendes Geräusch aus. »Wegen der Beschaffenheit Ihrer Kopfverletzung muss jemand ein Auge auf Sie haben, wenn Sie aus der ärztlichen Betreuung entlassen werden. Normalerweise würde man Sie Ihrer Familie anvertrauen, aber da das nicht möglich ist, solange Ihr Gedächtnis nicht wiederkehrt und wir Ihre Familie nicht finden können, ist erst einmal der Sozialdienst für Sie zuständig.«

»Oh«, sagte Pippa schwach.

»Ich bin mir sicher, dass das nur eine vorübergehende Maßnahme ist«, sagte Karen bestimmt. »Vielleicht hat sich Ihr Gedächtnis bis heute Nachmittag schon erholt, sodass ...«

Der Gedanke blieb in der Luft hängen. *Und wenn nicht?*

»Ich überlasse Sie beide dann mal sich selbst.« Karen drehte sich um. »Wenn Sie mich brauchen, drücken Sie einfach auf den Knopf.«

»Also ...« Marcia zog die Kappe von ihrem Kugelschreiber und schaute auf die Uhr. Pippa fiel auf, dass sie nicht einmal die Jacke ausgezogen hatte. Dies würde sicher kein langer Besuch werden. »Ihr Neurologe hat mich darüber unterrichtet, dass Sie, soweit er es zu beurteilen hat, entlassen werden können. Er möchte Sie regelmäßig sehen, bis Ihr Gedächtnis wieder vollständig intakt ist, aber dazu können Sie einfach einen Termin mit ihm vereinbaren. Sie bekommen ein Informationspaket, in dem Sie alle möglichen Hilfestellungen finden ...«

»Ich kann nicht hierbleiben?«, fragte Pippa. Ihre Stimme klang verzweifelter, als sie es beabsichtigt hatte.

Marcia setzte eine bedauernde Miene auf. »Leider nein.

Wie Sie sich vorstellen können, sind die Betten stark ausgelastet. Hier und auf der psychiatrischen Station ebenfalls.«

Auf der psychiatrischen Station. Sie verzog das Gesicht. »Natürlich. Ja.«

»Also, was ich tun werde, ist Folgendes«, fuhr Marcia fort, holte eine Broschüre heraus und kreiste ein paar Telefonnummern ein. »Hier ist die Entlassungsbroschüre für obdachlose Menschen ...«

»Ich bin nicht obdachlos!« Pippa hielt schockiert inne. Streng genommen war sie es. Wo war sie denn zu Hause? Sie wusste es nicht. Und nur weil sie sich nicht wie eine Obdachlose *fühlte*, hieß das noch lange nicht, dass sie keine war. Sie könnte alles sein. Obdachlos. Geschieden. Mutter. Was für ein Loch hatte sie in irgendjemandes Leben hinterlassen? Oder hatte sie keine Löcher hinterlassen?

All diese Fragen, auf die sie keine Antwort wusste, stürzten wieder auf sie ein, und das deprimierende Gefühl, auf die Gnade einer Fremden angewiesen zu sein, schlug ihr auf den Magen. Sie musste husten und schnappte nach Luft.

Marcia griff besorgt nach dem Wasserglas, das am Bett stand. »Brauchen Sie noch einen Moment? Soll ich die Schwester rufen?«

»Entschuldigung.« Pippa riss sich zusammen. »Es ist nur ... Tut mir leid, machen Sie weiter.«

»Es ist mir gelungen, in der Notunterbringung eines Frauenhauses außerhalb von Hartley ein Zimmer für Sie zu bekommen. Das ist nur eine vorübergehende Lösung, da wir auch dort im Moment große Platzprobleme haben, aber Dr. Reynolds ist zuversichtlich, dass es nicht länger als ein paar Tage dauern kann, bis Ihr Gedächtnis zurückkehrt. Sie werden also gar nicht lange dort bleiben müssen, wenn alles gut geht.«

In einem *Frauenhaus?* Das Wort beschwor schreckliche

Bilder herauf: Junkies, verängstigte Ehefrauen, die sich vor ihren übergriffigen Männern versteckten, abgeschlossene Türen, Menschen, die nachts weinten. Verlorene Seelen.

»So schlimm, wie es klingt, ist es gar nicht«, versicherte Marcia. »Der Vorteil ist, dass Sie regelmäßig Kontakt zu bestimmten Leuten haben. Für den Fall, dass sich ihre medizinische Situation plötzlich verändern sollte.«

An der Tür hüstelte jemand. Sie schauten beide auf, in der Erwartung, die Ärzte mit einem Grüppchen Studenten dort stehen zu sehen (Pippa war eine Art Starpatientin für die Neurologen). Oder eine Putzfrau. Stattdessen stand Libby in ihrer schwarzen Jerseyjacke in der Tür und hüpfte fast von einem Bein aufs andere, weil sie sich kaum beherrschen konnte.

»Tut mir leid, dass ich störe«, sagte sie, »aber Sie wollen Pippa doch wohl nicht allein irgendwohin schicken, oder?«

Beim Anblick von Libbys Gesicht spürte Pippa, wie sie von einer Welle der Erleichterung ergriffen wurde. Die schlichte Jacke, die Ärmel bis zu den Ellbogen hochgeschoben; die große pflaumenfarbene Tasche. Pippa klammerte sich an jedes vertraute Detail, als könne es ihr Halt geben.

»Gehören Sie zur Familie?« Marcia schaute sie hoffnungsvoll an.

»Äh, nein ...«

»Libby war Zeugin bei dem Unfall«, erklärte Pippa schnell. »Sie hat mich ein paarmal besucht.«

Könnte sie Libby bitten, sie bei sich aufzunehmen? Wäre das zu viel verlangt? Würde sie ihre Freundlichkeit damit ausnutzen?

Libby trat entschlossen in den Raum, setzte sich mit einem Lächeln auf den freien Stuhl und ignorierte Marcias beflissenen Versuch, den Arm über Pippas Akte zu halten.

»Ich weiß, dass mein Vorschlag ungewöhnlich ist, aber

die Umstände sind ja auch nicht gerade gewöhnlich …« Pippa fiel auf, dass Libbys Akzent plötzlich mehr nach London klang, selbstsicherer, als sei sie es gewohnt, Situationen zu meistern und Dinge zu regeln. »Dürfte ich vorschlagen, dass Pippa bei uns im Hotel wohnt, zumal es sich nur um eine vorübergehende Lösung handelt? Sie war auf dem Weg dorthin, als sie ihren Unfall hatte. Vielleicht kann irgendetwas dort ihrem Gedächtnis auf die Sprünge helfen. Wir haben im Moment ohnehin keine Gäste, und bevor sie in ein *Frauenhaus* geht …«

Sie sah Pippa an, und die erkannte an ihrem Blick, dass ihr das Wort ebenfalls einen Schauer über den Rücken gejagt hatte.

»Das wäre durchaus denkbar«, sagte Marcia. »Allerdings ist es natürlich ausgeschlossen, dass irgendjemand die Hotelrechnung übernimmt …«

»Daran soll es nicht scheitern«, sagte Libby entschieden. »Und da meine Schwiegermutter seit Jahren ehrenamtlich im Krankenhaus engagiert ist, können wir auch die Fahrten zu den Arztterminen organisieren. Sie ist ohnehin mehrmals die Woche hier. Und ich auch. Unser Hund ist nämlich bei ›Tiere als Therapeuten‹ engagiert. Vielleicht sind Sie ihr schon einmal begegnet. Margaret Corcoran?«

Marcias Gesicht leuchtete auf. »Sie sind das Frauchen von Bob?«

Pippa dachte, dass sie vermutlich noch nie jemandem so dankbar war. Sie fühlte sich fast wie ein Kind. Das Gefühl, vor dem Absturz vom Trapez bewahrt worden zu sein, weil jemand im letzten Moment ihre Hand geschnappt hatte, machte sie benommen vor Erleichterung.

»In dem Fall … Wenn Sie sicher sind, dass Ihnen das nichts ausmacht.« Marcias Schultern hoben sich in die Höhe, als habe sich ihre Arbeitsbelastung soeben halbiert.

»Natürlich nicht. Ich tu nur das, von dem ich hoffe, dass ein anderer es für mich auch täte«, sagte Libby ernst. »Wenn man mich umgefahren hätte und ich wüsste nicht, wer ich bin und wo ich herkomme, dann wäre ich sicher froh, wenn sich jemand um mich kümmern würde, bis ich die Orientierung wiedergefunden hätte.«

»Das ist eine sehr christliche Einstellung. Hätten Sie dann vielleicht zehn Minuten? Wir müssen den Papierkram erledigen«, sagte Marcia. Pippa sah allerdings, dass ihr Stift bereits über das Blatt flog, und ahnte, dass sie längst an die nächste obdachlose Fremde und das jetzt wieder freie Bett dachte.

Sie schaute zu Libby auf und dankte ihr stumm.

»Kein Problem«, gab Libby stumm zurück und lächelte ihr sorgloses, großzügiges Lächeln.

»Jason, ich bin's. Hör zu, ich muss kurz mit dir reden.«

Libby schaute sich im Foyer um, aber von Margaret und Lord Bob war nichts zu sehen. Vermutlich würde sie Bob riechen, bevor er auftauchte, oder ihn an der Welle von Jubelrufen auf seinem Weg erkennen. Sie wollte die Sache unbedingt mit Jason klären, bevor sie Margaret davon erzählte, damit er es von ihr selbst erfuhr.

»Falls du wegen Marek anrufst«, sagte er. »Da habe ich gute Nachrichten ...«

»Ich rufe nicht wegen Marek an.« Libby überlegte, wie sie es am besten erläutern und welche Fakten sie anführen sollte, aber dann wurde ihr klar, dass es keine gute oder schlechte Erklärung gab. Es war, wie es war. Was hätten sie für eine Alternative?

»Es geht um Pippa«, sagte sie. »Das Krankenhaus möchte sie entlassen, aber man kann sie nicht nach Hause schicken, weil sie immer noch nicht weiß, wo sie wohnt. Bislang hat auch niemand nach ihr gefragt. Ich bin zufällig dazugekommen, als der Sozialdienst sie in ein *Heim* schicken wollte.«

Am anderen Ende herrschte Schweigen. Libby vermeinte einen Mausklick zu hören. Surfte Jason etwa im Internet, während sie mit ihm redete?

»In ein *Frauenhaus*, Jason«, präzisierte sie, falls sie sich nicht klar genug ausgedrückt hatte. »Dort bringt der Sozialdienst Frauen unter, die von ihren Ehemännern geschlagen wurden und Reißaus genommen haben. Und Methadonabhängige und was weiß ich nicht alles.«

»Ich weiß, was ein Frauenhaus ist«, sagte er sanft. »Ich bin mir allerdings nicht sicher, ob Longhampton ein stinkender Pfuhl von häuslicher Gewalt und Drogensucht ist. Aber sprich ruhig weiter.«

»Weitersprechen? Nun, was denkst du, hab ich getan?«

»Du hast gesagt, sie kann bei uns wohnen.«

»Natürlich habe ich das. Sie kennt ja sonst niemanden. Ihr Gesichtsausdruck, als ich den Vorschlag gemacht habe …« Libby biss sich auf die Lippe und sah Pippas Gesicht wieder vor sich. Die unverhohlene Erleichterung hatte es noch spürbarer gemacht – diese unglaubliche Verletzlichkeit, wenn man sich auf alles verlassen musste, was andere sagten, weil man gar keine andere Wahl hatte. Pippa war die erste Person in Longhampton, mit der sie sich richtig gut verstanden hatte, aber selbst wenn das nicht so gewesen wäre, hätte sie dann nicht auch helfen wollen?

»Nun, ich denke, wir schulden ihr ein Bett, da sie schließlich auf dem Weg zu uns war«, sagte Jason. »Weiß man denn, wie lange das noch dauern wird?«

»Was? Die Amnesie? Nicht lange hoffentlich. Den Ärzten ist aber wichtig, dass sie unter Menschen ist. Auch in dieser Hinsicht wäre es bei uns ideal, weil wir ja den ganzen Tag da sind.«

»Und du bist sicher, dass sie nicht eine Art Trickbetrügerin ist, die sich hier einschleicht, um nie wieder zu gehen?«

»Wie bitte?« Libby merkte, dass sie unwillkürlich zum Baum der guten Taten gegangen war. Ein schneller Blick auf die Äste erinnerte sie daran, dass es keine große Sache war, jemanden für ein paar Tage unterzubringen, beileibe nicht. Dort klebte ein neuer Vogel, mit dem sich jemand für eine Knochenmarkspende für ein Kind bedankte, und ein anderer dankte dafür, dass jemand seiner sterbenden Mutter »Eine Geschichte aus zwei Städten« vorgelesen hat. Plötzlich hatte sie einen Kloß im Hals. »Jason, sie leidet an retrograder Amnesie und hat ein paar gebrochene Rippen. Das wäre ein ziemlich hoher Preis für jemanden, der sich ein paar Nächte in einem Hotel erschleichen will.«

»Ich wollte doch nicht behaupten …«

»Unter Platzmangel leiden wir doch nun wirklich nicht, oder? Und wenn es ums Geld geht, bin ich mir sicher, dass sie sicher für die Kosten aufkommen wird, wenn sie ihr Gedächtnis erst einmal wiedergefunden hat.« Libby meinte das gar nicht so, aber irgendwie hatte sie sich genötigt gefühlt, das zu sagen. »Oder wir stellen es dem Sozialamt in Rechnung«, fügte sie hinzu. »Die werden aber vermutlich keinen Kommentar auf TripAdvisor hinterlassen.«

Warum war Jason so kleinlich? Das passte gar nicht zu ihm. Normalerweise hätte er angeboten, sie hier abzuholen, bevor sie auch nur den Mund aufgemacht hätte.

»Ist alles okay?«, fragte sie. »Du klingst so missmutig. Ist die Nespresso-Maschine kaputt?«

»Ich bin nur …« Sie vernahm ein Stöhnen und konnte sich vorstellen, wie er sich mit der Hand durchs Haar fuhr. »Tut mir leid, aber ich habe einen Blick auf unseren Kontostand geworfen. Marek schickt ein Team, das alles vorbereitet, damit sie Montag gleich loslegen können. Er braucht aber bis heute Abend eine Anzahlung, und ich versuche gerade herauszufinden, wie wir diese Summe lockermachen können. Es ist nicht gerade ...« Das Telefon an der Rezeption klingelte, ein schriller, altmodischer Ton.

»O Gott, ich hasse dieses verdammte Ding«, knurrte Jason. Er schien wirklich nicht er selbst zu sein.

»Geh dran«, sagte Libby. »Ich komme sowieso gleich heim, weil ich für Pippa noch etwas zum Anziehen holen muss. Sie hat nur die Sachen, in denen sie eingeliefert wurde.«

»Hast du es Mum schon erzählt?«

»Noch nicht. Ich warte nur darauf, dass Lord Bob seinen Nachmittagsauftritt beendet.« Noch während sie sprach, hörte sie Pfoten über Fliesen tapsen, und im nächsten Moment bogen Margaret und Bob um die Ecke – Letzterer in seinem für die Öffentlichkeit reservierten Paradeschritt, bei dem seine Lefzen anmutig schwabbelten und sein Apfelpo hin- und herschwang. Die Krankenschwester, die sie begleitete, war sichtlich verzückt und neigte den Kopf tief hinab, um dem gewaltigen Größenunterschied Rechnung zu tragen.

Libby sammelte ihre Taschen zusammen. »Sie kommt gerade. Bis gleich«, sagte sie und legte auf.

Margarets Zustimmung bedurfte überhaupt keiner Überredungskünste. Sie schien vielmehr überrascht, dass Libby sie überhaupt fragte, ob Pippa ein paar Tage bei ihnen bleiben könne.

»Aber natürlich muss sie zu uns kommen«, sagte sie, noch bevor Libby das Frauenhaus erwähnt hatte. »Was für eine Frage! Das arme Kind, ganz auf sich allein gestellt. Schrecklich. *Schrecklich!* Ich hoffe, du hast sofort zugesagt.«

»Das habe ich.« Libby sah in den Rückspiegel, um aus der

Parklücke zu ziehen, und zuckte wie immer zusammen, als sie zwischen den Lehnen der Rückbank Bobs Gesicht aus dem Kofferraum schauen sah. Seine Zunge hing heraus, und er hechelte erschöpft, weil er eine Stunde lang den wohlerzogenen Entertainer spielen musste. Wenn er ein Rockstar wäre, dachte Libby, hätte er jetzt ein weißes Handtuch um den Hals und eine Sonnenbrille auf der Nase. Stattdessen ließ er seinen Blähungen, die er die ganze Zeit hatte unterdrücken müssen, als die Patienten seine samtigen Ohren gekrault hatten, ungeniert freien Lauf.

»Ich hatte auch schon über sie nachgedacht und mich gefragt, warum sie zu uns wollte«, fuhr Margaret fort und klang seit Ewigkeiten wieder wie sie selbst, jetzt, da sie etwas zu organisieren hatte. *Jemanden* zu organisieren. »Sie muss natürlich so lange bleiben, bis ihr Gedächtnis zurückkehrt. Donald hätte nicht einen Moment gezögert. Wir müssen uns um sie kümmern. Hast du ihre Entlassungspapiere? Und ihre Arzttermine?«

Libby warf Margaret unauffällig einen Blick zu, indem sie so tat, als müsse sie beim Verlassen des Parkplatzes auf den Verkehr achten.

»Ja«, sagte sie. »Ich bin froh, dass es für dich okay ist und dass du dich nicht überfahren fühlst.«

Margarets Hände – die für Libby so etwas wie ein Stimmungsbarometer waren – kamen in ihrem Schoß zur Ruhe. »Manchmal ist es gut, wenn man daran erinnert wird, dass andere Menschen noch viel schlimmer dran sind. Nur weil ich immer noch … weil ich Donald immer noch sehr vermisse, heißt das nicht, dass ich nicht mit anderen Menschen mitfühlen kann.«

»Natürlich nicht!« Tatsächlich war es genau das, was Libby gedacht hatte. Sie wurde rot.

Margaret schaute stur geradeaus und ließ das Panorama

von Longhampton an sich vorüberziehen. »Im Übrigen werde ich dann wenigstens eine Aufgabe haben, wenn ihr euch mit den Bauarbeitern herumschlagt. Wir sollten sie im Gästezimmer unterbringen, da ist es ruhiger. Fern von all dem Chaos.«

»Nun, du bist die beste Krankenschwester, die ich je hatte«, sagte Libby. »Ich wollte gar nicht wieder gesund werden, als ich mir damals das Bein gebrochen hatte und du dich um mich gekümmert hast.« Zwei Wochen Bettruhe im Gästezimmer und genug Heinz-Tomatensuppen, um eine ganze Badewanne zu füllen. Ihre eigene Mutter hätte sich nie so liebevoll um sie gekümmert, und sie hätte ihr ganz bestimmt keine Glocke ans Bett gestellt, damit sie klingeln konnte, wann immer sie Toast wünschte.

Vielleicht hatte die Sache tatsächlich etwas Gutes, dachte sie. Dann hatte Margaret jemanden, den sie umhätscheln konnte, und musste sich nicht immer auf Jason oder Bob stürzen.

»Ich muss aber zugeben, dass mir das alles ein Rätsel ist.« Margaret lehnte sich in ihrem Sitz zurück. »Ein paar Leute haben sich schon nach dem Unfall erkundigt – ob wir wüssten, was da passiert ist. Ah, guck mal. Norman Jeffreys. Hallo!« Sie beugte sich vor und winkte jemandem zu, der einen alten Mann im Rollstuhl auf den Parkplatz schob. Sie seufzte. »Der arme alte Mann. Nein, offenbar war es der Neffe von Veronica Parker, der den Mini gefahren hat, Callum. Man hat ihn schon für fahrlässiges Fahren drangekriegt, und seine Frau hat ihn zweimal verlassen. Nicht dass wir Veronica beim Mütterverein darauf ansprechen würden, aber wir machen uns wirklich Sorgen um sie. Hast du Veronica mal kennengelernt?«

»Mhm, die Buchhändlerin?« Libby versuchte, sich zu erinnern, wer Veronica Parker war und wo sie sie in Margarets komplexen Netzwerken zu verorten hatte. Nicht einmal in London hätte sie sich träumen lassen, dass man Leute nach dem beurteilen konnte, was in ihrem Garten wuchs. (Rosen: gut. Fackellilien: ganz schlecht. Gartenzwerge: unter aller Würde.)

»Nein! Das ist Vanessa. Veronica war die Kirchenorganistin, der nahegelegt wurde, ihr Amt aufzugeben.«

»Kann eigentlich irgendjemand in dieser Gegend ein Geheimnis haben?«, fragte Libby halb im Scherz.

»Nicht wirklich.« Margaret winkte einer anderen Person zu, die ebenfalls auf dem Weg zum Krankenhaus war. »Die Pfarrerin«, sagte sie, bevor Libby auch nur fragen konnte. »Reverend Jackie. Eine sehr nette Dame. Hast du gesehen, dass ihr eine anonyme Person – Janet Harvey, vermutlich – am Baum der guten Taten dafür gedankt hat, dass sie ihre Katze aufgenommen hat, als sie selbst ins Heim musste? Sie hat ein Herz aus Gold.«

Libby murmelte ein paar zustimmende Worte und fuhr in die Straße in Richtung Hotel. Ihre eigene gute Tat würde niemand an den Baum heften müssen – sie würde sicher schon die Runde gemacht haben, bevor Pippa auch nur einen Fuß über die Schwelle gesetzt haben würde. Mitsamt ihrem geheimnisvollen Hintergrund.

Kapitel acht

Die Wohnung der Corcorans hatte zwei Gästezimmer: Lukes altes Kinderzimmer oben unter dem Dach und das offizielle Gästezimmer, in dem Libby ihr Bein kuriert hatte, während sie sich durch Margarets Sammlung von Georgette-Heyer-Romanen hindurchgefressen hatte. Obwohl es auf der schmalen Hausseite lag, fanden dort ein Ehebett aus Kiefernholz, eine Kiefernkommode mit einem kleinen Frisierspiegel mit Kiefernrahmen, ein Kiefernschrank und ein kieferner Kleiderständer Platz. Die üblichen Gemälde von schottischen Highlandhirschen rundeten das Bild ab. Jedes Mal, wenn Libby dieses Zimmer betrat, wurde sie von dem unüberwindlichen Bedürfnis gepackt, alles weiß zu streichen. Und Tomatensuppe zu trinken.

Jason hatte kein Problem mit Kiefer, aber ihn störte auch nicht, dass sich in ihrem Schlafzimmer – seinem alten Kinderzimmer – seit seinem Auszug nichts mehr verändert hatte, einschließlich der Fußballposter. Libby war sich ziemlich sicher, dass sich vor ihrem Einzug noch seine Boxershorts in der Kommode befunden hatten, ordentlich zu blau-weißen Reihen arrangiert.

»Unterm Dach wäre sie vermutlich besser aufgehoben«, erklärte Libby, als Jason die alte Tagesdecke abnahm, während sie die Kissen abzog. »Hier wird sie jeden Morgen aufwachen und denken, sie sei in einem Kiefernwald gelandet.«

»Unter dem Dach kann man keine Gäste unterbringen.« Er nahm Kissenbezüge von dem Stapel weißer Leinenwäsche, den Margaret mit einem roten Band zusammengebunden hatte – rot für Ehebetten. Gelb war für Einzel-, blau für Kingsize-Betten. »Da steht lauter Gerümpel drin.«

Libby stützte die Hände in die Hüften. »Wie kommt es eigentlich, dass dein Zimmer im Originalzustand schockgefroren wurde, während Lukes Dachkammer als Rumpelkammer herhalten muss?«

»Weil ich manchmal heimkomme und Luke nicht«, erwiderte Jason. »Außerdem gibt es eine Menge Plunder, der irgendwo untergebracht werden muss, wie dir vielleicht aufgefallen sein dürfte.« Er hatte sein Kissen fertig bezogen und breitete eine neue Tagesdecke auf dem Bett aus. »Jetzt das Oberbett, los, Marsch!«

Mit routinierten Bewegungen fischten sie nach den Ecken der Bettbezüge. Es machte Spaß, mit Jason Betten zu beziehen. Früher hatte Libby diese Aufgabe gehasst, bis Jason eine Art Wettlauf daraus gemacht hatte, um zu sehen, wie schnell man die Sache hinter sich bringen konnte. Wie Mechaniker beim Boxenstopp gingen sie zu Werke. Mittlerweile – hunderte von Oberbetten später – hatten sie den Dreh raus, vor und zurück, glattstreichen, schütteln. Die Teamarbeit hatte etwas seltsam Befriedigendes, und wenn Libby die Konzentration auf Jasons Gesicht sah, wusste sie nicht, ob sie lachen oder ihn küssen sollte.

Ihren Londoner Freunden hatte sie nie von diesen Aktionen erzählt, nicht einmal Erin. Sie würde selbst die Augen verdrehen, wenn ihr jemand erzählen würde, dass er das Bettenmachen in ein neckisches Spielchen verwandelt hatte. Das war einfach nur goldig. Aber nett war es eben auch. Nachdem alles zusammengebrochen war, hatte Libby schon Angst gehabt, dass es nun auch mit den netten, goldigen Dingen vorbei sein würde. Es bedeutete ihr mehr, als sie sagen konnte, dass sie daran festgehalten hatten.

Libby steckte den Zipfel des Oberbetts in den Zipfel des Bettbezugs und konnte Jason beim Herunterziehen des Bezugs schon triumphierend grinsen sehen.

»Du lässt nach«, sagte er.

»Du hast längere Arme.«

»Nein, ich bin einfach ein Naturtalent«, antwortete er munter. »Außerdem hat Dad uns, wenn er Wäschedienst hatte, immer fünfzig Pence für jedes bezogene Teil gegeben. Wenn bis zu vier Pfund zu holen sind, wird man schnell besser.«

»Das hast du mir nie erzählt.«

»Das ist mir auch erst wieder eingefallen, als ich hierher zurückkam. Es lief wunderbar, bis Mum es herausfand und prompt eine Flatrate einführte.« Er rümpfte die Nase bei der Erinnerung. »Angeblich war das gerechter. Vermutlich dachte sie aber, Luke sei schneller als ich, was gar nicht stimmte. Allerdings hat er sich das Geld beim Pokern immer wieder zurückgeholt, dieser Mistkerl.«

Libby strich den Bettbezug glatt und richtete sich auf. »Was hat deine Mutter eigentlich für ein Problem mit Luke?«, erkundigte sie sich. »Neulich habe ich diesen Unternehmerpreis erwähnt, und sie hat es tatsächlich geschafft, das Thema auf ihn und Suzanne umzulenken. Mir ist schon klar, dass sie ein paar Hühnchen mit ihm zu rupfen hatte, aber was hat er denn angestellt? Die Hundehütte angezündet?«

Jason fuhr sich mit der Hand durchs Haar, noch eine unbehagliche Geste, die Libby nur zu gut kannte. »Nein, nichts dergleichen. Es hat eher mit Dad zu tun, denke ich. Dass Dad so einen Stress mit ihm hatte. Mum macht Luke für seinen hohen Blutdruck verantwortlich.«

»Tatsächlich? Aber wann ist er denn ausgezogen? Das muss doch bestimmt zwanzig Jahre her sein, oder?«

»Klar, ich weiß. Dad hat sechzehn Stunden am Tag gearbeitet, um dieses Hotel über die Runden zu bringen. Er liebte Käse, hat nie Sport getrieben ... *Das* sind die Gründe, warum er unter Bluthochdruck litt. Mum möchte aber einfach nicht, dass das die Gründe sind.«

»Was hat Luke also angestellt?« Libby wollte Jason nicht nötigen, über schwierige Dinge zu reden – Donalds Tod hatte ihn ziemlich umgehauen, auch wenn er das nicht zu erkennen gab und immer darauf beharrte, dass sein Vater gewollt hätte, dass sie sich seiner Mum gegenüber stark zeigten und nicht wegen ihm herumjammerten –, aber ihr lückenhaftes Verständnis von den Vorgängen in dieser Familie wurde ihr allmählich unheimlich, jetzt, da sie in ihrem Haus wohnte. »Ich muss das wissen, Jase. Deine Mutter möchte ich nicht darauf ansprechen, weil ich sie nicht aufregen möchte. Vor allem jetzt, nach ... du weißt schon.«

Er seufzte. »Luke war kein übler Kerl, aber er hatte ein paar zwielichtige Kumpels. Nichts Weltbewegendes, nur ein paar Handgreiflichkeiten und ein paar Falschaussagen für die älteren Freunde. Gelegentlich mal Brandstiftung. Er hat Dad nicht nur einmal in schwierige Situationen gebracht, als wir aufwuchsen. Dad saß im Stadtrat, hatte den Vorsitz in verschiedenen Wohltätigkeitsorganisationen, war ehrenamtlicher Richter ... aber Luke hat das nicht die Bohne interessiert. Das ging so lange, bis Dad ihm nicht mehr beispringen konnte, als er nämlich zur Army kam.«

»Aber bei der Army hat sich Luke doch eher bewährt, oder?« Libby versuchte das alles mit dem Luke in Einklang zu bringen, dem sie begegnet war: ruhige Stimme, scharfer Blick, markante Knochen, ein wahres Energiebündel. Wie Margaret, interessanterweise.

»Ja, er hat sich wirklich gut gemacht. Aber das ist nicht das, worüber die Leute gerne reden, nicht wahr? Sie sagen nicht: ›Ooh, ich habe gehört, Luke wurde zum Captain befördert.‹ Es heißt eher: ›Ooh, wer hätte gedacht, dass Donald Corcorans Junge mit geklauten Autos auf Spritztour geht?‹ Longhampton ist von Gott gesegnet, aber es gibt nicht viel, worüber man sprechen könnte. Mum wirft Luke vermutlich vor, dass Dad es nie zum Bürgermeister oder zum Oberfreimaurer gebracht hat, oder was auch immer sie sich für ihn vorgestellt hat.«

»Donald als Bürgermeister? Wollte er das denn?« Wenn Libby an Donald dachte, sah sie einen ruhigen, freundlichen Menschen vor sich, keinen mit politischen Ambitionen. Weihnachten hatte er an der Anrichte gestanden und den Truthahn in exakt gleich große Stücke geschnitten, während Margaret für das Spektakel des flambierten Christmas Pudding zuständig gewesen war. »Ich kann mir deinen Dad gar nicht dabei vorstellen, wie er all diese drögen Amtsgeschäfte erledigt. Obwohl ich mir wunderbar vorstellen kann ...« Sie unterbrach sich, um nichts zu sagen, was er vielleicht in den falschen Hals bekommen könnte.

»Wie sich Mum als Frau Bürgermeister macht? O ja, das kann ich auch.« Jason kicherte in sich hinein. »Fast ihre gesamte Garderobe war schon darauf ausgelegt, dass man eine dicke goldene Amtskette darüber tragen könnte.«

»Du hättest sie mit Bob im Krankenhaus sehen sollen. Sie hat mit allen ein paar Worte gewechselt und kannte alle Namen – sie wäre wirklich eine wunderbare Bürgermeisterin gewesen«, sagte Libby. »Aber was sage ich da? Sie wäre es immer noch. Sie ist gerade einmal sechzig. Warum tritt sie nicht selbst an? Hat sie je darüber nachgedacht, in den Stadtrat zu gehen? Mir ist schon klar, dass sie immer noch darum kämpft, wieder sie selbst zu sein, aber sie ist eine so starke Persönlichkeit, nicht nur als Donalds Ehefrau. Ihr scheint gar nicht klar zu sein, wie sehr die Leute sie hier bewundern.«

Sie fügte nicht hinzu: »Und das würde sie auch davon abhalten, sich ständig wegen des Hotels aufzuregen«, aber sie konnte sehen, dass Jason dasselbe dachte.

Er schüttelte den Kopf. »Sie ist altmodisch. Ich denke, ihr gefiel die Idee, mit Dad zusammen Bürgermeister zu sein.«

»Ich weiß.« Libby sah, dass Jason den Blick senkte, da ihn die Erinnerungen auf dem falschen Fuß erwischt hatten, und griff nach seiner Hand. »Es tut mir leid, Jase. Ich vermisse ihn auch.« Das tat sie wirklich. Das Hotel war ein anderer Ort ohne ihn. Donald hätte gut in eine Kricketmannschaft aus Vorkriegszeiten gepasst, mit seiner korrekten grauen Scheitelfrisur und dem vertrauensvollen Blick. Tausendmal netter als ihr eigener jähzorniger und herrschsüchtiger Vater. »Ich habe dich schließlich nur geheiratet, weil ich davon ausgegangen bin, dass du wie dein Vater wirst.«

»Danke. Dann habe ich wenigstens ein Ziel vor Augen.«

»Was hat er denn über Luke gedacht?«

»Wie meinst du das?«

»Na ja, dein Vater hat nie das Gesicht verzogen oder die Augen verdreht wie deine Mutter. Ich kann mich nicht erinnern, dass er je ein schlechtes Wort über ihn gesagt hätte.«

Jason drückte ihre Hand und ließ sie dann los, um die alten Bettbezüge aufzusammeln. »Nein. Dad war immer viel entspannter, wenn es um Luke ging. Vielleicht hat er insgeheim gedacht, dass Jungen nun einmal eine Menge Unsinn anstellen.«

»Er ist davon ausgegangen, dass sich das schon irgendwann gibt?«

»So etwas in der Art. Damals war es entsetzlich, aber im Nachhinein muss man sagen, dass sich Luke einfach wie ein gewöhnlicher besoffener Jugendlicher verhalten hat. Vermutlich hatten meine Eltern eher Angst, was sich daraus entwickeln könnte.«

»Verständlich, wenn man sich den perfekten kleinen Bruder mit den Bestnoten, der Rugbykarriere und dem fantastischen Haarschopf anschaut.«

Sie dachte, Jason würde anbeißen, aber er starrte nur mit leerem Blick auf das frisch bezogene Bett, als würde er über die richtige Erwiderung nachdenken. »Eigentlich hätte Luke auf County-Ebene spielen können, aber ...« Er zuckte mit den Achseln. »Er durfte nicht zu den Qualifikationsspielen, weil er in der Schule nachsitzen musste. Und danach ist er dann einfach nicht mehr zu den Spielen gekommen.«

»Vielleicht wollte er nicht mit dir verglichen werden.«

»Keine Ahnung, wieso – er war mir um Längen voraus. Ich war ganz gut, ich war fit, und ich habe trainiert. Aber Luke spielte, als habe er vor niemandem Angst. Sein Tackling war hart, vor allem wenn man bedenkt, dass er nicht besonders groß war.« Als Jason aufschaute, hatte er ein Funkeln in den Augen. »Lustigerweise hat mir der Chopper gestern Abend eine Geschichte über Luke erzählt. Es ging um ein Spiel, das die Stadtmannschaft vor ein paar Jahren hatte – das richtige Longhampton RFC Team, nicht die Schulmannschaft. Nach einem Junggesellenabschied waren ein paar Spieler ausgefallen. Vor dem Spiel nahm Luke in der Clubbar mit seinen Kumpels einen Drink – er kannte ja alle dort –, als plötzlich Mickey Giles hereinmarschiert kam, der Kapitän, und ihn fragte, ob er zufällig Schuhgröße 43 habe. Als Luke bejahte, gab ihm Mickey ein Paar Ersatzschuhe und bat ihn, auf der Bank zu sitzen, um die Lücke zu füllen.«

»Und dann kam er ins Spiel und erzielte den Siegtreffer.«

»Nicht nur den Siegtreffer, sondern auch noch zwei weitere.« Jason hob die Schultern und ließ sie wieder fallen. »Die Geschichte hatte ich vor dem gestrigen Abend noch nie gehört. Luke hat mir das nie erzählt. Nicht einmal Mum wusste es vermutlich. Aber es ist eine tolle Geschichte, oder? Einfach Schuhe anziehen und spielen. Um sich dann wieder in die Nacht zu verkrümeln.«

»Mit seinem Motorrad.«

»Er hatte kein Motorrad. Er hatte einen Vauxhall Nova.«

Sie schauten sich über die glatte weiße Leinenwäsche hinweg an, als sich die Szene vor Libbys Augen entfaltete, eine Collage aus Bildern aus dem Familienalbum und Informationen aus der Lokalzeitung, die sie immer donnerstags las, um mehr über ihre neue Heimat zu erfahren. Sie stellte sich den drahtigen Luke vor, eine schmale Gestalt in einer matschigen Turnhose, hörte den aufwallenden Jubel in der kümmerlichen Rugby-Arena unten am Bahnhof, sah die Bandenwerbung für Reparaturwerkstätten und örtliche Schrotthändler, stellte sich die rüpelhafte Kumpanei nach dem Spiel vor, vernahm das Raunen. Luke Corcoran. Ein windiger Genosse mit dem Tackling eines Hünen.

Libby hatte Luke seit seiner unglücklichen Hochzeit mit Suzanne nicht mehr gesehen. Während Jason wie ein gesunder, blonder Bauer aussah, war Luke das genaue Gegenteil: kleiner, dunkler, hohlwangig, aber auf eine wachsame, grüblerische Weise durchaus attraktiv. Hätte Jason ihr erzählt, dass sich Luke und Suzanne bei den Special Forces kennengelernt hatten, statt beim traditionsverhafteten Mercian Regiment, wäre sie nicht überrascht gewesen. Vielleicht hatten sie es ja auch getan.

»Das ist schon komisch«, sagte Libby. »Wir sind jetzt fünf Jahre verheiratet, aber ich habe immer noch das Gefühl, nichts über Luke zu wissen.«

»Willkommen bei den Corcorans«, sagte Jason und stopfte ihr die alte Bettwäsche in den Arm.

Um fünf war Dr. Reynolds immer noch nicht bei Pippa gewesen, und sie hatte schon Angst, dass er seine Meinung über ihre Entlassung geändert hatte.

Libby war auch nicht zurückgekommen, was Pippa noch mehr erregte. Alles hing auf so empfindliche Weise davon ab, was andere Menschen zu tun beschlossen, dass sich jedes Mal ihr Magen zusammenkrampfte, wenn sie auf dem Gang Schritte hörte, die sich ihrem Zimmer näherten.

Schließlich kamen sie beide gleichzeitig, Libby mit einer Kleidertasche und Jonathan Reynolds mit ein paar Formularen, Faltblättern und einer Krankenschwester, die einen Beutel mit Medikamenten in der Hand hielt.

»Wir sehen uns dann nächste Woche«, sagte er, nachdem er die Entlassungsformalitäten erledigt und ihr noch ein paar Übungen zur Stimulierung des Gedächtnisses empfohlen hatte. Er klopfte mit dem Stift auf das Papier. »Sie sind auf dem Wege der Besserung, auch wenn Sie das nicht spüren. Es ist immer wieder faszinierend zu sehen, wie sehr sich die Heilungsprozesse der Patienten voneinander unterscheiden. Wenn alles gut geht, werden sich die vagen Erinnerungen, auf die wir Zugriff bekommen haben, in den nächsten Tagen mit anderen verbinden. Und machen Sie sich keine Gedanken, wenn Sie sich nie an den Unfall erinnern werden.«

»Freut mich, dass ich so faszinierend bin«, sagte Pippa. »Aber irgendwie wäre es mir trotzdem lieber, einfach wieder ich selbst zu sein.«

»Es wird nicht mehr lange dauern, da bin ich mir sicher.« Er schaute sich um. »Ah, Ihre Freundin ist da. Sehr gut. Dann lasse ich Sie jetzt mal allein.«

Als er und die Krankenschwester fort waren, trat Libby mit ihrer Tasche ein. Wieder musste Pippa denken, dass die Tasche mehr über Libby sagte als ihr Inhalt. Es war eine große, gelbe Tüte von Selfridges, eine dieser stabilen Papiertüten, in die man ein Paar Stiefel oder eine große Handtasche steckte. Interessant, dass Libby sie behalten hatte.

»Ich habe ein paar Sachen mitgebracht«, sagte sie. »Mir schien, als hätten wir ungefähr die gleiche Kleidergröße.«

»Das wüsste ich wohl!« Pippa lachte. »Du bist doch viel schlanker als ich.«

»Meinst du? Ich hätte höchstens gedacht, dass du etwas kleiner bist. Wir sind sicher ungefähr gleich groß, aber …« Libby schien nicht übermäßig bescheiden zu sein.

Pippa blickte auf ihre Handgelenke. Sie waren dünn und knochig. Ihre Arme waren auch dünner, als sie sich in ihrem Kopf anfühlten. Sie fühlte sich einfach dicker, als sie aussah.

Ging das überhaupt? Konnten all diese lächerlichen Hollywoodfilme ein Körnchen Wahrheit enthalten? Konnte man bewusstlos geschlagen werden, um dann in jemand anderes Gehirn wieder aufzuwachen? Manchmal fühlten sich ihre Träume so an, als wären es die einer anderen Person – nicht, während sie träumte, sondern wenn sie tagsüber verschwommene Erinnerungen daran hatte. Es waren ihre Träume und waren es doch wieder nicht.

Pippa kniff die Augen zusammen. Hinter dem dunklen Vorhang ihres Bewusstseins gerieten die Dinge zweifellos in Bewegung, als würde ihr Gehirn versuchen, sie zusammenzusetzen. Langsam, Stück für Stück. Und doch war da nichts Sicheres. Nichts, was sie zu packen bekäme.

»Ich habe einfach ein paar legere Jogaklamotten mitgebracht«, fuhr Libby fort. »Dann drückt es nicht auf die Rippen. Ein Hemd, ein Wickeltop und so.«

Sie holte die grauen Jerseysachen aus der Tüte und legte sie aufs Bett. »Hier. Schau einfach, was passt. Es ist übrigens ziemlich warm draußen. Der Sommer naht!«

»Das ist wirklich sehr nett«, sagte sie und strich über den weichen Stoff. Als sie das Top in die Hand nahm, merkte sie, dass Libby in den Falten diskret ein wenig Unterwäsche versteckt hatte, einen Slip und ein Hemd mit eingearbeitetem BH. Sehr aufmerksam.

Libby lächelte erfreut. »Keine Ursache. Mir ist nur vorhin wieder eingefallen, was mir nach meiner Blasen-OP das Gefühl verliehen hat, ein halbwegs normaler Mensch zu sein: mein Kaschmirpyjama. Jetzt lass ich dich aber allein, damit du dich umziehen kannst. Und dann sollten wir schnell aufbrechen, oder? Bist du hier fertig?«

»Ja, alles ist unterschrieben.« Pippa deutete auf den Stapel Papiere auf ihrem Nachttisch.

Sie schauten sich an und waren sich beide bewusst, wie sonderbar die Situation war.

Wieso habe ich das Gefühl, dass ich Libby vertrauen kann, fragte sich Pippa. Was hat sie an sich, dass ich mich in ihrer Gegenwart so entspannt fühle, als würde sie mich kennen? Ist es, weil sie mir zu vertrauen scheint, egal wer ich bin?

Ich hoffe, sie *kann* dir vertrauen, sagte eine Stimme in ihrem Kopf, und sie schob sie schnell beiseite.

Libby fuhr, wie sie redete: schnell, offensiv und ohne Rücksicht auf gelbe Ampeln.

»… schnell auf Holz klopfen … werden die Bauarbeiten Anfang der Woche beginnen. Ich werde aber alles dafür tun, dass du nicht viel von dem Rummel mitbekommst.«

»Mach dir um mich bitte keine Sorgen.« Pippa schaute aus dem Fenster, als sie durch Longhampton fuhren. Nichts hier kam ihr bekannt vor. »Ich möchte euch nicht im Wege stehen.«

»Das wirst du auch nicht, ganz bestimmt nicht. Wir haben im Moment nicht so viele Gäste, dass uns jemand im Weg stehen könnte.«

Sie fuhren aus der Stadt heraus und ließen die roten Backsteingebäude und die Wohltätigkeitsläden hinter sich. Vor ihnen tauchten die Felder und Wäldchen der ländlichen Umgebung auf. Irgendwann drosselte Libby das Tempo.

»Kannst du …?«, begann sie. »Ich meine, dies ist …«

Pippa sah ein gemaltes Schild, das darauf hinwies, dass sie in der Nähe des Swan Hotels waren. Sie begriff, dass dies die Unfallstelle gewesen sein musste. Die Kurve, die Straße, die großen Bäume, deren Äste über der Straße hingen, die Steinmauer, die sich auf der linken Straßenseite entlangzog …

Sie zermarterte sich das Gehirn auf der Suche nach Erinnerungen, aber da war nichts. Nicht einmal eine sorgenvolle Leere. Rein gar nichts. Stumm schüttelte sie den Kopf.

»Das ist vermutlich besser so«, sagte Libby und setzte den Blinker, um auf den Parkplatz zu fahren.

Das Swan Hotel war hübsch, aber irgendwie kleiner, als es Pippa aufgrund von Libbys Tasche, ihrem Akzent und ihrem Auftreten erwartet hätte. Es war ein solides, efeubedecktes, dreigeschossiges georgianisches Landhaus mit vier großen Schiebefenstern im Erdgeschoss, zwei auf jeder Seite der Eingangstür.

Nicht kleiner, korrigierte sie sich selbst, als sie aus dem Wagen stieg, sondern einladender. Freundlicher. Romantisch und gemütlich. Nicht Londoner Schick, wie sie erwartet hatte.

»Es ist alles ein bisschen chaotisch«, fuhr Libby fort, als sie sie über die Kiesauffahrt führte. »Und ich muss dich warnen: Meine Schwiegermutter scheint zu glauben, dass es in den schottischen Highlands liegt. Wenn du eine Allergie gegen Karos hast, solltest du besser die Augen zukneifen.«

Zwischen den Säulen an der Eingangstür stand jemand und wartete auf sie: eine kleine braunhaarige Frau in einem Tweedrock und einer beigen Strickjacke. Als sie näherkamen, hob sie zur Begrüßung die Hand und lächelte.

»Hallo, Margaret!«, rief Libby und fügte dann schnell hinzu: »Oh, pass auf, Pippa. Er schleckt alles ab …«

Ein langer, flacher Hund war hinter Margaret aus dem Haus gewatschelt und kam zielstrebig auf Pippa zu, ein schwarzer Basset, dessen Ohren fast auf dem Boden hingen. Sie hatte keine Angst, sondern empfand einen eigentümlichen Trost. Vorsichtig, weil ihre Rippen immer noch schmerzten, bückte sie sich und ließ ihn mit seiner ledrigen Schnauze an ihrer Hand schnüffeln. Bei jedem Schnaufen bemerkte sie einen kräftigen Luftzug. Es war eine eigenartig intime Erfahrung, da der Hund sie auf seine ganz eigene Weise analysierte und seine Schlüsse daraus zog.

»Hallo«, sagte sie, als die große schwarze Schnauze ihre Finger und dann ihren Arm erkundete. Die weiße Schwanzspitze wedelte glücklich hin und her. »Wer bist du denn?«

»Lord Bob Corcoran, aber du kannst ihn auch einfach Bob nennen«, sagte Libby. »Oder auch ›Du verdammtes Mistvieh‹, wie ich es tue. Wir sind nämlich dicke Freunde.«

Pippa streichelte Bobs imposanten Kopf und schaute ihm ins Gesicht. »Du bist ein sehr hübscher Kerl«, ließ sie ihn wissen, und seine tiefbraunen Augen schienen zu lächeln.

»Wahnsinn, so ruhig erlebe ich ihn sonst nur im Krankenhaus«, sagte Libby. »Offenbar riechst du noch danach, sodass er automatisch in die Therapeutenrolle verfällt.«

»Nein, ich kann einfach gut mit Hunden umgehen«, sagte Pippa, ohne nachzudenken. Als Libby nichts erwiderte, schaute sie auf und sah, dass Libby den Finger reckte und übers ganze Gesicht lachte. »Was ist denn?«

»Du kannst gut mit Hunden umgehen. Das ist eine Erinnerung, oder? Eine Erinnerung!«

»O ja.« Pippa hielt inne, die Hand immer noch um Bobs Schädel gewölbt. »Das ist es.« Sie versuchte, ihr nachzuspüren – Was für ein Hund? Wann? Ein Hund aus ihrer Kindheit? Der Hund eines Freundes? Ein Hund aus ihrem jetzigen Leben? –, aber dann entglitt ihr das Gefühl wieder.

Libby wirkte erfreut. »Margaret wird entzückt sein, wenn Bob deinem Gedächtnis auf die Sprünge hilft. Sie ist sowieso davon überzeugt, dass er ein besserer Therapeut ist als die meisten Krankenschwestern. Margaret! Das ist Pippa! Pippa, Margaret.«

Die ältere Dame war ihnen auf dem Kies entgegengekommen und streckte nun die Hand aus. »Hallo, Pippa. Es freut mich sehr, Sie endlich bei uns begrüßen zu dürfen. Mit nur einer Woche Verspätung, was?«

Ihre Augen funkelten in einer Weise, die Pippa überraschte. Nach allem, was Libby über ihre Schwiegermutter erzählt hatte, war sie auf eine ganz andere Person eingestellt, auf jemanden, der älter und trauriger wirkte. Diese Frau aber war agil, freundlich und schick gekleidet, Ton in Ton, mit einem Halstuch abgerundet.

»Vielen Dank, dass ich bei Ihnen bleiben darf«, sagte sie. »Ich bin Ihnen wirklich sehr dankbar.«

»Unsinn! Sie sind herzlich willkommen. Kommen Sie herein, ich habe Tee gekocht.« Mit einer grazilen Handbewegung zeigte sie in die Vorhalle.

Bob trottete hinter Margaret ins Hotel, und Libby und Pippa folgten ihnen. Pippas erste Eindrücke von dem Haus wurden noch weit übertroffen: Es roch wie das Haus von irgendjemandes Großeltern. In der Luft hing das schwere Aroma von Duftschalen, Möbelpolitur, staubigen Teppichen und durchgesessenen Sofas, auf denen Hunde ein Nickerchen hielten, obwohl es ihnen streng untersagt war. Es war die Art Hotel, die man buchte, wenn man in der Nähe zu einer Hochzeit eingeladen war, eines, wo man ein vollständiges englisches Frühstück bekam und Achtzigerjahre-Ausgaben von *Country Life* lesen konnte.

Der Empfangsbereich war dunkel – die allgegenwärtigen Karos, vor denen Libby sie gewarnt hatte, waren nicht ganz so schlimm wie erwartet, da sie sich auf den Teppich im Black-Watch-Tartan-Muster beschränkten –, aber gleichzeitig auf eine altmodische Weise gemütlich. Ein gut aussehender blonder Mann in einem blau karierten Hemd stand hinter dem Empfangstresen aus poliertem Eichenholz und führte ein lebhaftes Telefonat. Das Telefon war eines dieser alten schwarzen Modelle, die perfekt zum Landhausstil passten. Er hatte den Kopf in die Hand gestützt, ein Ellbogen auf dem Tresen, und bohrte sich einen Stift in die Schläfe. Als sie eintraten, stand er auf und zeigte entschuldigend auf den Hörer.

»Absolut, Marek … Nein, das wird kein Problem sein. Acht Uhr … Okay, hör zu, ich muss jetzt …«

Pippa nahm an, dass es sich um Jason handelte. Er entsprach so vollkommen ihren Erwartungen an Libbys Ehemann, dass sie sich fragte, ob sie nicht doch schon einmal hier gewesen war. Groß und breitschultrig war er ziemlich attraktiv – blonde Haare, nicht übertrieben braun gebranntes Gesicht und so regelmäßige weiße Zähne, dass man fast davon ausgehen musste, dass er als Teenager eine Zahnspange getragen hatte

Der Empfangsbereich schien sich um sie zusammenzuziehen, als Pippa ihn anstarrte und versuchte, das merkwürdige Gefühl zu verorten, ihm schon einmal begegnet zu sein. Irgendwann musste sie wegschauen, weil sein Lächeln zu erstarren schien. Er kam ihr wirklich bekannt vor, dachte sie, und ihr Herz schlug schneller. Dieses Gesicht befand sich irgendwo in den unaufgeräumten, abgeschlossenen Schubladen ihres Gedächtnisses, aber sie hätte nicht sagen können, wo oder wer …

Plötzlich fühlte sie sich erschöpft. Sie spürte einen Arm an ihrer Taille. Libby stützte sie.

»Tee!«, sagte Libby und führte sie in den Salon.

Kapitel neun

Montagmorgen trafen die Bauarbeiter ein, Punkt acht, als Libby zwischen zwei pochierten Eiern und dem Toast für das nette irische Paar aus Zimmer vier (kein Hund) rotierte. Jason räumte derweil nach einer von ihm favorisierten Geheimformel den Geschirrspüler um und versuchte, Lord Bob daran zu hindern, die Teller vorzuspülen.

»Die Kavallerie ist da«, verkündete Jason, als er aus dem Küchenfenster schaute. »Wahnsinn, Marek hat ein ganzes Regiment geschickt.«

»Lass sehen.« Libby legte die Eieruhr auf das Fensterbrett und schaute ebenfalls hinaus.

Sie sahen zu, wie die Bauarbeiter aus dem schwarzen Lieferwagen stiegen, der neben dem Mietwagen ihrer irischen Gäste parkte – dem einzigen Wagen, der außer ihren eigenen auf dem Parkplatz stand. Libby verspürte einen Schauder der Begeisterung, in den sich eine gewisse Beklommenheit mischte. Sie kannte die Neigung dieser Leute, einen Raum innerhalb kürzester Zeit in einen Steinbruch zu verwandeln, ihn wochenlang in seiner ganzen nackten Verletzlichkeit liegen zu lassen, um ihn dann praktisch über Nacht wiederherzustellen, ein Prozess, der ständig davon bedroht war, für einen Minijob in Beckenham unterbrochen zu werden.

»Wie viele hat er denn da reingequetscht?«, wunderte sich Jason, als ein Bauarbeiter nach dem anderen ausstieg, alle in Mareks schwarzem Poloshirt. »Das ist ja ein Zirkuswagen voller Männer.«

»Wie viele sind es denn? Sieben, acht, neun … Wahnsinn.«

Jason nahm die Checkliste, auf der sie Raum für Raum notiert hatten, was zu tun war. »Hoffentlich spricht einer von ihnen englisch. Wär super, wenn sich Pippa plötzlich daran erinnern würde, dass sie Übersetzerin ist.« Er schlürfte den Rest aus seiner Kaffeetasse. »Ist sie eigentlich schon wach?«

»Nein, sie schläft noch.«

Pippa hatte fast das ganze Wochenende über geschlafen, was Libby für ein gutes Zeichen hielt. Sie sah immer noch so mitgenommen aus, mit diesen dunklen Ringen unter den Augen und den großen Blutergüssen, die sich mittlerweile in einem kränklichen Gelbgrün von ihrer blassen Haut abhoben. Abgesehen davon, dass ihre Rippen ihr merklich Schmerzen bereiteten, war sie ein Mustergast. Stundenlang hatte sie sich mit einer erfreulich munteren Margaret über ihren Garten unterhalten (und über ihren Hund und Longhampton und Donald und all die anderen Dinge, die Jason und Libby schon bis zum Überdruss kannten) und hatte auch angeboten, Libby und Jason beim Hinaustragen der Möbel zu helfen, damit Mareks Männer gleich loslegen konnten.

Libby hatte natürlich abgelehnt. »Spaziere lieber ein wenig im Haus herum«, hatte sie ihr geraten. »Vielleicht kommen ja irgendwelche Erinnerungen wieder.«

Als Libby nach einem anstrengenden Nachmittag des Möbelrückens in die Küche ging, um für alle Tee zu kochen, sah sie, dass Pippa auf einem Sofa im Salon hockte und eifrig in ihr Notizbuch schrieb. Ihr dunkler Kopf war vorgebeugt, die Beine gekreuzt. Lord Bob hatte es sich an ihren schlanken Waden gemütlich gemacht und missbrauchte sie als Armlehne. Pippa schien es nicht zu stören; gelegentlich streckte sie gedankenverloren die Hand aus und kraulte seine großen Ohren.

Was mag sie nur schreiben?, fragte sich Libby. Wie nimmt

sie uns wohl wahr? Und wie nimmt sie das Hotel wahr? Libby gab sich alle Mühe, wie die geborene Hotelmanagerin zu wirken, aber wenn Pippa sie mit diesen aufmerksamen braunen Augen betrachtete, hatte sie eher das Gefühl, dass die wahre Libby durchschimmerte: die Ehefrau aus Wandsworth, die hier gar nicht richtig hinpasste, die Hotelbesitzerin, der Steuerangelegenheiten ein Buch mit sieben Siegeln waren. Irgendetwas an Pippas konzentriertem Gesichtsausdruck, dieser unbedingte Wunsch, ihre Umgebung nach winzigen Zeichen abzusuchen, um etwas über sich selbst herauszufinden, führte dazu, dass auch Libby sich bewusster wahrnahm.

Sie schreibt nicht über dich, mahnte Libby sich scharf. Sie schreibt über sich selbst, darüber, wer sie ist.

Dann setzte sie ein Lächeln auf, schaute in den Salon und fragte Pippa, ob sie einen Tee möge.

»Ich sagte, ich geh mal schauen, was die Bauarbeiter machen«, wiederholte Jason, als würde er mit einer sehr alten, sehr tauben Person reden.

»Was? Entschuldigung, ich war in Gedanken meilenweit weg.«

»Hab ich gemerkt. Hast du dir deine wunderschönen neuen Badezimmer vorgestellt?« Er reichte ihr seine Tasse, damit sie sie in den Geschirrspüler stellte – die mit dem verblassenden Logo des Longhampton United FC. »Oder hast du ausgerechnet, wie viele Pakete Tee du beim Großhandel kaufen musst, um die Handwerker zu versorgen?«

»Irgendetwas in der Art«, sagte Libby und grinste, weil sie ihre Begeisterung nicht im Zaum halten konnte. »Jetzt wird es wirklich ernst, was?«

Jason nahm ihren Arm und drückte ihr im Gehen einen flüchtigen Kuss auf die Stirn. »Aufregende Zeiten, Mrs Corcoran! Unser Hotel!«

Libby lächelte. Jasons ansteckender Optimismus ließ ihre eigentümliche Beklommenheit in Nichts aufgehen. *Unser Hotel!*

Libby verbrachte den Vormittag im Büro und sortierte eine Schublade voller ungeöffneter Umschläge, die zum Vorschein gekommen waren, als Jason am Wochenende die Konten geprüft hatte. Um elf klopfte Pippa an den Türrahmen, das braune Haare noch feucht vom Duschen.

»Nein«, sagte Libby, noch bevor Pippa den Mund aufmachen konnte. »Du kannst nicht helfen. Außer indem du dich in den Sessel da setzt und mir alle halbe Stunde eine Tasse Kaffee kochst. Und wenn du mir gelegentlich zusichern würdest, dass du nichts von dem hörst, was da oben passiert, würde ich das begrüßen.«

»Bist du sicher, dass ich nichts ...«

»Setz dich einfach«, beharrte sie. »Bitte.«

»Dann lass mich wenigstens frischen Kaffee kochen«, sagte Pippa, als sie die leere Tasse auf dem Stapel Mahnungen vom Finanzamt und die Kaffeemaschine auf dem Aktenschrank erblickte. »Du siehst aus, als könntest du einen gebrauchen.«

Kaum hatten sie sich wieder ihren Projekten zugewandt – Libby ihrem Papierkram, Pippa ihrem Notizbuch –, kam Jason herein. Irgendetwas an seinem Verhalten alarmierte Libby. In seinen Augen lag kein Lächeln, und sein Mund war zusammengekniffen. Die morgendliche Zuversicht war hinter einer finsteren Wolke unübersehbarer Sorgen verschwunden.

»Libby, kann ich kurz mit dir sprechen?«, sagte er. »Ich muss dich etwas fragen.« Er schaute zwischen ihr und Pippa hin und her. »Äh, es geht um die Umbaumaßnahmen.« Er nickte zur Tür hinüber und zum Hotel dahinter.

»Was? Jetzt sofort?«

»Ja, jetzt sofort«, sagte Jason. »Wenn du nichts dagegen hast.«

Libby schob ihren Stuhl zurück. »Es dauert nicht lange, Pippa«, sagte sie. »Wenn das Telefon klingelt, könntest du drangehen und dich erkundigen, worum es geht?«

Sie folgte Jason in die Rezeption, aber er ging weiter in den leeren Salon. »Was ist los?«, fragte sie. »Hat Bob vielleicht eigene Umbaumaßnahmen in die Wege geleitet?«

»Nein.« Jason vergewisserte sich, dass niemand im Salon war, dann hockte er sich auf die Armlehne des mächtigen Chesterfield-Sofas. Libby zögerte einen Moment, dann setzte sie sich ihm gegenüber.

»Jason? Geht es dir gut? Ist alles in Ordnung?«

»Alles bestens.« Er lächelte, wirkte aber nicht sehr entspannt. Dann fuhr er sich durch den Haarschopf, was nichts Gutes versprach. »Du musst uns einen Gefallen tun, Schätzchen.«

»Okay«, sagte Libby langsam. »Leg los.«

»Du hast doch mal gesagt, dass es denkbar wäre, deinen Vater zu fragen, ob er nicht Geld in unser Unternehmen stecken wolle, oder?«

Bei den Worten »dein Vater« und »Geld« verfinsterten sich ihre Ahnungen noch weiter. »Im Notfall vielleicht. Aber nicht einfach so. Da würde ich lieber eine Niere verkaufen, das wäre nervenschonender.«

»Wirklich? Obwohl es eine richtige Investition wäre? Und obwohl wir ihm mitteilen können, dass wir ein Feature in einer Zeitschrift bekommen und in sechs Monaten *das* Romantikhotel der Gegend sein werden.« Jason runzelte die Stirn. »Du bist seine Tochter. Dies ist ein Familienunternehmen.«

»Das zeigt mal wieder«, antwortete Libby, »wie gut du

meinen Vater kennst.« Für ein Paar, das schon so lange verheiratet war, hatten sie noch viel über die Familie des anderen zu lernen. Man könnte auch sagen, dass sie es bislang immer geschafft hatten, sie sich vom Hals zu halten.

»Denk dran, dass dieser Mann immer noch darüber witzelt …«, sie malte Anführungszeichen in die Luft, »… wann er wohl von meiner Schwester die Studiengebühren zurückbekommt, da sie die Uni ja wegen ihrer Essstörungen nach dem erbitterten Scheidungskrieg meiner Eltern geschmissen hat. Sarah lebt nicht ohne Grund in Hongkong, wie du weißt.«

»Nun, okay.« Jason wirkte betroffen. Er mochte Sarah – sie hatten einen Teil ihrer Flitterwochen in Hongkong verbracht. »Dann musst du dich wohl fragen, wie viel dir an deinen neuen Badezimmern liegt.«

Libby fuhr auf. »Wie bitte? Du hast doch gesagt, wir hätten das Geld dafür.«

»Hab ich.« Jason rieb sich das Kinn. »Und das stimmt auch. Aber die Schätzungen haben sich bereits um fünfzehn Riesen erhöht. Soeben habe ich mit Mareks Vorarbeiter geredet. Er ist der Meinung, dass wir das Rohrsystem erneuern müssen, wenn die Duschen ordentlich funktionieren sollen – die feuchten Stellen kommen nämlich daher, dass die alten Rohre undicht sind. Das bedeutet eine zusätzliche Woche Arbeit plus Material. Außerdem habe ich mit dem Badausstatter gesprochen. Der will eine Anzahlung, bevor die Bestellung rausgeht.« Er kehrte hilflos die Handflächen nach oben. »Du weißt, wie wenig wir eingenommen haben, und von dem Bargeld ist einiges in die täglichen Unterhaltskosten geflossen. Das Kapital des Hauses wiederum liegt größtenteils auf anderen Konten fest. Wir brauchen aber *jetzt* Bares. Diese Woche noch.«

»Oh«, sagte Libby schuldbewusst. Bei den Badezimmern

hatte sie sehr großzügig geplant, aber die sollten auch etwas Besonderes sein, das den Erfolg des Hotels sichern würde. »Können wir nicht mit der Bank reden? Können die uns nicht einen kurzfristigen Kredit geben?«

»Das würde ich lieber nicht tun. Es ist uns gerade erst gelungen, die Angelegenheiten dort einigermaßen ins Lot zu bringen. Ich bin mir auch nicht sicher, ob sie uns die benötigte Summe leihen würden. Sie kennen schließlich unsere Bücher.« Jason fummelte an einer getrockneten Distelblüte in einem Blumenarrangement herum, dann schaute er Libby an. »Hier oben ist man nicht sehr risikofreudig.«

»Ich weiß, ich war bei dem Gespräch ja auch dabei.« Der Filialleiter war ein alter Freund von Donald. Dass er ihnen nicht auf den Kopf zugesagt hatte, wie idiotisch es sei, das Swan renovieren zu wollen, war auch alles. Dafür hatte er unentwegt seine buschigen Augenbrauen hochgezogen und über diese ehrgeizigen Londoner schwadroniert, die gewaltige Verluste erlitten, weil sie Unsummen in irgendwelche ländlichen Pubs der Gegend steckten. Sie hatten ihm versichert, dass sie in keinem Fall dieselben Fehler machen würden, um Himmels willen.

»Obwohl ...« Jason zögerte. Als er schließlich weiterredete, wirkte er verändert. Vorsichtiger, aber auch zuversichtlicher. »Es gäbe vielleicht noch eine andere Möglichkeit.«

»Die da wäre?«

Jasons Blick warnte sie davor, nicht gleich in die Luft zu gehen. »Darren hat mich letzte Woche angerufen.«

»Darren von Harris Hebden? War mir gar nicht klar, dass du mit diesen Typen noch Kontakt hast.«

Jason war zwar nicht mit einem Pappkarton mit seinen privaten Habseligkeiten durchs Büro marschiert, aber dass man ihm keinen feuchtfröhlichen Abschied beschert hatte, war durchaus aufgefallen. Er hatte viele Freunde bei der Arbeit gehabt. Jeder bei Harris Hebden hatte ihn geliebt. Bis zu einem gewissen Moment jedenfalls.

»Natürlich habe ich noch Kontakt zu Darren. Und zu Tim. Ich habe sieben Jahre lang mit diesen Jungs zusammengearbeitet.« Er verschränkte die Arme und ging in die Defensive. »Aber egal. Darren hat jedenfalls kürzlich angerufen und mich über den neuesten Stand eines Deals informiert, den er auf den Weg bringen will. Es geht um ein Ölfeld. Schneller Gewinn, geringes ...«

Libby wollte nichts mehr davon hören. Ehe sie sichs versah, war ihre Hand hochgeschossen, um ihn zum Schweigen zu bringen. »Nein, Jason, bitte. Nicht wieder das. Du hast es versprochen. Dies hier ist unsere Zukunft. Die Zukunft deiner *Mutter*.«

»Kein Grund, theatralisch zu werden«, sagte er gereizt. »Darren wollte mir aus der Patsche helfen, das ist alles. Es ist kein riskanter Deal. Er will selbst mit einsteigen, und er hat vier Kinder.«

»Aber du hast es versprochen.« Sie hörte es förmlich, wie Darren – ein netter Typ, aber ein Zocker, der auch noch stolz darauf war – ein Angebot machte, das ein wenig von dem alten Kick wieder aufleben ließ: die schnelle Vervielfältigung virtuellen Geldes durch einen Mausklick im rechten Moment. Und wie Jason mit sich kämpfte, weil er nicht Nein sagen konnte. Jason war berühmt dafür gewesen, dass er einen Instinkt für gute Gelegenheiten hatte.

Libby hatte immer bewundert, wie gut Jason seinen Job machte. Er zeichnete sich durch die richtige Mischung aus Pragmatismus, Optimismus, Kundenorientierung und schierem Glück aus. Seit sie zusammen waren, hatte er sich von einem eifrigen Anfänger in einen erfahrenen, selbstbewussten Börsenspekulanten entwickelt und den ländlichen Teint gegen die Sonnenbräune der Malediven und des Winterurlaubs in Verbier eingetauscht. Er hatte ihr oft erklärt, was er tat, aber sie hatte die Märkte nie ganz durchschaut. Libbys Verstand brauchte Menschen, Gesichter und Geschichten, nicht Zahlen. Anfangs hatte sie der ständige Wechsel von Gewinnen und Einbrüchen, die sich wie eine gewaltige Tide hoben und senkten, mit Begeisterung erfüllt, dann mit Angst, und irgendwann hatte sie es einfach hingenommen.

Und jetzt leckte die Flut wieder an ihren Zehen. Ausgerechnet an dem Ort, an den sie sich vor den verführerischen Gezeiten geflüchtet hatten.

Jason verdrehte die Augen, ein Zeichen der Ungeduld, das Libby schon lange nicht mehr an ihm wahrgenommen hatte, und mit einem Schlag war er wieder da, dieser Tag, an dem er seinen Job verloren hatte: der Geruch nach frischer Farbe in ihrer neuen Küche; Jason am Küchentisch, das Gesicht aufgedunsen, die Augen in Panik, die auffällige Krawatte von Hermès wie ein tödliche Schlinge am Hals hängend; der säuerliche Geschmack des Rosé, den Libby mit Erin zum Lunch getrunken hatte und der wieder hochkam, als sie seinen stockenden Halbsätzen zu folgen versuchte und tröpfchenweise die Wahrheit über seine Geschäfte erfuhr. Erst aber, als sich Libby bei ihrem Onlinekonto anmeldete und entdeckte, dass ihr spärliches Sparkonto geplündert war, drang das Ausmaß seiner Zockereien in ihr Bewusstsein. Diese paar Tausend Euro waren real gewesen, auf eine Weise, wie es das gewaltige finanzielle Polster der Boni nie gewesen war, und nun waren sie weg. Kein Job, kein Gehalt. Kein Gehalt, keine Hypothekenraten. Keine Hypothekenraten ... kein Haus? Die Wellen hatten sich von Jasons Laptop in ihrem Haus ausgebreitet, in seinem Büro und von dort aus in ihrer glücklichen, sorglosen Welt, wo sie alles mit sich fortgerissen hatten.

Sie waren fast über Nacht aus ihrer Wohnung in Acton in

die Villa in Wandsworth gezogen, und Libby hatte immer ein wenig Angst gehabt, dass sich ihre neue Welt ebenso schnell wieder auflösen könnte. Als sie die Angst endlich abgelegt hatte, geschah es dann.

Jason wollte etwas sagen, und in Libbys Kopf schoss ein Gedanke, der fast einem Schrei gleichkam. Nein. Das wird niemals wieder Teil unseres Lebens sein.

»Du hast es mir versprochen«, wiederholte sie. *Nicht schreien. Dad hat immer geschrien.* »Das ist das Einzige, worum ich dich gebeten habe: dass du nie wieder ein finanzielles Risiko eingehst.«

»Ich habe es jetzt verstanden, aber deine Reaktion scheint mir trotzdem überzogen. Es handelt sich um ein paar Tausend Euro, Libby. Und ich weiß, was ich tue. Ich bin doch kein Hobbyspekulant mit einem PC und einem ›Börse für Dummies‹-Handbuch.«

»Mir ist vollkommen egal, um was für Summen es geht – die Voraussetzungen haben sich grundlegend geändert! Wir können uns keine Verluste mehr leisten.« Sie fixierte ihn eindringlich, damit er begriff, dass es nicht nur um Geld ging. »Ich muss wissen, wo ich stehe. Bei unseren Finanzen, bei unserem Hotel … bei dir.«

Es war das erste Mal, seit sie London verlassen hatten, dass sie seine Kündigung und die Schulden erwähnte. Nach jenem surrealen Nachmittag waren sie dem Nichts, in dem sie sich schlagartig wiederfanden, mit einer Art effizienzgeleiteter Trance begegnet – nicht ganz unähnlich der Taktik, mit der sich Jason ein paar Monate zuvor mithilfe von To-do-Listen über den Tod seines Vaters hinweggerettet hatte. Nie hatten sie darüber geredet, nicht wirklich zumindest, was sein Verrat in ihrer Beziehung angerichtet hatte. Nach dem Rückgang der Flut hatten sie erschöpft und misstrauisch inmitten des Treibguts gesessen, und alles war anders gewesen. Jason war starr vor Scham gewesen, und Libby hatte nicht nachtreten wollen, als er schon am Boden lag.

Aber wir müssen über diese Dinge reden, wenn unsere Ehe Bestand haben soll, dachte sie. Jason war immer so sensibel für ihre Empfindungen gewesen, wieso sah er nicht, wie sehr sie unter seinem Vorschlag litt? Libby wusste, dass Jason recht hatte und der Deal vermutlich funktionieren würde. Aber hier ging es darum, ob Jason ihr zuhörte und ihr Vertrauen zurückgewann, sonst würde sie nie die Angst ablegen, ob ihr neues Leben mit seinen Risiken ebenfalls zusammenbrechen könnte.

»Wie lautet also deine Antwort?«, fragte er matt. »Deinen Vater willst du nicht fragen, und dass ich mit Darren rede, willst du auch nicht. Zur Bank können wir nicht gehen. Deine Mutter hat kein Geld, und meine Mutter auch nicht. Aber wir *müssen* dieses Rohrleitungssystem bezahlen, dazu gibt es gar keine Alternative. Dazu brauchen wir das Geld *jetzt*. Diese Woche noch.«

»Warum fragst du nicht Luke?«

Jason wurde nervös. »Das weißt du doch. Mum hat ein Riesenbrimborium darum gemacht, dass sie das Hotel mit uns beiden allein führen möchte. Sie möchte nicht, dass Luke involviert wird. Und wir haben keine Zeit für die schmerzhafte Familientherapie, die es verlangen würde ...«

Libby atmete tief ein und versuchte, ihre Gedanken zu sortieren. Sie fühlte sich nicht wohl dabei, dass sie Jason auf dem Gebiet herausforderte, das er in ihrer gesamten Ehe immer so perfekt gemanagt hatte. Meistens zumindest. Vielleicht sehe ich die Sache zu schwarz, dachte sie bedrückt. Ich habe ihm verboten zu handeln, obwohl das eine seiner Methoden ist, Geld zu verdienen. Ich kann nichts zu unserem Verdienst beitragen, und wir brauchen das Geld fürs Hotel, für unseren gemeinsamen Neubeginn.

»Gut.« Sie riss sich zusammen. »Ich werde mit Dad sprechen. Denkst du, wir sollten ihm erst ein Angebot mailen?«

In Jasons Gesicht malte sich zuerst Überraschung und dann Erleichterung ab. Libby wollte gar nicht so genau wissen, wie sie diese Erleichterung zu verstehen hatte. »Ich glaube nicht, dass wir Zeit dafür haben. Marek möchte heute die Anzahlung, und ich muss den Badausstatter bezahlen.«

Eine lange Pause trat ein. Libby fühlte sich, als würde sich das Hotel über sie beugen und ihnen seine schwere Hand auf die Schulter legen. Die tickende Uhr, der Geruch des alten Teppichs, verstaubtes Holz, wohin auch immer man sah.

Sie strich sich die Haare hinter die Ohren. »Aber er muss der Erste sein, der sein Geld zurückbekommt, selbst wenn wir nächstes Jahr nur Porridge essen können.«

Jason griff nach ihrer Hand, und sie ließ es geschehen. Er führte sie langsam an seinen Mund und küsste ihre Finger, den Blick weiter auf Libby gerichtet.

»Was ist denn?«, fragte sie.

»Danke«, sagte er. »Mir ist klar, was das für dich bedeutet, und ich weiß das zu würdigen.«

»Wenn es keinen anderen Weg gibt …« Unerwartet überlief sie ein Schauer. Es war, als würden sie am Rande einer Klippe stehen. So würde es von nun an wohl immer sein. Immer wenn sie eine Entscheidung trafen, schien die Stange ein Stück höher gelegt zu werden. Das war es aber wert, sagte sie sich. Es ging um eine Zukunft, die in etwas Solidem gründete.

Sie drückte seine Finger. »Geh und mach mir einen starken Kaffee. Nein, warte. Mach mir lieber einen Gin Tonic.«

»Also«, sagte Colin Davies, als er beim zweiten Klingeln den Hörer abnahm. »Ich habe nicht Geburtstag, und du hast nicht Geburtstag, wie viel brauchst du also?«

Libby sagte sich schnell, dass ihr Vater Telefongespräche immer so begann – seine Direktheit war unter seinen Freunden sprichwörtlich. Normalerweise rief sie pflichtschuldig ein Mal im Monat an, um sich mal wieder zu melden, aber da sie ihn nun um einen Gefallen bitten musste, fühlte sie sich noch unbehaglicher. Wenn sie als Teenager um einen Vorschuss auf ihr Taschengeld gebeten hatte, hatte er ihr immer das Gefühl gegeben, einer seiner nichtsnutzigen Anwaltskollegen zu sein, die immer nur mehr Geld wollten. In diesem Moment fühlte sie sich plötzlich wieder wie ein Teenager.

Aber wenn ihm seine Direktheit so wichtig war, konnte sie es ihm durchaus gleichtun.

»Hallo, Dad«, sagte sie. »Hast du Zeit zum Reden? Ich wollte fragen, ob ich dich etwas wegen des Hotels fragen darf.«

»Ah, du willst also wirklich etwas von mir. Raus damit. Ich wollte gerade zur Mülldeponie gehen.«

»Gut.« Es klang, als habe er sich mit Sophie gestritten, Libbys Stiefmutter. Auseinandersetzungen im Hause Davies wurden oft von radikalen Recyclingmaßnahmen begleitet. Einer der Gründe, warum ihre Mutter irgendwann die Scheidung eingereicht hatte, war die Entsorgung ihrer Hochzeitsalben. Das und die Forderung, alle Quittungen zu sammeln und Teebeutel zweimal zu benutzen. Und die lautstarken Auseinandersetzungen. »Ich komme dann mal sofort zum Punkt. Jason und ich werden in den nächsten Monaten ein paar bauliche Veränderungen am Hotel vornehmen …«

»Und Daddy soll zahlen.«

»Nein, überhaupt nicht.« Libby klammerte sich an ihren Stift und betrachtete die Zahlen, die Jason ihr aufgeschrieben hatte, mitsamt ein paar brauchbaren Phrasen. Ihr Verstand neigte nämlich dazu, sich auszuschalten, wenn sie mit ihrem Vater sprach. »Wir brauchen nur eine Art Überbrückungskredit, um die Renovierungsarbeiten in die Wege zu leiten. Natürlich zahlen wir den Betrag mit Zinsen zurück, innerhalb eines fest vereinbarten Zeitrahmens.«

Sie konnte nur hoffen, dass er nicht zu viele Details wissen wollte. Nicht dass Libby nicht vorhatte, die maßgebenden – oder wie auch immer das hieß – Kapitalinteressen zu bedienen, aber sie würde ihm durchaus zutrauen, dass er die technischen Finessen »abfragte«. Seit er mit der ansehnlichen Pension eines Staatsdieners in den Ruhestand gegangen war, interessierte er sich noch mehr für den Kapitalmarkt. Einer der Gründe, warum Jason und er sich so gut verstanden, war, dass er Jason immer ungeniert nach Anlageempfehlungen ausquetschte. In letzter Zeit hatte es allerdings nicht mehr viele solcher Gespräche gegeben.

»Das klingt ja sehr offiziell«, sagte er. »Wäre es nicht besser, wenn ich mit Jason reden würde? Ich will dir nicht zu nahe treten, Libby, aber was Zahlen anbelangt, kommst du eher nach deiner Mutter.«

»Jason hat gerade mit den Bauarbeitern zu tun. Mir wäre es lieber, wenn wir beide das besprechen könnten. In Geschäftsangelegenheiten sind Jason und ich gleichberechtigt.«

Außerdem habe ich mein Studium abgeschlossen und hatte bis vor zwei Jahren einen beneidenswerten Medienjob, der es mir ermöglicht hat, die Kreditkartenschulden, die jeder Student anhäuft, selbst abzubezahlen …

Colin ließ ein amüsiertes Lachen hören, das Libby zur Weißglut brachte, obwohl sie sich wütend mahnte, ruhig zu bleiben.

»Über was für Summen reden wir also?«

Sie schaute auf Jasons Notizen und nannte sie ihm. Dass am anderen Ende scharf eingeatmet wurde, war zu erwarten gewesen, hätte sie nun zwanzigtausend oder zwei Millionen gesagt.

»Das ist eine gewaltige Summe, Elizabeth. Was habt ihr denn vor? Baut ihr vergoldete Armaturen ein?«

»Nein, wir müssen nur ein paar längst überfällige Reparaturen vornehmen. Das Hotel soll heutigen Erwartungen entsprechen, damit wir es an eine breitere Klientel vermieten können. Wenn es erst einmal losgeht, dachten wir daran, Weinproben zu organisieren oder kleine Hochzeitsgesellschaften. Vielleicht wird es einen Spa-Bereich ...«

»Nichts für mich also.«

»Natürlich würdest du dich dort wohlfühlen!« *Zeig einfach Interesse. Bitte. Hör auf damit, alles besser wissen zu wollen.*

Er kicherte. »Das würde ich bezweifeln, beim besten Willen. Was ist eigentlich der Grund dafür, dass ihr die Papa-Bank bemüht und nicht eure Hausbank? Es geht doch hoffentlich wirklich ums Hotel und nicht um einen persönlichen Kredit, den ihr euch besser verkneifen solltet.«

»Natürlich geht es ums Hotel.« Libbys Fingernägel bohrten sich in ihre Handfläche. »Ich dachte, es würde dir vielleicht gefallen, in unser Projekt mit einbezogen zu werden.«

Das ist doch verrückt, dachte sie. Würde ein solches Gespräch nicht normalerweise so ablaufen, dass der Vater die *Tochter* anrief und anbot, ihr aus der vom leichtsinnigen Ehemann verschuldeten Finanzkrise herauszuhelfen? *Können wir dir über die ersten Schwierigkeiten hinweghelfen? Können wir dir helfen, wieder auf die Beine zu kommen? Du hast das tapfer durchgestanden, und wir sind stolz auf deinen Kampfgeist.*

Das würde natürlich voraussetzen, dass der Vater von der Finanzkrise wusste. Colin war aber auch eine der Personen, die dachten, sie und Jason hätten sich aus Liebe zum Hotelgewerbe für einen bescheideneren Lebensstil entschieden. Libby war klar, dass er es ihr ewig um die Ohren hauen würde, wenn er die ganze schäbige Wahrheit wüsste. Letztlich wäre vermutlich sie selbst an der Sache schuld, sie, die unbedarfte Libby, die vor zehn Jahren einmal die Kontoauszüge einer Kreditkarte versteckt hatte.

Nach einer langen Pause, die er sich aus den Talentshows im Fernsehen abgeguckt hatte, räusperte sich Colin. »In Ordnung«, sagte er. »Gib mir einen Moment, um darüber nachzudenken, was für eine Summe ich euch vorzustrecken bereit bin. Aber bitte, Libby, lass das jetzt nicht zur Gewohnheit werden. Wenn du eine Geschäftsfrau sein willst, musst du mit dem Geld absolut skrupulös umgehen. Skrupulös und ehrlich. Es überrascht mich, dass Jason nie mit dir über diese Dinge gesprochen hat.«

»Hat er«, sagte Libby und biss die Zähne zusammen. »Und danke, Dad. Ich weiß das wirklich zu schätzen.«

Als sie den Hörer auflegte und ihre Haut vor Scham immer noch kribbelte, erschien Jason in der Tür. Er hatte einen zweiten großen Gin Tonic in der Hand, und als er sah, dass sie das Gespräch beendet hatte, kam er und reichte ihn ihr.

Wortlos zog er eine Augenbraue hoch.

»Er wird uns Geld leihen«, sagte sie, aber bevor Jason jubeln konnte, fügte sie hinzu: »Aber nur, damit du es weißt: Ich werde das nie wieder tun, *nie wieder*. Gib das Geld also bitte klug aus.«

»Das werde ich tun«, sagte Jason. »Gut gemacht.«

Libby versenkte ihre Nase im Glas und nahm einen großen Schluck. Inzwischen verstand sie bestens, warum ihre Mutter eine so enge Beziehung zum Spirituosenschrank geknüpft hatte.

Kapitel zehn

Das ist ja perfektes Timing«, sagte Margaret glücklich, als sie auf dem Beifahrersitz von Libbys Wagen Platz nahm, während Libby und Pippa Lord Bob und seine diversen Requisiten in den Kofferraum hievten. »Das passt doch wunderbar, oder? Dein Arzttermin im Krankenhaus, Pippa, Bobs Therapiesitzung und Elizabeths Treffen mit Gina wegen eines möglichen Engagements bei ›Tiere als Therapeuten‹.«

Libby konzentrierte sich darauf, rückwärts um den Lieferwagen herumzufahren, der ziemlich ungünstig in der Einfahrt parkte. Sie war froh, mal rauszukommen, auch wenn sie nur die anderen zum Krankenhaus fuhr. Innerhalb von drei Tagen hatte Mareks schwarze Armee das Hotel vollkommen in Beschlag genommen. Alle Zimmer außer dem einen, das sie selbst renoviert hatten, waren leer geräumt und mit Planen verhängt, und ständig wurden Schubkarren voller Tapetenreste und staubigem Schutt über den mit Plastik ausgelegten Flur gerollt, dann weiter durch die Rezeption nach draußen, wo über Nacht ein Container erschienen war.

Jason konnte sich für den Container regelrecht begeistern. Er hatte sogar schon ihren eigenen Müll hineingeworfen, einfach weil es möglich war. »Das ist irre«, hatte er festgestellt, als sie zusammen den Geschirrspüler eingeräumt hatten. »Wenn wir in London wohnen würden, wäre der Container schon halb voll, weil jeder sein Zeug reinschmeißen würde.«

»So weit ist es schon?«, hatte Libby gefragt. »Wir feiern den Umstand, dass wir unseren Container für uns haben?«

»Man muss sich über die kleinen Dinge am Wegesrand freuen, mein Schatz«, hatte Jason mit einem seligen Lächeln erwidert. So wie Margaret plötzlich auflebte, weil sie Pippa Suppe servieren und sie umsorgen konnte, war Jasons Laune entschieden gestiegen, seit am vergangenen Abend Colins Überweisung über zwanzigtausend Pfund auf dem Hotelkonto eingegangen war. Er war im Büro verschwunden und hatte alle möglichen Berechnungen angestellt, um dann später mit einem überarbeiteten Zeitplan und einer Flasche Wein aus dem Weinkeller wieder aufzutauchen.

Libby war sich nicht sicher, ob es einen Grund zum Feiern gab. Sie hatte das Gefühl, dass die Großzügigkeit ihres Vaters einen Haken hatte. Irgendetwas daran machte sie stutzig.

»Ach, sei nicht so defätistisch. Denk einfach an deine Bäder. Jetzt ist alles auf dem Weg!«, hatte Jason mit einem Grinsen erklärt. Was Libby zu denken gab, war die Tatsache, dass sie selbst sich jeden Tag erschöpfter fühlte, während Jason mit seiner Sonnenbräune, den hochgekrempelten Ärmeln und den zwei Abenden und mehr in der Woche beim Training oder im Pub wie ein Mann auf Dauerurlaub wirkte.

»Warum gönnen wir uns nicht hinterher einen Kaffee und ein Stück Kuchen?«, fragte Margaret. »In der Hauptstraße gibt es ein hübsches, hundefreundliches Café – das kennst du vermutlich noch nicht, oder, Pippa?«, ergänzte sie mit einem Blick über die Schulter.

»Bislang nicht«, antwortete Pippa höflich.

»Warst du schon einmal dort, Elizabeth?«

»Ich hatte noch nicht viel Zeit, um ins Café zu gehen«, sagte sie, fügte dann aber hinzu, weil sie vor Pippa nicht in die Opferrolle schlüpfen wollte: »Ich wollte aber immer schon ein paar Lokale in der Stadt ausprobieren. Zurzeit aktualisiere ich nämlich die Informationsbroschüre für die

Zimmer. Ist dir klar, dass ein paar der Pubs und Cafés, die wir den Gästen empfehlen, längst geschlossen sind?«

Das nette irische Paar hatte sie davon in Kenntnis gesetzt. Ebenso ein weniger nettes Paar auf TripAdvisor.

»Tatsächlich? Wie peinlich. Dann müssen wir *unbedingt* ins Wild Dog gehen«, sagte Margaret. »Ich bestehe darauf. Bob lädt euch ein.«

»Du könntest spezielle Informationen für Hunde in die Website aufnehmen«, schlug Pippa von der Rückbank her vor. »Wo sie ihre Herrchen und Frauchen Gassi führen können und wo sie hinterher allesamt etwas zu trinken bekommen.«

»Was für eine entzückende Idee!«, rief Margaret. »Hast du das gehört, Bob?«

»Vielleicht könnte Bob sie schreiben«, fuhr Pippa fort. »Lord Bobs Hundeführer für Longhampton.«

Wie bitte? Das ging entschieden zu weit. Libby schaute in den Rückspiegel, um Pippas Blick aufzufangen, und sah die unschuldige Begeisterung darin. Pippa hockte auf dem schmalen Rücksitz, direkt neben Lord Bobs Kopf, der zwischen den Kopfstützen hindurchschaute. Konspirativ wirkte Bob nicht, er sabberte vielmehr die Rückbank voll. Libby war froh, dass Jason das nicht sehen konnte.

Pippa schaute sie fragend an. In den fünf Tagen, die sie nun im Hotel wohnte, hatte sie sich ein Stück weit in die Person verwandelt, von der Libby annahm, dass sie tatsächlich so war: rotwangig, heiter, fast verschmitzt. In dem Maße, in dem Pippa wieder zu Kräften kam, schien sie wild entschlossen zu helfen, wie klein auch immer der Beitrag sein mochte: Tee kochen, Telefonate annehmen, Nachrichten notieren, mit einem wohlplatzierten Kommentar eine gereizte Stimmung auflockern.

Für Libby war es ein Rätsel, warum ein solcher Mensch

nicht von Tausenden von Freunden gesucht wurde. Offensichtlich hatte es die Polizei aber immer noch nicht geschafft, sie mit einer Vermisstenanzeige in Verbindung zu bringen.

Sie schenkte Pippa ein Lächeln. »Was hat der Neurologe heute mit dir vor?«

»Nicht der Neurologe, sondern eine andere Therapeutin«, sagte Pippa. »Sie möchte ausprobieren, ob wir vielleicht mit Hypnotherapie weiterkommen.« Sie wirkte skeptisch. »Vielleicht funktioniert es ja. Ich habe das Gefühl, dass die Dinge etwas in Bewegung geraten – als würde sich ein Zahn lockern. Vielleicht ist eine gute Sitzung schon der Schlüssel zum Erfolg.«

»Ich wünsche es dir von Herzen, mein Schatz«, sagte Margaret, und Libby murmelte zustimmend. Obwohl sie es nicht eilig hatte, ihren Gast loszuwerden, wollte sie natürlich, dass Pippa in ihr normales Leben zurückkehren konnte.

Libby parkte auf dem Besucherparkplatz und machte sich daran, Bob sein offizielles Therapeutenhundegeschirr umzulegen. Margaret zuliebe würde sie sich heute als »Tiere als Therapeuten«-Begleiterin bewerben, damit sie mit Bob herkommen konnte, wenn Margaret mal unpässlich sein würde – was, wie sie insgeheim hoffte, nie eintreffen würde.

Während Libby die Riemen festzurrte, blickte er gutmütig ins Leere und erlaubte sich einen wahrhaft widerwärtigen prätherapeutischen Furz, den sie alle drei nicht zu bemerken vorgaben.

»Du wirst schön brav sein, wenn du mit Libby dort bist, nicht wahr?«, wies Margaret ihn an. »Du ziehst nicht an der Leine und stellst keinen Unfug an. Nicht dass du das sonst tätest, natürlich.«

»Du sagst es, Margaret«, sagte Libby. »Ein für alle Mal Schluss damit, Bob.«

»Hast du den Notfallkäse? Falls er Ablenkung braucht?«

Margaret beharrte darauf, dass Bob Englisch verstand. Libby wusste nur, dass er die Sprache von Käse verstand. Sie klopfte auf ihre Tasche. »Cheddar *und* Stilton.«

»Ich werde ja auch da sein, im Hintergrund. Lass ihn aber nicht in die Nähe von Bert Carter. Der riecht nach Katze.« Margaret senkte die Stimme. »Selbst nach all der Zeit noch.«

Libby nickte und versuchte, sich daran zu erinnern, wer Bert Carter war. Die Idee hinter der heutigen Begegnung war, dass Margaret sie der ehrenamtlichen Leiterin von »Tiere als Therapeuten« vorstellte – Gina –, die wiederum beobachten würde, ob Libby Lord Bob, wenn er sich den Patienten zum Streicheln, Kraulen und Plaudern anbot, hinreichend unter Kontrolle hatte. *Libbys* Eignung stand also auf dem Prüfstand, während Bobs Qualifikationen über jeden Zweifel erhaben waren.

Pippa kraulte Bob schnell hinter den Ohren und stand dann auf.

»Wo treffen wir uns denn hinterher?«, fragte sie. »Mein Termin ist um halb zwölf. Ich nehme an, dass er etwa eine Stunde dauert.«

Als sie das sagte, flog ein Schatten über ihr Gesicht, und Libby tätschelte ihren Arm. »Keine Sorge, wir warten auf dich. Außerdem hast du ja meine Handynummer. Wenn dein Termin eher zu Ende sein sollte oder sich in die Länge zieht, ruf mich einfach an. Du kannst auch anrufen, wenn ich kommen soll, das wäre kein Problem für mich.«

»Ist schon okay.« Pippa rang sich ein Lächeln ab. »Ich möchte dir nichts von deiner wertvollen Zeit mit dem Hund rauben.«

Libby schaute zu Margaret und Lord Bob hinüber, die beide startklar waren. »Die Gefahr besteht wohl kaum«, sagte sie.

Gina, die Leiterin von »Tiere als Therapeuten«, war nicht eine alte Hundenärrin in einer flauschigen Fleecejacke, wie Libby erwartet hatte. Sie war nur ein paar Jahre älter als Libby und hatte einen dunklen Fransenschnitt und warme braune Augen. Begleitet wurde sie von einem würdevollen Greyhound, dessen graue Flanken mit weißen Flecken gesprenkelt waren, fast wie mit Schneeflocken. Wie Bob trug er das grellgelbe Mäntelchen der »Tiere als Therapeuten«, aber darunter lag ein bunt besticktes Martingale-Halsband um seinen breiten Hals.

Die beiden waren ein elegantes Paar, dachte Libby. Offenbar konnte man einen Hund haben, ohne zu einem Leben in Fleece verdammt zu sein.

Lord Bob begrüßte sowohl Gina als auch den Greyhound, als seien sie auf einer Cocktailparty für Hunde: charmantes Schnuppern, ein gelegentliches Wedeln mit dem Schwanz, ein höfliches Geplänkel »Machen Sie doch bitte Sitz ... Nein bitte, nach Ihnen«, das der Greyhound schließlich verlor, indem er sich als Erster setzte.

Als Gina Libby die Hand schüttelte, erstrahlte ihr Gesicht in einem warmherzigen Lächeln. »Vielen Dank, dass du dich bei uns engagieren willst«, sagte sie. »Es ist wunderbar zu erleben, was der Besuch der ›Tiere als Therapeuten‹ bei den Patienten auslöst – sie scheinen in eine andere Welt zu entfliehen. Und Bob ist unser Superstar. Die Leute werden begeistert sein, dass er eine zweite Begleiterin bekommt!«

Sie schauten zu Margaret hinüber, die mit einem älteren Mann sprach. Seine Hände waren fleckig und seine Augen wässrig, aber als Bob auf ihn zutrottete, wurde sein Gesicht plötzlich lebendig. Er beugte sich hinab, um über Bobs lange Ohren zu streichen, und redete angeregt auf ihn ein, auch wenn seine Worte kaum zu verstehen waren. Bob schaute ernst zu ihm auf und wedelte freundlich mit dem Schwanz, als würde er auf das Gebrabbel des Mannes antworten.

»Die Krankenschwestern haben mir erzählt, dass sich Ernest den ganzen Tag nicht bewegt«, sagte Gina. »Er sitzt bloß da und schaut aus dem Fenster. Wenn aber Bob oder ein anderer Therapeutenhund kommt, ist er wie ausgewechselt. Dann erzählt er von dem Hund, den er als Kind hatte, und wartet mit ein paar wirklich anrührenden Geschichten auf.«

Libby legte die Hand auf den schmalen Kopf des Greyhounds. Starr ließ er es geschehen, dass sie die weiche Haut hinter seinen Ohren kraulte. Ihr fiel auf, dass eines seiner samtigen Ohren kürzer war als das andere, als würde ein Stück fehlen.

»Wie heißt er denn?«, erkundigte sie sich.

»Das ist Buzz.« Gina berührte seinen Hals, worauf er sich, ohne den Kopf zu drehen, an ihr Bein lehnte. »Buzz ist eigentlich mein eigener Therapeut. Ich habe ihn vor zwei Jahren angenommen, als ich mich in einer üblen Lebensphase befand. Wir befanden uns beide in einer üblen Lebensphase, nicht wahr, Buzz?« Sie kratzte ihn hinter dem kurzen Ohr. »Wir haben uns wechselseitig darüber hinweggeholfen. Hunde können Wunder wirken – sie leben für den Moment und bringen einen dazu, ruhiger zu werden und die kleinen Dinge des Lebens zu würdigen. Und sie sind wunderbare Gesellschafter.«

»Das sagt Margaret auch«, erwiderte Libby. »Bob war ein großer Trost für sie, als mein Schwiegervater starb. Das macht es mir leichter, ihm einiges nachzusehen«, bekannte sie leise. »Er war zur Stelle, als mein Mann und ich nicht da sein konnten. Vermutlich hat er ihr über das Schlimmste hinweggeholfen.«

Gina nickte, als würde sie das ohne Weiteres verstehen. »Sie hören auf eine Weise zu, wie Menschen das nicht können. Und sie geben niemals gute Ratschläge. Auch den Kindern in der Grundschule hören sie geduldig zu. Buzz zum Beispiel ist ein Lesehund.«

»Er kann lesen?«

Gina lachte. »Nein, die Kinder lesen ihm vor. Die schüchternen Kinder tun das wahnsinnig gern, weil er die Pfote auf die Seite legt, von der sie vorlesen. Er liebt das auch. Das ist das Großartige an unserem Programm: Jeder scheint etwas davon zu haben. Buzz hatte einen grauenhaften Start ins Leben. Jetzt ist er glücklich, und es ist, als wolle er etwas von seinem Glück zurückgeben. Ich habe ihm geholfen, jetzt hilft er den anderen. Für mich war übrigens das Krankenhaus ein Segen, und so revanchieren wir uns beide. Aber egal, wollen wir loslegen? Margaret, würden Sie Bob bitte herbringen, damit Libby die Zügel übernehmen kann?«

»Natürlich!« Margaret kam mit Bob und reichte Libby die Leine, als würde sie ganz offiziell den Stab weiterreichen.

Bob schaute zu ihr auf, und für einen Moment dachte Libby, er würde sich eine kleine Frechheit leisten, um sie auf die Probe zu stellen. Stattdessen wedelte er mit dem Schwanz und blickte zu einer alten Dame hinüber, die auf einem Stuhl in der Nähe saß und nur darauf zu warten schien, ihn streicheln zu dürfen.

»Also, Libby. Ich muss dich in langweiliges Geschwätz verwickeln, während du Bob an der Leine hast«, sagte Gina. »Nur um sicherzustellen, dass du ihn unter Kontrolle hast, wenn nichts Interessantes passiert. Ist das okay für dich?«

Sonderbar ist das schon, dachte Libby, die etliche ältere Augenpaare auf sich und Bob ruhen fühlte. Aber sie setzte ein strahlendes Lächeln auf und sagte: »Worüber sollen wir uns denn unterhalten? Ich kenne eine Menge langweiliger Themen. Wir haben zurzeit die Bauarbeiter im Haus. Soll ich dir etwas über Plastikplanen erzählen? Oder über Teeverbrauch?«

»Ah, mein Spezialthema«, sagte Gina und machte sich auf ihrem Klemmbrett eine Notiz. »Es gibt buchstäblich nichts, was du mir über Bauarbeiter erzählen könntest, das ich nicht am eigenen Leib erfahren hätte.«

»Hast du auch eine größere Renovierung hinter dir?«

»Nein, ich bin Projektmanagerin und verschwende meine gesamte Arbeitszeit damit, ihnen hinterherzulaufen. Klempner sind die Schlimmsten. Wenn es irgendetwas gibt, was du über Bauarbeiter wissen möchtest – einschließlich meiner umstrittenen Liste der Top Ten lokaler Cowboys, um die man besser einen großen Bogen macht –, wende dich vertrauensvoll an mich.«

»Jason beschäftigt keine Cowboys.« Margaret hatte sich vorgebeugt. »Mein Sohn, der sich um die Renovierung kümmert, hat ein Team zusammengestellt, das in London etliche Adelshäuser renoviert hat.«

Gina schaute zwischen Margaret und Libby hin und her. »Ach, wirklich? Wie vornehm!«

»Sehr vornehm.« Für jemanden, der sich vor einer Woche noch mit Händen und Füßen gegen die Renovierung gesträubt hatte, wirkte Margaret nun ziemlich stolz. Aber klar, wenn *Jason* die Leute beschäftigte …

»Ich denke nicht, dass Marek seine Adelsexperten geschickt hat, um bei uns Tapeten abzudampfen«, sagte sie.

»Margaret, um Libby wirklich mit Bob beobachten zu können, wäre es vielleicht besser, wenn Sie für zehn Minuten verschwinden würden«, sagte Gina bestimmt. »Warum gehen Sie nicht einen Kaffee trinken?«

»Sind Sie sicher?«

»Wenn es Ihnen nichts ausmacht. Wir müssen uns alle konzentrieren. Also, Libby«, sagte sie, als Margaret, nicht ohne ein paarmal zurückzuschauen und zu winken, den Raum verlassen hatte. »Mit wem sollte man jetzt vielleicht ein kleines Schwätzchen halten?« Sie schaute sich im Raum um. »Ah! Kennst du Doris schon?«

»Ist das die Dame, die mal im Swan als Haushälterin gearbeitet hat?«, fragte Libby. »Margaret hat sie ein paarmal erwähnt, ja.«

»Sie ist ein absolutes Original.« Gina hob ihre akkurat gezupften Augenbrauen. »Ich glaube, Margaret und ihr Ehemann haben sie bereits mit dem Hotel übernommen. Sie kennt tausend Geschichten, was man in den guten alten Zeiten mit den Gästen so erleben konnte. Komm und plaudere ein wenig mit ihr. Sie mag Bob und interessiert sich bestimmt brennend dafür, was ihr mit dem Hotel für Pläne habt.«

Libby führte Bob durch den Aufenthaltsraum zu einem Ohrensessel mit Paisley-Muster, der am Fenster stand. Erst als sie fast davor standen, sah Libby, dass eine winzige Frau darin saß. Ihr blasses Gesicht war schrumpelig wie eine Walnuss und wurde von einem wirren weißen Schopf bedeckt. Sie trug ein türkisfarbenes Kleid und winzige Schnürschuhe und schaute ins Leere.

»Hallo, Doris«, sagte Gina. »Wie geht es Ihnen heute? Ist Ihnen nach einem kleinen Pläuschchen?«

Der Kopf der alten Dame drehte sich, und Libby fühlte plötzlich zwei scharfe, blassgrüne Augen auf sich ruhen. Dann schauten sie zu Bob hinab. Bei seinem Anblick wurden sie merklich milder. »Es geht mir leidlich, Gina. So wie man es halt bei meiner Lunge erwarten kann. Hallo, Bob. Wen hast du mir denn da mitgebracht?«

»Mein Name ist Libby Corcoran«, sagte Libby und hielt ihr die Hand hin.

Doris hatte sich schon hinabgebeugt, um Bobs Kopf zu

streicheln, aber als sie den Namen hörte, richtete sie sich wieder auf und musterte Libby.

»Corcoran? Sind Sie mit einem von Margarets und Donalds Jungs verheiratet?«

»Ja, das bin ich.« Libby lächelte.

Die alte Dame betrachtete sie. »Mit Jason, nehme ich an.«

»Stimmt, woher wissen Sie das?«

Doris schürzte ihre rosafarbenen Lippen. »Sie sind mit Margarets geliebtem Hund hier. In den Genuss dieser Ehre würde wohl nur Jasons Frau gelangen.«

»Dieser Ehre bin ich mir wohl bewusst«, stimmte Libby zu.

»Libby und ihr Mann sind hierher zurückgezogen, um Margaret zu helfen«, erklärte Gina. »Margaret sagte, Sie würden ein paar haarsträubende Geschichten über das Swan Hotel kennen.«

»Meine Haare sträuben sich tatsächlich, wie Sie sehen!« Aber bevor Doris irgendetwas preisgeben konnte – was sie sichtlich gerne getan hätte –, kam eine Krankenschwester mit einem Rollstuhl.

»Tut mir leid, dass ich störe, aber ich muss Ihnen Doris entführen – Zeit für Ihr Rendezvous mit dem Friseur! Sind Sie bereit?«

»Oh, schade! Dann eben ein andermal«, sagte Gina. »Wie wär's, wenn wir zu Gordon gingen?«

Widerstrebend, weil sie lieber gehört hätte, was Doris über das Hotel zu sagen hatte – und über Margaret –, änderte Libby den Kurs und bemühte sich um ein herzliches Lächeln für den nächsten älteren Herrn, der Bobs heilende Gegenwart brauchte.

Pippa saß mit einem Plastikbecher Wasser auf dem Stuhl im Wartezimmer und versuchte, sich die letzte Stunde zu vergegenwärtigen.

Sie konnte sich nicht mehr gut an die Hypnose erinnern – was für eine Ironie! –, aber Kim, die Therapeutin, hatte gesagt, dass sie sich deswegen keine Sorgen machen solle. Ihre sanfte Stimme hatte Pippa Mut gemacht, und so hatte sie es geschafft, ihr Gehirn abzuschalten, bis die Bilder wie von selbst geflossen waren. Es war, als würde man sie langsam einen vertrauten Pfad entlangführen, der vor ihren Augen leicht verschwamm. Versuchte sie allerdings, etwas zu packen, wurde ihr sofort der Boden unter den Füßen weggezogen, und sie musste sich in blinder Panik vorantasten. Schließlich holte Kims Stimme sie zurück und schuf ein festes Geländer: das Hotel, Libby und Jason, die Namen der Krankenschwestern, die sich um sie gekümmert hatten. Verlässliche Tatsachen.

Sie sprachen über die Schule, ihre Freunde, ihre Eltern und andere Dinge, an die sich Pippa jetzt nicht mehr erinnern konnte, über die sie aber offenbar geredet hatte. Erst als Kim auf die nähere Vergangenheit zu sprechen kommen wollte, senkte sich wie ein Vorhang die Leere herab.

»Können Sie sich an den letzten Geburtstag erinnern, den Sie gefeiert haben? Vielleicht waren Sie ja in London. Vielleicht waren Sie ja mit Freunden zusammen … oder mit einem Partner.«

Der Vorhang blähte sich in Pippas Geist, als stehe etwas dahinter, das die Bühne betreten wollte, aber als sie es zu erhaschen versuchte, löste es sich sofort in Nichts auf.

»Entspannen Sie sich«, sagte Kim, aber je hartnäckiger sie es versuchte, desto leerer fühlte sich ihr Gehirn an. Das versetzte sie in Panik. Die Sitzung wurde schließlich beendet, und sie fand sich im abgedunkelten Sprechzimmer wieder.

Pippa nippte an dem Wasser aus dem Wasserspender, das so kalt war, dass ihre Schläfen schmerzten. War das jetzt ein Fortschritt gewesen? Hatten die unsichtbaren Verbindungen in ihrem Gehirn damit begonnen, sich wieder zu verschalten? Kim hatte viel notiert und ihr versichert, dass ihr Gedächtnis mit einem Schlag zurückkommen konnte, wenn sie morgens aufwachte oder eine bahnbrechende Erinnerung hatte. Wenn Pippa aber darüber nachdachte, an was sie sich erinnerte, fühlte sie sich einfach nur entsetzlich müde.

Müde und ängstlich. Trotz der aufmunternden Worte konnte sie Kims Optimismus nicht teilen. Die Dunkelheit war beunruhigend, aber irgendetwas ließ das Herz in ihrer Brust schneller schlagen, schneller und härter. Wenn sie ehrlich war, war ihr nicht einmal klar, ob sie überhaupt wissen wollte, was sich hinter dem Vorhang verbarg. Was auch immer es war, ihr Körper schien sich nicht daran erinnern zu wollen. Und das musste etwas zu bedeuten haben.

Als sie ins Hotel zurückkehrten, hatte sich ein herrlicher Frieden darauf hinabgesenkt, da die Bauarbeiter bereits Feierabend gemacht hatten. Es war ein warmer, heller Abend. Margaret ging in den Garten, um Unkraut zu jäten, während sich Jason aufs Sofa setzte, um ein Fußballspiel anzuschauen.

Pippa und Libby feierten in der Küche bei einem Glas Wein Libbys neuen Status als anerkannte Ehrenamtliche bei »Tiere als Therapeuten«. Sie redeten, blätterten in Wohnmagazinen und diskutierten über Einrichtungsideen, bis um acht Uhr plötzlich Jason in der Tür stand.

»Kann eine von euch mit Bob rausgehen? Ich will die zweite Halbzeit nicht verpassen ...« Er war schon wieder auf dem Rückzug.

»Ich geh schon«, sagte Pippa und schob den Stuhl zurück.

»Ich komme aber mit«, sagte Libby. »Immerhin bin ich ja jetzt seine offizielle Betreuerin. Los, Marsch«, sagte sie zu Lord Bob, der auf dem Küchenboden lag und schläfrige Selbstvergessenheit vortäuschte. »Raus mit dir.«

Keine Reaktion.

»Nun komm schon«, sagte Libby. »Ignoriert er mich einfach? Will er sich über mich lustig machen?«

»Hier, schau mal«, sagte Pippa und brach einen Keks durch. Ohne etwas zu sagen, legte sie ihn direkt neben das Sofa, auf dem Bob es sich bequem gemacht hatte.

Nachdem sie ihn eine Weile beobachtet hatten, zuckte plötzlich seine Nase. Ohne die Augen zu öffnen, bewegte er den Kopf, ortete den Keks, glitt wie ein Omelette aus der Pfanne vom Sofa, schnappte sich den Keks und schüttelte sich dann direkt vor Pippas Füßen wach. Seinen ganzen langen Körper durchlief ein Zittern und mündete in einem schnellen Schlag mit dem Schwanz. Die Ohren waren das Letzte, das zu wackeln aufhörte.

»Du hast wirklich ein Händchen für dieses Vieh«, sagte Jason bewundernd. »In deinem vorherigen Leben hattest du bestimmt einen Hund.«

»Vielleicht sogar in diesem«, sagte Pippa und verspürte ein sonderbares Zucken in ihrem Innern.

Sie verließen das Hotel. Hinter dem Tor wollte Libby in Richtung des Fußwegs abbiegen, der hinter dem Hotel entlangführte, als Pippa plötzlich das Bedürfnis verspürte, die andere Richtung einzuschlagen. Sie waren schon an der Unfallstelle vorbeigefahren, aber sie war noch nie zu Fuß dort gewesen, seit es passiert war, und verspürte einen plötzlichen Sog.

»Können wir?«, fragte sie. »Mir ist irgendwie danach, dorthin zu gehen.«

Libby blieb stehen, zog an der Leine, um Lord Bob aus den Brennnesseln zu holen, und schaute Pippa besorgt an. »Bist du sicher, dass dich das nicht zu sehr aufregt?«

Pippa schüttelte den Kopf. »Ich würde es gerne sehen. Ich

habe das Gefühl, als würde sich irgendetwas ... wieder zusammenfügen. Erklären kann ich das auch nicht.«

Einen richtigen Weg gab es nicht, nur den Grasstreifen, den sie langsam entlanggingen und dabei auf Autos achteten. Schließlich gelangten sie an die Stelle, wo Libby erklärte, dass sie Pippa dort gefunden habe. Pippa spürte ihren Instinkten nach, irgendwelchen inneren Regungen, aber da war nichts. Plötzlich rief Libby: »Warte mal!«

Sie war ein paar Meter zurückgeblieben und hielt etwas in der Hand. Es glänzte silbern, ein Anhänger in Form eines A, an dem noch ein Stück von einer zerrissenen Silberkette hing.

»Schau mal!«, sagte sie aufgeregt. »Gehört das dir? Könnte es abgerissen sein, als du von dem Auto angefahren wurdest?«

Pippa kehrte zu ihr zurück und nahm das A. Als sie das kühle Metall berührte, keimte plötzlich ein unbestimmter Gedanke in ihrem Hinterkopf auf und wurde größer und größer, während sie gleichzeitig von einer messerscharfen Erinnerung durchbohrt wurde, nicht im Kopf, sondern irgendwo in der Brust. Die beiden Empfindungen waberten auf und ab und verschmolzen schließlich, bis sie irgendwann – mehr als Gefühl denn als bildhafte Erinnerung – ihren gesamten Körper durchströmten: das Gefühl, geliebt zu werden, das Gefühl, etwas Besonderes zu sein. Sie schloss die Augen und spürte heiße Tränen aufsteigen, als sie sich der Erinnerung überließ.

Das Gefühl reinsten Glücks, zwischen Mum und Dad in der Sitzecke einer Pizzeria. Der schönste Geburtstag aller Zeiten.

»Mein Geburtstag.« Ihre Stimme schien aus weiter Ferne zu kommen, sie wusste selbst nicht, woher. »Mum und Dad haben mir eine ganz besondere Kette geschenkt.«

Sie roch die Pizza und Dads Wolljacke, die nach ihrem Terrier roch, weil er ihn manchmal in die Jackentasche steckte, und Mums Ausgehparfüm. Der erste Geburtstagslunch als erwachsene Person, nur sie und Mum und Dad. *Kein Abwasch!* Ein Eisbecher mit zwei Wunderkerzen, außerdem die aufregendste Schachtel der Welt, mit einem weißen Band drum herum.

»Pippa?« Sie hörte Libbys Stimme und schüttelte den Kopf. Irgendetwas stieg in ihr auf, immer höher und höher, erreichte ihr Gehirn, wurde scharf, drängte als Worte über ihre Lippen.

»*Pippi!*«, sagte sie. »Dad hat mich immer seine kleine Pippi genannt. Nicht Pippa. Pippi Langstrumpf. Ich hatte Zöpfe. Mum hat mir vor dem Zubettgehen immer die Haare geflochten.« Es war kaum zu ertragen. Irgendwo in ihrer Brust, außerhalb ihres Kopfes, verspürte sie das schläfrige Gefühl der schweren Wärme, wenn ihr Dad am Fußende ihres Bettes gesessen und ihr vorgelesen hatte. Seine Stimme war immer leiser und sanfter geworden, während sie in den Schlaf geglitten war, sicher und behütet. Seine Stimme war so leise und deutlich, als würde er in diesem Moment zu ihr sprechen.

Gute Nacht, Alice.

Das war keine Stimme, das war ein Gefühl in ihrem Herzen. Tränen strömten über ihr Gesicht, als die mächtige Sehnsucht ungestüm über sie hereinbrach. Das war so real, so physisch. Der Wunsch, in ihren eigenen Kopf einzudringen und das alles noch einmal zu durchleben, diesen Moment mit Dad und mit Mum, die an der Tür stand und darauf wartete, das Licht ausschalten zu dürfen.

Gott behüte dich, Alice.

Die Bilder wirbelten nun herum und vermischten sich, von ihrem Gedächtnis wie von einem Feuerwerk abgebrannt. Mum, die kicherte, als ihre Finger Alice' sommersprossigen Arm hochkrabbelten, die Sonne heiß auf der Haut, die kurzen roten Fingernägel wie glänzende Marienkäfer. Alice wollte die Hände ausstrecken und ihre Mum berühren, wollte sie umarmen, nur ein einziges Mal noch. Das Verlangen war so stark, dass es ihr die Luft abschnürte.

Alice. Alice. Sie war jemand. Sie existierte. Sie hatte einen Anker in der Welt, eine Vergangenheit, eine Geschichte. Sie war Alice Robinson.

Ich bin nicht verloren, dachte sie. Ich bin Alice. Die Erleichterung hielt aber nur einen kurzen Moment an, bevor die Bilder wieder verblassten, der Wirbel einfror und tiefer Schmerz sich ihrer bemächtigte. Dad war fort. Mum war fort. Ein kalter, dünner Schmerz legte sich um ihr Herz und verbreitete sich in Brust und Kopf, als sie ihre Eltern ein weiteres Mal verlor. Die Erinnerungen waren alles, was ihr blieb: dieser liebevolle Blick, dieses Gefühl der Wärme und Geborgenheit – nie würde sie noch einmal ihre Nähe spüren oder ihnen ein Geheimnis anvertrauen oder die alten Erinnerungen um neue anreichern.

Alice schloss die Augen, weil sie verzweifelt in ihrer Erinnerung zu verweilen suchte. Sie wollte nicht zu dieser struppigen Hecke und der Straße der Gegenwart zurück. War es nicht besser, nichts zu wissen, als den Schmerz des Wissens zu erfahren?

Sie war jemand, aber sie gehörte zu niemandem. Niemand versuchte, sie zu finden. Niemand. Bis jetzt war ihr nicht klar gewesen, wie sehr sie insgeheim darauf gehofft hatte, dass es doch jemand tat.

Alice schaute auf und sah, dass Libbys Lächeln blankem Entsetzen gewichen war, als sie ihr schmerzverzerrtes Gesicht bemerkt hatte.

»Pippa?«, sagte Libby. »Pippa!«

»Alice«, brachte sie hervor, um im nächsten Moment an Libbys Brust zu fliegen und sich fest umarmen zu lassen. Und dann gab sie sich endlich ihren Tränen hin und weinte um ihre Eltern, die niemals kommen und sie abholen würden.

Kapitel elf

Alice und Libby standen stumm am Straßenrand, bis Alice' Tränen irgendwann versiegten. Als sie schließlich unter Schluchzern ein Lächeln zustande brachte, legte Libby ihr den Arm um die Taille, und so kehrten sie langsam zum Hotel zurück. Bob trabte ungewöhnlich gehorsam an seiner Leine hinterher.

Libbys Sorge wurde von unverhohlener Begeisterung durchdrungen. »Da du nun einen Namen hast, können wir dich gleich morgen früh nach Hause zurückbringen!«, sagte sie mit ihrem ansteckenden Optimismus. »Zehn Minuten im Internet, und ich wette, wir haben alle entscheidenden Informationen herausgefunden.«

Alice erwiderte nichts. Die Worte schienen nicht zu ihrer eigentümlichen Stimmung zu passen. Sie war erleichtert, dass ihr Gedächtnis offenbar zurückkehrte, obwohl es ihr das Herz brach, ihre Eltern auf diese Weise wiederzufinden und sofort wieder zu verlieren. Aber hinter der Erleichterung lauerten finstere Fragen.

Warum waren nicht *alle* Erinnerungen zurückgekehrt?

Setzte ihr Gehirn Prioritäten? Konnte es entscheiden, was es wiederherstellen wollte, oder war das willkürlich?

Was, wenn nur die Hälfte ihrer Erinnerungen zurückkehrte? Würde sie dann die Hälfte ihres Selbst verlieren, die Hälfte ihrer Erfahrungen, die Hälfte ihres Lebens? Was, wenn sie Leute traf, die Erinnerungen an sie hatten, die sie selbst nicht teilte?

Und warum konnte sie sich nicht an Dinge aus der jüngeren Vergangenheit erinnern, warum sie hier war, zum Beispiel? Bei diesen Leuten, die Fremde waren, aber doch so vertraut?

Alice schüttelte ihren pochenden Kopf. Hör auf damit, dachte sie. Hör auf zu grübeln.

Aber sie konnte nicht. Die Vorstellung, dass ihr Gehirn sich selbst reparierte, machte sie wahnsinnig. Wie sausten die unsichtbaren elektrischen Impulse hin und her, bauten Brücken und ließen schlagartig Informationen aufblitzen? Woher sollte sie je wissen, an was sie sich nicht mehr erinnern konnte … wenn sie sich einfach nicht mehr erinnerte?

Sie hatte das Gefühl, außer ihrem Namen nicht viel zurückbekommen zu haben, und fühlte sich hin- und hergerissen zwischen dem Schmerz der Erinnerung und der Erwartung des nächsten Gedächtnisschubs.

Libby war zu aufgeregt, um wahrzunehmen, dass Alice verstummt war. Nachdem sie ins Foyer mit den abgedeckten dunklen Möbeln getreten waren, nahm sie Lord Bob die Leine ab, scheuchte ihn in die Wohnung und führte Alice sofort ins Büro.

»Du gehst sofort ins Internet«, erklärte sie und klappte den Laptop auf. »Und ich hole dir etwas zu trinken und berichte Jason von den guten Neuigkeiten.« Sie klatschte in die Hände. »O Gott, ich freue mich so für dich, Pip … Alice!« Sie verzog das Gesicht. »*Alice*. Daran muss ich mich erst gewöhnen! Denkst du, wir sollten im Krankenhaus anrufen?«

»Es ist zehn nach neun.« Noch mehr Fragen und noch mehr Analysen konnte Alice jetzt nicht ertragen. »Das kann bestimmt bis morgen warten.«

»Ja natürlich. Man weiß ja nie. Jetzt wo es losgegangen ist – vielleicht kannst du ihnen morgen schon viel mehr erzählen!«

Für Libby ist das Ganze ein Spiel, dachte Alice und lächelte mechanisch. Die letzte Folge einer Fernsehserie, das Happy End.

Als Libby fort war, betrachtete Alice den Laptop, den leeren Bildschirm, der ihr Dinge über sie verraten konnte, die sie selbst nicht wusste. Ihr Magen zog sich zusammen. Nun komm schon, Alice, sagte sie sich. Nur Mut. Was könnte schon schlimmer sein, als sich daran zu erinnern, dass die eigenen Eltern tot waren?

Alice' Finger schwebten über der Tastatur, aber sie konnte sich einfach nicht dazu überwinden, etwas zu tun. Im nächsten Moment kehrte Libby mit Jason zurück. Während die beiden sich im Internet auf die Suche nach ihrem Leben machten, sah Alice einfach zu, die zitternden Hände um die heiße Teetasse gelegt. Schnell war aber klar, dass es ganz so einfach wohl doch nicht werden würde.

Zum einen gab es auf Google fast zweihunderttausend Treffer für »Alice Robinson«. Und keiner verwies auf einen Zeitungsartikel, mit dem nach einer vermissten Freundin gesucht wurde.

»Bist du das da, auf LinkedIn?«, fragte Libby und zeigte auf den ersten Eintrag.

Die betreffende Alice Robinson hatte in etwa ihr Alter, aber sie war eine politische Analystin, hatte viele Auszeichnungen bekommen und schwamm in Qualifikationen. Alice wünschte fast, sie wäre es, aber ihr war klar, dass sie es nicht sein konnte.

»Ich denke nicht. Wenn ich ein derart dynamischer Typ wäre, wüsste ich das vermutlich.«

»Du wärst auch ziemlich weit weg von zu Hause, wenn du das wärst«, sagte Jason und zeigte auf das Bild von New York im Hintergrund.

»Ha! Stimmt. Eigentlich bin ich froh, dass du das nicht

bist. Die Frau sieht nicht so aus, als hätte sie viele Flip-Flops im Schuhregal.« Libby schaute auf. »Du hattest Flip-Flops an, als du angefahren wurdest, kannst du dich erinnern? Sie waren in der Tüte vom Krankenhaus.«

Alice blinzelte. »Ach ja.« Sie hatte sich bereits daran gewöhnt, Libbys Sachen zu tragen. Nicht nur, dass sie ihr passten, sie standen ihr auch derart gut, dass sie fast vergessen hatte, dass sie ihr gar nicht gehörten. Ihre eigenen Sachen waren woanders. Sie warteten irgendwo auf sie, in ihrem Kleiderschrank, jedes Teil ein Schlüssel zu ihrer Persönlichkeit.

Libby klickte sich durch die Seiten hindurch. »Keine Sorge, es gibt noch viele Alice Robinsons. Erinnerst du dich, was für eine Art Arbeit du gemacht hast? Hast du in einem Büro gearbeitet? Weißt du, ob du studiert hast?«

Hatte sie studiert? Alice schloss folgsam die Augen und gab sich Mühe, sich an ihrem Arbeitsplatz vorzustellen. Seltsame Bilder kamen hoch, als seien sie nie fort gewesen, aber sie waren nie ganz vollständig – es gab keine Geräusche, und wo Namen sein sollten, verschwammen die Eindrücke. Es war, als hätte jede harte Tatsache eine andere nach sich gezogen und dann gleich die nächste, als würden sie plötzlich Tritt fassen, wo sie zuvor noch ausgerutscht waren. Ein überfüllter U-Bahn-Waggon zur Stoßzeit. Schmerzende Füße in neuen Pumps. Der feuchte Geruch von London bei Nacht. Pub-Besucher, die im Sommer auf den Bürgersteig quollen. Taxischilder, die im Nebel gelb leuchteten.

»Ich habe in der City gearbeitet«, sagte sie langsam. »In einem Büro? Bei welcher Firma, weiß ich aber nicht.«

»Vergesst die Arbeit, fangt lieber mit Facebook an«, schlug Jason vor. »Du musst auf Facebook sein. Ich wette, deine Seite ist voll mit Leuten, die sich wundern, wo du steckst.«

Sie scrollten Facebook-Seite um Facebook-Seite, aber nirgendwo tauchte Alice' Gesicht auf. Als sie sich von einem Ergebnis zum nächsten durchklickten und immer denselben Witz rissen, dass sie auf der nächsten Seite einfach auftauchen *müsse*, merkte Alice irgendwann, dass Libbys Verwirrung stieg.

»Interessant«, sagte Jason, als sie bei der letzten Alice Robinson angelangt waren. »Offenbar bist du nicht auf Facebook. Bist du sicher, dass du nicht in einem Zeugenschutzprogramm steckst? Oder unterliegen deine Internetkonten aus irgendeinem Grund einem besonderen Schutz?«

»Würde ich mich denn nicht daran erinnern, wenn ich beim MI5 wäre?«, fragte Alice nur halb im Scherz.

»Das hat nicht notwendigerweise etwas zu bedeuten«, sagte Libby schnell und blitzte Jason an. »Viele Leute sind nicht auf Facebook. Lehrer, Polizisten … Ich bin in letzter Zeit auch nicht viel auf meiner Seite«, fügte sie beiläufig hinzu. »Die Menschen nehmen das viel zu ernst, oder?«

»Aber du heißt definitiv Robinson?« Jason klopfte mit dem Stift gegen seine Zähne. »Könntest du vergessen haben, dass du geheiratet hast? Oder dass du deinen Namen aus einem anderen Grund geändert hast?«

»Sicher.« Ihr Kopf fühlte sich wieder schwer an, als würde er gleich platzen. »Ich weiß nicht. Je länger ich über etwas nachdenke, desto weniger kann ich auseinanderhalten, ob ich mich an etwas erinnere oder ob ich mich nur daran erinnern möchte.«

Libby schaute von ihrem Laptop auf und klappte ihn dann energisch zu. »Entschuldigung, Alice, wir sind so rücksichtslos. Du hast einen gewaltigen Schock erlitten, indem du dich an deinen Vater und an deine Mutter erinnert hast. Sollen wir es für heute damit bewenden lassen? Wenn du dir ein wenig Schlaf gönnst, weißt du beim Erwachen vielleicht schon mehr Details, und wir können gezielter suchen.«

Alice zwang sich zu einem Lächeln. Es war deutlich zu erkennen, dass Libby am liebsten weitergemacht hätte, aber es war ein langer Tag gewesen, und Alice war sich nicht sicher, ob sie die Kraft hatte, weiter nachzudenken *und* mit dem klarzukommen, was dabei ans Licht kommen würde. Die Erinnerungsfragmente schossen wie Glühwürmchen durch ihren Kopf: hell genug, um alles aufzuwühlen, aber zu flüchtig, um sie genauer unter die Lupe nehmen zu können.

Dads kratziger Fischerpullover. Dunkelblau. Lederflecken an den Ellbogen.

Mums rote Ledertasche mit dem fassartigen Verschluss, die Fächer mit den Süßigkeiten hinter den Reißverschlüssen.

Dad, dachte sie. Mum. Überströmende Liebe schien wie eine Taschenlampe in die Finsternis und beleuchtete diese kostbaren Erinnerungen. Wieder überkam sie eine große Traurigkeit und flößte ihr das Gefühl ein, schrecklich einsam zu sein.

Libby merkte es und legte ihr die Hand auf die Schulter. »Zeit, ins Bett zu gehen«, sagte sie sanft. »Morgen ist auch noch ein Tag.«

Und wer weiß, wer ich bin, wenn ich aufwache, dachte Alice.

Am Freitag, nachdem Libby den Verwaltungskram erledigt hatte, mit Bob draußen gewesen war und mit einer gereizten Margaret über den »aufdringlichen Geräuschpegel« des Radios der Bauarbeiter diskutiert hatte, zog sie sich mit Alice ins Büro zurück und konnte endlich ihr Recherchetalent zum Einsatz bringen. Sie bemühte sich um Zurückhaltung, da sie merkte, dass Alice bei jeder ausgegrabenen Information sofort nervös wurde. Gleichzeitig fühlte es sich gut an, das Gehirn mal wieder zum Einsatz zu bringen – bislang hatte Libby noch gar nicht registriert, wie sehr sie ihren alten Job vermisste.

Gegen Ende des Nachmittags hatten sie Alice' Abiturnoten entdeckt, auf der Seite einer Schule in Bromley. Dann fanden sie auf Google Earth zwei Bilder von den beiden Wohnungen, in denen sie nach der Uni gewohnt hatte. Sie hatten allerdings keine Bilder oder sonstiges Material, das weniger als fünf Jahre alt war. Damals hatte sie jemanden dafür bezahlt, dass er als Superman verkleidet aus einem Flugzeug sprang, woraus sie schlossen, dass sie in verschiedenen Londoner Unternehmen als Finanzassistentin gearbeitet hatte.

»Das ist doch schon einmal etwas«, sagte Libby aufmunternd. »Vielleicht kannst du Kontakt zu dem ... Oh, hallo!«

»Hallo, die Damen!« Jason war ins Büro geschlendert, in Jeans und Rugbyshirt, eine Sporttasche über der Schulter. Er schien bestens gelaunt. »Nur damit ihr Bescheid wisst, ich werde heute Abend nicht zum Essen da sein. Macht euch also nicht die Mühe, für mich mitzukochen.«

»Oh.« Libby war enttäuscht. »Ich wollte eigentlich Fisch-Pie machen, um Alice' Fortschritte zu feiern. Deine Mum wird mir die ›einzig wahre Methode‹ beibringen, wie man ihn zubereitet.«

Jason runzelte die Stirn. »Aber dein Fisch-Pie ist fantastisch.«

»Ich weiß«, sagte Libby. »Aber ich glaube, es gefällt ihr, mir beizubringen, wie sie es macht.«

Alice schaute zwischen ihnen hin und her und spürte die Spannung. »Mach dir wegen mir keine Umstände, Libby. Du hast schon so viel für mich getan. Soll ich Bob hochbringen, damit er sein Abendessen bekommt?« Sie stand auf und verließ den Raum, Bob trottete mit erhobenem Schwanz hinterher.

Jason und Libby schauten überrascht zu.

»So wohlerzogen wirkte er nicht, als ich ihn vorhin aus dem Rhododendron ziehen musste«, stellte Libby beeindruckt fest. »Aber egal, wo willst du denn heute hin?«

»Alice hat das magische Wort ›Abendessen‹ benutzt.« Er hievte seine Tasche auf die andere Schulter. »Nur zum Rugbytraining. Ich habe einen Schlüssel. Du kannst also abschließen, wann immer du möchtest.«

»Wann beginnt denn das Training?« Sie schaute auf die Uhr. »Es ist erst fünf.«

»Training ist von sechs bis acht, aber wir werden wahrscheinlich im Club noch etwas trinken. Habe ich dir von dem neuen Clublokal erzählt?« Jason ging in Pose und spreizte die Finger. »Es ist neu! Dort bekommt man nicht nur Stella, sondern auch andere Biere! Und der Koch macht nur Pies! Außerdem gibt es jetzt – du wirst es kaum glauben – ein Damenklo!«

»Wahnsinn!« Libby war selbst nicht klar, warum sie so eifersüchtig reagierte, zumal sie Rugby nicht besonders mochte. Vielleicht weil ihr Fisch-Pie von einem Klo übertrumpft wurde. »Wann ist denn Damentag?«

»Wie bitte?« Er gab seine Pose auf und schaute sie misstrauisch an.

»Wenn der Rugbyclub jetzt Damentoiletten hat, wird es doch wohl Festivitäten geben, an denen Frauen willkommen sind, oder? Ich hätte nichts dagegen, mal wieder auszugehen. Vielleicht würde ich dann auch andere Rugbywitwen kennenlernen.«

»Ehrlich gesagt, Libby, hat man die Damenklos vermutlich nur wegen irgendeines Gleichstellungsgesetzes eingebaut.« Jason tat so, als wirke er empört. »Die meisten Frauen machen einen großen Bogen um den Club. Hinter der Bar hängen immer noch diese BigD-Erdnuss-Sammelkarten mit den Busenwundern im Siebzigerjahrestil – und das ist nicht wirklich ironisch gemeint.«

Libby zwang sich zu einem Lächeln. »Mit sexistischen Erdnüssen kann ich leben, wenn es mir zu einem romantischen Abend mit dir verhilft. Ich vermisse unsere Rendezvous zum Tapetenabdampfen. Und in der Welt da draußen scheinen ja lauter Vergnügungen zu warten.«

»Ich weiß, mein Schatz. Aber ins Clubhaus würdest du wirklich nicht kommen wollen. Warum gehst du nicht mit Alice aus?«

Irgendetwas an der beiläufigen Weise, in der er das sagte, brachte sie in Rage, zumal sie zum Umfallen müde war. Obwohl sie nicht viele Hotelgäste hatten, musste abends immer jemand da sein, falls eine Anfrage kam oder die wenigen Gäste etwas brauchten. Libby hatte sich dafür starkgemacht, dass Margaret keine Abendschichten übernehmen musste, damit sie sich so oft wie möglich mit ihren Freunden treffen konnte. Das hatte natürlich nicht heißen sollen, dass ihr Jason bei seinem neuerdings blühenden Sozialleben sämtliche Schichten aufhalsen könne.

»Wann denn?« Libby stützte die Hände in die Hüften. »Ich kann doch gar nicht planen, wenn du nach Lust und Laune auf die Piste gehst.«

»Hab ich das Training nicht im Kalender eingetragen?« Sehr überzeugend klang das nicht. »Da muss ich wirklich hin. Es ist nur ein kleiner Club, da sollte man Einsatz zeigen. Und hinterher ... Na ja, die Hälfte der Mannschaft ist bei der Stadt oder in der Wirtschaft hier in der Gegend. Ein paar wenige Pints ersetzen tausend Telefonate. So schmiert man das Beziehungsgetriebe.«

»Schön. Aber wenn du es diesmal vielleicht nicht ...« Libby zögerte. Als er nach der letzten Sause mit seinen Kumpels nach Hause getorkelt war, hatte sie sich noch beherrscht, weil es ja vielleicht nur ein Ausrutscher gewesen war. Aber da die Stimmung ohnehin schon gereizt war, wurde sie jetzt deutlich. »Wenn du es diesmal vielleicht nicht übertreiben würdest.«

»Soll heißen?«

»Soll heißen, dass du, als ihr das letzte Mal das Beziehungsgetriebe geschmiert habt, erst um zehn wieder zurück warst und ich das Frühstück und die Betten allein machen durfte. Hier läuft das nicht wie im Büro – ich kann den Tag nicht anhalten, bis du deinen Kater auskuriert hast. Morgen früh müssen wir als Allererstes zum Großmarkt fahren. Ich will nicht herumnörgeln ...«, fügte sie hinzu, obwohl ihr klar war, dass sie genau das tat, »aber ...«

Jason winkte beschwichtigend ab. »Hab schon verstanden. Es wird nicht spät. Nur ein paar Runden, dann komm ich wieder. Was ist denn? Warum guckst du mich so an?«

Es war Libby herausgerutscht, bevor sie sich bremsen konnte. »Übertreibe es bitte auch mit dem Rundenschmeißen nicht. Heute Morgen habe ich die Kreditkartenabrechnung bekommen: Wir haben den Überziehungskredit so ziemlich ausgeschöpft.«

O Gott, warum musste ich das jetzt sagen, fragte sie sich wütend. Dabei kannte sie die Antwort. Das Telefonat mit ihrem Vater noch in bester Erinnerung hatte sie unwillkürlich an die Quittung denken müssen, die sie kürzlich beim Waschen in Jasons Jeanstasche gefunden hatte. Offenbar hatte Jason beim letzten Herrenabend seine Kreditkarte an der Bar abgegeben und die gesamte Mannschaft auf seine Kosten abgefüllt. Und das waren Rugbyspieler, die jede Herausforderung annahmen.

Libby hatte Jasons bedingungslose Großzügigkeit immer bewundert. Er war in so vielen Hinsichten das Gegenteil von ihrem Vater. Im Moment konnten sie sich das aber nicht leisten. Es war ihr selbst zuwider, seine Persönlichkeit zurechtzustutzen, aber noch schlimmer war, dass sie ihn überhaupt daran erinnern musste. Diese Dinge sollte er eigentlich selbst wissen.

»Sonst noch was?«, fragte Jason. »Bleib nicht zu lange, betrink dich nicht, gib nicht zu viel Geld aus … Warte, ›amüsier dich nicht‹ hast du vergessen.«

Sie starrten sich an. Ein Gewitter hing in der Luft, das sich entladen oder sich wieder verziehen konnte, es lag ganz an ihnen.

Daran wächst eine Ehe, mahnte sich Libby. Indem man schwierige Phasen überwindet.

»Ich fühle mich auch nicht wohl damit, wenn ich mich wie deine Mutter aufführe«, sagte sie leise. »Aber die Situation ist schon schwer genug. Wir müssen sie nicht noch schwerer machen, oder?«

Entschuldige dich einfach. Erkenne einfach an, warum ich verletzt bin. Wie demütigend es für mich ist, wenn ich dir nicht trauen kann.

Jason seufzte und stellte seine Sporttasche ab. »Es tut mir leid, Libby«, sagte er. »Ich verstehe dich ja. Nimm dir heute Abend einfach frei. Du musst dich auch mal ausruhen.«

Sie erwiderte nichts.

Jason trat näher, schlang die Arme um sie und legte seinen Kopf an ihre Wange. Dann drückte er die Lippen in die weiche Haut hinter ihrem Ohr. Das ließ Libbys Inneres immer zerfließen, und so schmolz sie auch jetzt dahin. Sie sah die starken Arme an ihren Schultern und überließ sich ihnen, trotz ihrer Anspannung.

Immerhin das ist uns geblieben.

»Du wirst niemals erahnen, was es für mich bedeutet, dass du das alles mit mir durchmachst«, murmelte er. »Aber du musst mir vertrauen – Geld kommt und geht. Manchmal muss man es ausgeben, damit welches reinkommt. So funktioniert das in der Wirtschaft.«

Libby wollte ihm glauben, unbedingt. Sie bohrte ihre Nase in seinen Arm und atmete den weichen Duft seiner Haut ein. Seine tröstliche Umarmung brachte sämtliche Stimmen in ihrem Kopf zum Schweigen.

»Ich möchte nicht, dass wir aufhören, an unserer Beziehung zu arbeiten, weil wir nur noch für das Hotel da sind.« So, jetzt hatte sie es gesagt.

»Ich auch nicht, mein Schatz. Das Hotel wird eine Erfolgsgeschichte werden, weil wir beide eine Erfolgsgeschichte sein werden.« Jason drückte sie an sich. »Es wird heute nicht spät. Wenn du mir versprichst, Punkt halb zehn in der Badewanne zu sitzen …«

Libby entzog sich seiner Umarmung. »Sagen wir lieber ›Punkt zehn‹«, murmelte sie in einem verführerischen Tonfall. »Deine Mutter wird bis halb zehn fort sein. Heute steigt das Frühlingsfest von Soroptimist.«

Jason blieb an der Tür stehen, dann wackelte er mit den Augenbrauen. »In dem Fall werde ich um halb neun zurück sein. Bis später, du hinreißendes Wesen.«

Libby warf ihm einen Handkuss zu und hörte, wie er pfeifend den hirschverseuchten Empfangsbereich durchquerte. Als die Haustür zufiel, legte sich Stille über das Haus.

Da Margaret und Jason beide weg waren, verbrachte Libby den Abend mit Alice im Büro, wo sie das Telefon hören würden, gleichzeitig aber etwas Sinnvolles tun konnten.

Das Sinnvolle war ein Brainstorming zu Vermarktungsideen, die Libby einem ihrer zahlreichen Ratgeber für die Gastgeberbranche entnahm. Sie versteckte die Bücher im Aktenschrank, weil sich Margaret beim Anblick des Stapels in ihrer fünfunddreißigjährigen Erfahrung herabgewürdigt sah. Libby brauchte aber die praktische Stütze von Listen und Zielen. Sie und Jason hatten keine Ahnung, wie man ein Unternehmen führte, und jede Frage, die man Margaret stellte, wurde mit einem »Donald hat immer …« beantwortet, was verständlich, aber nicht besonders hilfreich war.

Mit Alice hingegen konnte man seiner Fantasie freien Lauf lassen. Nachdem sie Libbys Notizbuch seitenweise mit Ideen zu Aktionsangeboten und Wochenendarrangements gefüllt hatten, unterbrachen sie die Arbeit um halb acht, um etwas zu essen. Da sie die Idee mit dem Fisch-Pie aufgegeben hatte, bestellte Libby Pizza bei der neuen Pizzeria in der Stadt, unter dem Vorwand, sie für ihre Gäste ausprobieren zu wollen. Immerhin hatten sie und Alice in den zwei Stunden mehr geschafft als Jason und Margaret den ganzen Tag über.

»Hat irgendetwas von dem, was wir heute besprochen haben, deine Erinnerungen beflügelt?«, fragte sie, als sie Alice ein Blatt Küchenrolle reichte, damit sie sich die Finger abwischen konnte.

»Nichts, was mir weiterhelfen würde.« Alice wirkte traurig. »Ich frage mich immer noch, warum ich nicht auf Facebook bin. Dann würde ich wenigstens von meinen Facebook-Freunden erfahren, was für ein Mensch ich bin.«

»Ich weiß gar nicht, ob man von seinen Facebook-Freunden tatsächlich erfahren kann, was für ein Mensch man ist«, sagte Libby. »Da erfährt man doch nur, wem man so über den Weg gelaufen ist.«

Facebook war ein heikles Thema für Libby. Erin und die anderen posteten oft auf ihrer Seite – massenhaft »Hi, Schätzchen!« und Fotos von Partys, auf denen sie nicht gewesen war –, aber sie konnte sich nicht dazu aufraffen, ihnen zu antworten, da das rastlose Leben dieser Leute zwischen Kleinkindjoga und Urlaub in Goa weiterging … und ihres nicht. Sie ging täglich auf ihre Seite, oft spät abends, damit niemand sie dabei ertappte, aber sie selbst hatte erst zwei Bilder von Margarets Garten gepostet, weil es das einzig Vorzeigbare am Hotel war. Und selbst dafür hatte sie warten müssen, bis der Nieselregen aufgehört hatte.

Jason fand sie albern, aber Libby schloss eben nicht so schnell Freundschaften wie er. Facebook wiederum drängte sie auf merkwürdige Weise in die Defensive. Nein, merkwürdig war das nicht. Es hatte mit den Nachrichten zu tun, die ihre Freundinnen aus Wandsworth posteten. Wenn sie sie las, fragte sie sich schon, wie viel sie mit den »Mädels« überhaupt gemeinsam hatte. Erin war wunderbar, aber die anderen, die sie zwar wirklich nett fand, waren nie die Leute gewesen, denen sie guten Gewissens ein Geheimnis anvertraut hätte. Wenn sie selbst Kinder hätte, dachte sie manchmal, hätte sie vielleicht eine engere Beziehung zu ihnen aufbauen können, einschließlich zaghafter privater, nicht ganz aufrichtiger Vertraulichkeiten. Aber das eine Mal, als sie im angeheiterten Zustand gestanden hatte, dass ihr Beitrag zum Straßenfest nicht wirklich Margaret Corcorans »Ye Olde Family Lemon Curd« nach uraltem Familienrezept gewesen war, sondern Zitronenlimonade von Lidl, hatte das einen solchen Wirbel ausgelöst, dass sie über derartige Bekenntnisse fortan zweimal nachgedacht hatte. (Erin hatte sich dankenswerterweise vor Lachen ausgeschüttet.)

Um Gottes willen, die »Lemon-Curd-Geschichte«. Libbys Gesicht brannte immer noch, wenn sie daran dachte. Sie merkte, dass Alice sie beobachtete. Da sich Alice kein Urteil über ihre Mitmenschen anmaßte, fiel es Libby nicht schwer, über ihre Gefühle zu sprechen. »Ich versuche mir immer klarzumachen, dass man es auf Facebook mit sorgsam selektierten Highlights zu tun hat. Wenn man aber hart arbeitet und ständig ans Budget denken muss … dann möchte man eigentlich gar nicht wissen, wie toll das Leben der anderen ist, oder?«

»Wohl wahr.«

»Und wirkliche Freunde sind eben wirkliche Freunde«, fuhr sie fort. »Nicht Leute, die dein Freund sein wollen, um die Anzahl ihrer eigenen Freunde zu erhöhen.«

»Das stimmt. Aber gewisse Spuren, wer man war, hinterlässt es schon, oder? Was mich wirklich wahnsinnig macht«, fuhr Alice fort, »ist die Angst, dass ich vielleicht nie in meinem Leben jemandem begegnen werde, der mich gekannt hat. Die Jahre, an die ich keine Erinnerungen habe, sind einfach ... futsch. Selbst wenn ich Kontakt zu allen meinen Schulkameraden aufnehmen sollte: Sie sind in London. Aber was mache ich hier? Habe ich die Person, die ich war ... einfach verloren?« Sie blinzelte verloren, und Libby war zerknirscht, weil sie nur an sich gedacht hatte.

»Nein! Dein Gedächtnis wird zurückkommen. Und *natürlich* hast du Freunde, die dich *natürlich* irgendwann finden werden. Aber sollte es wirklich sein müssen, kannst du auch von vorn beginnen. Du kannst neue Freunde kennenlernen – du hast ja sogar schon zwei neue Freunde, Jason und mich. Jeder muss sich ein Stück weit neu erfinden, wenn er umzieht. Bei dir ist es nur ein bisschen ... extremer.«

Noch während sie das sagte, wurde Libby bewusst, dass sie sich selbst nicht an ihre klugen Ratschläge hielt. Zwei Monate an einem neuen Ort, und die einzige Freundin, die sie hatte, war ihr von einem unachtsamen Autofahrer buchstäblich vor die Haustür gelegt worden.

Alice pickte an ihrer Pizza herum. »Ich bin euch beiden so dankbar, aber ich kann ja nicht ewig hierbleiben. Wie soll ich einen Job finden, ohne Referenzen, ohne Bankkonto? Ohne Rentenversicherungsnummer? Das wird alles ziemlich verdächtig wirken.«

»Wir werden das schon nach und nach finden. Und du kannst hier arbeiten, wann immer du möchtest.«

»Wirklich? Du musst dich aber nicht verpflichtet fühlen, das zu sagen.«

»Doch natürlich. Du bist jetzt schon eine bessere Rezeptionistin als die, die Margaret davor hatte. Mich nämlich.«

Alice lächelte, und Libby schnürte es die Kehle zu, als sie die Dankbarkeit in diesem Lächeln sah. »Danke, Libby. Du warst so nett zu …«

Draußen in der Rezeption war ein Knall zu hören, und sie zuckten beide zusammen. Es klang, als sei etwas umgefallen.

Libby legte ihr Pizzastück hin. »Vermutlich ist es Jason, der früher zurückgekehrt ist. Margaret würde sicher nicht so ins Haus platzen. Es sei denn, sie ist über den Hund gestolpert.«

»Wo ist Bob überhaupt, wenn man ihn mal braucht?«, fragte Alice. »Und das will ein Wachhund sein …«

»Wer ist denn in Zimmer vier? Mr Harrington? Vielleicht wollte er sich im Salon ein paar Zeitungen holen.« Libby schlüpfte in ihre Schuhe. »Ich geh mal nachschauen.«

Als sie den Empfangsbereich betrat, sah sie an der Tür eine Bewegung und hörte jemanden ›Schsch‹ machen, viel zu laut.

Es war Jason. Er verlor immer die Kontrolle über seine Stimme, wenn er einen gehoben hatte. Libby wappnete sich für den Welpenblick, mit dem er ihr unweigerlich begegnen würde. Jasons Schmerzgrenze lag bei ungefähr vier Pints, was ihn aber nicht daran hinderte, eine Menge mehr in sich hineinzuschütten.

Einerseits war er also rechtzeitig für ihr Rendezvous in der Badewanne zurückgekommen, dachte Libby irritiert, andererseits klang er so, als würde er dort sofort einschlafen. Immerhin hatte sie noch nicht die letzten beiden Zentimeter ihres kostbaren Badeöls für ihn verschwendet.

Jason klammerte sich an den Türrahmen und lächelte sie mit seiner schönsten Unschuldsmiene an. Das Licht brannte, und die hellen Plastikplanen ließen den Raum noch heller erscheinen. Die blonden Haare klebten an Jasons Schädel, als sei viel Bier darauf gelandet. Außerdem war er nicht allein. Ein Kumpel in einer roten Kapuzenjacke unter der Lederjacke stützte ihn – oder versuchte, ihn auf den Beinen zu halten, besser gesagt.

Es musste ein Rugbyspieler sein, dachte Libby. Bestimmt fünfzehn Zentimeter kleiner als Jason war er trotzdem kräftig genug, um die fast neunzig Kilo besoffenen Idioten zu stemmen.

Sie wollte gerade hingehen, um ihn von seinem wankenden Paket zu befreien, als sich Jason plötzlich über den Messingschirmständer beugte und dieselben bühnenreifen Würgegeräusche von sich gab wie Bob, wenn er im Park etwas Unverdauliches gefressen hatte.

Ich glaub, mich laust der Affe, dachte sie. Wieso bekommt Margaret so etwas nicht mit?

»Mann, ich fühle mich wirklich …«, sagte Jason mit einem sehr starken Longhampton-Akzent, um sich dann lautstark in den Schirmständer zu erbrechen. Während Libby noch mit offenem Mund am Empfangstresen stand, richtete Jason sich auf, wischte sich mit dem Handrücken den Mund ab und grinste seinen Kumpel dümmlich an. Der sagte gar nichts, sondern holte nur tief Luft.

»Besser in das Ding da als auf den Teppich«, sagte Jason. »Und Hauptsache, ich habe nicht im Taxi gekotzt.«

»Das war kein Taxi, du Knalltüte, das war mein Transporter«, sagte der Kumpel und schob sich erschöpft die Kapuze aus dem Gesicht. Als er sprach, erkannte ihn Libby sofort, obwohl sie ihn schon eine Weile nicht mehr gesehen hatte. Es war Luke.

Luke erinnerte sie an die gruftigen Gitarristen der Indie-Bands, die sie als Teenager immer gehört hatte, mit seiner drahtigen Figur, den eingefallenen Wangen und dem Aussehen, als könne er einen Stagediver k.o. schlagen, ohne aus dem Takt zu kommen. Seine Augen waren das Erste, was an ihm auffiel, nicht weil sie so schön und blau waren wie die von Jason, sondern weil sein Blick so intensiv war, dass Libby sich ständig umdrehen und nachschauen musste, ob jemand Interessanteres den Raum betreten hatte.

»Luke?«

Er drehte sich um und stöhnte, als er sie sah.

»O Mist. Ich meinte, hallo Libby. Eigentlich wollte ich Jason hochschleppen und ins Bett bringen, ohne dich mit der Sache zu belästigen.«

»Nicht in unser Bett hoffentlich. Das ist nicht die Art Überraschung, über die ein Mädchen mitten in der Nacht gerne stolpert.«

Er hob entschuldigend die Hände. »Guter Punkt. Plan B war, ihn in die Badewanne zu stecken. Da kann man ihn besser abspritzen.«

Sie schauten auf Jason herab, der auf die Knie gesunken war und sich an den Schirmständer wie an ein Rettungsfloß klammerte.

»Wie viel hat er intus?«

»Zehn Pints!« Jason hob zitternd die Hand. »Z … ehn! Oder zwölf!«

»Vier, hätte ich gedacht«, sagte Libby. »Wenn überhaupt.«

Luke fuhr sich durchs dunkle Haar. Es war länger als zu der Zeit, als sie ihn zum letzten Mal gesehen hatte. Damals hatte er es fast militärisch kurz scheren lassen, aber jetzt fiel es ihm sogar in die Stirn. »Sechs vermutlich.«

»Danke fürs Heimkarren«, sagte sie. Luke hatte nie viel geredet, und sie hatte sich immer genötigt gefühlt, irgendetwas zu sagen, um die Pausen zu füllen. »Wie hast du ihn gefunden?«

»Ich bin in den Club gegangen, weil ich mit jemandem über einen Job sprechen wollte, und da war er dann.« Luke stupste Jason mit dem Turnschuh an, und Jason stöhnte. »Er war schon ziemlich hinüber. Du bist wohl etwas aus der Übung, Kumpel«, fügte er versöhnlich hinzu.

»Du bist nicht mein Kindermädchen«, lallte Jason. »Wenn ich mit meinen Kumpels einen trinken gehe, muss mir mein großer Bruder nicht erzählen, dass …«

Was auch immer er sagen wollte, es wurde von einem erneuten Würgen unterbrochen.

»Volltreffer«, sagte Libby.

»Und da ich nun schon einmal dort war, dachte ich, ich bring ihn besser heim. Du bist ja ein bisschen zu alt, um dich von deiner Mama abholen zu lassen, was?« Den Kommentar sprach er in Richtung seiner Füße. Jason brabbelte irgendetwas vor sich hin.

»Danke, dass du deinen Wagen diesem Risiko ausgesetzt hast. Ich wusste gar nicht, dass du in der Gegend bist«, sagte Libby. »Wo wohnst du? Weißt du, dass wir schon Anfang März hier hochgezogen sind?«

»Das habe ich wohl mitbekommen. Ich war immer mal wieder in der Gegend und wollte auch anrufen, aber du weißt ja, Mum …« Luke zuckte mit den Achseln. »Hör zu, ich möchte nicht unhöflich sein, aber vielleicht sollten wir besser unseren Wunderknaben hochbringen, bevor er … Oh, hallo.«

Im ersten Moment dachte Libby, Margaret sei zurückgekommen. Luke hatte sich aufgerichtet und lächelte unsicher zum Büro hinüber. Gut, dachte sie. Dann erlebt Margaret wenigstens mal, wie Jason nach ein paar Bieren drauf ist, statt mir immer vorzuwerfen, dass ich mich anstelle.

Lukes Lächeln war aber anders. Er wirkte erfreut und gleichzeitig unbehaglich. Fast überrascht sogar.

Libby fuhr herum und sah, dass Alice in der Tür erschienen war und die Szene mit derselben unergründlichen Miene betrachtete. Diesen Gesichtsausdruck hatte sie in den letzten Tagen häufiger an ihr gesehen: wenn Alice in Zeitschriften blätterte, wenn sie zusammen ein Quiz machten, wenn sie sich unterhielten. Alice versuchte, sich an etwas zu erinnern. Sie gab sich wirklich alle Mühe.

Schließlich war es Luke, der sprach.

»Alice!« Dann lächelte er. Als würde er sie kennen.

Kapitel zwölf

Alice starrte den Mann an, der auf der anderen Seite des Empfangstresens stand und Jason festhielt. In ihrem Unterbewusstsein regte sich ein Gedanke, der verzweifelt versuchte, die stumme Wand der Leere zu durchstoßen.

Sie kannte ihn nicht, aber er war ihr auch nicht ... unvertraut. Libby hatte ihn Luke genannt, und irgendetwas in ihrem Kopf hatte gesagt: *Ach ja klar, Luke*, aber das war es auch schon.

Er kannte sie. Er hatte ihren Namen gesagt, und die Art und Weise, wie er sie anschaute, bestätigte es noch einmal. Luke war die erste Person seit ihrem Unfall, die offenbar wusste, wer sie war, und sie begegnete ihm in dem Hotel, das sie hatte aufsuchen wollen.

Alice' Kehle wurde trocken.

Er trat einen Schritt näher und runzelte die Stirn, weil sie nicht reagierte. Auch die schnelle Bewegung, mit der er den Blick über ihr Gesicht streifen ließ, kam ihr vertraut vor: diese attraktiven wachsamen Augen, die unter den dichten, geraden Augenbrauen fast schwarz wirkten. Als ihm eine Strähne seines braunen Haars in die Stirn fiel, strich er sie zurück, um Alice besser sehen zu können. An seinem Handgelenk blitzte eine kleine Tätowierung auf: ein Apfel.

Luke.

Alice war aufgewühlt. *Er scheint wirklich erfreut, mich zu sehen, aber er ist auch verwirrt*, dachte sie, als sie sein kantiges Gesicht betrachtete. Und er kennt mich. Er weiß, wer ich bin.

»Alice!«, wiederholte er. »Du *bist* es doch, oder?«

»Ja«, sagte sie. »Aber …«

Luke war weiter auf sie zugegangen, aber jetzt blieb er verwirrt stehen. War er verletzt? »Ist alles in Ordnung?«

»Luke. Du bist Jasons Bruder«, sagte Alice langsam und konzentrierte sich auf die Tatsachen, auf die sie zurückgreifen konnte. Neue Tatsachen, keine alten Erinnerungen, sagte sie sich.

Sein Stirnrunzeln verdichtete sich und ließ sein Gesicht plötzlich härter wirken. »Ja. Ist das nicht der Grund, warum du hier bist?« Er schaute sie an, und seine dunkelbraunen Augen sahen eine Frau, die sie nicht kannte. Alice verspürte das Bedürfnis, das Richtige zu sagen, obwohl sie nicht wusste, was das sein könnte.

»Ihr kennt euch?«, fragte Libby.

Luke schien darauf zu warten, dass Alice etwas sagte. Als von ihr nichts kam, antwortete er: »Ja, wir kennen uns.«

»Und woher bitte?« Libby schnaubte ungeduldig. »Nun komm schon! Wir sind hier nicht bei Miss Marple! Du musst uns nicht auf die Folter spannen.«

»Ich kenne Alice aus dem Pub … dem White Horse in Embersley.« Er schaute zwischen Libby und Alice hin und her und schien überrascht, dass Alice es nicht selbst sagte. »Warum? Was ist passiert? Alice?«

Alice bekam keinen Ton heraus. Luke wirkte verletzt. Warum wirkte er verletzt? Was hatte sie getan? Woher kannte er sie? War er ein Freund von ihr? War er mehr als ein Freund? Ihr Magen krampfte sich zusammen.

»Alice hatte vor vierzehn Tagen einen Unfall, draußen vor dem Hotel. Sie leidet unter Gedächtnisverlust. Wir haben sie aufgenommen, bis ihr wieder einfällt, wo sie wohnt«, erklärte Libby. »Entschuldige, wenn ich für dich spreche, Alice«, sagte sie über die Schulter. »Ist alles in Ordnung? Du bist furchtbar blass.«

Als Libby geredet hatte, war ein schockierter Ausdruck über Lukes Gesicht gehuscht, um im nächsten Moment wieder zu verschwinden. Im Gegensatz zu Libby konnte er seine Gefühle gut verbergen. Seit ihrer Amnesie besaß Alice ein Adlerauge für die winzigsten Regungen und erschloss sich auf diese Weise Dinge, von denen sie nichts wusste. Bei der Erwähnung des Unfalls war sein Gesicht erstarrt, als würden ihm die verschiedensten Dinge durch den Kopf gehen, und er hatte nicht »O Gott!« gerufen wie die meisten anderen Leute.

Er weiß etwas über mich, dachte sie unvermittelt und fühlte erneut einen Gedanken in sich aufsteigen und sogleich wieder verschwinden.

»Und wie geht es dir jetzt?« Luke ließ Jason wie einen nassen Sack hinter sich liegen. »Was war das für ein Unfall? Wurdest du verletzt?«

»Ich wurde angefahren. Von zwei Autos. Was passiert ist, weiß ich nicht. Das ist alles …« Alice fühlte, wie ihre Knie weich wurden, dann sah sie Sternchen. Sie taumelte und griff nach dem Empfangstresen, aber ehe sie sichs versah, war Libby zur Stelle und legte ihr den Arm um die Taille.

»Immer mit der Ruhe!«, sagte sie. »Ich sollte Alice vielleicht besser hochbringen, sie nimmt immer noch Medikamente.« Sie musterte Jason, der über dem Schirmständer hing, den Kopf friedlich auf dem Rand abgelegt, und sagte: »Luke, würdest du diesen Trunkenbold hochschaffen? Nimm notfalls eine Schaufel zu Hilfe.«

Alice versuchte, selbst zu gehen, aber Libby war stärker, als sie aussah, und so ließ sich Alice dankbar in die Küche hinaufbegleiten.

Im Bad auf der anderen Flurseite hörte man, wie Luke einen stöhnenden Jason in die Badewanne bugsierte. Alice war dankbar für die Unterbrechung. Sie legte den Kopf auf die Knie. Ein finsterer Wirbel erfüllte ihren Geist, in dem sich nichts Brauchbares abzeichnete. Keine Erinnerungen an Luke, nur ein Gefühl von Angst. Libby schaltete den Wasserkocher an und ging vor Alice' Stuhl in die Hocke.

»Ist alles in Ordnung?«, fragte sie besorgt. »Du warst plötzlich weiß wie die Wand.«

»Mir geht es gut.« Alice fasste sich an die Rippen. Sie schmerzten, wo Libby sie auf der Treppe festgehalten hatte. »Es ist nur ein bisschen ... unangenehm, wenn Leute dich kennen, die du selbst nicht kennst.«

»Unangenehm?« Dann begriff Libby, dass das ein Scherz sein sollte, und verdrehte die Augen. »Ist Luke ein Freund von dir? Kannst du dich erinnern, wann du ihn zum letzten Mal gesehen hast?«

»Nein«, antwortete Alice. »Ich ... Nein, ich weiß es nicht.« Sie kramte in ihrem Gedächtnis, aber da war nur Dunkelheit. »Hat er mich vielleicht mal erwähnt? Denkst du, *er* hat mir gesagt, ich soll hierherkommen?«

»Er hat dich nicht erwähnt, aber wir stehen uns auch nicht sehr nahe. Er war selbst schon viele Monate nicht mehr hier. *Eine Ewigkeit*, im wahrsten Sinne des Wortes. Vermutlich habe ich dir ja erzählt, dass er und Margaret nicht gut miteinander auskommen. Ich persönlich habe Luke zuletzt gesehen vor ... mhm ... zwei Jahren? Bei seiner Hochzeit.«

Bei seiner Hochzeit. Luke war also verheiratet. Alice spürte, wie sie von einem merkwürdigen Gefühl gepackt wurde. Das war keine Erinnerung, sondern etwas Tieferes.

»Was ist denn hier los?« Das Schlittern von Pfoten über Fliesen deutete darauf hin, dass Margaret und Bob vom Frühlingsfest von Soroptimist International zurückgekehrt waren. Margaret sah sehr hübsch aus in ihrem fließenden Blumenkleid mit dem Perlenschmuck, während Bob ganz den Anschein erweckte, als hätte er heimlich eine Menge Blätterteigtaschen gegessen. »Im Eingangsbereich stinkt es ja ganz grauenhaft ... Alice? Ist alles in Ordnung, mein Schatz?«

»Alice geht es gut«, sagte Libby im selben Moment, als Würgegeräusche aus dem Bad drangen. »Leider kann man das von Jason nicht behaupten.«

»Jason ist krank?« Margarets Gesicht legte sich in sorgenvolle Falten. »Hat er etwas gegessen, was er nicht verträgt? Auf Pilze hat er ja immer ganz empfindlich reagiert ...«

»Er hat wohl eher etwas getrunken, was er nicht verträgt.« Der Wasserkocher sprudelte, und Libby stand auf, um Tee aufzugießen. »Aber keine Sorge, Luke ist bei ihm.«

»*Luke?*« Alice sah, dass sich Margarets Sorge in Wut verwandelte und Libby die Schultern krümmte. Sie versuchte, die Dynamik dieser Szene zu verstehen, denn plötzlich waren Libby und Margaret betont höflich. »Ich wusste gar nicht, dass Luke kommen wollte.«

»Wir auch nicht. Luke hat Jason aufgegabelt und heimgebracht. Er ist nicht krank, sondern einfach nur sturzbesoffen«, fügte sie hinzu. »Die Sache hat aber auch etwas Gutes ...«

»Ich sollte mal hingehen und nachschauen, wie es ihm geht.« Margaret stellte ihre Handtasche auf den Tisch. »Jason ist kein Trinker. Meinst du, einer seiner Freunde hat ihm etwas ins Bier getan? Davon liest man ja gelegentlich ...«

»Ja«, sagte Libby trocken. »Man hat ihm vermutlich eine Menge Alkohol ins Bier getan. Und der arme Jason hat das alles getrunken.«

»Meinst du? Ach so.« Margaret schürzte die Lippen, als ihr aufging, dass das ein Witz sein sollte. »Darüber sollte man sich eigentlich nicht lustig machen, Elizabeth. Alkohol kann große Schäden anrichten.«

Alice schaute zwischen den beiden hin und her. Libbys Augen blitzten vor Wut. Offenbar musste sie sich sehr am Riemen reißen.

»Er wird sich schon wieder erholen«, sagte Libby. »Ich habe ihn schon schlimmer erlebt. Aber wie ich schon sagte, die Sache hat auch etwas Gutes. Luke …«

»Was ist mit Luke?«

Ihre Köpfe schossen herum, als Luke plötzlich in der Tür stand. Er trocknete sich die Hände an einem rosafarbenen Handtuch ab, das in seinen kräftigen Pranken ziemlich niedlich wirkte.

»Hallo, Mum. Gut siehst du aus«, sagte er. »Warst du feiern?«

Alice fiel auf, dass er krampfhaft versuchte, sich auf seine Mutter zu konzentrieren, aber als er Alice einen schnellen Seitenblick zuwarf und ihrem Blick begegnete, durchlief sie ein Schauer. Ohne den Rückhalt einer konkreten Erinnerung vermochte sie aber nicht einzuschätzen, ob es ein angenehmer oder ein warnender Schauer war.

»Ich war auf dem Frühlingsfest von Soroptimist International«, sagte Margaret, nahm ihm das Handtuch ab und beugte sich vor, damit er sie pflichtschuldig auf die Wange küssen konnte. Während Jason seine Mutter überschwänglich zu umarmen pflegte, wirkten die beiden steif und unbehaglich, als würden sie ohne Publikum auf dieses Theater verzichten. »Was für eine Überraschung. Du hättest vorher anrufen sollen.«

»War auch nicht so geplant. Eigentlich wollte ich morgen vorbeischauen. Nur damit ihr es wisst, ich habe Jason ins Gästezimmer verfrachtet«, sagte er zu Libby, die ihm eine Tasse Tee reichte. »Die Tür habe ich aufgelassen, falls er uns braucht. Aber ich denke, er ist jetzt erst einmal außer Gefecht gesetzt.«

»Oh.« Margaret war bereits zur Tür gegangen, um nach Jason zu schauen. »Alice wohnt im Gästezimmer.«

Alice spürte, dass sie rot wurde, als sich alle nach ihr umdrehten. »Ist schon in Ordnung«, sagte sie schnell. »Ich kann heute Nacht auf dem Sofa schlafen, das ist kein Problem.«

»Nein, Alice, ganz bestimmt nicht. Das geht nicht, mein Schatz.« Margaret wirkte besorgt. »Deine Rippen … Vielleicht kann Libby im Hotel schlafen, und du schläfst in ihrem Bett, nur für eine Nacht?«

»Bitte, das ist schon in Ordnung«, sagte Alice, als sie sah, dass Libby hinter Margarets Rücken die Augenbrauen hochzog. »Ehrlich.«

»Wir werden uns schon etwas einfallen lassen«, sagte Libby. »Wir sind schließlich ein Hotel. Es ist ja nicht so, dass wir nicht eine Menge Gästezimmer hätten. Aber jetzt setz dich doch erst einmal, Luke. *Viel* wichtiger ist, dass du uns erzählst, was du über Alice weißt.«

Margaret, die schon halb zur Tür heraus war, erstarrte. »Was?«

»Luke kennt Alice«, erklärte Libby. »Nicht wahr?«

»Woher?«

Luke drehte die Teetasse in den Händen herum. »Vor ein paar Wochen war ich in einem Pub in Embersley, weil wir dort in der Gegend ein paar Aufträge hatten. Alice hat in dem Pub gearbeitet.«

»In einem Pub! In Embersley! Kannst du dich daran erinnern?« Margaret schaute Alice an.

Die schüttelte den Kopf. »Nicht wirklich.«

»Ich schau dann mal nach Jason«, verkündete Margaret, als würde seinem Zustand nicht genügend Aufmerksamkeit geschenkt. »Vielleicht braucht er ja etwas.«

»Viel Erfolg, Margaret, aber ich denke, er schnarcht mittlerweile tief und fest vor sich hin«, sagte Libby, ohne aufzuschauen. Sie rührte ein paar Zuckerwürfel in eine Tasse Tee und reichte sie Alice.

Luke nahm sich einen Stuhl und setzte sich. Die Kapuzenjacke hatte er ausgezogen, und Alice registrierte automatisch die abgewetzte Jeans, die muskulösen Oberschenkel darunter, die sanfte Linie an seinem sehnigen Bizeps, wo der blassbraune Teint in eine kräftigere Sonnenbräune überging. Und das grüne Apfel-Tattoo an seinem Handgelenk. Vertraut? Nicht vertraut?

»Also«, sagte Libby. »Erzähl uns etwas über den Pub. Ist er schön?«

»Ja, sehr schön. Es ist ein ländlicher Pub, der im Obergeschoss ein paar Zimmer vermietet und am Wochenende ein fantastisches *Sunday roast* serviert. Er liegt an einem Fluss, und im Garten watscheln Enten herum.« Der Anflug eines Lächelns huschte über sein Gesicht. »Verdammt laute Enten.«

Er warf Alice einen Blick zu und schien enttäuscht, als er auf ihrem Gesicht keine Reaktion entdeckte. Hatten sie sich gemeinsam darüber lustig gemacht?

»Und ... habe ich lange dort gearbeitet?«, erkundigte sie sich und wünschte, sie würde nicht fragen müssen.

Er schaute sie an und senkte dann den Blick, sodass sie seine Augen nicht sehen konnte. »Ein Jahr vielleicht? Wir haben ja nicht unseren Lebenslauf ausgetauscht.«

»Details!«, forderte Libby. »Alles! Je unbedeutender, desto besser!«

»Nun ... Was soll ich sagen ... Du spielst gut Darts, besser als meine Männer jedenfalls. Und du wolltest dich für einen besseren Job bewerben, als Bier auszuschenken. Allerdings warst du ziemlich gut darin. Du *bist* es«, korrigierte er sich schnell. »Du *bist* gut darin, Bier auszuschenken.«

»Vermutlich. Der Arzt hat gesagt, dass bestimmte Fähigkeiten nicht einfach verschwinden, nur weil man einen Autounfall hatte«, sagte sie, und nun sah Luke sie endlich an und lächelte. Plötzlich wirkte er jünger, weniger ernsthaft. Er hielt ihrem Blick stand, und seine klaren, ehrlichen Augen schienen direkt in ihren Kopf zu schauen.

Dann sagte er: »Du lebst mit deinem Freund irgendwo in Stratton«, und ihr Herz sackte in den Keller.

Sie hatte also einen Freund, und es war nicht Luke.

Sei nicht töricht, dachte sie. Wenn Luke ihr Freund wäre, hätte er sie geküsst. Sie würde ihn kennen. Er wäre schon früher gekommen, um sie zu suchen. Er hätte sie gefunden und sich um sie gekümmert. Sie kämpfte mit einem Wust an Reaktionen, den sie nicht entwirren konnte. Sie konnte einfach das Fadenende nicht finden.

»Also hast du einen Freund – ich wusste es!«, entfuhr es Libby begeistert, und Alice nickte.

Das ist gut, sagte sie sich. Es gab also jemanden, dem sie etwas bedeutete. Sie war nicht vollkommen allein. Sie war nicht jemand, den man partout nicht lieben konnte oder der gerade aus dem Gefängnis oder aus einer Resozialisierungsmaßnahme gekommen war. Sie war normal.

»Und wie, äh, heißt er?«, fragte sie und musste sofort denken, wie wenig normal das doch war, dass sie einen Fremden nach dem Namen ihres Freundes fragen musste.

»Gethin. Den Nachnamen weiß ich nicht.«

»Gethin«, sagte sie langsam und horchte in sich hinein, ob der Name etwas auslöste.

»Wow! Was ist das denn für ein Name?«, fragte Libby. »Gethin?«

»Ein walisischer offenbar«, sagte Luke. »Irgendwann hast du versucht, mir etwas Walisisch beizubringen, aber leider habe ich alles wieder vergessen.« Ein schnelles, intelligentes Lächeln. »Und ich kann es nicht auf einen Unfall schieben.«

Gethin.

Alice suchte nach einem Echo, nach einer Erinnerung, wie ihre Stimme diesen Namen ausgesprochen hatte. Ihr Mund formte den Namen, stumm, als würde sie ihn jemandem ins Ohr flüstern. Sie stellte sich vor, wie sie ihn in den Telefonhörer sagte oder auf einen Zettel schrieb, aber es kam nichts. Und doch war da jemand, der ihr mitteilte, dass sie es getan haben musste.

»Das sind großartige Nachrichten!« Libby strahlte sie über den Tisch hinweg an. »Ich *wusste*, dass du einen Freund hast. Dass er aus Wales stammt, hätte ich nicht gedacht, aber …«

»Wie hättest du dir meinen Freund denn vorgestellt?«, erkundigte sich Alice. »Wie Jack von der Titanic?«

»Keine Ahnung. Ich dachte, es sei ein netter Typ aus der Gegend, irgendein Jamie oder George oder so.« Libby fuchtelte mit den Händen. »Aus irgendeinem Grund habe ich dich an der Seite eines Polizisten gesehen. Das war's dann wohl mit meiner Karriere als Hellseherin, was? Bist du *sicher*, dass du den Nachnamen nicht weißt, Luke?« Sie griff nach ihrem Smartphone. »Wir können ihn googeln. Wie viele Gethins mag es in der Gegend schon geben? Wir könnten die Adresse herausfinden! Du könntest heute Abend schon zu Hause sein, Alice!«

Luke antwortete nicht, sondern drehte seine Tasse in den Händen herum.

»Was macht Gethin beruflich?«, fragte Alice. Die Fakten häuften sich, aber sie bildeten keine Brücke zu irgendetwas in ihrem Kopf und lösten auch keine Erinnerungen aus. Forcierte sie es zu sehr? Wenn sie sich unbedingt an etwas erinnern wollte, dann war es das Gesicht einer Person, die sie liebte. Die sie kannte.

Luke zuckte mit den Achseln. »Ich weiß gar nicht, ob du das überhaupt je erwähnt hast. Irgendwie dachte ich, er muss im IT-Bereich arbeiten oder so. Andererseits habe ich auch nicht wirklich nachgefragt«, fügte er hinzu. »Du hattest ja kein Vorstellungsgespräch bei mir. Wir haben uns einfach in der Bar unterhalten.«

Einfach unterhalten, dachte Alice. Tatsächlich?

»Und …« Libby beugte sich über den Tisch und legte die Hand auf Alice' Arm, um sich für die Unterbrechung zu entschuldigen. »Tut mir leid, dass ich das fragen muss, aber es lässt mir keine Ruhe: Das hast du alles bei ein paar Drinks herausgefunden, Luke?«

»Nein. Ich habe in dem Pub gewohnt. Wir haben in der Gegend ein paar Sicherheitssysteme eingebaut. Zwei Aufträge waren es, einer in einem Privathaus, der andere in einem Bürogebäude. Meine Leute haben immer im Wechsel mit den Bauarbeitern gearbeitet, daher sind wir zwischen den Baustellen hin und her gefahren. Der Pub lag auf halbem Weg dazwischen. Abends haben wir meistens in der Bar gegessen, und Alice hatte ein paarmal Dienst. Ihr wisst doch, wie das hier läuft. Man kommt schnell mit den Gästen ins Gespräch.«

»Also muss Stratton in der Nähe sein«, sagte Alice langsam. »In der Nähe von Embersley.« Wo auch immer das war.

»Ja, das nehme ich auch an.« Luke legte die Hände um seine Tasse. Er hatte lange Finger; an ein paar Gelenken sah man Krusten. Von irgendwelchen Baustellen, dachte Alice. Keine Uhr. Kein Ehering. Was sagte das über ihn aus? Hatte das überhaupt etwas zu besagen? Luke war nicht so leicht zu durchschauen wie ihre markenfixierten, offenherzigen Gastgeber Libby und Jason. Er schottete sich ab.

»Du warst meistens die Letzte, die abends noch da war«, fügte er hinzu. »Wir haben dich aufgehalten, muss ich leider zugeben. Die anderen Männer und ich. Wir haben Darts gespielt. Und herumgealbert. Tut mir leid, aber du verpasst nicht viel, wenn du dich nicht daran erinnerst.«

Alice holte tief Luft und versuchte, sich klarzumachen, dass sie über sie redeten und nicht über eine Fremde. Gethin. Ihr Freund. Der Pub mit den Enten. Ein Leben, das auf sie wartete, ein echtes Leben, dessen Teil sie war und das darauf wartete, dass sie wieder hineinspazierte und loslegte. Und dennoch …

Was, wenn sie sich nach ihrer Rückkehr immer noch nicht erinnerte? Was, wenn sie Freundschaften und Beziehungen wieder aufnehmen sollte, die vollkommen einseitig waren? Ihr Magen schnürte sich zusammen. Was, wenn ihr Gedächtnis nicht zurückkehrte und das letzte Jahr komplett verloren war? All die Erinnerungen und Erfahrungen und Liebeserklärungen einfach futsch, wie bei einem Handy, von dem man die privaten Daten gelöscht hat.

Alles wird gut, mahnte sie sich selbst. Sobald ich Gethin begegne.

»Alice?«, fragte Libby. »Alles in Ordnung?«

»Ja.« Sie rang sich ein Lächeln ab. »Es ist nur ein ganz schöner Batzen, den ich da zu verdauen habe. Aber wenigstens muss ich nicht erfahren, dass ich drei Kinder und eine Katze habe, die irgendwo daheim verhungern.«

»Gethin wird schon wahnsinnig sein vor Angst«, sagte Libby. »Er muss sich fragen, wo in Gottes Namen du abgeblieben bist.«

»Ihr hattet keinen Kontakt zueinander?« Luke wirkte überrascht.

Alice schüttelte den Kopf. »Ich wusste gar nichts von seiner Existenz, bis du mir vorhin von ihm erzählt hast. Bis vor ein paar Tagen kannte ich nicht einmal meinen Namen. Keine Papiere. Keine Handtasche, nirgendwo. Portemonnaie,

Handy – alles gestohlen vermutlich. Deshalb konnte mich das Krankenhaus auch nicht nach Hause schicken.«

»Die Polizei denkt, dass Alice vor dem Unfall vielleicht ausgeraubt wurde«, sagte Libby und schenkte Alice Tee nach. »Es wurde nichts abgegeben, ich habe mich erkundigt.«

»Das ist trotzdem sehr unwahrscheinlich.« Margaret war zurückgekommen. »Ich meine, wenn in der Stadt jemand überfallen worden wäre, hätte das doch jemand angezeigt. Oder es gar nicht so weit kommen lassen! Wir hätten sicher davon gehört, schließlich wissen doch alle, dass Alice hier ist.«

»Überall passieren schlimme Dinge, Mum«, sagte Luke.

»Nein.« Sie schüttelte den Kopf. »Nicht in Longhampton. Dein Vater war jahrelang im Stadtrat, und wir haben nie …«

»Es ist in der Tat ein Rätsel«, sagte Libby schnell. »Aber da wir der Sache jetzt näher kommen, lass uns schleunigst zum Hörer greifen! Der arme Gethin. Ich wette, ich weiß, was passiert ist«, sagte sie zu Alice. »Man wird im Krankenhaus seine Nachricht verbummelt haben. Du weißt doch, was da los ist. Es ist bestimmt nicht so, dass er nicht versucht hat, dich zu finden. Die Nachricht wird in der falschen Akte gelandet sein, oder sie ist einfach verloren gegangen …«

»Aber, Elizabeth«, protestierte Margaret. »Das Krankenhaus war doch so *unglaublich* hilfsbereit, und wenn jemand angerufen hätte …« Als sie Alice' Gesicht sah, hielt sie sofort inne. »Oh, entschuldige bitte, Alice. Das sollte nicht so klingen, als hätte dein Freund dich nicht gesucht. Ich bin mir sicher, dass es dafür eine sehr gute Erklärung gibt.« Sie schien sich den Kopf zu zerbrechen. »Er ist vielleicht … auf Geschäftsreise.«

Ein unbehagliches Schweigen senkte sich über die Küche herab und wurde nur von einem fernen Schnarchen durchbrochen.

Jason, dachte Alice. Oder Lord Bob.

»Wo liegt Embersley eigentlich?«, erkundigte sie sich. »In Wales?« Lange kann ich nicht dort gewesen sein, wenn ich nicht einmal weiß, wo das liegt, dachte sie.

»Nein, es sind nur dreißig Meilen von hier«, sagte Luke. »Am anderen Ende der Grafschaft.«

»Von *unserer* Grafschaft?« Libby schaute ihn an. »Du hast hier in der Grafschaft gearbeitet und nicht bei uns gewohnt, sondern in einem Pub? Warum bist du nicht wenigstens mal vorbeigekommen?«

»Genau«, wiederholte Margaret. »Warum bist du nicht vorbeigekommen?«

Libby verzog das Gesicht, als sei sie ernsthaft beleidigt, aber Alice' scharfem Blick entging nicht, wie sie das Kinn reckte. Sie *war* beleidigt.

»Na ja ... Ich bin davon ausgegangen, dass ihr schon genug am Hals habt«, sagte Luke. »Ihr müsst euch in den neuen Job einfinden, müsst euch ins Hotelwesen einarbeiten, und ich konnte mir nicht vorstellen, dass meine Anwesenheit der Atmosphäre zuträglich wäre. Mum genießt es sicher, wenn sie dich und Jason für sich hat.«

Alice spürte die Spannungen, die in der Luft lagen. Margaret gab sich alle Mühe, nicht aufzufahren, was ihr aber nicht wirklich gelang.

»Wie kannst du nur so etwas sagen, das stimmt doch gar nicht«, protestierte sie halbherzig.

»Nun, du hättest wenigstens anrufen können«, sagte Libby obenhin. »Aber egal, Schluss mit den Querelen! Viel wichtiger ist ...« Sie wandte sich wieder an Alice. »Also, was möchtest du tun? Sollen wir nach Stratton fahren und schauen, ob wir dein Haus finden?«

»Jetzt?« Margaret wirkte überrascht. »Hat das nicht Zeit bis morgen?«

»Warum? Man muss die Gelegenheit beim Schopf packen!« Libbys Augen funkelten auf die gleiche Weise, wie sie es im Krankenhaus getan hatten, als sie Alice im letzten Moment vor Marcias Frauenhaus bewahrt hatte. »Es ist doch Alice' Leben, in das sie zurückkehrt.«

»Wir können beim Pub anfangen, der wird noch geöffnet haben«, sagte Luke. »Musst du viel packen? Ich kann dich hinbringen, wenn du magst.«

»Ich habe überhaupt nichts zu packen«, sagte Alice und begriff urplötzlich, dass ihre Zeit im Swan vorbei war. Das andere Leben – ihr eigenes Leben – stand ihr wieder offen, obwohl sie sich immer noch nicht daran erinnern konnte. Und statt begeistert zu sein, fühlte sie sich, als würde sie mit verbundenen Augen in einen unbekannten Raum geführt.

Dies hier war das, was sie kannte, das Leben im Swan. Libby und Jason und Lord Bob und der Hotelalltag. Sie war sich nicht sicher, ob sie das alles schon hinter sich lassen wollte, nicht bevor sie nicht wusste, was sie daheim erwartete.

Aber wie sollte sie das herausfinden, wenn sie nicht hinfuhr und nachschaute?

»Warum rufen wir nicht im White Horse an?«, schlug Luke vor, als er ihr Zögern bemerkte. »Dort wird man doch deine Adresse kennen, wenn man dir dein Gehalt auf ein Bankkonto überwiesen hat, oder? Vermutlich haben sie auch Kontaktdaten, für Notfälle und so. Dann können wir Gethin anrufen und ihm sagen, dass du auf dem Heimweg bist.«

»Vermutlich.« Alice riss sich zusammen. »Okay. Lass es uns so machen.«

»Super.« Libby schlug sich auf die Knie. »Du bleibst hier, und ich versuche, die Nummer herauszufinden.«

Alice schaute auf und begegnete Lukes Blick. Wieder spiegelten sich diese widerstreitenden Gefühle darin, um sich plötzlich zu verändern, als sich ihre Blicke trafen.

Wer bist du?, fragte sie sich insgeheim. Und wer bin ich?

Kapitel dreizehn

Alice wählte die Nummer, die Libby auf der Website des Pubs gefunden hatte, und hörte es am anderen Ende klingeln. Sie versuchte, nicht darüber nachzudenken, was passieren würde, wenn man noch nie von ihr gehört hatte.

»Hallo, hier ist das White Horse in Embersley. Was kann ich für Sie tun?«

Die leicht gelangweilte weibliche Stimme mit dem nördlichen Akzent kam ihr bekannt vor. Alice' Magen rebellierte. Im Hintergrund hörte man die Geräusche eines gut besuchten Pubs: Stimmen, Gläsergeklirr, ein Radio. Dann begriff sie, dass ihr nicht die Stimme bekannt vorkam, sondern der Klang dieses Satzes, den sie vermutlich tausendfach selbst gesagt hatte. Normalerweise war vermutlich sie es gewesen, die ans Telefon gegangen war.

Prompt hatte sie das Bild vor Augen, wie eine andere Frau in ihre Rolle geschlüpft war, sie perfekt ausfüllte und keinen Platz für ihre Rückkehr ließ.

»Hallo?«, wiederholte die Frau ungeduldig. Libby zog die Augenbrauen hoch, weil sie darauf brannte, neue Details zu erfahren.

»Hallo. Äh, hier ist Alice.«

Einen Moment lang hielt sie die Luft an. Und wenn die Frau sie gar nicht kannte, wenn Luke irgendetwas falsch verstanden hatte …

»Entschuldigung – Alice? Ich kenne keine Alice.«

»Ich arbeite bei Ihnen. Könnte ich bitte mit …« Wie hieß

nur der Chef? Irgendwo in ihrem Hinterkopf geisterte der Name herum, um sich sofort zu verflüchtigen, als sie ihn zu packen versuchte. Alice spürte, wie sich ihr Gesicht in Falten legte.

Irgendjemand stupste sie an. Als sie die Augen öffnete, sah sie, dass Libby neben ihr stand und auf ihren Laptop zeigte. Sie hatte die Website des Pubs aufgerufen und die Rubrik »Wir über uns« angeklickt: *Tony und Jillian McNamara heißen Sie im White Horse willkommen ...*, stand unter einem Foto, das ein braun gebranntes Paar in identischen weißen Hemden und sehr dunklen blauen Jeans zeigte.

»Könnte ich bitte mit Jillian sprechen?«, fragte Alice so bestimmt sie konnte. »Oder mit Tony?«

Libby reckte die Daumen hoch.

»Jillian ist nicht da, aber ich kann mal schauen, ob Tony in der Nähe ist. Was soll ich sagen, wer dran ist?«

»Alice.«

»Alice wer?«

»Alice Robinson.« Mittlerweile klang der Name schon natürlicher.

»Warten Sie.« Der Hörer wurde hingeknallt.

»Gut gemacht.« Libby tätschelte schnell ihren Arm.

Innerhalb weniger Sekunden wurde der Hörer wieder hochgenommen. »Alice?«

»Hallo?«

»Willkommen zurück! Und? Wie war's?« Die Stimme war tief und freundlich. Akzent aus Essex.

»Wie war was?«

»Der Überraschungsurlaub mit dem Liebsten – vierzehn Tage in der Sonne? Bist du noch dran?«

Urlaub? Damit hatte Alice nicht gerechnet. Sie schaute zu Libby auf, die so tat, als würde sie nicht zuhören. Ihr Mund war aber zu einem erstaunten »O« aufgerissen.

»Wann seid ihr denn zurückgekommen?«, fuhr Tony munter fort. »Vor Ende des Monats hatten wir gar nicht mit dir gerechnet. Gethin hatte uns gebeten, nichts zu verraten – Jillian ist fast wahnsinnig geworden, weil sie es dir nicht erzählen durfte.«

Alice warf einen Blick auf die Website, um sicherzustellen, dass sie den Namen richtig in Erinnerung hatte. »Tony, ich kann mich gar nicht daran erinnern, dass ich in den Urlaub fahren wollte. Ich hatte einen Unfall und leide immer noch an den Folgen einer Gehirnerschütterung. Große Teile meines Gedächtnisses sind verloren gegangen.«

Eine Pause entstand. »Soll das ein Witz sein?«

»Nein, das ist kein Witz. Du kannst ja im Krankenhaus anrufen.«

»O Gott, Alice.« Er klang schockiert. »Wann war das? Das wussten wir nicht. Warum hast du nichts gesagt, statt mich hier rumquatschen zu lassen? Ich fühle mich wie der letzte Idiot. Geht es dir einigermaßen?«

»Körperlich geht es mir besser. Die Wunden schmerzen noch ein bisschen, aber vor allem kann ich mich nicht ...« Die Worte blieben ihr im Halse stecken. Wenn man sie zu einem Fremden sagte, klangen sie irgendwie unglaubwürdig, obwohl die träge Leere in ihrem Kopf vollkommen real war. »Ich habe nicht die geringste Erinnerung an das letzte Jahr. Ich weiß nicht, wo ich wohne oder was ich getan habe, nichts.«

»Du kannst dich nicht daran erinnern, dass du hier gearbeitet hast? Woher wusstest du denn, dass du hier anrufen musst?« Seine Stimme klang plötzlich misstrauisch. »Bist du sicher ...?«

»Es war reiner Zufall, dass ich jemanden getroffen habe, der mich aus dem Pub kennt. Kannst du ... kannst du mir helfen?« Das war alles so lächerlich, dass ihr ein nervöses Lachen entwich. »Ich dachte, dass du vielleicht meine Adresse und meine Kontonummer und solche Dinge im Computer hast.«

Libby simulierte die Bewegung, mit der man einen Wagen steuerte.

»Ich kann auch vorbeikommen«, fuhr Alice fort. »Dann kannst du sehen, dass ich es tatsächlich bin, und musst nicht befürchten, die Informationen an eine Fremde weiterzugeben.«

»Sei nicht töricht, Schätzchen. Natürlich weiß ich, dass du es bist. Ich erkenne doch deine Stimme. Himmel, was für eine schreckliche Vorstellung, dass du einen Unfall hattest, Alice. Und ich dachte, du lässt dich mit Gethin in der Sonne braten.«

Das Entsetzen in Tonys Stimme ließ ihre Augen feucht werden. *Ich muss eine nette Person sein, wenn er so freundlich zu mir ist und sich Sorgen um mich macht,* dachte sie.

»Bist du denn gut versorgt?«, fuhr Tony fort. »Du brauchst eine Umgebung, in der ... Ach, was rede ich denn da? Gethin wird sich schon gut um dich kümmern, oder?«

»Nein.« Das kam in einer Art Schluchzer heraus. »Ich kann mich nicht erinnern, wo er wohnt. Wo *wir* wohnen. Er war nicht im Krankenhaus, als ich dort lag, und hat mich auch nicht zu finden versucht. Die Polizei hat keine Vermisstenanzeige vorliegen.«

»Bist du sicher?« Tony klang schockiert. »Dafür wird es eine gute Erklärung geben. Er würde dich nie im Krankenhaus liegen lassen, wenn du einen Unfall hattest, da würde ich meinen Pub drauf verwetten. Niemals.«

»Wirklich?« Alice war bewusst, dass sie misstrauisch klang, aber es war, als würden sie über eine vollkommen fremde Person reden. Was konnte es für eine gute Erklärung dafür geben, dass jemand eine geliebte Person, die vierzehn

Tage lang einfach verschwand, nicht als vermisst meldete? Hatten sie sich gestritten? Würde Tony das wissen?

»Wo bist du denn eigentlich?«, fragte er nun. »Bist du noch im Krankenhaus? Du musst herkommen. Wir können dir ein Zimmer herrichten ...«

»Nein, ich bin gut versorgt. Ich bin in Longhampton. Die Menschen hier sind wirklich sehr nett. Ich habe ein solches Glück gehabt, wirklich.«

Auf der anderen Tischseite bekam Libby jetzt auch feuchte Augen, obwohl sie sich ein gequältes Lächeln abrang. Sie sah aus, als würde sie das Ende einer anrührenden Frauenserie anschauen. Ein wehmütiges Ende, obwohl sich alles auf eine wohltuende, schwelgerische Weise gelöst hatte.

»Ich habe ein solches Glück gehabt«, wiederholte sie. »Vollkommen fremde Leute ... waren so nett zu mir.«

»Oh, Alice.« Am anderen Ende der Leitung war ein Rascheln zu hören. »Du kommst jetzt einfach hier vorbei, und wir finden schon eine Lösung. Ich werde nicht abschließen, bis du da bist.«

Alice war den Tränen nahe. Sie war müde und verwirrt und fühlte sich nicht bereit für diesen plötzlichen Bruch, diesen plötzlichen Ansturm von Fakten und Details. Die Entwicklung raste wie im Schnellvorlauf voran, und sie kam nicht mehr mit.

»Ist alles in Ordnung?« Libby nahm ihr vorsichtig den Hörer aus der Hand. »Möchtest du noch einen Tee? Oder Schmerzmittel? Oder einen Brandy?«

Alice schüttelte den Kopf. »Die Leute sind so nett zu mir«, sagte sie. »Ich kann es kaum fassen, wie nett die Leute zu mir sind. Zu einer vollkommen Fremden.«

»Du bist doch ein wunderbarer Mensch. Wieso sollten die Leute nicht nett zu dir sein?«

»Ach ja?«, platzte es aus Alice heraus. »Woher willst du

das wissen, wo du mich doch gar nicht kennst? Nicht einmal ich weiß das.«

Libby warf ihr einen vertrauensseligen Blick zu. Alice machte es fast nervös, dass sie dieses Vertrauen nicht wert sein könnte. Dass sie Libby irgendwie hintergehen könnte. »Ich kenne dich aber, wie du im Moment bist«, sagte sie. »Du bist die erste Freundin, die ich hier gefunden habe. Und nun komm schon, wir bringen dich nach Hause.«

Luke lehnte im Wohnzimmer am Kamin, blätterte in einer von Libbys Zeitschriften und wartete darauf, dass sie fertig wurden. Als sie hereinkamen, fuhr sein Kopf hoch. Er schaute sie abwechselnd an, sagte aber keinen Ton.

»Luke, könntest du Alice nach Embersley bringen?«, fragte Libby. »Dein Bruder wird wohl in den nächsten zwei, drei Tagen niemanden irgendwohin chauffieren.«

»Natürlich.« Er blickte Alice an. »Ich meine, wenn du das überhaupt möchtest. Es ist schließlich schon ziemlich spät …«

Alice holte tief Luft. »Doch«, sagte sie. »Tony wartet.«

»Libby kann natürlich auch mitkommen«, fügte er hinzu, und erst, als er das gesagt hatte, fiel Alice seine unbehagliche Miene auf. Eigentlich kannte er sie gut genug, um sie allein hinzubringen und das vollkommen normal zu finden. Sie hingegen wusste nichts über ihn.

»Libby? Möchtest du mitfahren?« Alice hatte das Gefühl, dass Libby regelrecht darauf brannte, das große Finale mitzubekommen – idealerweise eine tränenselige Rückkehr in Gethins Arme.

Libby schaute zur Tür hinüber. Margaret und Lord Bob waren nicht in Sicht. »Vielleicht sollte ich besser bei Jason bleiben. Ich bin mir nicht sicher, ob Margaret wirklich dafür gewappnet ist, ihren Sohn in besoffenem Zustand zu erleben.« Sie verzog das Gesicht. »Obwohl es ein verlockender Gedanke ist ... Aber ich verabschiede mich besser schnell.«

»Es ist ja hoffentlich kein Abschied für immer«, sagte Alice, obwohl es sich genau so anfühlte.

Luke zog seine Lederjacke an. »Wir können ja hinfahren und ein paar Informationen einholen. Wenn du nicht dort bleiben möchtest, können wir morgen früh noch einmal hinfahren«, schlug er vor.

»Warum sollte sie nicht in ihrem eigenen Haus schlafen wollen?« Libby wirkte überrascht.

»Was ist, wenn es sich gar nicht wie mein Zuhause anfühlt?« Alice schien plötzlich von Panik gepackt. »Ich kenne Luke nicht, aber er kennt mich. Was, wenn ich Gethin auch nicht erkenne? Und warum ist er nicht gekommen, um mich zu holen? Vielleicht haben wir uns ja getrennt. Vielleicht ist das der Grund, warum er mich nicht abgeholt hat.«

Libby schaute sie entgeistert an. »Oh. An so etwas hatte ich gar nicht gedacht.«

»Ich bin mir sicher, dass es für alles eine gute Erklärung gibt«, sagte Luke ungeduldig. »Aber wenn wir tatsächlich noch fahren wollen, sollten wir langsam aufbrechen. Wir brauchen bestimmt eine Stunde bis Embersley.«

»Komm her«, sagte Libby und umarmte sie fest. »Ich werde dich vermissen.«

»Noch bin ich ja nicht weg«, murmelte Alice an ihrer Schulter. »Vielleicht stehe ich ja bald schon wieder auf der Matte.«

Das sollte ein Witz sein, aber noch während sie es sagte, schoss ihr eine echte Erinnerung in den Kopf: das aufgeregte, ängstliche Gefühl, als sie zum ersten Mal an der Schule abgesetzt wurde und wusste, was sie erwartete – und gleichzeitig überhaupt nichts wusste.

Auf der Straße, die aus Longhampton herausführte, war nichts los. Luke fuhr schnell und sicher, und so hatten sie bald die Landstraße in Richtung Westen erreicht. Keiner sprach, und der dunkle Innenraum von Lukes Transporter wurde von einer großen Ruhe erfüllt. Alice ließ sich in ihren Sitz sinken und betrachtete die Schilder mit den unbekannten Namen, die im düsteren Mondlicht an ihnen vorbeizogen.

Sie versuchte, sich aufs Hier und Jetzt zu konzentrieren und den Wirbel ihrer Gedanken zu stoppen. Der Transporter war äußerst sauber; Innenverkleidung, Sitze, Fußmatten – alles war schwarz und makellos. Sie schnupperte ... Der Wagen roch neu. Nirgendwo lagen alte Ausgaben der *Sun* oder Chipstüten oder ungewaschene T-Shirts herum. Luke war, das konnte man wohl sagen, ein pingelig sauberer Handwerker. Was hatte er noch für ein Unternehmen? Sicherheitssysteme? Das passte.

Alice hatte sich mühsam beherrscht, aber jetzt schaute sie doch zu ihm hinüber. Luke hielt den Blick stur auf die Straße gerichtet, beide Hände am Lenkrad. Die Schatten seiner Wangenknochen vermischten sich mit dem sanften Schein der Bartstoppeln an seinem Kiefer.

Sie fragte sich, ob er wohl etwas sagen würde oder ob er darauf wartete, dass sie das Wort ergriff. Die Stille war nicht unangenehm. Obwohl Luke nicht so überschwänglich herzlich war wie Libby und Jason, hatte er etwas sehr Entschiedenes, das Alice beruhigend fand. Woran lag das, fragte sie sich. Konnte man seinem Instinkt vertrauen, wenn man Menschen gar nicht kannte? Oder waren Instinkte nur Reaktionen auf das, was andere Menschen einem erzählten?

Libby schien ihn zu mögen, dachte Alice. Und sie selbst vertraute Libby.

»Soll ich übrigens das Radio anschalten?«, fragte Luke. Er

blickte sie dabei nicht an, und sie fragte sich, ob er sich ebenfalls zwang, nicht zu ihr hinüberzuschauen.

»Nein! Nein, wirklich. Das ist wunderbar so. Eine solche Stille habe ich schon seit Tagen nicht mehr genossen«, sagte sie. »Mit all den Handwerkern und dem Telefon, das ständig klingelt, und den Menschen, die ein und aus gehen ...«

»Nicht der ideale Ort, um sich von einem Unfall zu erholen, scheint mir.« Lukes Stimme hatte nicht den geringsten Akzent. Während Jasons Akzent mit jedem Pint im Bells wieder stärker wurde, hatte Luke ihn komplett abgelegt.

»Das wollte ich nicht ... Das würde undankbar klingen. Die Bauarbeiter haben im Wesentlichen Tapeten abgelöst und Regale ausgebaut. Das Schlimmste ist das Radio. Margaret geht regelrecht auf die Palme deswegen.«

»Es tut mir leid, dass ich nichts von dem Unfall wusste.« Luke biss sich auf die Lippe und schaute nun endlich zu ihr herüber. Alice' Haut kribbelte, als sich ihre Blicke trafen. »Ich war in Spanien. Irgendwann hatte ich mich doch dazu durchgerungen, diesen Auslandsjob anzunehmen, von dem ich dir erzählt habe. Du weißt schon, bei diesem Typen mit dem ...« Er hielt inne. »Nun, diesen Job, von dem ich dir bei unserem letzten Treffen erzählt habe.«

»Wann war das?«

»Vor ungefähr einem Monat? Oder vor drei Wochen?« Er zögerte. »Du kannst dich *wirklich* nicht daran erinnern?«

Sie schüttelte den Kopf. Glaubte er ihr nicht? »Und da war alles ... okay?« Sie wusste selbst nicht, warum sie das fragte.

»Alles war okay«, wiederholte Luke und richtete den Blick wieder auf die Straße. Alice hatte keine Vorstellung, was »okay« bedeutete.

Sie schaute durch die Windschutzscheibe auf die Schnellstraße, die in ihr altes Leben zurückführte. Autos kamen ihnen entgegen, die Meilen schmolzen dahin, Gethin, der

Pub, ihr Zuhause rückten mit jeder Minute näher. Sie würde Luke gerne so vieles fragen, bevor er sie absetzte und allein ließ.

»Warum hatte ich die Adresse vom Hotel in meiner Tasche?«, fragte sie. »Du hast erzählt, dass ich mir einen besseren Job suchen wollte – wollte ich mich vielleicht nach Arbeit erkundigen? Hattest du mir erzählt, dass Jason und Libby Personal suchen?«

Luke antwortete nicht sofort. »Kann sein«, sagte er dann. »Wir sprachen über das Hotel, das Familienunternehmen, Jasons Einstieg in das Geschäft. Vermutlich habe ich das Hotel aber nicht so beschrieben, dass du ein unstillbares Verlangen danach entwickelt hättest, dorthin zu fahren.«

»Wirklich?«

»Eher nicht.« Er zögerte, dann sagte er: »Wir haben uns über unsere Familien unterhalten. Du hast mir erzählt, dass deine Eltern vor deinem zwanzigsten Geburtstag gestorben sind und dass du dich seither deiner Wurzeln beraubt fühlst. Ich glaube, ich wollte dich aufmuntern, indem ich dir erzählt habe, dass einem auch lebende Eltern nicht notwendigerweise ein Zuhause bieten. Vermutlich habe ich dir erzählt, dass ich mich bei meiner Mutter ein paar Tage vorher anmelden muss, wenn ich sie mal besuchen will – obwohl sie ein Hotel führt, in dem Hunde jederzeit willkommen sind.«

»Oh.« Seit sie sich begegnet waren, hatte Luke noch nie so viel von sich preisgegeben. Alice spürte, dass ihm die Dunkelheit im Wagen und die Konzentration aufs Fahren angenehmer waren als die helle Beleuchtung im Hotel. »Habe ich Mitleid bekundet?«

Er lachte auf. »Du kannst sehr gut zuhören.«

»Ach ja?«

»Wieso ›ach ja‹? Weißt du das nicht?«

»Nein«, sagte Alice. »Du vergisst, dass ich ein paar Wochen lang niemanden um mich hatte, der mich kannte. Ich habe mir viele Fragen gestellt. Es gibt Dinge, die man nicht über sich weiß, wenn sie einem nicht von anderen mitgeteilt werden.«

»Ziemlich tiefsinnig.«

»Kann sein. Mhm ... Bin ich tiefsinnig?«

Wieder lachte er, und Alice musste denken: Das ist etwas Vertrautes. Nicht der Klang seines Lachens, sondern das angenehme Zurücksinken in den Sitz, dieses Gefühl der Entspannung, wenn man sich mit jemandem unterhält, den man mag.

Sie versuchte, diese Empfindung mit einer Erinnerung zu verbinden, mit einem bestimmten Abend, einem bestimmten Gespräch, aber sie entglitt ihr, und ihre Finger griffen ins Leere.

Brauchte sie denn eine Erinnerung als Beweis, fragte sie sich. Sie hatte doch genügend Fakten: Wo es passiert war, worüber sie gesprochen hatten, wie sie sich gefühlt hatte. War das nicht alles, was eine Erinnerung ausmachte?

Sie waren langsamer geworden und hielten nun an, um rechts abzubiegen. Drei, vier Autos fuhren an ihnen vorbei, dann schaute Luke sie an. Er schien sich alle Mühe zu geben, eine neutrale Miene aufzusetzen, aber es gelang ihm nicht wirklich. Seine Augen blickten sie forschend an. »Und du kannst dich wirklich nicht ...«, begann er, um sich dann sofort wieder zu unterbrechen, unbehaglich.

»Was denn?« Alice hielt die Luft an.

»Embersley, fünf Meilen«, sagte Luke und zeigte auf ein Schild. Ohne jede Vorwarnung wurde das warme Gefühl von der unterschwelligen Panik wieder fortgespült.

Bis auf ein paar späte Gäste war das White Horse leer, als sie eintraten. Von lautstarken Enten war nichts zu hören. Tony wäre fast über die Theke gesprungen, als er Alice sah, und sie gratulierte sich insgeheim, weil sie sich noch an seinen braunen Teint und die Boxernase erinnern konnte. Dann fiel ihr allerdings wieder ein, dass Libby ihr sein Foto auf der Website gezeigt hatte.

»Alice! Gott sei Dank, dass es dir gutgeht. Ich dachte schon, du seist komplett einbandagiert«, rief er und hätte sie ungestüm an sich gedrückt, wenn sie ihn nicht auf ihre gebrochenen Rippen aufmerksam gemacht hätte.

Als er Luke erkannte, schüttelte er ihm die Hand und witzelte über seine Darts-Künste. Alice beobachtete die beiden, bemerkte aber nichts Ungewöhnliches. Luke war offensichtlich ein guter Gast gewesen. Und Tony war ein mustergültiger Pub-Wirt, der sich an die Namen sämtlicher Gäste und ihr bevorzugtes Bier erinnerte

Nachdem sie noch einmal die gesamte Geschichte von ihrem Unfall erzählt hatte – diesmal etwas befangener, weil Luke zuhörte –, bat Alice um die Kontaktdaten, die sie im Pub hinterlassen hatte. Tony nannte ihr Gethins und ihre eigene Handynummer und eine Adresse in Stratton, das fünf Meilen in die Richtung lag, aus der sie gekommen waren.

»Du wirst das schon machen«, sagte er. »Gethin wird sicher aus dem Häuschen sein, wenn er dich gesund und munter vor sich stehen sieht. Das muss ja eine Tortur für ihn gewesen sein.«

»Aber er war nicht hier und hat nach mir gefragt?«

Tony schüttelte den Kopf. »Nein, mein Schatz. Aber ich dachte ja auch, ihr beiden seid im Urlaub.« Sein Gesicht legte sich in Falten, verwirrt. Er sah aus wie Lord Bob, wenn Libby die Schwingtür feststellte.

»Dafür gibt es bestimmt eine Erklärung«, sagte Luke munter. »Komm, Alice. Wir rufen Gethin vom Auto aus an und erzählen ihm, dass wir auf dem Weg sind.«

Tony begleitete sie hinaus. Als Alice sich umdrehte, um sich von ihm zu verabschieden, drückte er ihr ein paar zusammengefaltete Scheine in die Hand.

»Betrachte das als Anzahlung auf dein nächstes Monatsgehalt«, murmelte er. »Du wirst dich sicher nicht sofort wieder in die Arbeit stürzen, nicht, wo du einen auf den Schädel bekommen hast. Ein paar meiner Kumpels hatten auch eine Gehirnerschütterung. Boxer halt. Das kann ganz schön fies sein. Lass es langsam angehen, meine Liebe.«

»Oh! Danke«, sagte Alice, überrascht über die freundliche Geste.

Tony nahm ihre Hände in seine Pranken. Er trug zwei goldene Siegelringe, einen an jeder Hand. »Du passt jetzt erst einmal gut auf dich auf. Wir wollen dich ja schließlich wohlbehalten zurück, was? Und grüß mir bitte deinen Liebsten.«

»Das werde ich tun.« Alice lächelte, aber sie hatte das merkwürdige Gefühl, eine Rolle zu spielen und nicht für sich selbst zu sprechen.

Luke wartete im Transporter auf sie. Der Motor lief schon.

»Tony hat mir zweihundert Pfund gegeben«, sagte sie. »Ist das nicht nett von ihm?«

»Du bist seine beste Mitarbeiterin.« Luke legte den Arm hinter ihre Kopfstütze, damit er rückwärts um einen Baum herumfahren konnte, und sie spürte seine Energie, sauber, warm, muskulös. Er hielt inne und schaute sie an, den Arm immer noch auf ihrer Rückenlehne. »Noch etwas für deine Liste: Du kannst gut mit Menschen umgehen.«

»Das weiß ich vielleicht sogar«, sagte sie, als sie vom Parkplatz fuhren. »Libby hat mich immer an die Rezeption gestellt, wenn sie sich um die Bauarbeiter kümmern musste. Ich bin nicht so schnell gestresst wie sie.«

»Du hast wahrscheinlich mehr Distanz zu den Problemen. Ich wette, du hast auch das elektronische Buchungssystem schneller durchschaut als Mum, Gehirnerschütterung hin oder her. Hat sie dir schon einen Job angeboten?«

»Libby hat es getan«, sagte sie. »Ich weiß natürlich nicht, ob sie es ernst gemeint hat. Im Moment haben sie nicht so viele Gäste, aber ihre Pläne sind ziemlich ehrgeizig. Haben sie dir von ihren Sanierungsmaßnahmen erzählt?«

»Nein. Aber wie ich schon sagte, ich habe nicht viel Kontakt zu ihnen. Man hat mich nicht einmal einbezogen, als es darum ging, dass sie zurückziehen und das Hotel übernehmen. Möchtest du Gethin anrufen?«, fragte er und hielt ihr sein Handy hin.

Alice zögerte. »Nun …« Sie wollte, und gleichzeitig wollte sie nicht. Es war schon spät, sie war müde, sie sah nicht besonders frisch aus … Andererseits würde es einen komischen Eindruck machen, wenn sie ihren Freund nicht sehen wollte, zumal sie einen so langen Weg auf sich genommen hatten.

Sie öffnete den Mund, um sich zu erkundigen, ob Gethin der Typ war, der seine Freundin gerne perfekt geschminkt und mit hübschen Schuhe sah, aber dann klappte sie ihn wieder zu. Ihr Instinkt sagte ihr, dass sie Luke alles fragen könnte, andererseits war seine Körpersprache nie ganz eindeutig. Eigentlich schien er sich in ihrer Gegenwart genauso entspannt und vertrauensvoll zu fühlen wie sie sich in seiner, aber gleichzeitig machte er immer wieder dicht.

»Danke«, sagte sie. »Ich versuch es mal.«

Sie wählte die Nummer, die Tony ihr gegeben hatte. Ihre Finger zitterten in einer Weise, dass sie ein paarmal von vorn anfangen musste.

»Die Straße ist so holprig, tut mir leid«, sagte Luke, ohne sie anzusehen.

Schließlich hatte sie die Nummer eingetippt. Sie drückte den Wählknopf und hielt die Luft an. Jetzt ist es so weit. Ich werde mit meinem Freund sprechen.

Nach dem ersten Klingeln sprang sofort die Mailbox an. Eine automatische Ansage, nicht einmal Gethins Stimme. In die Enttäuschung mischte sich ein Gefühl der Erleichterung.

»Keiner da?«

Sie schüttelte den Kopf.

»Macht nichts. Wir sind ohnehin gleich da.«

Er hielt vor einem Haus, aber außer einem schwachen Licht im ersten Stock war es vollkommen dunkel.

»Bist du sicher, dass wir hier richtig sind?«, fragte Alice.

»Ja. Zumindest ist das die Adresse, die Tony uns aufgeschrieben hat. 25, Hazels Avenue.«

Luke stellte den Motor ab. Eine Weile saßen sie schweigend da, und Alice ließ den Anblick auf sich wirken. Es war eine schmale Doppelhaushälfte aus den Dreißigern, hinter einem Gittertor, das von einer Sonne aus Gitterstrahlen gekrönt wurde. Ein wild gemusterter Pflasterweg führte zur Haustür, wo über einem Messingbriefkasten eine keck geneigte 25 hing.

Sie starrte auf das schlichte Haus, das im Licht der Straßenlaternen gelblich wirkte. Ich werde jetzt auf die Klingel drücken, und Gethin wird die Tür öffnen, und dann bin ich wieder zu Hause, dachte sie. Und dann werden sämtliche Erinnerungen zurückkehren.

Alice merkte, dass sie sich an den Sicherheitsgurt klammerte. Ihr Herz raste, obwohl sie sich zwang, ruhig zu atmen. Unentwegt hatte sie gehofft, dass der Moment eintreten würde, den Dr. Reynolds ihr immer vorhergesagt hatte – der Moment, in dem mit einem Klick alles wieder da sein würde. Der Moment, in dem der Vorhang, hinter dem sich alle ihre Erinnerungen verbargen, weggezogen werden würde. Aber jetzt, da er bevorstand, wusste sie nicht, ob sie schon bereit dafür war.

»Kommt dir das nicht vertraut vor?«, fragte Luke.

»Nein. Überhaupt nicht.« Sie war sich absolut sicher, dass sie dieses Haus noch nie in ihrem Leben gesehen hatte.

»Möchtest du klingeln? Er könnte schon ins Bett gegangen sein.« Luke nickte zum Haus hinüber. »Es ist schon nach elf. Ziemlich spät.«

»Offenbar sind wir also keine Nachtschwärmer«, sagte sie mit einem schwachen Lächeln. »Noch etwas für die Liste.« Sie versuchte, die Sache hinauszuzögern.

»Nun komm schon. Ich begleite dich«, sagte Luke und öffnete die Fahrertür.

Alice' Beine fühlten sich an wie Pudding, als sie aufs Pflaster trat. Bewusst betrachtete sie die Wagen, die sonst dort parkten: normale Familienwagen, nichts Überkandideltes, keine Schrottkisten. Sie lebte in einer absolut durchschnittlichen, durchaus hübschen Straße.

Luke hielt ihr das Tor auf, und sie ging zu der Haustür mit der Milchglasscheibe. Kein Licht war dahinter zu erkennen, und auch nicht hinter dem großen Erkerfenster mit den zugezogenen Vorhängen.

Alice drückte trotzdem auf die Klingel und hörte sie im Innern des Hauses schrillen. Luke war ein paar Schritte hinter ihr stehen geblieben, und sie fragte sich, ob er auch mitgekommen wäre, wenn im Haus Lichter gebrannt hätten.

Ihr Verstand begann zu rasen. Was würde Gethin sagen, wenn er die Tür öffnete? Was würde sie selbst sagen?

Überraschung!

Hallo!

Entschuldigung.

Alice ging in sich. Entschuldigung wofür?

Dafür, dass sie über zwei Wochen verschwunden war.

Zwei Wochen, in denen es ihm nicht gelungen war, sie zu finden.

»Klingel noch mal«, sagte Luke. »Vielleicht ist er im Bad.«

Sie warteten eine Minute, dann noch eine, mussten aber irgendwann einsehen, dass an der Adresse 25, Hazels Avenue niemand war.

Alice äugte durch die Scheibe, um vielleicht etwas zu entdecken, das ihrem Gedächtnis auf die Sprünge helfen könnte, aber das Glas verzerrte zu stark. Man konnte nicht einmal erkennen, ob Post auf der Fußmatte lag.

»Vielleicht ist er auch unterwegs und sucht dich«, sagte Luke. »Möchtest du vielleicht eine Nachricht hinterlassen? Dann können wir später noch einmal hier vorbeikommen.«

»Okay«, sagte sie und folgte Luke zum Transporter zurück, wo er ihr eine edle lederne DIN-A4-Mappe reichte.

»Mein Notizbuch«, erklärte er und gab ihr einen Stift. »Darin skizziere ich Dinge, wenn ich meinen Kunden die Pläne erläutere. Um Sicherheit zu verkaufen, muss man einen entsprechenden Eindruck hinterlassen. Die Leute werden misstrauisch, wenn ihre teuren Alarmsysteme auf die Rückseite eines Briefumschlags gekritzelt werden.«

»Verstehe.«

Alice hatte gar nicht richtig zugehört. Sie starrte auf das Papier und hatte das Gefühl, dass ihr Hirn eine einzige klebrige Masse war. Wie begann man eine Nachricht an seinen verzweifelten Lebensgefährten, wenn man sich nicht einmal an sein Gesicht erinnern konnte?

Schließlich schrieb sie: *Ich hatte einen Unfall. Ich habe mein Handy verloren und auch mein Gedächtnis, ein paar Wochen lang – es war ein Albtraum. Zurzeit wohne ich im Swan Hotel in Longhampton. Bitte ruf mich sofort an, wenn du das hier liest.* Sie fügte die Telefonnummer des Hotels hinzu. Dann fragte sie

Luke nach der Postleitzahl und der E-Mail-Adresse und notierte sie ebenfalls. Dann zögerte sie.

In Liebe, Alice. Kuss?

Sie runzelte die Stirn. Das war lächerlich.

Alice schaute auf und suchte Lukes Blick. Er tat so, als würde er aus dem Fenster schauen, gab dann aber auf.

»Das ist schon okay«, sagte er. »Du musst jetzt nicht versuchen, irgendetwas zu erklären. Du bist müde. Steck den Brief in den Briefschlitz, dann fahren wir heim.«

Es verlieh ihr ein Gefühl der Sicherheit, dass sich ihre Sorgen so leicht auflösen ließen. Alice lächelte und ging zur Tür, um die Nachricht einzuwerfen.

Als sich der Deckel des Briefschlitzes über ihren Fingern schloss, hatte sie das Gefühl, dass die Dinge in eine neue Phase eintraten. Sie hatte etwas in die Wege geleitet. Sie hatte begonnen, die Vergangenheit zu wecken.

Kapitel vierzehn

Als Libby am nächsten Morgen in die Hotelküche kam, den Kopf voller Fragen, die sie Alice unbedingt stellen musste, traf sie nur Margaret an. Sie wischte die Flächen ab, die Libby am Vorabend bereits gewienert hatte, weil sie darauf gewartet hatte, dass Luke und Alice anriefen und Bericht erstatteten.

Der Bacon stand schon auf dem Herd, und es roch nach frischem Kaffee und Toast.

Wie nett, dachte sie überrascht. Und wie schön, Margaret wieder so aktiv zu sehen. Libby beschloss, ihr sogar zu vergeben, wenn sie ihr die tausendste Bacon-Bratlektion erteilen würde.

»Guten Morgen!« Margaret drehte sich um und schenkte ihr ein strahlendes Lächeln. Sie trug gelbe Gummihandschuhe und eines der alten Seidentücher, die immer ihr Markenzeichen gewesen waren. Lord Bob schlief unter dem Tisch und hatte, seiner Schnauze nach zu urteilen, bereits ein Frühstück mit Rührei eingenommen. »Wie geht es uns heute Morgen?«

Libby beschloss, Bobs illegalen Aufenthalt in der Hotelküche vorerst zu ignorieren, da offenbar schon über die Hälfte der Frühstücksvorbereitungen erledigt war. Tatsächlich sah es sogar so aus, als sei Margaret schon fast fertig.

»Bestens. Danke, Margaret«, sagte sie. »Ich dachte, ich sei mit dem Frühstück dran. Wie lange bist du denn schon auf?«

»Ach, ich kann ohnehin nicht schlafen, wenn meine Küken

krank sind.« Sie winkte ab und rief dann: »Oh, mein Toast!«, als vier Scheiben Weizentoast aus dem Toaster sprangen.

»Ist das für Zimmer vier?« Libby betrachtete das Tablett, das auf der Küchentheke stand und schon mit einem sauberen Glas und Besteck bestückt war. »War mir gar nicht klar, dass der Herr um Zimmerservice gebeten hat. Ich dachte, er frühstückt heute Morgen unten. Hat er eine Nachricht hinterlassen?«

»Was? Ach so, nein, Elizabeth. Das ist für Jason, nicht für Zimmer vier.«

»Für *Jason*?«

Margaret legte die vier Toasts auf einen Teller und wandte sich dann wieder der Pfanne zu, wo der Bacon unter Donalds Bacon-Presse mittlerweile den optimalen Grad an Knusprigkeit erreicht hatte. »Vor zehn Minuten habe ich mal den Kopf zur Tür reingesteckt, und da sagte er, dass er sich durchaus vorstellen könne, eine Kleinigkeit zu sich zu nehmen.«

»Bist du sicher?« Libby beäugte den Bacon skeptisch. Sie selbst hatte den Kopf vor fünf Minuten zur Tür reingesteckt, und da hatte er ziemlich desolat ausgesehen. Das Einzige, was er nach einer durchsoffenen Nacht vertrug, war ein vierfacher Espresso. »Normalerweise nimmt er nur einen Kaffee und ein paar Beroccas zu sich …«

»In London vielleicht.« Margaret holte den Bacon aus der Pfanne und begann mit der Herstellung zweier Bacon-Sandwiches. »Aber das hier wird ihn sicher schneller wieder auf die Beine bringen. Er hat ausdrücklich um ein Mum Special gebeten.«

Libby beobachtete, wie pingelig sie den Bacon drapierte, was sie nicht einmal für Gäste tat. Ist doch egal, mahnte sie sich. Das ist doch nun wirklich egal.

Aber das war es nicht.

Das Problem war nicht so sehr, dass Margaret ihren Sohn wie einen Teenager behandelte, sondern dass Jason lieber einen Teller fettiger Bacon-Sandwiches hinunterwürgte, als seiner Mutter zu sagen, dass sie ihn damit verschonen solle.

Und dass Margaret in aller Herrgottsfrühe aufgestanden war, um diesem armen Opfer, dem man etwas ins Bier getan hatte, Frühstück zu machen, während sie das Frühstück, für das man auf TripAdvisor »echte Bewertungen« bekam, Libby überließ.

Und dass Margaret einfach darüber hinwegging, dass Luke nicht nur Jason heimgekarrt, sondern auch noch Alice nach Embersley und Stratton und wieder zurückgebracht hatte, und sich nicht einmal zu einem »Wie nett von ihm« durchringen konnte.

Libby verzog das Gesicht, weil ihr diese weinerliche Stimme in ihrem Innern selbst zuwider war, und brachte sie zum Schweigen. Es war nicht sehr hilfreich, wenn Margaret sie auch noch in einen störrischen Teenager verwandelte.

»Könnte ich eins der Bacon-Sandwiches für Luke bekommen?«, fragte sie stattdessen. »Es war absolut heldenhaft, was er heute Nacht geleistet hat. Er hat sich ein Frühstück im Bett wirklich verdient.«

»Luke?« Margaret zog die Augenbrauen hoch. »Oh. Du könntest natürlich … allerdings … Ich denke, Jason braucht zwei, und es wird auch nur kalt. Die Pfanne ist noch heiß, falls du Bacon braten willst. Vergiss aber Zimmer vier nicht, meine Liebe! Der Herr sollte vielleicht zuerst sein Frühstück bekommen, bevor du die Familie versorgst.«

Libby biss die Zähne zusammen und sagte sich, dass es sich vielleicht nur um eine der Bewältigungsstrategien handelte, die irgendwie mit Donald zu tun hatten. Dann band sie sich die weiße Schürze um, die sie für die offiziellen Frühstückspflichten gekauft hatte.

Sie hatte gerade die Bestellung von Mr Harrington aus Raum vier entgegengenommen und Lord Bob zu seinem großen Unmut von ihrem Herd verscheucht, als Luke in den Sachen vom Vortag hereinkam, das Haar noch feucht.

»Guten Morgen«, sagte er und rieb sich über das unrasierte Gesicht. »Ist das für Seine Lordschaft?«

»Bob oder Jason? Weder noch. Das ist für unseren einzigen Gast.« Libby zeigte mit dem Pfannenwender in Richtung Gästezimmer. »Jene Lordschaft kommt in den Genuss eines kompletten englischen Frühstücks von deiner Mutter.«

»Das möchte ich aber mal sehen, wie er das in seinem Zustand herunterbekommen will«, sagte Luke.

»Geschieht ihm recht. Du bist der Nächste auf meiner Frühstücksliste. Was darf ich dir anbieten?«

Luke schüttelte den Kopf. »Ich mach mir nicht viel aus Frühstück. Mir war gar nicht klar, dass ihr im Moment überhaupt Gäste habt.« Er lehnte sich an den Türrahmen, in gebührendem Abstand zu ihr. »Macht es den Gästen nichts aus, auf einer Baustelle zu wohnen?«

»Unsere Bareinnahmen profitieren von dem Gewerbepark vor den Toren der Stadt. Manche Leute *müssen* über Nacht in Longhampton bleiben, selbst wenn die Rezeption unter Planen verschwindet. Tee?«

»Ja gerne.« Er lächelte, als sie ihm eine Tasse reichte, und wirkte sofort weniger missmutig. Luke litt offenbar unter dem Syndrom, dass sein Gesichtsausdruck bierernst wirkte, dachte Libby.

»Gethin war also nicht da gestern Abend?«, erkundigte sie sich, weil sie ihre Neugierde nicht länger im Zaum halten konnte. »Schade. Werdet ihr heute noch einmal hinfahren?«

»Nein, ich bin weg, sobald ich meinen Tee ausgetrunken habe. Ich muss nach Birmingham, um über einen Auftrag zu sprechen.«

»Du musst arbeiten? Am Samstag?«

»Ein Kunde aus Übersee. Die interessieren sich nicht so sehr dafür, was für einen Wochentag wir haben.« Er klang ausweichend, und Libby fragte sich, ob er vielleicht nur einen Grund suchte, um wieder verschwinden zu können. »Alice hat eine Nachricht hinterlassen, also wird Gethin vielleicht heute irgendwann anrufen. Du könntest sie doch auch hinfahren, oder? Jason würde ich für eine Weile nicht hinters Steuer lassen. Die hiesige Polizei ist scharf hinter ›Fahrern am Morgen danach‹ her.«

»Klar kann ich sie hinbringen. Möchtest du heute Abend zum Essen kommen, wenn du deinen Job erledigt hast?«

»Das ist nett von dir, aber …« Er zog ein Gesicht, das nur eines bedeuten konnte – Mum. »Besser nicht.«

»Okay«, sagte Libby und wünschte, sie würde einen Ausweg aus der verfahrenen Situation kennen. »Aber falls du es dir anders überlegst …«

Komisch, dachte sie, als er seinen Tee hinunterstürzte, dass er nicht einmal so lange wartet, bis er sich von Alice verabschieden konnte. Wenn Bleiben allerdings bedeutete, sich von seiner Mutter abfällige Kommentare über seine Scheidung anhören zu müssen, während der andere Sohn das Frühstück ans Bett gebracht bekam, konnte sie es ihm nicht verdenken.

Das Hotel, das Alice bei ihrer Ankunft erlebt hatte, war unter einem Meer von Plastikplanen verschwunden, aber Libby hatte die fertigen Räume bereits klar vor Augen. Alice kam es verrückt vor, die Farben in den Zimmern im ersten Stock schon einmal zu testen, obwohl die Hälfte der Wände noch unverputzt war. Aber sie konnte schon verstehen, dass es für Libby die einzige Möglichkeit war, in diesem Tollhaus nicht verrückt zu werden.

»Ich mag Mouse's Back«, sagte Libby und trat einen Schritt zurück, um die Farbe im Licht, das von Osten her einfiel, zu begutachten. »Aber London Stone wäre neutraler. Was denkst du?«

»Um ehrlich zu sein, sehe ich keinen großen Unterschied zwischen Mäuserücken und Londoner Stein. Es ist beides schön.« Alice dachte an Gethins Haus in Stratton. Ihr gemeinsames Haus. Hatte sie bei der Renovierung geholfen? War Gethin ein Heimwerkertyp?

Ihre Gedanken wanderten zu der einzigen Person, die es ihr sagen könnte. »Ist Luke eigentlich da?«

»Nein, er ist gegen neun gefahren.« Libby drehte sich zu ihr um. Alice erkannte, dass sie sich Mühe gab, nicht allzu neugierig zu erscheinen. »Er hat einen Termin in Birmingham. Möchtest du mit ihm reden? Seine Handynummer habe ich.«

»Nein, nein. Gethin wird sicher bald anrufen.« Sie biss sich auf die Lippe. »Andererseits wäre es vielleicht ganz praktisch, Lukes Nummer zu haben. Nur für den Fall.«

»Für welchen Fall?«

Alice sah, dass Libby sie arglos anschaute. »Ich weiß nicht. Nur für den Fall.«

»Vermutlich werden wir ihn wieder monatelang nicht zu Gesicht bekommen.« Libby seufzte und drückte den Deckel auf die Testdose. »Wirklich schade. Ich würde Luke gerne besser kennenlernen.«

»Ist er nett?«

»Nett im eigentlichen Sinn vielleicht nicht. Aber er ist interessant. Er kommt viel herum und ist vermutlich nicht der häusliche Typ. Manchmal frage ich mich, ob diese ganze Sicherheitsbranche nicht etwas zwielichtig ist. Er scheint ein paar sehr scheue Kunden zu haben und erzählt nicht viel von seinem Job...« Sie wirkte jetzt nachdenklich. »Jason und

Margaret sehen vermutlich immer noch den aufmüpfigen Teenager in ihm, aber ich habe diese Seite nie an ihm wahrgenommen. Er mag etwas wortkarg sein, aber er ist auch nicht der Typ, der mit dem Motorrad durch die Stadt fährt und Ärger sucht. Er ist sechsunddreißig, verdammt, und hat vermutlich eine Steuernummer.«

»Er trägt eine Lederjacke.«

»Das tu ich auch, aber das bedeutet nicht, dass ich ein Klappmesser in der Tasche habe.« Libby schaute sie belustigt an. »Ich würde wetten, dass du mehr über ihn weißt als wir – oder zumindest wusstest, bevor du den Unfall hattest. Offenbar habt ihr euch ausgiebig unterhalten, nach dem zu urteilen, was er gestern erzählt hat. Hattest du nicht auch den Eindruck?«

»Er wirkte ein wenig … gekränkt, weil ich mich an nichts erinnern konnte.« Sie formulierte es vorsichtig. Würde sich jemand so fühlen, wenn man nur über Darts und Enten geredet hatte?

»Ich schulde ihm jedenfalls einen Drink, weil er Jason gestern Abend nach Hause gebracht hat.« Libby stöhnte und fuhr sich mit der Hand durchs Haar. Alice fiel auf, dass ein paar silberne Strähnen im Blond schimmerten. »Ich liebe Jason, aber wenn er getrunken hat, kann ich das nicht behaupten. Ich hoffe nur, dass er nicht wieder seine Kreditkarte am Tresen abgegeben hat. Grrrr!« Sie schaute sich in dem kahlen Raum um, und ihre Schultern sackten herab. »Es ist so viel zu tun …«

»Du sagst doch Bescheid, wenn ich etwas tun kann, oder?«, bat Alice. Ihr wurde bewusst, dass sie das Swan nur ungern verlassen würde, bevor es sich nach Libbys Vorstellungen verwandelt hatte.

Libby lächelte. »Alles, worum ich dich bitte, ist, ans Telefon zu gehen, wenn Gethin anruft und dich abholen will.

Und wenn du vielleicht noch ein paar Farbproben mit mir testen würdest?«

Sie hatte eine ganze Schachtel davon. Alice hätte nicht im Traum gedacht, dass es so viele Grautöne gab.

Aber Gethin rief Samstagnachmittag nicht an. Und Samstagabend auch nicht. Und auch nicht Sonntag gleich in der Früh.

Als Alice am Sonntagnachmittag im Büro saß und die Daten ehemaliger Gäste in den Computer tippte, hörte sie plötzlich eine vertraute Stimme in der Rezeption. Zwei vertraute Stimmen.

»Schau mal, wer da ist!« Libby schob Luke ins Büro. Er hielt eine grell metallicfarbene Flaschenpräsenttüte in der Hand, als könne sie explodieren, und Libby schaute demonstrativ auf seine Lederjacke. Es gefiel ihr offenbar, dass sie einen Insiderwitz hatten.

»Hallo«, sagte Alice höflich, obwohl ihr Magen flatterte. »Hast du bei einer Tombola gewonnen?«

»Nein, das ist ein Dankeschön.« Er warf Libby, die höchst zufrieden wirkte, einen Seitenblick zu. »Libby hat mich angerufen. Ich war in der Gegend, und sie hat sich nicht abwimmeln lassen. Das wäre aber nicht nötig gewesen«, fügte er hinzu.

»Natürlich. Für Freitagabend hättest du eine ganze Kiste verdient.« Sie drückte seinen Arm. »Die müssen wir dir aber schuldig bleiben, bis wir den Laden zum Laufen gebracht haben.«

»Kein Problem«, sagte er schroff. Libbys unbefangene Sympathiebekundungen schienen sein Unbehagen noch zu verstärken. »Sag Jason, er soll das nicht zur Gewohnheit werden lassen.«

»Das wird er schon nicht, glaub mir. Er findet allmählich die Sprache wieder. Ich habe ihn oben gelassen mit seinen ...« Sie schlug die Hand vor den Mund, als sei ihr plötzlich wieder eingefallen, warum er der besonderen Betreuung bedurfte. »O verdammt. Wartet. Ich muss mal schnell hoch und ...«

Libby stürzte die Treppe hoch. Alice und Luke blieben allein zurück. Eine sonderbare Stimmung legte sich über den Raum, und Alice beeilte sich, das Schweigen zu brechen.

»Danke übrigens, dass du mich heimgefahren hast.« Hätte sie ihm auch etwas schenken sollen? »Leider war es ja ein sinnloses Unterfangen.«

Luke schüttelte den Kopf. »Bitte, das war doch nicht der Rede wert. Hat Gethin schon angerufen?«

»Nein. Aber wenn man den ganzen Tag vor dem Telefon hockt, klingelt es sowieso nicht, nicht wahr?« Alice betrachtete Lord Bob, der in einem viel zu kleinen Sessel eingeschlafen war. Seine Hinterpfote steckte fast in seinem Ohr, und sein Hinterteil quoll in samtigen Falten über die Sesselkante hinaus.

»Vielleicht solltest du mal mit dem Hund rausgehen und das Telefon Telefon sein lassen«, schlug Luke vor, der ihre Gedanken erriet.

»Ja, er muss wirklich mal raus. Das könnte meine gute Tat für heute sein.« Alice suchte ihre Schuhe. Nicht ihre Schuhe, machte sie sich schnell klar, sondern Libbys. Ihre Schuhe befanden sich hinter der verschlossenen Tür dieses fremden Hauses. Was hatte sie wohl für Schuhe? High Heels? Converse? Doc Martens?

Plötzlich sah sie ein Paar metallisch grüne High Heels vor sich. Dunkelgrün mit goldenen Sohlen. Es war das Gefühl, das sie beim Kauf empfunden hatte, das ihr jetzt in den Sinn schoss: eine überbordende Freitagabendstimmung und eine verhaltene Freude. Glamouröse, auffällige Partyschuhe waren es gewesen. Sie erinnerte sich, wie sie sich im Geschäft um die eigene Achse gedreht und »Ja!« gedacht hatte, während die Verkäuferin erklärt hatte: »Die haben nur auf Sie gewartet!«

Luke schaute sie an. Sie blinzelte. Die Erinnerungen kehrten nun vermehrt zurück: grelle Erinnerungsfetzen, etwas zu grell, aber beruhigend.

»Deine gute Tat?«, fragte er.

»Oh. Ach so. Ich habe versucht, jeden Tag eine gute Tat zu tun«, sagte sie. »Im Krankenhaus gibt es eine Art Tafel – da sind kleine Dinge verzeichnet, die man tun kann, um die Welt ein wenig lebenswerter zu machen. Mit Bob Gassi zu gehen ist eine leichte Übung für mich. Komm, Bob.«

Als er seinen Namen und das Wort »Gassi« hörte, glitt Bob elegant von seinem Sessel herab und kam herübergewatschelt. Sein Schwanz schlug im großen Bogen hin und her. Er wedelte nicht wie ein normaler Hund mit dem Schwanz, dachte Alice, als sie ihm über den Kopf strich. Es war eher ein königliches Wedeln.

Luke wirkte besorgt. »Bist du sicher, dass du mit ihm zurechtkommst? Deine Rippen ...«

»... sind auf dem Wege der Besserung. Ich habe gute Schmerzmittel. Außerdem ist er mir gegenüber immer ganz reizend. Ich weiß nicht, warum sich die anderen so anstellen. Aber egal ...«, sagte sie und schaute auf. »Wenn er in den Mülltonnen wühlt, kannst du ihn ja rausziehen. Du gehst doch mit, oder?«

Er hielt ihrem Blick stand und wich der Frage darin nicht aus.

Das war also der Grund, warum er gekommen war, begriff Alice. Libbys Geschenk war nur eine willkommene Ausrede gewesen. Er war tatsächlich zurückgekommen, um herauszufinden, ob Gethin angerufen hatte. Um sicherzustellen, dass es ihr gut ging. Warum? Warum sollte er sich Sorgen um sie machen?

Oder wollte er sie einfach sehen? Ihre Haut kribbelte aus einem Grund, den sie nicht benennen konnte, aber eine Erinnerung war es nicht. Es war etwas Neues. Ungewissheit.

Dann verzog sich Lukes Mund zu einem schnellen, fast unwilligen Lächeln. »Natürlich. Was soll man an einem Sonntag in Longhampton sonst schon machen?«

Viel redeten sie nicht, als sie auf dem Fußweg hinter dem Hotel Bobs wackelndem Hinterteil folgten und den schaumartigen Blüten des Wiesenkerbels, der aus der großen Hecke herauswuchs, ausweichen mussten. Eine milde Maisonne verströmte einen Hauch von Wärme. Die sanft gewellte Landschaft erglänzte in sanften Grün- und Goldtönen, gesprenkelt vom Weiß der Schafe.

Es war schön, draußen zu sein. Und nicht ständig darauf zu warten, dass das Telefon klingelte, hatte auch etwas Entlastendes, wie Alice bewusst wurde. Der Rhythmus ihrer Schritte war ein guter Ersatz für eine Unterhaltung. Obwohl Alice sich in Lukes Gegenwart wohlfühlte, schaffte sie es nicht, ein unbefangenes Gespräch über die eigentümliche Situation anzuknüpfen, und so schwiegen beide, was aber auch kein Problem zu sein schien.

Nachdem er Lord Bob über einen Zauntritt gehoben hatte (wobei Bob unbeirrt in die Luft geschaut hatte, als gehe ihn das überhaupt nichts an), fragte Luke plötzlich: »Wie fühlt es sich an, wenn man das Gedächtnis verloren hat?«

Alice antwortete nicht sofort, da sie nichts Falsches sagen wollte. »Ich weiß gar nicht, ob es sich auf eine bestimmte Weise anfühlt. Es ist eher ... das Gefühl, dass man die ganze Zeit im Hier und Jetzt lebt. Man kann sich auf nichts in der Vergangenheit stützen, sondern ist auf das angewiesen, was man direkt vor der Nase hat. Was man wirklich weiß. Natürlich weiß man, dass es eine Vorgeschichte geben *muss*, aber das ist keine Hilfe. Man braucht viel mehr Vertrauen, weil man sich auf nichts berufen kann.«

Sie warf ihm einen schüchternen Blick zu. »Je länger ich darüber nachdenke, desto unheimlicher wird mir das alles. Die Sache hätte ganz anders ausgehen können. Libby, Jason und deine Mum sind anständige Leute. Ich habe Glück gehabt.«

Luke antwortete nicht. Sie fragte sich, ob sie etwas Falsches gesagt hatte.

»Jetzt, wo mein Gedächtnis zurückkehrt, ist es nicht mehr so schlimm«, fügte sie schnell hinzu. »Aber an den ersten Tagen, als ich nicht einmal meinen Namen wusste, war das schon beunruhigend. Es war ... als würde jeder, der mir über den Weg lief, mehr über mich wissen als ich selbst. Ich durfte gar nicht viel darüber nachdenken, weil ich dann regelrecht panisch wurde. Vermutlich haben sie mir Medikamente gegeben, um mich davon abzuhalten, zu viel nachzudenken.«

Es schüttelte sie, als sie daran dachte. Zwei Wochen war das her. Es fühlte sich schon viel länger an. »Ha!«, sagte sie laut.

Luke schaute sie an. »Was ist denn?«

»Das war eine Erinnerung.« Alice grinste. »Eine nagelneue.«

Er lächelte ebenfalls. Alice konnte sich gut vorstellen, dass sie sich damals lange unterhalten hatten. Irgendwie verstanden sie sich und fanden auf eine mühelose Weise die richtigen Worte. »Und ...« Er rupfte einen Hahnenfuß aus der Hecke, einen langen Stängel mit vielen Blüten. »... wenn du von alten Erinnerungen sprichst, was ...?«

»Na ja, an wie viele Dinge erinnert man sich schon aus der Zeit, als man sieben war? Vieles kommt zurück, aber ich kann nicht bei Mum oder Dad nachfragen, ob es tatsächlich so war. Vermutlich werde ich nicht wissen, was fehlt, bevor ich mich nicht daran erinnere. Aber es ist schon komisch, ich habe immer diese kleinen Flashbacks. Als würde mein Gehirn mir aus Versehen E-Mails schicken, während es seinen Reset durchführt.«

»Auch E-Mails über Enten? Ich kann es kaum glauben, dass du dich nicht an die Enten erinnerst. Sie haben mich wirklich wahnsinnig gemacht, obwohl ich nur ein paar Wochen dort war.« Das hatte er eher beiläufig gesagt, aber Alice fragte sich, ob nicht doch ein tieferer Sinn dahintersteckte. Vielleicht wollte er testen, ob sie sich wirklich nicht an ihre Gespräche erinnerte.

»Nein, aus jüngerer Zeit nichts.« Alice wühlte in ihrem Gedächtnis und versuchte, eine Zeitgrenze zu bestimmen. Die grünen Schuhe zum Beispiel – wann hatte sie so viel Geld gehabt, dass sie sich solche Schuhe leisten konnte? Vor fünf Jahren? Später? »An den Unfall werde ich mich vielleicht nie erinnern können, sagt der Arzt. Das könnte eine Traumareaktion sein oder ein physischer Schaden. Medizinisch kann man den Unterschied nicht genau bestimmen.«

»Wirklich?«

»Tja. Das muss schon ziemlich heftig gewesen sein – der Schock, meine ich. Gleich zwei Autos waren involviert. Libby sagt, alle seien erstaunt gewesen, dass ich nicht noch viel übler zugerichtet war.«

»Zwei Autos?« Luke Stimme klang entsetzt. Er war stehen geblieben und nahm ihren Arm. »Aber du hättest *sterben* können, Alice.«

Sie blieb ebenfalls stehen. Wo seine Finger sie berührten, kribbelte ihre Haut fast unerträglich. Luke ließ sie wieder los, und sie fragte sich, ob er das Kribbeln auch bemerkt hatte. Als sie sich nun anschauten, war die Stille so durchdringend, dass Alice die Schafe auf dem Feld hinter der Hecke blöken hörte.

»Du siehst aus, als wolltest du mir etwas mitteilen«, entfuhr es ihr. Er schien etwas sagen zu wollen, aber dann machte er den Mund wieder zu und schüttelte den Kopf.

»Ich möchte nur ... Ich würde mir nur wünschen, dass deine Erinnerungen wiederkehren.« Er ließ seine dunkelbraunen Augen auf ihr ruhen und musterte sie eindringlich. »Es muss ... Nun, ich kann mir nicht vorstellen, wie es sein muss.«

»Es ist, als habe man sich verloren«, sagte Alice schlicht, und Lukes Augen gaben ihr recht, obwohl er nichts sagte.

Der Moment wurde gestört, als Lord Bob an seiner ausziehbaren Leine davoneilte und auf ein Loch in der Hecke zusteuerte.

»Armer Kerl«, sagte Luke, als sich der Hund in das Loch quetschte. Den Schwanz vor Entdeckerglück hoch erhoben, ragte sein stämmiger Körper in den Weg hinaus. »Er muss sich ziemlich langweilgen, wenn er den ganzen Tag im Hotel herumstrolcht. Nein, lass ihn ruhig schnüffeln. Wir haben es doch nicht eilig, oder?«

»Nein«, sagte Alice. Die Bewegung tat ihr gut, und an der frischen Luft und im Sonnenschein fühlte sie sich gleich besser. Ich sollte ihn nach Gethin fragen, dachte sie, immerhin ist er die einzige Person, die ihn kennt.

Sie verdrängte das Gefühl, dass sie ihren eigenen Freund einer Prüfung unterziehen wollte.

»Wie lange, sagtest du, war ich mit ... mit Gethin zusammen?

Lukes Gesicht war ausdruckslos. »Mhm, das weiß ich nicht genau. Ein Jahr? Etwas länger?«

»Ich habe nämlich keinerlei Erinnerungen an ihn. Mir müssen die letzten achtzehn Monate fehlen oder so.«

»So lange hast du gar nicht im Pub gearbeitet. Ich weiß noch, dass Tony mir erzählt hat, wie schnell du alles gelernt hast.«

»Es ist nicht sehr schmeichelhaft, dass ich mich nicht einmal an sein Aussehen erinnern kann, oder?«

Luke ließ ein unbestimmtes Geräusch hören, den Blick auf Bob gerichtet, der sich jetzt vollkommen auf das komplexe Bouquet an Gerüchen vor seiner großen Bassetschnauze konzentrierte und es wie ein Weinkenner zu ergründen versuchte.

»Du weißt auch nicht, was ich im Hotel wollte, oder?« Es war leichter, solche direkten Fragen zu stellen, wenn Luke sie nicht anschaute.

»Keine Ahnung«, sagte er, ohne sich umzudrehen. »Wir haben über das Hotel geredet, aber ... wir hatten uns nicht dort verabredet, falls du das meinst.«

»Natürlich meine ich das nicht!« Alice war rot geworden. »Das wäre mir ... niemals in den Sinn gekommen.«

»Gut.« Wieder dieses Lächeln. Spontan, aber auf der Hut. »Jetzt komm schon, Bob, das reicht jetzt.«

Bob zog sich ohne jeden Protest aus dem Loch zurück und trottete weiter den Hügel hinab. Sie waren schon fast an dem Wäldchen. Alice war diesen Weg mal mit Libby gegangen – durchs Wäldchen hindurch, das in den Stadtpark überging, wo man an einem Stand Kaffee und Donuts bekam. Köstliche Donuts. Und wenn man Bob hieß, sogar Gratisdonuts.

»Und du kannst dir keinen Grund vorstellen, warum Gethin nicht versucht hat, mich zu finden?«, fragte sie. Diese Frage hatte sie nicht vor Libby stellen wollen, weil es ihr angesichts von Libbys unbedingtem Wunsch nach einem Happy End unangenehm war, von ihren quälenden nächtlichen Ängsten zu reden.

»Nein, nicht dass ich wüsste.«

»Es ist nur, dass ... zwei Wochen?« Jetzt sprudelte es aus ihr heraus. »Und es ist ja nicht so, dass ich sehr weit weg wäre. Eigentlich dachte ich, ich käme aus London oder so. Wie viele Krankenhäuser gibt es hier in der Gegend?«

»Tut mir leid, Alice, aber ich weiß nicht, warum er dich nicht gefunden hat. Vielleicht hattet ihr euch gestritten.«

»Haben wir uns oft gestritten?«

»Streiten sich nicht alle Paare?«

»Das weiß ich nicht.«

Er seufzte. »Wir haben nicht viel über Gethin gesprochen. Es gab so unendlich viele andere Dinge, über die wir geredet haben.«

»Tut mir leid.« Alice fiel ein, dass Libby Lukes Hochzeit erwähnt hatte. Vor zwei Jahren. Oh. Vielleicht hatte er mit ihr über *seine* Ehe geredet, und sie hatte alles wieder vergessen. Vielleicht war das der Grund, warum er unbedingt herausfinden wollte, an was sie sich alles erinnerte. Sie war deprimiert.

Luke fuhr sich mit der Hand durchs Haar, aber es fiel ihm sofort wieder in die Stirn zurück. »Du und Gethin, ihr wart ... ihr kamt mir vor wie alte Freunde. Du hast ein paar Freundinnen, die mit ihren Partnern nicht sehr glücklich waren und uns gelegentlich um Rat gefragt haben. Der Freund der einen war ziemlich besitzergreifend, solche Probleme. Ehrlich gesagt weiß ich aber nicht, ob wir als Kummerkasten so erfolgreich waren.«

»Oh.« Alice war sich nicht sicher, was das in ihr auslöste. Freude? Erleichterung? Schuldbewusstsein? In jedem Fall gab es noch mehr Freunde, die sie nicht gesucht hatten.

Sie schaute wieder zu Luke hinüber. Seine Miene war unergründlich, und die Stimmung zwischen ihnen hatte sich verändert.

»Es tut mir leid, dass ich dich so ausquetsche«, sagte sie.

»Aber du bist im Moment die einzige Person, die mir sagen kann, wer ich wirklich bin. Bis meine Erinnerungen zurückkehren.«

Luke stieß Luft aus, was schließlich in ein Stöhnen überging. »Vielleicht ist es gar nicht ratsam, sich von anderen sagen zu lassen, wer man ist. Davon kann ich ein Lied singen. Ich nehme an, mein Ruf ist mir vorausgeeilt, oder?«

»Ich habe keine Ahnung, wovon du redest.«

»Das denke ich aber doch. Wenn Libby erst einmal versuchen wird, ihren schicken, romantischen Schlupfwinkel zu lancieren, wird sie noch zu spüren bekommen, dass sich in Longhampton nicht viel verändert hat.« Alice hatte das Gefühl, dass Lukes aufmerksame Augen mehr von ihr sahen, als sie preisgeben wollte. Das war ein beunruhigendes Gefühl. »Aber egal, Kaffee? Ich sehe da hinten einen Stand.«

»Kaffee wäre wunderbar.«

Sie gingen in den Park hinunter und schlugen einen der Wege ein, die um die Blumenrabatten herum zum Kaffeestand führten. Luke bestellte zwei Latte macchiato, während Bob sich am Wasser bediente. Nun redeten sie über den Park. Während Luke ihr eine erstaunlich detailgenaue Kurzfassung der Stadtgeschichte erzählte, schüttete er nebenher ein Tütchen Zucker in den einen Kaffee und zwei Tütchen in den anderen. Er rührte um, drückte die Deckel wieder auf die Becher und reichte ihr den süßeren Kaffee. Das war eine verwirrend intime Geste.

»Trinke ich meinen Kaffee so?«, fragte sie und schaute auf den Becher hinab.

Luke nickte. »Ja. Stimmt das etwa nicht?«

»Doch.« Aber sie hatte im Hotel viel Kaffee trinken müssen, um sich wieder daran zu erinnern. *Wie viele Kaffees haben wir zusammen getrunken?*, hätte sie am liebsten gefragt. *Und wieso weißt du das noch?*

»Alice, ich arbeite im Security-Bereich«, sagte er, als er ihren Gesichtsausdruck sah. »Ich registriere viele Dinge. Sag mir eine Telefonnummer, und ich kann sie nicht mehr vergessen. Mein Gehirn klammert sich an diese Dinge. Wir waren jeden Abend die Letzten in der Bar, und wir haben oft noch einen Kaffee getrunken, wenn du die Kasse gemacht hast.«

»Aha«, sagte sie und wartete darauf, dass sich ein Bild einstellte: grelles Licht, Feierabend in der Bar, der Geruch der Kaffeemaschine, die Kasse … Nichts.

Plötzlich stieß Bob ein tiefes, kehliges Bellen aus. Sie zuckte zusammen und hatte sich unversehens Milchschaum auf die Hand gekippt.

Eine Salve höheren Gekläffs drang von der anderen Seite des Blumenbeets herüber. Man sah zwei Leute, die jeder vier Hunde ausführten und pro Hand mit zwei Leinen zu kämpfen hatten. Die kleineren Hunde, die am lautesten kläfften, konnte Alice nicht sehen, da sie von den farbenprächtigen Blumen verdeckt wurden, aber auch die beiden Golden Retriever und der Collie machten sich lautstark bemerkbar.

»Armer Bob, das wird immer ihm angelastet«, sagte sie, als sich Luke zwischen Bob und die Hundeausführer stellte. »Nur weil er am lautesten schimpft.«

»Am lautesten bellt«, korrigierte Luke sie. »Behandele ihn wie einen Hund, und er wird sich wie ein Hund verhalten. Als kleines menschliches Wesen kann er nicht reüssieren. Es wäre von jedem zu viel verlangt, etwas anderes zu sein, als er ist.«

»Handelt es sich dabei um eine tiefere Einsicht?«, erkundigte sich Alice und zog eine Augenbraue hoch.

»Nein«, sagte Luke. »Ich sage nur, was ich sehe. Menschen sind, wie sie sind, und Hunde ebenfalls. Wachhunde behandelt man auch nicht wie Sherlock Holmes. Komm, wir kehren heim. Und gib mir die Leine – meine gute Tat für heute«, fügte er hinzu. »Dann kannst du nämlich deinen Kaffee trinken.«

Alice musste lächeln. Er hört zu, dachte sie, und er merkt sich, was er hört. Er wusste mehr, als er zu erkennen gab.

Erstaunlich geschickt jonglierte er mit seinem Kaffee, Bobs Leine und dem Wechselgeld herum. »Ich wette, für dich wurde eine Nachricht hinterlassen.«

»Hoffen wir mal das Beste.« Sie winkte den beiden Leuten mit den Hunden zu, Luke ebenfalls, dann folgte sie ihm den Weg hinauf. Noch vor einer Stunde hatte sie auf nichts sehnlicher gehofft als auf eine Nachricht. Jetzt war sie sich plötzlich nicht mehr so sicher.

Kapitel fünfzehn

Zu Beginn der zweiten Woche der Bauarbeiten im Swan Hotel waren die Veränderungen derart drastisch, dass Margaret, die ihre Meinung zu Libbys Farbproben abgeben sollte, nach zwei Minuten in Tränen ausbrach.

Der erste Stock sah tatsächlich aus wie nach einem Bombeneinschlag. Mareks Männer hatten acht Bäder herausgerissen, Tapeten aus dreißig Jahren abgedampft, die ramponierten Fußleisten entfernt und überhaupt alles Schöne ausgemerzt. Libby fand, dass die Zimmer fast schon einen minimalistischen Schick hatten, da nun die guten alten Dielenbretter und das solide Mauerwerk freigelegt waren.

Margaret sah das eindeutig anders. Als sich ihr tapferes Gesicht zu einem wahren Faltenmeer verzog, begriff Libby – leider zu spät –, dass ihre Schwiegermutter die Arbeit von dreißig Jahren im Orkus verschwinden sah. Sie hätte sich in den Hintern treten können. Dass sich Margarets Laune gebessert hatte, weil sie Alice umsorgen konnte, hatte Libby zu der irrigen Ansicht verleitet, dass es ihr insgesamt besser ging.

»Es wird wunderschön werden, wenn erst einmal alles fertig ist, das verspreche ich dir.« Libby tätschelte Margarets Arm. »Hier, schau mal – welche von diesen Farben gefällt dir am besten?«

»Keine Ahnung. Nimm einfach, was dir gefällt. Ich werde mir das erst wieder anschauen, wenn es fertig ist.« Margaret stieß ein Geräusch aus, das wie ein Schluchzen klang, und eilte die Treppe hinunter. Jason musste sie sofort zum großen Waitrose fahren, damit sie ihr Gleichgewicht wiederfinden würde. Er sagte nichts dazu, aber Libby war sich ziemlich sicher, dass er die fünf Tüten voller Spezialitäten, die später im Kühlschrank auftauchten, aus eigener Tasche bezahlt hatte. Margaret hatte definitiv nicht genug Geld für Biotiramisu – aber das konnte man von ihnen natürlich auch sagen.

»Eigentlich ist es gut, dass sie so radikal zu Werke gegangen sind«, sagte Libby zu Alice, als sie am Mittwochmorgen die jüngste Lieferung von Badewannen und Waschbecken begutachteten. Die Kisten stapelten sich im Salon, der damit fast voll war. »Morgen kommen die Klempner, und wenn alles eingebaut ist, wird es schon viel besser aussehen.«

Sie ließ die Hand über den Rand einer altmodischen Emaillebadewanne gleiten. Es war ein massives Objekt, das an beiden Enden elegant hochgezogen war, mehr Kunstwerk als Badewanne. Den Bädern, ihrem Markenzeichen, würde auf der neuen Website des Swan eine eigene Seite gewidmet. Ein Glas Wein, große weiße Altarkerzen, Wi-Fi-System, damit man Musik vom iPod hören konnte, während man im Wasser plantschte – konnte die Leserinnen und Leser eines Lifestylemagazins das kaltlassen?

Wir könnten auch eine eigene Toilettenartikelserie entwerfen, dachte Libby und sah die Fotos schon vor sich. Mit einem weißen Schwan als Logo.

»Ist das die Chatsworth-Wanne?«, fragte Alice, die im Lieferschein blätterte.

»Ganz genau. Sie kommt in die Honeymoon-Suite«, erklärte Libby stolz. »Mit einem runden Duschvorhang darüber. Ich hatte doch bei Anthropologie diesen entzückenden Spitzenvorhang entdeckt.«

Alice musterte sie. »Welcher Raum soll das denn sein? Wird die Wanne überhaupt hineinpassen?«

»Zimmer fünf soll die Honeymoon-Suite werden. Wir machen einen Durchbruch zu Zimmer sechs, um dort das Bad zu installieren«, erläuterte Libby. »Zimmer sechs war ohnehin immer zu klein. Da schaffen wir besser eine wirklich überwältigende Honeymoon-Suite, für die wir auch mehr verlangen können.«

»Aha«, sagte Alice. »Und die Armaturen dafür – sind das diese hier?« Sie zeigte auf eine große, mit Blasenfolie gefüllte Kiste.

»Ja. Sie sind umwerfend, schau.« Libby hatte Mühe, sie herauszuhieven. »Für diese Badewanne braucht man schon eine gewaltige Mischbatterie mit einem echt edwardischen Duschkopf.« Als sie das Ding endlich aus dem Styropor befreit hatte, war es so groß wie eine Tuba.

Gemeinsam bewunderten sie das silberne Monstrum.

»Wahnsinn«, sagte Alice. »Und das musstet ihr noch zusätzlich zur Badewanne kaufen? Da möchte ich lieber nicht wissen, was das gekostet hat.«

»Frag lieber nicht.« Jason beharrte darauf, dass er einen guten Preis ausgehandelt hatte, und nach dem Streit über Darrens Deal hatte Libby das Gefühl, dass sie ihm und seinem finanziellen Geschick einfach vertrauen sollte. »Es wird seinen Preis aber wert sein. Ich habe so eine Vorstellung im Kopf, wie das alles aussehen wird, wenn es erst einmal fertig ist. Die Leute werden sich darum prügeln, hierherkommen zu dürfen. Wenn ich kommen würde, tun sie es auch. Warum? Wo ist das Problem?«

Alice klopfte mit dem Stift auf das Papier. »Dem Lieferschein – und eurer Bestellung – zufolge, ist das erst die Hälfte dessen, was ihr braucht. Es fehlen noch drei Wannen, drei Duschen, vier Klos und etliche Handtuchhalter.« Sie verglich die Listen miteinander. »Das ist Jasons Bestellung ... und das ist, was sie geschickt haben.«

Libby verdrehte die Augen. »Na großartig. Das war ja zu erwarten, oder? Wenn man nicht überall hinterher ist … Gut, dass wir es vor den Klempnern herausgefunden haben. Jason soll den Lieferanten heute noch anrufen. Hast du ihn heute Morgen eigentlich schon gesehen?«

»Jason ist in die Stadt gefahren.« Alice schien sich ein Grinsen zu verkneifen. »Er hat gesagt, falls du dich aufregst, soll ich dir mitteilen, dass er ein Geschenk für dich besorgt, zum Hochzeitstag.«

»Oje.« Sie schlug die Hand vor den Mund. »Danke, dass du mich erinnerst. Das ist ja am Freitag. Fünf Jahre.«

»Ich weiß, dass es Freitag ist«, sagte Alice. »Margaret hat mich schon gefragt, ob es mir etwas ausmachen würde, dich zu vertreten, damit Jason und du – ich zitiere – ›die Nacht zum Tage machen könnt‹.«

Libby registrierte, dass Margaret sie nicht selbst vertrat, aber sie war trotzdem gerührt, dass sie daran gedacht hatte. Für sie dürfte es kein leichter Tag sein.

Und für Alice auch nicht, dachte sie schuldbewusst, als sie sah, dass sie sich schnell wieder in die Rechnungen vertieft hatte. Gethin hatte immer noch nicht angerufen. Mittlerweile sprangen sie nicht einmal mehr auf, wenn das Telefon klingelte.

»Weißt du was, ich würde alles darauf wetten, dass er Freitagabend hier aufkreuzt«, sagte sie aus einem Impuls heraus. Sie musste nicht erklären, von wem sie sprach. »Er wird die ganze Woche über irgendwo gearbeitet haben, und wenn er Freitag zurückkommt und deine Nachricht liest … Peng. Sofort hierher, Rosen im Arm, Entschuldigungen, Tränen, Happy End.«

Alice zwang sich zu einem Lächeln. »Genau. So läuft es für gewöhnlich in Hollywood.«

»Und in Longhampton.« Libby tat entrüstet. »Margaret

wird nicht müde, mir zu erzählen, dass hier oben nichts Böses geschieht. Polizisten leisten sie sich nur, weil sie Stimmen für ihren Männerchor brauchen.«

Von etlichen »besonderen Anlässen« in der Vergangenheit wusste Libby, dass das Ferrari's seit seiner Eröffnung in den frühen Achtzigerjahren als *das* Lokal für die Feier von Schulabschlüssen, Hochzeits- und sonstigen Gedenktagen galt. Man bekam dort italienische Gerichte, die seit ihrer ersten Aufnahme in die Speisekarte schon zweimal aus und wieder in Mode gekommen waren.

Als Libby und Jason Freitagabend dort eintrafen, nahm ihnen der Restaurantchef ihre Jacken ab und machte einen großen Wirbel um Jason, den er schon als *so* kleinen Jungen gekannt hatte. Libby küsste er die Hand.

»Wie geht es deiner Mutter?«, fragte er beflissen. »Und ihrem wunderbaren Hund?«

»Beiden bestens, Gianni«, erwiderte Jason. »Und wie geht es Mrs Ferrari?«

Das war offenbar ein uralter Witz zwischen ihnen, denn Gianni brach in ein brüllendes, halb italienisches, halb einheimisches Gelächter aus.

Jason bedachte Libby mit nervösen Blicken, als bitte er sie darum, ein wenig Geduld zu haben und mitzuspielen. Dabei war Libbys Lächeln sogar echt. Sie mochte das kitschige Ambiente und die rührende Art und Weise, mit der Jason an solchen Ritualen festhielt. Das rief Erinnerungen an alte Zeiten wach. Das Ferrari's hatte nämlich durchaus Ähnlichkeit mit den billigen Lokalen, in die Jason sie eingeladen hatte, bevor er mit Geld um sich werfen konnte oder auch nur Orte *kannte*, an denen man mit Geld um sich werfen konnte.

Sie wurden zu ihrem Tisch geleitet – dem Rendezvous-

Tisch in der Ecke mit den beiden roten Rosen in der Mitte –, und Jason zog für Libby den Stuhl zurück.

»Zu liebenswürdig«, sagte sie und setzte sich.

»Champagner!«, verkündete der Kellner und hielt Jason schwungvoll eine eisgekühlte Flasche unter die Nase. »Sir?«

»Zeigen Sie ihn besser Madam – sie ist die Expertin«, sagte er und winkte zu Libby hinüber.

Libby schenkte ihm ein Lächeln. »Der macht einen sehr guten Eindruck«, sagte sie dann zum Kellner. »Bitte sehr!«

Der Champagner wurde mit größter Sorgfalt ausgeschenkt. Ein mittelaltes Paar an einem Nebentisch lächelte wohlwollend herüber. Nachdem er noch mit feierlichem Ernst die Kerze angezündet hatte, schwirrte der Kellner davon.

»Endlich allein«, sagte Jason. »Soweit man hier allein sein kann, jedenfalls.«

»Also.« Libby hob ihr Glas.

Er stieß mit ihr an. »Auf dich. Herzlichen Glückwunsch zum Hochzeitstag.«

»Herzlichen Glückwunsch. Auf dich, mein Schatz.« Sie nippte am Champagner und spürte die Bläschen auf der Zunge kribbeln, und im nächsten Moment kamen die Erinnerungen an all die anderen Hochzeitstage zurück.

»Auf die nächsten fünf Jahre.« Jason nahm einen ordentlicheren Schluck und setzte eine zufriedene Miene auf. »Ah. Nicht schlecht, was?« Er schaute aufs Etikett und tat beeindruckt.

Wie in alten Zeiten, dachte Libby. In glücklicheren alten Zeiten. Es gefiel ihr, Jason dabei zu beobachten, wie er Situationen meisterte und mit Kennermiene Weinetiketten studierte, obwohl sie beide wussten, dass er keine Ahnung hatte. Sie hatte ganz vergessen, wie sexy Jason im Anzug aussah, und verspürte eine unterschwellige Erregung bei dem Gedanken an später, wenn er die Manschettenknöpfe abgenommen, die Ärmel hochgekrempelt und die braun gebrannten Unterarme freigelegt haben würde. Sie liebte die Intimität von Haut, die unter einem gut geschnittenen Anzug zum Vorschein kam. Morgen für Morgen hatte sie, noch bevor sie auch nur seinen Namen kannte, ans andere Ende des überfüllten Waggons geschaut und auf den schmalen Spalt zwischen dem steifen weißen Kragen des gut aussehenden Fremden und der widerspenstigen blonden Locke in seinem Nacken gestarrt. In ihrer Fantasie hatte sie sich oft ausgemalt, wie sie sämtliche Insassen beiseiteschubsen und ihre Lippen auf diese Stelle drücken würde.

Wenn das Hotel erst einmal fertig war, könnte Jason freitags einen Anzug tragen. Das Gegenmodell zum Casual Friday. Dann könnte sie das Büro abschließen, ihn an den Schreibtisch drängen und …

»Woran denkst du?« Er schaltete jetzt auch in den Flirtmodus. »Du hast plötzlich diesen Blick.«

Libby setzte ein verführerisches Lächeln auf und ließ es in ihre Augen ausstrahlen. »Was für einen Blick?«

»Diesen Blick, der schon daran denkt, was nachher geschieht«, sagte Jason. »Oder nein, ich weiß. Du fragst dich, was ich dir zum Hochzeitstag schenke.«

»Nein! Aber wenn du schon fragst, ich habe daran gedacht, wie alles angefangen hat. Im 6.35-Zug. Als du dir den Kaffee über den Anzug geschüttet hast.«

»Oh!« Er zog eine Augenbraue hoch. »Schon wieder die alte Geschichte.«

»Und an mein wunderschönes Halstuch.« Sie seufzte. »Das vermisse ich immer noch.«

»Hätte ich mir ja denken können. Wie viele Halstücher habe ich dir seither gekauft, um das wettzumachen?«

Als es – sehr zu Jasons Scham – mit der versprochenen

Reinigung nicht geklappt hatte, war ein nagelneuer Kaschmirschal in ihrem Büro abgegeben worden. Libby hatte es kaum fassen können. Der Schal hatte zwei ihrer Monatsgehälter gekostet und war viel zu schön zum Tragen gewesen.

»Du musst mir gar nichts kaufen«, sagte Libby. »*Du* bist alles, was ich will.« Sie trank noch einen Schluck Champagner und schaute ihn über den Rand des Glases hinweg an. »Das ist alles, was ich je gewollt habe. Dich.«

»Das hier willst du also nicht?« Er griff unter den Tisch und schob ihr eine kleine Schachtel hin. »Herzlichen Glückwunsch zum Hochzeitstag. Und wo ist mein Geschenk?«

Libby stellte ihr Glas hin und nahm ihre Handtasche. Jasons mit einem Bändchen umwickeltes Geschenk hatte sie gerade noch rechtzeitig bekommen, dem Internet sei Dank. »Wollen wir es gleichzeitig öffnen?«

»Okay. Los.«

Man hörte das übliche theatralische Reißen von Papier und dann hielt Libby eine Schachtel von Tanners in der Hand, dem Juwelier von Longhampton.

»O Gott, wie peinlich«, sagte sie und schaute zu Jasons Schachtel hinüber. »Ich habe dir ein Ulkgeschenk besorgt, aus Budgetgründen.«

»Das ist doch … super.« Er hielt die Tasse vom Longhampton United FC hoch, ein personalisiertes Modell mit seinem Namen auf einer Seite.

»Dein alter ist ziemlich hinüber«, erklärte sie. »Außerdem hat die Mannschaft seither schon zweimal das Logo gewechselt. Ich habe geschwankt zwischen der Tasse und dem Trikot, aber ich dachte, Rot-Schwarz steht dir nicht so gut.«

»Stimmt. Außerdem hätte ich es nirgendwo tragen können. Im Club rümpft man die Nase über Leute, die im Fußballtrikot aufkreuzen.«

»Mir ist schon klar, dass du Rugby spielst«, sagte Libby, nur für den Fall, dass er dachte, sie habe die Sportarten verwechselt. »Aber ich habe deine Kaffeetasse gesehen, und da dachte ich, neuer Start, neues Team, neue alte Heimat …«

»Versteh schon.« Jason lächelte. Hoffentlich freute er sich. Sie hatte nicht so viel Zeit gehabt wie sonst, um über ein Geschenk nachzudenken. Als sie den Geschirrspüler ausgeräumt hatte, war ihr diese brillante Idee gekommen, aber jetzt war sie sich nicht mehr so sicher.

»Mach auf«, sagte er und nickte zu ihrer Schachtel hinüber.

Mit einem leicht unguten Gefühl klappte sie den Deckel auf. Die Schachtel war mit rotem Samt ausgekleidet, auf dem ein Paar Diamantohrringe lagen. Sie waren winzig – nicht die strahlenden Diamanten, die er sonst gekauft hatte –, aber sie waren hübsch und sehr real. So etwas hatte er ihr immer geschenkt, da alle ihre Londoner Freundinnen Wunschzettel bei Asprey hatten und er es nicht glauben mochte, wenn sie erklärte, sie würde sich lieber Bücher wünschen. Oder wenigstens Schmuck, den sie auch tragen könne, ohne ständig Angst haben zu müssen, ihn zu verlieren.

»Jason!« Sie kam sich furchtbar kleinkariert vor. »Die sind wunderbar! Aber …«

»Sag's nicht.«

»Doch.« Libby schluckte. »Sie sind wirklich wunderschön. Aber du musst mir doch keine Diamanten schenken, wenn wir an allen Ecken und Enden sparen müssen.«

Sie sagte nicht, du *darfst* nicht, weil sie nicht den spontanen Impuls dahinter kaputt machen wollte. Diese Großzügigkeit, die sie immer an Jason geliebt hatte.

Jason schaute sie an. »Ich war in der Stadt und kam bei Tanners vorbei. Plötzlich fiel mir wieder ein, dass Mum beim Einkaufen immer dort stehen geblieben ist, um sich die Auslage anzuschauen. Damals dachte ich: Wenn ich mal groß bin und eine Frau habe, werde ich bei Tanners lauter schöne Sachen für sie kaufen. Und jetzt bin ich in der glücklichen Lage, eine Frau zu haben, und zwar eine tollere, als ich mir als Kind hätte träumen lassen. Es war ein unbeschreibliches Gefühl, endlich mit einer kleinen Tüte in der Hand den Laden zu verlassen.«

»Jason …«

Er langte über den Tisch und nahm ihre Hände. »Das letzte Jahr war hart, das weiß ich, und ich weiß auch, was für Opfer du bringen musstest, um unter solchen Umständen wieder von vorn anzufangen. Die ewigen Frühstücksvorbereitungen, dieser Hund, meine … meine Mutter. Aber ich verspreche dir, Lib, ich werde alles dafür tun, dass es sich als die beste Entscheidung erweisen wird, die wir je in unserem Leben getroffen haben.« Jason schaute zu ihr auf, und Libby fühlte ihr Herz schlagen, als sie die Hoffnung in seinen Augen sah.

»Ohne dich würde ich nichts von alledem schaffen«, sagte er. »Ohne dich würde ich es gar nicht schaffen *wollen*.«

»Ich weiß nicht, was ich sagen soll, Jason.«

»Du musst auch nichts sagen. Leg die Ohrringe an. Schau, ob sie dir passen.«

»Natürlich passen sie. Diamanten passen immer. Nicht ohne Grund sind es die besten Freunde einer Frau.« Libby lächelte und hakte vorsichtig ihre kleinen goldenen Ringe auf.

Er schaute zu, wie sie die Stecker hineinschob. »*Mein* bester Freund bist du. Und du bist viel schöner als sie.«

Libby drehte im Kerzenlicht den Kopf hin und her und ließ die Diamanten funkeln, als würde sie modeln. Schön war das schon, trotzdem konnte sie sich nicht recht freuen. Die Erinnerung an das Telefonat mit ihrem Vater lag ihr immer noch schwer im Magen. Woher hatte Jason das Geld überhaupt? Vom Renovierungskonto? Hatte er es mit einer Kreditkarte bezahlt?

Jason schaute sie an, unendlich stolz und auch erfreut über die Blicke, die von den anderen Tischen herübergeworfen wurden. Sie mahnte sich, endlich Ruhe zu geben, wenigstens für heute. Heute ging es nicht ums Hotel, heute ging es um sie beide. Ihre Ehe. Sie mochten an materiellem Wohlstand eingebüßt haben, aber sie hatten immer noch sich selbst. Als sie sich zum ersten Mal begegnet waren, hatten sie nicht viel gehabt, aber es war immer noch mehr als genug gewesen. Wenn sie diese Ohrringe annahm, selbst wenn sie auf Pump gekauft waren, zeugte das von ihrer Zuversicht, dass sie irgendwann genug verdienen würden, um sie abzubezahlen.

Libby griff über den Tisch hinweg nach Jasons Hand. »Ich habe keine Opfer gebracht, um das Hotel mit dir zu übernehmen, du Idiot«, sagte sie und spielte mit seinem Ehering. »Ich möchte es doch auch. Ich möchte, dass wir etwas Echtes auf die Beine stellen. Das wird großartig.«

»Nun, vor allem jetzt, wo ich nicht mehr höchstpersönlich die Schleifmaschine schwingen muss ...«

»Du warst umwerfend an der Schleifmaschine. Du hast gar keine Ahnung, wie gut du mir mit der Schutzbrille gefallen hast. Aber deine Idee, Marek hinzuzuziehen, war natürlich richtig. Jetzt geschieht alles im Handumdrehen, und das Ergebnis wird überwältigend sein.«

»Das kannst du dir selbst zuschreiben. Marek sagt, du hättest ein gutes Auge für so etwas.« Jason streichelte ihre Hand und fuhr dann ihre Lebenslinie nach. »Selbst Mum wird die Bäder lieben, wenn sie erst einmal in aller Pracht erstrahlen.«

Libby war sich da nicht so sicher. Seit dem Wochenende

war die Atmosphäre eher frostig. Offenbar war Margaret der Meinung, dass sie Jasons »Alkoholvergiftung« nicht gebührend ernst genommen hatte, und hatte ihrem Unmut mit einer Reihe von latent aggressiven Kommentaren über »protzige« Duschen Luft gemacht.

Wobei von *latent* aggressiv nicht die Rede sein konnte, musste Libby denken.

»All deine Ausflüge mit den Mädels in irgendwelche Spa-Paradiese erweisen sich im Nachhinein nun doch noch als sinnvoll – zu Recherchezwecken.« Er lächelte. »Erin scharrt sicher schon mit den Hufen, um so bald wie möglich herzukommen, oder?«

»Behauptet sie jedenfalls.« Libby war sich nicht ganz sicher. »Vielleicht sagt sie das aber auch nur aus Höflichkeit. Erin und Pete waren schon an so fantastischen Orten …«

»Wird das Swan nicht auch einer sein? Nun komm schon! Sobald die Website steht und man von unseren romantischen Boudoirs mit ägyptischer Baumwolle liest, wird die ganze Straße gleichzeitig buchen wollen. Was für eine Fadendichte hattest du dir noch vorgestellt? Tausend? Zehntausend?«

Jason bemühte sich um eine ratlose Miene, und Libby musste lachen.

»Vierhundert sollte reichen. Aber wir müssen auch nicht …«

Er hob warnend einen Finger und legte ihn an ihre Lippen, weil er wusste, was sie sagen wollte. Dann nahm er ihn wieder weg, bevor sie Anstoß nehmen könnte. »Sag's nicht. Vertrau mir einfach, okay?«

»Tu ich.« Libby schaute in seine schönen blassblauen Augen und hoffte, sie konnten in ihr Herz sehen, so wie sie in seines zu sehen vermeinte. »Aber nichts davon ist mehr wert als wir beide, das weißt du, oder? Ich hätte lieber nichts und dich als einen Abklatsch des Claridge's Hotel, nur um dann dort zu stehen ... wo wir schon einmal standen.«

»Ich möchte nur, dass du alles hast«, sagte er schlicht. »Das wirst du mir ja nicht vorhalten wollen, oder?«

»Die Ohrringe sind mehr als genug«, sagte Libby entschieden. »Mehr. Als. Genug. Ah, Gianni kommt, um unsere Bestellung aufzunehmen – weißt du schon, was du willst?«

»Ja«, sagte Jason. Der feurige, gierige Blick, den er ihr über die Rendezvous-Tisch-Kerzen hinweg zuwarf, ließ ihr Inneres erschauern.

Nach dem Champagner tranken sie eine Flasche Rotwein, aßen hausgemachte Ravioli und teilten sich einen Eisbecher, der mit zwei langen Löffeln und einem anzüglichen Zwinkern serviert wurde. Als sie fertig waren, kamen zwei Brandys – eine Aufmerksamkeit des älteren Paars, das sie schon zuvor bemerkt hatten.

»Von Stan und Rosemary. Sie haben mir erzählt, dass ihnen jemand bei ihren Flitterwochen Champagner spendiert habe«, erklärte Gianni, als er die Gläser auf einem Silbertablett brachte, »und das wollen sie nun an ein junges Paar weitergeben, das seinen Hochzeitstag feiert.«

»Wie romantisch«, sagte Libby. Stan stand am Eingang und half Rosemary formvollendet in ihren rosafarbenen Mantel, ein Bild perfekten ehelichen Glücks. Libby lächelte und warf eine Kusshand hinüber, und die beiden lächelten zurück.

»Wir sollten öfter herkommen«, sagte Jason, als er sich wieder zum Tisch umwandte. »Ich glaube, das ist das erste Mal, dass mir hier oben jemand einen Drink spendiert.«

»Ich werde einen Zettel an den Baum der guten Taten hängen.« Libby war plötzlich ziemlich rührselig, was Jason für gewöhnlich als alkoholbedingte Großherzigkeit diagnostizierte. »Danke, Stan und Rosemary, dass ihr uns an unserem Hochzeitstag etwas gezeigt habt, auf das es sich hinzuleben lohnt.«

»Auf was denn? Dass man mit fünfzig immer noch essen gehen kann?«

»Nein!« Sie verpasste ihm einen Klaps. »Darauf, dass es mit der Romantik nicht vorbei sein muss, wenn man erst einmal verheiratet ist.«

Jason nahm ihre Hand und küsste die zarte Innenseite ihres Handgelenks. »Das kann ich dir auch zeigen.«

»Wir sollten heimkehren«, sagte sie plötzlich. »Oder vielleicht … nicht direkt heim.«

Libby schaute hinaus. Um zehn nach neun war es immer noch ziemlich hell, und der Abend war warm. Die High Street war zwar nicht Piccadilly Circus, aber so ausgestorben, wie sie immer gedacht hätte, war sie auch nicht. Über Longhampton schien eine aufgekratzte Freitagabendstimmung zu liegen – obwohl Libby zugeben würde, dass das auch am Wein liegen konnte.

»Dieser Musikpavillon im Park«, sagte sie plötzlich. »Warst du nach deinen Teenagerjahren noch einmal dort?«

»Ich weiß gar nicht, wovon du redest«, sagte Jason ungerührt. »Ich war nie am Musikpavillon. Vermutlich verwechselst du mich mit meinem Bruder.«

»Es ist nie zu spät, den Rebellen herauszukehren«, sagte Libby. »Wollen wir die Rechnung bestellen?«

Jason ließ sich nicht zweimal bitten. Er gab dem nächstbesten Kellner ein Zeichen, indem er etwas in die Luft kritzelte. So viele Dinner, dachte Libby, als sie daran denken musste, wie oft sie diese Geste schon gesehen hatte. So viele Drinks, so viele Taxifahrten nach Hause – Jason hatte immer alles für sie tun wollen, hatte sich immer um sie kümmern wollen.

Es muss ihn verletzen, erkannte sie, dass er das nicht mehr konnte. Die Zahlen taten nicht mehr, was er von ihnen verlangte, und Libby wollte nicht das Risiko eingehen, dass er es noch einmal auf einen Versuch ankommen ließ.

In ihrer Handtasche vibrierte es, und sie schaute hinab. »Mich ruft jemand an«, sagte sie. »Aus dem Hotel. Soll ich drangehen?«

»Besser ja.« Jason seufzte. »Vermutlich hat Mum versucht, von Sky zu einer Talkshow umzuschalten, und ist aus Versehen bei *SOS – Die Heimwerker kommen* gelandet.«

»Hallo?« Libby presste das Handy ans Ohr. Im Restaurant war es mittlerweile ziemlich voll, und man konnte kaum etwas verstehen.

»Libby? Hier ist Alice.«

Alice, signalisierte Libby stumm.

Jason grinste und ließ seinen Fuß an ihrer Wade hochwandern.

»Entschuldige, dass ich dich an deinem besonderen Abend störe«, fuhr Alice fort, »aber ich dachte, ich sollte es dir sagen … Soeben hat Gethin angerufen. Er ist auf dem Weg hierher.«

»Gethin hat angerufen? O Gott, Alice! Sollen wir zurückkommen?« Sie schaute Jason mit aufgerissenen Augen an, um ihn an den aufregenden Neuigkeiten teilhaben zu lassen. Der Musikpavillon war vergessen, da nun der geheimnisvolle Gethin durch ihre Gedanken geisterte.

Libby hatte sich schon oft gefragt, was für ein Typ das wohl sein mochte, der Alice irgendwann abholen würde. Groß? Dunkel? Blond? Durchtrainiert und launisch wie Luke? Nein, eher jemand Zuverlässiges, ein Lehrer, ein Bauer …

»Mhm, nein … Nein, ihr müsst nicht zurückkommen. Ich dachte nur, dass ich es euch sagen sollte, für den Fall …« Alice klang ängstlich.

»Wir kommen«, sagte Libby. »Bis gleich. Nein, das ist kein Problem. Tschüss!« Sie legte auf. »Soeben hat Gethin angerufen. Er ist auf dem Weg zum Hotel.«

Ein Moment des Zögerns. »Und der Musikpavillon?«

»Was, wenn es eine Szene gibt?« Libbys Fantasie trieb wilde Blüten. »Was, wenn sie ihn nicht wiedererkennt? Was, wenn …«

»Gib's zu, du bist einfach nur neugierig«, sagte Jason. »Aber das ist schon okay. Das ist die Libby, die ich geheiratet habe.« Seine Mundwinkel zuckten. »Außerdem muss ich zugeben, dass ich selbst auch neugierig bin. Lass uns ein Taxi rufen.«

Libby lächelte. Gethin war zurück. Jason und sie hatten ihr schlimmstes Jahr überstanden. Es gab also tatsächlich Happy Ends in Longhampton.

Margaret hatte recht. Alles würde gut.

Kapitel sechzehn

Alles war sehr schnell gegangen, und als es vorbei war, saß Alice wie betäubt da und versuchte auseinanderzuhalten, was sie fühlte und was sie wusste. Vor dem Unfall war ihr gar nicht klar gewesen, dass es sich dabei um zwei verschiedene Dinge handelte.

Sie hatte den Abend hinter dem Rezeptionstresen verbracht und für Libby das alte Gästebuch in eine neue Datenbank eingespeist. Excel-Tabellen hatten in ihrem vergangenen Leben offenbar eine große Rolle gespielt, da sie den Rhythmus des Klickens und Tippens schnell in den Fingern hatte. Es hatte Spaß gemacht, die Daten einzugeben und zuzusehen, wie sie sich anhäuften und miteinander verbanden, um Muster und Trends anzuzeigen.

Aus welcher Grafschaft kamen die meisten Gäste? Was war der häufigste Nachname? Wer war am häufigsten wiedergekehrt? Wer waren die ältesten und die jüngsten Gäste? Wer war mit einem anderen Partner wiedergekommen? Alice' Hirn hungerte nach Informationen und mochte es, einen Beitrag zur Ordnung der Hotelangelegenheiten zu leisten. Sie klickte sehr oft auf »speichern«.

Den ganzen Abend hatte das Telefon nicht geklingelt, und sie hatte es fast vergessen, als es plötzlich schrillte. Alice war gerade dabei, das Gekritzel auf einem Gästeblatt zu entziffern, und langte blind nach dem Hörer.

»Guten Abend. Swan Hotel, Longhampton. Was kann ich für Sie tun?«

»Ist da …? Alice, bist du es?«

Die Stimme war leise, sanft. Walisisch.

Alice erstarrte. Das war er. Gethin. Aber war das eine Erinnerung, oder wusste sie einfach nur, dass er irgendwann anrufen würde und dass er aus Wales stammte? Die dunkle Wolke in ihrem Hirn blähte sich wieder auf und schluckte sämtliche Details, die sie zu packen versuchte.

»Hallo?«, wiederholte er, jetzt schon weniger sicher.

»Hier ist Alice.« Ihr Mund war trocken. »Ist da Gethin?«

»Ja! Alice. Um Gottes willen, Alice. Was für eine Erleichterung!« Er klang aufgewühlt. »Ich bin in dieser Sekunde ins Haus gekommen und habe deine Nachricht auf der Fußmatte gefunden. Mir ist … Ich begreife überhaupt nicht, was passiert ist. Was tust du in einem Hotel? Wo sind deine Schlüssel? Warum bist du nicht nach Hause gekommen?«

Kenne ich diese Stimme? Alice hatte das Gefühl, über sich zu schweben und jede noch so kleine Reaktion in ihrem Innern genauestens zu begutachten. Sie hatte schon fast aufgehört, sich zu fragen, wann Gethin anrufen würde, und jetzt hatte er sie auf dem falschen Fuß erwischt.

»Ich komme sofort zu dir«, fuhr er fort. »Ich bin bei dir, so schnell es geht. Brauchst du etwas? Soll ich dir etwas von deinen Sachen mitbringen?«

»Nein, ich brauche nichts.« Mein Freund holt mich ab, sagte sich Alice. Er klingt aufgeregt, besorgt und verwirrt. Am liebsten hätte sie ihr kaltes Herz genommen und geschüttelt, aber es rührte sich nicht.

Vielleicht hatte das mit den Medikamenten zu tun. Mr Reynolds hatte erklärt, dass es eine Weile dauerte, bis so starke Medikamente aus dem System wieder ausgeschieden wurden. Immerhin war es erst drei Wochen her.

»Bleib einfach, wo du bist«, sagte Gethin, als stehe sie am

Rande eines Abgrunds. »Und mach dir keine Sorgen, Bunny – ich bin schon auf dem Weg.«

Dann legte er auf.

Bunny. Ein paar Sekunden lang starrte Alice den Hörer in ihrer Hand an. Obwohl sie auf einem Stuhl saß, waren ihre Beine zappelig, als wollten sie aufspringen und davonrennen, einfach nur davonrennen.

Dies ist der Punkt, an dem mein Leben wieder einsetzt. Als habe jemand die »Play«-Taste gedrückt.

Schließlich hatte sie mit zitternden Händen Libbys Nummer gewählt.

Als eine Viertelstunde später Libby und Jason mit dem Taxi vorfuhren, dachte Alice, dass es Gethin irgendwie geschafft haben musste, früher da zu sein, als erwartet. Endlich spürte sie einen ganzen Schwarm Schmetterlinge im Bauch.

Es war aber Libby, die im roten Abendkleid hereingestürzt kam und mit ihren High Heels über den Tartanteppich wummerte. Sie hatte sich nicht einmal die Zeit genommen, ihre Jacke anzuziehen, die zusammen mit ihrer winzigen Handtasche über ihrem Unterarm hing. Ihr Gesicht war rot vor Aufregung, und ihr Lippenstift war verschmiert, weil sie ihn offensichtlich im Taxi noch einmal nachgezogen hatte.

Alice registrierte die winzigen Diamanten an ihren Ohren. Sie glitzerten fast so wie Libbys Augen.

»Ist er schon da?«, fragte sie atemlos und ließ den Blick durch die Rezeption schweifen.

»Nein, noch nicht.«

Jason war ihr nicht gefolgt. Er steckte nur den Kopf zur Tür herein. »Lib, hast du Geld fürs Taxi?«

»Was?« Libby runzelte die Stirn und öffnete dann umständlich ihr Täschchen. Alice fiel auf, dass sie ein wenig mitgenommen aussah. Es war fast rührend zu beobachten, wie sie sich alle Mühe gab, nicht betrunken zu wirken.

»Portokasse«, sagte Alice, öffnete die Schublade und gab Libby einen Zwanzigpfundschein. »Gib mir nachher die Quittung. Ihr musstet schließlich wegen einer Hotelangelegenheit zurückeilen.«

»Falls *Sie* mal einen Job brauchen, hier bekommen Sie immer einen.« Libby zeigte mit einem schwankenden Finger auf Alice und stapfte dann zurück, um Jason das Geld zu geben.

Alice holte tief Luft und zapfte sich am Wasserspender ein Glas Wasser. Nachdem Libby mit Jason zurückgekehrt war, standen sie leicht verlegen um den Rezeptionstresen herum. Unter den Plastikplanen tickte die Standuhr.

»Nun …«, sagte Jason nach einer Weile. »Hab ich noch Zeit, mich umzuziehen? Wann hat er denn angerufen?«

»Vor ungefähr zwanzig Minuten.«

»Ach so, dann haben wir ja noch ewig Zeit.« Er lockerte seine Krawatte und öffnete den obersten Knopf. »Er muss ja aus Stratton erst einmal hierherkommen. Dann geh ich mich mal umziehen.«

»Muss das sein?« Libby wirkte enttäuscht. »Du siehst so gut aus in dem Anzug.« Sie streichelte seinen Arm. »Du kannst ja das Jackett ausziehen, wenn du magst. Und die Ärmel hochkrempeln …«

»Ihr seht beide so schick aus«, sagte Alice. Sie strahlten einen gewissen Glanz aus, ein großstädtisches Selbstbewusstsein, das sie fast fremd erscheinen ließ. Irgendwie brachte sie das aus dem Konzept.

»Es ist Freitagabend«, protestierte Jason.

»Das ist haaargenau das, was ich meine.« Libby schlang von hinten ihre Arme um seine Taille und murmelte ihm ins Ohr: »Lass den schönen Anzug an.«

Alice hatte Libby noch nie so entspannt erlebt. Ihr ärmelloses, tief ausgeschnittenes Kleid zeigte wesentlich mehr von ihrer weichen Haut, als sie sonst sehen ließ, und ihre so ausgeprägte Vernunft war einer sympathischen Verspieltheit gewichen. Sympathisch, weil es so unerwartet war. Alice dachte, dass sie diese Libby niemals mit der Libby in Verbindung gebracht hätte, die Listen für Handwerker anfertigte und sich stets Sorgen machte, was sie alles vergessen haben könnte.

Jason lachte und küsste sie. Er wirkte ebenfalls verändert, dachte Alice. Waren sie in London immer so gewesen? »Und ich dachte, du magst *mich* und nicht meinen Schneider.« Er schob ihre Arme von seiner Taille. »Ich bin nur kurz weg, um Mum auf den neuesten Stand zu bringen. Sie wird Gethin sicher auch begrüßen wollen.«

Als er trotz ihrer Proteste gegangen war, ließ sich Libby neben Alice hinter dem Tresen auf einen Stuhl sinken und seufzte zufrieden.

»Schöner Abend?«

»Sehr.« Libby lehnte sich zurück, ließ den Blick durch den Empfangsbereich schweifen und lächelte über irgendetwas, das ihr durch den Kopf ging. Schließlich wandte sie sich an Alice, plötzlich Feuer und Flamme. »Und? Ist alles zurückgekommen, als du seine Stimme gehört hast?«

»Nicht wirklich.«

»Oh. Nun gut, vielleicht kommt es zurück, wenn du ihn siehst. Ich frage mich, wie er wohl aussieht.« Libby wippte mit ihrem Stuhl. »Ich sehe dich mit jemand ... ziemlich Großem. Dunkelhaarig. Brille. Sensibel, aber stark.«

»Clark Kent.«

»Nein! Ein netter, normaler Typ.«

»Vermutlich ist es nicht hilfreich, sich vorzustellen, wie er wohl aussieht. Was, wenn ich mir jemanden zurechtfantasiere, der ihm überhaupt nicht entspricht? Ich möchte doch keine Enttäuschung erleben.«

Libby schenkte ihr einen seelenvollen Blick. Ihr Eyeliner zog sich über die Lider hinaus, ein wahrer Katzenaugenlook. Offenbar hatte sie an diesem Abend viel Mühe auf ihre Erscheinung verwendet. »Klang er, als habe er dich vermisst?«

»Ja.«

»Das ist alles, was zählt.«

Da konnte Alice nicht widersprechen.

Ein paar Minuten später kam Jason wieder herunter. In Jeans und T-Shirt sah er lässiger aus, aber die Aura des Andersartigen umgab ihn immer noch, wie ein Instagram-Filter. Er wirkte weicher und hatte eine intensivere Farbe.

Die Verbindung mit Libby war das Geheimnis, erkannte Alice, als sie beobachtete, wie er im Vorbeigehen seine Finger über ihre Schulter gleiten ließ. Beide wirkten lebendiger. Das war Liebe. Die Liebe vermochte so etwas auszurichten. Wenn sie denn echt war.

»Schau mich nicht so an, Lib. Ich habe doch deine Lieblingsjeans angezogen«, protestierte er, und dann wechselten die beiden einen so innigen Blick, dass Alice aufstand, um im Büro die Kaffeemaschine anzustellen.

Sie saßen immer noch hinter dem Rezeptionstresen und schwiegen die meiste Zeit, als Scheinwerfer in der Einfahrt erschienen.

»Das ist er«, stellte Libby überflüssigerweise fest.

Alice sprang auf und setzte sich wieder. Ihre Knie waren weich. Hatte sie noch Zeit, zum Klo zu gehen? Musste sie überhaupt? Wollte sie sitzen oder stehen?

Libby streckte den Arm aus und legte ihr die Hand auf die Schulter. »Alles wird gut«, sagte sie. »Ganz ruhig.«

Jason stand auf. »Einer von uns sollte sich erheben, sonst

denkt er noch, er sei in ein Casting für *X-Factor: Das Unfassbare* geraten.« Er räusperte sich und ging zur Tür.

Libby griff nach Alice' Hand. Alice' Puls raste. Eine Ewigkeit schien zu verstreichen, bis der Motor ausgestellt wurde, die Tür zuschlug, Schritte über den Kies knirschten und die Tür aufging. Alice stand auf. Ihr Kopf fühlte sich an, als sei er kaum mit ihrem Körper verbunden. Dann hörte sie Jasons Stimme, jovial und herzlich.

»Hallo, Gethin? Erfreut, dich kennenzulernen. Ich bin Jason Corcoran. Immer hereinspaziert ...«

Und da war er dann. Gethin. Ihr Freund. Er stand neben dem Schrank mit den selbst gemachten Marmeladen aus der Region und den Strohpüppchen und hielt nach ihr Ausschau.

Alice, die in den letzten Wochen einen schärferen Blick für Details bekommen hatte, musterte ihn. Entsprach er ihren Erwartungen? Gethin war kleiner als Jason und gedrungener. Das dichte braune Haar kräuselte sich über seinen Ohren und fiel ihm in die großen braunen Welpenaugen. Sein ausdrucksstarkes Gesicht wirkte besorgt, bis er Alice entdeckte – worauf sich sofort ein Lächeln auf seinem Gesicht ausbreitete, als würde die Sonne hinter den Wolken hervortreten. Kleine, weiße Zähne, schöner Mund. Hübsch. Freundlich.

Er sieht nett aus, aber ich kenne ihn nicht, dachte Alice, und ihr lief ein eisiger Schauer über den Rücken. Wenn ihr Gedächtnis nicht reagierte, wenn ihr Freund hereinspazierte, würde es dann je zurückkehren? Aber er kannte sie. Und er wirkte derart erleichtert und *glücklich*, sie zu sehen, dass sie sich einredete, dass das fast so gut war wie die Rückkehr der Erinnerungen. Durch ihn würde sie schon erfahren, wer sie war.

»Alice!« Sein Lächeln war so entzückt, dass ihr Mund automatisch zurücklächelte. »Komm her!«

Er streckte die Arme aus. Sie ging zu ihm und ließ sich umarmen. Über seine Schulter hinweg konnte sie sehen, dass Jason und Libby einen gerührten Blick wechselten. Gethin trug ein weißes Poloshirt und schwarz-weiße Joggingschuhe. Er roch nach frisch gewaschenen Sachen und Kaffee. In einem Ohrläppchen hatte er ein Loch, aber er trug keinen Ohrring.

»Ich habe mir solche Sorgen gemacht«, sagte er und drückte sie fester an sich.

Sie zuckte zusammen. »Achtung, meine Rippen.«

»O Gott! Entschuldigung, Bunny!« Er wich zurück, als stehe sie in Flammen. »Was ist nur passiert? O Gott, Entschuldigung, Entschuldigung. Was tut dir denn noch weh?«

»Nur die Rippen. Sie sind gebrochen. Die Ärzte denken, ich bin gegen den Seitenspiegel geknallt«, fügte sie mechanisch hinzu.

»Gegen den Seitenspiegel ... Um Gottes willen, was ist denn passiert? Du hast gesagt, du hättest einen Unfall gehabt ... War es ein Autounfall?« Er schien außer sich.

»Wir haben dir eine Menge zu erzählen«, erklärte Libby. Alice war erleichtert, dass die alte Libby wieder zum Vorschein kam und das Kommando übernahm. »Lass uns hochgehen und eine Tasse Tee trinken.«

Obwohl sich der ganze Wirbel um sie drehte, hatte Alice immer noch das Gefühl, über der Situation zu schweben. Vielleicht wäre es angemessener gewesen, wenn sie sich für die große Auflösung des Rätsels im Salon versammelt hätten statt am runden Küchentisch, wo Margaret nun mit süßem Tee und atemlosen Freudenbekundungen aufwartete.

Sie hatte Gethin offenbar sofort ins Herz geschlossen – er hatte sie »Mrs Corcoran« genannt und ihr die Hand geschüttelt – und zählte sämtliche walisischen Stammgäste auf, weil

Gethin sie ja vielleicht kennen könnte. Man musste ihm zugutehalten, dachte Alice, dass er stets höflich nachdachte, bevor er erklärte, dass er ihnen leider noch nie begegnet sei.

»… und dann noch die Pritchards. Die kamen, glaube ich, aus Llangollen«, sagte Margaret mit einem walisischen Gurgellaut.

»Ihr Akzent ist beeindruckend«, sagte er, nippte an seinem Tee und warf Alice einen Blick zu. Seine Augen glänzten, als könne er in seiner Erleichterung über ihren Anblick kaum an sich halten. Sie lächelte zurück und ergänzte die Liste, die sie in ihrem Kopf erstellte, um »Sinn für Humor« und »Schwiegermuttertyp«. Gegen ihre Gewohnheit, unentwegt Listen anzufertigen, kam sie einfach nicht an. Sie brauchte etwas, auf das sie zurückgreifen konnte.

Die Geschichte von ihrem Unfall erzählte sie so wenig dramatisch wie möglich und fügte hinzu, dass keiner der Fahrer belangt worden war, da sie den Unfall offensichtlich selbst verschuldet hatte. Sie selbst könne sich an den Hergang ohnehin nicht erinnern.

»Das ist auch das Beste«, sagte Margaret. »Erzähl weiter.«

»Aber du hättest *sterben* können!« Gethins große Augen wurden bei der Vorstellung noch größer.

Alice hatte ein sonderbares Déjà-vu-Erlebnis, das sie erst für eine Erinnerung hielt. Dann wurde ihr allerdings bewusst, dass Luke dasselbe gesagt hatte, als sie am Wochenende den Hügel hinabgegangen waren. Seine grüblerischen Seitenblicke schossen ihr wieder in den Sinn, und sie blinzelte schnell, um sich auf Gethin zu konzentrieren.

Es war lustig, dass er sie Bunny nannte, obwohl eigentlich er es war, der wie ein Kaninchen aussah: große Augen, weiches, braunes Haar, glatte Haut. Aber durchaus gut aussehend. Und seine Arme und Beine wirkten kräftig.

»Ich bin aber nicht gestorben«, sagte sie. »Ich wurde nicht

einmal ernsthaft verletzt. Ich kann mich nur einfach nicht an das letzte Jahr erinnern.«

»Du kannst dich nicht an mich erinnern?« Seine Augenbrauen verschwanden unter seinem dichten Pony, weil er offenbar darauf hoffte, dass sie sagte: »An dich natürlich schon!«

Alice zögerte. Wie könnte sie lügen? Und selbst wenn, Libby und Jason würden es besser wissen. Unbehaglich schüttelte sie den Kopf und sah, wie er ungläubig die Augen schloss. Sie fühlte sich schrecklich.

Sie dachte über das Gefühl nach. Es musste ihr etwas mitteilen. Es musste eine Verbindung mit ihm geben, einen Nachhall von etwas, ähnlich dem Leuchten in Libbys und Jasons Augen.

Libby kam ihr zu Hilfe. »Ich bin mir sicher, dass alles noch da ist«, sagte sie. »Erst letztes Wochenende ist eine Menge zurückgekommen, nicht wahr? Man kann nie wissen, aber wenn du heimkommst, deine eigenen Sachen anziehst und dich in deinen eigenen vier Wänden einrichtest …«

Gethin wirkte wie vor den Kopf gestoßen, lächelte aber tapfer. »Natürlich.«

Ich lebe mit diesem Mann zusammen, dachte Alice. Das schreckliche Gefühl wurde immer schlimmer. Ich habe mit ihm geschlafen. Wir haben einander nackt gesehen; wir haben uns Geheimnisse anvertraut; wir haben geweint und gelacht und uns berührt und uns geschmeckt …

Nichts.

»Ich hoffe, Sie finden mich nicht aufdringlich, aber würden Sie uns vielleicht verraten, wie Sie beide sich kennengelernt haben?«, fragte Margaret.

»Oh, das ist …« Gethin schaute zu Alice hinüber. »Ich weiß nicht, ob ich das erzählen soll, wenn du dich nicht erinnerst …«

»Erzähl ruhig«, sagte sie. »Es sei denn, wir kennen uns aus einem zwielichtigen Fetischclub oder so.«

Margaret prustete in ihre Teetasse, und Gethin musste sich ein Lächeln verkneifen.

Gut, dachte Alice. Wir können einander zum Lachen bringen.

»Nein, nichts in der Art. Wir haben uns bei einem Urlaub in Italien kennengelernt. Es war ein …« Sein Mund zuckte entschuldigend. »Es war eine Art Besinnungsurlaub für Menschen, die auf der Suche nach neuen Perspektiven sind. Es war wirklich eine wunderbare Erfahrung. Sehr spirituell und anregend. Danach sind wir in Kontakt geblieben und haben uns in London wiedergesehen, und dann, na ja, dann hat eins das andere ergeben.« Sein Akzent ließ seine Stimme melodisch auf und ab schwingen.

Eine verschwommene Erinnerung durchdrang die Finsternis in Alice' Kopf: ein Swimmingpool mit dem Spiegelbild des Vollmonds. Sie trieb herbei, trieb davon und war im nächsten Moment schon wieder verschwunden. Alice blinzelte deprimiert. »Und ich bin nach Stratton gezogen?«

»Du hast dich nach einem anderen Lebensrhythmus gesehnt.« Gethin schaute sich mit einem trockenen Lächeln am Tisch um. »Nach einem gemächlicheren Rhythmus als in London jedenfalls. Ich bin ein paarmal hinuntergefahren, um dich zu besuchen, als du noch in Archway gelebt hast. Unglaublich aufregend dieses London, aber nichts für mich. Zumindest nicht für länger.«

»Jason und Elizabeth geht es genauso.« Margaret schob ihm die Kekse hin. Sie hatte sie auf einen Teller gelegt, registrierte Alice. »Sie haben sich für ein bescheideneres, aber besseres Leben entschieden. Für mein Dafürhalten tun sie gut daran. Und was machen Sie beruflich, Gethin?«

Er fuhr sich unsicher durchs Haar. »Ich arbeite für kommunale Theaterprojekte. Nicht als Schauspieler allerdings. An der Uni habe ich in ein paar Stücken mitgespielt, aber jetzt überlasse ich das lieber den Profis. Ich kümmere mich um die Beschaffung von Geldern und darum, die Theater in die Schulen zu bringen. Außerdem organisiere ich Tourneen und Ausstellungen und so. Jeder Tag bringt etwas anderes! Aber ich liebe es, mit Kindern zu arbeiten – sie sind so begeisterungsfähig.«

Alice nippte an ihrem Tee. Ein warmes Gefühl durchdrang sie. Jemand, der im Kunstbereich arbeitete, wie cool. Jetzt konnte sie es sich ja eingestehen, dass ein Teil von ihr befürchtet hatte, Gethin könne sich als entsetzlicher Langweiler herausstellen. Aber ein Theatermann …

»Und was habe *ich* getan?«, hörte sie sich fragen.

»Du hast doch im Pub gearbeitet«, sagte Libby überrascht. »Das weißt du doch.«

»Nein, davor. Vermutlich habe ich nicht einen Spitzenjob in der Londoner City aufgegeben, um in einem Pub zu arbeiten.«

»Nein, in der Tat. Du hast aushilfsweise für eine Agentur in Birmingham gearbeitet, aber da warst du nicht sehr glücklich. Das White Horse ist eine Übergangslösung, bis du dich wieder gesammelt und neu orientiert haben wirst.« Von Margaret dazu genötigt nahm Gethin noch einen Keks. »Aber das hat auch sein Gutes, weil wir uns dann häufiger sehen können. Außerdem machst du deine Sache sehr gut, sagt Tony.«

»Das glaube ich gern«, sagte Libby. »Alice hat sich hier innerhalb kürzester Zeit unverzichtbar gemacht!«

Alice' Aufmerksamkeit wurde aber von etwas anderem beansprucht. *Mich wieder gesammelt?* Gethin schien seinen Fehler auch bemerkt zu haben, denn über seine Wangen huschte ein roter Hauch. Als ihre Blicke sich trafen, wirkte er zerknirscht, als habe er versehentlich zu viel verraten.

Er nahm ihre Hand. »Alice ist eben so«, sagte er und schaute ihr in die Augen.

Wie bin ich?, hätte sie am liebsten gefragt, konzentrierte sich dann aber darauf, wie es war, seine Haut zu spüren. Zu ihrer Erleichterung fragte Margaret, ob sie ihr noch Tee einschenken solle, denn so konnte sie ihre Hand wegziehen, um ihre Tasse anzureichen.

»Wir werden dich wirklich vermissen.« Libby wirkte ernsthaft besorgt. »Du warst eine solche Hilfe. Du hast den Papierkram erledigt, bist mit Bob spazieren gegangen, hast an der Rezeption geholfen. Wie sollen wir nur ohne dich zurechtkommen?«

»Das schafft ihr schon.« Alice richtete ihre Aufmerksamkeit wieder auf das, was sie wusste. Während der Unterhaltung hatte Libby eine Jacke über ihr Kleid gezogen, und ihr Lippenstift haftete an der Teetasse. Die glamouröse Londoner Libby verwandelte sich wieder in die normale Libby zurück. Insgeheim war Alice erleichtert.

Gethin trank seinen Tee aus und schüttelte den Kopf, als Margaret anbot, ihm noch einmal nachzuschenken.

»Ich möchte nicht unhöflich erscheinen, nachdem Sie so nett zu mir waren«, sagte er, »aber wir sollten langsam aufbrechen. Ich war die ganze Woche auf einer Schultournee und habe insgesamt nur neun Stunden geschlafen.«

»Natürlich. Und Sie haben ja auch noch eine lange Fahrt vor sich. Und das in der Dunkelheit …«, sagte Margaret, der bei dem Gedanken sichtlich unwohl war.

»Ihr könnt natürlich auch hierbleiben«, sagte Libby. »Ja klar, tut das doch! Bleibt hier. Fahrt nicht um diese Zeit quer durchs Land.«

Alice schaute in ihre Tasse. In ihrem Magen hatte sich ein störrisches, kindisches Gefühl breitgemacht. Nun, da der Moment gekommen war, wollte sie nicht fort.

Sei nicht albern, sagte sie sich. Ab sofort würde es für vieles ein erstes Mal geben. Wovor sollte sie schon Angst haben. Sie schaute auf, und wie sie schon befürchtet hatte, wirkte Gethin verletzt, weil sie nicht begeistert zum Aufbruch drängte.

Sie lächelte verlegen. Nach einem kurzen Zögern lächelte er zurück.

»Nun komm schon, Libby, denk auch mal an die anderen. Mir ist schon klar, dass du deine beste Freundin nicht verlieren möchtest, aber Alice möchte sicher in ihr eigenes Bett zurück«, sagte Jason. »Nachdem sie drei Wochen darauf verzichten musste. Und auf ihren Freund.«

»Ich weiß, ich weiß! Tut mir leid, wie egoistisch von mir. Ich kann dir ja helfen, deine Sachen zusammenzupacken, Alice.«

»Was für Sachen?« Alice zeigte auf ihre Kleidung – Libbys Kleidung.

Nein, hätte sie am liebsten gesagt, *wir bleiben. Dann können Gethin und ich uns in einer geschützten Umgebung kennenlernen.*

Aber Gethin war bereits aufgestanden, und Margaret räumte die Tassen ab, während Jason mit Lord Bob schimpfte, der sich ausgerechnet dort niedergelassen hatte, wo man unweigerlich über ihn stolpern musste. Ehe Alice sichs versah, stand sie schon in der Hoteltür, umarmte alle zum Abschied und wunderte sich, wie schnell das alles ging.

»Ruf an, wann immer dir danach ist, und betrachte dies als dein zweites Zuhause.« In Libbys Augen schimmerten Tränen. »Komm her, wann immer du magst.«

»Tu ich.« Alice zögerte. Sie hatten nie ernsthaft über das Jobangebot gesprochen. Es war nicht mehr relevant, seit klar war, dass sie nach Stratton zurückkehren würde, zu ihrem Job im White Horse und in ihr normales Leben. »Und ihr sagt doch Luke Bescheid und erzählt ihm, was passiert ist, oder?«

Libby schien überrascht. »Wenn du willst. Aber du hast doch seine Nummer, oder? Du kannst es ihm auch selbst erzählen.«

Das kann ich nicht, dachte Alice. Sie wusste nicht, warum, aber irgendetwas sagte ihr, dass es nicht angemessen wäre. An der Beziehung zwischen ihr und Luke war sicher nichts … Falsches, weil sie sich so redlich anfühlte wie die Freundschaft mit Libby. Trotzdem hatte Alice das Gefühl, dass sie Gethin mit seinen großen braunen, vertrauensvollen Augen nichts davon erzählen sollte.

Plötzlich sah sie wieder vor sich, wie Luke zwei Zuckertütchen in ihren Kaffee schüttete. Aber er arbeitete ja auch in der Sicherheitsbranche und hatte einen Blick für Details. Für ihn war es ein Detail, sonst nichts.

»Mach schon«, sagte Libby. »Ruf mich morgen früh an, ja?« Dann senkte sie die Stimme. »Das ist ein *ganz Lieber*. Er ist genauso, wie ich ihn mir erhofft hatte! Ich *wusste*, dass du einen netten Freund hast …«

Gethin stand neben seinem Wagen, einem roten Kombi. Sein Lächeln war jetzt schon weniger zuversichtlich, und Alice' Herz tat einen Satz. Er war wirklich ein ganz Lieber. Als sie kam, ging er um den Wagen herum und öffnete ihr die Tür.

»Danke«, sagte sie und stieg ein.

Und nach einem letzten Winken fuhren sie nach Hause.

In ihr eigentliches Zuhause.

Kapitel siebzehn

Das Haus lag im Dunkeln, als Gethin vorfuhr. Alice hätte es gar nicht gemerkt, dass sie angekommen waren, wenn er nicht den Motor abgestellt und gesagt hätte: »Nun, da wären wir.«

Die Atmosphäre während der Fahrt war angespannt gewesen. Eine richtige Unterhaltung war nicht in Gang gekommen. Sobald sie die vertraute Umgebung des Hotels verlassen hatten, waren Alice tausend Fragen in den Kopf geschossen, aber es wäre ihr unhöflich vorgekommen, Gethin damit zu überfallen. Er freute sich doch so, sie zu sehen. Warum hatte er sie nicht gesucht? Warum hatte sie ihren Job in Birmingham geschmissen? Warum hatte sie überhaupt an diesem Besinnungsurlaub für ausgepowerte Menschen teilgenommen? Stattdessen hatten sie höflich Konversation betrieben, über die Schultournee des *Sommernachtstraums*, die er begleitet hatte, und über ihre Tätigkeit im Hotel.

Jetzt aber, das war Alice klar, als sie die dunkle, abweisende Fassade des Hauses betrachtete, musste das Gespräch unweigerlich wieder auf ihre Beziehung kommen.

»O Gott! Wir haben keine Milch mehr! Tut mir leid, ich wollte noch bei Tesco anhalten.« Gethin hatte eigentlich den Sicherheitsgurt lösen wollen, aber nun schlug er sich an die Stirn. »Ich habe buchstäblich auf der Stelle kehrtgemacht, als ich deine Nachricht gesehen habe. Es ist überhaupt nichts zu essen im Haus.«

»Mach dir keine Gedanken«, sagte Alice mechanisch. »Ich habe gar keinen Hunger.«

»Möchtest du schon hineingehen, während ich schnell noch einmal lossause?« Er wirkte nervös. »Es dauert auch nicht lange. Die Tankstelle hinten an der Straße dürfte noch aufhaben.«

»Das ist schon okay. Ehrlich.« Alice berührte Gethins Hand, damit er aufhörte, hektisch herumzufuchteln. Das hatte sie aus einem Reflex heraus getan, aber die Berührung ließ sie beide innehalten. Sie zwang sich, ihre Finger einen Moment liegen zu lassen, dann tätschelte sie ihn liebevoll. »Lass uns einfach hineingehen.«

Sie schnallte sich ab und holte ihre kleine Tasche aus dem Fußbereich, aber als sie sich aufrichtete, war er schon zu ihrer Tür geeilt und hielt sie ihr auf.

»Das ist nicht nötig, wirklich. Ich bin doch nicht verletzt«, sagte sie, als sie ausstieg.

»Ich weiß, aber … Das geht mir einfach nicht aus dem Kopf.« Seine Miene wirkte reumütig. »Du hast im Krankenhaus gelegen, ganz allein! Und ich habe es nicht gewusst! Kannst du es mir verdenken, wenn ich mich ab sofort besser um dich kümmern möchte?«

»Mir geht es gut, wirklich. Aber jetzt …« Alice bedeutete ihm, endlich in die Gänge zu kommen, und er kramte nach seinem Schlüssel und schloss auf.

Die Luft im Vorraum war abgestanden, als habe in dem Haus wochenlang niemand gewohnt. Alice holte ein paarmal tief Luft; es roch nicht unvertraut. Die Wände waren hellblau gestrichen. Die Treppe gegenüber vom Eingang, die zu den Schlafzimmern hochführte, war mit einem auffälligen rot-goldenen Läufer bedeckt. Auf der Verkleidung des Heizkörpers standen ein Weidenkorb mit Post und ein paar gerahmte Fotos.

Sie nahm das erstbeste in die Hand. Es war ein Selfie von ihr und Gethin an einem Kiesstrand, die Gesichter eng aneinandergedrückt, um aufs Bild zu passen. Der wilde, bleierne Himmel hinter ihnen verschmolz mit dem stahlgrauen Meer. Sie lachten in die Linse und sahen mit ihren windgepeitschten Gesichtern in den pelzverbrämten Parkakapuzen wie Eskimos aus.

Das bin ich, dachte sie. Ich war in jenem Moment da. Irgendwo in meinem Kopf befindet sich ein Negativ von diesem Bild. Das Original mit dem Schwanz an Daten daran – Worten, Gefühlen, Eindrücken.

»Wo ist das?«, fragte sie.

»Oh, das ist Aberystwyth. Das war ein schönes Wochenende. An meinem Geburtstag.« Gethin hielt inne, weil er hoffte, dass sie sich vielleicht erinnerte. »Im Oktober«, fügte er hinzu, als sie es nicht tat. »Einundzwanzigster Oktober. Ich bin Waage.« Seine Augen glitten über ihr Gesicht, als er dieses Detail betonte, und sie machten zum ersten Mal die gemeinsame Erfahrung, wie es wohl zukünftig laufen würde. »Wir haben in einem Hotel am Meer gewohnt. Das walisische Frühstück hat es dir besonders angetan.«

»Wirklich?«

»Wirklich. Laverbread – das ist essbarer Tang – mit allem Drum und Dran. Du hast meins gleich mit aufgegessen, was ein absolutes Novum war.« Er grinste.

»Ein Novum? Wieso?«

Gethins Grinsen erstarrte für einen Moment, dann besann er sich. »Weil du normalerweise nicht frühstückst. Normalerweise trinkst du nur einen Kaffee. Wegen der Kalorien. Ich sage dir immer, dass du eine tolle Figur hast, aber ... Es muss an der Seeluft gelegen haben!«

Tatsächlich? Alice hatte die letzte Woche englische Frühstücke verdrückt, weil Libby ihre pochierten Eier an ihr ausprobieren wollte. Waren Gethin und sie noch in dem Stadium, in dem man nichts essen konnte, weil man zu verliebt war? Oder hatte sie immer so getan, als könne sie kaum etwas herunterbringen? Sie schob den Gedanken beiseite. »Habe ich dir etwas Schönes geschenkt? Zum Geburtstag, meine ich?«

»Du hattest den Kurzurlaub organisiert. Es war eine Überraschung. Wir hatten über die Urlaube gesprochen, die wir als Kinder gemacht haben, und ich hatte dir erzählt, dass ich mit meiner Familie oft nach Aber gefahren bin. Aber ich hatte keine Ahnung, dass du eine Reise dorthin planst. Das war ein überaus aufmerksames Geschenk.«

Sie lächelte, weil es ihr gefiel, dass sie etwas Nettes getan hatte. Und ihr gefiel auch Gethins poetische Ausdrucksweise, die Betonung bestimmter Formulierungen und die beredte Untermalung seiner Worte durch seine beweglichen Augenbrauen. »Scheint so, als hätten wir eine Menge Spaß gehabt.«

»O ja, das war ein fantastisches Wochenende. Wir sind am Meer entlangspaziert, bis es zu regnen anfing. Dann haben wir uns in ein Café geflüchtet, Fish and Chips gegessen und darüber nachgedacht, welche Wohnung wir kaufen würden, falls wir im Lotto gewinnen. Dieses Jahr wollten wir eigentlich wieder dorthin fahren.« Er hielt inne. »Es gefällt mir, dass wir beide an schlichten Orten glücklich sein können. In dieser Hinsicht schienen wir von Beginn an auf einer Wellenlänge zu liegen.«

Er schaute sie liebevoll an, aber Alice konnte diesen Blick nicht ertragen. Er war zu intim und kam zu rasch. Sie tat so, als würde sie ihr eigenes Gesicht auf dem Bild inspizieren. Ihre Augen wurden teilweise vom Kunstpelz der Kapuze verdeckt, aber ihr Lachen war offen und strahlend. Hing dieser Parka oben? Würde sie am nächsten Morgen aufwachen und wieder dieses romantische Leuchten im Gesicht haben?

»Ich würde gerne noch einmal hinfahren«, sagte sie. »Nach Aberystwyth, meine ich.«

»Das können wir tun.« Gethin berührte sanft ihre Schulter, und dieses Mal zuckte sie nicht zusammen.

Sie saßen am Küchentisch, eine Dose Cola aus dem Kühlschrank vor sich. Gethin erzählte, dass er seit drei Jahren in dem Haus wohne und dass sie vor acht Monaten eingezogen sei.

»Ursprünglich habe ich mit meinem Freund Ricky hier gewohnt«, erzählte er. »Dann lernte ich dich kennen, und Ricky ist nach Bristol gezogen. Du hast beschlossen, dass du einen Tapetenwechsel brauchst, und bist eingezogen. Das war einer dieser Momente, in denen alles zusammenpasst – in dem Kurs hatten wir viel darüber gesprochen. Wenn sich etwas als richtig erweist, ergibt sich alles andere plötzlich von selbst.«

Alice drehte die kalte Dose in ihren Händen herum. Dieser Kurs schien ja wirklich phänomenal gewesen zu sein. Wenn sie sich nur daran erinnern könnte. »Wann war eigentlich dieser Besinnungsurlaub?«

»Letztes Jahr im April.«

»Und wann bin ich hier eingezogen?«

»Am zehnten September.« Er griff nach ihrer Hand. »Das klingt so, als hätten wir die Sache überstürzt, aber es war alles so wunderbar. Wir ... wir machen uns wirklich glücklich.«

Alice dachte an das Foto vom Strand. In der Küche standen noch mehr Fotos: sie in Jeansshorts und mit einem Sombrero auf dem Kopf beim Campen. Gethin und sie mussten auf einer Art Festival gewesen sein. Es schien alles seine

Richtigkeit zu haben. Allem Anschein nach hatten sie sich wirklich ineinander verliebt.

Ihr Magen zog sich vor Angst zusammen. Offenbar hatte sie etwas Gutes erfahren, etwas absolut Einzigartiges, und jetzt hatte sie es nicht nur verloren, sondern konnte sich nicht einmal mehr daran erinnern, wie es sich angefühlt hatte.

Am liebsten hätte sie gefragt: *Was war der Grund, warum wir uns ineinander verliebt haben?* Sie verspürte keinerlei körperliche Anziehung, aber Anziehung war ja auch ein kompliziertes Phänomen, oder? Es war ein Zusammenspiel aus Gemeinsamkeiten, Augenblicken der wortlosen Verständigung, richtigen Worten zum richtigen Zeitpunkt, geteilten Reaktionen auf Momente, die unwiederbringlich vorüber waren. Erinnerungen. Millionen winziger geteilter Erinnerungen.

»Du siehst müde aus, Bunny«, sagte Gethin. »Sollen wir ins Bett gehen?«

In Alice' Gesicht musste sich ihre Misere widerspiegeln, denn er blinzelte und sagte schnell: »So meinte ich das nicht, aber ... nun. Tut mir leid. Ich wollte sagen ...«

Sie kämpfte um die richtigen Worte. Vor nur drei Wochen waren sie sich so nahe gewesen, wie zwei Menschen es nur sein können, vollkommen entspannt im Umgang mit ihrer Haut, ihrem Geschmack, ihrem Geruch. Jetzt schlug ein Wildfremder vor, dass sie mit ihm zu Bett ging, und ihr einziger Gedanke war: Nein.

»Ich weiß, was du meinst.« Er war ein anständiger Typ, sagte sie sich. Das sah sie an seinen Augen. Und sie schienen als Paar zueinander zu passen. Es war ihnen nicht peinlich, grinsende Selfies von sich zu machen.

Alles würde wiederkommen. Die Erinnerungen waren noch da, irgendwo.

»Ich ... Ich muss nur schnell aufs Klo«, sagte sie. »Es ist oben, nehme ich an?«

»Erste Tür links«, sagte er. »Die Tür klemmt, schließ also besser nicht ab.«

»Danke«, sagte Alice. »Das wäre ja eine denkwürdige erste Nacht, wenn ich im Bad festsitzen würde! Es sei denn, das ist mir schon einmal passiert?«

Gethin lächelte, sagte aber nichts.

Alice schloss die Badezimmertür und versuchte, sich zu sammeln, um sich für die nächste Etappe zu wappnen: Zeit fürs Bett.

Zwei blaue Handtücher hingen an einem Handtuchhalter aus rostfreiem Stahl. Ein weißes Bad, große weiße Kacheln. Auf dem Boden Granit. Libby würde es gefallen. Alice setzte sich auf den geschlossenen Klodeckel, atmete tief durch und starrte auf das volumenstärkende Shampoo, das sie gekauft haben musste, und die Zahnbürste, die vermutlich ihr gehörte. Dann fiel ihr Blick auf ihre Kosmetiktasche.

Ich kann nicht nach Longhampton geflüchtet sein, wenn ich meine Kosmetiktasche nicht mitgenommen habe, schloss sie und verspürte eine unerwartete Erleichterung. Das war eine Tatsache. Ein solider logischer Backstein, auf den sich etwas gründen ließ.

Alice stand auf und schüttete den Inhalt leise ins Waschbecken: Grundierung, Eyeliner, Abdeckcreme, Mascara, Augenbrauenstift. Gutes Make-up, manches davon teuer. In den letzten Wochen hatte sie sich nicht geschminkt. Libby hatte ihr Make-up angeboten, aber sie hatte nicht das Gefühl gehabt, es zu brauchen.

Sie nahm einen Rougepinsel und fuhr sich sorgfältig damit über die Wangenknochen. Das brachte eine ferne Erinnerung zurück – wie sie sich vor der Arbeit geschminkt, die verkaterte Haut mit Hilfe von Bronzer aufgefrischt und die dunklen Schatten mit Abdeckcreme übertüncht hatte, die Augen noch halb geschlossen. Nicht daran zurückdenken, mahnte sie sich und riss die Augen auf.

An der Badezimmertür klopfte es.

»Ich habe dir ein sauberes Handtuch hingelegt«, sagte Gethins Stimme. »Und es sollte jetzt heißes Wasser geben, falls du baden möchtest.«

»Danke!« Sie wartete ein paar Sekunden, bis er wieder weg war, und öffnete langsam die Tür. Da lag das Handtuch, oben drauf ein Schlafanzug.

Sehr aufmerksam. Er hatte sich in ihre Gefühle hineinversetzt. Das war ein gutes Zeichen.

Alice nahm schnell ein Bad, zog sich um und trat in den Flur hinaus. Es gab zwei Zimmer, eins zu jeder Seite des Bads. In einem brannte ein weiches Licht, und sie ging davon aus, dass Gethin dort war.

In unserem Schlafzimmer.

Sie holte tief Luft und trat ein. Der Raum war ihr nicht vertraut: ein Kingsize-Bett mit Latten am Kopfende, weißes Oberbett, schlichte Nachtschränkchen, zwei große Drucke von Meeresstimmungen an der Wand. Kies und Meer und Himmel.

Alice war bewusst, dass sie all diese Details registrierte, um dem eigentlichen Problem aus dem Weg zu gehen: Gethin, der im T-Shirt im Bett saß und wartete.

»Alles in Ordnung?«, fragte er munter.

»Ja danke. Alles bestens.«

Die Frage schwebte zwischen ihnen. Sie wusste, dass sie etwas unternehmen musste oder wenigstens etwas sagen oder …

Gethin befreite sie aus der Situation. »O Gott, tut mir leid«, sagte er und schlug die Bettdecke zurück. Er trug ein

T-Shirt und blaue Boxershorts. Sein Körper war untersetzt. Warm, dachte Alice und versuchte, sich vorzustellen, wie er sie hielt und sich auf sie legte. »Keine Ahnung, was ich mir dabei gedacht habe. Oder doch, natürlich weiß ich, was ich mir dabei gedacht habe. Ich dachte, du würdest dich erinnern … alles würde zurückkommen …«

»Ich fürchte, so einfach ist es nicht«, sagte Alice. Sie hielt inne und wünschte, sie könnte es erklären. »Es tut mir so leid.«

Gethin war beschämt, und nun war sie es auch. Es war gar nicht so, dass sie ihn nicht attraktiv fand – er war es –, aber ihre Beziehung war einfach nicht danach. Sie war in eine bekenntnishafte Seelenbeichte umfunktioniert worden. Einst mussten sie sich auf einer tieferen, intimeren Ebene verstanden haben, und sie konnte jetzt nicht einfach … etwas vorspielen.

»Ich schlafe im Gästezimmer«, sagte er und hob die Hand, um ihren Protesten zuvorzukommen. »Nein, nein, ich verstehe das schon. Das ist … Ich hätte daran denken …«

Seine großen braunen Augen waren unendlich traurig, und Alice fühlte sich schrecklich. Als er an ihr vorbeikam, griff sie nach seinem Arm, und er blieb stehen. So verweilten sie einen Moment, ihre Hand an seinem Unterarm. Dann rührte sich Gethin und nahm sie in die Arme, ganz sanft, um ihre Rippen nicht einzuquetschen und eine ungebührliche Berührung ihres Unterleibs zu vermeiden, aber doch so, dass er sie mit seinem Körper vollständig einhüllte.

Alice ließ es geschehen, weil sie ihn nicht vor den Kopf stoßen wollte, aber auch, weil es tatsächlich etwas Tröstliches hatte, so gehalten zu werden. Winzige Schritte, dachte sie. Er war der Typ, von dem man sich gerne in den Arm nehmen ließ. Irgendwann entspannte sie sich und fühlte sich an seinem Körper geborgen.

»Es tut mir leid«, sagte er in ihr Haar. »Es tut mir so leid.«
»Was?«
»Das mit dem Unfall. Wenn ich den Tag ungeschehen machen könnte …«
»Was für einen Tag? Was ist denn passiert?« In seiner Stimme hatte etwas mitgeschwungen.
»Ist das jetzt noch wichtig?«
»Ja«, sagte Alice und entzog sich ihm, um sein Gesicht sehen zu können. »Das ist es. Ich muss wissen, was passiert ist. Der Arzt sagt, dass ich mich vielleicht nie an die Dinge erinnern werde, die kurz vor dem Unfall passiert sind. Du bist der Einzige, der mir helfen kann, die Ereignisse zu rekonstruieren.«

Wobei er natürlich nicht der Einzige war. Da war auch noch Luke.

»Ich möchte den Neuanfang nicht mit einem Misston beginnen.«
»Aber ich muss das wissen, Gethin.«

Er holte tief Luft und klopfte dann auf die Matratze. Sie setzten sich, beide mit Blick auf die zugezogenen Vorhänge. »Na ja, um ehrlich zu sein, hatten wir einen Streit.« Er zupfte verlegen an einem Nietnagel herum. »Wir wollten am nächsten Morgen in den Urlaub fahren. Eigentlich hatten wir zwei Wochen Frankreich geplant, aber ich hatte es geschafft, das Ganze ein wenig aufzustocken. Vierzehn Tage Thailand.«

»Thailand? Wahnsinn.«

Alice sah sich an einem Strand in Wales, aber nicht in Thailand.

Gethin lächelte sein schiefes Lächeln. »Nun, es war unser Jahrestag. Fünfsternehotel. Luxusanlage, das ganze Brimborium. Nicht dass wir so etwas je zuvor getan hätten, bevor du jetzt denkst, wir seien Weltenbummler oder so. Simon … einer meiner Kumpel von der Uni, ich weiß nicht, ob du dich an ihn erinnerst? Nein? Okay, na ja. Simon hatte es jedenfalls gebucht, und dann wurde ihm der Urlaub gestrichen. Er hat es mir angeboten, falls ich Flüge organisieren könne. Ich habe alles geregelt – und wollte dich damit überraschen.«

»Oh. Und dann? Jetzt erzähl mir nicht, dass ich wegen eines Traumurlaubs in Thailand ausgerastet bin?«

Er zögerte, aber die Art und Weise, wie er ihre Hand nahm, sprach Bände. Gethin war einfach zu nett, um zu sagen: »Genau so war's«, aber sie hatte ihn ja gebeten, ehrlich zu sein.

»Aus irgendeinem Grund wolltest du einfach nicht dorthin«, sagte er.

Alice war verblüfft. »Warum?«

»Das ist doch jetzt egal. Wir haben das nie wirklich ausdiskutiert.« Gethin biss sich auf die Lippe. »Meine Schwester hat mir vorgeworfen, dass ich das nie wirklich aus deiner Perspektive betrachtet hätte. Dass du für einen ganz anderen Urlaub gepackt hättest. ›Frauen brauchen einen gewissen Vorlauf, um sich auf einen Fünf-Sterne-Strandurlaub vorzubereiten‹, hat sie wortwörtlich gesagt.«

»Aber das ist doch verrückt«, sagte Alice. »Wir haben uns gestritten, weil mir dein Urlaubsziel missfiel?«

»Keine Ahnung. Wie ich schon sagte, es war ein dummer Streit, der irgendwie außer Kontrolle geraten ist. Wir waren beide erschöpft – was einer der Gründe dafür war, warum wir in den Urlaub fahren wollten.« Er rieb sich das Gesicht. »Lass uns einen Strich unter die Sache ziehen. Damals war es schon nicht wichtig, also sollte es das jetzt erst recht nicht sein.«

Sie saß da und versuchte, diese neuen Informationen zu verdauen. Gleichzeitig wurde sie von einer entsetzlichen

Verlegenheit übermannt. Sie hatte wegen einer liebevollen, großzügigen Geste ein Mordstheater veranstaltet und die Sache verdorben. Warum?

»Und dann?«, fragte Alice.

»Nun, na ja ... Wir haben uns gestritten, und du hast gesagt, ich solle ... ich solle doch allein in den Urlaub fahren, und dann bist du abgerauscht. Wenn ich ehrlich sein soll, habe ich sofort meinen Kumpel Huw angerufen, der sich ein Stand-by-Ticket besorgt hat, und wir hatten dann eigentlich eine ganz schöne Zeit.« Gethin berührte ihre Hand. »Nicht so gut natürlich, wie es mit dir gewesen wäre. Am dritten Abend war Huw mein ständiges Gejammer satt, und weil ich dir unentwegt irgendwelche SMS geschickt habe, hat er schließlich mein Handy versteckt.« Er schaute sie von der Seite her an. »Du hast mir ohnehin nicht geantwortet. Ich dachte, dass du wirklich *furchtbar* sauer auf mich sein musst.«

»Das tut mir leid«, sagte Alice kleinlaut. »Ich weiß gar nicht, wo mein Handy ist. Es muss in meiner Handtasche gewesen sein.«

»Mach dir keine Gedanken deswegen. Wir streiten uns sonst nie. Das war unser erster – und hoffentlich auch letzter – dämlicher Streit.« Gethin schaute sie an. Sie waren sich jetzt sehr nah. Nicht nah genug, um sich zu berühren, aber doch so nah, dass sie die Wärme seines nackten Oberschenkels spürte. »Aber jetzt habe ich auch eine Frage an dich: Warum warst du eigentlich in Longhampton?«

»Keine Ahnung. Ich hatte die Adresse von dem Hotel in meiner Tasche, aber ich weiß nicht, was ich dort wollte.«

»Du hast nicht die geringste Ahnung?«

»Nein. Luke muss mir davon erzählt haben, aber ich war nicht auf dem Weg zu einem Vorstellungsgespräch, da sie mich nicht erwartet haben ...«

»Luke?« Gethin wirkte ratlos.

Ich habe Luke also nie erwähnt, dachte Alice, und in ihrem Innern schnürte sich etwas zusammen. »Luke Corcoran, Jasons Bruder.«

»War er heute Abend auch dort?« Er runzelte die Stirn und schien in seinem Gedächtnis zu kramen. »Ich dachte, du hättest gesagt, du kennst die Leute nicht.«

»Tu ich auch nicht. Luke war letzten Monat im White Horse. Er behauptet, er habe mir erzählt, dass sein Bruder und seine Schwägerin gerade ein Hotel übernommen hätten und mitten in der Renovierung stecken. Ich vermute ...« Sie suchte nach einer besseren Erklärung als der, die ihr im Kopf herumschwirrte. »Vielleicht hat er mir gesagt, dass ich mal hinfahren und es mir anschauen soll.«

Wollte ich mich dort mit ihm treffen? Luke war allerdings gar nicht im Swan gewesen. Er hatte gar nicht erwartet, sie dort zu sehen. Jetzt drängten aber andere Fragen an die Oberfläche. »Als du aus dem Urlaub zurückkamst und ich nicht da war ... Hast du dich nicht gefragt, wo ich bin?«

»Natürlich! Ich habe angerufen. Ich habe E-Mails geschrieben. Ich habe SMS geschrieben – aber du hast nie geantwortet.« Gethin hob die Hände und ließ sie dann wieder fallen. »Ich dachte, du hättest mit mir Schluss gemacht. Im Eifer des Gefechts hatten wir Dinge gesagt, die ... Aber, na ja, was sollte ich tun, wenn du mich nicht einmal anrufst oder mir sonst irgendwie eine Nachricht zukommen lässt? Außerdem war ich erst einen halben Tag aus dem Urlaub zurück, als meine Kollegin Cass sich bei einer Stellprobe das Handgelenk gebrochen hat und ich die Tournee übernehmen musste. Ich bin also vom Flughafen nach Hause und dann direkt weiter nach Yorkshire gefahren. Eigentlich bin ich davon ausgegangen, dass du wieder da sein würdest, wenn ich zurückkomme. Das hatte ich zumindest gehofft.«

»Und du hast mich die ganze Zeit über angerufen?«

»Ja.« Er schaute sie mit seinen offenen, ehrlichen Augen an. »Obwohl du nie zurückgerufen hast. Mir war klar, dass du wegen irgendetwas aufgebracht warst, aber ... Manchmal kannst du verdammt emotional sein, und dann habe ich das Gefühl, dass ich nicht an dich herankomme. Ich dachte, es sei einfach eine deiner Launen.«

Diese Version ihrer selbst gefiel Alice nicht. War sie die Sorte Mensch, die drei Wochen lang schmollte? »Aber ich hatte kein Handy, Gethin. Mindestens drei Wochen lang wusste ich nicht, wer ich bin und was los ist. Wenn ich mein Handy gehabt hätte, wäre ich innerhalb weniger Stunden zu Hause gewesen.«

»Entschuldigung. Es ist einfach wahnsinnig schwer, sich das wirklich klarzumachen.« Er fuhr sich mit der Hand durch den dichten Schopf.

Die vertrauliche Stimmung schwand, und Alice' Kopf schmerzte. Sie hatte panische Angst vor Kopfschmerzen. Unweigerlich flößten sie ihr das Gefühl ein, dass ihr Gehirn den geheimnisvollen Heilungsprozess einstellte, sich vielleicht sogar wieder zurückentwickelte und die empfindlichen neuen Verbindungen zwischen den fragilen Erinnerungen kappte.

Sie saßen auf dem Bett und schwiegen.

Morgen früh wird mir der Raum schon wieder vertraut vorkommen, sagte sich Alice, als sie auf die gelben Kreise auf dem grauen Vorhang starrte. Das, was noch fehlt, wird wieder da sein. Wir werden wieder von vorn beginnen.

Sie hielt inne. Was fehlte denn? Alice zermarterte sich das Gehirn, aber das Gefühl entglitt ihr und löste sich schließlich in Luft auf. Das war eine Illusion. Nichts fehlte. Außer ihrer alten Beziehung.

Gethin stand auf. »Also gut. Ich werde im Gästezimmer

schlafen«, verkündete er. »Du brauchst deine Ruhe. Vermutlich hast du auch vergessen, dass ich furchtbar schnarche.« Seine Stimme war jetzt wieder pragmatisch und freundlich. »Und wage nicht aufzustehen, bevor ich dir das Frühstück ans Bett gebracht habe.«

Alice lächelte zu ihm auf, und er berührte ihr Gesicht mit seinen Fingern. Er schaute sie an und ließ seine Hand über ihre Wange gleiten, bis er sie gänzlich umschloss. Sein Daumen strich sanft über ihre Haut.

»Alice, ich kann dir gar nicht sagen, wie schön es ist, dich wieder hier zu haben«, erklärte er, und ihr Herz schmolz dahin. Sie gab sich seinen Zärtlichkeiten hin wie Lord Bob, wenn sie ihn am Ohr gekrault hatte.

»Ich dachte ... Ich bin ja so froh, dass du einen Unfall hattest und mich nicht einfach verlassen hast«, fuhr er fort, um im nächsten Moment entsetzt das Gesicht zu verziehen. »O Gott, das klang ja grauenhaft. Entschuldigung. Um Himmels willen, das habe ich nicht so gemeint, Alice ...«

Alice lachte, das erste natürliche Lachen, das sie in seiner Gegenwart zustande brachte. Ihre Erleichterung war gewaltig, und da er auch erleichtert aussah, fühlte sie ein erstes, zaghaftes Vertrauen aufglimmen. Alles würde gut, sagte sie sich.

Und als er ihr eine gute Nacht wünschte und ihre Blicke sich für einen Moment begegneten, fragte sich Alice, ob sie vielleicht sagen sollte: »Nein, komm her, schlaf in diesem Bett, das wir miteinander geteilt haben.« Was sollte schon geschehen? Er war ein ganz Lieber. Eine gute Seele.

Er zog bereits seinen gestreiften Bademantel an, ein heiß geliebtes altes Stück. Hatte sie sich selbst darin eingewickelt, als sie zum ersten Mal hiergeblieben war?

»Gethin«, sagte sie. »Bist du ...? Warum schläfst du nicht hier?«

Er hielt inne. »Meinst du das ernst?«

Sie nickte, und auf seinem Gesicht breitete sich echte Freude aus.

Alice schlüpfte unter die Decke, suchte sich eine bequeme Position und spürte Gethins Wärme nur ein paar Zentimeter von sich entfernt. Sein Gewicht auf der Matratze. Als er sich herüberbeugte und sie respektvoll auf den Kopf küsste, roch er nach Pfefferminzzahnpasta und einem Shampoo, das sie nicht kannte.

»Gute Nacht, mein Schatz«, sagte er, und während sein Atem langsam ruhiger wurde, bis er schließlich einschlief, lag Alice da und schaute an die Decke. Die Gedanken wirbelten durch ihren Kopf wie Schwalben, die sich für ihren langen Weg in den Süden sammelten, sich zu Gestalten zusammenfanden und wieder auflösten, sich zu immer neuen, mal dunklen, mal hellen Mustern zusammenzogen, die aber stets auseinanderstoben, bevor Alice sie zu fassen bekam.

Kapitel achtzehn

Am nächsten Morgen brachte ihr Gethin, wie versprochen, eine Tasse Tee ans Bett. Dann gingen sie auf Alice' Vorschlag hin spazieren. Es war leichter, sich beim Gehen zu unterhalten, als im Haus herumzusitzen, umgeben von Fotos aus einem Leben, an das sie sich nicht erinnerte. Zwischendurch hatte sie immer mal wieder das Gefühl, sich erkundigen zu können, was sie unternommen und worüber sie geredet hatten, bis Gethins fürsorgliche Miene unweigerlich brach und ihr ein schlechtes Gewissen bereitete.

Am Sonntagabend wollten sie gerade die Currygerichte von »ihrem« Take-away-Imbiss verteilen, als das Telefon im Vorraum klingelte. Gethin ging dran, und Alice war nicht überrascht, ihn sagen zu hören: »Ja natürlich, Libby. Ich hole sie.«

»Da ist Libby. Sie möchte dich sprechen.« Er hielt die Sprechmuschel zu. »Ich habe ihr gesagt, dass wir gerade essen wollten. Sie hat versprochen, sich kurz zu fassen.«

Alice lächelte und nahm den Hörer entgegen.

»Hallo, Alice!« Libby klang nervös. »Es tut mir furchtbar leid, dass ich euch beim Essen störe, aber ich muss dich um einen Riesengefallen bitten.«

»Sag schon«, erwiderte Alice. »Schulde ich dir nicht mindestens einen Riesengefallen?«

»Könntest du morgen kommen und mir helfen? Hier wird ein neuer Breitbandanschluss installiert, aber Jason muss seine Mutter zum Optiker bringen, *klar*« – Alice hatte das Gefühl, dass Jason nicht allzu weit weg war –, »und ich bin vollkommen hilflos. Du verstehst doch so viel von Computern, und ich möchte die Tabellen, die du schon fast fertiggestellt hast, nicht vermasseln.«

»Natürlich. Das tu ich gerne. Es gibt doch auch einen Zug zu euch, oder?«

»Du bist meine Rettung. Vielen, vielen Dank! Wie läuft es bei euch?« Libby hatte die Stimme gesenkt, und Alice war klar, dass sie darauf brannte, das gesamte Finale dieses Happy Ends zu erfahren.

»Großartig!«, sagte sie, weil ihr klar war, dass Gethin zuhörte. »Ich kann dir ja, äh … Wir sehen uns ja morgen.«

Nachdem sie die Details besprochen hatten, legte sie auf. Gethin reichte ihr einen Teller. Es war weit weniger drauf als auf seinem, woraus sie schloss, dass er ihr nicht zu viel geben wollte, weil sie beim Essen etwas heikel war. Sie konnte sich ja jederzeit nachnehmen. Vielleicht hatte sie es auch nie geschafft, aus ihren anfänglichen Versuchen, einen Spatzenappetit vorzutäuschen, wieder herauszukommen.

»Das riecht köstlich!«, sagte sie. »Ein tibetischer Imbiss ist das, hattest du gesagt?«

Gethin interessierte sich aber nicht für das Curry. »Sie versucht doch nicht, dich schon wieder zurückzulocken, oder?«, fragte er. Überrascht registrierte Alice, dass er trotzig seinen Kiefer anspannte.

»Nein! Sie braucht nur jemanden, der den neuen Breitbandanschluss einrichtet. Ich bin froh, wenn ich ihr helfen kann. Warum? Hattest du für morgen etwas anderes geplant?«

»Nein. Nun ja … nein. Es ist nur, dass …« Er schien hin- und hergerissen, als wisse er nicht, ob er offen aussprechen sollte, was er dachte.

»Was denn?« Alice hielt inne, die Gabel bereits erhoben.

Gethin runzelte die Stirn. »Hoffentlich nutzt sie dich nicht aus – dass du ihr einen Gefallen schuldest, meine ich.«

Alice lachte, vor allem wegen des Gedankens, Libby könne jemanden ausnutzen. »Das tut sie ganz bestimmt nicht! Warum sagst du das? Du hast Libby doch kennengelernt. Sie ist wunderbar.«

»Das weiß ich. Es ist nur … Du bist ein so freundlicher Mensch, und das nutzen die Leute gerne aus. Tony auch. Immer hat er dich im letzten Moment zu Extraschichten überredet … Das ist übrigens eine unserer Gemeinsamkeiten, ich bin auch zu freundlich. Tut mir leid, ich hoffe, du hast das jetzt nicht falsch verstanden – aber ich weiß, dass du schlecht Nein sagen kannst, daher habe ich manchmal das Gefühl, dass jemand anders es für dich tun muss. Und du tust es für mich. Wir sind ein gutes Team.«

Irgendwo in ihrem Innern regte sich etwas, und sie war gerührt von Gethins Beschützerinstinkt. »Libby ist nicht so«, beruhigte sie ihn.

»Da bin ich mir sicher.« Gethin schob ihr den Raita hin. »Aber du gehörst zu den Menschen mit einer selbstaufopfernden Natur. Kannst du mir verübeln, dass ich auf dich aufpassen möchte? Nach allem, was passiert ist?«

Er lächelte sein nettes, jungenhaftes Lächeln, und Alice lächelte zurück. Trotzdem war es ein beunruhigendes Gefühl, dass er jemanden anlächelte, den er kannte, während sie für sich selbst eine große Unbekannte war.

Libby wartete vor dem Bahnhof, Lord Bob an der Leine. Mit gerunzelter Stirn schrieb sie eine SMS und balancierte einen Kaffeebecher von dem mobilen Kaffeestand im Park, alles gleichzeitig.

Bob wedelte mit dem Schwanz, als er Alice aus der Tür kommen sah, und sie winkte ihm zu. Durch das Schwanzwedeln wackelte die Hand, mit der Libby den Kaffee hielt, und sie schrie auf. Dann entdeckte sie Alice, und im nächsten Moment strahlte ihr Gesicht vor Glück.

»Das ist ja ein netter Empfang«, sagte Alice. »Tut mir leid, ich habe gar nichts für dich«, fügte sie hinzu, als Bob die Schnauze in ihre Tasche stecken wollte.

Alice hatte sich eine Tasche aus ihrem Kleiderschrank ausgesucht, zu einem ihrer Kleider und einer Jeansjacke. Es war ein komisches Gefühl gewesen, ihren Kleiderschrank zu sichten. Manche Kleidungsstücke hatten sofort Erinnerungen wachgerufen, wie das Marinekostüm von Hobbs, von dem sie noch wusste, dass sie es für ihren ersten Job gekauft hatte; auch das Gefühl schmerzender Füße und die Klänge eines Albums von Coldplay, das sie monatelang jeden Tag gehört hatte, waren sofort wieder da gewesen. Andere Kleidungsstücke hatten nichts ausgelöst, wie das lange schwarze Kleid, von dem Gethin behauptete, sie habe es für die Weihnachtsfeier bei seiner Arbeit gekauft. Sein Lieblingskleid. Selbst als er ein Foto von ihr in dem Kleid geholt hatte – auf dem er seinen Arm um sie legte, während sie unter einem Mistelzweig zu ihm aufschaute –, hatte sie sich nicht daran erinnern können.

»Deine Sachen habe ich hier in der Tasche«, sagte sie zu Libby. »Gewaschen und gebügelt. Vielen, vielen Dank. Leider habe ich jetzt Geschmack an teurer Jogakleidung gefunden.«

»Oh, das war doch nicht nötig. Dir stehen die Sachen sowieso viel besser als mir. Tut mir leid, dass ich Bob mitbringen musste«, sagte Libby und nickte zu dem Hund hinüber, der jetzt seine faltigen Brauen runzelte, weil er ein Eichhörnchen beobachtete. »Ich bin mit ihm spazieren gegangen, damit wir beide mal aus dem Hotel herauskommen. Die Bauarbeiter waren erst zehn Minuten da, als sie auch schon die falsche Wand herausgebrochen hatten.«

»Wie bitte?«

»Tja. Statt die Wand zwischen Zimmer fünf und sechs einzureißen, um das Bad dort installieren zu können, haben sie ein Loch in die Wand zu Zimmer sieben gerissen.« Libby wirkte deprimiert. »Jason hat versucht, Marek zu erreichen, damit er sich darum kümmert. Aber Marek geht nicht an sein Handy, und Jason ist jetzt mit Margaret fort … Nicht gerade ein toller Start in die Woche.«

»Nein. Aber wenn erst einmal dein Breitbandanschluss funktioniert, wird es dir schon besser gehen«, sagte Alice. »Dann kannst du die Website in Angriff nehmen. Wenn du magst, kann ich den Webdesigner anrufen und mich als deine Assistentin ausgeben, um ein wenig Druck zu machen.«

Libby hievte Bob auf die Ladefläche des Wagens. »Es ist so großartig, dass du heute kommen konntest«, sagte sie und hielt inne, als Bobs gewaltige Pfoten auf der Stoßstange ruhten. »Bist du sicher, dass du nicht lieber bei Gethin geblieben wärst, um die Vergangenheit wiederaufleben zu lassen?«

»Er ist bei der Arbeit, was soll ich da zu Hause? Je eher sich die Dinge normalisieren, desto eher werde ich mich auch wieder normal fühlen.«

»Wenn du meinst.«

Alice stieg ein und griff nach dem Sicherheitsgurt. »So meine ich es. Und jetzt lass uns fahren, bevor die Bauarbeiter noch mehr Wände einreißen.«

Libby schloss Bob ein und setzte sich hinters Steuer. »Wie geht's dir? Hattest du ein schönes Wochenende?«

»Mhm.« Das klang nicht sehr begeistert. »Doch!«, sagte sie mit etwas mehr Elan.

Libby schaute zu ihr hinüber, eine Augenbraue hochgezogen. »Trägst du da einen Ring?«

Alice schaute auf ihre Hände hinab. Sie trug einen Ring, den sie auf dem Ankleidetisch gefunden hatte. Als sie ihn angesteckt hatte, waren keinerlei Erinnerungen wach geworden, aber Gethin hatte erfreut gewirkt, als er ihn an ihrem Finger gesehen hatte, und das sagte ja auch schon etwas.

Ihr Magen war trotzdem in den Keller gesackt. Sie hatte sofort an Luke denken müssen und an die Geheimnisse, von denen sie nicht einmal wusste, ob sie sie hatte. Das war sicher keine angemessene Reaktion gewesen, oder?

Libby hatte den Motor schon angelassen, aber jetzt schaltete sie ihn wieder aus und wandte sich Alice zu. »Komm schon, erzähl. Bevor wir zum Hotel zurückkommen. Oder sollen wir vielleicht einen kleinen Spaziergang machen? Er ist froh um jede Gelegenheit, sich seinen Fans zu zeigen«, sagte sie mit einem Nicken in Richtung Kofferraum.

»Ja«, sagte Alice. »Ja, das wäre schön.«

Libby hievte Bob wieder aus dem Kofferraum, und sie nahmen die Straße in Richtung Park.

»Die Sache ist«, sagte Alice, nachdem sie von der Unterhaltung im Schlafzimmer und von ihrer beider Befangenheit im Umgang miteinander erzählt hatte, »dass wir offensichtlich eine ernsthafte Beziehung hatten – *haben* –, dass aber sehr starke Emotionen im Spiel sind. Er redet ständig davon, wie gut wir uns verstehen. Da er alles darüber weiß, wie meine Eltern gestorben sind, muss er mir ebenfalls ein paar sehr persönliche Dinge erzählt haben – an die ich mich nur leider nicht erinnern kann. Aber das Schlimmste ist ...«

Libby sprach wie immer direkt aus, was Alice nicht in Worte fassen konnte. »Dass du dich nicht zu ihm hingezogen fühlst?«

»Doch. Na ja. Theoretisch jedenfalls. Er sieht gut aus, aber ...« Alice biss sich auf die Lippe. »Meine Erinnerung funktioniert noch gut genug, um zu wissen, dass ich mir in der Vergangenheit an ein paar gut aussehenden Typen die

Finger verbrannt habe. Damals in London, als ich gejobbt habe. Gethin ist anders. Was auch immer uns verbunden hat, war emotionaler ... tiefer.«

»Vielleicht solltet ihr noch einmal einen solchen Urlaub machen wie den, bei dem ihr euch kennengelernt habt.«

»Vielleicht. Ich habe mir das im Internet mal angeschaut. Die Fotos kamen mir vertraut vor. Irgendwie jedenfalls. Es gibt etliche Kommentare von Leuten, die berichten, dass sie sich selbst gefunden hätten, aber ich kann mich überhaupt nicht an so etwas erinnern. Ich weiß nur, dass ich Probleme bei der Arbeit hatte und auch wegen einer Beziehung, die ziemlich übel auseinandergegangen ist ...« Ihre Gedanken verloren sich. *Wusste* sie das? Oder hatte Gethin es ihr erzählt? Egal. Es waren ihre Erinnerungen, die er für sie verwahrte.

»Du kannst dich nicht daran erinnern, dort gewesen zu sein?«

Alice schüttelte den Kopf. »Das ist der Moment, an dem alles blank wird. Ich kann mich nicht an Gethin erinnern, und ich kann mich auch nicht daran erinnern, was er mir erzählt hat, warum er dort ist.«

»Mhm, blöde Situation.«

»Ich werde ihn wohl fragen müssen. Das ist der reinste Eiertanz. Ständig habe ich Angst, ihn zu verletzen, weil mir etwas entfallen ist, das er mir anvertraut hat. Es scheint ihm wirklich nahezugehen, wenn ich mich an Einzelheiten unserer Beziehung nicht erinnere. Und er hat sichtlich Probleme damit, dass ich ihn nicht erkenne – wo er doch wirklich alles über mich weiß.«

Fast alles zumindest. Gethin wusste nicht, was sie in Longhampton getan hatte, als sie angefahren wurde. Oder warum sie so undankbar auf seine tolle Urlaubsüberraschung reagiert hatte. Kleine Erklärungslücken, die Alice Angst einjagten, weil sie im nächsten Moment hineinfallen könnte.

Libby schaute sie von der Seite her an, den Ausdruck im Gesicht, mit dem sie Probleme anging.

»Nur ein Vorschlag«, sagte sie. »Warum bittest du Gethin nicht, dir noch einmal den Hof zu machen?«

»Das ist nicht ganz einfach, wenn man dasselbe Badezimmer benutzt.«

»Das ist genau das, was ich meine: Benutzt einfach nicht dasselbe Badezimmer. Warum kommst du nicht für eine Woche oder so zurück und triffst dich gelegentlich mit Gethin? Zu ihm zurückzukehren hat deinem Gedächtnis offenbar nicht auf die Sprünge geholfen. Warum nimmst du also nicht den Druck aus der Sache und lässt es langsam angehen? Ich wette, es würde ihm gefallen, dich zu umwerben. Er wirkt so romantisch.«

Alice dachte darüber nach. Schlecht war die Idee nicht, zumal Gethin tatsächlich romantisch war. Er hatte eine altmodische Aufmerksamkeit, die etwas sehr Liebenswürdiges hatte. Und für ihn wäre es die Möglichkeit, eine gewisse Kontrolle über die seltsame Situation zu erlangen, in die er unversehens geraten war. »Ich möchte dir und Jason aber nicht zur Last fallen …«

»Du fällst uns doch nicht zur Last! Du würdest mir sogar einen Gefallen tun. Wir vermissen dich doch, oder, Bob? Also? Besprich es kurz mit Gethin und genieß die romantische Vorfreude. Du weißt schließlich, dass es ein Happy End gibt, insofern scheint mir das eine Win-win-Situation zu sein.«

»Ja«, sagte Alice. »Ich denke, du könntest recht haben.«

Gethins Reaktion am Abend war genau so, wie Alice es erwartet hatte. Als sie ihm den Vorschlag unterbreitete, huschte ein Schatten der Enttäuschung über sein Gesicht, aber er fing sich schnell wieder.

»Ich werde dir schon zeigen, warum wir füreinander gemacht sind«, sagte er, als sie ihre Tasche packte. »Eigentlich haben wir Glück, dass wir die Chance bekommen, uns noch einmal ineinander zu verlieben. Warte nur ab.«

Ihr erstes »Rendezvous« war am Donnerstag. Alice nahm den Zug von Longhampton nach Stratton, und Gethin holte sie am Bahnhof ab. Er trug ein Jackett statt des üblichen Poloshirts und schien auch mit seinen Haaren etwas angestellt zu haben – seine widerspenstigen Locken waren gezähmt und glatt. Aber statt in die Stadt zu fahren, wie sie es erwartet hatte, fuhr er zurück zum Haus.

»Warte hier«, sagte er, bevor Alice aussteigen konnte. »Ich muss nur schnell etwas vorbereiten …«

Sie rutschte unruhig auf ihrem Sitz hin und her. Libby, die wegen dieses Rendezvous vollkommen aus dem Häuschen gewesen war, hatte ihr dabei geholfen, sich zurechtzumachen. Sie waren beide davon ausgegangen, dass sie essen gehen würden oder ins Kino oder so, daher hatte sich Alice ziemlich in Schale geworfen. Bevor sie aber zu einem Schluss gelangt war, wie sie ihre Aufmachung nach unten korrigieren könnte, öffnete Gethin die Wagentür und geleitete sie zum Haus.

Der Vorraum hatte sich in ein flackerndes Meer aus Teelichtern verwandelt, und aus der Küche drang der Duft von Knoblauch und Kräutern und die Klänge eines Albums von Adele. Das Licht spiegelte sich in den gerahmten Fotos von Gethin und ihr, die auf dem Flurtisch standen.

»Oh«, sagte Alice. »Das ist ja sehr … romantisch.«

»Gut! Ich hatte schon gehofft, du würdest nicht fragen, ob ich einen Stromausfall habe.« Gethin rieb sich das Kinn. »Das Essen habe ich soeben in den Ofen geschoben. In einer Stunde sollte es fertig sein.«

»Oh! Tut mir leid. Als du sagtest, du habest etwas ganz Spezielles vor, dachte ich irgendwie, wir würden ausgehen.«

Sie musterte sein Jackett und die elegante Hose, konnte sich aber nicht erinnern, das schon einmal gesehen zu haben.

»Es schadet nie, sich Mühe zu geben.« Er streckte die Hand aus, um ihre Jacke entgegenzunehmen. »Du siehst aber auch wirklich schön aus!«

»Danke«, sagte sie. Libby hatte ihr eines ihrer Ausgehkleider geliehen (»Streng dich ruhig ein wenig an! Für Jeans bleibt noch genug Zeit!«), und obwohl Alice über das winzige schwarze Etwas am Bügel gespottet hatte, sah es an ihr ganz anders aus. In ihrer eigenen Garderobe hatte sie nichts dergleichen gefunden, aber es stand ihr. Das Kleid schmiegte sich an ihre schönen Formen, als sei es maßgeschneidert. Und es war *sehr* eng.

»Du solltest das Kleid behalten«, hatte Libby geseufzt. »So heiß habe ich nie darin ausgesehen.«

»Was sage ich«, fuhr Gethin fort. »Du siehst mehr als schön aus. Du bist umwerfend.«

Alice wurde rot, drehte sich unbeholfen um die eigene Achse und kam leicht wackelig wieder zum Stehen. Sie trug die grünen Stilettos, die sie tatsächlich in ihrem Kleiderschrank gefunden hatte. Offenbar hatte sie sie schon eine Weile nicht mehr getragen, da sie sich nicht ganz sicher darauf fühlte.

Gethin streckte die Hände aus, um sie aufzufangen, und die plötzliche Berührung seiner Finger an ihrer nackten Haut ließ sie zusammenzucken. Berührungen sollten leicht und natürlich sein, stattdessen waren sie sich jeder einzelnen Bewegung zutiefst bewusst.

»Entschuldigung«, sagte sie mit einem verlegenen Lächeln. »Diese Schuhe …«

»Ah, die habe ich nie besonders gemocht, um ehrlich zu sein. Ich weiß nicht, wie du darin überhaupt laufen kannst.«

»Kann ich offenbar auch gar nicht. Aber ansonsten sind sie

doch überwältigend, oder? Trägst du eigentlich oft einen Anzug, wenn wir ausgehen? Das solltest du nämlich.« Sie legte eine Hand auf seinen Ärmel. Das fühlte sich unverfänglich an. »Er steht dir.«

Gethin riss erstaunt seine Welpenaugen auf, wirkte dann aber amüsiert. »Nein, ich trage eher Freizeitkleidung. Aber wenn es dir gefällt …«

»Unbedingt«, sagte sie. Endlich schien sich eine Art Flirtstimmung zwischen ihnen zu entwickeln, und Alice spürte, wie sich ihre Muskeln entspannten. Erste Verabredungen hatten immer etwas Gezwungenes.

»Möchtest du dann jetzt vielleicht eintreten?« Er zeigte auf das Wohnzimmer. »Darf ich dir schon einmal etwas zu trinken anbieten? Was hättest du denn gerne?«

Darauf muss es eine richtige Antwort geben, dachte sie, aber ich kenne sie nicht. »Was nehme ich denn normalerweise?«, fragte sie und gab sich alle Mühe, es wie einen Witz klingen zu lassen.

»Du hast eine starke Vorliebe für Cider, wenn du schon so fragst«, sagte Gethin.

»Tatsächlich?« In den letzten Wochen hatte sie kein Bedürfnis nach Cider verspürt, aber der Arzt hatte auch gesagt, dass sich ein paar Dinge verändern könnten, während sich das Gehirn regeneriert. Immerhin würde sie nicht lernen müssen, selbst gebrautes Bier wieder schätzen zu lernen.

»Du bist sogar eine wahre Kennerin«, fuhr Gethin fort. »Letzten Sommer waren wir auf einem Cider-Fest, in Herefordshire. Wir haben gecampt, daher konnten wir den ganzen Tag Cider probieren. Es war das erste Mal, dass wir zusammen weggefahren sind.« Er zwinkerte. »Getrennte Zelte. Darauf hast du bestanden.«

»Ach ja?« Das war noch etwas für ihre Liste. Moralische Grundsätze.

»Ja. Und dein Zelt hast du mich auch aufbauen lassen. Setz dich, ich bin in einer Sekunde wieder zurück. Ich muss nur schnell nach dem Hauptgericht schauen.« Er schien darauf zu warten, dass sie etwas sagte, und als sie es nicht tat, fuhr er sich mit der Hand durchs Haar und befreite eine dicke Locke aus der sorgfältig geglätteten Masse. Die Nervosität seiner Geste löste in Alice irgendetwas aus.

»Entschuldigung«, sagte sie. »Muss ich etwas …?«

Gethin schaute sie an, und sein Mund zuckte. »Nein. Normalerweise erklärst du mir aber immer, dass ich nicht so eine Hektik verbreiten soll. Ich finde es eher gut, dass du es nicht getan hast.«

»Wenn das so ist … Verbreite nicht so eine Hektik, Gethin«, sagte sie streng. »Ich bin mir sicher, dass das Essen wunderbar wird.«

Er lächelte dankbar, und obwohl Alice' Lächeln nicht ganz echt war, freute sie sich, dass sie den richtigen Ton gefunden hatte. Vertrautes Verhalten würde vertrautes Verhalten hervorlocken – hatte sie das nicht irgendwo im Internet gelesen?

Sie ging ins Wohnzimmer und schaute sich im Kerzenschein um. An der Tür stand ein Foto von Gethin, das sie zuvor gar nicht bemerkt hatte: frisch und rotwangig im Talar bei seiner Abschlussfeier. Wo war das aufgenommen worden? Sie sollte es eigentlich wissen. Alice schaute auf den Rand. Swansea University. Sie machte sich im Geiste eine Notiz: Swansea. 2004. Gethin Emrys Williams.

Im Wohnzimmer standen weitere Fotos. Gethin und sie auf einem Festival. Sie selbst auf einer Schaukel, in Sommerkleid und Gummistiefeln. Sie beide am Strand von Aberystwyth. Die einzigen Fotos aber, die Erinnerungen in Alice auslösten, waren ältere Aufnahmen – sie und ihr Vater in Blackpool mit Zuckerwatte, ihr erstes Auto vor ihrer WG in Haringey, sie und ihre Mutter auf einem Karussellpferd namens Dana –, und die befanden sich oben in ihrem Fotoalbum.

Sie nahm ein Foto von sich und Gethin im Schein eines Lagerfeuers; ihre Gesichter leuchteten gespenstisch, und sie schwenkten Wunderkerzen. Alice hatte mit den Funken ein Herz gemalt, Gethin ein »G«. Funken, dachte sie. Wie Erinnerungen – hell und glänzend und sofort wieder erloschen.

»Das war eine unglaubliche Nacht«, sagte Gethin, und sie zuckte zusammen.

Gethin stand mit zwei Gläsern hinter ihr.

»Mittsommernacht, letztes Jahr. Etwas ganz Besonderes. Hier bitte«, sagte er und reichte ihr ein kaltes Glas. »Westons Old Rosie. Das ist, wenn ich dir das verraten darf, dein Lieblings-Cider.« Er wirkte begeistert. »Nimm einen Schluck.«

Alice erwiderte seinen Blick. Offenbar hegte er die Hoffnung, dass ihr der Cider ein proustsches Erinnerungserlebnis verschaffte. Und sie wünschte es sich auch, von ganzem Herzen.

Sie schloss die Augen und konzentrierte sich. Das alte Glas. Der Apfelgeruch. Sie versuchte, die Zelte heraufzubeschwören, das feuchte Gras, die Nachtluft – nichts. Sie lächelte trotzdem und trank einen Schluck.

Es war ein guter Cider, aber er rief keine Erinnerungen wach. Als sie die Augen öffnete, starrte Gethin sie hoffnungsvoll an.

»Wunderbar!«, sagte sie, und ohne zu wissen, warum, fügte sie hinzu: »Ein Cider-Fest, sagtest du?«

»Kommen die Erinnerungen zurück?« Seine Augen leuchteten, und Alice merkte, dass sie nickte. »Ausgezeichnet! Also!« Er führte sie zum Sofa gegenüber von dem gewaltigen Fernsehbildschirm. Daneben sah sie einen Laptop und Kabelgewirr. Auf den Sofatischchen standen Schalen mit Popcorn, Nachos und Oliven – eine eigentümliche Mischung aus Knabbersachen und Kinosnacks.

Gethin stellte seinen Cider ab und rieb sich die Hände. »Heute Abend, Bunny, werde ich dich durch ein multisensorisches Beziehungserlebnis begleiten.«

»Ein was?«

»Mit Hilfe von Essen, Wein, Musik und Fotos werde ich dir unsere gesamte Beziehung vorführen, mit einem Film zum krönenden Abschluss. Zu diesem Zeitpunkt wird dein Gedächtnis hoffentlich wieder gut geschmiert und leistungsfähig sein.«

Bevor Alice etwas sagen konnte, war Gethin vor ihr niedergekniet, hatte ihr Hände genommen und seine Finger mit den ihren verflochten. Das wirkte ein wenig pathetisch, aber Alice ließ es geschehen, weil er offenbar sein ganzes Herzblut in diese Geste legte. »Mich selbst hat es in die Vergangenheit zurückversetzt, all diese Fotos und Erinnerungsstücke zu sichten – in wirklich glückliche Zeiten. Bei dir funktioniert es hoffentlich auch. Ich möchte nämlich nicht der Einzige sein, der sich daran erinnert.«

Alice wusste nicht, was sie sagen sollte. Je sehnsüchtiger Gethin über ihre Beziehung sprach, desto schuldiger fühlte sie sich, weil sie die Erinnerung daran vielleicht nie wieder zurückerlangen würde. So viel Glück klang aus seinen Erzählungen heraus. Fish and Chips, Strände, Camping, Urlaub ...

»Das klingt wunderbar«, sagte sie. »Fast ein wenig verrückt, muss ich zugeben, aber ... wunderbar.«

Sie setzte sich auf das Ledersofa und sah zu, wie er an dem Laptop herumfummelte.

»Gethin«, sagte sie, »Warum ziehst du nicht dein Jackett aus? Ich fühle mich natürlich geschmeichelt, dass du dich für mich so in Schale geworfen hast, aber wenn es für dich bequemer wäre ...«

Er drehte sich um. »Wenn es dir nichts ausmacht.«

»Natürlich nicht.« Es war schwer genug, in dem engen Kleid auf dem weichen Sofa zu sitzen. Alice' Oberschenkel schmerzten schon von der Anstrengung, die Knie zusammenzuhalten.

Normalerweise machen wir uns nicht so schick, dachte sie und fügte diese Tatsache ihrem neuen Gedächtnis hinzu. Er gibt sich unendlich viel Mühe, um mir zu zeigen, wie viel ihm das alles bedeutet.

»Na denn.« Er schlüpfte aus seinem Jackett, legte es sorgfältig über die Armlehne des nächsten Sessels und hockte sich wieder hin. Der Wollstoff der Hose spannte an seinen stämmigen Oberschenkeln.

»Okay. Es geht los.« Er hielt die Fernbedienung auf die Anlage. Adele hörte auf zu singen, Ellie Goulding begann. Auf dem Fernsehbildschirm erschien ein Foto von ihnen beiden, wie sie im Sonnenuntergang inmitten von Zelten standen, in die Kamera lächelten und jeder eine Flasche Cider schwenkten. Darunter standen die Worte »Gethin und Alice«.

»Keine Sorge«, entschuldigte er sich. »Es ist nicht alles so kitschig. Das Diashowprogramm hat mich dazu verleitet.«

»Aber das ist doch reizend!«, sagte Alice. »Ist das der Campingurlaub in Herefordshire?«

»Genau!«, rief Gethin begeistert, bis ihm klar wurde, dass er es ihr selbst erzählt hatte.

Mühsam richtete er sich auf und setzte sich neben sie aufs Sofa. »Also ... Ich beginne mit ein paar Fotos von dem Urlaub, bei dem wir uns kennengelernt haben«, erklärte er, als das Bild auch schon von Weinbergen überblendet wurde, deren klare, hügelige Silhouette sich vor einem perfekten lavendelblauen Himmel abzeichnete. »Du stehst am Rand der Gruppe. Ich sitze auf der Mauer.«

Alice hätte sich kaum wiedererkannt in der Gruppe – ungefähr zwanzig jüngeren Leuten, die in langen Shorts und bunten Sommerkleidern dastanden und in die Sonne blinzelten. Sie wirkte molliger als jetzt und trug einen Cowboyhut aus Stroh.

»Das bin ich? Hatte ich denn blonde Haare?«, fragte sie überrascht.

»Ja, du warst blond, als wir uns kennengelernt haben. Du hast es deine Trennungsfrisur genannt.«

Das rief irgendetwas in ihr wach. Alice spürte, dass etwas einrastete, als würde ein Dia in ihren Hinterkopf geschoben. Wundgeheulte Augen, weil sie nachts vor einer U-Bahn-Station in Tränen ausgebrochen war und sich nicht darum kümmerte, ob Leute vorbeikamen und sie sahen. Diese unendliche Sehnsucht, mit ihrer Mutter zu sprechen, nur ein einziges Mal noch, das Gesicht an ihrer Brust geborgen.

»Lass das Bild mal bitte stehen, Gethin, ja?«

Er hielt die Diashow an. »Ist dir etwas eingefallen?«

»Vielleicht.« Alice presste die Finger an die Stirn, direkt über den Augenbrauen. »Ich muss das nur klarbekommen, bevor wir weitermachen. Wieso hatte ich Probleme? Wieso habe ich mich für diesen Besinnungsurlaub angemeldet?«

Er schaute sie an und nahm ihre Hand. »Du hast die Sache gründlich verarbeitet. Ist das jetzt noch wichtig?«

»Ja, das ist es.«

Gethin atmete langsam ein und wieder aus. »Nun, du befandst dich an einem Scheidepunkt. Mir hast du erzählt, dass du das Gefühl hast, beruflich mehr aus dir machen zu wollen, als nur irgendwo zu jobben. Du warst viel klüger als viele deiner Vorgesetzten, aber die Bezahlung stimmte und dir war nicht klar, ob es nicht schon zu spät war, um dich noch weiter zu qualifizieren.«

Alice runzelte die Stirn. Das klang nachvollziehbar. Ihre Kleidung sprach auch dafür.

»Außerdem hattest du eine Beziehung beendet, die ... die keine Zukunft hatte.« Er senkte den Blick.

»Mit einem verheirateten Mann?«, erkundigte sich Alice.

»Äh, ja. Du hast mir nichts über ihn erzählt. Nur dass er verheiratet war. Und dass du die Beziehung beendet hast.«

»Oh.« Es war nicht schön, so etwas über sich herauszufinden.

Ein Teil von ihr war beschämt, weil Gethin das wusste. Andererseits, wenn er es von Beginn an gewusst hatte und sie trotzdem mochte ...

»Und ich hatte mich gerade von meiner Freundin getrennt«, fuhr Gethin fort, damit das Bekenntnis nicht einseitig blieb. »Außerdem habe ich darüber nachgedacht, mir einen anderen Job zu suchen. Wir sind uns genau im richtigen Moment begegnet.« Er bedachte sie mit einem seiner schlichten, arglosen Blicke. »Wir symbolisieren füreinander den Neubeginn. Von dem Tag an, da wir uns begegnet sind, hat das Leben plötzlich wieder Sinn ergeben.«

Alice lächelte, aber in ihrem Innern sah es nicht ganz so ruhig aus.

Er war sehr lieb, und er vertraute ihr. Sie wäre dumm, wenn sie diese großartige Beziehung verderben würde. Aber was war, wenn sie Dinge getan hatte, von denen er nichts wusste? Was war, wenn die Erinnerungen daran zurückkamen? Was dann?

Gethin drückte sehr fest ihre Hand.

»Was denn?«, fragte Alice.

»Ich musste nur an etwas denken.« Er lächelte. »Wie glücklich wir beide sind. Du und ich, wir sind füreinander bestimmt.«

Kapitel neunzehn

Libby wusste nicht, ob es damit zu tun hatte, dass die Bauarbeiten einen neuen Höhepunkt erreicht hatten, oder ob die Pflanzen im Garten eine Art vorgezogenen Heuschnupfen auslösten, jedenfalls benahmen sich Margaret und Jason sonderbar und nicht besonders hilfreich.

Da sich Alice einigermaßen erholt und sämtliche kleinen Aufgaben im Hotel übernommen hatte, war Margarets Stimmung in den Keller gesackt. Nicht dass sie schlechte Laune hatte, aber sie war überkritisch und hatte ständig etwas zu beanstanden, was sie dann mit irritierender Höflichkeit vorbrachte: Probleme im Zusammenhang mit den Bauarbeiten, ob Bob oft genug Gassi geführt würde, warum man sie nicht gefragt habe, bevor man verschiedene Bilder abgehängt habe … ständig etwas Neues. Libby war dankbar, Alice mit ihrer ausgleichenden Art um sich zu haben, weil Margarets unvorhersehbare Ausbrüche ihr allmählich auf die Nerven gingen und Jason sowieso schon hochgradig nervös war.

»Donald muss eine guter Zuhörer gewesen sein«, sagte Alice, nachdem sich Margaret beim Abendessen lang und breit darüber ausgelassen hatte, wie Donald mit dem Gast fertiggeworden sei, der sich über die Qualität der Oberbetten beklagt hatte – eine Geschichte, die selbst Alice schon drei Mal gehört hatte. »Denkst du, sie braucht eine Aufgabe? Es muss komisch für sie sein, tatenlos mit anzuschauen, wie sich alles verändert.«

»Sie soll es sich eigentlich nur gut gehen lassen«, erwiderte Libby, dachte aber, dass Alice vielleicht etwas Richtiges erkannt hatte. Das Problem war, dass Margaret mit den Veränderungen im Hotel nichts zu tun haben wollte und Libby in der Stadt nicht genug Leute kannte, um sich unauffällig zu erkundigen, in was für Projekte man Margaret einbinden könnte.

Bei Jason sah es ganz anders aus. Er war die ganze Woche über fast jeden Abend fort gewesen, entweder beim Rugby oder mit seinen Freunden im Pub, und wenn er mal da gewesen war, hatte er vor dem Laptop gehockt und »die Finanzen geregelt«. Sie hatte sich nicht da reinhängen wollen, weil ihre Sorgen wegen des Budgets einfach nicht schwanden. Der Hersteller hatte aus irgendeinem Grund immer noch nicht die gesamte Badezimmereinrichtung geschickt, und sie selbst hatte schlaflose Nächte, weil sie sich fragte, ob sie mit den Details nicht doch übertrieben hatte.

Und auch hier war es ein Segen, Alice um sich zu haben. Wenn es Alice nicht geben würde, die selbst dann die Ruhe bewahrte, wenn der Breitbandanschluss zusammenbrach, die Bauarbeiter einen Höllenlärm veranstalteten, die Schwiegermutter schmollte und Bobs Terminkalender überquoll, wäre Libby wahrscheinlich längst übergeschnappt.

»Du hast eine Menge am Hals«, sagte Alice freundlich. »Bob hätte dir eine Nachricht hinterlassen sollen, dass er Transportbedarf hat.«

»Danke, dass du mich daran erinnerst«, sagte sie. »Ich dachte, Margaret würde ihn zu seiner ›Tiere als Therapeuten‹-Sitzung bringen, aber das war offenbar ein Irrtum.«

»Du kannst ja einen Zettel an den Baum der guten Taten hängen«, sagte Alice, die sich auf ihrem Stuhl hinter dem Rezeptionstresen mitdrehte, als Libby in aller Eile Bobs Ausrüstung zusammenkramte. »Danke, Alice, dass du einen Job übernimmst, der dir wirklich keinerlei Mühe bereitet, zumal du ihn schon als Kind immer aus purem Vergnügen gespielt hast.«

»Ich bin auch nicht lange weg.« Libby suchte ihre Handtasche. »Margaret muss mit Jason irgendwohin gefahren sein, und der konnte natürlich nicht Nein sagen.« Sie schaute schuldbewusst auf. »Ich bin eine blöde Gans, ich weiß. Mir schwant, dass heute einer der weniger wichtigen Donald-Gedenktage ist. Andererseits wusste sie, dass ich Jason eigentlich bräuchte, um die Vorhänge für die Fenster auszumessen. Es ist, als wolle sie beweisen, dass sie an erster Stelle kommt. Sie macht eine Art Wettbewerb daraus, was wirklich unangemessen ist.«

»Das macht sie bestimmt nicht absichtlich. Oder, na ja …«, Alice verzog den Mund, »… vielleicht ja doch. Aber sei ein wenig nachsichtig. Wie lange dauert es noch, bis du ihr einen weiteren fertigen Raum zeigen kannst? Lange sicher nicht mehr.«

Libby fand ihr Namensschild und hängte es sich um den Hals. »Es wäre einfach nett, wenn Jason auch mal etwas sagen würde, statt das immer mir zu überlassen.«

Sie wechselten einen erschöpften Blick. Libby hatte erkennen müssen, dass Jason brillant darin war, Konfrontationen aus dem Weg zu gehen. Er war nie zur Stelle, wenn sich die Gäste über irgendetwas beschweren wollten oder die Bauarbeiter eine Entscheidung brauchten.

»Lass dir Zeit, wenn du im Krankenhaus fertig bist«, sagte Alice. »Trink ruhig in der Stadt einen Kaffee. Vergiss das Hotel für eine Stunde. Hier wird schon alles seinen Gang gehen – es ist ja nicht so, dass wir tausend Gäste hätten.«

»Danke«, sagte Libby. »Vielleicht mache ich das sogar.«

Die Straßen waren frei, die Sonne war herausgekommen, und als Libby das Krankenhaus betrat, hatte sich ihre Laune bereits gehoben. Longhampton trug den späten Frühling wie ein hübsches Kleid: Die Hecken hatten tausend grüne Sprossen, in der Ferne sprenkelte das Weiß der Lämmer die Felder, und die frische Luft schien einen von innen her zu reinigen.

Sie lächelte jeden an, der ihnen auf dem Weg zur Geriatrie entgegenkam, und als Bob bei seinem Eintritt die übliche Freude unter den Patienten auslöste, war sie regelrecht stolz auf ihn. Er trug die schlaffe Samtfliege, die Jason mal für eine Kostümparty gekauft hatte, was ihm ein gewagt gelehrtes Aussehen verlieh.

Bob begab sich schnurstracks zu Doris, der alten Haushälterin des Swan, und Libby folgte ihm pflichtschuldig.

»Guten Morgen, Doris«, sagte sie, als er sich zu ihren Füßen niederließ und Aufmerksamkeit heischend seinen edlen Kopf hob. »Wie geht es Ihnen heute?«

»Was denken Sie, wie es einer Dreiundneunzigjährigen wohl geht? Man ist schlicht glücklich, noch unter den Lebenden zu weilen. Wie geht es dir, mein Junge?« Doris war immer erst etwas grantig, aber je länger Bob bei ihr saß, desto freundlicher wurde sie. »Habe ich wohl einen Keks für dich? Na, was meinst du?«

Libby setzte sich auf den Stuhl neben Doris und sah zu, wie Bob es feierlich über sich ergehen ließ, dass sie ihn streichelte, bis sie ihm dann seinen verbotenen Vanillecremekeks zusteckte. Auf der anderen Raumseite entdeckte sie Gina, die geduldig bei zwei alten Damen im Rollstuhl saß. Die beiden sprachen angeregt auf Buzz ein, ihren Greyhound, der unbeirrt zwischen ihnen hin und her schaute, die Ohren gespitzt, als würde er aufmerksam zuhören.

Gina hob die Hand, und Libby grüßte zurück. Noch eine Freundin, dachte sie, was sie mit unerwarteter Freude erfüllte.

»Wie kommen Sie mit dem Hotel voran?«, fragte Doris. Libby zuckte zusammen, da Doris sich immer mehr für Bob als für sie zu interessieren schien.

»Gut, danke.« Libby sprang sofort auf das Thema an. »Doris, Sie wollten mir doch ein paar Geschichten aus Ihrer Zeit dort erzählen, als …«

»Ooh, da würden wir morgen früh noch hier sitzen, meine Liebe. Ich habe dort angefangen, als die Hannifords das Haus überhaupt erst zu einem Hotel umgebaut haben. 1950 war das.«

»Was war denn vorher dort?« Libby hatte sich schon oft gefragt, wie das Haus gewesen war, bevor Donald es mit Tartanmustern überzogen hatte. Hatten in den Kommoden silberne Kedgeree-Teller gestanden statt der Plastikgefäße mit den Frühstücksflocken? Hatte man im Salon, wo jetzt das Knistern veralteter *Country-Life*-Magazine die öde Stille erfüllte, rauschende Partys gefeiert? Was dachten die Geister der ehemaligen Bewohner, wenn sie die glasäugigen Hirschköpfe und die avocadofarbenen Bäder sahen?

»Das Haus gehörte Mr Cartwright. Es war ziemlich schön. Nicht das schönste Haus der Gegend, aber doch fast. Nach dem Krieg war es für eine einzige Familie viel zu groß, da man ja nicht mehr das nötige Personal für all die Arbeiten im Haushalt hatte, also haben sie es verkauft. Die Hannifords kamen aus Birmingham und haben es in ein Hotel verwandelt.«

»Und Sie waren die Haushälterin?«

»Ich habe als Hausmädchen angefangen und mich hochgearbeitet«, sagte Doris. »Von der alten Haushälterin, Miss Greene, habe ich gelernt, wie man ein Hotel führt. Sie war ein aufbrausender Mensch. Eigentlich war sie Krankenschwester im alten Krankenhaus in der Stadt. Sehr speziell. Damals waren die Zeiten noch viel schwieriger, müssen Sie wissen. In sämtlichen Zimmern befanden sich noch Kamine. Wie viele Gitter ich nicht in diesem Haus gereinigt habe ... An dem Tag, als Mrs Corcoran die Kamine rausgeworfen und durch elektrische Öfen ersetzt hat, wäre ich fast auf die Knie gegangen, um ihr zu danken.«

»Das ist ja lustig. Wir haben gerade all diese Heizungen rausgerissen und die Kamine wieder geöffnet.« Libby lächelte. »Wie sich die Zeiten ändern, nicht wahr?«

Doris schaute sie an, als sei sie verrückt geworden. »Und wer säubert die Kamingitter?«

»Niemand! Ich werde sie mit Kiefernzapfen befeuern.«

Doris murmelte etwas vor sich hin und kraulte Bob heftig hinterm Ohr.

»Und wann haben Margaret und Donald das Hotel übernommen? 1980?«

»Irgendwann in dieser Zeit, ja. Und das mit zwei kleinen Kindern, beide noch nicht einmal zwei.« Doris' Augenfältchen kräuselten sich zu einem Ausdruck, den Libby als Belustigung interpretierte. Möglicherweise schien aber auch Missbilligung durch. »Sie war sehr zielstrebig, die gute Mrs Corcoran. Von organisatorischen Fragen hatte sie keine Ahnung, aber sie fühlte sich gleich in ihrem Element.«

»Sie kam also gar nicht aus dem Hotelgewerbe?« Libby wusste das natürlich, aber Doris redete offenbar gerne über Dinge, von denen sie dachte, dass sie neu für Libby waren. Von den zahlreichen Interviews, die sie schon geführt hatte, wusste Libby, dass das die beste Methode war, um Menschen pikante Geheimnisse zu entlocken.

»O nein, ich denke nicht. Sie ist aus Worcestershire hergezogen. Lustigerweise kam meine Cousine aus derselben Stadt wie Mrs Corcoran. Als ich ihr erzählte, für wen ich arbeite, sagte sie: ›Oh, das ist aber doch nicht Maggie Jackson, oder?‹ Und tatsächlich, genau die war es. Pam ist mit ihr zur Schule gegangen. Derselbe Jahrgang.«

»Wirklich? Die Welt ist klein«, sagte Libby. Kaum vorzustellen, dass man Margaret früher »Maggie« genannt hatte. Sie war definitiv keine Maggie.

»Die Welt ist wirklich klein.« Doris' Augenpartie legte sich in tausend Fältchen. »Und …«

In Libbys Tasche piepste es, und sie griff mit einer entschuldigenden Miene hinein. »Tut mir leid, mein Handy. Heute sollen die letzten Bäder geliefert werden, und die Bauarbeiter wollten anrufen, wenn sie da sind. Ich werde erst wieder Ruhe finden, wenn ich Gewissheit habe.«

Doris faltete die Hände im Schoß und betrachtete sie mit der unergründlichen Miene einer alten Frau, der nichts Menschliches fremd ist.

Die SMS kam von Alice' neuem Handy. Gethin hatte ihr ein neues gekauft, das er vor ein paar Tagen vorbeigebracht hatte. Natürlich war er zum Abendessen geblieben und hatte ein paar lustige Geschichten über die schreckliche Tournee einer Schulaufführung erzählt. Libby mochte Gethin. Margaret verehrte ihn regelrecht und hatte ihn aufgefordert vorbeizukommen, wann immer er mochte. Der Einzige, der ihn mit einem gewissen Missmut betrachtete, war Lord Bob – vermutlich weil Gethin den Platz an Margarets Seite bekam, der eigentlich ihm zustand.

Libby runzelte die Stirn. Die Nachricht lautete: Komm so schnell wie möglich zurück. Problem im Hotel.

Mit den Bauarbeitern?, schrieb sie zurück und wartete. Nichts kam.

»Entschuldigung, Doris, Sie wollten etwas über Margaret erzählen. Fünfunddreißig Jahre, was? Vielleicht sollten wir ein Fest feiern, wenn die Renovierungsarbeiten abgeschlossen sind, und auch das ehemalige Personal einladen.«

»Das würde mich freuen«, sagte Doris. »Ich kann es kaum erwarten, Ihre Kamine zu sehen. Mit den Kiefernzapfen.«

»Sie müssen mir alle Ihre Geschichten über das Hotel erzählen, dann können wir vielleicht ein kleines Buch daraus machen.« Libbys Verstand lief nun auf Hochtouren. Vielleicht könnte sie es Margaret schenken. Eine Gedenkschrift für das Swan Hotel, von 1980 bis jetzt. Könnte sie Anstoß daran nehmen?

»Oh, ich kenne unzählige Geschichten«, sagte Doris, als Libbys Handy wieder piepste.

Großes Problem mit Bauarbeitern und Jason. Bitte komm so schnell wie möglich.

»O Gott«, sagte Libby. »Sieht so aus, als müssten wir sofort los.«

Libby wusste, dass etwas geschehen sein musste, noch bevor sie aus ihrem Wagen gestiegen war.

Drei Bauarbeiter standen vor ihrem Lieferwagen und luden Arbeitsgerät ein: Kreissägen, Kübel mit Pinseln, Abdeckplanen. Und das taten sie doppelt so schnell, wie sie je etwas ausgeladen hatten.

»Was ist los?«, fragte sie freundlich, aber die Männer nickten nur zum Hotel hinüber. Libby fluchte innerlich. Sprechrollen hatten nur zwei der Bauarbeiter, während die meisten ihr nicht einmal in die Augen schauten, wenn es sich vermeiden ließ.

Sie eilte mit Lord Bob hinein. Alice saß mit düsterer Miene hinter dem Rezeptionstresen. Zwei weitere Bauarbeiter klappten die Böcke zusammen, die sie aufgestellt hatten, um ... egal. Ein anderer ging mit einer Trittleiter an ihr vorbei.

»He«, sagte Libby. »Das ist doch unsere Trittleiter, oder?«

Er lehnte sie mit einem beleidigten Gesichtsausdruck an die Wand.

Libby blitzte ihn an und ließ keinen Zweifel daran, dass

sie das nicht auf sich beruhen lassen würde. Dann wandte sie sich an Alice. »Was ist los?«

»Ich weiß es nicht! Es tut mir leid, dass ich dich aus dem Krankenhaus zurückhole«, sagte Alice, »aber ich habe gehört, wie sich Jason und Simon vor einer halben Stunde oben angeschrien haben. Und dann sind die Bauarbeiter mit ihrem Zeug heruntergekommen. Ich habe Simon gefragt, was los ist, und er sagte, sie verschwinden!«

Simon war der Vorarbeiter, der die Entscheidungen traf, wenn Marek nicht da war. Ganz überzeugend war er in seiner Rolle nicht, da er viel Zeit am Handy verbrachte, um sich mit seinem Chef abzusprechen.

Lord Bob zog an der Leine, um die Treppe hochzugehen und Erkundigungen einzuziehen, daher schob sie ihn ins Büro und schloss die Tür, ohne sich zu fragen, welchem Risiko sie ihre Kekse aussetzte. »Und warum verschwinden sie?«

Alice riss die Augen auf. »Keine Ahnung. Ich habe gehört, dass Jason etwas von Geld geschrien hat und dass er sie schon bezahlen würde …«

»Was?« Libby rutschte das Herz in die Hose. »Bleib hier. Ich muss herausfinden, was da oben los ist.«

Jason stand in Zimmer sechs, das nun in zwei Wänden klaffende Löcher hatte, und zeigte mit dem Finger auf Simon. Der hatte seine Hände in einer Weise erhoben, die gleichzeitig geduldig und provozierend war.

»Das können Sie nicht tun!« Jasons Gesicht war knallrot. Er sah aus, als sei ihm die Situation schon vor einiger Zeit entglitten. »Sie bringen das Zeug jetzt sofort wieder herein und sagen Ihren Leuten, dass sie unverzüglich weitermachen, oder ich schwöre Ihnen, dass ich Ihnen eine Klage an den Hals hänge, die sich gewaschen hat. Ich kenne ein paar exzellente Anwälte, die jubeln werden, wenn …«

»Nun aber mal langsam, Leute. Können wir das nicht in

Ruhe klären?«, sagte Libby, aber sie ignorierten sie einfach. Die Dinge waren offenbar in einer Weise eskaliert, dass an eine vernünftige Diskussion nicht mehr zu denken war.

»Anweisung von ganz oben, Jason«, erwiderte Simon. »Wir werden auf einer anderen Baustelle gebraucht. Soll vorkommen.«

»Aber ihr seid auf *dieser* Baustelle noch nicht fertig, verdammt noch mal!« Jason fuchtelte zu den Löchern in der Wand hinüber. »Ihr könnt das nicht so hinterlassen!«

»Das Haus wird schon nicht einstürzen, es sind schließlich keine tragenden Wände. Wenn nicht pünktlich gezahlt wird, ist der Chef eben unerbittlich, was soll ich machen? Kein Geld, keine Arbeit. Denken Sie doch mal nach. Arbeiten *Sie*, wenn Sie kein Geld dafür bekommen?«

Nicht pünktlich gezahlt? Kein Geld? Libbys Magen zog sich zusammen. Dafür musste es eine gute Erklärung geben. Sie wandte sich an Jason, aber der schaute sie gar nicht an. Panik stieg in ihr auf.

»*Was soll ich machen?*« Jason sah aus, als würde er hyperventilieren. »Ich glaube einfach nicht, dass es nichts gibt, was Sie machen können.«

»Jason, kann ich kurz mit dir sprechen?« Libby versuchte, eine ruhige Stimme zu behalten, aber die Alarmglocken in ihrem Innern übertönten Jasons hysterische Argumentation. Er war gut darin, Verantwortung abzuschieben. Er schaffte es sogar, Bosch die Schuld dafür zu geben, dass Geschirrspülmaschinen auf Handspülmittel allergisch reagierten. Je länger er so tat, als seien die Bauarbeiter das Problem, desto dringlicher sagte Libbys Instinkt, dass man es eher bei *ihm* suchen musste.

Außerdem sah sie keine Veranlassung, in das Geschrei einzustimmen, bis sie nicht wusste, worum es überhaupt ging.

»Im Büro?«, fügte sie hinzu, als er und Simon sich weiter

anblitzten. Sie musste Jason am Arm fortziehen, bis er ihr schließlich, nachdem er Simon noch einen letzten wütenden Blick zugeworfen hatte, die Treppe hinabfolgte.

Auf dem Weg mussten sie zwei Bauarbeitern Platz machen, die weitere Geräte in Richtung Haustür trugen.

»Können wir das hinter uns bringen, bevor diese Leute das ganze Hotel plündern?«, fragte Jason so laut, dass sie es hören konnten. Libby marschierte ins Büro und schloss die Tür.

Bob hatte bereits einen Großteil der Jaffa-Kekse vernichtet, die Libby sich eigentlich nach dem Mittagessen mit Alice teilen wollte. Als er die schwelende Spannung spürte, ließ er die Krümel liegen und verzog sich unter den Schreibtisch.

»Was ist hier los?« Libby zeigte auf den Lieferwagen, der draußen beladen wurde. »Was meint Simon damit, dass sie kein Geld bekommen hätten?«

»Die Bank muss etwas vermasselt haben«, begann Jason, aber sobald er das gesagt hatte, waren Libbys letzte Hoffnungen zunichtegemacht. Die Art und Weise, wie seine Augen zur Seite huschten, straften seine Worte Lügen.

»Erzähl keinen Quatsch. Bitte! Wann solltest du sie bezahlen?«

»Freitag. Aber das ist gar nicht der Punkt.« Jason schob eine Hand in sein Haar und wirkte ausweichend. »Ich wette, Marek hat einen anderen Auftrag an Land gezogen und benutzt das jetzt als Ausrede. Mir war klar, dass das irgendwann passieren würde ...«

»Wirklich? Freitag?« Libby stellte ein paar Berechnungen an: Raten ... Material ... Wie viel schuldeten sie Marek? Sie verfluchte sich selbst, weil sie es nicht wusste. Hatte sie Jason vertrauen wollen oder war sie einfach zu bequem gewesen? Tief im Innern wusste sie, dass sie sich aus Geldangelegenheiten immer gerne herausgehalten hatte. Das war Teil des

Problems. »Das wäre vor fast einer Woche gewesen. Über was für Summen reden wir?«

»Wie bitte? Willst du mir unterstellen, dass ich lüge?«, fragte Jason. »Oder dass ich nicht weiß, was ich tue?«

»Ich unterstelle dir gar nichts«, sagte sie. »Aber diese Männer lassen alles stehen und liegen. Das werden sie nicht wegen ein paar Pfund tun. Marek ist doch kein Idiot.«

»Offenbar doch. Simon besaß die Unverschämtheit, mir zu sagen …«

»Um Himmels willen, das ist jetzt nicht der Moment, um sich über die Manieren von Bauarbeitern auszulassen«, sagte Libby ungeduldig. »Bezahl sie einfach, Jason!«

»Und wovon?«

Sie hatten die Stimmen erhoben, und Libby versuchte, sich zu mäßigen, damit Alice nicht alles mitbekam. Oder Margaret, falls sie mittlerweile zurück sein sollte. »Von dem Geld, das in unserem Budget für diesen Bauabschnitt vorgesehen war.« Das sagte sie mit zusammengebissenen Zähnen, und es klang sarkastischer als beabsichtigt.

Jason starrte sie an. Die Ader an seiner Stirn pochte.

»Vom Renovierungskonto«, sagte sie. »Vom Geld aus dem Hausverkauf, das wir zurückgelegt haben, um dieses Projekt hier zu finanzieren. Ich weiß, dass du mal gesagt hast, dass das Geld fest angelegt ist und du vorerst nicht rankommst, um die Rechnung für den Klempner zu bezahlen, aber das Problem dürftest du doch mittlerweile gelöst haben, oder?«

Er sagte immer noch nichts, und ihr schwante nichts Gutes.

O nein, dachte Libby. Bitte nicht.

»Willst du mir erzählen, dass kein Geld da ist?«, fragte sie. »Es *muss* welches da sein – ich habe es doch auf dem Hotelkonto gesehen …«

Aber wann? Wann hatte sie das Geld auf dem Konto gesehen? In letzter Zeit hatte sie so viel zu tun gehabt, dass sie gar keinen Blick mehr darauf geworfen hatte.

»Verdammt, Jason, sag mir einfach, was los ist.«

Er setzte sich an den Schreibtisch und stützte den Kopf in die Hände. Ihr wurde eiskalt, als sie das sah. »Ich musste ein paar Rechnungen bezahlen.« Seine Stimme klang gedämpft. »Raten und Material und Versicherungen – das hat sich zusammengeläppert. Und dann habe ich noch ein paar Ratenrückstände entdeckt. Mum hatte einfach ihre Raten nicht gezahlt, bis man ihr mit dem Gerichtsvollzieher gedroht hat. Das hat sie furchtbar aufgeregt, verständlicherweise, und da habe ich die Schulden schließlich beglichen.«

»Warum hat sie sie nicht selbst bezahlt?«

»Weil sie nicht wusste, wie. Nun komm schon, sie hat nie irgendwelche Rechnungen bezahlt, als Dad noch lebte. Sie hat sie einfach in die Schublade gelegt und gehofft, dass sie sich in Luft auflösen.«

Libby starrte ihn an. Es war, als würde das jemand anderem passieren. Und keiner von beiden hatte es für nötig befunden, sie von dieser Lappalie in Kenntnis zu setzen, Jason nicht und auch nicht Margaret? Es war schließlich auch ihr Geld gewesen, das in die Tilgung von Margarets Hypothekenschulden geflossen war.

»In jedem Fall hat das unseren Bargeldbeständen den Garaus gemacht. Einschließlich des Geldes, das dein Vater uns geliehen hat.«

»Was? O Gott. Noch etwas?«, drängte Libby. Sie wollte es eigentlich gar nicht wissen, obwohl sie es längst wusste.

Eine weitere lange Pause. »Und irgendwann hat Darren mich wieder angerufen. Wegen des Ölfeld-Deals.«

»Dem Deal, in den ich dich *nicht* zu investieren gebeten hatte?« Die klaffenden Löcher in den Wänden im Obergeschoss blitzten vor Libbys Augen auf. Die Bäder, die noch nicht angeschlossen waren. »Machst du Witze? Die riskante Investition, in die du unser Kapital nicht stecken wolltest, wie du versprochen hast?«

»Sie ist nicht riskant.« Er wirkte gereizt. »Es geht um ein kleines Unternehmen mit einer Bohrlizenz …«

»Erzähl mir nichts, was ich schon weiß!« Libby wollte weinen, aber ihre Augen fühlten sich sonderbar heiß und trocken an. »Und komm mir nicht mit diesem Unsinn von wegen, ich verstünde nichts von Investitionen! Nach allem, was du uns zugemutet hast, könnte man mit Fug und Recht von dir verlangen, dass du bis ans Ende deines Lebens rückwärtsgehst. Aber alles, worum ich dich gebeten hatte – *alles, was ich wollte* –, war, dass du nie wieder etwas mit unserem Geld anstellst, ohne mich vorher zu fragen. War das zu viel verlangt?« Sie ließ sich auf einen Stuhl sinken, da ihre Beine sie plötzlich nicht mehr trugen.

»Sag mir bitte … dass von dem Geld auf dem Konto, dem Konto für das Haus … noch etwas übrig ist.« Ihre Stimme klang fremd. Hunderttausend Pfund. Ein sicheres Polster.

»Nein. Es ist weg.«

»Was?« Libby starrte ihn an. »Weg? Wie?« Ein schrecklicher Gedanke schoss ihr durch den Kopf. »O Gott, das war nicht der erste Deal, auf den du dich eingelassen hast, nicht wahr? Es war nur der erste, von dem du mir erzählt hast!«

Er biss sich auf die Lippe, und sie wusste, dass sie den Nagel auf den Kopf getroffen hatte. Jason war nicht gut darin, seine Gefühle zu verbergen. Libby schlug die Hand vor den Mund, als sei ihr plötzlich furchtbar schlecht. Die Ohrringe. Natürlich. Das muss ein kleinerer Deal gewesen sein, ein erfolgreicher. Jason hatte ihr immer etwas Schönes geschenkt, wenn er im Geld schwamm. Sie hätte wissen müssen, dass er nicht einen Riesen im Sofa gefunden hatte. Du dumme Kuh, schalt sie sich.

»Nun komm schon!« Jasons Stimme war plötzlich höhnisch. »Was hattest *du* denn gedacht, wie wir deine hochtrabenden Renovierungsideen bezahlen sollen? So viel hatten wir doch gar nicht. Du wusstest doch, wie viel diese Bäder kosten.«

Nein. Das war nicht der erste heimliche Deal, den er getätigt hat. »Du hast gesagt, wir könnten uns das leisten.«

»Richtig. Aber du hast nicht gefragt, wie.«

»Warum auch? Ich habe dir vertraut, als du gesagt hast, es sei alles in Ordnung.«

»Das sage ich immer noch. Es wird alles in Ordnung sein. Das ist mein Beruf! Ich bin *gut* darin!«

»So gut, dass deine Bank beschlossen hat, sich von dir zu trennen, um ihre Investoren zu schützen?«

Das war ein Schlag unter die Gürtellinie, und Jason zuckte zusammen. Libby schämte sich, aber die Panik ließ sie unbesonnen werden. Es ging nicht mehr nur ums Hotel. Es ging um einen Verrat, über den sie noch nie wirklich gesprochen hatten, weil sie zu müde und zu schockiert gewesen waren. Sie hatten die Angelegenheit einfach unter Arrangements und Umzugslisten begraben. Jetzt drängten die Ängste, die sie unterdrückt hatte, mit aller Macht wieder an die Oberfläche, und es gab keine Möglichkeit, ihnen Einhalt zu gebieten. Libby konnte nichts tun, als auf dem Rücken einer sich aufbäumenden, zerstörerischen Wut durch dieses schreckliche Gespräch zu preschen.

Unter gewaltigen Anstrengungen gelang es ihr, ihn ruhig anzuschauen. »Okay. Schön. Kannst du den Einsatz zurückbekommen?«

Jason blickte mürrisch auf den Schreibtisch. »Nein.«

»Sicher kannst du Darren bitten, dich aus der Sache rauszukaufen, wenn es ein so guter Deal ist, oder?« Jasons Börsenmaklerkumpels warfen ständig ihre Boni in irgendwelche privaten Deals; Jasons Einsatz waren sicher Peanuts im Vergleich zu dem, was sie selbst hineingesteckt haben würden.

Dass es sich um eine Frage des Stolzes handelte, war Libby schon klar. Aber sie selbst hatte ihren Stolz besiegt und ihren Vater um Geld gebeten, oder?

Noch eine lange Pause. »Nein.«

»Warum nicht?«

»So leicht ist das nicht. Es macht keinen Sinn, das Geld jetzt rauszuziehen – vielleicht stehen wir an der Schwelle eines gewaltigen Gewinns. Eines *gewaltigen*. Mit dem wir hundert Hotels kaufen könnten …«

Als Libby aufschaute, bemerkte sie das Leuchten in Jasons Augen und wusste, dass jede Diskussion zwecklos war. Jason sah nur die Zahlen über den Bildschirm rattern, sah schon seine baldige Bestätigung vor sich, die Belohnung dafür, dass er zu zocken gewagt hatte. Libby nahm er gar nicht mehr wahr und auch die anderen Menschen nicht, das Hotel, die Mauersteine. Er hatte nur noch Augen für Zahlen.

Als Libby dieses Leuchten zum ersten Mal in den Augen dieses Jungen vom Lande gesehen hatte, hatte sie es für Begeisterung gehalten. Er hatte daheim an seinem Laptop gesessen und ein paar Börsenseiten aufgerufen. Es hatte Spaß gemacht, ihm zuzuschauen, wie er seinen Job machte; sie hatte es sogar sexy gefunden, wie seine langen Finger über die Tastatur sausten. Er zocke nicht, hatte er ihr versichert und ihr gezeigt, was er getan hatte, während sie *Mad Men* gesehen hatte. Für Zockerei waren seine Geschäfte viel zu anspruchsvoll. Man musste vorausschauend sein, den Überblick behalten, den richtigen Moment abpassen – was bei ihm einherging mit einem glücklichen Händchen, das ihn in seinem Team zum kommenden Star werden ließ. Warum sollte er sein Talent also nicht auch für ihr Privatkonto nutzen? Das Leuchten in seinen Augen hatte ihnen einen Urlaub auf Necker Island beschert.

Das war gut gewesen, solange es funktioniert hatte. Aber dann – obwohl Jason ihr lange Zeit nichts davon gesagt hatte – hatte es eben nicht mehr funktioniert.

Libbys Kopf saß bleischwer auf ihren Schultern. Noch eine letzte Chance, sagte sie sich hohl. »Jason«, begann sie und fixierte die Adern des abgewetzten Leders auf der Arbeitsfläche des Schreibtischs. »Bitte. Im Namen unserer Ehe: Ruf Darren an und hol das Geld zurück. Wir müssen die Bauarbeiter bezahlen. Wenn das Hotel nicht fertig wird, sind wir am Ende.«

Die Pause schien sich bis ans Ende ihres Lebens hinzuziehen.

»Nein«, sagte er schließlich, und als er dann aufschaute, schien er außer sich. »Das werde ich nicht tun. Im Übrigen bin ich entsetzt, wie wenig Vertrauen du in mich hast.«

Libby betrachtete ihren attraktiven, über dreißigjährigen Mann, der sie mit viel Anstand und Selbstironie erobert hatte, als sie beide zu jung gewesen waren, um zu wissen, was wirklich zählte. Was soll das alles?, dachte sie. Sie konnte ihm nicht mehr vertrauen. Sie hatte ihre Ehe über alles gestellt und war hierhergekommen, um noch einmal von vorn anzufangen. Er hatte es nicht getan. Wenn er nicht sah, was er ihr antat und dass er ihr gemeinsames Glück zerstörte, was hatten sie dann überhaupt für eine Chance? Was musste noch passieren, bevor er das auch begriff?

»Ich gebe mir alle Mühe, dir zu vertrauen, Jason, und dann tust du mir so etwas an«, sagte sie.

»Ist das dein Ernst? Wenn du mir nicht vertraust, verschwenden wir nur unsere Zeit.« Er war fuchsteufelswild. »Ich habe verdammt hart gearbeitet – *für uns beide* –, und du besitzt die Frechheit, mir zu erzählen, dass es nicht die *rich-*

tige Art harter Arbeit war? Denkst du, du bist die Einzige, die im letzten Jahr durch die Hölle gegangen ist? Es ist ja wohl ein Unterschied, ob man auf seinen Pilates-Kurs und ein paar neue Handtäschchen verzichten muss oder ob man seine Lebensgrundlage und seine Selbstachtung verliert.«

»Das ist unfair. Ich habe immer hart gearbeitet, bis …«, begann sie, aber Jason war jetzt in Fahrt, da er von seinem Zusammenprall mit den Bauarbeitern innerlich noch glühte.

»Ich werde nicht hier herumhängen und mich von jemandem belehren lassen, der nicht die geringste Ahnung hat, was ich tue und wie gut ich darin bin«, fuhr er sie an. »Du willst, dass ich gehe? Okay, von mir aus. Ich kann mir nichts Schöneres vorstellen.«

Er wird nicht gehen, sagte sich Libby. Er blufft nur.

»In Ordnung«, sagte sie. »Geh. Lass mich und deine Mutter sitzen und entzieh dich deiner Verantwortung. Vermutlich wird es mein Fehler sein, nicht wahr? Weil ich dich rausgeschmissen habe.«

Jason sagte nichts. Er drehte sich um und verließ das Hotel.

Kapitel zwanzig

Libby konnte nur zusehen, wie die Bauarbeiter alles abbauten und ihre Geräte fortschleppten. Als sie gegen zwei Uhr abfuhren, senkte sich Schweigen über das Hotel.

Alice hatte es geschafft, Marek ans Telefon zu bekommen. Libby hatte gebettelt und gefleht, aber er hatte nur bestätigt, was sie bereits befürchtet hatte: Jason hatte nicht einmal den ersten Bauabschnitt vollständig bezahlt.

»Es tut mir leid, Libby, aber ich kann meine Jungs nicht für nichts arbeiten lassen«, sagte er. »Wir haben schon so viele Zugeständnisse gemacht, weil Sie so gute Kunden sind, aber Jason … Hören Sie, wir bleiben in Kontakt, ja? Vielleicht lässt sich ja doch noch etwas machen.«

Sie konnte es ihm nicht verdenken. Marek war ein netter Typ, aber er war auch Unternehmer. Sie und Jason waren einmal gute Kunden gewesen, aber jetzt standen sie vermutlich auf der schwarzen Liste einiger Handwerksbetriebe.

Das war die letzte Küche, die man mir in London eingebaut hat, dachte sie.

Libby ging langsam nach oben, blieb in dem Meer an nunmehr nutzlosen Abdeckfolien stehen und versuchte, mit ihrem tauben Gehirn den Stand der Bauarbeiten einzuschätzen. An Jason und an das, was sie sich gegenseitig an den Kopf geworfen hatten, mochte sie gar nicht denken. Und auch nicht daran, ob er wohl zurückkommen würde.

Das hatte sie davon, dass sie sich nicht um die Details hatte kümmern wollen, und so zwang sie sich jetzt dazu, in jeden einzelnen Raum hineinzuschauen. Nicht ein einziger war fertig, und Zimmer vier, ihr Paraderaum, war mit Kisten und irgendwelchem Zeug vollgestopft. In vier Zimmern waren die Bäder eingebaut, aber die Böden waren noch nicht gefliest. In den anderen Räumen waren Bäder und Toiletten herausgerissen worden und hatten hässliche Löcher in den Wänden hinterlassen. Die Zimmer im Erdgeschoss waren in demselben Zustand, und Libby konnte sich nicht dazu überwinden, sich dort auch noch umzuschauen.

Sie bückte sich, um ein Knäuel Malerkrepp aufzuheben, realisierte dann aber, dass es keinen Sinn hatte, aufräumen zu wollen. Die Dimension dessen, was sie zu bewältigen hatte, raubte ihr den Atem. Das schäbige, aber gemütliche alte Hotel lag in Trümmern und war für immer verloren. Nun verstand sie, warum Margaret sich weigerte, in den ersten Stock zu gehen. Das Chaos war aufregend gewesen, solange ein Ende in Sicht gewesen war, aber jetzt schienen sich die freigelegten Backsteine und Kabel über sie lustig zu machen: *Und du dachtest, du könntest das schaffen? Ohne jede Erfahrung? Wie willst du den Schaden denn jetzt beheben? Ohne Geld?*

Der Gedanke an den gewaltigen Batzen Geld war ein großer Trost gewesen, das Einzige, was den Umzug erträglich gemacht hatte. Als Jason sie gebeten hatte, sich Geld von ihrem Vater zu leihen, war sie davon ausgegangen, dass sie einfach kein Bares hatten. Nicht, dass sie überhaupt nichts hatten. Dass es einfach so verschwunden sein könnte ...

Libby betrachtete ein Bündel Kabel, das über der herausgerissenen Fußleiste aus der Wand ragte. War das gefährlich? Was sollte überhaupt damit geschehen? In ihrem Kopf formten sich Worte: »Jason, was soll ...?«

Aber er war fort. Irgendwo aus ihrem Innern drängte ein unwillkommenes Getöse an die Oberfläche. Libby hatte sich noch nie klein und verloren gefühlt – sie hatte immer optimistisch in die Zukunft geschaut –, aber jetzt konnte sie nichts Positives mehr erkennen. Manche ihrer Albträume waren weniger surreal gewesen als die Szene vor ihren Augen. Es tat ihr furchtbar leid um das Hotel, das sie ruiniert hatte. Zum ersten Mal sah sie die Knochen dieses Hauses – nicht das edle Romantikhotel, das sie daraus hatte machen wollen, sondern das gemütliche, einladende Familienhotel. Was habe ich nur angerichtet?, fragte sich Libby zutiefst beschämt.

Die Sonne, die draußen durch die Bäume wanderte, beleuchtete das Patchwork aus grau-violetten Streifen an den Zimmerwänden. Libby sah sich selbst, wie sie wie Marie Antoinette Farbproben an die Wände pinselte, während Jason auf Zeit spielte, wohl wissend, dass kein Penny übrig war, um das alles zu bezahlen. Während er ihre Zukunft verzockte.

Oh, Libby, sagte eine Stimme in ihrem Kopf, die sehr nach ihrem Vater klang. Wie konntest du derart blauäugig sein?

Sie machte auf der Hacke kehrt und ging nach unten.

Jason kam nicht am Nachmittag wieder, einen Strauß Rosen in der Hand, das Gesicht zerknirscht, wie er es sonst nach einem Streit getan hatte. Er rief auch nicht an und schrieb auch keine SMS.

Libby würde ihm auch nicht schreiben. Sie wusste nicht, was sie sagen sollte. Wut und Elend gewannen im Wechsel die Oberhand. Und immerzu lauerte die Angst im Hintergrund, um jedes Mal hervorzubrechen, wenn Libby eine Rechnung erblickte. Die Angst war fast zu übermächtig, um Wut zuzulassen.

Jason musste einfach zurückkommen und ihr helfen, das Chaos zu beseitigen, das er angerichtet hatte. Andererseits hatte Libby alles, was sie über Ehrlichkeit und Vertrauen gesagt hatte, genau so gemeint. Nun, da die harten Worte heraus waren, würde sie nichts mehr davon zurücknehmen. Es hatte einfach gesagt werden müssen. Libby würde sich nur wünschen, dass Jason nicht einfach den ungünstigsten Moment abgepasst hatte, um diese Auseinandersetzung zu provozieren.

Sie saß im Büro und war nicht fähig, sich zu rühren oder nachzudenken oder zu reden oder jemanden zu sehen. Ihr war nicht einmal klar, wie lange sie schon dort saß, als Alice klopfte und den Kopf zur Tür hereinsteckte.

»Hallo. Ist alles in Ordnung? Ich dachte, du brauchst vielleicht einen Moment, um zur Ruhe zu kommen.« Sie bemühte sich tapfer, aber vergeblich, ihre Sorge zu verbergen. »Andererseits dachte ich, dass du vielleicht jemanden zum Reden brauchst.«

Libby legte das Gesicht in die Hände. »Ich weiß selbst nicht, ob ich reden möchte. Eigentlich möchte ich einfach nur weg hier, um nie wieder zurückzukehren.«

Aber wo sollte sie hin? Nach Hause sicher nicht. Ihr Vater hatte immer darauf bestanden, dass seine Töchter ihre Fehler selbst ausbügelten. Ihre Mutter war nicht der fürsorgliche Typ und hatte genug eigene Probleme. Und ihre Schwester war in Hongkong und versuchte, über die unerfreuliche Scheidung von einem Mann hinwegzukommen, der bedeutend schlimmer gewesen war als Jason.

Die nackte Tatsache war, dass sie nirgendwohin gehen *konnte*. Sie saß in der Falle. Sämtliches Geld, das sie je gehabt hatte, steckte in diesem Hotel, das im Moment mehr als verloren war. Es war ruiniert. Das Elend lähmte sie, und sie bekam nicht einmal mehr die Worte zusammen, um Alice um Hilfe zu bitten.

Alice wartete einen Moment, sagte dann freundlich: »Das ist schon okay«, und zog sich zurück.

Libby hätte den ganzen Abend im Büro gehockt und dort Wurzeln geschlagen, das Gehirn das reinste Karussell, aber gegen sechs sah sie sich von einem doppelten Bedürfnis gezwungen, nach oben zu gehen: Sie musste auf die Toilette, und sie brauchte dringend ein großes Glas Wein.

Margaret war in der Küche und bereitete ein üppiges Mahl für Lord Bob zu. Als Libby sich vorbeistehlen wollte, rief sie nach ihr.

»Elizabeth? Ich habe dich *überall* gesucht. Ist Jason ausgegangen? Ich hatte gehofft, dass er mich zu Pat Hasting bringen würde, zur Versammlung des Gartenclubs. Aber sein Auto ist gar nicht da. Kommt er bald zurück?«

Libby biss sich auf die Lippe. Offenbar hatte sich Margaret nicht die Mühe gemacht, an dem einzigen Ort nachzuschauen, wo wirklich gearbeitet wurde. Dort könnte sie ja vielleicht auf eine letzte Zahlungsaufforderung für eine immer noch nicht bezahlte Rate stoßen. »Ich war den ganzen Nachmittag im Büro. Hast du dort geklopft?«

»Oh, ich dachte, du seist oben und würdest mit deinen Farben herumspielen!« Sie leerte den Inhalt einer Dose in Bobs Schüssel und stellte sie auf den Boden. »Ich habe gesehen, dass die Bürotür geschlossen ist, und dachte, Jason ist sicher mit irgendwelchen komplizierten Finanzangelegenheiten beschäftigt. Da wollte ich ihn natürlich nicht stören.« Das selbstkritische Lachen, das ihre Worte begleitete, war für Libby nahezu unerträglich.

»Jason ist fort«, sagte sie schlicht. »Und die Bauarbeiter auch.«

Margaret richtete sich auf. »Entschuldigung, meine Liebe, das wusste ich nicht. Was macht Jason denn mit den Bauarbeitern?«

»Nichts, wie sich herausgestellt hat.«

Mit Farben herumspielen? Jason hatte sie als Idiotin hingestellt, und die Meinung seiner Mutter war offenbar keinen Deut besser.

»Er hat sie nicht bezahlt, daher haben sie die Arbeit niedergelegt und sind verschwunden.«

Margarets Lächeln erlosch. »Ich verstehe nicht ganz.«

»Ganz einfach. Wir hatten einen bestimmten Geldbetrag beiseitegelegt, um die Renovierung zu bezahlen. Ein kleiner Teil davon war für die Bauarbeiter bestimmt. Jason hat aber einen beträchtlichen Batzen davon genommen, um deine Schulden zu begleichen. Seit wir hier eingezogen sind, zahlen wir von diesem Geld auch Essen, Strom, Betriebskosten und so weiter, da das Hotel nichts einbringt. Und den Rest unseres Geldes – nun ja, das jedenfalls, was uns geblieben ist, nachdem Jasons Schulden bezahlt waren, weil er all unsere Ersparnisse auf dem Börsenmarkt verzockt hat ...«, Libby holte tief Luft und fuhr fort, beflügelt von dem Gefühl, Dinge zu sagen, die sie schon seit Monaten hätte sagen wollen, »... den Rest unseres Geldes jedenfalls, jeden einzelnen Penny, der uns geblieben ist, hat er in einen Deal gesteckt. Die Details kann ich dir nicht verraten, weil ich zu wütend war, um nachzufragen. Das Entscheidende ist aber, dass uns das Geld nicht mehr zur Verfügung steht. Vielleicht ist es auch ganz verloren, dann haben wir gar nichts mehr. Und dann sind wir am Ende.«

Margarets Gesicht war entgleist, als sie das alles zu verdauen versuchte. »Aber warum ist Jason denn gegangen?«

»Weil ich ihm vielleicht nicht mehr vertrauen kann? Nein, nicht vielleicht«, korrigierte sie sich. »Ich *kann* ihm nicht mehr vertrauen. Abgesehen von dem geringfügigen Problem, dass er unser Geld verloren hat, hatte er mir auch versprochen, unsere Ehe zu retten, und dieses Versprechen hat er soeben gebrochen. Er ist verschwunden, und ich habe nicht versucht, ihn aufzuhalten.«

Margaret ließ sich auf einen Küchenstuhl sinken. »Bist du sicher, dass das die ganze Geschichte ist?« Verwundert registrierte Libby, dass Margaret sich alle Mühe gab, Jason reinzuwaschen, trotz allem, was sie ihr soeben erzählt hatte. »Es geht doch nur um Geld. Er kann doch fragen, ob er nicht wieder bei seiner Bank arbeiten kann, nur für ein paar Monate.« Margarets Gesicht hellte sich auf – Problem gelöst. »Ich weiß natürlich, dass er lieber hier wäre und die Bauarbeiten beaufsichtigen würde, aber seine Bank würde ihn doch *mit Kusshand* zurücknehmen.«

»Er kann nicht in seinen alten Job zurück.«

»Sei doch nicht so egoistisch.« Margaret bedachte sie mit einem vorwurfsvollen Blick. »Es ist doch ein großes Glück, dass Jason das nötige Geld verdienen kann, um euch aus der Patsche zu holen. Wenn man bedenkt, was eure Pläne so kosten, wäre es vielleicht ohnehin besser gewesen, ihr hättet eure Arbeit nicht so überstürzt aufgegeben.«

Das ist doch Wahnsinn. Sie gibt mir die Schuld, dachte Libby, als sie Margarets Miene zu entziffern versuchte. Sie glaubt, *ich* hätte Jason dazu überredet, seinen Job zu kündigen, damit ich hierherkomme und mich als Innenarchitektin aufspielen kann. Und das von einer Frau, die Rechnungen in der Schublade versteckt.

Diese Ungerechtigkeit löste ihr die Zunge. Libby hatte Jason versprochen, seiner Mutter nie die Wahrheit über die ganze Geschichte zu verraten, aber Margarets hartnäckige Weigerung, irgendetwas Schlechtes an ihrem Sohn zu sehen, der sie schließlich *alle* ins Elend gestürzt hatte, ließ jegliche Bedenken schwinden.

»Margaret, Jason kann nicht zurückkehren, weil er *gefeuert* wurde. Und er hat nur um ein Haar …«, sie hielt Daumen und Zeigefinger hoch und presste sie wütend zusammen, »… *nur um eine Haar* seine Maklerlizenz nicht verloren, als man herausgefunden hat, wie viel Geld er tatsächlich verzockt hat. Nicht das Geld seiner Kunden. Unser Geld.«

»Was er in seiner Freizeit macht, kann doch sicher keine Auswirkungen auf seinen Job haben …«

»Aber sicher doch. Wenn man unentwegt Angst haben muss, wie man die vielen Tausend Pfund privater Verluste wieder wettmachen kann, lenkt einen das von seiner eigentlichen Tätigkeit ab. Kunden fällt so etwas auf. Und sie neigen dazu, ihr Portfolio lieber einem Makler anzuvertrauen, der das Wesentliche im Blick hat. Irgendwann merkt das auch das Broker-Team, und wenn du dann eines Tages einem Kunden die Transaktionsdaten eines anderen Kunden schickst, weil du gleichzeitig am Handy auf Wechselkursdifferenzen spekulierst, hat dein Arbeitgeber gar keine Wahl mehr. Du bist eine Belastung. Du bist ein Risiko. Du musst deinen Schreibtisch räumen und deiner Ehefrau erzählen, dass du nicht nur deinen Job verloren hast, sondern auch das Haus verkaufen musst, weil du jeden Penny der privaten Ersparnisse verbrannt hast!«

Während sie noch redete, spulten sich die Bilder in ihrem Kopf ab, und dieses Mal konnte sie sie nicht einfach beiseiteschieben. Hübsche Handtaschen hin oder her, die involvierten Beträge hatten sie nie ganz kaltgelassen. Die Sorglosigkeit dieser Transaktionen vermittelte ihr ein Gefühl der Unsicherheit. Diese Arroganz. Die Art und Weise, wie es Jason in einen Fremden verwandelte. Sein Umgang mit dem Geld anderer Leute war tollkühn, aber es war immer noch Geld, nicht bloß Zahlen auf einem Bildschirm. Daher das Leuchten. Das Leuchten, das sein besseres Selbst blendete und ihre Ersparnisse ebenfalls in Nummern verwandelte. Nicht einmal seine Rückkehr hierher hatte dieses Leuchten erlöschen lassen. Nicht einmal das Hotel seines Vaters. Nicht ihr Konto. Nicht sie, Libby.

»Ich bin mir sicher, dass Jason sein Bestes getan hat«, sagte Margaret hartnäckig. »Wir haben beide nicht in diesem Bereich gearbeitet und sollten uns kein Urteil anmaßen.«

»Ich soll mir kein Urteil anmaßen, wenn mein Ehemann alles verspielt, was wir hatten? Alles, für das auch ich gearbeitet habe? Nein, Margaret – Jason war gierig«, sagte Libby. »Und das hat ihn leichtsinnig werden lassen, nicht nur mit Geld, sondern auch mit unserer Ehe und deinem Hotel.«

Eine lange Pause trat ein. Selbst Bob mochte nicht mehr fressen, sondern war unter dem Tisch in sich zusammengesunken, die Ohren beklommen nach vorn gezogen.

Endlich, dachte Libby, als sie Margaret dabei beobachtete, wie sie an ihren Ringen herumfummelte, *endlich* drang es bis zu Margaret durch, dass auch Jason Fehler machte. Und dieses Mal hatte er ihrer aller Leben auf dem Gewissen. Ihre Schultern entspannten sich. Die Erleichterung, das Geheimnis mit jemandem zu teilen, war regelrecht physisch. Margaret war immer so nett zu ihr gewesen. Sicher verstand sie jetzt, warum es so wichtig war, das Hotel in einen perfekten Zustand zu bringen.

»Nun, ich würde die Schuld eher bei dir sehen«, sagte Margaret leise.

»Wie bitte?« Libbys Kopf schoss hoch. »Wie um alles in der Welt kannst du *mir* die Schuld daran geben?«

»Du hast einen teuren Geschmack. Jason nicht. Nie gehabt. Schau ihn dir doch an, er ist vollkommen zufrieden mit einem Pint und seinem Rugby. Ich denke, Jason hat nur versucht, genug Geld zusammenzubekommen, um deine Ansprüche zu befriedigen. Schau dir doch an, was du hier vorhast.« Margaret fuchtelte verächtlich zur Tür hinüber. »Für dich war es nicht genug, einfach nur zu renovieren. O nein. Du musstest alles einreißen und neu machen. Teure Bäder. Teure Armaturen. Was für ein Unsinn! Was für ein törichter, maßloser Unsinn. Jason war froh, einfach nur zurückzukommen und alles so zu tun, wie wir es jahrelang getan haben, aber nein, für dich musste es etwas *Besseres* sein! In London war es sicher noch bedeutend schlimmer, weil du ja mit deinen Freundinnen mithalten musstest. Jason wird unter einem gewaltigen Druck gestanden haben, um Mittel und Wege zu finden, das alles zu bezahlen …«

Libby schüttelte ungläubig den Kopf. »Margaret, verteidige ihn doch nicht auch noch. Bitte. Er hat uns *beide* verraten. Dass Jason nicht einsehen kann, dass er einen Fehler gemacht hat, ist doch die Wurzel allen Übels. Und du bestätigst ihn auch noch darin.«

»Hast du je darüber nachgedacht, ob nicht vielleicht *du* unrecht hast?«

»Doch!« Libby stieß ein freudloses Lachen aus. »Die ganze Zeit über! Ich frage mich ständig, ob ich das Richtige tue, nicht nur hier, sondern immer schon. Jason tut das nicht. Das hat er *nie* getan. Er ist für keinerlei Kritik empfänglich, weder von mir noch von seinem Arbeitgeber noch von sonst jemandem, und das kommt daher, dass er in diesem Haus immer recht hatte. Und während der arme Luke … Himmel, der arme Luke reißt sich den Arsch auf und gründet ein erfolgreiches Unternehmen, aber du kannst dir nicht einmal das winzigste Wörtchen der Anerkennung abringen! Ich frage mich wirklich, was in deinem Kopf vor sich geht, wenn du die beiden anschaust.«

»Was weißt du schon, was es heißt, Mutter zu sein?«, erklärte Margaret eisig. »Auch in dieser Angelegenheit denkst du ja offenbar nur an dich. Hast du Jason damit auch in den Ohren gelegen? Privatschule? Nanny? War das nicht der Grund, warum du Jason ausgeredet hast, eine Familie zu gründen?«

Ihre Worte berührten einen wunden Punkt, und Libby

wich zurück. Hatte Jason ihre Familiengründungspläne mit seiner Mutter diskutiert? Hatte er sich bei ihr beklagt? Wie oft hatten die beiden schon über den Zustand ihrer Ehe geplaudert, seit sie ihr altes Leben aufgegeben hatten und hier hochgezogen waren?

Margaret sah, dass sie einen Treffer gelandet hatte, und schürzte die Lippen.

»Was das betrifft«, sagte Libby, »bin ich wirklich erleichtert, dass wir Kindern dieses Chaos nicht zumuten. Es ist ihre Zukunft, die Jason verzockt hat.« Sie wollte so kalt sein wie Margaret, aber es gelang ihr nicht. Angesichts der Realität dessen, was sie da gerade gesagt hatte, wäre sie am liebsten in Tränen ausgebrochen.

»Sag nicht immer ›zocken‹.« Margarets Mund zuckte. »Das klingt so verdorben.«

»Wetten auf Wechselkursschwankungen *sind* Zockerei. Nur weil jemand einen Anzug dabei trägt, ist er noch lange nicht besser als die Typen, die bei Buchmachern ihre Renten auf Hunde setzen.«

»Um Gottes willen, wir sind doch nicht in einer Schmierenkomödie! Du solltest dich erst einmal beruhigen, Elizabeth.« Margaret schlug jetzt einen belehrenden Tonfall an. »Wir sollten nicht in der Hitze des Gefechts Dinge sagen, die wir hinterher bereuen könnten. Vielleicht spaziert ja Jason heute Abend zur Tür herein und hat alles geregelt. Und müsste dann unsere Stimmung ertragen.«

Das würde dir gefallen, nicht wahr?, dachte Libby. Alles hübsch geregelt, und du müsstest keinerlei Konsequenzen ziehen.

»Ich würde stark bezweifeln, dass er zurückkommt«, sagte sie stattdessen.

»Er kommt. Ich kenne meinen Sohn doch. Vermutlich hat er sich zurückgezogen, um ein wenig nachzudenken. Wie soll man in diesem Chaos hier einen klaren Gedanken fassen? Jason ist wie sein Vater, er packt Probleme an.«

Ach, was ich dir nicht alles über Donald erzählen könnte. Libby bohrte ihre Fingernägel in die Handflächen. Donald hat kein einziges Problem gelöst, sondern einfach seinen Freund bei der Bank gebeten, das Hotel mit weiteren Hypotheken zu belasten. Er hatte den Geschäftssinn eines Goldfischs.

Sie biss sich auf die Zunge. Donald war nicht mehr da, um sich zu verteidigen. Und Libby konnte sich schon vorstellen, wie Margaret ihrem Sohn brühwarm mitteilen würde, dass Libby auf dem Andenken seines Vaters herumgetrampelt war.

»Darauf würde ich an deiner Stelle nicht spekulieren«, sagte sie stattdessen. »Er hat sich bereits geweigert, von seinem Kumpel seinen Einsatz zurückzufordern. Verdammter Stolz. Da lässt er uns lieber hier sitzen und *sein* Chaos ausbaden.«

»*Dein* Chaos«, fuhr Margaret auf. »Das Chaos, das du aus *meinem* Hotel gemacht hast.«

»Nein«, stellte Libby klar. »*Unserem* Hotel. Meine Abfindung hat dein überzogenes Konto ausgeglichen. Ich stehe im Grundbuch, genauso wie Jason.«

Sie starrten sich giftig an. Libby konnte nicht sagen, ob sie wütender war, weil sich dieser Albtraum vor allem der Tatsache verdankte, dass Margaret Jason verzogen hatte, oder weil Margaret ihr die Schuld in die Schuhe schieben wollte.

Jasons Ego ist das Problem, sagte eine Stimme in ihrem Kopf. *Niemand hat ihn dazu gezwungen, dieses Geld zu investieren.*

»Du scheinst ihn ja schon aufgegeben zu haben.« Margaret klang ziemlich pathetisch für jemanden, der sich nicht in einer Schmierenkomödie wähnte. »Ich bin froh, dass ich dein mangelndes Vertrauen nicht teile. Wenn Jason zurückkommt, ich bin in meinem Zimmer. Komm, Bob.«

Damit schwirrte sie hinaus und ließ Libby sitzen. Zu erschüttert, um etwas zu erwidern, starrte sie auf die schäbige Einbauküche.

Als sich Alice am nächsten Morgen in die Küche schlich, war niemand da außer Bob, der vor dem Kühlschrank saß und geduldig auf sein Frühstück wartete.

»Ah, prima«, sagte sie zu ihm. »Wenigstens einer, der sich normal verhält.«

Zu ihrer großen Beschämung hatte sie Libbys und Margarets Gespräch von vorn bis hinten mit angehört. Eigentlich hatte sie in die Küche gehen und die Stimmung ein wenig auflockern wollen, als die Sache plötzlich persönlich geworden war. Unversehens hatte sie auf den knarrenden Dielen gestanden und sich nicht zurückziehen können, weil sie sonst die Aufmerksamkeit auf sich gelenkt hätte. Andererseits hatte sie auch nicht mehr die Küche betreten wollen. Als Margaret dann herausmarschiert war, hatte sie sich schnell ins Bad verdrückt, und als sie in die Küche gegangen war, um Libby zu trösten, hatte die so unansprechbar und traurig gewirkt, wie Alice sie noch nie erlebt hatte. Sie hatte nicht gewusst, was sie sagen sollte, und im nächsten Moment hatte sich Libby auch schon in ihr Zimmer zurückgezogen. Alice war lange aufgeblieben, weil sie dachte, Jason würde vielleicht anrufen oder Libby könnte herauskommen, um mit ihr zu reden, aber über dem Hotel hatte eine unheimliche Stille gehangen – mal abgesehen von Libbys herzerweichenden Versuchen, ihr Weinen zu ersticken.

Bob klopfte mit dem Schwanz auf den Boden, dann schlug er mit der Pfote an den Kühlschrank und schaute sie hoffnungsvoll an.

»Lass uns spazieren gehen«, sagte Alice. »Das Frühstück kann warten.«

Sie legte Bob an die Leine, führte ihn hinter das Hotel und dann auf den Fußweg. Der Morgen war frisch, und es roch nach Gras. Alice' Stimmung hob sich ein wenig, als sie die blassen Wolken über den Baumwipfeln dahintreiben sah. Sie ging, bis sie außer Hörweite waren, dann zog sie das Handy aus der Tasche und wählte die Nummer aus ihrem Notizbuch.

Es klingelte drei, vier Mal, bevor er sich meldete.

»Luke Corcoran.«

Erleichterung durchflutete sie. Der Klang von Lukes Stimme, frisch und vertraut, vertrieb die quälenden Zweifel. Es war richtig, ihn anzurufen. Er war der Einzige, der jetzt helfen konnte, oder?

»Luke, hier ist Alice.«

»Alice!« Er klang erfreut. »Wie geht es dir? Alles in Ordnung?«

»Ja. Nein.« Ihr Lächeln erstarb, als ihr wieder einfiel, warum sie anrief. »Nein. Die Bauarbeiter sind gestern abgereist, weil es Probleme mit dem Geld gibt, und dann haben sich Jason und Libby gestritten, und Jason ist verschwunden. Und dann haben sich Libby und deine Mutter gestritten und hocken seither in ihren Zimmern, und ...« Alice blieb stehen und fühlte sich plötzlich todunglücklich.

Das Schlimmste war, dass das nicht mehr die Menschen waren, die sie kannte. Die freundliche, etwas hochnäsige Margaret und die lustige, stilbewusste Libby. Diese zickigen, zornigen Frauen, die sich derart angegiftet hatten, kannte sie nicht. Es war, als würde man ihr den Boden unter ihren Füßen wegziehen.

»Alice? Ist alles in Ordnung mit dir?«

»Ja«, sagte sie, aber es kam eher als Schluchzer heraus.

Reiß dich zusammen, sagte sich Alice. Denk dran, wie Libby sich fühlen muss. Hier geht es nicht um dich.

»Vermutlich hätte ich dich nicht anrufen sollen, aber ich weiß nicht, was ich tun soll. Und ich würde doch so gerne etwas tun«, bekannte sie. »Libby ist ganz allein, und das Hotel ist in einem verheerenden Zustand. Sollten wir vielleicht versuchen, andere Handwerker zu finden? Könntest du nicht kommen und Libby einen Rat geben? Oder Jason irgendwie auftreiben?« Die Worte sprudelten einfach so aus ihr heraus. »Ich meine, ist es nicht gefährlich, eine Baustelle einfach sich selbst zu überlassen? Ist das überhaupt *rechtmäßig*?«

»Okay, ganz ruhig. Erstens«, sagte Luke. »Bist du sicher, dass Jason nicht zurückkommt?«

»Ich weiß nicht, ob Libby ihn überhaupt hereinlassen würde. Sie sieht aus, als … als würde sie entweder losheulen oder alles kurz und klein hauen.«

»Aber die Bauarbeiter kommen definitiv nicht zurück?«

»So bald jedenfalls nicht. Ich konnte noch mit Simon reden, dem Vorarbeiter, als sie ihren Kram zusammengepackt haben. Er sagte, Marek habe sie abgezogen, um in Highgate ein Haus umzubauen. Seiner Meinung nach will Marek die Verluste möglichst gering halten, da Jason angeblich nicht das Geld hat, um die Renovierung zu bezahlen.« Sie hielt inne. »Stimmt das?«

»Ich habe keinen blassen Schimmer. Über so etwas würde Jason niemals mit mir reden.«

Alice sah Bob glücklich den Weg hinunterwatscheln. Sein Hermelinkragen glänzte in der Morgensonne, als seine kurzen, stämmigen Beine mit kräftigen Schritten voraneilten, und sie hatte ein deutliches Déjà-vu-Erlebnis. Reine Luft, stille Gesellschaft. Morgenspaziergänge mit einem Hund machen mich glücklich, dachte sie. Hier war ich schon einmal. Aber wann?

Sie versuchte krampfhaft, sich daran zu erinnern, kam

aber nicht drauf. Die Erinnerung war allerdings da und versuchte, die Nebelwand zu durchbrechen.

»Soll ich zurückkommen?«, fragte Luke. »Ich habe einen Auftrag in Schottland, aber ich könnte … Donnerstag zurück sein. Ist das zu spät? Ich würde eher kommen, aber es steht im Vertrag, dass ich Anwesenheitspflicht habe.«

Ihr ganzer Körper reagierte auf seine Worte: *Ja bitte, komm zurück*, aber sie riss sich zusammen, um ihrem Gehirn die Kontrolle zu überlassen. »Libby würde sich über ein bisschen Unterstützung sicher freuen«, sagte sie. »Niemand von uns hat viel Ahnung von Baustellen, wie du dir vielleicht vorstellen kannst.«

»Und du? Wie geht es dir? Läuft es gut mit Gethin?« Sein Tonfall war nun neutraler, was ihn allerdings noch besorgter klingen ließ.

Alice hatte Luke nichts von dem neuen Arrangement mit Gethin erzählt und auch nichts vom Verlauf ihres Rendezvous. Und auch nichts von dem, was sie seither über ihn – und sich – herausgefunden hatte.

»Mir geht es gut«, antwortete sie. »Danke. Libby hat mir angeboten, dass ich im Hotel wohnen kann, solange Gethin und ich uns neu kennenlernen. In Anbetracht der Situation ist das ja sogar ganz praktisch, was? Also, äh, ja. Alles läuft gut. Alles prima.«

Das war eine mehrdeutige Botschaft, dachte sie und verzweifelte an ihren eigenen Absichten. Einerseits wollte sie Luke wissen lassen, dass sie wieder im Hotel war, und zwar allein. Andererseits konnte sie ihn nicht im Unklaren darüber lassen, dass es mit ihrem Freund gut lief und Gethin sie zweifellos liebte; sie musste sich nur wieder an diese liebevolle, fürsorgliche Beziehung erinnern.

Alice schaute über die Bäume hinweg. Ich weiß nicht, wer ich war, dachte sie, das ist das Problem. Ich weiß nur, wer ich jetzt bin, und das scheint nicht zusammenzupassen. Warum?

»Wir können ja Donnerstag weiterreden«, sagte Luke. »Ich kann nicht versprechen, dass ich irgendetwas ausrichten kann, aber … wir können es zumindest versuchen. Sag Libby, dass ich komme, aber verrate Mum nichts.«

»Okay«, sagte Alice, und das Gewicht auf ihren Schultern wurde ein klein wenig leichter. Sie waren nicht völlig auf sich gestellt. Luke würde wissen, was zu tun wäre.

Die Sonne schien auf die Bäume und Felder von Longhampton hinab. Vielleicht stimmt es gar nicht, dass ich schon einmal hier war, dachte sie. Vielleicht ist es eher so, dass ich immer schon hier sein sollte. Das war ein merkwürdiges Gefühl, und sie verdrängte es schnell aus ihren Gedanken, bevor sie zum Hotel zurückeilte.

Kapitel einundzwanzig

Am nächsten Morgen wachte Libby in einem Zustand der Panik auf und dachte, sie habe vergessen, aufzustehen und das Frühstück zuzubereiten. Als aber ihre nackten Füße den Teppich berührten, stürzten die Ereignisse des vergangenen Tages wieder auf sie ein und ließen sie in die Kissen zurücksinken, als habe eine unsichtbare Hand sie niedergedrückt.

Jetzt, da Adrenalin und Ärger abgeklungen waren, sah alles noch düsterer aus. Sie starrte an die Decke und konnte nichts aus dem Desaster ablesen, das Anlass zu Optimismus gab. Jason – war fort. Die Bauarbeiter – waren fort. Ihr Geld – war fort. Der Felsbrocken, den sie und Jason gemeinsam den Berg hinaufgerollt hatten, war wieder hinuntergepoltert, bis ganz nach unten, und so wie Libbys Körper schmerzte, hatte er sie glatt mit sich mitgerissen.

Sie wickelte sich in ihre Bettdecke, rollte sich zusammen und versuchte, die ganze Misere zu vergessen.

Das war einfach zu viel. Libby hatte keine Vorstellung, wo sie anfangen sollte, zumal sie alles allein machen musste. Schlimmer als allein: Sie hatte die trauernde, wütende Margaret am Hals, die ihr die ganze Verantwortung in die Schuhe schob. Der eiskalte Blick, mit dem sie all diese gemeinen Dinge gesagt hatte ... Libby schüttelte sich, weil sie sich tief im Innern fragte, ob Margaret nicht vielleicht recht hatte, wenn sie den Fehler vor allem bei ihr sah.

Der Wecker klingelte, aber sie brachte ihn brutal zum Schweigen. Warum sollte sie überhaupt aufstehen? Im Bett herumzuliegen war das einzige Vergnügen, das ihr noch blieb. Eine halbe Stunde später hörte sie, wie die Tür zu ihrem Schlafzimmer aufging. Da Margaret ihr wohl kaum das Frühstück ans Bett bringen würde, ging sie davon aus, dass es Alice sein musste.

Alice' Freundlichkeit konnte Libby jetzt nicht ertragen, daher tat sie so, als schlafe sie.

Immerhin war Alice noch da. Sie hätte ja auch zu Gethin zurückkehren können, der jeden Abend anrief, um sich zu erkundigen, ob es ihr gutgehe und was sie alles getan habe. Alice war so glücklich, dass sie ihn wiederhatte, dachte Libby. Einen soliden, liebenden, zuverlässigen Mann, der sie verehrte.

Jason. Solide, liebend, zuverlässig, verehrend – noch vor zwei Tagen hätte sie über ihn dasselbe gesagt. Wieder schossen ihr Tränen in die Augen.

Ohne jede Vorwarnung spürte sie, dass etwas Schweres die Matratze niederdrückte, und hörte ein leises Schnaufen. Dann schob sich eine schwere Masse Hund neben sie. Nun ja, das hintere Ende brauchte eine Weile, bis es oben war.

»Geh weg, Bob«, sagte sie, aber das interessierte ihn gar nicht. Stattdessen schob er sich weiter hoch und schnüffelte an ihrem feuchten Gesicht. Libby war noch nie in eine so intime Nähe zu Bob geraten, aber ihre Arme steckten unter der Bettdecke, und sie konnte ihn nicht wegschieben. Er roch nach Keksen und Schlaf. Sie blinzelte ihn an und war erstaunt, wie komplex seine große schwarze Schnauze mit den feinen weißen Schnurrhaaren war. Sanft leckte er die Tränen ab, die ihr die Wange hinabrannen, und streifte mit seiner samtigen Wamme ihre Nase. Dann ließ er sich mit einem fast menschlichen Seufzer in die Krümmung ihres Körpers sinken, benutzte ihre Hüfte als Armlehne und füllte den Spalt zwischen ihren Beinen mit seinen weichen Hautfalten aus.

»Runter von mir«, sagte sie, merkte aber selbst, dass sie es nicht ernst meinte. Bobs schwere Wärme hatte etwas Tröstliches. Mit einem weiteren mürrischen Schnaufen legte er seinen Kopf flach auf ihre Hüfte. Die Geste hatte etwas derart Vertrauensvolles – immerhin hätte sie sich aufrichten und ihn kurzerhand von sich stoßen können –, dass es ihr das Herz brach. Bob schaute sie mit seinen klugen braunen Augen an und ließ eine so hoffnungsvolle Zuneigung erkennen, dass sie dachte: *Das* ist es also, was die alten Leute im Krankenhaus an ihm so mögen – diesen schlichten, vertrauensvollen Ausdruck der Liebe, der einen im Moment verankert.

Ich habe hier eine Menge vermasselt, dachte sie, einen Kloß im Hals. Aber wenn man sich Bob so ansieht, habe ich offenbar auch einiges richtig gemacht.

Nachdem sich Lord Bob und Libby eine Weile angeschaut hatten, schmiegte er seinen Kopf an ihren Körper, und sie zog eine Hand unter der Decke hervor und vergrub ihre Finger in den üppigen Falten seines warmen Fells.

»Bilde dir bloß nicht ein, das sei der Beginn einer neuen Ära, in der Hunde in Betten kriechen dürfen«, warnte sie ihn. »Das ist eine absolute Ausnahme, weil ich einfach zu traurig bin, um dich rauszuschmeißen. Kapiert?«

Bob knurrte glücklich und schloss die Augen.

Eine Weile später klopfte es, und dieses Mal war es wirklich Alice.

»Libby? Bist du wach? Ich habe dir einen Tee gebracht.«

»Komm rein«, sagte Libby, aber Alice schob bereits die Tür auf, in jeder Hand eine Tasse. Als sie Bob sah, hätte sie sie fast fallen gelassen.

»Runter da!«, rief sie. »Sofort runter! Entschuldigung, Libby. Ich habe vorhin einen kleinen Spaziergang mit ihm gemacht, und mir ist gar nicht aufgefallen …«

»Ist schon okay.« Libby richtete sich mühsam auf, als sich

Alice auf die Bettkante setzte und ihr einen Tee reichte. Gott sei Dank war es nicht Jasons neue Longhampton-United-Tasse.

»Hör zu, ich habe gestern Abend alles mitbekommen«, sagte sie. »Das tut mir furchtbar leid.«

Libby zuckte zusammen. »Alles?«

»Mehr oder weniger.« Alice' unbehagliches, mitfühlendes Lächeln sagte ihr, dass sie sich kein Urteil anmaßte, und das war genauso beruhigend wie Bobs Gewicht auf ihren Beinen. Besser als alle Worte jedenfalls. »Was hast du nun vor?«

»Was kann ich schon tun?« Libby schloss die Augen, aber weil ihr sofort schreckliche Bilder in den Kopf schossen, riss sie sie schnell wieder auf. »Ich habe keine Ahnung von diesen Dingen, wirklich nicht. Eigentlich hatte ich mir eingebildet, es sei anders, aber ...«

»Okay. Nun ... Wen könntest du um Hilfe bitten? Wohnen deine Eltern hier in der Nähe?«

»Nein. Und das sind auch die Letzten, an die ich mich wenden würde.« Sie kniff die Augen zusammen. Wie sollte sie ihrem Vater beibringen, dass er sein Geld so schnell nicht wiedersehen würde? »Ich kenne hier niemanden außer dir und Margarets Freunden. Und dass einer von ihnen Fliesenleger ist, würde ich bezweifeln. Die Löcher in der Wand könnten wir allerdings mit üppigen Blumengestecken füllen, oder?«

Alice klopfte mit dem Fingernagel an ihre Tasse. Schließlich sagte sie: »Was ist mit der Frau von ›Tiere als Therapeuten‹? Gina? Die mit dem Greyhound. Auf ihrer Visitenkarte steht doch, dass sie Projektmanagerin ist.«

»Du hast ihre Visitenkarte aufbewahrt?«

»Ja«, sagte Alice geduldig. »Dafür ist so etwas doch da. Ich habe bereits ein ganzes Archiv für dich angelegt. Keine Ahnung, warum es das nicht schon längst gab. Ich habe so etwas beruflich getan, falls du dich erinnerst«, fügte sie hinzu, als Libby sie beeindruckt ansah. »Das ist Anfängerkram.«

Die Hoffnung, die Libby gepackt hatte, erstarb im nächsten Moment wieder. »Wir können uns keine Projektmanagerin leisten.« Sie dachte an den Mann, der sich darum beworben hatte, Mareks Bauarbeiten in London zu koordinieren. Er hatte zwanzig Prozent des Gesamtbudgets verlangt.

Eine solche Summe würde reichen, um die Renovierung abzuschließen, dachte Libby wehmütig.

»Nun, fragen kostet nichts. Lock sie doch vor den Baum der guten Taten, vielleicht versteht sie den Wink ja.« Alice stupste sie an. »Du hast schon so viel Zeit dafür geopfert, um mit Bob ins Krankenhaus zu fahren. Wenn du ihr von deiner Zwangslage erzählst, wird sie dich doch wohl ein Stündchen beraten können. Was denn? Warum machst du so ein Gesicht?«

Libby schauderte es. »Na ja ... Der Gedanke, dass sich in der Stadt herumsprechen könnte, was hier los ist, wäre ein Albtraum. Wir hätten besser Handwerker von hier beschäftigen sollen, oder? Ich wette, die Leute zerreißen sich ohnehin schon das Maul darüber: Da kommen diese Londoner mit ihren überkandidelten Ideen; die Schwiegertochter macht Margaret das Leben schwer, indem sie das Hotel ruiniert ... Dabei haben sie noch nicht einmal Wind davon bekommen, dass Jason über alle Berge ist. Bevor man sich umgedreht hat, wird es im Rugbyclub die Runde machen.« Sie gab sich Mühe, einen lockeren Tonfall anzuschlagen, aber eigentlich wäre sie am liebsten tot umgefallen. Und was, wenn man in London davon erfahren würde? Mit wem redete Jason wohl jetzt? An wessen Schulter weinte er sich aus?

Alice sagte nichts, schaute sie aber mit ihrer üblichen Aufmerksamkeit an, als würde sie auch noch das winzigste Detail abspeichern.

»Was ist denn?«, fragte Libby. »Was denkst du?«

Alice schüttelte den Kopf. »Nur dass ich dich manchmal nicht verstehe. Warum machst du dir Sorgen darüber, was Wildfremde über dich denken? Ich gebe gerne zu, dass die Situation ein Albtraum ist, aber die Leute werden dich doch nicht verurteilen, oder? Sie werden doch nicht denken: Diese Libby Corcoran, was ist denn das für eine Schnepfe – zahlt ihre Bauarbeiter nicht und lässt ihren Mann davonlaufen. Sie werden doch eher denken: Arme Libby – kann sich auf ihre Bauarbeiter nicht verlassen, und nun musste auch noch der Ehemann zurück nach London, vermutlich wegen der Arbeit.«

»Aber ...«

»Aber was?«

Aber was? Libby versuchte, sich darüber klar zu werden, was sie innerlich aushöhlte. Sie hatte tatsächlich Angst vor einer Verurteilung. Einer Verurteilung durch sich selbst. Das Hotel hätte ihr Gemeinschaftsprojekt werden sollen, die Sache, die sie und Jason auf einen guten Weg bringen würde. Ihren Freundinnen gegenüber hatte sie es aber als großen Lebenstraum dargestellt, weil sie unbedingt wollte, dass es das wurde. Das Hotel hatte nicht einfach sein dürfen, was es war – ein schlichtes Bed & Breakfast auf dem Lande. Warum?

Sie klammerte sich an ihre Tasse. »Alle Leute, die Jason und ich kennen, haben entweder einen Traumjob oder ein Traumhaus oder traumhafte Kinder. Bei mir lief es ganz gut im Job, aber dann hat das Unternehmen Leute entlassen und später hat Jason dann ... Mist gebaut ... Eigentlich wollte ich nur beweisen, dass wir auch etwas Unglaubliches auf die Beine stellen können.«

Irgendetwas, von dem alle beeindruckt sein würden. O Gott, bin ich oberflächlich, dachte Libby. Oberflächlich und leichtfertig – alles, was ich an anderen Menschen immer verachtet habe. Ich habe mich für etwas Besseres gehalten, aber faktisch ist das Gegenteil der Fall.

Bob stieß noch einen seiner anrührenden Seufzer aus und schmiegte seinen Kopf an ihre Hüfte. Libby spürte, dass ihr Bein allmählich einschlief, aber das störte sie nicht.

»Wem beweisen?«, fragte Alice. Ihre freundliche Art hätte Libby fast zum Weinen gebracht.

»Anderen Menschen.« Libby zögerte. Das stimmte, aber sie wusste, dass es nicht die richtige Antwort war. »Meinen Freunden.«

»Deinen Freunden, deren Facebook-Posts du ignorierst?« Alice klopfte aufs Oberbett. »Den Freunden, die mir am Telefon Nachrichten für dich hinterlassen, damit du sie zurückrufst, was du aber nie tust? Bei zwei Gästen die Woche kann es gar nicht so viele Sitzungen geben, wie ich sie für dich erfinde.«

Libby kommentierte das gar nicht. Sie wusste selbst, wie albern sie sich verhielt. Jedes Mal, wenn ihr Alice mit ihrer ordentlichen Handschrift eine Nachricht hinterlassen hatte, mochte sie es kaum glauben, dass Erin oder Becky oder wer auch immer tatsächlich mit ihr reden wollten.

»Man braucht niemanden, der einem sagt, wer man ist«, befand Alice mit einem rührend ernsthaften Gesicht. »Ich kann ein Lied davon singen. Die einzige Person, die zählt, die einzige Person, die einen wirklich kennt, ist man selbst. Und wenn du denkst, dass du der Typ bist, der nach einer solchen Geschichte noch einmal von vorn anfangen und die Sache durchziehen kann, dann bist du es auch. Bislang hast du es nur noch nie unter Beweis stellen müssen. Das bedeutet aber nicht, dass du diese Person nicht bist.«

Ihre Blicke begegneten sich, und Libby fühlte sich gleich viel stärker, weil Alice diese unglaubliche Überzeugungskraft ausstrahlte.

»Du hast recht«, sagte sie. »Du hast recht.«

Gina Rowntree, ehrenamtliche Mitarbeiterin bei ›Tiere als Therapeuten‹ und Longhamptons führende Projektmanagerin, wie eine oberflächliche Google-Recherche erbrachte, kam am Nachmittag vorbei. Sie wurde begleitet von einem schlaksigen Mann mit langen Locken in einem Thin-Lizzy-T-Shirt, der nicht ihr Ehemann war, wie sich herausstellte, sondern ihr zuverlässigster Handwerker – weshalb sie ihn allerdings ähnlich wertschätzte wie ihren derzeitigen Ehemann Nick, wie sie erklärte.

»Lorcan Hennessey«, stellte sie ihn vor, nachdem sie alle begrüßt und ihr Mitleid bekundet hatte. »In erster Linie ist er Tischler. Er ist schon einmal mitgekommen, um zu beweisen, dass nicht alle Handwerker so sind wie eure treulose Meute.«

»Natürlich sind sie das nicht – manche sind noch schlimmer«, sagte Lorcan mit einem starken irischen Akzent, um dann schnell hinzuzufügen: »War ein Scherz.«

Bevor Libby reagieren konnte, musterte ihn Gina mit gespieltem Entsetzen. »Vielleicht nicht der rechte Moment dafür, Lorcan.« Wenn sie mit Buzz an einer »Tiere als Therapeuten«-Sitzung teilnahm, war sie die Ruhe in Person, aber jetzt wirkte sie eher wie ein freundlicher Schulpräfekt – kompetent, sachlich, streng.

»Im Moment nehme ich alle Witze, die ich kriegen kann«, sagte Libby. »Selbst die wirklich geschmacklosen.«

»In dem Fall ist Lorcan dein Mann«, sagte Gina. »Ich lasse ihn seine scheußliche Rockmusik bei der Arbeit nur deshalb hören, weil sie seine Witze übertönt. Aber jetzt bring uns bitte in deinen allerschlimmsten Raum. Das ist immer der beste Ort, um anzufangen.«

Nachdem Libby ihnen das Schlachtfeld von Zimmer sechs mit seinen beiden Löchern in den Wänden gezeigt hatte, besichtigten sie den Rest des ersten Stocks. Libby erläuterte ihre ursprünglichen Pläne, und Lorcan klopfte stirnrunzelnd auf irgendwelchen Balken herum. Gina hörte zu und stellte Fragen, die direkt ans Eingemachte gingen: Nein, sie hatte nicht vertraglich festgelegt, wann Marek die Umbauarbeiten abgeschlossen haben sollte. Nein, sie hatte nicht auf einen Fonds für unerwartete Mehrausgaben gedrungen. Nein, einen Businessplan hatte sie nicht erstellt. Und so weiter und so fort.

»Sind wir die dilettantischsten Hausbesitzer, die dir je über den Weg gelaufen sind?«, erkundigte sich Libby verzweifelt, als ihr Gina die soundsovielte Basisinformation für Renovierungswillige unterbreitet hatte.

»Nein, überhaupt nicht. Höchstens die ehrgeizigsten.« Die glamourösen Badezimmer hatten sowohl Gina als auch Lorcan zu Begeisterungsstürmen hingerissen, aber im nächsten Moment hatte es ihnen die Sprache verschlagen, als Libby mit den Kosten herausgerückt war. »Du wärst allerdings überrascht, wie viele Ehepaare nicht wirklich über das Budget reden, bevor sie mit solchen Projekten loslegen.« Gina stand in einer rahmenlosen Tür und zog eine Grimasse. »Das hat natürlich auch einen Vorteil, weil sie mich ja sonst nicht bezahlen müssten, um einzuspringen und alles wieder ins Lot zu bringen.«

»Ist das nicht ziemlich anstrengend?«

»Nein.« Gina klopfte ihr beruhigend auf den Arm. »Um ehrlich zu sein, je schlimmer das Chaos, desto interessanter die Herausforderung.«

»Das trifft sich gut«, sagte Libby.

Nach einer guten Stunde führte Libby Gina und Lorcan in die Küche und bot ihnen eine Tasse Tee und die letzten von Margarets teuren Keksen an. Margaret hatte sich verflüchtigt, vermutlich zu einer ihrer Busenfreundinnen, bei der sie sich nun über ihre selbstsüchtige Schwiegertochter beklagen würde.

Gina nippte an ihrem Tee, holte dann ein schwarzes Notizbuch heraus und schlug eine leere Seite auf. Irgendetwas an dieser praktischen Geste ließ ein Flämmchen der Hoffnung in Libbys erschöpftem Herz aufflackern. Tee, Notizbuch, leere Seite.

»Okay, um es noch einmal zu rekapitulieren«, sagte sie und klickte auf ihren Kugelschreiber. »Ihr habt also eine Frist, die dadurch vorgegeben ist, dass Anfang September diese Journalistin kommt. Und ihr wollt Anfang Juli wiedereröffnen. Jetzt haben wir bald Juni. Das wären ungefähr fünf Wochen. Viel Zeit also noch. Und euer Budget ist …?«

»Minimal. Können wir das für einen Moment zurückstellen?«, fragte Libby tapfer.

»Kein Problem«, sagte Gina, als sei es tatsächlich keins. »Lorcan? Wie lautet dein Urteil?«

Lorcan seufzte, stützte die Ellbogen auf und schob seine großen Hände in die schwarzen Locken. »Okay, nun …«

Libbys Stirn runzelte sich bestürzt.

»Ignoriere das einfach«, sagte Gina, als sie ihre Reaktion bemerkte. »Das tut er bei jedem Auftrag, den er zu begutachten hat. So ticken Bauarbeiter halt. Das Hirn muss erst mit den Händen Kontakt aufnehmen.«

»Ich würde sagen … es ist nicht ganz so schlimm, wie es aussieht«, erklärte Lorcan, als er sich aufrichtete und Libbys besorgtem Blick begegnete. Er hatte überwältigende blaue Augen mit langen dunklen Wimpern. Sein Lächeln begann in den Augen und strahlte dann auf das ganze Gesicht aus. »Den allerbesten Job haben diese Leute nicht gemacht, aber wenn wir die Wände erst einmal in Schuss gebracht und die restlichen Bäder angeschlossen haben, geht es einfach nur noch ums Kacheln und Streichen.«

Einfach nur noch. Für Libby war das nicht einfacher als eine Gehirn-OP.

»Außerdem braucht ihr noch Teppiche.« Gina machte sich eine Notiz. »Und Gardinen und so … Hast du das ursprüngliche Budget, damit ich mal einen Blick darauf werfen kann?«

Libby schob ihr Jasons Tabellen hin und schaute zu, wie Gina sie mit sachkundigem Blick sichtete und immer mal wieder etwas einkringelte.

»Sagtest du, dein Ehemann arbeitet im Finanzsektor?«, fragte sie, ohne aufzuschauen.

»Ja, wieso?«

»Ist dir klar, dass er die Mehrwertsteuer nicht mit einberechnet hat?«

»Wirklich?« Libby stöhnte.

»Kein Wunder, dass euch schneller das Geld ausgegangen ist als erwartet. Also … Die schlechte Nachricht gleich vorweg: Ich denke, ihr müsst euer Projekt abspecken.« Sie lächelte aufmunternd. »Aber auch das sage ich mindestens zweimal die Woche. Ihr seid nicht die ersten Hausbesitzer, die ihr Budget überziehen, und ihr werdet auch nicht die letzten sein. Mein Rat wäre also, eine klare Entscheidung zu treffen. Entweder beschränkt ihr euch darauf, vier Zimmer nach euren Vorstellungen auszustatten, und haltet alle anderen Türen geschlossen, oder ihr gestaltet das ganze Hotel etwas bescheidener.«

Libbys Traum von ägyptischer Baumwolle und edlen Finessen löste sich in Luft auf. »Wenn du sagst, bescheidener …?«

»Dann meine ich, wenn ich spontan etwas dazu sagen soll: Dielen abschleifen und versiegeln statt Teppiche. Preisgünstigere Stoffe für die Vorhänge, die trotzdem ordentlich verarbeitet sein müssen. Streichen statt tapezieren. Bescheidenere Sanitäreinrichtungen für den Rest der Badezimmer, aber immer anständige Armaturen. Ich kann das Budget ja mal durchgehen und schauen, wo man etwas einsparen könnte.«

»Aber die Journalistin denkt, sie kommt in ein kleines, romantisches Luxushotel!« Und nicht nur die Journalistin, sondern auch alle ihre Londoner Freunde, die eifrig in der Zeitschrift herumblättern würden, um Libbys und Jasons märchenhaften neuen Lifestyle zu bewundern. Irgendetwas in ihr zog sich zusammen. Sie hörte Rebecca Hamilton schon in ihrer gespielt besorgten Art fragen: »Und wo ist der Spa-Bereich, Schätzchen?«

»Es macht keinen Sinn, sich zu verschulden, nur um eine Journalistin glücklich zu machen«, sagte Gina. »Wenn du das Geld nicht hast, hast du das Geld nicht. Mach trotzdem weiter. Formuliere die Frage zu einer um, die du auch beantworten kannst.«

Libby schaute auf ihre Tasse, während ihr Verstand rotierte. Diese Woche war voller Wendepunkte gewesen. Sie hatte immer gedacht, die Wendepunkte im Leben würden sich im Voraus ankündigen, wie Autobahnkreuze, damit man sich auf den großen Schlenker vorbereiten konnte. Tatsächlich aber war es so, dass sie plötzlich auftauchten und man nur den Bruchteil einer Sekunde hatte, um zu reagieren, und schon fuhr man in eine Richtung, von der man gar nicht wusste, ob man sich überhaupt bewusst dafür entschieden hatte.

Als Jason seinen Job verloren hatte, war das aus dem Nichts gekommen. Jetzt das hier. Noch vor einer Woche hätte sie gedacht, dass sie wusste, was sie wollte. Aber jetzt, was wollte sie jetzt? Und selbst, wenn sie es wüsste, wie sollte sie es umsetzen, ohne Geld und Erfahrung? Im Moment konnte sie nicht einmal sagen, wie sie die Lebensmittel für nächste

Woche bezahlen sollte. Hatte sie sich etwas vorgemacht, als sie dachte, sie könne das allein durchziehen? Sollte sie die Sache einfach jemand anderem überlassen?

Die Stimme in ihrem Kopf wies sie darauf hin, dass sie just in diesem Moment mit zwei Leuten an einem Tisch saß, die ihr halfen, weil sie es wollten, und die mit *ihr* darüber redeten, was *sie* eigentlich wollte. Das war absolut neu bei diesem Projekt. Jetzt hatte sie die Gelegenheit, die Kontrolle zu übernehmen.

Libbys Blick fiel auf Jasons Kalkulationstabellen, und sie musste die Augen schnell abwenden, damit ihr Herz nicht ins tiefste Elend stürzte.

»Was das Feature dieser Journalistin betrifft«, fuhr Gina fort und faltete die Tabellen ohne einen weiteren Kommentar zusammen, » – und das sage ich als regelmäßige Leserin solcher Zeitschriften –, wäre ich eher wild auf Geschichten, wie jemand mit einem schmalen Budget und wahnsinnigem Druck einen Traum verwirklicht. Was mich schrecklich langweilt sind Berichte über irgendwelche Hedgefonds-Manager-Gattinnen, die einem Architekten Geld in den Rachen werfen und dann einen Luxusladen ausplündern, um ein Hotel auszustaffieren, das genauso langweilig ist wie all die anderen langweiligen Hotels, die ihre langweiligen Freunde aufgezogen haben. Ein paar Reibungen machen die Sache wesentlich interessanter.«

»Klar, wenn es einen nicht selbst betrifft …« Libby war bewusst, dass sie wehleidig klang, aber sie konnte nicht anders.

Gina griff nach ihrer Tasse und drückte auf dem Weg Libbys Handgelenk. Es war eine freundliche Geste, aber sie mahnte Libby auch, mal halblang zu machen. »Wir waren alle schon einmal in einer solchen Situation, Libby. Wenn wir uns erst einmal besser kennen, werde ich dich noch mit Geschichten langweilen, wie das Beste, was ich je in meinem Leben erlebt habe, aus den allerschlimmsten Momenten hervorgegangen ist. Ernsthaft. Lorcan kann auch ein Lied davon singen.«

»O ja.« Lorcan nickte. »Das Leben hat keinen Sinn fürs Timing. Man sollte ihm besser nicht die Organisation einer Party überlassen.«

»Sieh dein Malheur als werbewirksame Einlage an. Du musst nur entscheiden, was du daraus zu machen gedenkst«, fuhr Gina fort. »Ehrlich, dieses Haus ist ein wahrer Schatz! Ich liebe deine Bäder, und die Farben, die du ausgewählt hast, sind herrlich … Was kann schon passieren, wenn du deine Ansprüche etwas herunterschraubst? An was werden sich die Leute wirklich erinnern? An die teuren Stoffe oder an das Gefühl der Entspannung, mit dem sie wieder abgereist sind? Verleih dem Haus eine persönliche Note, was nicht viel kosten muss. Ich habe das Swan vor allem deshalb immer empfohlen, weil es hundefreundlich ist – das ist schon einmal ein starkes Verkaufsargument.«

Libby öffnete den Mund, um zu erklären, dass das eigentlich nicht Bestandteil ihrer Pläne sei, besann sich dann aber eines Besseren.

»Am Ende ist es natürlich Ihre Entscheidung«, sagte Lorcan und warf Gina einen warnenden Blick zu. »Für uns ist es leicht, das Ganze als Projekt zu sehen, aber ich kann mir vorstellen, dass es für Sie im Moment etwas komplizierter ist. Vor allem in emotionaler Hinsicht.«

»Okay, dann nimm die Emotionen aus der Sache heraus«, sagte Gina. »Lass uns dieses Haus fertigstellen, dann kannst du es immer noch verkaufen, wenn dir das lieber ist. Aber du kannst nicht nichts tun, oder?«

Libby holte tief Luft und richtete den Blick nach vorn, wo sich eine Wende abzeichnete. Sie könnte die Hände in den Schoß legen und jeden Erfolg in den Wind schreiben. Oder sie könnte die Hand ausstrecken, die angebotene Hilfe annehmen und schauen, wo das hinführte. Eine große Leichtigkeit erfüllte ihre Brust, als würde sie von Tausenden von winzigen Vögeln emporgehoben, immer höher und höher. Das Hotel hatte es verdient, in einen anständigen Zustand gebracht zu werden. Und sie wollte diejenige sein, die das tat.

Ich werde die Sache durchziehen, dachte sie. Und ich werde Jason beweisen, dass er mit seiner Unterstellung, das ließe sich nur durch Zockerei finanzieren, nicht richtig lag. Und dass ich im Zweifelsfall nicht auf ihn angewiesen bin.

Gott, war sie kalt und erbärmlich geworden. Am liebsten hätte sie ihre Gedanken sofort zurückgenommen, bevor das Universum sie noch beim Wort nahm.

»Okay«, sagte Libby und ignorierte den Schmerz in ihrer Brust. »Womit fang ich an?«

Kapitel zweiundzwanzig

Und Lorcan schickt seine Lehrlinge ins Hotel, damit sie Erfahrung sammeln können, was die Kosten reduzieren hilft.« Alice legte schwungvoll die Knoblauchzehe, die sie geschält hatte, auf den kleinen Stapel. »Alle packen mit an. Ginas Mann Nick hat angeboten, Fotos für die Website zu machen. Eine andere Ehrenamtliche von ›Tiere als Therapeuten‹ arbeitet bei einer Entrümplungsfirma, die einen Secondhandladen beliefert; sie sammelt alte Teppiche für Libbys Hotelzimmer. Das Hotel soll jetzt eher in die Vintage-Richtung gehen und nicht in die eines romantischen Luxushotels.«

Sie hielt inne und merkte selbst, dass sie Gethin seit einer halben Stunde von Libbys Plänen berichtete und er noch kaum einen Ton gesagt hatte. »Aber es wartet noch eine Menge Arbeit«, sagte sie. »Alle packen an. Ich habe versprochen, beim Anstreichen zu helfen, wenn noch jemand gebraucht wird.«

»Hältst du das für eine gute Idee?« Gethin, der gerade eine Zwiebel schälte, hielt inne und schaute sie besorgt an. »Du solltest dir nicht so viel zumuten.«

Es war Mittag. Gethin hatte sich einen Tag freigenommen, und nun saßen sie nebeneinander in der Küche und schnippelten Gemüse. Der Geschmack von Lebensmitteln war nach Auskunft der Ärzte gut geeignet, Erinnerungen wachzurufen, und so hatte Gethin Rezepte hervorgekramt, die sie immer zusammen zubereitet hatten. Dies hier sollte ein Thai-Curry werden, das sie beide liebten und »mindestens einmal die Woche« gekocht hatten.

»Keine Sorge«, sagte sie. »Ich übernehme nur leichte Aufgaben. Vor allem Kaffeekochen.«

Gethin neigte den Kopf und schaute sie durch seinen zotteligen Pony an. »Eigentlich solltest du doch nur an diesem einen Tag aushelfen. Ich habe das Gefühl, dass sie dich ganz schön ausnutzen.«

»Überhaupt nicht.« Alice zögerte. »Sie« – das war ohnehin nur Libby. Jason war immer noch nicht wieder aufgetaucht, Margaret sprach kaum noch mit jemandem, und Luke würde erst am nächsten Abend kommen. Irgendetwas in ihrer Brust wurde ganz weit, wenn sie sich vorstellte, wie er zur Tür hereinspazieren würde.

Er hatte ihr eine SMS geschrieben, um sicherzustellen, dass sie bei seiner Ankunft auch da sein würde. Schon beim Anblick seines Namens auf dem Handydisplay hatte ihr Magen einen Satz getan. Sie würde so gerne mit ihm über die Pläne sprechen, über die Erinnerungen an ihre Eltern ... über alles eigentlich.

»Libby kennt doch niemanden dort. Sie braucht alle Hilfe, die sie bekommen kann«, sagte sie schnell, um den Gedanken an Luke zu verdrängen.

Gethin wollte etwas sagen, schloss den Mund dann aber wieder.

»Was ist?« Alice erkannte die Anspannung, die immer über Gethins Gesicht huschte, wenn er eine unwillkommene Erinnerung in ihr wachrufen musste – etwas, was sie wissen sollte, was sie aber nicht gerne hören würde. Was für eine undankbare Aufgabe für den Menschen, der einen am meisten liebte, dachte sie, wenn er einem ständig irgendwelche unangenehmen Wahrheiten unterbreiten musste. »Sag ruhig.«

»Ich fürchte nur, dass du ein bisschen naiv bist. Diese Leute haben kein Geld, um Personal zu bezahlen, daher machen sie sich die Tatsache zunutze, dass du Libby so dankbar bist. Ich möchte nicht, dass du in irgendetwas hineingezogen wirst, zumal du dich noch nicht von deinem Unfall erholt hast. Außerdem«, fügte er hinzu, »und das mag dir jetzt eigennützig erscheinen, hätte ich dich lieber wieder hier bei mir, statt dich für Fremde Wände streichen zu lassen. Das Haus fühlt sich so leer an ohne dich.«

»Das tut mir leid«, sagte Alice.

Gethin nahm noch eine Tomate, schnitt sie in der Mitte durch und legte das Innere von den Kernen frei. »Es ist nämlich nicht leicht, wenn man daran gewöhnt ist, sein Leben mit jemandem zu teilen …«, sagte er, den Blick auf sein Brettchen gerichtet, »… und dieser Jemand plötzlich nicht mehr da ist.« Er biss sich auf die Lippe. »Es fühlt sich an, als *wolle* er nicht mehr da sein.«

»Aber das stimmt doch gar nicht«, widersprach Alice. »Das ist nicht fair. Ich bin nur … Ich muss mich einfach nur wieder an alles gewöhnen!«

Als er nicht antwortete, warf ihm Alice von der Seite her einen Blick zu. Gethin kaute auf seiner Lippe herum und wirkte … nicht wirklich traurig, aber irgendwie beleidigt? Sie nahm an, dass er allen Grund dazu hatte.

Seit jenem ersten Abend verzichtete Gethin auf die schicke Kleidung und war zu Poloshirt und Jeans zurückgekehrt. Sie mochte seinen leicht zerknitterten, coolen Stil. Beim letzten Mal hatten sie sich an der Tür geküsst – nicht leidenschaftlich, aber ausdauernd und zärtlich, bis es am Ende doch ein wenig intensiver geworden war, seine Hände in ihren Haaren. Es hatte gereicht, um in ihr die Hoffnung zu wecken, dass ihr Körper sich vielleicht irgendwann wieder erinnern würde.

Nun sah er auf und schaute ihr direkt in die Augen. »Wann wirst du wieder zu mir ziehen?«

Gethins Ernsthaftigkeit erwischte sie auf dem falschen Fuß. Sie hatte Angst, dass er ihr die Zweifel ansehen könnte oder die noch beunruhigenderen Gedanken, die hinter dem dunklen Vorhang in ihrem Kopf lauerten. »Bald«, sagte sie.

Alice wurde davor bewahrt, mehr sagen zu müssen, weil im Vorraum das Telefon klingelte.

Er legte sein Messer hin. »Ich geh mal dran«, sagte er. »Wahrscheinlich meine Chefin. Sie begreift die Idee eines freien Tages nicht. Es dauert aber nicht lange.«

»Es ist also okay, wenn sie dich ausnutzt, aber Libby darf das mit mir nicht tun?«

Das hatte Alice einfach so dahergesagt, aber Gethin runzelte die Stirn. »Fang nicht damit an.«

Sie wandte sich wieder ihrem Häufchen Knoblauchzehen zu und hackte weiter. Es war doch schön, das alles hier, sagte sie sich. Ein Glas Wein, Gethins Playlist ihrer gemeinsamen Lieblingslieder, die Sommerluft, die durchs Fenster hereinströmte …

Verdammt. Das Messer war zu sehr in die Nähe ihres Fingers geraten und hatte ein kleines Stück herausgehackt. Die Wunde blutete. Alice lutschte daran. Ein rubinfarbener Tropfen war bereits auf das Brettchen gefallen.

»Gethin?«, wollte sie rufen, aber dann dachte sie: Nein, unterbrich ihn nicht, wenn er telefoniert.

In der Küche gab es sicher einen Erste-Hilfe-Kasten. Alice öffnete willkürlich irgendwelche Schränke. Unter der Spüle vielleicht?

Dort befanden sich Tausende von Reinigungsmitteln, aber kein Pflaster.

Sie sog an ihrem Finger und zog mit der anderen Hand Schubladen auf. Besteck … Küchenutensilien … Geschirrtücher. Auch im Schrank neben dem Kühlschrank war nichts zu finden außer der üblichen Ansammlung von Tupperdosen und Deckeln.

Der Schmerz, der auf die kostbaren Sekunden der Taubheit folgte, und der Eisengeschmack des Bluts auf ihrer Zunge weckten unschöne Erinnerungen ans Krankenhaus. Nächster Schrank: Schuhputzzeug, Imprägnierung für Wildleder, Staubbürsten.

Wieso war das Erste-Hilfe-Zeug nicht da, wo man es auch finden konnte? Blieb nur noch der Schrank über der Dunstabzugshaube. Alice holte sich einen Stuhl und reckte die Arme nach dem Griff. Die Tür war klebrig, und sie musste einmal kräftig daran reißen, um sie aufzubekommen.

In dem Schrank befanden sich drei metallene Hundenäpfe, eine Leine, zwei rote Kongs, ein Quietschtier und ein blaues Hundegeschirr.

Alice erstarrte. Hundeausstattung? Hatten sie einen Hund gehabt?

Sie reckte den Arm und holte das Hundegeschirr heraus. Am Halsband hing eine Metallplakette: kein Hundename, dafür ihr eigener, einschließlich Handynummer und einer anderen Adresse, 143a King's Avenue.

Alice umklammerte das Gurtband. So wie mit dem Kettenanhänger eine Erinnerung zurückgekehrt war, als sie ihn in der Hand gehalten hatte, wusste sie plötzlich mit absoluter Gewissheit, dass sie tatsächlich einen Hund gehabt hatte. Einen kleinen weißen Foxterrier mit einem schwarzen Fleck am Auge, ähnlich der Augenklappe eines Piraten, und langen, geraden Beinen. Ein Enid-Blyton-Hund. Fido.

»Fido«, sagte sie laut, und es kam fast wie ein Seufzer heraus. »Fido.«

In ihrem Hinterkopf blitzte etwas auf, und dann schossen Erinnerungen durch ihren Kopf, fast zu schnell, um sie speichern zu können: der Betonboden im Hundeheim im Norden Londons, wo der magere Terrier hinter dem Gitter saß und bettelte und für jeden Besucher, der vorbeikam, sein Repertoire an Kunststückchen vollführte – und dann der unerwartete Blitz, mit dem bei ihnen beiden die Liebe einschlug.

Spaziergänge früh morgens vor der Arbeit, bei denen sie einen roten Ball in den Nebel warf, der aus den Wiesen aufstieg.

Gladys, die ehemalige Krankenschwester, die unter ihr wohnte, in der Wohnung mit Garten. Sie begrüßte eine schwanzwedelnde Fido und bat sie herein, während Alice für einen langen Arbeitstag zur U-Bahn aufbrach.

Hauptsächlich aber füllte sich ihr Herz mit Fido und ihren schwarzen Knopfaugen und dem weißen Schwanz, der nie zu wedeln aufhörte, und diesem hingebungsvollen Blick, mit dem sie Alice unentwegt anschaute, und dem Gefühl der Vollständigkeit, das Alice plötzlich verspürte, weil dieser kleine Hund sie in der Stadt verankerte und das Gefühl der Einsamkeit vertrieb.

Aber wo war Fido? Warum hatte Gethin sie nie erwähnt? Alice spürte, wie Angst in ihr aufstieg, dass Fido etwas zugestoßen sein könnte. Sie stieg so hastig von ihrem Stuhl herunter, dass er umfiel.

»Gethin!«, rief sie mit zittriger Stimme. »Gethin!«

»Was ist?« Er stürzte herein und sah das Blut an ihrem Finger, das unbemerkt auf die weiße Arbeitsfläche tropfte. »Du hast dich geschnitten! Schnell, halt es unter den Wasserhahn...«

»Nein, das hier.« Alice zeigte auf das Hundegeschirr und die Näpfe. »Wo ist Fido? Warum hast du mir nicht erzählt, dass ich sie vergessen habe?«

Wie kann ich Fido nur vergessen haben?, dachte sie, von Schuldgefühlen überwältigt.

Gethin fuhr sich mit der Hand übers Gesicht und sah aus, als würde es ihm das Herz brechen. »Ich wollte es dir nicht sagen, bevor du dich nicht besser fühlst.«

»Sag es mir jetzt. Ich muss es wissen.«

»Sie ist tot«, platzte es aus ihm heraus, und Alice merkte, dass ihre Gesichtszüge entgleisten.

»O Gott. Es tut mir so leid. Es tut mir so leid. Setz dich«, sagte er und führte sie zum Tisch.

Alice' Beine zitterten. Er umschlang sie von hinten mit den Armen und wiegte sie sanft hin und her. In diesem Moment machte ihr der Körperkontakt nichts aus, ja, sie bemerkte ihn kaum. Irgendetwas sagte ihr, dass ihre Reaktion lächerlich war – nicht einmal die Begegnung mit dem Mann, an den sie sich nicht erinnern konnte, hatte sie derart aus der Bahn geworfen –, aber ihr Gehirn bekam den Gedanken einfach nicht zu packen. Er entglitt ihr und war wieder verschwunden.

»Erzähl mir, was passiert ist«, sagte sie.

Gethin legte seine Wange an ihre. »Du warst mit Fido hier in Stratton im Park und hast sie von der Leine gelassen. Sie ist herumgetollt.«

»Warst du auch dabei?«

»Nein, du hast es mir hinterher erzählt. Wir nehmen an, dass der Ball weggehüpft sein muss, weil sie auf die Straße gelaufen ist, und da kam plötzlich ... nun ja, ein Bus. Es muss alles sehr schnell gegangen sein.«

Tränen schossen Alice in die Augen, und die Tassen auf dem Tisch verschwammen. »Nein«, flüsterte sie. »Warum habe ich sie nicht zurückgehalten?«

»Ich weiß es nicht, Bunny.«

»Aber ich habe ihr doch immer zugeschaut. Ich habe den Ball für sie geworfen. Ich habe sie nie aus dem Blick gelassen! Undenkbar in London!«

Gethin umarmte sie ganz sanft, wegen der Rippen. »Deshalb habe ich es dir auch nicht erzählt, Alice. Du kannst es jetzt sowieso nicht mehr ändern. Es ist schrecklich, wenn ich dir schlimme Dinge erzählen muss – so schrecklich, wie schöne Dinge erzählen zu müssen. Das ist nahezu unerträglich. Vielleicht hast du eine SMS geschrieben oder telefoniert oder sonst etwas getan. Damals hattest du eine Menge am Hals. Wenn ich absolut ehrlich sein soll, habe ich mir wirklich Sorgen um dich gemacht. Du warst überhaupt nicht du selbst.«

Alice schloss die Augen. Hatte sie mit … Luke telefoniert, als Fido überfahren wurde? Wer war sie gewesen in diesen Wochen? Könnte der Unfall sie so verwandelt haben, dass sie sich nicht wiedererkannte? Die Hinweise türmten sich vor ihr auf, aber sie wollte sie nicht wahrhaben.

»Es tut mir so leid«, sagte Gethin. »Es tut mir so unendlich leid.« Er streckte über ihrer Schulter den Arm aus und berührte die Messingplakette am Hundegeschirr, das Alice immer noch umklammerte. »Wir waren wie eine kleine Familie.«

Das Wort »Familie« löste etwas in ihr aus, und sie schloss die Augen, um sich gegen einen anderen Schmerz zu wappnen. Weitere Erinnerungen kamen hoch, alt, aber frisch geprägt. Barley. Barley, der krummbeinige Jack Russell Terrier, der sich immer in der Jackentasche ihres Vaters hatte herumtragen lassen.

»Wir hatten einen Hund, als ich klein war. Fido hat mich an Barley erinnert. Das war der Grund, warum ich mich für sie entschieden habe. Weil sie mich an Barley erinnert hat …« Das war zu viel. Alice konnte die Tränen nicht mehr zurückhalten, und als Gethin sie in die Arme schloss, wehrte sie sich nicht.

»Weine nicht, Alice«, sagte er. »Jetzt hast du ja mich. Ich

bin hier. Wir sind immer noch eine Familie, du und ich. Du musst heute Abend bei mir bleiben. Ich denke, du solltest nicht ins Hotel zurückkehren.« Er trat einen Schritt zurück, damit sie sein Gesicht sehen konnte. Seine Welpenaugen fixierten sie. »Bleib hier, damit wir wirklich Zeit füreinander haben.«

»Aber Libby braucht mich …«

»Libby braucht dich nicht mehr, als wir uns brauchen, um zu reden«, sagte er in einem Tonfall, den Alice noch nie an ihm gehört hatte. Er schien nicht darüber diskutieren zu wollen. Sie war sich nicht sicher, wie sie reagieren sollte. Er hielt sie ziemlich fest.

»Ich denke nur an dich«, fuhr Gethin ungeduldig fort. »Du musst dich an die erste Stelle setzen. Du musst *uns* an die erste Stelle setzen. Möchtest du nicht, dass alles wieder normal wird? Das wird nie geschehen, wenn du die ganze Zeit mit anderen Leuten verbringst, oder? Leuten, die dich nicht einmal kennen.« Er hielt inne, und Alice stellte erleichtert fest, dass seine Miene sanfter wurde. »Ich möchte nur mit dir auf dem Sofa sitzen und Erinnerungen austauschen. Mit dir zusammen sein. Ich brauche das. Ich habe dich so sehr vermisst. Dich … und Fido.«

Fido. Und Barley. Alice' Lippe zitterte, und Gethin schloss sie wieder in seine Arme. Sie barg das Gesicht an seiner Schulter, und das Gefühl, vollkommen allein auf der Welt zu sein, verblasste. Gethin kannte sie, und dass er sie kannte, bedeutete, dass die Dinge, die sie geliebt hatte, nicht völlig aus ihrem Leben verschwunden waren.

Gina mailte Libby die versprochene Liste von Dingen, von denen sie dachte, dass sie im Hotel noch zu tun seien. Es war noch eine Menge, aber Ginas vorläufiger Zeitplan ließ das alles machbar erscheinen. Und was noch wichtiger war:

Seit Lorcan auf dem Weg zu einer anderen Baustelle vorbeigeschaut und ihr jeden einzelnen Schritt in einfachen Worten erklärt hatte, konnte sich Libby auch zum ersten Mal vorstellen, *wie* das alles machbar sein sollte.

Es wurde ihr immer wichtiger, alles zu verstehen und bis ins Detail zu wissen, was das alles kosten sollte. Sie wollte sich nie wieder so hilflos und verletzlich fühlen.

Aber obwohl die überarbeiteten Pläne nur einen Bruchteil des ursprünglichen Budgets kosten würden, war das immer noch Geld, das sie nicht hatte. Als Lorcan wieder fort war, saß sie an ihrem Schreibtisch im Büro und presste die Finger gegen die Schläfen. Wo zum Teufel sollte sie das Geld nur herzaubern?

Normalerweise hätte sie sich sofort an Jason gewandt, aber das ging jetzt nicht mehr. Seit er vor drei Tagen verschwunden war, hatte er sich nicht mehr gemeldet, und Libby wollte ihn auch nicht anrufen. Das würde nämlich darauf hinauslaufen, dass sie sich entschuldigen und die ganze Verantwortung auf sich laden würde, und das wäre falsch. Einmal wenigstens sollte er die Verantwortung für seine Fehler selbst übernehmen. In der Zwischenzeit mussten allerdings Rechnungen bezahlt werden. Sie musste Geld beschaffen. Die Schlichtheit dieser Aufgabe hatte sonderbarerweise etwas Befreiendes – es gab keine Alternative, als es einfach zu machen.

Libby zwang sich, logisch zu denken. Weitere Hypotheken konnte sie nicht aufnehmen, und einen Kredit würde sie ohnehin nicht bekommen. Könnte sie etwas verkaufen? Eine überquellende Schmuckschatulle zum Plündern hatte sie nicht, aber sie könnte mit den Diamanten anfangen, die Jason ihr geschenkt hatte. Es war unerträglich, sie auch nur anzuschauen, geschweige denn, sie zu tragen – zumal es Jason weniger darum gegangen war, ihr einen Gefallen zu tun, als sich beim Lieblingsjuwelier seiner Mutter etwas zu beweisen.

War das typisch für ihre Ehe?, fragte sie sich deprimiert. Alles Schau, keine Substanz? Wie konnte Jason zu der irrigen Annahme gelangen, dass ihr mehr an Diamanten lag als daran, dass er Mareks Rechnungen beglich? Oder war sie tatsächlich eine solche Person geworden? Sie biss sich auf die Lippe. Vielleicht hatte sie es gar nicht gemerkt.

Libby nahm ihren Stift. Die Ohrringe wären schon einmal ein Anfang, aber sie brauchte viel mehr. Was bedeutete, dass sie ein Telefonat tätigen musste, das sie gerne um jeden Preis vermieden hätte. Stolz konnte sie sich im Moment aber nicht leisten.

Sie wählte die Nummer ihres Vaters, bevor sie noch anfangen konnte, das Gespräch im Kopf zu proben.

Colin Davies nahm beim vierten Klingeln ab, genau in dem Moment, in dem sie regelmäßig Panik bekam und am liebsten wieder auflegen würde, aber dafür war es jetzt zu spät.

»Hallo, Dad. Hier ist Libby«, sagte sie und versuchte, munter zu klingen. »Hast du ein wenig Zeit?«

Er hatte nie wirklich Zeit, aber sie musste das fragen. Wenn sie es nicht tat, erinnerte er sie daran. Die brennenden Reifen, durch die er sie springen ließ, vermehrten sich von Jahr zu Jahr.

»Wenn du dich beeilst.« Er seufzte und genoss die Situation hörbar. »Ich wollte gerade zum Golfplatz fahren.«

»Gut. Ich wollte mit dir über das Hotel sprechen«, begann sie, aber wie immer schnitt er ihr das Wort ab.

»Jetzt sag nicht«, erklärte er mit einem unangenehmen Amüsement in der Stimme, »dass ihr mein Geld schon verbraten habt und du mehr willst.«

Libby starrte entgeistert auf Ginas Notizen. »Äh …«

»Ich wusste es!« Er klang entzückt. »Wie ich schon zu Sophie sagte: ›Ich wette zehn Pfund, dass die Summe ein Loch in Libbys Tasche brennt und sie noch vor Ende des Monats anruft, um mehr zu verlangen.‹ Du bist wirklich die Tochter deiner Mutter, Libby. Ich fasse es nicht, dass eine Frau so alt werden kann und immer noch keine Ahnung von der Erstellung eines Budgets hat. Hast du denn gar nichts von Jason gelernt?«

»Dad, das ist nicht fair …«

»Warum redest du nicht mit Jason? Oder weiß er gar nicht, dass du schon alles verpulvert hast? Vielleicht sollten wir diesmal darüber nachdenken, eine Art Vertrag zu machen, wenn ich mich in euer Unternehmen einkaufen soll. Denn darauf läuft es doch letztlich hinaus, nicht wahr?«

Gott, dachte Libby. Wie schafft er es nur, dass ich mich immer noch wie ein dummer Teenager fühle?

Weil du ihn lässt, sagte die Stimme in ihrem Kopf. *Du lässt zu, dass er bestimmt, wer du bist.*

In einer Anwandlung von Klarsicht erkannte Libby, dass es eine verdammt schlechte Idee gewesen war, sich noch mehr Geld von ihrem Vater leihen zu wollen. Selbst wenn sie ihm das letzte Pfund mit Zinsen zurückgezahlt haben würden, würde er sich noch darüber mokieren. Die Rolle der Tochter, die man rauskaufen muss, würde sie nie wieder los. Immer achtzehn, immer unfähig. Selbst wenn sie dazulernen würde – er würde es nicht tun.

Ich werde ihn nicht um Geld bitten, sagte sie sich. Für mich persönlich ist es wichtiger, ihm nichts von der Misere zu erzählen. Das Geld werde ich schon woanders auftreiben. Die spontane Entscheidung jagte ihr einen Schauer über den Rücken, und sie fühlte sich gleichzeitig panisch und euphorisch.

»In der Tat, gar keine schlechte Idee«, spottete er. »Hol

Jason dazu, und wir können vernünftig über die Sache sprechen.«

»Ich habe nicht angerufen, um dich um Geld zu bitten«, sagte Libby.

»Ach?« Ihr Vater klang fast enttäuscht.

»Nein, ich habe angerufen, um dir zu erzählen, wie wunderbar alles läuft und wie gut das Hotel schon aussieht. Es klingt aber nicht so, als wolltest du gute Nachrichten hören, daher werde ich deine Zeit nicht länger in Anspruch nehmen.« Ihr Mund war trocken. »Ich ruf dich zur Wiedereröffnung an. Vielleicht können wir dir ja einen Preisnachlass auf den Wochenendtarif gewähren. Tschüss, Dad.«

Sie legte auf, immer noch fassungslos, und stützte den Kopf in die Hände. Ihre Entscheidung war vollkommen richtig gewesen, aber nun stand ihr die Aufgabe bevor, einen anderen Anruf zu tätigen. Einen noch schwierigeren sogar. Libby war sich immer noch nicht sicher, ob sie es wirklich tun sollte, aber viele Möglichkeiten blieben ihr nicht.

Es gab keinen leichten Weg, jemanden um Geld zu bitten, mahnte sie sich, als sie die Nummer wählte. Das war die Lektion, die sie heute lernen musste.

Am anderen Ende klingelte es, dann sagte die vertraute Stimme: »Hallo, fremde Frau! Wo hast du nur die ganze Zeit gesteckt?« Erins Stimme war herzlich, und Libby wurde von Schuldgefühlen gepackt, weil sie ihren Rückruf so lange vor sich hergeschoben hatte, bis sie etwas von Erin wollte. Was war sie nur für eine Freundin? »Ich habe mich schon gefragt, ob ich etwas Falsches gesagt habe«, fuhr Erin ernsthaft fort. »Kann das sein? Da niemand etwas von dir gehört hat, sind wir alle ein wenig … Was haben wir nur getan?«

»Entschuldigung, hier herrscht das reinste Chaos«, begann Libby automatisch. Dann hielt sie inne. »Nein, eigentlich, es war … Erin, hör zu. Ich weiß keinen eleganten Weg, um es dir mitzuteilen, daher komme ich gleich zur Sache. Ich muss dich um einen Gefallen bitten. Einen Riesengefallen.«

Sollte sie erst erzählen, dass Jason verschwunden war? Libby war sich nicht sicher, ob sie Erins Mitleid ertragen würde. Und wenn sie es als rein geschäftliche Angelegenheit hinstellen würde, hätte Erin auch eher die Möglichkeit, Nein zu sagen. Ihr Gesicht brannte.

»Schieß los!« Erin war offenbar auf dem Spielplatz, dem Lachen und dem Geschrei im Hintergrund nach zu urteilen. »Das ist Tante Libby!«, sagte sie dann zu einem Kind in der Nähe. »Möchtest du mal winken? Wink mal ins Telefon. Könntest du so tun, als würdest du Tobias winken sehen?«

Libby kniff die Augen zusammen. Tobias war so süß. Sie war gerne Tante Libby für Erins Beans gewesen.

»Erin, ich muss mir Geld leihen, nur für ein paar Monate«, sagte sie.

»Oh, sag nichts. Ist es wegen der Bank?«, fragte Erin. »Habe ich dir erzählt, dass unsere Bank Petes Gehalt mal auf das falsche Konto überwiesen hat und uns auch erst davon in Kenntnis gesetzt hat, als wir bereits mit vielen Tausend Pfund in den Miesen waren?« Libby konnte sich gut vorstellen, wie Erin mit den Augen rollte. »Natürlich haben sie angeblich von nichts gewusst. Was haben sie dir angetan?«

Libby zögerte einen Moment. Erin hatte ihr einen Vorwand auf dem Silbertablett serviert, um sie nicht zu peinlichen Bekenntnissen zu nötigen, aber sie konnte das nicht annehmen. Sie musste aufrichtig sein. Dass sie vorgegeben hatte, jemand zu sein, der sie gar nicht war, hatte sie erst in diese Klemme gebracht. Und Erin verdiente die Wahrheit.

»Nein«, sagte sie. »Es ist einfach so … Ich brauche das Geld, um die Arbeiten hier fertigzustellen.«

»Aha.« Erin klang überrascht. »Über was für eine Summe reden wir?«

Libby schloss die Augen. Ihre Antwort würde die Sache real werden lassen. »Zehntausend?«

Am anderen Ende trat eine lange Pause ein.

»Okay«, sagte Erin langsam. »Allerdings … Zehntausend Pfund sind eine Menge Geld. Andererseits auch wieder nicht, falls du verstehst, was ich meine. Ich dachte, ihr hättet ein gewaltiges Budget. Ihr habt doch das Haus verkauft, oder?«

Libby starrte ins Büro. Seine ehrwürdige Behaglichkeit tauchte langsam aus dem Chaos auf, und sie merkte, dass sie sich kaum an die Details ihres Londoner Hauses erinnern konnte, in das sie so viel Geld gesteckt hatte. Alles war beige und geschwungen und verchromt gewesen, nicht wie das Hotel mit seinen gemütlichen Ecken, den Fenstersitzen und den ausgefallenen Bleiglasfenstern. Bei ihrer Londoner Renovierung war es darum gegangen, den Wert eines ohnehin schon überteuerten Objekts zu steigern; hier hingegen sollte ein Zuhause wieder zum Leben erweckt werden.

»Libby, ist alles in Ordnung?« Die Hintergrundgeräusche waren plötzlich verschwunden. Erin hatte sich vom Spielplatz entfernt, damit die anderen Mütter nicht mithören konnten. Sehr aufmerksam von ihr, dass sie immer noch daran dachte, was die anderen von Libby denken könnten, selbst jetzt noch. »Geht es wirklich um das Hotel?«

Ich muss Erin alles erzählen, dachte Libby plötzlich. Sie muss es hören, bevor ich sie um diesen Riesengefallen bitte. Das bin ich ihr schuldig, selbst wenn sie hinterher der Meinung sein sollte, dass ich das Risiko nicht wert bin. Zu ihrer Überraschung fiel ihr im selben Moment, als sie die Entscheidung getroffen hatte, ein gewaltiger Stein vom Herzen. Sie würde nichts mehr vortäuschen müssen. Sie würde nur noch mit dem zu tun haben, was vor ihr lag, und zwar so, wie es war.

»Jason hat mich verlassen«, sagte sie. Schnöde Worte für einen so großen Schmerz. »Die Bauarbeiten im Hotel wurden eingestellt. Es ist jetzt eine Baustelle. Und wir haben kein Geld mehr, weil er wieder auf Wechselkurse wettet. Er hat alles verloren. Schon wieder.«

»Was meinst du mit ›schon wieder‹? O Gott.« Erin klang wie vor den Kopf gestoßen. »Geht es dir gut? Du musst mir alles erzählen.«

Sobald Libby angefangen hatte, sprudelte es nur so aus ihr heraus: Jasons Verluste, seine Kündigung, der eigentliche Grund für ihren Hausverkauf, alles. Zwischendurch hatte Libby das Gefühl, über andere Personen zu reden: einen Workaholic, der nicht über seine Probleme sprechen konnte, eine Gattin, die daheim blieb und dachte, Handtaschen würden ein echtes Gespräch mit den Nachbarn ersetzen, ein Paar, das sie kaum als Libby und Jason wiedererkennen würde, diese jungen Leute, die sich in lauten Londoner Bars ineinander verliebt hatten, während draußen der Regen herabgeströmt war.

Als sie fertig war, herrschte Schweigen am anderen Ende der Leitung. Libby fühlte sich den Tränen nahe, als ihr klar wurde, was sie verloren hatte, ohne es zu merken.

»Das ist der Punkt, an dem wir stehen«, schloss sie matt. »Vermutlich können wir das Hotel verkaufen, wenn es erst einmal fertig ist. Dann könnte ich dir die Einlagen einigermaßen schnell zurückzahlen. Vor Weihnachten vielleicht sogar schon. Aber erst muss ich es irgendwie fertigstellen.«

»Himmel, Libby.« Erin klang geschockt. »Warum hast du mir nichts davon erzählt?«

»Ich wollte nicht, dass jemand erfährt, was für Versager wir sind. Die Sache war einfach so ... dumm. Alles zu haben und es einfach wegzuschmeißen.«

»Aber es war doch nicht *dein* Fehler! Und es ist ja auch

nicht so, als würdest du in der Ecke sitzen und heulen. Du schuftest wie eine Irre! Hör zu, zunächst einmal solltest du dir wegen des Geldes keine Sorgen machen. Wir leihen es dir. Nein, keine Widerrede! Ich weiß, dass Pete das genauso sieht. Ich habe ein paar Ersparnisse, die einfach nur auf einem Konto liegen und nicht einmal Zinsen einbringen. Mir wäre es nur recht, wenn sie dir helfen könnten. Ist das alles, was du brauchst? Bist du sicher, dass es nicht mehr ist?«

Libby verzog das Gesicht. Pete hatte einen guten Job, aber er war Designer und nicht Börsenmakler. Das waren echte Ersparnisse, nicht unverhoffte Glücksfälle wie Jasons Boni.

»Bist du ganz sicher, Erin? Wirklich? Ich habe mich in der Hotelbranche noch überhaupt nicht bewährt.«

»Libby, wir reden hier über *dich*.«

»Aber ...«

»Erinnerst du dich noch an den Abend, als Pete und ich in unser Haus gezogen sind?« Erins Stimme wurde sanft. »Ich war im siebten Monat schwanger, die Umzugsleute hatten sich verfahren, und Pete hatte einen Jetlag und schlief ständig ein. Als wir uns dann auch noch ausgeschlossen haben, wurde ich regelrecht hysterisch.«

»Du warst nicht hysterisch, du warst schwanger.«

»Ich war hysterisch, Libby. Aber du hast mir aufgemacht und mich hereingebeten und mir Klamotten und Essen gegeben, und Jason hat seinen Bruder angerufen, damit er Pete half, in unser Haus zu kommen, und ich durfte keinen Finger rühren, bis der Umzugswagen schließlich kam. Wenn meine Bostoner Freunde behaupten, die Leute in London seien so unfreundlich, erzähle ich ihnen immer von diesem Abend.« Sie hielt inne. »Du warst so nett zu uns. All die Jahre habe ich auf eine Gelegenheit gewartet, mich zu revanchieren, und jetzt ist sie gekommen. Ich möchte das gerne tun. Ich weiß, dass aus dem Hotel etwas wird. Wer würde nicht gerne bei dir bleiben wollen? Du hast eine Gabe, Fremden das Gefühl zu geben, sie seien Freunde.«

»Danke.« Libby war so dankbar, dass sie kaum ein Wort herausbrachte. Nach diesen Tagen der blinden Panik ließ Erins schlichte Treue sie fast schwindelig werden. Aber warum sollte sie ihr nicht glauben? So bin ich tatsächlich, sagte sie sich. Ich bin jemand, dem die Leute vertrauen. Jemand, dem *ich* vertrauen kann.

»Nein, bedank dich nicht«, sagte Erin. »Stell nur einfach sicher, dass Pete und ich die Ersten sind, die eine Reservierung für die Wiedereröffnung bekommen. Ich kann es kaum erwarten, das Hotel zu sehen.«

»Ihr seid die Allerersten«, sagte Libby. »Ich habe genau das richtige Zimmer für euch. Das Bad ist überwältigend.«

»Gebongt! Und hör zu, Libby.« Erins Stimme wurde so streng, wie sie es nur fertigbekam. »Du darfst mir nie wieder verschweigen, wenn du ein solches Problem hast. Es tut weh, denken zu müssen, dass du mich nicht für wert befindest, so etwas zu erfahren. Versprich mir das.«

»Ich verspreche es«, sagte Libby. »Aber jetzt erzähl mir von dir. Irgendetwas, das mich aufheitert.«

Während Erin sprach, vernahm Libby das Signal, mit dem auf ihrem Handy eine SMS ankam. Sie griff sofort in ihre Tasche, weil sie hoffte, dass sie von Jason sein könnte. Zu ihrer Erleichterung war es auch so.

Als sie aber den Text las – Komme heute Abend, um Zeug zu holen. Sag Mum nichts. Will keine Szene. J –, verließ sie die gute Laune wieder.

»Schätzchen, komm sofort von dem ... Oh, Libby, ich fürchte, die Kinder stellen schon wieder Unfug an. Tut mir furchtbar leid«, entschuldigte sich Erin. »Schick mir sofort eine Mail mit deiner Bankverbindung, ja? Tu das! Ich ruf dich später noch einmal an.«

Libby verabschiedete sich mechanisch, weil sie immer noch auf Jasons Text schaute. Margaret war heute bei ihrem Lesezirkel, und Alice verbrachte den Tag mit Gethin. Sie wären also allein und könnten reden. Sie zögerte innerlich. Was wollte sie ihm eigentlich mitteilen? Und was wollte sie von ihm hören?

Sie wusste es nicht. Alles war plötzlich anders. Keine der alten Sicherheiten schien noch zu gelten. Es war nicht nur Jason, den sie nicht mehr kannte. Sie kannte sich selbst nicht mehr, da sie Stärken und Meinungen und Grenzen an den Tag legte, von denen sie nichts gewusst hatte.

Es schauderte sie. Gut, ich werde da sein, schrieb sie zurück.

Alice schrieb eine SMS, in der sie ihr mitteilte, dass sie bei Gethin schlief – was Libby als gutes Zeichen deutete –, während Margaret heimkam und wieder ging, ohne ein Wort mit ihr zu wechseln.

Jason kam um acht, und im selben Moment, als er die Küche betrat, schwand jede Hoffnung, dass er gekommen war, um sich zu entschuldigen.

Sein Gesicht mit dem Dreitagebart war versteinert, und er sagte kaum ein Wort, bevor er schließlich nach oben ging, um kurz darauf mit seinem großen Rollkoffer wieder herunterzukommen. Am Griff hingen noch die Businessclass-Klebestreifen von ihrem letzten Skiurlaub.

Libby stand an der Spüle, leer vor Panik. So viele Dinge geisterten ihr im Kopf herum, aber sie konnte nichts denken als: Bitte geh nicht. Bitte lass uns noch einmal von vorn anfangen. Ein dummer Stolz hinderte sie aber daran, etwas zu sagen. Jason hatte sie in diese Lage gebracht, also konnte er auch den ersten Schritt tun, um es wiedergutzumachen. Sich zu entschuldigen wäre schon mal ein Anfang.

Er tat es nicht. Es schien ihm Mühe zu bereiten, überhaupt etwas zu sagen. Vielleicht wusste er auch nicht, wo er anfangen sollte.

»Wo wohnst du?«, fragte Libby.

»Bei Steven«, sagte er. »Vorerst jedenfalls.«

»Steven Taylor? In Clapham?« Steven war ein alter Studienfreund von Jason, ebenfalls ein Börsenmakler, mit einem riesigen Haus. Kinder hatte er nicht, dafür aber drei Porsches.

Jason nickte. »Ja.«

Wieder lähmendes Schweigen.

Libbys Widerstand bröckelte. »Und was tust du da? Wann kommst du zurück? Willst du gar nicht wissen, wie es mir geht? Oder was hier geschieht?«

Er konnte sie nicht anschauen. Es brach ihr das Herz, als Jason zu Boden blickte, dann auf die alte Wanduhr, überallhin, nur nicht in ihr Gesicht. »Du kommst offenbar gut ohne mich aus. Ich brauche etwas Zeit zum Nachdenken.«

Ich habe auch keine Zeit zum Nachdenken, hätte sie am liebsten gebrüllt. *Ich lebe auf einer Baustelle. Ich muss mich mit deiner Mutter herumschlagen. Ich kümmere mich um unser Projekt. Ich versuche, Lösungen zu finden, während du einfach davonrennst.*

Aber sie brachte keinen Ton heraus. Libbys Kehle war zugeschnürt, weil sie im Moment nur eines spürte: Der Mann, den sie liebte, sperrte sie aus seinem Leben aus. Sie liebte ihn immer noch, mehr noch sogar als in den Zeiten, als alles so leicht gewesen war. Er hingegen verriet die gemeinsamen Hoffnungen, Erinnerungen und Geschichten, all ihre Zukunftspläne. Libby wusste, dass sie stark und wütend sein sollte, aber der Gedanke, das alles zu verlieren, sog sämtliche Energie aus ihr heraus. Sie war auch enttäuscht über sich selbst, weil sie das alles so falsch verstanden hatte.

Schließlich schaute Jason sie an, aber sie erkannte diesen

mürrischen, erschöpften Menschen in den Kleidern ihres Mannes gar nicht. In seinen Augen sah man einen Funken des alten Jason aufglimmen, den Hauch einer Entschuldigung. Als er ihr trotziges Gesicht sah, erlosch es allerdings wieder und wich einer Härte, die ihr nicht gefiel.

»Ich melde mich«, sagte er und verließ das Haus.

Eine Stimme in Libbys Kopf sagte: *Gut*. Trotz allem.

Kapitel dreiundzwanzig

»Wir kommen zu spät«, sagte Alice und klopfte auf ihre Uhr. »Bobs Fans sind sicher nicht begeistert, wenn ihre Streichelzeit beschnitten wird, nur weil du dich nicht für die Nuance des Fugenmörtels entscheiden kannst.«

»Aber Fugenmörtel ist wichtig.« Das war ein Satz, von dem Libby nie gedacht hätte, ihn einmal aus ihrem eigenen Munde zu vernehmen. Nach diversen Gesprächen mit dem geduldigen Lorcan hatte sie festgestellt, dass es ihr tatsächlich wichtig war. »Wenn wir schon nicht in die Vollen greifen können, sollten wenigstens die kleinen Dinge perfekt sein. Solche Sachen bemerkt man eben, wenn man entspannt in der Badewanne liegt, oder?«

Lorcan stupste den Lehrling an, der zehn Stäbe mit verschiedenfarbigem Fugenmörtel hochhielt. »Hast du das gehört, Connor? Wenigstens einer, der ernst nimmt, was ich sage.«

»Den da«, beschloss Libby und zeigte auf die graue Probe. »Der wird am längsten sauber aussehen. Das spart uns Putzmittel.«

Die ersten Bäder waren heute gefliest worden, und Libby konnte es kaum erwarten, das Ergebnis zu sehen. Sie hatte sich gezwungen, das Budget bis ins letzte Detail durchzurechnen, und war bis in die frühen Morgenstunden aufgeblieben, um alles so zu planen, dass die meisten Mittel in die praktischen Erfordernisse des Hotelbetriebs fließen würden. Jedes Pfund, das man einsparen konnte, war ein kleiner

Triumph. Außerdem lenkte die Rechnerei ihr Gehirn davon ab, sich ständig zu fragen, was Jason wohl tat.

»Endlich!«, sagte Alice. »Aber jetzt Beeilung. Ich möchte nicht zu spät zu meinem Arzttermin kommen.« Sie wartete, bis Lorcan seine Lehrlinge wieder die Treppe hintergescheucht hatte. »Hast du Margaret gesagt, dass wir in die Stadt fahren? Denkst du, sie würde vielleicht gerne mitkommen?«

Libby seufzte. »Nicht, wenn ich fahre. Ich habe das Gefühl, dass sie mir im Moment aus dem Weg geht.« Seit Margarets bitteren Vorwürfen in Zusammenhang mit Jason hatten Libby und Margaret kaum miteinander gesprochen. Libby hatte versucht, Brücken zu bauen, indem sie ihr von Ginas Plänen und den erfreulichen Aussichten auf ein baldiges Ende des Chaos erzählt hatte, aber Margarets Miene hatte sich nicht entspannt.

»Ich sehe nicht, inwiefern meine Meinung von Nutzen für dich sein könnte«, war alles, was sie gesagt hatte. Im nächsten Moment war das höfliche Lächeln aus ihrem Gesicht verschwunden, und sie hatte wieder kalt und verkniffen ausgesehen.

Offenbar ist es ihr lieber, dass das Swan zusammen mit Jason untergeht, als dass ich die Angelegenheit noch rette, dachte Libby. Die Ironie an der Geschichte war, dass es ausgerechnet jetzt geschah, wo sie beide mit der Abwesenheit ihrer Männer fertigwerden mussten – was sie doch eigentlich zusammenschweißen sollte. Stattdessen trauerte Margaret nun ihrem Ehemann, ihrem Hotel *und* ihrem Sohn hinterher, Verluste, die sie meinte zu zwei Dritteln Libby zu verdanken. All die Energie, mit der Margaret einst die Familie zusammengehalten hatte, floss in ihre neue Rolle als zornige, frustrierte Matriarchin.

Alice tätschelte Libbys Arm. »Sie wird sich schon wieder

beruhigen. Möglicherweise macht sie sich selbst Vorwürfe, weil sie dich in diese Lage gebracht hat. Außerdem muss es hart für sie sein, mitansehen zu müssen, was für einen Schlamassel Jason angerichtet hat.«

»*Sich* macht sie bestimmt keine Vorwürfe. Und sie ist weit davon entfernt zu denken, dass Jason Schlamassel angerichtet hat. Ein Segen nur, dass wenigstens ihr über alles geliebter Hund nicht parteiisch ist. Er weiß schon, wer hier die Kekse kauft. Bob? Bob! Zeit für ›Tiere als Therapeuten‹!«

Libby ging ins Büro und nahm Bobs Leine. Er sollte eigentlich in seinem Korb liegen, aber da war er nicht. Nachdem sie im ganzen Hotel nachgesehen und nach ihm gerufen hatte, fand sie ihn schließlich im Salon, wo er sich wie eine Kidneybohne auf einem Samtsofa zusammengerollt hatte – wider das ausdrückliche Verbot.

»Runter!«, fuhr Libby ihn an. Als er von dem Sofa hinunterrutschte, hinterließ er einen Kranz heller Haare. Verzweifelt sagte sie: »Schau dir das an. Ich weiß, dass Gina es für eine tolle Idee hält, Hunde zum Alleinstellungsmerkmal unseres Hotels zu machen, aber müssen wir wirklich …?«

Alice hob beschwichtigend die Hand. »Jetzt halt aber mal die Luft an, Libby. Du kannst nicht alles bis ins kleinste Detail regeln. Lass Bob doch das gewisse Etwas sein, das sich der Kontrolle entzieht, oder? Die Menschen kommen hierher, um sich zu entspannen, und Bob ist ein Meister der Entspannung.«

Libby atmete durch die Nase ein und aus, ihre einzige Angewohnheit, die noch entfernt etwas mit Yoga zu tun hatte. Lorcan schätzte, dass es noch ungefähr fünf Wochen dauern würde, bis sie wiedereröffnen könnten. Die Dinge kamen in Bewegung, langsam, aber immerhin. Bob würde auf der Website erscheinen, darauf hatte Gina bestanden. Und bislang hatten sich Ginas Ratschläge als gut erwiesen.

»Du hast recht«, sagte sie und drückte den Rücken durch. »Und jetzt lass uns gehen und die Liebe eines Bassets unters Volk von Longhampton bringen.«

Alice ging zu ihrem Hypnotherapietermin, und Libby und Bob trotteten durch die Gänge zum Aufenthaltsraum der Senioren. Als sie erschienen, waren Gina und Buzz bereits in ein Gespräch vertieft. Buzz wedelte mit dem Schwanz, als er sie sah, und Libby war gerührt, weil er sie erkannte.

Gina wirkte ebenfalls erfreut, sie zu sehen. »Ich weiß, dass du noch eine Weile mit den Renovierungsarbeiten beschäftigt sein wirst, aber ich habe eine Liste mit Kontakten erstellt, die dir vielleicht nützlich sein könnten«, sagte sie und griff in ihre große Ledertasche. »Angefangen mit Michelle von Home Sweet Home auf der High Street. Das ist ein wirklich fantastischer Inneneinrichtungsladen – die Leute kommen aus dem ganzen County dorthin. Sie wird dir einen guten Preis für die Vorhänge machen, wenn du sagst, dass ich dich schicke.«

»Danke!«, sagte Libby, und in ihrem Gehirn rotierte bereits die Frage, wie sie Michelle diesen Gefallen bei ihrem knappen Budget erwidern konnte. »Ich hatte schon darüber nachgedacht, Anreize für themenbezogene Kurzurlaube zu schaffen – vielleicht könnte ich ja eine Seite über ›Shoppen in Longhampton‹ einrichten? Gibt es genug unabhängige Läden, die so etwas rechtfertigen würden?« Zu ihrer Schande musste sie gestehen, dass sie seit ihrer Ankunft überhaupt noch keine Zeit in der Stadt verbracht hatte. Gina hatte ihr von einem wunderbaren Buchladen erzählt, außerdem von ein paar tollen Pubs und jetzt eben dem Einrichtungsgeschäft. Libby hatte keine Ahnung, wo das alles sein sollte.

Gina schien überrascht. »Es gibt sogar eine Menge neuer unabhängiger Läden. Warst du denn in letzter Zeit nicht auf der High Street? Kennst du den neuen Konditor nicht? Wie lange bist du denn eigentlich schon hier?«

»Ich hatte immer so viel zu tun.«

»Zu viel zu tun für Kuchen? Welcher Mensch, der bei klarem Verstand ist, kann denn für so etwas zu viel zu tun haben?«

Libby zuckte mit den Achseln. »Ich weiß. Ich werde mir Zeit für Kuchen freischaufeln.«

»Warum treffen wir uns nicht morgens mal auf einen Kaffee und spazieren durch die Stadt?«, schlug Gina vor. »Dann kann ich dir ein paar Leute vorstellen. Es ist eine kleine Stadt. Die wichtigsten Leute wirst du schnell kennen. Die hiesigen Geschäftsleute unterstützen sich gerne wechselseitig – wenn du anbietest, die Weihnachtsfeier des Händlerverbands von Longhampton im Swan auszurichten, wirst du Freunde fürs Leben gewinnen. Vor allem wenn du ihnen auch noch einen guten Preis machst, um ihren Rausch bei euch auszuschlafen.«

Momente wie dieser verliehen Libby das Gefühl, dass allmählich die Flut einsetzte und sie von der Sandbank befreite. Gina könnte sie Menschen vorstellen, die nicht nur »Margarets Schwiegertochter« in ihr sahen. Diese Leute hätte sie schon vor Ewigkeiten kennenlernen können, wenn sie nicht so viel Angst davor hätte, was die Menschen darüber dachten, dass sie und Jason Donalds Hotel übernahmen.

»Sei nicht so hart zu dir selbst.« Gina ahnte offenbar, dass sich Libby innerlich in den Hintern trat. »Auch du kannst nur ein bestimmtes Pensum bewältigen. Es ist einer der kompliziertesten Kniffe des Lebens, dass man ausgerechnet dann ausgehen und fremde Menschen kennenlernen soll, wenn man sich am liebsten unter der Bettdecke verkriechen würde.« Sie legte ihr die Hand auf den Arm. »Aber egal, ich halte dich auf. Doris hat gesagt, dass sie dir gerne etwas zeigen würde …«

Doris saß in ihrem Ohrensessel am Fenster und schien hocherfreut, Lord Bob zu sehen. Sogar für Libby hatte sie ein Lächeln übrig.

»Hallo, junger Mann«, sagte sie und streckte die Hand nach seinen samtigen Ohren aus. Bob schaute auf, um ihre Verehrung oder einen Keks entgegenzunehmen. »Ich habe etwas Feines für dich. Vorher sollte ich aber besser dein Frauchen ablenken. Und zwar hiermit.« Sie reichte Libby ein in Leder eingebundenes Buch, das neben ihr auf dem Tisch gelegen hatte. »Das habe ich für Sie herausgesucht. Ich dachte, das könnte Sie interessieren.«

»Oh, ist das Ihr Fotoalbum?« Libby hockte sich auf den Stuhl gegenüber, schlug das altmodische Album auf und blätterte vorsichtig das Transparentpapier um. Die Seiten bestanden aus dickem schwarzem Karton mit weißen Fotoecken, in denen Schwarz-Weiß-Fotos steckten. Das erste zeigte ein vertrautes Treppenhaus. »Oh!«, rief sie begeistert. »Ist das im Swan Hotel? Aus der Zeit, als Sie dort gearbeitet haben?«

Doris steckte Bob einen Vanillecremekeks zu. »Das ist es. Vermutlich sieht es jetzt ein wenig anders aus, oder?«

»Ein wenig. Von wann stammt denn die Aufnahme?« Libby entdeckte die junge Doris – dasselbe spitze Gesicht, aber pechschwarze Haare, die zu einer Hochfrisur aufgetürmt waren –, die inmitten einer Reihe anderer Frauen in Minikleidern am Rezeptionstresen stand. Die Einrichtung wirkte neu. Der Holztresen glänzte. An der groß gemusterten Tapete hingen Messingschmuck für Pferdehalfter und eine mit spitzen Strahlen versehene Sunburst-Uhr. In der Ecke stand ein Weihnachtsbaum, und von der Decke hingen dicke chinesische Laternen herab. Alle Damen hielten schüchtern Babycham-Sektschalen in der Hand und hatten den linken Fuß vorgestellt, in fußverstümmelnden Stilettos.

Doris trug flache Schuhe und wirkte nicht glücklich damit.

»Das war in den Sechzigern, also werde ich wohl dreißig gewesen sein – oder eher einundzwanzig.« Ihre Augenpartie legte sich in tausend Fältchen.

»Das war die Zeit, als die Hannifords das Hotel betrieben, nicht wahr?« Es gab noch ein Foto von Doris, auf dem sie vor der Milchglastür zum Salon posierte. Libby hatte die Sechzigerjahretür in diesem Raum, der eigentlich eine elegante georgianische Eingangshalle sein sollte, immer gehasst. Als sie die Tür aber jetzt sah, so brandneu, schien sie durchaus zu passen. Sie sah sogar modern aus, nach Weltraumzeitalter und Jahrhundertmitte. Ein großes Basrelief von einem Schwan beherrschte die Wand, und in der Vorhalle hingen ein paar auffällige Kugellampen. Das schien eine jüngere Version des Hotels zu sein, ebenso wie eine jüngere Version von Doris. Libby gefiel sie, einschließlich der gut gelaunten Gäste, die in ihren Schlaghosen den Hintergrund bevölkerten.

»Das war sicher kurz nach der Renovierung. Daher auch die Fotos. Mr und Mrs Hanniford waren äußerst stolz auf ihr Werk, müssen Sie wissen.« Doris schürzte die Lippen. »Und jetzt reißen Sie alles raus und gestalten es radikal minimalistisch? Ist das immer noch Ihr Plan?«

»Nein. Kleiner Kurswechsel. Ich bin mir nicht mehr sicher, ob Minimalismus wirklich funktioniert.«

Obwohl es ein Fotoalbum von Doris' Familie war, tauchte das Hotel immer wieder auf, zwischen Urlaubsschnappschüssen und Schuluniformen. Der Salon bei einem einundzwanzigsten Geburtstag. Der Empfangsbereich mit einer kindlichen Braut und einem ebenso jungen Bräutigam. Ein gemütliches Hinterzimmer, das die Bar gewesen sein musste: lauter glückliche Gesichter, deren Doppelkinn aus Rollkragenpullovern herausragte, während sie ihren Port and Lemon erhoben. Und unter den Stühlen schauten kleine Hunde hervor. Selbst damals waren also Hunde schon willkommen gewesen, dachte Libby. Als es in die Siebziger überging, wurde das Schwarz-Weiß der Fotos von künstlichen Farben abgelöst, die das Orange der Tapete im Empfangsbereich grell zur Geltung brachten, aber das solide Holz und die freundliche Atmosphäre blieben dieselbe.

»Es scheint ja ein beliebter Ort gewesen zu sein«, stellte sie fest.

»O ja, das war es. Es war der Ort, wo man zu einer besonderen Gelegenheit eben hinging«, sagte Doris und steckte Bob noch einen Vanillecremekeks zu. »Gerald Hannifords Hinterzimmer war berühmt. Zumindest zu Zeiten, als Autofahrer noch nicht pusten mussten.«

In Libbys Kopf brachen sich ein paar Ideen Bahn. Vielleicht war *das* die Atmosphäre, auf die sie abzielen sollte – eine Art Sechzigerjahrebehaglichkeit. Mit sanfteren, moderneren Farben hinter dem altmodischen Tresen und Margarets Tartanteppich würde der Raum stilvoll wirken, nicht altmodisch. Die Sunburst-Uhr befand sich doch im Büro, oder? In einem der Zimmer wäre sie, wenn man sie an eine schlichte Wand hängte, geradezu ein Kunstwerk. Und war das Schwan-Relief dieses Ding, das im Keller unter den Decken lag, unter die sie sich noch nie zu schauen getraut hatte?

»Sehen Sie, da ist Margaret, als sie noch nicht die selbstbewusste, großzügige Dame von heute war«, sagte Doris, als Libby eine Seite umblätterte.

»Oh!« Sämtliche Einrichtungspläne waren sofort vergessen bei diesem überraschenden Anblick einer Margaret mit Schulterpolstern und krauser Dauerwelle, die ihr wie eine jakobinische Perücke auf die Schultern fiel. Libby hatte noch nicht viele Familienfotos gesehen. Margaret war sehr kritisch, was Fotos von sich selbst betraf, und so standen auf dem Kaminsims nur das gerahmte Foto von ihr und Donald in voller Festmontur anlässlich der Feier ihrer Silberhochzeit im Ferrari's und das Gruppenfoto von Libbys und Jasons Hochzeit.

Dies hier war eine Margaret, die sie definitiv noch nie gesehen hatte, eine nervöse, müde Margaret. Sie hatte zwei Jungen bei sich. Einer hing an ihrem Rockzipfel, während der andere etwas abseits stand und mürrisch in die Linse schaute. Jason und Luke, beide in roten Shorts und weißen T-Shirts, Jason stämmig und blond wie sein Vater, Luke knochig und dunkel wie seine Mutter. Donald stand neben ihr und Luke und lächelte in die Kamera, mehr liebenswürdiger Hausarzt als Hotelier.

»Das war wohl, kurz bevor sie ihr eigenes großes Renovierungsprojekt gestartet haben«, sagte Doris. »Eine leichte Zeit war das nicht, das kann ich Ihnen sagen. Alles musste neu gemacht werden, keine Kosten und Mühen wurden gescheut. Madam wollte dem Haus ihren Stempel aufdrücken, und Mr C tat alles, was sie wollte. Er war ein wunderbarer Mann. Er hat eine Menge wegstecken müssen, wenn Sie mich fragen.«

Libby wusste, dass sie genau hinhören sollte, aber irgendetwas an Margarets erschöpftem, trotzigem Blick hielt sie gefangen. Margaret musste ungefähr so alt sein wie sie jetzt, dachte sie. Sie *weiß*, was ich durchmache. Hatte sie vergessen, wie anstrengend das war? Und warum wirkte sie auf dem Foto so defensiv?

Vielleicht hatte es etwas mit dem armen, dürren Luke mit den aufgeschürften Knien zu tun, der sich abseits hielt und unter schweren Augenlidern zu seiner Mutter hinüberschielte, als habe sie ihn soeben ausgeschimpft. Vielleicht lag es auch daran, dass Doris mit ihrer Kamera einen Moment erwischt hatte, in dem Margaret nicht alles unter Kontrolle hatte. Vielleicht war auch der klammernde Jason das Problem. Nur Donald wirkte so, als sei er restlos zufrieden mit dem Leben.

Ich wünschte, Donald würde noch leben, dachte Libby, dann könnte ich mit ihm sprechen. Neun Jahre lang bin ich nun schon Teil dieser Familie, aber ich verstehe diese Leute immer noch nicht. So viel Schweigen, so viele beleidigte Mienen.

Und nun erlebte sie das Hotel als Teil davon, als fünftes Familienmitglied, das sich stets im Hintergrund hielt – die unverheiratete Tante, die immer für gute Stimmung gesorgt hatte, jetzt aber eher eine Last war. Jason war in dieser Atmosphäre von Dauerstress und Schweigen aufgewachsen. Vielleicht rief das Bauprojekt bestimmte Erinnerungen in ihm wach, dachte Libby, und sicher nicht nur glückliche, wenn man Margarets Körpersprache zu deuten versuchte.

Dennoch hätte sie gedacht, dass sie diese Herausforderung gemeinsam meistern könnten und dass im Kern ihrer Liebe auch Freundschaft lag. Ein wechselseitiger Respekt, der sie dazu veranlassen würde, über Probleme zu sprechen, selbst wenn das nicht immer einfach war. Hatte sie sich die ganze Zeit über geirrt?

»War das interessant für Sie?«, fragte Doris und schaute auf.

»Ja«, sagte Libby. »Das war wirklich sehr aufschlussreich.«

Alice fand Libby auf dem Krankenhausparkplatz, wo sie Lord Bob in den Kofferraum hievte und mit Gina darüber sprach, wo sie Holzschnitte von fliegenden Enten für die Hotelzimmer herbekommen könnte.

Nachdem sie Gina noch einmal zugewinkt hatten, hörte sich Alice höflich an, was Libby ihr über ihren Geistesblitz erzählte, das Hotel mit Bezügen auf die glorreichen Sechziger auszustatten. Innerlich fragte sie sich, was Margaret wohl davon hielt, wenn Libby dem alten, einst von ihr entrümpelten Zeug wieder zu neuen Ehren verhalf. Erst als sie schon wieder auf halbem Weg zum Hotel waren, ging Libby die Luft aus. Plötzlich merkte sie, dass Alice kaum ein Wort gesagt hatte.

»Ist alles in Ordnung, Alice?« Sie schaute zu ihr hinüber. »Entschuldigung, ich habe mich nicht einmal erkundigt, wie deine Hypnotherapie eigentlich war. Sind neue Erinnerungen zurückgekommen?«

Alice schüttelte den Kopf. »Nein. Die Erinnerungen hören immer noch vor einem Jahr auf. Wir haben versucht, näher an den Punkt zu gelangen, wo Gethin und ich uns begegnet sind, aber da ist immer noch ... nichts. Ich habe der Therapeutin erzählt, dass ich die Hundeleine und das Spielzeug gefunden habe, worauf wir an Details über Fido und Barley gearbeitet haben. Danach habe ich mich allerdings, ehrlich gesagt, noch schlechter gefühlt. Wenn ich an meinen Dad und meine Mum denke ...«

Gethin hatte ein paar Fotos von ihnen beiden gefunden, wie sie mit Fido spazieren gegangen waren, und sie hatten auf dem Sofa gesessen und geweint. Als Alice allerdings die Idee ins Spiel gebracht hatte, dass man sich vielleicht wieder einen Hund anschaffen könne, hatte Gethin eher ungehalten reagiert.

»Ich weiß, dass das albern klingt«, hatte er gesagt, »aber könnte ich dich nicht noch eine Weile für mich allein haben? Ohne dass sich unser ganzes Leben um einen Hund dreht?«

Alice fand es wirklich albern, aber da er es ernst zu meinen schien, wollte sie die Sache nicht forcieren. Je länger sie allerdings darüber nachdachte, desto weniger bekam sie es mit den schönen Dingen zusammen, die Gethin über Fido und ihre kleine Familie erzählte. Fast klang es so, als sei er eifersüchtig.

Als sie an einer Ampel hielten, warf Libby ihr einen forschenden Blick zu. »Was ist los? Ich weiß, dass dich die Sache mit Fido sehr traurig macht, aber … Ist vielleicht noch etwas anderes? Du siehst erbärmlich aus.«

Da war noch etwas anderes.

Alice biss sich auf die Lippe. Alles, was sie Libby erzählte, gewann an Realität. Libby hatte eine derart praktische Herangehensweise an die Dinge. Und sobald sie es gesagt haben würde …

»Erzähl«, drängte Libby. »Es wird mich schon nicht umhauen, was auch immer es ist.«

Alice starrte auf den Verkehr vor ihnen. Die Straße zum Krankenhaus – die Bäume am Straßenrand, die Reihe der Häuser, die in Fürst-Pückler-Farben gestrichen waren, die Esso-Tankstelle – hatte etwas Beruhigendes. Vor einem Monat hatte sie das gar nicht wahrgenommen.

Vor einem Monat.

»Ich habe seit dem Unfall meine Tage nicht mehr gehabt«, sagte sie langsam. »Ich habe die Therapeutin heute gefragt, ob der Unfall Auswirkungen auf den Zyklus haben könnte. Sie sagte, ein solcher Schock könne schon mal alles durcheinanderbringen, allerdings sei sie keine Expertin.« Alice schaute auf ihre Hände. Sie trug den Ring, den Gethin ihr geschenkt hatte, aber an der rechten Hand. »Sie hat angeboten, eine Schwester zu holen, damit sie einen Test machen kann, aber ich habe abgelehnt.«

»Ach ja?« Libby schien überrascht. »Warum denn?«

Alice zuckte mit den Achseln. »Aus ihrem Mund klang das

Problem so ... medizinisch. Als handele es sich einfach nur um einen weiteren Test. Vermutlich wollte ich nicht allein sein, wenn ich es herausfinde.«

Die Ampel wurde grün, und Libby fuhr an. »Wahnsinn, du denkst, du könntest schwanger sein?«

Libby hatte auf ihre typische Weise direkt ausgesprochen, was Alice quälte. Wie konnte man etwas derart Fundamentales nicht wissen – über seinen eigenen Körper? Wie konnte ein Lebewesen in einem heranwachsen, ohne dass man wusste, wie es dorthin gelangt war? Andererseits gab es natürlich vieles, was sie nicht über sich wusste. Ihr Gedächtnis hatte Geheimnisse vor ihr, und offenbar galt das auch für ihren Körper. Es war, als habe sie überhaupt keine Sicherheiten mehr, was sie selbst betraf.

»Ich habe keine Ahnung, wie sich das anfühlt.«

»Ich auch nicht, ehrlich gesagt«, erwiderte Libby. »Ist dir manchmal übel? Schmerzen deine Brüste? Verspürst du den Drang, Kohle zu essen?«

»Manchmal habe ich mich vielleicht etwas unwohl gefühlt, aber ich dachte, das kommt von der Arbeit. Und von den Rippen.«

»Die wichtigere Frage ist ohnehin, ob du überhaupt schwanger sein *willst*.«

Das war in der Tat wesentlich schwerer zu beantworten. Gethin wäre überglücklich. Alice konnte schon sein Gesicht vor sich sehen: begeistert, fürsorglich, begierig darauf, eine Playlist für das Baby zu erstellen. Aber schon der Gedanke an seinen Enthusiasmus ließ Alice zurückschrecken. Nach all seinen ausgetüftelten Rendezvous-Bemühungen hatte sie immer noch das Gefühl, Gethin soeben erst kennengelernt zu haben – während er eine andere Frau zu kennen schien als die, die sie war. Er kannte eine Alice, die ihren Hund verloren hatte und sich komisch benahm und Cider mochte und kein Facebook-Konto hatte, weil sie sich im Internet nicht hinreichend geschützt fühlte.

Es wäre die endgültige Bestätigung dafür, dass sie und er eine glückliche Beziehung gehabt hatten, und dennoch ...

Alice starrte aus dem Fenster. Wer bin ich nur?, fragte sie sich verzweifelt. Immer wenn sie dachte, sie würde es endlich herausfinden, erwies es sich als Irrweg. Wenn sie und Gethin ein Kind bekämen, wäre sie eine vollkommen andere Person. Für immer.

Und Luke?

Alice verspürte das eigentümliche Vibrieren der Sehnsucht, ein ähnliches Gefühl, mit dem sie ihrer Mum und ihrem Dad nachtrauerte. Nicht so stark, aber doch ähnlich. Hör auf, sagte sie sich.

Libby deutete ihr Schweigen als Antwort. »Nun, es gibt ein einfache Methode, Ruhe in das Chaos deiner Gedanken zu bringen«, sagte sie und zeigte in die Richtung, aus der sie soeben gekommen waren. »Lass uns zurückfahren und einen Test besorgen. Wir müssen aber zum Tesco fahren und nicht zur Apotheke. Das Letzte, was ich jetzt gebrauchen kann, ist, dass Margaret aus dem inneren Zirkel vorgewarnt wird und schon einmal das Strickzeug herausholt.«

Alice steckte die Kappe wieder auf das Röhrchen, zog ab und kehrte in Zimmer acht zurück, wo Libby mit zwei Tassen Kaffee auf sie wartete. Es war surreal, dass etwas so Wichtiges von einem Stück Plastik entschieden werden sollte.

Sie legte das Röhrchen aufs Fensterbrett, Anzeige nach unten. »Man muss zwei Minuten warten«, erklärte sie und widerstand der Versuchung, es wieder umzudrehen.

»In zwei Minuten kannst du also aufhören, dir Gedanken zu machen, und stattdessen zu deinem normalen Leben zurückkehren.« Libby reichte ihr eine Tasse, und Alice war froh, ihre Hände mit etwas beschäftigen zu können. »Wenn ich es recht bedenke, hat meine Periode auch einen Monat ausgesetzt, als Jason gefeuert wurde. Das passiert, wenn man so gestresst ist. Auf diese Weise teilt einem der Körper mit: ›Wahnsinn, meine Liebe, das wäre jetzt wirklich ein denkbar schlechter Zeitpunkt, um ein Baby zu bekommen!‹ Also ... während wir nun hier herumsitzen und warten, kann ich dir eigentlich auch von meinen aufregenden, budgetfreundlichen Plänen für dieses Zimmer berichten.«

Alice war klar, dass Libby exakt zwei Minuten lang reden würde und sie nicht über den Test nachdenken müsste. Ihre Erleichterung, hier zu sein und nicht in einer unpersönlichen Krankenhauszelle, war so groß, dass sie die Tränen nur mühsam zurückhalten konnte.

»So aufregend sind sie nun auch wieder nicht«, sagte Libby. »Eigentlich hatte ich nur an einen lavendelfarbenen Anstrich und vielleicht ein Wandgemälde gedacht.«

Alice musste lachen. »Es ist nur ... Das ist so, als würde es jemand anderem passieren. Obwohl, in gewisser Weise ist es ja auch so.«

»Ich kann mir kaum vorstellen, wie verrückt das alles für dich sein muss«, sagte Libby. »Und das nun schon zum wiederholten Mal. Aber du weißt ja, dass du auf unsere Hilfe zählen kannst, was auch immer du vorhast.«

Sie nickte. »Danke. Wird es eigentlich in allen Zimmern fliegende Enten geben?«

»Nein! Aber wir könnten in jeden Raum ein altes Radio stellen ...« Libby rasselte ihre Farbgebungsideen herunter – alle Vorhänge in denselben preisgünstigen Standardfarben, jeder Raum ein anderer Violettton –, bis sie sich schließlich mitten im Satz unterbrach. »Okay, das waren jetzt zwei Minuten. Los, geh nachschauen. Es sei denn, du möchtest, dass ich es für dich tue.«

Alice atmete tief ein. »Nein«, sagte sie. »Ich geh schon.«

Sie zwang sich dazu, das Röhrchen zu nehmen und umzudrehen.

Da war sie, die Antwort, und ihr war klar, dass sie es eigentlich längst gewusst hat: zwei blaue Linien. In ihren Ohren rauschte das Blut.

Ich bin schwanger. Ich bin schwanger und kann mich nicht daran erinnern. Wie ist so etwas möglich?

Als sie nichts sagte, kam Libby zu ihr und schaute ihr über die Schulter. »Oh, Wahnsinn. Okay. Gut.«

Alice hatte wieder das Gefühl, über sich zu schweben. Sie versuchte, in Worte zu fassen, was sie fühlte. Diesen Moment hatte sie sich immer anders vorgestellt. Aufregend, aber auch geplant und geteilt mit dem überglücklichen Vater. Nicht so, als würde es jemand anderem passieren.

Sie versuchte, sich vorzustellen, wie es wohl zur Empfängnis gekommen war. War es ein romantischer Abend daheim gewesen? Hatte Gethin sie in seinen starken Armen gehalten und mit seinem massigen Körper eingehüllt? Hatte er ihr mit sanfter Stimme eindringliche Worte ins Ohr geflüstert, bis ihr Körper schließlich reagiert hatte?

Alice runzelte die Stirn. Das klang so wie aus einem Roman. In ihrem Körper fand sich jedenfalls kein Echo. Aber was sollte überhaupt die Frage, wo sie den Beweis doch vor sich hatte?

Libby wirkte besorgt. »Alice, bist du sicher, dass du dich nicht setzen willst? Dein Gesicht …«

»Entschuldigung. Das muss ich erst einmal verdauen.« Sie zwang sich, ihre Gedanken wieder auf die Gegenwart zu richten. *Jetzt*. »Also, was passiert nun? Ich werde es Gethin sagen müssen. Er wird wollen, dass ich zu ihm zurückziehe. Er wird nicht wollen, dass ich weiterhin hier arbeite – das ist ihm sowieso ein Dorn im Auge …«

Zurückziehen. Dieses Haus verlassen, alles verlassen, was ihr vertraut war, die Arbeit, den Alltag. Alice wusste, wie sie sich fühlen *sollte*, aber das deckte sich nicht mit dem, was ihre Instinkte ihr zuschrien.

Libby schaute sie merkwürdig an. »Was meinst du mit, ›ist ihm ein Dorn im Auge‹?«

Alice wurde bewusst, was sie gesagt hatte, und wurde rot. »Ach, nichts. Das ist eher ein Missverständnis. Er möchte einfach, dass ich wieder zu ihm ziehe. Er vermisst mich. Er möchte, dass alles wieder normal wird. Und ich kann es ihm nicht verdenken, wirklich …« Sie hielt inne. »Nur dass ich leider nicht weiß, was normal *ist*.«

Libby nahm Alice am Oberarm, damit sie ihr in die Augen sah. »Du musst Gethin überhaupt nichts erzählen, zumindest nicht, solange du nicht weißt, was *du* möchtest. Du musst *dich* an erste Stelle setzen. Sicher bist du erst ganz am Anfang der Schwangerschaft, sonst hätte man es bei den Bluttests im Krankenhaus doch gemerkt, oder?«

»Vermutlich.« Damit wäre es also kurz vor dem Unfall passiert. Vor dem mysteriösen Streit. Wie konnte man mit jemandem schlafen und sich dann weigern, mit ihm in den Urlaub zu fahren? Hatte das vielleicht etwas miteinander zu tun? Alice' Magen revoltierte.

Ihr fiel auf, dass Libby sie unbehaglich ansah. »Versteh mich nicht falsch, Alice«, sagte sie. »Aber als ich vorhin gesagt habe, dass der Körper schon weiß, wann der Zeitpunkt günstig ist, um ein Kind zu bekommen … war das ziemlich dumm von mir. Ich kenne deine Meinung zu diesem Thema nicht, aber niemand würde dir Vorwürfe machen, wenn du erst wieder vollständig gesund werden willst, bevor …« Ihre Augen wurden dunkler. »Nun, das heißt aber nicht, dass du etwas tun *musst*.«

Alice wusste, was Libby ihr mitzuteilen versuchte. Sie berührte in wortlosem Einverständnis ihren Arm und nahm dann das Plastikröhrchen, in der stillen Hoffnung, die beiden Linien könnten verschwunden sein. Aber sie waren noch da. Dunkler sogar noch, wie ein Gleichheitszeichen. Ein Resultat. Gethin plus Alice gleich ... das hier. Das war eine Tatsache, und davon hatte Alice nicht viele, um sich daran zu orientieren.

»Ach, hier seid ihr! Darf ich ...«

Sie fuhren herum.

Luke trat schwungvoll in den Raum, ohne dass seine Turnschuhe auf dem Dielenboden ein Geräusch machten, aber dann erstarrte er plötzlich. Alice war klar, dass er die Situation sofort erfasst hatte: ihr schockiertes Gesicht, Libbys sorgenvolle Miene, das weiße Plastikröhrchen, das sie in der Hand hielt.

Ihre Brust schnürte sich zusammen und wurde dann wieder weit, als würde eine große orangefarbene Chrysantheme in ihr aufblühen.

Ihre Blicke begegneten sich, und für einen Moment war sein verschlossenes Gesicht so leicht durchschaubar wie normalerweise nur das von Libby.

Luke wirkte entsetzt, und das ließ die Sache plötzlich real werden. Alice wusste, dass sie etwas sagen sollte, aber in ihrem Kopf herrschte eine große Leere, und bevor Libby eine Erklärung abgeben konnte, hatte er sich schon umgedreht und den Raum verlassen.

Kapitel vierundzwanzig

Libby konnte vor Sorge um Alice nicht schlafen, und als sie eine Stunde vor dem Läuten ihres Weckers aufstand, saß Alice bereits in der Küche und starrte in ihre Kaffeetasse, als sei dort die Antwort auf alles zu entdecken. Sie zuckte zusammen, als habe sie jemand anderen erwartet.

»Guten Morgen«, sagte Libby. »Wie geht es dir?«

»Könnte besser sein.« Alice verzog das Gesicht. »Ich konnte nicht schlafen. Eigentlich wollte ich gerade mit Bob rausgehen und frische Luft schnappen. Brauchst du etwas?«

Libby brauchte nichts, aber ihr war klar, dass Alice unbedingt hinausmusste, um sich zu bewegen und nachzudenken. »Warum erkundest du nicht einen Hundespazierweg um die Stadt herum, für die Website?«, schlug sie vor. Nachdem sie in Doris' Album die kleinen Hunde unter den vornehmen Tischen gesehen hatte – und auch Ginas überzeugenden Argumenten über zugkräftige Alleinstellungsmerkmale und den Preis von Hundepensionen in der Urlaubszeit gelauscht hatte –, war sie schon fast überzeugt, dass das Willkommenheißen von Hunden ihre Geheimwaffe sein könnte. Genau wie sie beim Entwurf des neuen, preisbewussten Vintage-Looks realisiert hatte, dass ihre glänzenden Luxushotelträume in Longhampton niemals funktionieren würden. Sie würden einfach nur lächerlich wirken. Die Einheimischen würden die ausgefallenen Details, die nach sechs Monaten schon wieder aus der Mode wären, misstrauisch beäugen, und sie selbst wäre vor allem damit beschäftigt, alles makellos rein und hundefrei zu halten.

Libby nahm ihre Kamera vom Küchentisch. »Mach nach Möglichkeit ein paar Fotos und erkundige dich, in welche Geschäfte du Bob mitnehmen darfst. Ich dachte, wir gestalten eine ganze Seite damit – genau wie du vorgeschlagen hast. Du musst dich auch nicht beeilen«, fügte sie hinzu. »Heute gibt es nicht viel zu tun. Lorcan hat gesagt, dass wir die Jungs besser nicht ablenken, wenn sie Fliesen zählen.«

Alice lächelte matt. »Danke«, sagte sie, und Libby wünschte, sie könnte ihr sagen, dass schon alles gut würde. Sie wussten beide, dass es so einfach nicht war.

Sobald Alice und Lord Bob verschwunden waren, traf Lorcan mit drei Auszubildenden und Nachschub an Fugenmörtel ein. Libby erläuterte ihnen die Pläne für das nächste Bad und kehrte dann in die Küche zurück, um zu frühstücken. Plötzlich erschien Margaret in der Tür, in einem sackartigen Rock mit entsprechender Bluse, was offenbar zu ihrer Stimmung und ihrem Gesichtsausdruck passen sollte.

»Guten Morgen«, sagte Libby, wild entschlossen, freundlich zu sein. Wie sollte die herzliche Atmosphäre des Hotels wieder aufleben, wenn zwischen den Besitzern Dauerfrost herrschte? »Möchtest du einen Tee? Das Wasser hat gerade erst gekocht.«

»Ich denke, es ist an der Zeit, Elizabeth, dass du mir erzählst, was hier los ist.« Margarets Miene war nicht kalt, aber verschlossen – wie die von Luke, dachte Libby. Sie versuchte, hinter den missmutigen Falten die hübsche, erschöpfte junge Mutter aus Doris' Fotoalbum zu erkennen, aber das war nicht leicht. Diese Person schien vollständig in der neuen Margaret Corcoran aufgegangen zu sein, dieser Säule des Gemeinwesens und tapferen Trägerin aller Ungerechtigkeit.

»Mit dem Hotel? Aber das habe ich dir doch in allen Einzelheiten erläutert«, sagte sie und goss frischen Tee auf. »Lorcan bemüht sich, die revidierten Pläne umzusetzen, ich habe ein kurzfristiges Darlehen beschaffen können, und Anfang Juli werden wir voraussichtlich wiedereröffnen. Dann haben wir noch genug Zeit für den Feinschliff, bis im September diese Journalistin kommt. Außerdem …«, fuhr sie fort und zwang sich dazu, Margaret mit einzubeziehen, wie es Alice auf dem Heimweg vom Krankenhaus freundlich angemahnt hatte, »… habe ich gestern mit Doris darüber gesprochen, wie das Hotel früher ausgesehen hat, und da dachte ich, wir beide, du und ich, könnten …«

»Doris? An deiner Stelle würde ich mir gut überlegen, ob ich dem Geschwätz dieser Frau Gehör schenken würde«, unterbrach Margaret sie. »Was hat sie denn gesagt?«

Dass du immer deinen Willen durchsetzen musstest? Dass du dem armen Donald das Leben schwer gemacht hast? Dass auch du radikal umgebaut hast, obwohl du angesichts unserer Pläne nur die Augen verdrehst?

Libby verdrängte diese Gedanken. »Sie hat mir erzählt, dass das Hotel mal *die* Adresse für Feierlichkeiten war und dass es auch eine kleine Bar gab. Vielleicht könnten wir uns wieder um eine Lizenz bemühen. Wir könnten zum Beispiel Champagner-Tees organisieren oder Tauffeiern, schließlich liegt St. Ethelred in unserer Nachbarschaft …« Sie hielt inne. »Margaret, ich möchte wirklich, dass das Hotel wieder läuft. Nicht nur für mich, sondern für uns alle. Sogar für die Stadt.«

Margaret seufzte. »Das klingt alles so unendlich mühsam, Elizabeth. Ich weiß gar nicht, ob ich noch die nötige Energie dafür habe. Je länger ich darüber nachdenke, desto mehr gelange ich zu der Überzeugung, dass es am besten wäre, das Hotel zu verkaufen, wenn es fertig ist.«

»*Was?* Nein!« Libby war überrascht über ihre eigene Reaktion. »Findest du nicht, dass es schade wäre, sich all diese Arbeit zu machen und dann jemand anderen den Lohn einstreichen zu lassen? Außerdem können wir sowieso keine Entscheidung treffen, wenn Jason nicht da ist – er ist schließlich unser Geschäftspartner.«

Bei der Erwähnung seines Namens trat ein schmerzlicher Ausdruck in ihr Gesicht. »Das meinte ich eigentlich, als ich dich bat, mir zu sagen, was hier los ist. Ich mache mir große Sorgen um Jason. Wo ist er? Wann kommt er nach Hause?«

Libby schwenkte die Teebeutel im Wasser, damit der Tee schneller fertig wurde. Immerhin schien Margaret ihre kämpferische Haltung aufgegeben zu haben, das war ja schon einmal etwas. »Er ist in Clapham, bei einem Freund. Er hat gesagt, dass er Zeit zum Nachdenken braucht. Mehr weiß ich auch nicht.«

»Ich begreife nicht, dass er mich nicht anruft. Seine Mutter.« Sie wirkte gereizt.

»Nun, mich bombardiert er auch nicht gerade mit Telefonaten. Sobald ich«, *seine Ehefrau*, fügte Libby innerlich hinzu, »etwas von ihm höre, werde ich es dich wissen lassen. Begeistert bin ich nicht gerade, dass er uns hier sitzen gelassen hat, als alles den Bach runterging. Anders als Luke übrigens«, fügte sie hinzu. Margaret hatte Lukes Anwesenheit kaum zur Kenntnis genommen. »Der hat seine Arbeit stehen und liegen gelassen, um uns zu helfen.«

Margaret nahm dankend an, als Libby ihr einen Tee anbot, ließ es aber so aussehen, als tue sie ihr einen Gefallen damit. »Ja. Ich habe ihn heute Nacht gehört, als er ziemlich spät nach Hause gekommen ist. Aus einem Pub, nehme ich an. Hat er gesagt, dass das der Grund sei, warum er gekommen ist?«

Luke hatte, kurz nachdem er auf Libby und Alice gestoßen war, das Haus verlassen. Wohin er wollte, wusste Libby nicht, und sie hatte ihn auch nicht danach fragen wollen. Je häufiger sie Alice und Luke zusammen erlebte, desto undurchschaubarer kam ihr die ganze Situation vor.

»Luke hat angeboten, die elektrischen Leitungen zu erneuern, ohne Bezahlung. Das spart uns ein paar Tausend Pfund.«

»Nun ja, das ist sehr nobel von ihm, aber ich bin mir nicht sicher, ob ich ihm seine Erklärung abnehme.« Margaret nippte an ihrem Tee. »Er hat noch nie einen Finger gerührt, wenn sein Vater oder ich ihn brauchten. Nein, wenn du mich fragst, muss es eine andere Erklärung dafür geben.«

»Ach ja?«

»Ja. Ich mache mir Sorgen um Alice.« Margaret senkte die Stimme. »Das arme Mädchen ist äußerst verletzlich, und das weiß Luke. Ich habe beobachtet, wie er sie anschaut, und wäre nicht überrascht, wenn er damals in dem Pub etwas von ihr gewollt hätte. Wenn wenigstens Jason hier wäre, um mit ihm zu reden. Ich denke, es wird höchste Zeit, dass wir sie dazu ermuntern, zu ihrem Freund zurückzuziehen. Gethin scheint ein so lieber Junge zu sein, und dort ist sie schließlich zu Hause …«

Libby riss die Augen auf. Wie konnte man so über seinen eigenen Sohn denken? »Nein, ich denke, wir sollten Alice dazu ermuntern, ihre Beziehung in ihrem eigenen Tempo wieder aufzunehmen. Sie braucht ein bisschen Freiraum, um sich selbst zu finden.«

Margaret schaute sie an, als würde Libby ihr irgendetwas vorenthalten. Dann reckte sie das Kinn. »Nun, in der Stadt gibt es etliche Mütter, die das genauso sehen wie ich. Aber da ich hier ja nicht gefragt werde, freut sich vielleicht wenigstens Bob, wenn ich mit ihm einen Spaziergang mache. Hast du ihn irgendwo gesehen?«

»Alice ist gerade mit ihm hinausgegangen.«

Margarets Mund zitterte. »Ich bin hier wirklich überflüssig in letzter Zeit«, sagte sie mit hoher Stimme. »Nicht einmal meinen Hund darf ich noch ausführen.«

»Alice brauchte Zeit zum Nachdenken, das darfst du nicht persönlich nehmen«, sagte Libby. »Ich bin mir sicher, dass er später gerne noch einmal mit dir hinausgeht.«

»Vielleicht kannst du mich ja auf die Warteliste setzen«, entfuhr es Margaret, und bevor Libby noch etwas Versöhnliches sagen konnte, stürmte sie schon hinaus und stieß beinahe mit Luke zusammen, der soeben die Küche betreten wollte. Margaret funkelte ihn an, als sie an ihm vorbeiging, und er wich zurück.

»Habe ich etwas Falsches gesagt?«, fragte er, als seine Mutter im Flur verschwunden war.

»Nein, *ich* habe etwas Falsches gesagt.« Libby rieb sich die Augen. Allmählich wurde ihr klar, wie viel Jason im Umgang mit seiner Mutter immer abgefangen hatte. »Ich wollte nicht, dass sie sich gezwungen fühlt, permanent zu helfen, aber jetzt verhält sie sich so, als würde ich sie ausbooten. Ich kann es ihr einfach nicht recht machen.«

»Man gewöhnt sich daran.« Luke strich sich mit einem spröden Lächeln das Haar aus dem Gesicht. »Spätestens nach zwanzig Jahren oder so.« Er trug seine Arbeitskleidung, um sich wieder der Neuverkabelung des Hauses zu widmen: eine abgewetzte Tarnhose mit Schraubenziehern, Zangen und Bohraufsätzen in den Taschen und ein enges graues T-Shirt, das seine muskulösen Oberarme sehen ließ. Libby kannte ihn nur in Freizeitkleidung, aber in seiner Arbeitskluft wirkte er extrem kompetent und weitaus interessanter als jemand, der einfach nur Heizungen einbaute. Man konnte sich gut vorstellen, wie cool er eine Bombe entschärfte oder direkt aus der Clubbar aufs Rugbyfeld schlenderte, um die siegreichen Treffer zu erzielen.

Ihre Gedanken verirrten sich für einen Moment. Wenn er in Alice' Pub in dieser Montur aufgetaucht war, fragte sich Libby, wie Alice es überhaupt geschafft hatte, die Phalanx der lokalen Interessentinnen zu durchbrechen.

»Hast du eine Liste für mich erstellt?«, fragte Luke. »Was noch alles getan werden muss?«

Libby riss sich zusammen. »Handtuchstangen. Und noch ein paar zusätzliche Lampen. Und vielleicht kannst du mir beibringen, wie man Stecker verkabelt, damit ich ein paar Lampen reparieren kann?«

»Was, du kannst keine Stecker verkabeln?« Er tat so, als sei er entsetzt. »Kein Problem. Hast du die Handtuchstangen schon, oder soll ich sie besorgen? Ich würde vermutlich einen Nachlass bekommen.«

»Das wäre toll!«, sagte Libby. »Ich habe Fotos von Handtuchstangen gemacht, die ich mal gesehen habe, als ich in … Oh, die sind noch in meiner Kamera.«

»Ja und?«

»Und meine Kamera hat Alice. Sie ist mit Bob rausgegangen. Ich hatte sie gebeten, für die Website einen Spazierweg für Hunde auszukundschaften.« Libby sah einen Schatten über Lukes Gesicht huschen, und sie musste daran denken, wie schnell er gestern wieder verschwunden war, nachdem er sie unterbrochen hatte. Was hatte er gesehen? Was für Schlüsse hatte er daraus gezogen?

Er zögerte, dann stellte er seine Frage aber doch. »Ist sie …? Geht es Alice gut?«

Im ersten Moment wollte Libby so tun, als sei alles in Ordnung, aber Luke schien ernsthaft besorgt zu sein. Außerdem hatte er sich Alice gegenüber immer sehr rücksichtsvoll verhalten. Margarets Befürchtung, dass er Alice wie ein schmieriger Kneipengast belauert haben könnte, konnte sie nicht teilen.

»Ihr gehen so viele Dinge durch den Kopf«, sagte sie. Das war vage genug. »Daher ist sie spazieren gegangen. Allein.«

Er erwiderte nichts. In Libbys Kopf schwirrten tausend Fragen herum, von denen sie die meisten nicht stellen konnte. Aber Luke kannte Alice besser als sie alle zusammen, und wenn sie ihr irgendwie helfen wollte …

»Alice und Gethin«, begann sie unsicher. »Es ging ihnen doch gut miteinander, oder? Ich meine, es muss doch wohl so gewesen sein, wenn … nun, wenn Alice …« Sie runzelte die Stirn, unzufrieden mit sich selbst. Was wollte sie ihm eigentlich mitteilen?

Nach einer Pause sagte Luke: »Viel hat sie mir nicht über ihn erzählt. Nur dass er ein sensibler Mensch ist und eine schwere Zeit hinter sich hat. Ich hatte das Gefühl, dass sie ihn beschützen wollte.«

»Sie ist eine treue Seele«, stimmte Libby zu.

»Sehr treu.« Luke fummelte an einem Schraubenzieher in seiner Tasche herum. »Hör zu, ich habe ein paar Dinge mitbekommen, die Mum gesagt hat. Darüber, dass ich Alice' Situation ausnutzen könnte.« Er hob eine Hand, als Libby protestieren wollte. »Nein, ich muss das sagen … So war es nicht. Okay?«

Seine scharfen Wangenknochen waren knallrot geworden, und er wirkte verletzt.

»Wie war es denn dann?«

Er schaute mit gerunzelter Stirn zu Boden und dachte nach. Das war das persönlichste Gespräch, das Libby je mit Luke geführt hatte, und sie spürte die Energie, die er ausstrahlte. Alles an ihm war schärfer ausgeprägt als bei Jason, weniger vorhersehbar, ungestümer. In jedem Fall besaß er eine Entschiedenheit, die Jason abging.

Luke hat sein Leben lang unter Beweis stellen müssen, dass er nicht so ist, wie die Leute denken, wurde Libby bewusst. Jason hingegen konnte sich in dem angenehmen Gefühl sonnen, dass ihn ohnehin alle für einen guten Jungen hielten. Er hatte es so viel leichter. Oder war es viel schwerer, weil er seinem Ruf erst einmal gerecht werden musste?

»Mit Alice zu reden war, als hätte ich sie mein Leben lang gekannt«, sagte er, unterbrach sich dann aber. »Du denkst also, die Dinge entwickeln sich positiv zwischen ihr und Gethin?«

Libby wusste nicht, was sie darauf antworten sollte. Sein eindringlicher Blick sagte jedenfalls mehr als seine Worte. Sie wollte nicht Alice' Geheimnisse preisgeben, aber es könnte ihm eine klare Antwort auf seine Frage geben.

»Keine Ahnung«, sagte sie. »Vermutlich. Sie ist schon ein paarmal bei ihm geblieben ...«

Sie schauten sich an, und der Moment dehnte sich ewig aus, während Libby innerlich mit sich kämpfte. Er kannte eine Alice, die sie nicht kannte.

»Gut«, sagte Luke und presste die Lippen zusammen. »Gut. Ich werde dann wohl mal mit Lorcan über die Handtuchhalter sprechen.«

»Würdest du das tun? Danke«, sagte sie, und als er sich zum Gehen wandte, fragte sie sich, ob er tatsächlich eine Frage gestellt und – bedeutender noch – sie ihm eine Antwort gegeben hatte.

Alice war den Hügel hinuntergeschlendert, hatte die Stadt umrundet – nicht ohne ein schönes Panoramabild vom Hügel zu machen und dann noch eins von der Stadt, die wie auf einem Kinderbild aus tausend Türmen und Dächern zu bestehen schien – und war schon fast im Park, als sie hörte, wie jemand ihren Namen rief.

Sie drehte sich um, und ihr Herz tat einen Satz. Luke kam den Hügel heruntergelaufen und winkte. Sie blieb stehen. Bob schwebte ohnehin in anderen Sphären; er hatte die Schnauze am Boden, erkundete einen Geruch und ließ die chemischen Bestandteile in seiner feinen Nase explodieren. Vergleichbares geschah in Alice' Innern, als sie Luke in seiner Arbeitskluft auf sich zukommen sah.

»Hallo!« Er war nicht einmal außer Atem. »Ich habe gehört, du hast Libbys Kamera?«

Ach so. Er war nur an der Kamera interessiert. »Ja. Brauchst du sie?«

»Ja. Da sind Fotos von Handtuchstangen drauf. Ganz besonderen Handtuchstangen, die Libby in einem Laden gesehen hat. Ich wollte mal schauen, ob ich so etwas irgendwo bekomme.«

Wortlos griff Alice in die Tasche und reichte ihm die Kamera. Er drehte sie in den Händen hin und her, bis er schließlich zaghaft aufschaute. »Eigentlich ist das nur einer der Gründe, warum ich dich gesucht habe. Ich hatte gehofft, allein mit dir sprechen zu können.«

»Oh?« Ihr Puls schnellte verräterisch in die Höhe, und sie versuchte, dagegen anzukämpfen. Hör auf, so auf ihn zu reagieren, mahnte sie sich. Verhalte dich einfach ganz normal.

»Ja. Ich wollte mich entschuldigen. Dafür, dass ich gestern einfach so hereingeplatzt bin.« Luke wählte seine Worte sorgfältig. Er schien entschlossen, ihr etwas mitzuteilen, aber auf die richtige Art und Weise. »Es tut mir leid, dass ich dich und Libby unterbrochen habe.«

Alice wandte sich wieder dem Weg zu und ging weiter. Sie fühlte sich wohler, wenn sie in Bewegung war. Ein Fuß vor den anderen. Irgendwohin gehen. Luke nicht in die Augen schauen müssen und nicht das Risiko eingehen, ihn ihre ganze Verwirrung sehen zu lassen. Es bestand kein Grund für Verwirrung. Eigentlich war alles so einfach, wirklich.

»Und du nimmst an, dass es mein privater Moment war und nicht Libbys?«, fragte sie.

»Dein Gesicht ... hat es irgendwie verraten, um ehrlich zu sein.«

Mein Gesicht, dachte Alice. Allen erzählt es etwas über mich. Nur mir nicht.

Sie konzentrierte sich auf den Weg, wo Bob in geschäftsmäßiger Manier einer Geruchsspur folgte; seine langen Ohren schwangen hin und her, im Takt mit seinem runden Hinterteil.

»Du hast uns nicht unterbrochen«, sagte sie. »Aber ... bitte erzähl niemandem etwas davon, ja? Ich brauche ein wenig Zeit, um darüber nachzudenken.«

»Klar.« Luke ging jetzt im selben Rhythmus wie sie, einen Fuß auf dem Weg, einen daneben. Seine Hand schwang ein paar Zentimeter neben ihrer. Er unternahm keinen Versuch, sie zu berühren, aber seine Nähe war ihr deutlich bewusst. Sie musste sich zusammenreißen, um nicht nach seiner Hand zu greifen, wusste aber instinktiv, dass sich seine Finger angenehm um ihre Hand schließen würden. Und dass er sich nicht dagegen wehren würde. Und dann? Als hätte er ihr Unbehagen gespürt, steckte Luke beide Hände in die Jackentasche. Das Schweigen überwölbte sie wie ein gemeinsamer Schirm.

»Macht es dir etwas aus, wenn ich dich in die Stadt begleite?«, fragte er dann, als sei es ihm plötzlich eingefallen.

»Nein. Überhaupt nicht.« Alice bemühte sich um einen lockeren Tonfall. »Glaubst du, dass du Libbys Handtuchhalter dort irgendwo findest?«

»Ich bin mir ziemlich sicher, wo ich hin muss. Außerdem dachte ich, dass du vielleicht einen Kaffee magst? Ich könnte Bob hinterher mitnehmen, falls du lieber allein sein möchtest.«

»Nein, nein, das ist schon in Ordnung.« Sie lächelte. »Eigentlich genieße ich seine Gesellschaft. Das verleiht mir das Gefühl, gut durchtrainiert zu sein.«

Das Gespräch versiegte, als sie weitergingen, aber das Schweigen war entspannt. Alice befand sich wieder in diesem eigentümlichen Schwebezustand zwischen der Person, als die sie sich fühlte, und jener, die sie mal war, an die sie sich aber nicht erinnerte. Und dieser neuen, zukünftigen Person. Lukes Gegenwart verlieh ihr allerdings Halt. Auf seine ruhige, unaufgeregte Weise wusste er genau, wer sie war.

»Wie geht es Gethin?«, fragte er.

»Gut. Er hat mir heute Morgen ein paar E-Mails geschickt. Aus der Zeit, als wir uns kennengelernt haben.« Begeistert war er nicht gewesen, dass sie ins Hotel zurückgekehrt war. Sie hatte vorgeben müssen, Libby sei krank.

»Du hast deinen E-Mail-Account noch?«, fragte Luke. »Warum kontrollierst du deine E-Mails denn nicht?«

»Nun …« Hatte Luke ihr gemailt? Hatte sie nicht geantwortet? »Na ja, doch, ich würde es tun, aber ich kann mich nicht mehr an meine Passwörter erinnern, und das Passwort von meinem Computer ist auch blockiert.« Sie warf ihm einen Blick zu. »So viel zu moderner Technik. Nein, Gethin hat die Mails ausgedruckt und sie ganz altmodisch mit der Post geschickt.«

»Ah, okay. Haben sie irgendwelche Erinnerungen geweckt?«

Alice schüttelte den Kopf. Sie hatte nicht einmal Gethins kleine, ordentliche Schrift auf dem Briefumschlag wiedererkannt, als sie ihn mit der Hotelpost auf der Fußmatte hatte liegen sehen. Im Innern hatten stapelweise zusammengeheftete Blätter mit dem weitschweifigen E-Mail-Wechsel nach ihrem Italienurlaub gelegen, all ihre Geschichten von früher – der Tod ihrer Eltern, ihre Einsamkeit, Anekdoten von der Arbeit und über Fido –, aber Alice hatte das sonderbare Gefühl, die E-Mails einer fremden Person zu lesen. Es waren romantische, hoffnungsvolle Texte, aus der die Aufregung der ersten Seelenbekenntnisse sprach, aber ihr Auge war auch an Details hängen geblieben, von denen sie wünschte, sie hätte sie lieber für sich behalten. Der verheiratete Freund. Verkaterte Tage. Die Version ihrer selbst, zu der sie sich bekannte, war ihr nicht wirklich sympathisch.

Aber eines bewiesen sie natürlich: Gethin und sie hatten tatsächlich eine sehr emotionale Verbindung, als hätten sich zwei Seelen gefunden. Sie hatten sich unter einem italienischen Vollmond ineinander verliebt. Er hatte ihr Gedichte geschickt, und sie ihm Songtexte. Es gab diesen Ring und seine Diaschau mit Urlaubsschnappschüssen, diesen physischen Beweis dafür, dass er die Frau verehrte, die er ansah.

»Sie haben keine Erinnerungen wachgerufen«, sagte sie langsam. »Aber es sind Tatsachen. Ich habe nicht viele Tatsachen, auf die ich mich stützen kann.«

Nun, abgesehen von der *gewaltigen* Tatsache, der sie sich stellen musste.

»Hat Gethin dein E-Mail-Konto gehackt, um an deine Mails heranzukommen?«, fragte Luke.

»Nein, er hat seine eigenen Antworten ausgedruckt.« Alice war sich nicht sicher, worauf Luke hinauswollte. »Warum?«

»War nur eine Frage.«

Alice ließ ihre Arme schwingen. Gethins E-Mails waren eine Art Beweis, aber die Reaktionen ihres Körpers, wenn sie mit Luke zusammen war, sprachen eine andere Sprache: das Gefühl der Entspannung, die Leichtigkeit ihrer Gespräche, die unbewusste Art und Weise, wie sie in den Gleichschritt verfielen, wenn sie nebeneinander hergingen. Es war, als wolle ihr Körper ihr eine andere Version der Ereignisse präsentieren – auch wenn das nur Gefühle waren. Was aber, wenn etwas zwischen ihnen vorgefallen war? Wollte sie eine Frau sein, die ihren Freund betrog? War der Unfall gerade noch rechtzeitig passiert?

»Er muss begeistert sein wegen des Babys«, sagte Luke. Er hatte die Hände immer noch in den Taschen und hielt den Blick auf den Weg gerichtet.

Alice' Kopf schoss herum. Es aus seinem Mund zu hören, in aller Seelenruhe ausgesprochen, war ein Schock, aber er blickte weiterhin stur geradeaus.

Sie sah auch wieder auf den Weg. »Ich habe es ihm noch gar nicht erzählt.«

»Nein?«

»Nein. Ich brauche ein, zwei Tage, um … nachzudenken. Er möchte unbedingt, dass ich wieder zu ihm ziehe, und wenn ich ihm das erzähle, wird er sofort Pläne schmieden. Aber ich …«

Lord Bob unterbrach sie mit einem herrischen Bellen, das sie beide zusammenfahren ließ. Alice schaute sich um, weil sie wissen wollte, was seine Aufmerksamkeit erregt hatte, und entdeckte eine der Frauen, die immer Hunde ausführten, ein Gewirr von Leinen in der Hand. Es war eine ähnliche Meute wie die, die Bob schon einmal provoziert hatte. Diesmal waren es sechs, und ein kleiner Weißer sprang bereits auf und ab und zerrte an der Leine, um zu Bob zu gelangen und ihn anzukläffen.

»O nein, nicht schon wieder.« Ihr Kopf schmerzte. »Dafür habe ich heute nicht die Nerven.«

»Wir gehen hier lang«, sagte Luke ruhig und führte Bob auf einen anderen Weg. »Du wirst es Gethin aber bald sagen müssen, oder? Wird er es nicht irgendwann merken?«

Es traf Alice wie ein Schlag: Die Tage verstrichen, ob sie

die Sache nun hinauszögern mochte oder nicht. Luke würde die Elektrik erneuert haben und abreisen, und dann würde sie Gethin von dem Baby erzählen, und das war's dann. Sie würde zu ihm ziehen, kein Hotel mehr, kein Luke mehr, nur noch sie und Gethin. Zwei Fremde und ein Baby.

»Luke«, sagte sie unvermittelt, weil sie unbedingt zum Ausdruck bringen wollte, wofür sie keine Worte fand. »Du würdest es mir doch sagen, oder, wenn … wenn es etwas gäbe, das ich wissen sollte?«

Er blieb stehen und schaute sie an. »Worüber?«

Alice' Brust fühlte sich an, als sei sie fest eingeschnürt: Adrenalin und Angst und Hoffnung flossen gleichermaßen hindurch. *Komm, sag es. Gib dir einen Ruck.* »Über uns.«

Luke antwortete nicht. Er schaute sie einfach an, und sie hatte das Gefühl, direkt in seinen Kopf zu sehen. Sein Gesichtsausdruck war so ratlos und traurig, dass Alice ebenfalls von einer Welle der Traurigkeit überschwemmt wurde: O Gott, ja, da *war* etwas gewesen. Es *war* etwas.

»Alice, ich möchte nicht …«, begann er, aber plötzlich stürmte Bob los und riss sie mit seinem gewaltigen Gewicht fast um. Durch ihr Schultergelenk ging ein schmerzhafter Ruck.

Luke fing sie auf, als sie taumelte, aber sie registrierte kaum, dass seine Hände tausend Funken durch ihren Körper jagten. Denn nun sah sie, dass ein weißes Bündel über den Rasen geschossen kam, den man um diese Jahreszeit eigentlich gar nicht betreten sollte.

Lord Bob zog an der Leine, und Luke nahm sie ihr aus der Hand.

»Wie neulich.« Alice' Stimme klang nicht nach ihr selbst. »Libby sagt, die Hunde kommen aus dem Hundeheim auf dem Hügel.«

Es war ein weißer Hund, der wie eine Rakete auf sie zuschoss. Keiner der anderen Hunde folgte ihm, und Alice sah, dass die Hundehalterin hinterherlief und sich lautstark entschuldigte, die Leinen der anderen Hunde immer noch in der Hand. Einige wirkten nicht sehr begeistert über diesen plötzlichen Tempowechsel.

Alice' Herz zog sich zusammen. »Der Hund sieht aus wie Fido, meine Hündin«, sagte sie.

»Bist du sicher, dass sie es nicht ist? Es sieht so aus, als würde der Hund dich kennen.«

»Nein. Fido wurde überfahren«, sagte sie mechanisch. Der Hund schien aber gar nicht zu Bob zu wollen, wie sie angenommen hatte. Er kam direkt auf sie zu, mit sehr vertrauten steifen Beinen, einem schwarzen Fleck an einem Auge und der typischen Entschiedenheit eines kleinen Hundes. Eines kleinen Hundes, der jemanden entdeckt hatte, den er für immer verloren zu haben glaubte.

Eines Hundes, den sie nie zu verlassen versprochen hatte. Eines Hundes, der dieses Versprechen nie vergessen und seither gehofft und gesucht und sich gesehnt hatte – und dessen starkes Terrierherz es nun wagte, vor Freude schier zu platzen.

Alice schlug die Hand vor den Mund, zu schockiert, um etwas zu sagen.

Es *war* Fido.

Der Hund bellte nun und kläffte vor unbändiger Freude, und als er nur noch einen Meter von ihr entfernt war, sprang er auf Alice zu und landete in ihren Armen, die sie unwillkürlich ausgestreckt hatte.

Der Terrier leckte ihr Gesicht ab, bellte, leckte wieder, quietschte vor Glück, und der Schwanz wedelte derart heftig hin und her, dass der Hund mit jedem Schlag aus Alice' Armen katapultiert zu werden drohte. Alice merkte selbst, dass sie gleichzeitig lachte und weinte.

»Fido!«, sagte sie immer wieder und bohrte ihre Nase in den warmen Körper des Hundes. »Fido!«

Von all den verrückten und beunruhigenden Dingen, die Alice in den letzten Wochen erlebt hatte, war dies das Einzige, was ihr Herz vor reinem, strahlendem Glück platzen ließ.

Kapitel fünfundzwanzig

Es tut mir so furchtbar leid!« Die Frau mit den Hunden – eine große, dunkelhaarige Frau in einer Weste – trat zu ihnen, als Fido Alice' Gesicht fast vollständig abgeleckt hatte. »Ich weiß gar nicht, wie ich mich dafür entschuldigen soll. Das ist mir wirklich noch nie passiert. Ist alles in Ordnung mit Ihnen? Sie ist einfach aus ihrem Halsband geschlüpft, schauen Sie!« Die Frau hielt die Leine hoch. »Es muss ihr wirklich sehr, sehr wichtig gewesen sein, zu Ihnen zu gelangen.«

»Machen Sie sich keine Gedanken.« Fido schmiegte sich an Alice' Hals und rieb begeistert ihren Kopf an ihrem Gesicht. »Ihr geht es gut.«

»Fido, du bist ganz schön frech.« Die Frau wirkte zu Tode beschämt. »Obwohl ich zugeben muss, dass es schön ist, sie so begeistert zu sehen. Das arme kleine Ding hockt immer nur betrübt in der Käfigecke, seit sie zu uns gekommen ist.«

»Fido! Woher wissen Sie, dass sie Fido heißt?«

»Das stand auf ihrer Marke.« Die Frau schaute sie neugierig an. »Woher wissen *Sie* denn, dass sie Fido heißt?«

»Weil ich denke, dass es mein Hund ist.«

»Was? Sie sind Alice Robinson? Von der King's Avenue?«

»Ja! Woher wissen Sie das?«

Die Frau verdrehte ungeduldig die Augen. »Weil Sie sich die Mühe gemacht haben, dem Hund einen Chip einsetzen zu lassen, aber nach Ihrem Umzug die Daten nicht aktualisiert haben, könnte das sein? Die Tierarztpraxis hat versucht, Sie ausfindig zu machen, um Ihnen mitzuteilen, dass Fido bei uns abgegeben wurde, aber niemand wusste etwas von Ihnen oder Fido.«

Alice verstand gar nichts mehr. »Die Tierarztpraxis? Sie war beim Tierarzt? Sind Sie nicht vom Hundeheim?«

Die Frau nahm die Leinen jetzt in die andere Hand und hielt Alice die freie Hand hin. »Mein Name ist Rachel Fenwick, und genau, ich leite das Hundeheim oben auf dem Hügel. Mein Mann George ist der Tierarzt. Fido wurde vermutlich von einem Auto angefahren. Ein Bauer, dessen Tiere wir auch betreuen, hat sie bewusstlos in einer Hecke gefunden und direkt in den OP gebracht. Wie sich herausstellte, hatte sie nur ein paar blaue Flecken, aber sie hatte einen Schock erlitten und war vollkommen dehydriert. Wenn wir Sie hätten ausfindig machen können, hätten wir Sie darüber informiert.«

Eine eiskalte Hand griff nach Alice' Herz. Gethin hatte behauptet, Fido sei von einem Bus überfahren worden und sofort tot gewesen. »Wann wurde sie abgegeben?«

»Mhm, das weiß ich nicht ganz genau. Ich war nämlich nicht da ... Vor sechs Wochen ungefähr? Bei mir ist sie seit Ende April. Wir dachten, es würde sie vielleicht etwas aufmuntern, wenn sie mit anderen Hunden zusammen ist, aber sie winselt den ganzen Tag nur vor sich hin.« Rachels Miene verfinsterte sich ein wenig. »Offenbar hat Fido Sie mehr vermisst als Sie Fido. Hier in der Gegend gibt es nicht viele Hundeheime, und es hat sich niemand nach ihr erkundigt.«

Luke räusperte sich. »Alice hatte auch einen Unfall. Sie ist immer noch nicht ganz über den Berg.« Er legte ihr fürsorglich eine Hand auf die Schulter, aber Alice war zu angespannt, um es zu merken.

»Niemand hat sich nach ihr erkundigt?« Sie runzelte die Stirn. Das ergab alles keinen Sinn. Warum hatte Gethin gesagt, Fido sei tot? Wenn sie einfach nur weggelaufen war, warum hatte er nicht bei sämtlichen Tierärzten und Hundeheimen der Gegend angerufen?

Ihr Kopf schmerzte. Irgendetwas stimmte hier nicht, aber sie konnte es nicht benennen, weil es sich ihr immer wieder entzog. Vor dem dunklen Vorhang in ihrem Kopf standen plötzlich Tatsachen, Tatsachen allerdings, die nicht zusammenpassten.

»Ich weiß gar nicht, was ich jetzt tun soll«, sagte Rachel. »Eigentlich müsste ich Sie nach einem Ausweis fragen, aber dies ist ganz offensichtlich Ihr Hund. Einen besseren Ausweis als sein Betragen kann man sich kaum vorstellen.«

Fido hatte sich in Alice' Armen zusammengerollt und die Augen selig geschlossen. Alice atmete ihren vertrauten Hundegeruch ein und dachte: Ja, genauso fühle ich mich auch. Eine alte und eine neue Erinnerung vermischten sich – die Erleichterung, dass Fido und sie ohne ein einziges Wort wussten, wer der andere war.

»Danke«, sagte sie schlicht zu Rachel. »Vielen, vielen Dank.«

Luke bot ihr an, sie und Fido nach Stratton zu fahren, aber Alice nahm lieber den Zug. Sie brauchte Zeit, um nachzudenken.

Rachel Fenwick lieh ihr die Leine, von der sich Fido befreit hatte. Nachdem das Halsband wieder fest verschlossen war – obwohl Fido nicht so aussah, als würde sie je wieder von Alice' Seite weichen wollen, geschweige denn in dieser Weise davonrasen –, begaben sie sich zum Bahnhof, um zu Gethin zurückzufahren.

Als sie durch die Straßen ging und am Rande ihres Gesichtsfelds den Terrier an ihrem Bein entlangtrippeln sah, wurde Alice klar, worauf ihr Gehirn sie hatte stoßen wollen, als sie mit Lord Bob spazieren gegangen war: Es war kein Déjà-vu-Erlebnis gewesen, sie war tatsächlich gerne mit einem Hund spazieren gegangen. Sie fragte sich, was ihr Gehirn ihr noch alles mitteilen wollte, wenn sie sich gar nicht zu erinnern versuchte. Mit jeder Straße, die sie einschlug, schossen neue eigentümliche Blitze durch ihren Hinterkopf, als hätten Fidos Geruch und seine Nähe sie ausgelöst: Fidos erster staksiger Spaziergang durch hohen Schnee; der Verkäufer des Obdachlosenmagazins mit dem freundlichen alten Bullterrier, denen sie jeden Morgen begegneten; Dads Hund Barley, der in Alice' Bett schlüpfte; Mum, die Barley zum Geburtstag ein Tutu schneiderte. Glückliche, bittersüße Erinnerungen, die sie nicht mehr aus dem Gleichgewicht brachten, weil sie jetzt etwas hatte, das ihr Halt gab.

Aber jenseits des Glücks, Fido wiedergefunden zu haben, gab es noch die beunruhigende Tatsache, dass Gethin sie belogen hatte. Warum hatte er sie in dem Glauben gelassen, Fido sei *tot*? Das war eine so gewaltige, unbegreifliche Lüge, dass sie alles andere ins Wanken brachte.

Den Nachmittag verbrachte sie damit, die Fotos im Haus noch einmal anzuschauen und zu versuchen, doch noch in ihren Computer hineinzukommen. Ständig musste sie sich fragen, von was für Dingen sie sonst noch alles nicht wusste, bis sie um fünf den Schlüssel in der Tür hörte.

Gethin war überrascht, sie am Küchentisch sitzen zu sehen. »Alice! Bist du zurück?« Sein Gesicht strahlte vor Begeisterung, und Alice spürte, wie ihre brennenden Fragen von einem latenten Schuldgefühl überdeckt wurden, weil sie an seinen guten Absichten zweifelte.

»Nein«, sagte sie. »Aber jemand anders.« Sie rückte ihren Stuhl beiseite, um den Blick auf Fido freizugeben, die vollkommen erschöpft unter dem Tisch eingeschlafen war, durch das Kratzen der Stuhlbeine auf den Fliesen aber aufgeweckt wurde. Als sie Gethin sah, erstarrte sie einen Moment, bellte zwei, drei Mal, verstummte dann aber und ließ unsicher ihren Schwanz hin und her schlagen.

Gethin erstarrte ebenfalls, wie Alice auffiel. War das Schuldbewusstsein? Scham? Zweifel?

»Ich habe Fido heute Morgen im Park gefunden«, erklärte sie. »Oder besser gesagt, sie hat mich gefunden. Sie kam wie eine Irre angerannt.«

»Und das ist sie wirklich?« Er wirkte verblüfft. »Ich meine, woher willst du wissen, ob …«

»Sie hat mich erkannt. Und der Tierarzt, bei dem sie abgegeben wurde, hat ihren Chip abgelesen.« Alice warf ihm einen langen Blick zu. »Sie ist es, hundertprozentig.«

»Natürlich bist du es, was, Fido!« Er kniete sich hin, um sie zu streicheln, und Alice fragte sich, ob er auf Zeit spielte, um sich eine Geschichte auszudenken.

Fido schnüffelte an ihm, schaute zu Alice auf und leckte dann vorsichtig an seiner Hand. Ein sehr höfliches Lecken.

Gethin knubbelte Fidos Ohren und kraulte sie unter dem haarigen Kinn. »Ah, Fido, das ist aber schön, dich wiederzusehen …«

Was tat er da? Alice konnte nicht länger an sich halten. »Warum hast du mir erzählt, dass sie von einem Bus überfahren wurde? Warum hast du gesagt, sie sei tot?«

»Weil …« Er stand auf und schob seine Hände in seinen widerspenstigen Schopf. »O Gott, das tut mir so leid. Du musst denken, ich ticke nicht ganz richtig. Keine Ahnung, aber es ist mir einfach so rausgerutscht. Sie ist fortgelaufen, als du mit ihr spazieren warst. Du hast telefoniert und hast nicht gesehen, wo sie hingelaufen ist. Wir haben gesucht und gesucht und gesucht. Du warst absolut hysterisch und hast dir Vorwürfe gemacht – sodass ich schon Angst um dich bekam. Ich bin zur Polizei gegangen, um eine Vermisstenanzeige aufzugeben, aber ...« Er unterbrach sich unvermittelt.

»Was denn?«

Gethin wirkte untröstlich. »Die Polizei hat mir unter der Hand verraten, dass in letzter Zeit schon etliche Hunde gestohlen wurden, kleine Hunde, die dann von kriminellen Banden bei Hundekämpfen verheizt wurden. Ich wollte nicht, dass du auch nur entfernt auf die Idee kommen könntest, Fido sei so etwas zugestoßen. Ich hätte es nicht ertragen, dass du dir solche Sorgen machst. Das hätte *ich* nicht ertragen. Als du dann zurückkamst und dich nicht mehr an sie erinnern konntest, dachte ich, es sei das Beste, einfach alle ihre Sache zu verstecken, statt dir zu erzählen, dass sie immer noch vermisst ist.«

»Aber wir haben sie gesucht?«

»Natürlich haben wir sie gesucht!«

Alice versuchte, das alles zusammenzubekommen. Sie *wollte*, dass es zusammenpasste. Aber trotz der entsetzlichen Logik von Gethins Geschichte stimmte hier irgendetwas nicht. Warum war sie in Longhampton mit Fido spazieren gegangen? Vor dem Unfall hatte sie niemanden in Longhampton gekannt. Es sei denn ... Hatte sie Fido dabei, als sie selbst den Unfall hatte? Aber das würde bedeuten, dass Gethin schon wieder log. Warum konnte sie sich nicht erinnern? Er schaute sie so mitleidig an.

Das unsichtbare Band um ihren Kopf zog sich zusammen. »Die Frau aus dem Hundeheim sagt, er sei seit sechs Wochen dort. Niemand hat angerufen und nach ihr gefragt.«

»Sie war in einem Hundeheim? Wo?«

»In Longhampton.« Rachel hatte nicht gesagt, wo ihr Mann seine Tierarztpraxis hatte, aber sie war sicher nicht weit von dem Heim entfernt. »Wie ist sie dorthin gekommen? Sind wir mal dort spazieren gegangen?«

Gethin runzelte die Stirn. »Wirklich? Ich habe bei allen Tierärzten und Tierheimen im Umkreis angerufen. Ganz bestimmt habe ich auch in der Gegend um Longhampton nachgefragt. Vielleicht warst du ja tatsächlich dort. Du hast manchmal sehr lange Spaziergänge unternommen und bist dann auch nicht an dein Handy gegangen. Manchmal habe ich mir richtig Sorgen gemacht. Aber schau, jetzt ist sie zurück, und das ist doch das Einzige, was zählt. Du hast sie nicht verloren!«

Alice verspürte ein leichtes Schuldgefühl. »Zum Teil habe ich es selbst zu verantworten, dass wir sie nicht eher gefunden haben. Ich hatte die Daten im Mikrochip nicht ändern lassen.« Sie nahm Fido auf den Schoß. »Man hätte sie sofort hierherbringen können, wenn ich das getan hätte.«

»Mir hast du aber erzählt, du hättest es getan.« Er wirkte verletzt. »Stimmte das gar nicht? Dabei war ich wirklich gerührt. Das war eine so schöne Geste, wenn man bedenkt, wie sehr du Fido liebst. Ich weiß ja, dass sie für dich praktisch deine Familie ist, daher ... war es für mich, als würde ich damit in eure kleine Familie aufgenommen. Das hättest du mir jetzt besser nicht verraten ...«

Ohne zu wissen, wieso, hatte Alice plötzlich das Gefühl, sich entschuldigen zu müssen. »Wenn ich gesagt habe, ich würde das tun, hatte ich das sicher auch vor. Aber ich werde es jetzt sofort nachholen. Ich werde mit dem Tierarzt sprechen. Und du wirst nicht mehr einfach weglaufen, oder, Fido?«

Gethin schlang von hinten seine Arme um ihren Körper und hüllte sie ganz sanft ein. »Nun, das ist doch vielleicht ein Zeichen«, sagte er. »Fido ist heimgekehrt, und nun ist es an der Zeit, dass auch du heimkehrst.« Er knuddelte ihr Ohr. »Hast du die E-Mails bekommen?«

»Mhm.« Ich wünschte, ich könnte meine *anderen* E-Mails lesen, dachte sie. Um das alles in einen Kontext stellen zu können. Sie dachte an die endlosen E-Mails, die sie mit ihren Freundinnen bei der Arbeit ausgetauscht hatte. Jedes Rendezvous wurde analysiert und diskutiert. Auf Grundlage ihrer eigenen halbherzigen Analysen Entscheidungen treffen zu müssen, war ungewohnt – und komisch. Aber wofür brauchte sie eigentlich noch Beweise? Befanden sie sich nicht direkt vor ihrer Nase?

Wenn sie nur in ihren Laptop hineinkäme. Oder ihr Handy hätte. Oder auf ihre Facebook-Seite gehen könnte. Was war nur passiert, dass sie beschlossen hatte, ihr Facebook-Konto zu deaktivieren?

In ihrem Hinterkopf regte sich etwas. Ein kompromittierendes Foto ... eine Party im Büro vielleicht? Davon hatte es einige gegeben. Drinks in der City. Vielleicht hatte sie ihr Privatleben besser schützen wollen. Vielleicht wegen ihres Exfreundes? Seiner Frau? Sie fühlte sich matt. O Gott, das war es vermutlich.

»Also?« Gethin küsste ihren Nacken und drückte sie fest an sich. »Wie wär's, wenn du dich einfach zu einer Entscheidung durchringst? Wir könnten rüberfahren und sofort dein Zeug aus dem Hotel holen ...«

Fast hätte sie zugestimmt, aber dann fiel ihr Blick auf Fido, und sie wurde von irgendetwas zurückgehalten.

»Bald«, sagte sie und spürte, wie sich in ihrem Kopf, hinter dem dunklen Vorhang, Schemen zu bewegen anfingen.

Am Freitagmorgen saß Libby im Büro, kontrollierte zum zweiten Mal das Onlinekonto und schaute genau hin, aber sie waren immer noch da: 500 £ auf dem Geschäftskonto, an die sie sich nicht erinnern konnte.

Sie klickte auf »Details« und versuchte herauszufinden, wo das Geld herkam. Mittlerweile hatte sie es sich zur Angewohnheit gemacht, jeden Morgen nach dem Frühstück das

Hotelkonto aufzurufen und mit ihrem exakt auf den Penny kalkulierten Budget abzugleichen. Das Letzte, was sie wollte, war, Geld auszugeben, das sie nicht hatte, und dann irgendwann eine Mahnung zu bekommen.

Aber nein, dies hier war definitiv ein Guthaben. Es kam von einer Kontonummer, die sie nicht kannte ... Corcoran. Jason.

Sie runzelte die Stirn. Jason hatte das Hotel verlassen und wollte ihr nicht mitteilen, was er tat, aber er zahlte Geld auf ihr Konto ein? Woher bekam er es in solchen Mengen? Er musste wieder zu handeln angefangen haben. Ließ Steve ihn über sein Privatkonto ein paar Deals abwickeln? Das war sicher nicht legal.

»Verdammt.« Libby stützte den Kopf in die Hände. Das war nicht die Art und Weise, wie er es wiedergutmachen sollte. Das wäre sogar die schlimmste Weise, das müsste er doch wissen. Lieber wollte sie auf sein Geld verzichten, als erfahren zu müssen, dass er wieder den alten Weg eingeschlagen hatte.

Bevor sie einen klaren Gedanken fassen konnte, hatte sie schon zum Telefon gegriffen.

Es klingelte drei, vier Mal, dann sprang die Mailbox an. Ein paar Sekunden später bekam sie eine SMS: Kann nicht reden. Bin in einer Sitzung.

Wie praktisch, dachte sie. Wenn es wieder so war wie beim letzten Mal, als ihre Welt zusammengebrochen war, saß er vermutlich allein in einem Kino, aß händeweise Revels und heulte. Damals hatte Jason es ihr überlassen, mit ihren Freunden zu reden. Sie hatte sich all die Erklärungen ausdenken müssen, bis er sich mit der Hotelidee angefreundet und bessere Laune bekommen hatte, um dann wie Tigger ins Bild zu hopsen und allen von dem neuen Abenteuer zu erzählen.

Hast du Geld aufs Konto überwiesen?, schrieb sie.

Drei Sekunden später: Ja.

Libby starrte aufs Display. Konnte sie fragen, woher es stammte? Es war vollkommen irrsinnig, dass sie keine andere Möglichkeit hatte, als Jason ihre Fragen per SMS zu schicken. Unwillkürlich verglich sie ihn mit Luke, der sich oben die Hände schmutzig machte, während Jason einfach davonlief und ihr dann Geld vor die Füße warf, als würde das irgendein Problem lösen.

Obwohl es das durchaus tat, flüsterte eine Stimme in ihrem Kopf. Von dem Betrag konnten sie Lebensmittel für einen Monat kaufen und ein paar Stromrechnungen begleichen. Das hieß, dass sie nicht ihre letzte schöne Handtasche auf eBay verkaufen musste. In diesem Monat zumindest noch nicht.

Devisenhandel?, fragte sie und war froh, dass der Text den Tonfall nicht wiedergab. Am Telefon würde das sofort einen Streit provozieren. Jason war nämlich sehr sensibel für »Tonfälle«.

Es entstand eine Pause. Nein.

Lorcans Lieferwagen war vorgefahren, und sie konnte Alice' Stimme hören, die von ihrem Spaziergang mit den Hunden zurückkam. Die Geräusche des erwachenden Tages verliehen ihr ein Gefühl der Stärke. Sie kam klar, wider ihre eigenen Erwartungen. Dass Jason einfach verschwunden war, hatte es möglich gemacht. Und er verpasste es.

Libby hörte, wie Alice mit den Lehrlingen scherzte, und schämte sich plötzlich für ihre Gedanken. Sei doch freundlich, sagte sie sich.

Danke, schrieb sie zurück, und ihr Finger schwebte über dem x.

Sie vermisste ihn so sehr. Was tat er nur? Was dachte er? Libby hätte ihn gerne gefragt, aber irgendetwas hielt sie zurück.

Sie hatte es ihm immer leicht gemacht, sich zu entschuldigen, indem sie ihn mit freundlichen Worten dazu gedrängt hatte. Dieses Mal sollte Jason den ersten Schritt tun, um zu beweisen, dass er wusste, *wofür* er sich entschuldigte.

Libby legte das stumme Handy hin und begann ihren Tag.

Es war lustig, aber Fido war genau der Hund, den sich Libby an Alice' Seite vorgestellt hatte: altmodisch, eigensinnig, unkompliziert. Fido passte perfekt zum neuen Vintage-Stil.

»Ich weiß nicht, was ich erstaunlicher finden soll«, sagte sie. »Dass in dem Korb Platz für zwei Hunde ist oder dass es Bob gar nicht zu stören scheint, dass ihm ein anderer Hund den Rang abläuft.«

Bob und Fido hatten sich auf das alte Tartanpolster im Büro gequetscht, Fido ein winziges weißes Yang neben Bobs glänzend schwarzem Yang. Eines von Bobs Ohren hing an der Seite hinab, und Fidos Schwanz stand in einem merkwürdigen Winkel ab, aber keinen von beiden schien es zu stören.

»Mich überrascht beides nicht sonderlich«, sagte Alice. »Die eigentliche Überraschung ist, dass *du* einen weiteren Hund im Hotel aufnimmst und die weißen Haare nicht einmal erwähnst. Bist du sicher, dass es dich nicht stört, wenn Fido bei mir bleibt?«

»Wie könnte ich wohl einen Wunderhund abweisen?« Libby zog eine Augenbraue hoch. »Es geschieht schließlich nicht alle Tage, dass ein Tier von den Toten wiederaufersteht.«

»Sag das lieber nicht. Gethin entschuldigt sich so schon ununterbrochen. Ob ich ihn für einen Psycho halte? Nein! Ob ich denke, dass er mich hinters Licht führen wollte? Nein! Ich denke einfach, dass er ein schlechter Lügner ist.«

»Das ist schon merkwürdig«, sagte Libby. »Typisch Mann.

Platzt mit der erstbesten Erklärung heraus, die ihm in den Sinn kommt, und verstrickt sich dann in einem Netz aus immer schlimmeren Lügen.«

Alice legte den Stapel Rechnungen hin, den sie in Libbys Posteingangskasten sortierte. »Auf seine Weise hat das auch etwas Gutes. So lernen wir uns wenigstens richtig kennen, mit sämtlichen Schwächen. Gethin redet also dummes Zeug, wenn er unter Druck steht. Und er ist sehr fürsorglich.« Sie hielt inne. Libby bemerkte eine kleine Falte an ihrer Stirn. »Das ist vermutlich nicht schlecht.«

»Hast du es ihm ... schon erzählt?« Libby hatte Alice' Schwangerschaft in den letzten Tagen absichtlich nicht erwähnt, um ihr Zeit zu geben, über alles nachzudenken. Das änderte aber nichts daran, dass sie sich Sorgen machte.

»Noch nicht.« Alice wirkte ausweichend. »Ich habe noch einen Test gemacht, mit dem man das Datum näher bestimmen kann. Ich bin erst in der achten Woche. Das ist noch früh genug, um ... Es könnte ja sein, dass es doch nicht funktioniert, und ich möchte nicht Hoffnungen in Gethin wecken, indem ich zu ihm zurückziehe und ... all das.« Sie schaute weg. »Das ist so endgültig. Ich wünschte, ich wüsste, ob wir überhaupt darüber geredet haben, eine Familie zu gründen. Ob das geplant war.«

»Kannst du ihn nicht fragen?«

»Könnte ich.« Ihre Miene brachte zum Ausdruck, was sie nicht in Worte fassen konnte. »Aber ich denke, ich weiß schon, was er sagen würde. O Gott. Bin ich ein abscheulicher Mensch?«

»Nein, ganz bestimmt nicht! Wer von uns könnte schon sagen, was er in deiner Situation tun würde? Was ist eigentlich mit den Schmerzmitteln, die du nimmst? Solltest du nicht einen Arzt konsultieren, um dich zu erkundigen, ob sie vielleicht schädlich sind?«

»Nächste Woche.« Alice wirkte ängstlich, aber entschlossen. »Nächste Woche gehe ich hin, das verspreche ich dir. Ich *fühle* mich nur einfach nicht schwanger. Mir will das einfach nicht in den Kopf. Es ist, als würde es jemand anderen betreffen. Als wäre es irgendwie Teil meines alten Lebens und würde einfach ... weggehen.«

Libby fing ihren Blick auf. »Es geht nicht weg, Alice.«

»Ich weiß.« Sie ließ sich auf den einzigen guten Sessel im Büro sinken. Sofort spitzte Fido die Ohren, löste sich aus Bobs faltiger Umarmung und sprang auf Alice' Schoß. »Ich weiß.«

»Hast du mal daran gedacht ...« Bevor Libby ihren Satz beenden konnte, klingelte das Telefon, und sie griff nach dem Hörer. Im Hinterkopf hegte sie immer noch die Hoffnung, Jason könne anrufen und sich entschuldigen oder irgendwelche Erklärungen abgeben – irgendetwas, was dieses Schweigen durchbrechen würde.

»Guten Morgen. Swan Hotel. Was kann ich für Sie tun?«

»Oh, hiiii«, sagte eine Stimme, die sehr nach London klang. »Könnte ich bitte mit Libby Corcoran sprechen?«

»Das bin ich.«

»Oh, hiiii, Libby. Hier ist Tara Brady. Ich bin die freie Mitarbeiterin von *Inside Home*. Die zu Ihnen kommen wollte, um das Feature zu schreiben. Sie haben vor ein paar Wochen mit meiner Redakteurin gesprochen, Katie.«

»Oh, hallo. Sehr erfreut.« Sie gestikulierte zu Alice hinüber und tat so, als würde sie Schreibmaschine schreiben, um ihr mitzuteilen, dass es eine Journalistin war.

Alice runzelte die Stirn und fragte stumm: Jools Holland?

Libby schüttelte den Kopf. Von wegen Keyboarder.

»Ganz meinerseits«, sagte Tara. »Hören Sie, ich hoffe, Sie fallen jetzt nicht aus allen Wolken, aber meine Redakteurin hat sich die Sache mit dem Weihnachtsspecial noch einmal durch den Kopf gehen lassen und ist der Meinung, dass ein Feature über ein Hotel auf dem Lande viel besser in unsere Oktoberausgabe passen würde. Raschelnde Blätter, gemütliche Spaziergänge, neue Stiefel, Sie wissen schon.«

»Klar, verstehe. Ich liebe Herbst-Features!«, sagte Libby. Oktoberausgabe. Die kamen im September raus, oder? »Sie möchten also vermutlich ein wenig eher kommen?«

»Nun, eher eine ganze Ecke eher, weil ich im Juli für drei Wochen auf Trekkingtour gehe. Na ja, eigentlich hatte ich gehofft, dass ich schon … übernächste Woche kommen könnte? Ich bräuchte am Monatsende das Material. Sind Sie dann schon fertig? Wir müssten dann auch schon die Fotos machen. Falls Sie also irgendwo ein bisschen atmosphärische Herbstdeko auftreiben könnten?«

Sie lachte, und Libby lachte auch, obwohl ihr nicht nach Lachen zumute war. Ihr Magen war in den Keller gesackt, als sitze sie in der Achterbahn.

Übernächste Woche war Ende Juni. Vierzehn Tage. Sie schaute auf den Kalender, der vor ihr an der Wand hing, und wurde bleich. Sie hatten noch nicht angefangen, die Dielenböden abzuschleifen, geschweige denn, die Wände zu streichen. In keinem Raum standen Betten, und Vorhänge und Wäsche konnte man sowieso vergessen. Würde Farbe überhaupt so schnell trocknen? Was, wenn sie die Journalistin mit Bodenversiegelungslack, oder wie auch immer das hieß, vergifteten? Zimmer vier war natürlich fertig, aber sie konnten die Frau ja kaum in einen Raum stecken und alle anderen Türen zuhalten …

»Ich meine, wenn das ein Problem für Sie darstellen sollte, könnte ich das natürlich verstehen …«, begann Tara, aber Libby ließ sie nicht einmal ausreden. Diese Gelegenheit durfte sie sich nicht entgehen lassen. Sie mussten es einfach irgendwie schaffen, wie auch immer.

»Nein, überhaupt nicht. Wir würden uns sehr freuen, Sie in der ... übernächsten Woche bei uns begrüßen zu dürfen.«

Übernächste Woche?, signalisierte Alice entgeistert.

»Ganz, ganz herzlichen Dank! Sie sind ein Schatz. Ich hatte *so* sehr gehofft, dass ich Sie nicht in die Bredouille bringen würde. Erin hat sich überschwänglich über Ihr Projekt ausgelassen, als ich neulich mit ihr gesprochen habe. Ich hatte das Gefühl, dass sie regelrecht eifersüchtig ist, weil ich es vor ihr zu sehen bekomme.«

Mist. Libbys pragmatische Haltung, dass sie sich als Anfängerin alles leisten könne, war mit einem Schlag dahin. Sie hatte ganz vergessen, dass Erin Tara sicher erzählt hatte, dass sie eine Art Londoner Club erwartete, nur mit Cider. Und das waren definitiv nicht mehr ihre Pläne. Jetzt gab es selbst gestrickte Wärmflaschenbezüge und selbst gebackenes Shortbread, um die Aufmerksamkeit von dem schlichten Leinen und den restaurierten Nachttischchen abzulenken. Würde Tara einen Rückzieher machen, wenn sie das wüsste? Das konnten sie sich nicht leisten.

Alice' Augen waren jetzt so riesig, dass Libby das Weiße um die Iris herum sehen konnte. Sie musste sich abwenden, um diese Panik nicht ans andere Ende der Leitung zu übertragen.

»Wir freuen uns sehr, Sie hier begrüßen zu dürfen, Tara!«, sagte sie und klang fast wieder wie die alte Londoner Libby. »Ihre Kontaktdaten habe ich ja. Ich werde Ihnen einfach eine Begrüßungs-E-Mail schicken, und wenn Sie uns dann ein Datum nennen würden, steht Ihr Zimmer für Sie bereit!«

Begrüßungs-E-Mail. Das war noch etwas, was sie unbedingt tun musste.

Fido und Alice saßen auf dem Sessel und schauten sie erwartungsvoll an. Lord Bob, der noch nicht wusste, dass er der Star ihres Internetauftritts werden würde, schlief einfach weiter und überließ die Arbeit wie immer den anderen.

»Was war das denn?«, fragte Alice.

»Kleine Planänderung«, sagte Libby, legte den Hörer auf und stellte sofort die Kaffeemaschine an. »Die Journalistin kommt schon in vierzehn Tagen.«

»Wie bitte? Ich dachte, ich hätte mich verhört. Hast du im Keller eine Zeitmaschine gefunden?«

»Tja. Aber was hätte ich sagen sollen? Wir brauchen dieses Feature.« Libby setzte sich und sprang sofort wieder auf. Ihr Unbehagen wuchs. Sich nonchalant auf einen neuen Zeitplan einzulassen, ohne sich auch nur mit Lorcan abzustimmen, war schon vermessen, aber Katie über den Stil des Hauses im Unklaren zu lassen ... »Hätte ich Tara eigentlich sagen sollen, dass wir nicht mehr auf die Luxuserfahrung à la *Grazia* setzen? O Gott. Sie wird hereinspazieren und als Erstes fragen, wo es zur Massage und Sauna geht, und wir können ihr nichts anbieten, als dass sie Lord Bob auf den Knien halten und die Heizung andrehen darf.«

Libby legte die Hände an die Wangen und simulierte den berühmten Schrei. »Du glaubst doch nicht, dass sie auf der Hacke kehrtmachen und wieder abreisen wird, oder?«

»Nicht jedenfalls, ohne vorher einen Tee zu trinken. Es ist ein langer Weg, um einfach wieder zu verschwinden. Außerdem wirst du ihr ja deine Begrüßungsmail schicken, oder? Dann wird sie schon eine grobe Vorstellung davon bekommen, was sie hier erwartet.«

»Aber ... möglicherweise wurde sie darauf vorbereitet, dass das Swan ein kleines Stück Soho inmitten eines Apfelhains ist. Was, wenn sie ihre ganze Story darauf aufbauen will? Das trendige Londoner Pärchen auf seinem Traktor?«

Alice wirkte unbehaglich. »In dem Fall würde mich eher beunruhigen, dass Jason nicht da ist.«

»Ausgezeichneter Punkt.« Libby schaute auf das große Ölgemälde mit dem einsamen Hirsch. Sie hatte Margarets und Donalds melodramatische Schottlandsammlung überall im Hotel verteilt, das jetzt in blasseren, ruhigeren Farben gehalten war. Einzeln wirkten die Bilder viel eindrucksvoller, als sie es in der düsteren Anhäufung getan hatten. Dieses Drama im Nebel würde an einer cremefarbenen Wand vielleicht auch friedlicher wirken als vor dieser blutroten Tapete. Man würde eher die sanften Hügel sehen als den trübsinnigen Hirsch. »Wie soll ich das denn hinbiegen?«

»Vermutlich wirst du sagen müssen, dass er schüchtern ist«, sagte Alice. »Sperr Luke in ein Zimmer ein und tu so, als sei es Jason, der sich selbst eingeschlossen hat? Deute an, dass er wegmusste?«

Libby hob hilflos die Hände. »Sie wird in jedem Fall nach ihm fragen. Und was ist mit Margaret? Natürlich würde es mir gefallen, wenn sie schreiben würde, dass die Frauen das Regiment übernommen haben – wenn es um andere Leute ginge.«

»Aber faktisch tust du es ja ohne Jason. Du ziehst die Sache durch, obwohl du kaum Geld hast, und zwar ohne deinen Ehemann … um den Familienbetrieb zu retten.«

»Das klingt so, als sei er tot.«

»Nun, wenn du Gethin wärst, würdest du Tara genau das erzählen.« Alice runzelte die Stirn. »Um ihn dann wiederauferstehen zu lassen, wenn er praktischerweise doch noch auftaucht.«

Libby lachte und schlug dann die Hand vor den Mund. »Entschuldigung, darüber sollte ich nicht lachen.«

»Lach ruhig«, sagte Alice. »Das ist genau das, was Gethin und ich brauchen. Insiderwitze.« Sie wirkte wehmütig. »Das ist es doch, was einen zusammenschweißt, oder? Insiderwitze und Erinnerungen.«

»Ja«, sagte Libby. Sie hasste es, allein Betten zu machen. Es ging wirklich schneller, wenn Jason am anderen Ende des Oberbetts stand und mit ihr um die Wette an den Knöpfen herumfummelte. »Aber jetzt zurück zum Hotel. Wir müssen Lorcan davon in Kenntnis setzen, dass die Zeit knapp wird. Nimm Fido mit.« Wie sich herausgestellt hatte, erinnerte Fido den sentimentalen Lorcan an den weißen Terrier Minton seiner Freundin Juliet. »Er wird nicht Nein sagen können, wenn Fido dabei ist.«

Fido wedelte mit ihrem langen Schwanz.

»In diesem Haus müssen sich alle ihren Lebensunterhalt verdienen«, sagte Libby und nahm ihr Notizbuch.

Kapitel sechsundzwanzig

Lorcan beaufsichtigte den Abschluss der Fliesenlegerarbeiten im Bad von Zimmer sieben, eine kritische Phase. Dennoch nahm er die Nachricht, dass er für die Renovierung nur noch vierzehn Tage Zeit hatte, mit seinem üblichen Gleichmut auf.

»Was? Sind Sie sicher, dass Sie nicht ein Filmchen mit versteckter Kamera drehen und wir demnächst im Fernsehen erscheinen?« Er kratzte sich skeptisch an seinem Dreitagebart. »Erst beschneiden Sie das Budget, dann halbieren Sie die Zeit … Was kommt als Nächstes, Mrs Corcoran? Ein prominenter Fliesenleger? Wird morgen David Hasselhoff mit einer Kelle hier aufkreuzen?«

»Nein, Sie müssen nur mit verbundenen Augen arbeiten«, sagte Libby. »Aber ernsthaft, können wir das schaffen? Sagen Sie mir, was ich tun soll, und ich tu es. Ich streiche die ganze Nacht Wände an, wenn es sein muss.«

»Vergessen Sie es. Das würde die Sache um weitere zehn Tage verlängern, wenn ich das sagen darf. Es geht schneller, wenn ich nicht am Morgen alles noch mal machen muss.«

Lorcan hob seine breiten Schultern und ließ sie wieder fallen, was seine Locken hüpfen ließ. »Klar kriegen wir das hin. Irgendwie. Haben Sie es Gina schon mitgeteilt?«

»Ich dachte, ich frage erst Sie, um eine realistische Antwort zu bekommen. Sonst drängt sie Sie noch dazu, es zu machen. Gina würde nämlich aus Prinzip nicht Nein sagen.«

»Ha!« Er zeigte mit dem Finger auf sie. »Sie lernen schnell.

Aber egal, je eher der Laden hier läuft, desto schneller verdienen Sie etwas und können uns bezahlen. Außerdem bin ich mir sicher, dass Sie lieber hinter dem Rezeptionstresen stehen würden, als hier oben Vorstreichfarbe an die Wände zu pinseln.«

»In der Tat.« Ganz so überzeugt war Libby allerdings nicht davon. Über den Moment, da die Umbauarbeiten abgeschlossen sein würden, hatte sie noch gar nicht hinausgedacht. Tatsächlich hatte sie es mit ganz anderen Voraussetzungen zu tun, wenn sie das Hotel allein führen müsste, daher konzentrierte sie sich schnell wieder auf das Hier und Jetzt.

»Ich habe eine Liste erstellt«, sagte sie und wedelte mit ihrem Notizbuch. »Eins nach dem anderen, nicht wahr?«

»Wenn ich Ihnen einen Rat geben darf, rufen Sie Gina an.« Lorcan klopfte ihr auf die Schulter. »Es gibt keine Deadline, die sie nicht an einem Morgen bei vier Kaffee aushebeln könnte.«

Gina reagierte mit einem Sperrfeuer an Vorschlägen und Listen, was zur Folge hatte, dass Libby vom Moment des Aufstehens bis zur Sekunde, in der sie ins Bett fiel, unentwegt auf Trab war und arbeitete und plante und entschied. Entscheidungen waren, wie sich herausstellte, leichter zu fällen, wenn man keine Zeit zum Grübeln hatte.

Die Webdesigner residierten in demselben umgebauten Lagerhaus am Kanal, wo auch Gina ihr Büro hatte. Wenig überraschend verwandelte sich der Entwurf der Website auf magische Weise lange vor dem verabredeten Termin in eine endgültige, onlinefähige Version, nicht extravagant, aber stilvoll. Die Leute hatten ein schlichtes neues Hotellogo entworfen, und über die Seite für die Hunde unter ihren Gästen wanderte eine Bleistiftzeichnung von Lord Bob.

Libby hatte sich Doris' Fotoalbum ausgeliehen und mit ihrer Erlaubnis ein paar der alten Fotos auf die Seite gestellt, zusammen mit den neuen von Ginas Ehemann, die ein fertiges Hotel zeigten, obwohl es das noch gar nicht gab. Nick hatte sich damit einverstanden erklärt, sich in Form eines Wochenendes in der Honeymoon-Suite auszahlen zu lassen.

Libby war mittlerweile ziemlich gut darin, Deals auszuhandeln.

Während oben in einem Höllentempo die Renovierungsarbeiten voranschritten, schloss sich Libby in ihrem Büro ein und entwarf die Bestätigungs-E-Mail, die bei allen Buchungen herausgeschickt werden sollte – angefangen mit der von Tara Brady. Die Idee hatte sie sich von einem romantischen Zufluchtsort abgeschaut, an den Jason sie an ihrem dritten Hochzeitstag entführt hatte. Mit dem Begrüßungschampagner konnte sie zwar nicht aufwarten, aber ein bisschen Charme gab es immerhin gratis dazu. Es war eine herzliche E-Mail, die den Gast willkommen hieß, die Geschäfts- und Stornierungsbedingungen des Swan erläuterte und außerdem eine Karte zum Ausdrucken und ein paar Restaurantempfehlungen enthielt. In ein Extrafeld konnten saisonale Ereignisse oder andere Besonderheiten eingetragen werden, um den Aufenthalt für die Gäste so unkompliziert und angenehm wie möglich zu gestalten.

Libby las sie durch, las sie noch einmal und überarbeitete sie so lange, bis Alice ihr ein Mittagessen brachte und sie selbst schließlich die Geduld verlor und auf »Senden« klickte, um sie Tara zu schicken. In der Sekunde, in der sie aus ihrem Entwurfsordner verschwand, wechselten sie einen begeisterten Blick.

»Jetzt gibt es kein Zurück mehr«, sagte Libby, und ihr Magen zog sich vor Aufregung zusammen. Jetzt waren es nur noch sieben Tage. Der Countdown hatte begonnen.

Um ganz sicherzugehen, dass alles rechtzeitig fertig sein würde, hatte Lorcan ein paar seiner alten Kumpels aus Roadietagen hinzugezogen. Nach einem kurzen Moment der Angst, in dem Libby davon überzeugt war, dass das Hotel in sich zusammenstürzen würde, weil die Böden von zwei Glatzköpfen in Metallica-T-Shirts abgeschliffen wurden, erwachten die Räume zu neuem Leben. Die Wände überzogen sich mit sanften Flieder-, Distel- und Cremetönen, die Ginas Innendesignerin Michelle ausgewählt hatte. Michelle hatte auch, zu einem sehr günstigen Preis, die Vorhänge aus einem groben beigen Stoff geliefert. Ein großer Batzen des winzigen Budgets war für anständige Betten reserviert, während alles andere auf kreativere Weise organisiert werden musste. Gina erschien eines Morgens mit einem Lieferwagen voller alter orientalischer Teppiche, die sie von der Entrümplungsfirma bekommen hatte und nun Lorcans Lehrlingen anvertraute, damit sie sie im Garten shampoonierten und zu neuem Glanz erweckten. Libby wiederum durchforstete die lokalen Secondhandläden nach alten Wanduhren und Spiegeln und hinterließ überall Zettel, dass man sämtliche Sunburst-Dekoobjekte für sie reservieren möge.

Sie arbeiteten bis spät in die Nacht und fingen morgens früh wieder an, beflügelt von Alice' Kaffee und Sandwiches und Lorcans unausweichlichen Soft-Metal-Mixes. Gethin war nicht begeistert davon, dass Alice Überstunden machte. Mittlerweile kam er jeden Abend nach der Arbeit vorbei, um sie abzuholen, und ließ immer irgendwelche spitzen Kommentare über ihre Gesundheit fallen. An einem Tag kam sie gar nicht, weil Gethin darauf bestanden hatte, dass sie sich einmal richtig ausruhen müssen. Davon mal abgesehen war die Atmosphäre im Hotel mit nichts zu vergleichen, was Libby je bei der Arbeit erlebt hatte. Alle waren wild entschlossen, das Ziel zu erreichen, und halfen, wo immer sie konnten. Und wann immer Libby sich bedanken wollte – bei Margarets alter Rezeptionistin, die vorbeischaute, um Spiegel zu polieren und Fenster zu putzen, oder bei dem Bauern aus der Nachbarschaft, der probeweise Zutaten fürs Frühstück lieferte und ein neues Angebot für frische Milch und Gemüse machte –, winkten die Leute einfach nur ab.

»Das ist doch nur gut für die Stadt«, lautete der Kommentar, den sie immer wieder hörte, und irgendwann ging ihr auf, dass der Baum der guten Taten nicht einfach eine Erfindung des Krankenhauses war. Longhampton war nicht ihre Heimat, aber mit jeder freundlichen Geste wuchs ihr Stolz, hierherzugehören. Der einzige Wermutstropfen war, dass Jason nicht da war, um diese Freude mit ihr zu teilen.

Die einzige Person, die sich vornehm zurückhielt, war Margaret.

Da Jason immer noch schmollte, hatte Libby übermenschliche Anstrengungen unternommen, um sie in Entscheidungen mit einzubinden, große und kleine. Aber was auch immer sie tat, es stieß auf stures Desinteresse. Libby konnte es kaum glauben, dass Margaret das alles egal sein sollte, obwohl das Hotel doch immer schöner wurde. Außerdem verletzte es sie, dass der Wert ihrer Arbeit, mit der sie das Familienunternehmen zu retten versuchte, durch Jasons Abwesenheit offenbar gemindert wurde.

»Das solltest du lieber mit Jason besprechen«, pflegte Margaret zu sagen. Wenn Libby dann erwiderte, dass sie aber an *ihrer* Meinung interessiert sei, schniefte Margaret nur und murmelte, dass sie nicht mehr auf dem Laufenden sei, was den Menschen heutzutage gefiele. Sie schien Jasons Abwesenheit persönlicher zu nehmen als Libby.

Als der Tag von Taras Besuch näher rückte, ließ Margaret allerdings ein unerwartetes Interesse an den Geschehnissen erkennen. Libby war oben und hängte mit schmerzenden Armen das tausendste Paar Vorhänge auf, als sie plötzlich spürte, dass Margaret hinter ihr stand – in einer Wolke aus Yardley Lavender, Basset-Mief und Missbilligung.

»Gefallen dir die Vorhänge?«, fragte Libby. »Sie sind doppelt gelegt, um das Licht abzuhalten, damit man gut schlafen kann. Das ist wichtiger als edle Materialen, dachte ich.«

»Ziemlich schlicht sind sie …« Margaret fühlte das Material zwischen Daumen und Zeigefinger.

In der Tat, dachte Libby, verglichen mit den verrückten Blumenmustern, mit denen du das Hotel überzogen hast. Menschen sind schon in weniger wilden Schlafzimmern durchgedreht.

»… aber sie scheinen solide gearbeitet zu sein. Dieser rustikale Stil ist wohl jetzt in, nehme ich an«

»Schlicht und hochwertig, das ist die Idee.« Libby stieg von der Trittleiter herunter. »Kann ich irgendetwas für dich tun?«

Margaret schaute sich in dem Raum um. Es war einer von Libbys Lieblingsräumen, distelgrün gestrichen und mit einem tadellosen Doppelbett aus dunklem Holz, das sie in einem Secondhandladen gefunden hatte, zusammen mit passenden Nachttischchen und einer Ankleidekommode. Für das Hotel war es ein Schnäppchen gewesen, und dem Secondhandladen hatte es ein paar Hundert Pfund für wohltätige Zwecke eingebracht. Libby hatte ein Dankeschön an den Baum der guten Taten gehängt, für die Person, die es aus dem Gästezimmer ihrer Großmutter geholt und dem Laden überlassen hatte.

Libby wartete darauf, dass sie sich anerkennend über das Zimmer äußern würde, aber das Kompliment kam nicht. Stattdessen sagte Margaret: »Ich habe mit Timothy Prentice vom runden Tisch gesprochen. Er ist der Meinung, wir sollten einen Immobilienmakler bestellen und den Wert des

Hauses schätzen lassen, wenn es fertig ist. Nur damit man für die Versicherung eine Vorstellung bekommt«, fügte sie hinzu und wischte mit dem Finger über den Heizung.

Da war kein Staub. Libby hatte ihn selbst geputzt.

»Aber wir werden das Hotel nicht verkaufen«, sagte Libby. »Darüber hatten wir doch schon gesprochen. Ich habe bereits einen Businessplan für nächstes Jahr ausgearbeitet – Gina und ich denken, dass wir mehr Leute hier aus der Gegend anlocken sollten.«

»Ich kann ja verstehen, warum du dich da so reinhängst, meine Liebe, aber das ist ein harter Job. Du hast gar keine Ahnung, wie nervenaufreibend das ist. Und wenn Jason nicht zurückkommt …«

Der Satz hing zwischen ihnen im Raum, beißender als die frische Farbe.

»Jason kommt zurück«, sagte Libby, obwohl sie selbst nicht wusste, ob sie das glauben sollte. »Er muss nur … über ein paar Dinge nachdenken. Ohne ihn können wir ohnehin nichts tun, zumindest nichts rechtlich Verbindliches. Er ist Miteigentümer.«

Margaret neigte den Kopf. »Das hast du schon vor einer ganzen Weile gesagt, und er ist nicht zurückgekommen. Und wenn *ich* nichts von ihm höre, muss ich mich doch wirklich fragen, ob du überhaupt weißt, was los ist.«

Libby hatte sich wirklich alle Mühe mit Margaret gegeben, wirklich, aber jetzt riss ihr langsam der Geduldsfaden. Luke hatte recht: Margaret kam ständig etwas anderes in den Sinn. Egal was man für Anstrengungen unternahm, um es ihr recht zu machen, man konnte gar nicht gewinnen. Donald musste ein Heiliger gewesen sein.

»Ich sehe, was du mir mitteilen willst, aber kann das nicht warten? Ende der Woche kommt die Journalistin, und ich möchte, dass sie sich hier absolut wohlfühlt. Außerdem möchte ich all den Leuten, die uns so selbstlos helfen, nicht das Gefühl vermitteln, wir würden schon auf den Verkauf spekulieren. Denk einfach mal … positiv.«

»Ich *denke* positiv. Was bringt dich denn auf die Idee, das Gegenteil anzunehmen?« Margaret wirkte empört und wandte sich zum Gehen. »Übrigens«, fügte sie über die Schulter hinzu, als sie schon fast aus der Tür war, »du hast den letzten Ring am Ende der Gardinenstange vergessen.«

Libby schaute hoch. Tatsächlich. Da musste sie wohl noch mal von vorn anfangen.

Verdammter Mist.

Tara Brady kam Freitag kurz vor dem Mittagessen in einem nagelneuen Range Rover.

»Sie ist da!«, verkündete Alice, die durch die Netzgardine im Büro lugte. »Und es sieht ganz danach aus, als habe sie einen Hund mitgebracht.«

»Wie groß?« Libby betrachtete Lord Bob und Fido, die sich, langer Rücken an kurzem Rücken, in der Sonne ausgestreckt hatten. »Klein genug, um von Bob zerquetscht zu werden?«

»Er steckt in einer Tasche.«

»O Gott. Sehr klein also.« Libby kam fast der Kaffee wieder hoch. »Sie hat gar nicht gesagt, dass sie einen Hund mitbringt.«

»Das ist doch gut! Einen besseren Test für meinen Hunde-Service-Wagen kann ich mir gar nicht vorstellen.« Alice' Servierwagen stand vor den vier Räumen, die Libby als hundefreundlich ausgewiesen hatte, und war großzügig bestückt mit Hundekeksen, Lappen, Tüten, Febreze, roten Handtüchern, auf Hochglanz polierten Wasserschalen und einer Ersatzleine.

Libby klatschte unwillkürlich in die Hände. »Okay. Alle

Mann auf Gefechtsstation.« Seit ihrem Frühstück um sechs hatte sie nicht still sitzen können, sondern war ständig durch die Zimmer gewandert, hatte Kissen zurechtgezupft, in den Ecken gesaugt und in den Toiletten nach Haaren Ausschau gehalten. Die Geldknappheit hatte immerhin den positiven Effekt, dass es weniger zu putzen gab.

»Jetzt beruhige dich doch – du machst mich ganz nervös«, sagte Alice im selben Moment, als Luke den Kopf zur Bürotür hereinsteckte.

»Ich glaube, eure Frau ist da«, sagte er.

Sein Blick schoss zu Alice hinüber und blieb einen Moment auf ihr liegen, bevor er wieder, leicht verlegen, Libby anschaute. Lorcan hatte die Zelte abbrechen müssen, da er einen anderen Auftrag hatte, also war Luke geblieben, um während Taras Aufenthalt für den Fall eines Falles zur Verfügung zu stehen.

Margaret sah das natürlich nicht so. Libby stellte allerdings fest, dass es sie nicht mehr interessierte, was Margaret dachte.

»Dann lass uns gehen. Alice, bist du bereit?«

Alice, die offizielle neue Rezeptionistin des Swan, trug ein marineblaues Kostüm und eine hochgeschlossene Bluse. Libby war überrascht, weil es viel formaler wirkte als ihre sonstige Kleidung, aber offenbar hatte Gethin es ausgesucht. Er möge sie in schlichten Sachen, hatte Alice erklärt. Libby war der Meinung, dass etwas weniger Puritanisches besser zum Hotel – und zu Alice – passen würde, aber das würde sie ihr nicht gerade heute sagen.

»Viel Erfolg, Libby«, sagte sie und nahm sie schnell in den Arm. »Alles wird gut. Das ist erst der Anfang.«

Jason, der nicht einmal angerufen hatte, erwähnte sie nicht. Und auch nicht Margaret, die verkündet hatte, sie sei den »ganzen Vormittag aushäusig«.

»Ja, Libby«, fügte Luke hinzu. »Viel Erfolg.« Er hielt seine gedrückten Daumen hoch. »Ich habe das Hotel nie schöner gesehen. Die Frau wäre verrückt, wenn sie es nicht mögen würde.«

Libby holte ein paarmal tief Luft, nickte dankbar und marschierte hinaus, um Tara im neuen Swan Hotel zu begrüßen.

»… natürlich haben wir noch nicht richtig eröffnet, und Sie sind unser erster Gast, also seien Sie bitte nachsichtig, wenn wir etwas vergessen haben sollten …«

Ich sollte den Mund halten, dachte Libby. Mein Auftritt als selbstbewusste Hotelchefin überzeugt ja nicht einmal mich selbst. Sie hatte Tara ihr Zimmer gezeigt, das hundefreundliche Zimmer drei mit Blick auf den Garten und einer Wand voller runder Spiegel aus dem Secondhandladen. Luke hatte liebenswürdig und unaufgefordert Taras Taschen nach oben getragen, wo Libby prompt eine Hülle von den erst gestern aus Michelles Laden gelieferten Decken erblickte und sie schnell entsorgte, während Tara noch die Kekse auf dem Teetablett begutachtete.

Tara schien keinerlei Mängel festzustellen. Sie schaute sich mit einem angenehm überraschten Lächeln um und ließ den Blick über die frischen Blumen auf der Ankleidekommode und die Lavendelsäckchen auf den Kissen schweifen. Ihr Yorkshire Terrier Mitzi hatte dem Raum bereits sein Gütesiegel verpasst, indem sie sich in ihr Körbchen gelegt hatte und schlief.

»Wunderbar ist es hier«, sagte sie. »So eine herrliche Ruhe. Wie schön, dass es keinen Fernseher gibt. Oder ist er irgendwo versteckt?«

»Nein, wir haben uns gegen Fernseher entschieden.« Libby nickte, als sei das keineswegs ausschließlich eine Frage des Budgets. »Uns geht es darum, den Druck aus dem Leben zu nehmen«, sagte sie und war froh, dass sie ihr eigenes Radio auf das Nachttischchen gestellt hatte. »Wir möchten den Menschen die altmodischen Entspannungsweisen ans Herz legen.«

»Großartig! Mein Zimmer ist schon einmal ganz entzückend. Was ich aber jetzt gerne tun würde, ist, in Ihren schönen Salon zu gehen, eine Tasse Tee zu trinken und ein wenig über Sie zu plaudern. Was Sie hierhergeführt hat, was für eine Geschichte sich dahinter verbirgt … Wäre das möglich?«

Libbys Herz, das sich etwas beruhigt hatte, als sie Tara das Bad gezeigt hatte (Zimmer drei hatte eines der edlen Bäder), fing wieder an zu rasen. Der Salon war erst am Abend zuvor vom letzten Gerümpel befreit worden, und Lorcan hatte kaum Zeit gehabt, um mehr als ein bisschen Farbe an die Wände zu pinseln und die Sofas wieder hineinzuschleppen.

»Der Salon ist noch nicht ganz fertig …«, begann sie, aber eine Stimme in ihrem Kopf befahl ihr, nicht ständig auf die Mängel hinzuweisen, sondern sich auf das Gute zu konzentrieren. »Aber natürlich«, sagte sie. »Bitte, kommen Sie doch mit.«

Ginas Teppichreiniger hatten ein Wunder vollbracht und sämtliche Spuren von Lord Bob aus dem Salon getilgt. Tara setzte sich auf eines der großen Samtsofas, zog die Beine unter und lehnte sich mit einem zufriedenen Seufzer zurück.

»Sie müssen sich natürlich noch das Kaminfeuer dazu vorstellen«, sagte Libby schnell. »Im Juni ist es ein wenig zu heiß dafür! Und mit einem Weihnachtsbaum wird der Salon zu einem wahren Idyll. Ah, vielen Dank!«

Alice war mit einem Tablett mit Tee und Keksen hereingekommen. Sie ließ einen hoffnungsvollen Blick zwischen ihnen hin und her schweifen, und Libby zog unmerklich ihre Augenbrauen hoch, um zu signalisieren, dass bislang alles bestens lief.

Tara legte ihr Handy neben die Teekanne auf den Tisch, um das Gespräch aufzuzeichnen. »Also«, sagte sie. »Erzählen Sie mir doch bitte, was Sie hierherverschlagen hat.«

Libby holte tief Luft. »Nun, die Eltern meines Ehemanns Jason haben das Swan Hotel fünfunddreißig Jahre lang geführt, bis dann vor einem Jahr leider sein Vater verstarb. Uns schien das genau der richtige Moment zu sein, um nach Hause zurückzukehren und seine Mutter ein wenig zu entlasten.«

Wenn Margaret sich bereit erklärt hätte, mit ihr über das Interview zu reden, hätte sie sie fragen können, wie sie die Sache gerne darstellen würde, aber sie hatte sich rundheraus geweigert. »Damit habe ich nichts zu tun«, hatte sie erklärt und ausgesehen wie eine Märtyrerin auf der Suche nach ihrem Scheiterhaufen.

»Es hat also mit der Sorge um die Familie zu tun«, sagte Tara. »Das gefällt mir.«

»Ja. Luke, der Ihre Taschen hochgetragen hat, ist mein Schwager. Er hat die gesamten elektrischen Leitungen erneuert. Alle haben geholfen. Lord Bob, den Hund meiner Schwiegermutter, haben Sie ja vielleicht schon auf der Website gesehen.«

»Ah, richtig. Erzählen Sie mir von dem Hund. Das ist wirklich spannend.«

Libby erzählte von dem Hotel, ihren Plänen und sämtlichen Details, die sie im Vorhinein aufgelistet hatte, und umschiffte vorsichtig die heiklen Aspekte von Jasons Abwesenheit und Margarets Beitrag zum Gelingen des Ganzen – bis Tara schließlich ihre Teetasse abstellte und auf das Thema zu sprechen kam, von dem Libby gehofft hatte, es würde ihr erspart bleiben.

»Ich hoffe, ich trete Ihnen nicht zu nahe, wenn ich sage, dass ich ein ganz anderes Hotel vorfinde, als es in meinem Auftrag angekündigt war.« Sie zog eine Augenbraue hoch. »Eigentlich hatte ich etwas ... Exklusiveres erwartet. Obwohl das vielleicht nicht das richtige Wort ist.«

Etwas Exklusiveres? Libbys Gesicht brannte plötzlich von dieser alten Unsicherheit, die sie unter den wohlhabenden Börsenmaklergattinnen in London immer empfunden hatte, bevor sie dann den speziellen Modejargon, die Sprache der bekennerhaften Handtaschen und den Wert einer Investition in Kaschmir verinnerlicht hatte. Als sie wegschaute, um ihre roten Wangen zu verbergen, erblickte sie Alice, die unter dem Hirschgemälde an der Rezeption saß und auf der Tastatur herumtippte. Was meinte Tara mit »exklusiv«? Meinte sie glatter? Von einem ungebrochen urbanen Schick? Libby war aber durchaus stolz auf ihren *persönlichen* Beitrag zur Renovierung. An einem Abend war Lorcan bis nach Mitternacht geblieben, um den Empfangsbereich fertigzustellen. Alice hatte einen ganzen Tag damit zugebracht, den Rezeptionstresen mit Bienenwachs zu polieren. Eine der Putzfrauen hatte ihr sogar ein paar echte Sechzigerjahrelampen mitgebracht. Alle zusammen hatten sie ein düsteres, marodes Haus in etwas Warmes, Stilvolles, Verheißungsvolles verwandelt.

Ein bisschen ... exklusiver? Was meinte sie damit?

Hinter ihrer nervösen Erschöpfung verspürte Libby eine gewisse Empörung, auch im Namen ihres Hotels.

»Nun, das waren ursprünglich meine Pläne – das Ambiente eines abgeschiedenen Luxushotels«, begann sie. »Als ich dann aber eine Weile hier war, wurde mir klar, dass diese Pläne ausschließlich mit mir selbst zu tun hatten und nichts mit dem Haus. Gerne in einem Hotel zu übernachten, hat nichts mit irrwitzig teuren Stoffen oder Teppichen zu tun, sondern damit, ob man sich willkommen fühlt und der Gastgeber einem das Gefühl gibt, dass er einem sämtliche Wünsche gerne erfüllt. Es bedeutet, sich in einer behaglichen, freundlichen Umgebung aufzuhalten. Das habe ich aber erst begriffen, als ich alte Fotos von dem Hotel aus den Sechzigerjahren gesehen habe«, fuhr sie fort und merkte selbst, dass sie meinte, was sie sagte. »Die Gäste wirkten so entspannt und glücklich – und das hatte nichts mit dem italienischen Marmor im Bad zu tun, sondern mit dem Personal und der Atmosphäre. Das ist der Grund, warum wir die Sechzigerjahre als Ausgangspunkt gewählt haben und sie mit modernem Komfort ergänzen wollen. Service in einem altmodischen Sinn, das schwebt uns vor.«

»Aus Ihnen spricht eine große Leidenschaft.«

»Das ist wahr«, sagte Libby. Vielleicht lag es an den Gallonen Kaffee, mit denen sie sich in dieser Woche wach gehalten hatte, aber ihr Liebesbekenntnis zum Swan sprudelte nur so aus ihr heraus. »Man kann wirklich von einer veritablen Lernkurve sprechen, weil ich nicht nur viel darüber erfahren habe, wie man ein Hotel führt. Nein, auch über mich habe ich viel erfahren, über meine Freunde, über die Stadt, alles. Wir hatten ... Mit unseren ersten Bauarbeitern haben wir einen massiven Rückschlag erlitten, sodass ich ehrlich gesagt schon drauf und dran war, alles hinzuschmeißen. Aber die Hilfsbereitschaft, die ich hier vor Ort erfahren habe, war einfach überwältigend. Alle haben mir das Gefühl gegeben, dass wir das schon schaffen. Als ich nach Longhampton kam, kannte ich niemanden, aber die Art und Weise, wie uns alle zur Seite gestanden und uns zum Weitermachen ermutigt haben ... das hat meine Sicht auf die Dinge sehr verändert.« Sie spürte, wie sich ihre Kehle zuschnürte, und musste sich zusammenreißen, damit ihr nicht die Tränen in die Augen traten.

»Sie haben also vor hierzubleiben?«

»Unbedingt.« Libby nickte. »Ich lerne Longhampton jetzt erst richtig kennen, aber es ist, als hätte ich all die Jahre nur darauf gewartet, nach Hause zu kommen. Das würde ich der Stadt gerne zurückgeben, indem ich das Hotel zum Erfolg führe und die kleinen Unternehmen unterstütze, die uns unterstützt haben.« Sie lächelte, weil ihr plötzlich aufging, dass es genau so war. Alles, was sie jetzt noch brauchte, war Jason. Er sollte zurückkommen und sehen, was sie geschafft hatte. Ihr Herz tat einen Satz.

»Ah«, sagte Tara, sichtlich gerührt. Und sie sah nicht aus wie eine Journalistin, die schnell gerührt war. »Das wird eine große Geschichte. Ist Ihr Ehemann auch da? Können Sie uns etwas über die Albträume mit den Bauarbeitern erzählen? Die Leser und Leserinnen lieben Albträume rund um den Bau.«

Libby zögerte. Sie wollte nicht lügen, andererseits brachte sie es nicht übers Herz, Tara zu erzählen, dass ihr Ehemann sie verlassen hatte.

»Es sei denn ... das bereitet Ihnen Probleme?« Taras scharfer Blick hatte ihr Unbehagen sofort erspäht.

»Jason arbeitet unter der Woche woanders.« Das war nur allzu wahr. »Aber er unterstützt mich sehr. Ich denke nicht, dass ich mich an die Sache herangewagt hätte, wenn ich ihn nicht gehabt hätte – als ich noch in London lebte, war ich definitiv eine andere Person.«

»Tatsächlich? Auf mich wirken Sie sehr souverän. Aus Ihrer Begrüßungs-E-Mail hätte ich niemals geschlossen, dass Sie neu im Hotelgewerbe sind.«

Libby dachte darüber nach. »Das ist vielleicht das Geheimnis – man weiß nie, was man kann, bevor man es nicht tut.«

Oder wer man ist, bevor es einem jemand sagt.

Komm zurück, Jason, dachte sie traurig. Komm zurück und schau, was ich auf die Beine gestellt habe.

»Das ist ein großartiger Aufhänger für das Feature«, sagte Tara und nahm sich einen Keks. »Man liest ja oft von diesen Exstädtern, die für einen Spottpreis ein Hotel erwerben, es aufmotzen und dann sofort verkaufen, wenn es Profit abwirft. Mir gefällt die Vorstellung, dass Sie den Leuten, von denen Sie hier unterstützt wurden, etwas zurückgeben möchten.«

Libby nickte. »Richtig. Wir haben zum Beispiel einen wunderbaren Aufenthaltsraum, der bislang noch eingemottet ist. Den würde ich gerne für Tauffeiern, Wohltätigkeitsveranstaltungen und …«

Jemand klopfte an den Holzrahmen der Salontür. Libby schaute auf und sah einen mittelalten Mann mit beginnender Glatze und glänzendem Anzug, ein hoffnungsvolles Lächeln unter dem Schnäuzer.

»Ich suche Mrs Corcoran«, sagte er.

Libby stand auf. »Guten Tag. Ich bin Mrs Corcoran.«

»Hallo, hallo.« Er eilte herbei und jonglierte mit Akten und Handy, um ihr die Hand zu reichen. »Norman Connor von Connor Wilson. Sehr erfreut, Sie kennenzulernen.«

»Ganz meinerseits«, sagte Libby höflich. Connor Wilson – war das ein Lieferant? Ein Anwalt? »Entschuldigen Sie bitte, aber ich weiß nicht genau, wo ich Sie … Möchten Sie ein Zimmer reservieren? Unsere Rezeptionistin wird Ihnen sehr gerne weiterhelfen.«

»Nein, um Gottes willen. Ich bin Ihr Makler. Ich habe eine Verabredung mit Ihnen, um das Objekt zu schätzen.«

Libby fühlte, wie sie erstarrte und dann knallrot anlief. Die Worte »Objekt« und »schätzen« hatte er so laut und schwungvoll gesagt, dass Tara sie gar nicht hätte überhören können. »Da muss es sich um ein Missverständnis handeln.

Ich habe ganz bestimmt keinen Termin mit Ihnen … Wir denken ja nicht einmal über einen Verkauf nach und haben auch noch gar nicht eröffnet.«

Sie schaute zu Tara hinüber, die nicht einmal so tat, als würde sie gar nicht zuhören. Und ihr Gerät zeichnete alles auf.

»Es war ganz bestimmt heute«, beharrte er. »Hier ist die Nachricht von meiner Sekretärin: Mrs Corcoran, Swan Hotel, halb drei. Objekt schätzen, Marktwert bestimmen. Es tut mir sehr leid, dass ich in Ihr Teestündchen platze«, sagte er zu Tara. »Ich muss mich vielmals entschuldigen.«

»Überhaupt nicht«, sagte Tara. Sie wirkte nicht sehr schockiert – klar, wenn sie davon ausging, dass ihr Libby in der letzten halben Stunde schamlos Lügen aufgetischt hatte.

»Vermutlich haben Sie mit meiner Schwiegermutter gesprochen«, erklärte Libby mit grimmiger Höflichkeit. »Wir denken ganz bestimmt nicht daran, das Hotel zu verkaufen, aber vielleicht hat sie etwas falsch verstanden, als …«

»Ah! Hallo! Norman?«

Drei Köpfe schossen herum, als Margaret an der Milchglasscheibe erschien. Sie trug das blassblaue Kostüm, das sie für besondere Gelegenheiten reservierte – ihr Margaret-Thatcher-Gedenkkostüm, wie Jason es scherzhaft nannte –, und ihr Haar war wieder kastanienbraun und frisch in sanfte Wellen gelegt.

Da ist sie also den ganzen Morgen gewesen, während sie selbst wie eine Verrückte durchs Hotel gerast war und alles poliert hatte, was es zu polieren gab. Beim Friseur. In Erwartung des großen Moments.

Libbys Kopf pochte vor Ärger und Scham. Das hat sie absichtlich gemacht, fluchte sie innerlich. So will sie mir demonstrieren, dass hier immer noch *sie* das Sagen hat. Und dass ich, so viele Pläne ich auch schmieden mag, in der

Hackordnung erst nach Jason, Donald und vermutlich auch Lord Bob komme.

Norman Connor war erfreut, Margaret zu erblicken. Wieder jonglierte er mit Akten und Handy, streckte seine Hand aus und stellte sich vor. Libby betete derweil, dass Margaret die Journalistin sehen und das Missverständnis aufklären würde, und warf ihr einen flehentlichen Blick zu. Wenn sie sie explizit um einen entsprechenden Kommentar bitten würde, würde es so aussehen, als wolle sie etwas vertuschen.

Von Margaret kam aber nichts. Mit einem Ausdruck billigen Triumphs lächelte sie Libby und Tara an und sagte: »Tut mir sehr leid, dass wir euch gestört haben, Elizabeth! Bitte entschuldige uns nun!« Dann wandte sie sich an Norman, und als sie gingen, hörte Libby sie noch sagen: »Wir können mit den Hotelzimmern anfangen. Sie wurden erst kürzlich renoviert.«

Ihre Stimmen verklangen, und Libby saß da, als habe man sie soeben gegen die Brust getreten.

Tara streckte die Hand aus, und als sie die Aufnahme beendete, hatten ihre Augen jeglichen Glanz verloren.

Kapitel siebenundzwanzig

Libby schaute Tara über den Couchtisch hinweg an und fragte sich, ob es irgendetwas gab, womit man die Situation retten könnte.

»Meine Schwiegermutter«, stammelte sie. »Ich habe wirklich keine Ahnung, was ...«

»Sie hätten es mir ruhig erzählen können.« Taras Gesicht, das soeben noch so empathisch gewesen war, hatte sich verhärtet. Libby war die Sache aus der Hand geglitten; alle professionellen Tricks, die sie im Büro beherrscht hatte, waren wie weggeblasen.

Bevor sie etwas sagen konnte, klopfte es schon wieder.

»Hallo! Entschuldigung, dass ich störe!« Es war Alice, die ihr strahlendstes Gastgeberlächeln aufgesetzt hatte. »Ich wollte nur sagen, dass wir unseren Gästen in Hundebegleitung den speziellen Service anbieten, ihre Hunde vor dem Nachmittagstee auszuführen. Ich könnte anbieten, mit Mitzi in den Park zu gehen, wenn Sie Ihre Füße hochlegen möchten, Tara. Sie können natürlich auch gerne mitkommen. Das ist die ideale Betätigung für ein Herbstwochenende. Wir haben hier herrliche Wege, und einer führt an ein paar wunderbaren unabhängigen Läden vorbei ...«

Einen Moment lang dachte Libby, Tara würde verkünden, dass sie sofort nach Hause fahre. Schließlich seufzte sie aber resigniert und stand auf. »Wo ich schon einmal den ganzen Weg hierhergekommen bin ...«

»Wunderbar! Brauchen Sie eine Leine?« Alice legte all

ihren Eifer in die Waagschale, begleitete Tara hinaus und ließ Libby mit den Relikten ihrer gemütlichen Teestunde allein: einer Teekanne aus gehämmertem Silber und einem Heißwasserkrug aus den Beständen des alten Hotels. Libbys Spiegelbild darin wirkte verkratzt und verzerrt, und genauso fühlte sie sich. Jeder Einwand, den sie sich verkniffen hatte, weil sie Dinge ignoriert oder verziehen oder auf Margarets Trauer geschoben hatte, durchbrachen nun die angegriffenen Deiche ihrer Selbstbeherrschung. Man konnte die Sache gar nicht anders verstehen: Margaret hatte Normans Ankunft hier absichtlich inszeniert.

Die heiße Welle der Wut, die durch Libbys Brust wogte, war eigentümlich erfrischend.

Im selben Moment, als Libby hörte, wie sich die Haustür hinter Alice und Tara schloss, erhob sie sich vom Sofa und marschierte in die Rezeption.

»Hey, hey!«

Sie hätte fast Luke umgerannt, der in diesem Moment die Treppe heruntergekommen war. Er hielt die Hände hoch. »Wohin so eilig?«

»Ich habe ein Wörtchen mit deiner Mutter zu reden«, sagte sie. »Es reicht mir jetzt. Sie hat nichts dazu beigetragen, dieses Hotel wieder auf die Beine zu bringen, und nun, da ich die Sache doch noch irgendwie deichseln konnte, bestellt sie einen Immobilienmakler her, ausgerechnet *heute*, und lässt mich wie eine beschissene Lügnerin aussehen! Wenn Tara auf das Feature verzichtet, werde ich sie persönlich dafür verantwortlich machen. Und hier abhauen.«

Luke nahm ihre Arme und schaute sie an, die Augen von einer soldatischen Ruhe. »Libby! Libby, bitte hör mir zu. Hör zu. Stürm jetzt nicht da hoch. Das wird die Sache nicht besser machen.«

»Doch! Es reicht mir, dass in dieser Familie nie über irgendetwas gesprochen wird.« Sie riss sich los. »Sie muss sich das anhören, und ich muss es loswerden. Es wird verdammt noch mal Zeit.«

Die Verkaufstour hatte Libbys geliebte Honeymoon-Suite erreicht, wo Margaret dem Mann zu ihrem großen Ärger das luxuriöse Bad und den fantastischen Duschkopf zeigte. Es war das einzige spektakuläre Bad, an dem Libby festgehalten hatte, während die Hälfte der Bestellung zurückgegangen war.

»… hat den nötigen Wow-Effekt für potenzielle Investoren«, befand Norman soeben, und Margaret strahlte, als habe sie das verdammte Ding selbst montiert.

Libbys Wut schwoll an. Ihre ruinösen Entscheidungen für die Bäder konnten also dafür herhalten, sie für das Scheitern ihrer Ehe verantwortlich zu machen, aber um das Hotel zu verscherbeln, waren sie gerade recht?

»Margaret, kann ich kurz mit dir sprechen?«, sagte sie knapp.

Margaret drehte sich um. »Jetzt sofort?«

»Ja, bitte.«

Margaret berührte Norman am Arm und sagte: »Erinnern Sie mich bitte daran, dass ich Sie noch nach Ihrem Kollegen fragen wollte, der mit Donald Golf gespielt hat.« Dann schwebte sie aus dem Raum.

Libby marschierte durch den Flur zum allerletzten Raum und schloss die Tür hinter ihnen. »Was zum Teufel hat dieser Mann hier zu suchen?«

»Auf Anraten eines Freundes habe ich beschlossen, die Sache voranzutreiben und den Wert des Hotels ermitteln zu lassen.« Das klang auswendig gelernt, als habe sie sich auf Libbys Reaktion vorbereitet und wolle sich moralisch ins Recht setzen.

»Aber ich hatte dich gebeten, damit zu warten. Wenigstens, bis das Feature geschrieben ist.«

Margaret reckte das Kinn. »Du bist nicht die Einzige, die hier Entscheidungen zu treffen hat, Elizabeth. Du bist nicht die Alleininhaberin.«

»Obwohl ich es gut und gern sein könnte!« Aus Libbys Augen sprühte die bittere Enttäuschung. »Ich bin die Einzige, die etwas dafür tut, dass wir vorankommen. Du hast seit unserem Einzug nicht einen Finger gerührt. Und Jason hat uns beide in die Scheiße geritten und sich dann aus dem Staub gemacht, wofür du *mir* die Schuld gibst. Luke schuftet wie ein Verrückter, ohne dass er den geringsten Dank von dir erwarten könnte, während Jason sich einbildet, dass er, wenn er gelegentlich ein paar Hundert Pfund schickt, seinen Teil der Verpflichtungen erfüllt hat – obwohl es seine Schuld ist, dass wir überhaupt hier gelandet sind!«

»Jason ist fort, weil *du* es so beschlossen hast«, giftete Margaret zurück. »*Du* hast dieses Hotel kurz und klein geschlagen. Alles, was Donald und ich aufgebaut haben, hast du, ohne mit der Wimper zu zucken, zerstört! Warum soll ich es also nicht verkaufen? Dieses Hotel bedeutet mir nichts mehr. Und das habe ich nur dir zu verdanken.«

Libby versuchte, ihre Schuldgefühle zu ignorieren.

»Okay. Ich habe also Fehler gemacht! Ich habe zugegeben, dass ich mich geirrt habe! Aber das Hotel musste renoviert werden – man kann nicht ewig in der Vergangenheit leben. Ist dir eigentlich je aufgefallen, wie viel Geld ihr verloren habt? Oder bist du einfach davon ausgegangen, dass wir dich immer schön rauskaufen?«

Margaret holte zitternd Luft und spielte dann ihre Trumpfkarte. »Donald wäre entsetzt, wenn er sehen könnte, was du angerichtet hast.«

»Wäre er das? Wirklich? Davon bin ich nicht überzeugt.«

Libby schob die Hände in die Haare und zwang sich, eine vernünftige Lautstärke anzuschlagen. »Ich bin hierhergekommen, weil Jason mich davon überzeugt hat, dass es sich bei dem Hotel um ein Familienunternehmen handelt. Bislang sehe ich aber nur einen Sohn, der nicht damit umgehen kann, dass er Mist gebaut hat, einen Sohn, der es dir partout nicht recht machen kann, und eine Mutter, der es sehr entgegenkommt, wenn jemand anders die Suppe auslöffelt und die Arbeit macht, solange sie nur das große Wort führen kann.«

Sie schaute Margaret an. »Es tut mir leid, dass Donald nicht hier ist. Ich vermisse ihn sehr, und es tut mir leid, dass du ihn verloren hast. Aber im Moment denke ich, dass nicht ich es bin, worüber Donald entsetzt wäre, oder?«

Dann machte sie auf dem Absatz kehrt und marschierte hinaus, damit Margaret die Tränen der Verzweiflung und Enttäuschung nicht sehen konnte – und die der Scham.

Luke wartete am Fuß der Treppe auf sie.

»Sag nichts.« Sie hob die Hände, bevor er auch nur den Mund aufmachen konnte. »Ich habe ein paar gemeine Dinge gesagt, aber das musste einfach sein. Wir können nicht damit weitermachen …«

Sie konnte ihren Satz nicht beenden, weil Luke sie energisch ins Büro schob. Er führte sie zu dem bequemen Sessel, setzte sie hinein, zog ein Taschentuch aus der Hosentasche, kehrte dann zur Tür zurück und schloss sie.

»Es gibt etwas, was du über Mum wissen solltest«, sagte er.

Libby wischte sich über die Unterlider, wo die Wimperntusche verschmiert war. Ihr Herz raste immer noch, als habe sie soeben eine Runde Spinning im Sportstudio absolviert. »Ich weiß, was du sagen willst. Sie ist immer noch in Trauer. Ich bin ja kein Monster. Aber es ist so, als habe sie beschlossen, dass die Sache gar nicht funktionieren *kann*! Sie möchte an ihrer Version der Realität festhalten, in der sie und Jason perfekt sind und du und ich selbstsüchtige Egomanen. Ihre Obsession von wegen, dass das Hotel eine Familienangelegenheit sei, verstehe ich überhaupt nicht, wo sie doch nur die Hälfte der Familie mag. Ernsthaft, wie hältst du das nur aus?«

Luke presste die Finger an die Wurzel seiner langen Nase, als kämpfe er innerlich mit sich selbst. »Darum geht es nicht. Es gibt etwas über Mum, das du wissen musst. Ich würde es dir im Traum nicht erzählen, wenn ich nicht denken würde, dass mehr auf dem Spiel steht als nur das Hotel. Ich möchte nicht, dass du von hier weggehst. Mum möchte auch nicht, dass du verschwindest, nicht wirklich. Und Jason ganz definitiv nicht. Ich würde alles darauf wetten, dass es ihm unendlich wichtig ist, dich hier anzutreffen, wenn er seinen reumütigen Arsch zurückbequemt.«

»Falls er es denn tut.«

»Er wird es tun. Er ist der Sohn seines Vaters.«

»Klar, aber das bist du auch, Luke. So wie du mir geholfen hast, würde ich sogar sagen, dass du in einem viel stärkeren Maße Donalds Sohn bist.«

Ein Schatten flog über Lukes Gesicht. »Das ist genau der Punkt. Ich bin es nicht. Ich wünschte, ich wäre es, aber ... ich bin eben *nicht* der Sohn meines Vaters.«

»Wie bitte?«

Er setzte sich auf den Stuhl neben ihr. »Der Grund, warum Mum so verkrampft ist, was dieses Hotel und Dad und den Tratsch der Stadt angeht, ist ... dass Donald gar nicht mein Vater ist.«

Libby starrte ihn an. »Ich verstehe nicht.« Sie hatte sich darauf eingestellt, dass Margaret vielleicht Geld bei Pferdewetten verloren hatte oder heimlich zu viel Sherry trank, aber so etwas?

»Er ist Jasons Vater, aber nicht meiner. Mum war schwanger, als die beiden geheiratet haben. Einer der Gründe, warum sie hierhergezogen und Hotelbesitzer geworden sind, war die Möglichkeit, einen Neustart zu machen, wo sie niemand kannte.«

»Du machst Witze.«

Luke schüttelte den Kopf. »Nein. Für mich war es auch ein Schock, das kann ich dir sagen. Andererseits ergaben plötzlich alle möglichen Dinge einen Sinn.«

»Und wer ist dein Vater? Und wer hat dir das überhaupt erzählt?«

»Dad hat es mir erzählt. Donald, meine ich. Interessanterweise war er nicht wütend, als er es mir sagte. Er hat es mir nicht an den Kopf geworfen. Er wollte einfach, dass ich verstehe, warum Mum ... ist, wie sie ist.« Luke schaute zu Boden und runzelte die Stirn. »Ich war ziemlich frech, als ich klein war, wie kleine Jungen es eben sind. Aber Mum hatte es auf eine Weise auf mich abgesehen, dass etwas anderes daraus erwuchs. Ich konnte es ihr nicht recht machen, also habe ich es erst gar nicht mehr versucht. Heute würden sie natürlich sagen, dass es besser war, dass sie mir überhaupt Aufmerksamkeit geschenkt haben, aber ich war einfach ein wütender kleiner Junge. Dass Jason buchstäblich nichts falsch machen konnte, half auch nicht gerade. In der Schule habe ich ständig etwas angestellt, weil ich wusste, dass mich dann jemand abholen musste und ich einen Nachmittag zu Hause verbringen konnte. Und als ich dann alt genug war, um mir echten Ärger einzuhandeln, ist die Sache natürlich eskaliert. Mum ist absolut ausgerastet – wie ich derart egoistisch sein könne und ob mir Dads Ruf denn vollkommen egal sei? Dad hat nie Theater gemacht. Er hat mich einfach abgeholt und nichts gesagt, obwohl ich wusste, dass ich ihn auch enttäuscht hatte, und das war schlimmer, als von Mum heruntergeputzt zu werden.«

»Und wann hat er es dir erzählt?« Libby konnte sich kaum vorstellen, wie Donald in seiner Tweedjacke und der Cordhose dagesessen und ein solches Gespräch eingeleitet haben mochte, geschweige denn, wie es wohl verlaufen war.

»Ein Polizist hatte mich auf die Wache geschleppt, weil er dachte, ich könne ihm im Zusammenhang mit einer paar Diebstählen Namen nennen.« Luke nahm einen Stift und drehte ihn zwischen den Fingern hin und her. »Ich wusste nichts von irgendwelchen Diebstählen, aber das war definitiv der letzte Warnschuss. Dad hatte von einem seiner Freunde bei der Polizei einen Tipp bekommen und kam, um mich abzuholen. Mum hatte offenbar schon erklärt, noch ein Vorfall mit der Polizei und ich sei für sie gestorben. Angeblich störte ich Jasons Vorbereitungen für die A-Level-Prüfungen. Ich dachte also, wir fahren nach Hause und es gibt richtig Ärger, aber Dad fuhr mit mir zum großen Supermarkt – der wie ausgestorben war, wie im Film – und erklärte, er müsse mit mir reden. So richtig von Mann zu Mann.«

Luke schaute auf. Seine Augen waren traurig. »Ich werde nie vergessen, wie erschlagen Dad aussah. Er sagte: ›Ich werde dir jetzt etwas erzählen, was du über deine Mutter wissen musst, und ich appelliere an deine Ehre, dass du es nie jemandem verraten wirst. Eines kann ich dir jetzt schon versprechen: Wenn du dein Wort brichst, wird das für uns beide, dich und mich, das Ende bedeuten.‹ Ich sagte: ›Erzähl‹, und dachte, er verrät mir jetzt, dass Mum eine bipolare Störung hat oder so etwas, aber er erzählte, dass … nun, er und Mum sich kennengelernt hätten, als sie als Sekretärin in der Kanzlei ihres Vaters in Oxfordshire gearbeitet hat und er ein junger Anwalt war. Mum muss damals ein echter Feger gewesen sein. Sie ist ein paarmal mit Dad ausgegangen, aber vermutlich hat sie darauf spekuliert, eine … bessere Partie zu machen.«

Libby dachte an die Bilder in Doris' Fotoalbum: die müde, hübsche Margaret mit den krausen, dunklen Locken, den Schulterpolstern und den schönen Beinen. Und neben ihr Donald, etwas älter, aber sehr attraktiv mit seiner weißen Cricketkluft und dem Mittelscheitel.

»Eine bessere Partie als dein Dad?«, fragte sie. »Ich kann mir kaum vorstellen, dass man jemand Besseren finden kann. Er war ein Gentleman.«

»Nun, genau. Eines Morgens kam er zur Arbeit und fand sie in Tränen aufgelöst vor, und als er sie fragte, was los sei, sagte sie, sie sei ›in Schwierigkeiten‹, wie er sich ausdrückte.« Luke zog eine Augenbraue hoch. »Sie hatte sich mit dem Star der lokalen Fußballmannschaft ›getroffen‹. Er hatte nur einen Zeitvertrag in der Stadt, ging dann nach Newcastle und ward nie wieder gesehen. Ich glaube, sie hat ihn in der Kanzlei kennengelernt, wo er wegen einer Geschwindigkeitsübertretung Rechtsbeistand gesucht hat.« Er schnaubte belustigt. »Dad hat ihn beraten und eine Jahreskarte dafür bekommen.«

»Schwer vorzustellen«, sagte Libby langsam. »Dass Margaret sich derart in Schwierigkeiten bringen sollte.«

»Sie war ja nicht immer wie heute. Und nicht nur leichte Mädchen treffen schlechte Entscheidungen, was Männer angeht. Je netter sie sind, desto schlechter die Entscheidungen.« Er sprach schnell weiter. Zu schnell, wie Libby dachte. »Egal, Dad machte ihr jedenfalls einen Heiratsantrag, und sie nahm an. Und statt in der Stadt zu bleiben und zu warten, dass die Leute zwei und zwei zusammenzählten, kaufte er ein heruntergekommenes Hotel drei Countys weiter. Kein Jahr später wurde ich geboren und dann Jason, und schon hatten sie eine glückliche kleine Familie.«

»Und du hattest auch Glück«, sagte Libby. »Ich will ja nicht die Vergangenheit umschreiben, aber deine Mum und dein Dad haben sich gegenseitig verehrt, das konnte man sehen. Ich glaube nicht, dass er sie zu irgendetwas gedrängt hat, was sie nicht wollte. Und dich hat er auch geliebt.«

Luke schaute weg und sah ihr dann direkt in die Augen. Er sah gut aus, dachte Libby. Wie ein Fußballstar. »Ich weiß. Das ist die gute Seite. Aber Mum hatte Angst, was sie Dad da zugemutet hatte, weil er mich akzeptieren musste. Und was für unangenehme Eigenschaften ich vielleicht entwickeln könnte. Dad war der Ansicht, dass sie mir das Leben nicht wegen meines vermeintlich schlechten Charakters schwer gemacht hat, sondern weil sie Zweifel an sich selbst hatte. Sie wollte jeden Verdacht, ich könne genauso leichtsinnig sein wie sie, im Keim ersticken.« Er verzog den Mund. »Da war es nicht hilfreich, dass ich in meiner Jugend tatsächlich ein wenig locker war. Ich hatte immer ein paar Mädchen gleichzeitig an der Angel, du weißt ja, wie das läuft. Aber ich habe nie jemanden geschwängert und auch nie jemandem wehgetan. Aber das ist genau der Grund, warum sie sich jetzt Sorgen um Alice macht – von wegen, solche Gewohnheiten legt man nie ab und so. Sie befürchtet, meine Verführernatur komme wieder zum Vorschein und könne die arme Alice ruinieren.«

»Aber das ist doch lächerlich.« Libby war empört. Wie konnte Margaret so ... mittelalterlich sein? »So ein Verhalten erbt man doch nicht. Du bist, wer du bist.«

»Ist das so?« Luke sah auf, und seine dunklen Augen über den scharfen Wangenknochen schauten sie fragend an. »Manchmal zweifele ich daran. Ich habe meinen Vater mal gegoogelt.« Er verzog das Gesicht. »Drei Frauen. Mit fünfzig ein Wrack. Danach ging es mir elend. Nein«, fügte er hinzu, bevor Libby die Frage stellen konnte. »Ich hatte nie das Bedürfnis, Kontakt zu ihm aufzunehmen. Was mich betrifft, ist Dad mein Vater, und damit hat es sich.«

Schweigen machte sich breit. Libby hatte so viele Fragen im Kopf, dass sie gar nicht wusste, wo sie anfangen sollte. Bevor sie ihre Gedanken sortieren konnte, redete Luke weiter.

»Dad wollte mir mitteilen, dass Mum mich liebte, tief im Innern zumindest, und ich sehe auch, wieso er dachte, sein Geständnis würde mich ihr gegenüber nachsichtiger stimmen. Aber faktisch hat es mich umgehauen. Es bedeutete, dass Jason mir etwas voraushatte, das ich nie einholen konnte. In den Augen meiner Eltern würde ich nie Jason sein. Also bin ich zur Army gegangen, wo mich niemand kannte. Keine Geschichte. Keine Erwartungen. Natürlich war das für Mum nicht gut genug, aber damals war mir das schon fast egal. Und irgendwie haben sich die Dinge ganz ordentlich entwickelt.«

Er hörte auf, mit dem Stift herumzuspielen. »Zumindest, wenn ich nicht hier bin.«

Libby ließ sich die Informationen durch den Kopf gehen und wollte nichts Falsches sagen. Luke hatte recht, das veränderte alles. Nun, es veränderte vielleicht nichts, aber es erklärte doch einiges: Jason, die prompte Belohnung für Donalds ehrenwerte Rettung; Luke, die tickende Zeitbombe der Verantwortungslosigkeit; Margarets ständige Sorge, was Luke geerbt haben könnte, was sie selbst für ein Mensch war, ob ihr Donald nicht doch irgendwann ins Gesicht schreien würde, was sie ihm verdankte.

»Weiß Margaret, dass du es weißt? Oder Jason?«

Luke schüttelte den Kopf. »Nein. Keiner von beiden. Das hatte ich Dad versprochen. Eine Weile war ich stinksauer, dass Mum mir eine so gewaltige Lüge auftischt, während sie mich gleichzeitig für meine dummen Teenagersünden niedermacht. Als ich älter wurde, begriff ich dann aber, dass Mum eben ist, wie sie ist. Und alles nur wegen eines einzigen Fehlers.«

»Du bist kein Fehler«, sagte Libby. »Du hast den beiden so viel Anlass zum Stolz gegeben. Margaret kann sich nicht dazu durchringen, es dir zu zeigen, aus welchem Grund auch immer, aber Donald war stolz auf dich, das war nicht zu übersehen.«

Luke zuckte mit den Achseln. Er war es nicht gewohnt, dass ihn jemand lobte, das merkte man. »Keine Ahnung. Ich erzähle dir die Geschichte auch nur aus dem Grund, aus dem Dad sie mir erzählt hat. Ich möchte nicht, dass Mums Ausfälle dich von Jason wegtreiben oder aus dem Hotel. Sie braucht dich. Wir alle brauchen dich. Schwör mir also, dass diese Dinge die vier Wände dieses Büros niemals verlassen.«

»Ja natürlich, aber ...« Libby hielt ihre Hände hoch. »Ist es denn ratsam, das unter den Teppich zu kehren? Ich kann ja verstehen, dass sich Margaret vor über dreißig Jahren dafür geschämt hat, aber was tut das jetzt noch zur Sache? Die Auswirkungen des Schweigens sind doch viel, viel schlimmer. Jason kann nicht mit seinem Scheitern umgehen, weil seine Mutter ihn immer wie den unfehlbaren Thronfolger behandelt hat. Weißt du, dass er drei Tage gebraucht hat, um mir von seiner Kündigung zu erzählen? Er hat morgens im Anzug das Haus verlassen und ist zu seinem Kumpel gegangen, statt es mir zu erzählen. Mir, seiner Frau.«

»Soll das ein Witz sein?«, fragte Luke ungläubig.

»Ich wünschte, es wäre so.« Das hatte sie fast mehr verletzt als der große Verrat. »Und was er jetzt tut, ist mir auch schleierhaft. Er zahlt zwar jede Woche fünfhundert Euro auf unser Konto ein, aber ich habe ihn wissen lassen, dass ich kein Geld will, das er mit Spekulationen verdient. Vermutlich bewahrt er das Hotel schon seit Jahren vor dem finanziellen Ruin. Ich habe mir die Konten angeschaut und eine Menge mysteriöser Einzahlungen gefunden, sonst wären die Hypotheken längst faul.«

»Nun, ein paar davon kamen von mir. Erzähl es nicht Mum, sie weiß es nicht. Ich habe es für Dad getan.«

»Was? Aber im Ernst«, Libby stieß Luft aus, »es wird wirklich Zeit, dass ihr alle mal miteinander redet.«

»Ich weiß. Aber das muss zwischen uns bleiben, ja? Ich habe es nie jemandem erzählt, nicht einmal Alice.« Luke riss sich schnell wieder zusammen, aber sein Gesichtsausdruck hatte Bände gesprochen.

»Nicht einmal Alice?«

Im ersten Moment schien er dichtmachen zu wollen, aber dann schüttelte er den Kopf, als sei er erleichtert, es loszuwerden. »Ich hätte es ihr fast erzählt, weil Alice die einzige Person ist, die es vielleicht verstanden hätte. Sie wollte immer so gerne wissen, ob sie nach ihrer Mutter kommt, was ihr leider niemand mehr sagen kann. Wir haben uns gefragt, ob es eher ein Segen oder eine Last ist, nur man selbst zu sein. Mit ihr konnte ich über alles reden. Sie ist die außergewöhnlichste Frau, der ich je begegnet bin. Wir haben über Dinge gesprochen, von denen ich gar nicht wusste, dass sie mich beschäftigen, bis sie es aus mir herausgelockt hat.« Er schüttelte den Kopf, und Libby sah, dass sich seine Lippen unwillkürlich zu einem Lächeln verzogen hatten. »Vielleicht ist es ganz gut, dass sie sich an unsere tiefsinnigen, bedeutungsschwangeren Gespräche nicht mehr erinnern kann.«

Also hatten sie sich doch ineinander verliebt? War es eine Urlaubsromanze gewesen? In jedem Fall musste es schwer für Luke sein, mit anschauen zu müssen, wie Gethin zurückkam und Alice in Beschlag nahm. Besonders wenn Luke unter dem Druck stand, sich anständig benehmen zu müssen, um nicht seinem Ruf als leichtsinniger Verführer gerecht zu werden.

»Alice ist wunderbar«, sagte sie. »Es klingt, als hättet ihr einen echten Draht zueinander gefunden.« Sie hielt inne, fuhr dann aber aufrichtig fort: »Nun, das habt ihr immer noch. Selbst wenn sie sich nicht an die Dinge erinnert, die du ihr erzählt hast.«

»Kennst du dieses Gefühl, dass du jemandem schon einmal begegnet bist? Ich denke, dieses Gefühl rührt eher daher, dass einem jemand so ähnlich ist, dass man ihn zu kennen glaubt. Es ist, als würde man in den Spiegel schauen. Man hat einfach dieselbe Wellenlänge.« Luke schaute auf. Sein Gesicht wirkte verletzlich, und Libby entdeckte einen viel jüngeren Luke in seinen Augen. Den Luke, der nicht wusste, wer er war und was aus ihm werden würde. »Das Baby ... denkst du, sie wird es behalten?«

Es war witzlos, alles abzustreiten. Sicher hatte Alice es ihm erzählt. »Ich weiß es nicht. Vielleicht hatten sie und Gethin ja geplant, eine Familie zu gründen. Sie waren ja schon eine Weile zusammen. Und Gethin scheint ganz wild darauf zu sein, ihr Verhältnis wieder in geordnete Bahnen zu bringen. Sie trägt ja auch diesen Ring, den er ihr geschenkt hat ...«

Warum sage ich das? Libby hätte sich in den Hintern treten können. *Ist er von dir?*, hätte sie am liebsten gefragt. *Könnte es sein, dass ...?* Aber wie könnte sie ihn das fragen, nach allem, was er ihr soeben erzählt hatte?

»Tja.« Luke presste die Lippen aufeinander. »Egal, nicht mein Bier. Also! Kann ich noch irgendetwas für dich tun, bevor ich mein Werkzeug zusammenpacke und mich bis auf Weiteres verabschiede?«

»Du willst doch nicht schon aufbrechen?«

»Nächste Woche bin ich in Surrey. Streng geheim.« Er fasste sich an die Nase, und Libby hatte den starken Verdacht, dass er sich das soeben ausgedacht hatte. Gleichzeitig hatte sie aber das Gefühl, dass sie mitspielen sollte, um ihm nicht zu nahe zu treten.

Ich bin schon fast wie diese Familie, dachte sie. Um Gottes willen.

»Bist du sicher, dass ich dich nicht dazu überreden kann, zum Abendessen zu bleiben?«, fragte sie. »Als Dank für alles, was du getan hast? Sobald Taras Frühstücksgeschirr abgewaschen ist, wollte ich die Take-away-Flyer herauskramen.«

Er schüttelte den Kopf. »Ich mach mich besser auf die Socken. Außerdem kommst du hier wunderbar allein zurecht.«

»Ich weiß nicht.« Libby fühlte sich geschmeichelt, war sich da aber nicht so sicher. »Es haben mir so viele Menschen geholfen. Ich hätte mir nie träumen lassen, dass ich je einen solchen Job machen würde. Das kam ziemlich unerwartet.«

»Das ist genau der Punkt. Woher soll man wissen, dass man etwas kann, wenn man es nicht tut?« Luke stand auf und schaute sie an, eine Augenbraue hochgezogen. »Wie Dad immer sagte: Ein Hotel zu betreiben ist kinderleicht. Es sind die Leute im Hotel, die einem das Leben schwer machen.«

Ja, dachte Libby. Und ich habe es heute geschafft, die einzige Person gegen mich aufzubringen, mit der ich ständig hier leben muss.

Kapitel achtundzwanzig

Als Alice mit Tara zum Hotel zurückkehrte – nach ihrem Spaziergang rund um Longhampton, bei dem sie Libbys und Jasons Vorzüge gepriesen hatte und auch den Gemeinschaftsgeist, dem das Hotel seine Wiederauferstehung verdankte, was alles fast so idyllisch klang, als hätten Hüttensänger die Betten gemacht und die Tiere des Waldes die Bäder gekachelt –, wurde sie zu ihrer Überraschung von Gethin erwartet, der vor dem Hotel in seinem Wagen saß.

»Ich bin gekommen, um euch heimzuholen!«, sagte er und schenkte Fido ein strahlendes Lächeln.

Tara, die anfangs ziemlich kühl gewesen war, nach dem Besuch in einem zweiten Feinkostladen aber allmählich aufgetaut und in Plauderstimmung geraten war, wirkte entzückt. Gethin schüttelte ihr die Hand und stellte ein paar entwaffnend naive Fragen über Frauenzeitschriften, und ehe Alice noch viel Zeit gehabt hätte, Libby über ihre Abwesenheit zu informieren, waren sie schon auf dem Weg.

In all dem Wirbel um Taras Besuch hatte sie ganz vergessen, dass sie an diesem Abend ein Rendezvous hatte.

»Haben wir etwas Bestimmtes vor«, erkundigte sie sich.

»Sollen wir nicht einfach zu Hause bleiben? Ich habe dich diese Woche kaum gesehen.«

»Das tut mir leid. Ich war so beschäftigt mit …«

»Ich weiß.« Gethin nahm den Blick nicht von der Straße. »Deshalb dachte ich, es könnte doch schön sein, einfach ein wenig zusammenzusitzen und sich zu entspannen.«

Als sie nicht antwortete, fügte er besorgt hinzu: »Du wirkst erschöpft. Nach all der harten Arbeit. Du musst einfach mal die Füße hochlegen.«

»Oh.« Alice fühlte sich schuldig. »So müde bin ich nun auch wieder nicht. Wenn du gerne ausgehen möchtest – ein Kaffee auf die Schnelle würde mich schon wieder fit machen.«

»Wir müssen aber noch ein paar Folgen nachholen, die ich aufgenommen habe. Außerdem kann ich mir nichts Schöneres vorstellen, als einen ganzen Abend mit dir auf dem Sofa zu sitzen, eine Pizza und ein, zwei Flaschen Cider…«

»Und Fido«, sagte Alice.

»Und Fido.«

Als sie schließlich auf dem weichen Sofa saßen, Fido zwischen sich, eine Pizza im Ofen und sechs Folgen von *Homeland* im Videorekorder, unternahm Alice eine bewusste Anstrengung, nicht unentwegt daran zu denken, was im Hotel geschah, sondern den Abend einfach zu genießen. Geborgen, gemütlich, ruhig.

Gethin hatte soeben die erste Folge gestartet, als das Telefon klingelte. Wie immer sprang er sofort auf und ging dran. Alice gab Fido ein paar Pringles, aber Gethin war zurück, bevor sie die »Pfötchen«-Nummer ein zweites Mal spielen konnte.

»Wer war das?«, fragte sie.

»Ach, niemand.« Gethin setzte sich wieder und legte ihr den Arm um die Schulter.

»Es wird doch wohl *irgendjemand* gewesen sein.« Alice hatte allerdings keine Ahnung, wer es gewesen sein könnte. Seit sie heimgekehrt war, hatte sie mit keinem seiner Arbeitskollegen gesprochen. Oder mit jemandem aus Gethins Familie. Er hatte gesagt, dass er seiner Mutter und seiner Schwester alles erzählt habe – nur eine verkürzte Version allerdings, da er der Meinung war, dass sie von ihrem Streit nichts wissen mussten –, aber sie hatten sie nicht angerufen oder eine Karte geschrieben, um ihr gute Besserung zu wünschen, oder sich sonst irgendwie gemeldet. Wenn man bedachte, wie mütterlich besorgt Margaret sie empfangen hatte, war das schon sonderbar, aber Gethin schien ohnehin nicht gerne über seine Familie zu sprechen.

Er schaute sie seltsam an. »Warum ist dir das so wichtig?«

»Weil ich dachte, dass Libby vielleicht anruft, um mir zu erzählen, wie es mit Tara läuft. Ich hatte ihr ein paar Lokale vorgeschlagen, in denen sie heute Abend mit Tara etwas essen könnte.«

Gethins Gesicht zuckte.

»*War* das Libby?«, fragte Alice.

Er wirkte verärgert. »Ja, in der Tat. Das war Libby.«

»Und sie wollte nicht mit mir sprechen?«

Er runzelte die Stirn und schaltete die Serie wieder an. »Wenn du es unbedingt wissen willst: Sie hat gefragt, ob du morgen kommen und aushelfen kannst, aber ich habe gesagt, wir hätten etwas vor.«

»Was?« Alice fuhr auf dem Sofa herum und schaute ihn an. »Warum?«

»Weil sie nicht erwarten kann, dass sie nur mit dem Finger schnipsen muss und du sofort springst.«

Überrascht sah Alice, dass er den Mund zu einer harten Linie zusammengepresst hatte und grimmig auf den Fernseher starrte. »Ich denke, du siehst Libby völlig falsch, Gethin. Dies ist ein großes Wochenende für sie. Es ist wichtig, dass Tara von dem Hotel beeindruckt ist, und im Moment sind doch nur sie, Luke und Margaret da. Natürlich möchte ich hingehen und ihr helfen, wenn sie mich braucht.«

»Luke?«

Sie gab sich Mühe, ihre Miene unter Kontrolle zu halten. »Ja. Falls es mit dem Gebäude Probleme gibt, kann er sich sofort darum kümmern.«

Gethin schaute ihr ein paar unbehagliche Sekunden lang in die Augen. Dann wandte er sich wieder dem Fernseher zu und stellte ihn lauter. »Und was ist, wenn *ich* dich brauche?«

»Aber du brauchst mich doch gar nicht.« Alice versuchte, nicht allzu empört zu klingen. »Hattest du nicht vor zehn Minuten gesagt, dass du hierbleiben willst, um im Haus ein paar Dinge zu erledigen? Es ist doch nur für dieses Wochenende.«

»Es gibt verschiedene Arten von Bedürfnissen.«

»Oh, Gethin, jetzt spiel doch bitte nicht dich und meine Arbeit gegeneinander aus.«

Allmählich verfestigten sich Alice' nagende Zweifel zur Gewissheit. Ich kann unmöglich zu ihm zurückziehen, dachte sie. Wenn wir jetzt schon über meine Arbeit streiten, dann dürfte es auch damals Anlass zu permanentem Streit gewesen sein, wie viel ich im White Horse gearbeitet habe …

Ohne Vorwarnung stellte Gethin den Fernseher stumm und drehte sich um, das Gesicht schmerzverzerrt. »Sei ehrlich, ist das der Grund, warum du mich nicht mehr liebst?«

»Was? Nein!« Die Antwort war ihr spontan herausgerutscht.

»Bist du sicher? Du benimmst dich nämlich nicht so, als würdest du es tun.«

Seine Augen wirkten traurig, aber es lauerte auch ein beunruhigender Ärger darin, der in Alice alte Ängste auslöste. Das schlug ihr sofort auf den Magen. »Kannst du dir überhaupt vorstellen, was es bedeutet, wenn man den Menschen trifft, auf den man sein ganzes Leben lang gewartet hat, nur um dann festzustellen, dass er einen nach ein paar Wochen der Trennung anschaut, als kenne er einen nicht?«

»Ich ...«

»Tut mir leid, wenn das hart klingt, aber du brichst mir wirklich das Herz.« Gethin verzog das Gesicht, als würde er sich alle Mühe geben, seine Gefühle unter Kontrolle zu halten. »Ich habe alles getan, wieder und wieder, um dir zu helfen, aber mittlerweile habe ich das Gefühl, dass du dich gar nicht an mich erinnern *willst*.«

Wie hatte das so schnell gehen können, dass er nicht nur beleidigt, sondern regelrecht verzweifelt war? Alice geriet in Panik. Was hatte sie übersehen? Was hatte sie gesagt? »Bitte rede nicht so.«

Gethin war sichtlich aufgebracht. »Du weißt, dass ich dich nicht schikaniere wie all die anderen Männer. Du musst mich nicht schlecht behandeln, um irgendetwas zu beweisen. Ich bin nicht so. Du hast mal gesagt, dass du durch mich gelernt hättest, was wahre Liebe sei, und ich kann einfach nicht glauben, dass das einfach weg sein soll.«

Sie war das Problem. Nicht er. Alice krümmte sich innerlich. Sie wusste, dass sie in der Vergangenheit kein Engel gewesen war. Eine solche Person wollte sie nie wieder sein: einsam, blauäugig, von einer Enttäuschung in die nächste stolpernd. Gethin hatte sie davor bewahrt, so weiterzumachen. Nicht nur mit Worten. Es stand ihm ins Gesicht geschrieben: Er liebte sie, und sie hatte ihn geliebt.

»Ich will gar nicht behaupten, dass ich dich befreit hätte. Wir haben uns *gegenseitig* befreit«, fuhr er fort. »Ich war in einer schlimmen Phase, als wir uns begegnet sind, der schlimmsten meines Lebens bislang. Ich hatte Panikattacken, ich habe Antidepressiva genommen ... bis du kamst. Ich wüsste nicht, wo ich heute wäre, wenn ich dir nicht begegnet wäre. Ernsthaft.«

»Sag das nicht.« Ihre Stimme war nur noch ein Flüstern.

Gethin griff nach ihren steifen Händen, und Alice überließ sie ihm. Das war einfacher, als zu überlegen, was sie darauf erwidern sollte. »Es fällt mir nicht leicht, dir solche Dinge zu erzählen, weil es nichts mit der Person zu tun hat, die ich jetzt bin. Du sollst schließlich nicht denken, ich sei ein dahergelaufener Spinner. Andererseits musst du das wissen, um zu begreifen, wie sehr unsere Beziehung uns beide verändert hat. Und weißt du auch, warum? Weil wir füreinander bestimmt sind. Ohne dich wäre das Leben ... Nun, ich würde niemals wieder dorthin zurückwollen, wo ich herkam. Ich könnte es gar nicht.«

»So *darfst* du nicht reden.« Alice bemühte sich um einen unbeschwerten Tonfall, aber Gethin starrte sie weiterhin an, als müsse er sich mühsam beherrschen, nicht etwas ganz Schreckliches zu sagen – etwas, von dem er unbedingt wollte, dass sie sich daran erinnerte.

Die Stille zog sich hin, und Alice wurde eiskalt. Es fühlte sich an, als würde er sein Leben in ihre Hände legen. Diese Verantwortung hatte etwas Lähmendes.

In ihrer Panik saß sie wie erstarrt da, bis schließlich ein unbeschwertes, vertrautes Lächeln in seine Augen trat. »Jetzt aber genug davon. Wir sollten nicht an einem Freitagabend über so trauriges Zeug sprechen! Das ist nicht der Grund, warum du zu mir zurückgezogen bist, nicht wahr?«

Alice wollte sagen: »Ich bin nicht zu dir zurückgezogen«, brachte aber keinen Ton heraus. Nicht wenn er sie so anschaute. Und als sie schwieg, veränderte sich seine Miene ein wenig, als habe er einen kleinen, aber wichtigen Sieg davongetragen, wegen dem er jetzt keinen großen Aufstand machen wolle.

»Soll ich dir noch etwas zu trinken holen?«, fragte er, als er ihr leeres Glas sah. »Das mach ich besser jetzt, während der Film noch auf Pause steht. Dann kann ich auch gleich nach der Pizza schauen.«

»Mhm, ja bitte«, sagte Alice. »Ich geh nur schnell ... zum Klo. Fang nicht ohne mich an.«

Er grinste, und als sie aufstand, zitterten ihre Beine.

Alice schloss sich oben im Bad ein und rief von ihrem Handy im Swan an. Als sie Libbys vertraute Stimme hörte, überkam sie ein Gefühl der Sicherheit.

»Libby, ich bin's, Alice.«

»Oh.« Libby schien überrascht, ihre Stimme zu hören. »Es tut mir so leid, dass ich vorhin angerufen habe! Gethin klang so, als hätte ich euch mittendrin unterbrochen ... du weißt schon. Im Bett, meine ich. Entschuldigung!«

Alice wurde schon bei dem Gedanken blass. »O Gott, nein! Wir haben nur *Homeland* geschaut. Tut mir leid wegen morgen. Ich kann gerne kommen, wenn ...«

»Mach dir keine Sorgen. Es ist ja nicht so, dass wir wahnsinnig viel zu tun hätten. Eigentlich wollte ich nur deinen Rat hören.« Libby seufzte. »Und bevor du es jetzt anbietest, ich werde dich nicht aus deinem romantischen Rendezvous reißen.«

Je länger Libby redete, desto stärker war eine gewisse Anspannung in ihrer Stimme zu hören.

»Was ist denn passiert? Ist es wegen Tara? Sie schien eigentlich ziemlich zufrieden, als ich gefahren bin.«

»Ich weiß nicht, was du ihr erzählt hast, aber es hat Wunder gewirkt. Sie nimmt gerade ein Bad. Und heute Abend gehe ich mit ihr in das neue Burgerrestaurant in der Stadt.« Libby klang matt und erschöpft. »Es ist nur ... Ich hatte heute Morgen schon wieder einen Streit mit Margaret, Luke ist abgereist, und ich muss mit Jason sprechen. Er geht nicht an sein Handy.«

»Dann schreib ihm eine SMS. Das Leben ist so kurz – man könnte von einem Auto angefahren werden und sein Gedächtnis verlieren. Regel, was es zu regeln gibt.« Alice spitzte die Ohren – kam Gethin die Treppe hoch?

»Soll ich das wirklich tun, obwohl er sich weigert, mit mir zu reden?«

»Er ist stolz, Libby. Ihm ist schon klar, dass er Mist gebaut und dich mit hineingezogen hat. Teil ihm einfach mit, dass du gerne mit ihm sprechen würdest. Und mach reinen Tisch mit Margaret.« Alice sprach viel zu schnell, um alles Nötige zu sagen, bevor Gethin sie hören würde. »Sie ist auch unglücklich. Und stolz. Man sieht, wessen Sohn Jason ist.«

»Ist alles in Ordnung? Du klingst so ... hektisch.«

»Mir geht es gut.«

Gethin rief von unten hoch. »Alice? Alice, kommst du gleich? Die Pizza ist fertig!«

»Wirklich? Du klingst aber nicht so.«

Alice erblickte sich im Badezimmerspiegel. Dieses nervöse, blasse Wesen schien nicht sie selbst zu sein.

Warum um alles in der Welt telefoniere ich heimlich mit meiner Freundin und mache mir Sorgen, was Gethin denken könnte?, fragte sie sich. Wer bin ich eigentlich? Wer *war* ich?

Was werde ich tun?

»Alice?« Libby sprach zur selben Zeit, als Gethin von unten wieder nach ihr rief.

Das Gefühl, unter Zeitdruck zu stehen, nagte an Alice. Sie wollte sich eine entschiedene, zuversichtliche Antwort auf ihre Frage geben, aber ihr Verstand befand sich in einem Zustand der Verwirrung, in dem er sich am Nachmittag beim Aufbruch vom Swan Hotel noch nicht befunden hatte.

»Ich muss Schluss machen. Wir sehen uns am Montag«, brachte sie noch heraus, bevor sie auflegte.

Libby stand im Büro, starrte auf das Telefon und fragte sich, ob sich Alice nicht doch aus dem Bett fortgeschlichen hatte, um sie anzurufen. Sie hatte äußerst merkwürdig geklungen.

Aber Alice hatte recht. Das Leben war zu kurz, um darauf zu warten, dass Jason den ersten Schritt unternahm. Das könnte Monate dauern, und Libby hatte keine Lust mehr auf diese Spielchen. Nach allem, was Luke am Nachmittag über ihre Kindheit erzählt hatte, bekam Jasons Unfähigkeit, sich mit seinen Fehlern auseinanderzusetzen, einen traurigen Sinn. Kein Wunder, dass er nicht damit umgehen konnte, wenn Menschen den an sie gerichteten Erwartungen nicht gerecht wurden, schließlich hatte ihn Margarets Unfehlbarkeitsunterstellung unbewusst geprägt. Das musste für ihn fast so schrecklich sein wie für Luke Margarets unberechtigte Angst vor seiner möglichen, erblich bedingten Verwerflichkeit.

Bevor sie es sich anders überlegen konnte, schrieb sie: Ich würde dich gerne sehen – wir sollten über die Sache sprechen. Lass uns Sonntag zum Mittagessen treffen, und drückte auf »senden«.

Fünf Minuten lang starrte sie auf das Handy, aber es kam nichts. Sie räumte das Büro auf. Nichts. Vier Stunden später, nachdem sie Tara Brady zum Essen ausgeführt, ihr dann das Bett gemacht, Mitzi einen Gute-Nacht-Keks gegeben und sich schließlich selbst ins Bett gelegt hatte, antwortete Jason endlich: Ok. Treffen auf halbem Weg. Tisch reserviere ich.

Libby wollte gerade zurückschreiben: Warum nicht im Hotel?, als sie merkte, dass es ihr egal war. Sie wollte ihn einfach nur sehen.

Es war drei Wochen her, dass Jason, ohne sich noch einmal umzudrehen, aus dem Swan marschiert und verschwunden war. Als Libby zu dem Pub fuhr, wo er einen Tisch reserviert hatte, irgendwo zwischen Longhampton und London, quälte sie sich mit der Frage, was er in London wohl tat, während sie sich für das Hotel abstrampelte. Ging er jeden Abend aus? Ließ er sich mit Steve volllaufen? Flirtete er mit Frauen, die ihm nicht mit Steuerbelegen auf den Pelz rückten?

Als er aber die Bar des Wheatsheaf betrat, brach es ihr das Herz – erst vor Erleichterung, ihn zu sehen, trotz allem. Und dann vor Sorge, weil er so schlecht aussah.

Jason schien um Jahre gealtert. Seine Cordjacke wirkte, als sei sie mindestens eine Nummer zu groß. Sein Haar hatte sämtliche Spannkraft und den gesunden Strubbellook verloren. Und seine Augen waren trauriger als die von Lord Bob – und schlaffer und blutunterlaufener. Libby musste dem Impuls widerstehen, ihn in die Arme zu nehmen und an sich zu drücken.

»Du hättest ins Swan kommen sollen.« Es gelang ihr nicht, ihre Sorge zu verhehlen, als er mit den Drinks von der Bar wiederkam. »Dann hätte ich dir ein anständiges Frühstück gemacht. Bekommst du bei Steve nicht genug zu essen?«

»Ich kann nicht gut schlafen.« Er rieb sich mit der Hand übers Kinn. Jason hatte immer darauf geachtet, sich regelmäßig zu rasieren, und sein Dreitagebart ließ alle Alarmglocken läuten. »Und essen kann ich auch nicht.«

»Ah, verstehe. Du führst wieder ein Junggesellenleben.« Das hatte ein Witz sein sollen, aber es war falsch herausgekommen, und Jason zuckte zusammen.

»Hör auf«, sagte er. Dass er sich nicht mit ihr streiten wollte, traf sie mehr, als es jeder bissige Kommentar getan hätte. Jason wirkte so elend, dass man ihn nicht erst fragen musste, ob ihm sein Verhalten leidtat – es stand ihm ins Gesicht geschrieben. Sie hatte Trotz erwartet und ein wenig von der alten Unterstellung, dass immer die anderen schuld waren, aber da war nichts, im Gegenteil.

»Warum wolltest du eigentlich nicht ins Hotel kommen?«

Libby merkte, dass sich ein munterer Optimismus in ihre Stimme schlich. Sie klang fast wie ihre Mutter, die den Launen ihres Vaters die Spitze nehmen wollte. »Es sieht gut aus. Wusstest du, dass die Journalistin dieses Wochenende da war? Ich glaube, es hat ihr gefallen. Jetzt können wir nur das Beste hoffen.«

»Ich weiß, ich habe die Website gesehen.« Jason rang sich ein Lächeln ab. »Das hast du großartig gemacht. Scheint so, als kämst du wunderbar ohne mich zurecht.«

»Ich habe es ja nicht allein gemacht. Es ist unglaublich, wie großzügig die Leute waren und wie sehr sie uns unterstützt haben.« Libby sagte das aus voller Überzeugung. In ihrer desolaten Verfassung hatte es sie manchmal zu Tränen gerührt, wenn Gina mit ihren spontanen Ideen aufgewartet und Lorcan geduldig Überstunden geschoben hatte. »Es ist überwältigend, wie sehr sich alle mit dem Hotel identifizieren. Wir hätten sie schon vor Monaten um Hilfe bitten sollen.«

»Und Mum? Hat sie schon die Böden geschrubbt und das Silber poliert?«

Libby holte tief Luft und stieß sie dann wieder aus. Wenn Jason nichts von Margarets Plänen wusste, hatten sie wenigstens nicht hinter ihrem Rücken vertrauliche Mutter-Sohn-Gespräche geführt. »Nicht wirklich, nein. Sie hat Freitag einen Immobilienmakler kommen lassen, weil sie das Hotel verkaufen will.«

»Machst du Witze?« Jason erstarrte, das Glas mit dem Biermischgetränk auf halbem Weg zum Mund. »Aber das Hotel ist doch ihr Leben. Es ist ihr und Dads Lebenswerk.«

»Jetzt nicht mehr, offenbar. Ich habe es ruiniert. Nur die Tatsache, dass du nicht da bist, hält sie davon ab, es auf den Markt zu werfen.« Libby wappnete sich. Sie musste die harten Dinge sagen. »Es ist weder für mich noch für Margaret hilfreich, dass wir nicht wissen, was du treibst.«

Er stellte sein Glas ab und ging gleich in die Verteidigung. »Oh, jetzt fang nicht damit …«

»Ich *muss* damit anfangen, Jason. Es gibt Menschen, denen ich eine klare Antwort geben muss. Ich muss die Reservierungen der Gäste entgegennehmen, Lieferanten bezahlen, Schichten einteilen. Ich muss wissen, was du tust. Ich weiß nicht einmal, ob du arbeitest. Hast du einen Job?«

»Ich rede mit vielen Leuten und strecke die Fühler aus. Alles nicht ganz einfach.« Die bewusste Vagheit irritierte Libby. Jason war nicht in der luxuriösen Situation, sich Gedanken darüber machen zu können, was genau das richtige Unternehmen oder der passende Job für ihn wäre.

»Sag mir einfach, was los ist. Ich freue mich über das Geld, das du schickst, aber ich mache mir auch Sorgen, Jason. Sorgen, dass du dich wieder in dieses …« Sie schaute ihn an und würgte an den Worten, die sie nicht aussprechen wollte.

Wie hatte es nur so weit kommen können? Von gemütlichen Wochenenden im Bett in einem Pariser Luxushotel zu diesem angespannten Gespräch in einem anonymen Pub, und das innerhalb von weniger als einem Jahr? Noch vor einem Monat hatten sie im Ferrari's auf ihren Neuanfang angestoßen, immer noch in der Lage, die Sätze des anderen zu vollenden und seine Gedanken zu lesen. Jetzt hatte Libby keine Ahnung mehr, was Jason dachte. Der blanke graue Trübsinn ließ ihn zu einem Fremden werden.

Die Vorstellung, dass sie in Zukunft ohne ihren goldenen, liebenswürdigen Jason auskommen musste, stand ihr plötzlich drastisch vor Augen und raubte ihr die Luft. Ihr Leben und sein Leben rollten in verschiedene Richtungen. Sie begegneten anderen Menschen. Die kurze Spanne glücklicher Jahre gehörte der Vergangenheit an.

Sie schauten sich an, erfüllt von der Kälte ihrer Gedanken, bis Jason schließlich das Wort ergriff.

»Es tut mir so leid, Libby. Ich habe total versagt.« Er wirkte verloren, als könne er es immer noch nicht fassen, was passiert war. »Das Einzige, was ich zu tun hatte, nämlich ein wenig Geld für uns zu verdienen … habe ich vermasselt.«

»Jeder vermasselt mal etwas. So ist das Leben.« Sie griff nach seinen Händen.

Jason schüttelte den Kopf. »Aber ich habe wirklich dumme Dinge getan. Das mit dem Geld für die Renovierung zum Beispiel.«

»Was ist damit?«

»Es war nie so viel, wie du dachtest, von Beginn an nicht. Nachdem wir die Kosten für den Anwalt und den Umzug und ein paar Rechnungen hier und ein paar Rechnungen dort bezahlt hatten … Der Betrag ist einfach kontinuierlich zusammengeschrumpft. Jedes Mal, wenn ich das Konto kontrolliert habe, waren es fünf Riesen weniger. Aber ich hatte dir diese Hotelidee nun einmal aufgeschwatzt. Es schien das Einzige zu sein, was dich noch aufrechterhalten hat, als wäre es eine Art Sicherheitsnetz. Daher konnte ich dir nichts sagen. Ich wollte ein paar schnelle Deals machen, um das Konto wieder aufzufüllen oder sogar zu verdoppeln, bevor du etwas merken würdest.« Er legte die Hand an die Stirn. »Aber ich habe es immer wieder aufgeschoben, und dann wurde ich nervös und habe ein paar Deals durcheinandergeworfen, und wenn man erst einmal aus dem Tritt ist …«

Jason zögerte. »Und dann die Sache mit Dad, weißt du. Ständig habe ich gedacht, das musst du Dad erzählen, bis mir wieder einfiel, dass er gar nicht mehr da ist … Und dass … Ich weiß nicht. Ich hätte es dir erzählen sollen. Aber ich konnte nicht. Du hattest dich so großartig verhalten in der ganzen Sache. Ich konnte dich nicht noch einmal enttäuschen.«

»Oh, Jase.« Libby fühlte, wie sich ihr Herz zusammenzog. Natürlich trauerte er auch um seinen Vater, das war viel wichtiger als das Geld. Warum hatte sie das nicht bemerkt? Warum hatte die panische Sorge um seinen Job sie blind werden lassen dafür, was Jason innerlich beschäftigte?

»Aber warum hast du nichts gesagt? Du weißt doch, dass ich nicht so viel Geld für Duschen ausgegeben hätte.« Libby rieb sich die Augen. Sie war erschöpft nach den aufreibenden letzten Wochen, in denen sie immer sehr spät ins Bett gegangen und sehr früh wieder aufgestanden war. Am Ende machte es keinen großen Unterschied. Das Hotel war trotzdem irgendwie zum Leben erwacht, mit deutlich mehr Charakter und sogar für deutlich weniger Geld. »Ich mache dich doch nicht verantwortlich dafür. Ich hätte mich eben auch darum kümmern sollen.«

»Warum?«, fragte er verbittert. »Es war doch mein Job, die Finanzen zu regeln.«

»Nun komm schon. Sonst haben wir die Arbeit doch auch nicht so strikt aufgeteilt. Sogar die Betten haben wir zusammen gemacht, erinnerst du dich? Wir haben beide den Müll rausgebracht. Es war nicht nur deine Aufgabe, dich um das Geld zu kümmern – ich hätte nachfragen sollen.«

»Spar dir deine Nettigkeiten«, sagte Jason. »Da fühle ich mich keinen Deut besser.«

»Ich lege es nicht darauf an, dass es dir besser geht. Ich möchte nur nicht, dass du in Selbstmitleid zerfließt. Dafür haben wir jetzt keine Zeit.«

Er drehte das Glas auf dem Bierdeckel herum. »Ich habe ständig Steves Haus vor Augen und denke: So etwas hatten wir auch mal. Und jetzt haben wir es nicht mehr ... dieses Leben. Ich habe es zerstört.«

»Ja und? Okay, das Haus war wirklich toll und auch die Urlaube und all das Geld, aber ...« Libby versuchte, seinen Blick aufzufangen. »Mein Herz hängt nicht an diesen Dingen, Jason. Markenklamotten waren einfach etwas, worüber man sich mit den Nachbarn unterhalten konnte. Wenn ich etwas vermisse, dann sind es vielleicht unsere Urlaube – mit dir zusammen andere Welten zu erkunden. Und vielleicht einen anständigen Gin. Und Taxifahren. Aber Handtäschchen vermisse ich ganz bestimmt nicht.«

Ein schnelles, trostloses Lächeln, mehr Zeichen dafür, dass er ihr Bemühen anerkannte, als dass er ihr glaubte. »Prost. Aber ich meinte eigentlich unsere Ehe. Ich habe sie zerstört.«

In seiner Larmoyanz erinnerte Jason sie jetzt durchaus an Margaret. Was für eine Ironie. Für Jason war es schwerer, aus so großer Höhe abzustürzen. Er hatte sich nie zuvor an den eigenen Haaren aus dem Sumpf ziehen müssen. Der Schock des Versagens war eine neue Erfahrung für ihn.

»Es hätte unsere Ehe zerstören *können*«, beharrte sie. »Wenn wir das Handtuch geworfen und es dabei belassen hätten. Aber das haben wir nicht, oder? Wir haben beschlossen, etwas anderes zu tun. Gemeinsam.« Sie schob ihre Hand über den Tisch und wünschte sich verzweifelt einen Zipfel von dem alten selbstgefälligen Jason zurück. So wehleidig hatte sie ihn noch nie erlebt, so voller Selbstzweifel. »Woher soll man wissen, wie stark eine Ehe ist, wenn sie nie auf die Probe gestellt wird? Unsere Ehe steht jetzt auf dem Prüfstand. Sie ist nicht kaputt, solange nicht einer von uns sie aufgibt.«

Sie hielt inne, weil sie merkte, wie weit sie gegangen war. So weit, dass sie nicht umhinkam, die nächste, unliebsame Frage zu stellen. »Solange ... *du* sie nicht aufgibst. Oder hast du das vor?«

Jason konnte sie nicht anschauen, und irgendwo in Libbys Brust kribbelte es. *Sag's nicht*, bat sie ihn stumm. *Bitte sag's nicht.*

»Ich weiß nicht mehr, was ich will«, sagte er leise. »Aber du hast etwas Besseres verdient.«

»Das würde ich lieber selbst beurteilen.«

Er ließ den Kopf hängen. »Ich bin nicht mehr der Mann, den du geheiratet hast.« Wenn Jason nicht so verzweifelt ausgesehen hätte, hätte Libby ihn gepackt und geschüttelt. »Ich erkenne mich selbst nicht wieder. Ich tue Dinge, von denen ich niemals gedacht hätte, dass ich sie je tun würde. Das ist verdammt seltsam. Und beängstigend.«

»Das glaube ich gern, aber so ist das Leben«, sagte sie. »Man weiß nicht, wer man ist, bis man diese Person sein muss. Ich habe Erin um einen Kredit gebeten. Ich habe mit dem Fliesenlieferanten einen Preisnachlass von fünfzig Prozent ausgehandelt. Ich habe sogar deiner Mutter die Meinung gegeigt.«

»Was?« Jason schaute überrascht auf.

»Nachdem sie am Freitag ihren großen Auftritt mit dem Immobilienmakler hatte.« Libby spürte, dass ihre Wangen prompt wieder erglühten. »Das konnte ich ihr einfach nicht durchgehen lassen. Seit du weg bist, führt sie sich unmöglich auf und macht mich für alles verantwortlich: Ich hätte dich vertrieben und sei überhaupt an der ganzen Misere schuld. Ich habe ihr nahegelegt, doch mal bei sich selbst anzufangen.«

Noch während Libby redete, packte sie das Schuldbewusstsein. Faktisch hatte sie auf eine Frau eingeprügelt, die immer noch versuchte, ohne den Mann ihres Lebens klarzukommen. Ich muss mich bei ihr entschuldigen, dachte sie, unbedingt. Gleichzeitig gab es aber auch eine Stimme in ihrem Kopf, die darauf beharrte, dass sie nur die Wahrheit gesagt hatte und dass es allmählich Zeit wurde, bestimmte Dinge auf den Tisch zu packen. Wie sollte diese dickköpfige Familie sonst je wieder auf einen grünen Zweig kommen? Das war wie mit der Feuchtigkeit und den Rissen in den Wänden der Hotelzimmer – man konnte sie nur reparieren, wenn man die alten Tapeten entfernte. Und Libby *wollte*, dass die Corcorans die Risse in ihrer Familie flickten. Sie wusste, dass Luke es auch wollte, und Margaret tief in ihrem Innern auch.

»O Gott.« Jason wirkte verblüfft. »Und was hat Mum gesagt?«

»Dass ich nicht das Recht hätte, so mit ihr zu sprechen, und dass ich das Hotel ruiniert hätte.« Libby biss sich auf die Lippe. »Ich werde mich natürlich bei ihr entschuldigen. Aber ich habe es genau so gemeint.«

Sie war sich nicht sicher, ob Jason für Margaret Partei ergreifen würde, aber er schwieg und stützte den Kopf in die Hände.

»Ich habe das Gefühl, als hätte ich sie auch im Stich gelassen.« Seine Stimme war gedämpft. »Und Dad auch.«

Seine Stimme brach, als er »Dad« sagte, und Libby hätte ihn unendlich gern in den Arm genommen.

»Du lässt sie nur im Stich, indem du jetzt wegläufst«, sagte sie. »Du bist ein Mensch. Du machst Fehler. Komm zurück. Mach deinen Fehler wieder gut. Das ist alles, was dein Dad von dir erwartet hätte. Und ich brauche dich. Wir brauchen dich alle, Jason.«

»Tut ihr das? Wirklich? Ihr habt alle so viel geleistet. Ich hingegen komme nicht einmal mit der Buchführung zurecht. Luke hat dir mehr geholfen als ich. Ich habe dir nur weitere Knüppel zwischen die Beine geworfen.«

Libby schloss die Augen und bemühte sich um eine ruhige, sachliche Stimme. »Soll ich dir sagen, was ich brauche?«, fragte sie. »Ich brauche einfach einen Mann, der sein Bestes gibt. Einen Mann, der die Person ist, die zu sein er vorgibt. Einen Mann, der sein Leben mit mir teilen will. Mehr verlange ich gar nicht. Du *bist* all diese Dinge, Jason. Hier geht es doch nicht nur um Geld. Außerdem habe ich versprochen, in guten und in schlechten Zeiten zu dir zu stehen, erinnerst du dich? Wir können das alles wieder einrenken, gemeinsam. Aber ich muss wissen, woran ich bei dir bin.«

Er ließ viel Zeit verstreichen. »Ich weiß nicht einmal, woran *ich* bei mir bin. Wer bin ich schon, wenn sich alles, was ich über mich gedacht habe, als Unsinn herausgestellt hat?«

»Oh, Jason, diese Frage kann ich dir nicht beantworten.« Allmählich verließ sie die Kraft. »Das musst du schon mit dir selbst ausmachen.«

Er antwortete nicht, und seine Schultern krümmten sich.

Ich könnte noch drei Stunden auf ihn einreden und ihm erklären, wie sehr ich ihn liebe und dass ich an ihn glaube, dachte Libby unglücklich. Das wird aber nicht den geringsten Unterschied machen. Er schwebt in anderen Gefilden, und ich kann nichts mehr tun, als zu gehen.

Tief im Innern spürte sie, wie sie von ihrer Trauer entzweigerissen wurde. Sie schob den Stuhl zurück. »Ich habe ein paar Anziehsachen für dich im Wagen. Falls du sie brauchen solltest. Anzüge und so.«

»Du gehst schon?« Er wirkte schockiert. »Geh noch nicht.«

»Ich möchte auch nicht gehen.« Libby musterte sein stoppeliges, müdes Gesicht. »Aber ich habe noch so viel zu tun bis zur Wiedereröffnung.« Für wen tu ich das eigentlich?, fragte sie sich. Für ihn? Für seine Mutter? Für mich? Für die Bank?

Sie hatte sich so sehr darauf konzentriert, die Renovierung abzuschließen und Taras Besuch hinter sich zu bringen, dass sie nie darüber nachgedacht hatte, was danach kam. Plötzlich realisierte sie, dass sie das Hotel auch betreiben musste, und zwar allein. Wenn die erste Freude abgeklungen sein würde, erwartete sie ein schnöder, endloser

Alltag, vom Klingeln verschiedener Wecker, über die Herstellung von Spiegeleiern bis hin zur Prüfung der Konten. Ein knallharter Job, kein optimistisches Gemeinschaftsprojekt. Was wollte sie eigentlich? Zum ersten Mal fragte sich Libby, ob Margaret nicht recht hatte, wenn sie das Hotel verkaufen wollte. Es war nicht mehr Margarets und Donalds Hotel, und Jasons und ihr Hotel würde es vielleicht nie sein.

Falls sie es tatsächlich verkaufen und das verbleibende Geld unter sich aufteilen sollten, wohin würde sie dann gehen, um noch einmal von vorn anzufangen, ganz allein?

Die Panik schlug ihr auf den Magen, und sie bekam unvermittelt einen Eindruck davon, wie Alice sich gefühlt haben musste, als ihr Gedächtnis ausgelöscht worden war. Sie würde gezwungen sein, mit verbundenen Augen in eine stille, gestaltlose Zukunft zu gehen. Ohne Jason.

»Bitte«, sagte Jason.

Libby setzte sich wieder, vor allem wegen des Schocks, von einer solchen Welle der Traurigkeit überrollt zu werden. Als Jason erleichtert lächelte, zog sich ihr Herz zusammen.

»Wir werden eine Gartenparty feiern, zur Eröffnung der neuen Räume«, sagte sie. »Nächstes Wochenende. Das ist vielleicht genug Zeit, um deine Gedanken zu sortieren, oder? Schließlich hast du unter Termindruck immer am besten gearbeitet.«

Jason schaute sie an und presste die Lippen aufeinander. Er antwortete nicht, aber er sagte auch nicht Nein.

»Es geht um unsere Zukunft, Jason. Nicht nur um deine, sondern auch um meine. Wenn du mich liebst, wirst du zumindest einmal darüber nachdenken.« Libby zwang sich zu einem Lächeln, ein letzter verzweifelter Versuch. »Darf ich Margaret sagen, dass du zur Party zurückkommst?«

Er holte tief Luft, und sie suchte in seinem Gesicht nach

den Zügen des Mannes, in den sie sich quer durch einen Zugwaggon hinweg verliebt hatte. Der goldene Glanz seines Selbstbewusstseins, das die grauen Anzugträger mit ihrem Kaffeeatem überstrahlt hatte. Die zarte Haut, die sie insgeheim so gerne berührt hätte. Das Lächeln.

»Du weißt, dass ich dich liebe, Libby«, sagte er. Ihre Frage beantwortete das nicht.

Kapitel neunundzwanzig

Als Libby am Sonntagnachmittag um fünf zum Hotel zurückkehrte, war die Rezeption wie ausgestorben. Obwohl sie wunderschön aussah, seit der grüne Tartanteppich nicht mehr mit knallroten Wänden konkurrierte und der frisch gesandstrahlte Steinkamin bereits einen Vorgeschmack auf winterliche Freuden bot, konnte sich Libby nicht so begeistern, wie es der Raum verdiente.

Alles, was Libby durch den Kopf ging, war die Frage, ob sie und Jason zusammen hier sein und das Feuer im Kamin prasseln sehen würden. Sie hatte nicht die geringste Vorstellung, was er tun würde. Das war es, was sie am meisten schmerzte: diesen Fremden zu sehen, der sie über den Tisch im Pub hinweg anschaute, und nicht zu wissen, was er dachte. Ihm nicht helfen zu können.

Libby betrachtete ihr verschwommenes Spiegelbild in dem auf Hochglanz polierten Rezeptionstresen und litt. Und überließ sich diesem Leiden. Sie hatte keine Worte mehr, um zu beschreiben, wie sie sich fühlte, wenn die Traurigkeit ihren ganzen Körper bleischwer werden ließ.

Los, beweg dich, beweg dich, sagte sie sich und ging in Richtung Büro. Da war die Anzeige, die sie am Morgen in die Lokalzeitung setzen musste, um den Tag der offenen Tür am nächsten Wochenende anzukündigen. E-Mails mussten herausgeschickt werden, die Website musste aktualisiert werden, die wunderschönen Fotos von Ginas Ehemann Nick mussten eingesetzt werden, rechts, links und in der Mitte, damit alle sehen konnten, was für eine wundersame Verwandlung das Hotel erfahren hatte.

Außerdem musste sie sich bei Margaret entschuldigen.

Das war nichts, worauf Libby sich sonderlich freute, aber ihr war klar, dass kein Weg daran vorbeiführte. Sie war ziemlich gemein gewesen. Das war eigentlich nicht ihre Art, egal was für Felsbrocken das Leben ihr in den Weg warf.

Ihr Blick fiel auf Jasons Kaschmirpullover. Sie hatte ihn Jason vor ein paar Jahren zu Weihnachten geschenkt, als er angefangen hatte, Golf zu spielen. Libby nahm ihn in die Hand und musste daran denken, wie sie über diesen lächerlichen Club gelacht hatten, aus dem er schon im Februar wieder ausgetreten war. Da sie allein war, ließ sie sich auf einen Stuhl sinken, legte ihre Beine auf den Schreibtisch und bohrte die Nase in das weiche Gewebe. Gierig sog sie Jasons vertrauten Geruch ein, und schon sah sie sich in ihr luftiges Wohnzimmer zurückversetzt, in ihr altes Bett, in eine ganze Welt von Erinnerungen, die zu verlieren sie einfach nicht ertragen könnte.

Libby hörte, wie sich die Bürotür öffnete und über den Florteppich schleifte, aber sie machte sich nicht die Mühe, sich umzudrehen. Das war unverkennbar Lord Bob, der sich auf einer seiner verstohlenen Keksraubtouren befand. So verstohlen, wie es einem dreißig Kilo schweren Basset eben möglich war.

»Bob, ich bin nicht in der richtigen Stimmung dafür«, murmelte Libby. »Geh und nerv Margaret, wenn du Kekse willst.«

Es folgte ein Husten, das nicht sehr nach Basset klang, und Libby wäre fast vom Stuhl gefallen.

»Elizabeth, hast du einen Moment Zeit für mich?« Es war Margaret, die das Kinn reckte. Vor ihrem Einzug hatte Libby sie nie so erlebt, aber jetzt kannte sie diesen trotzigen Ausdruck nur allzu gut.

O Gott, dachte sie. Entweder geht es um meine Standpauke oder sie will eine ihrer famosen Entschuldigungen loswerden, die eigentlich gar keine sind. Oder Jason hat sie angerufen.

»Natürlich habe ich Zeit. Komm herein«, sagte sie und fühlte sich unbehaglich, weil sie Margaret in ihr eigenes Büro bat.

Margaret trat ein und setzte sich auf denselben Stuhl, auf dem Luke ein paar Tage zuvor gesessen hatte. Sie hockte auch auf dieselbe ängstliche Weise auf der Stuhlkante. Libby versuchte zu verdrängen, was Luke ihr erzählt hatte, aber es war unmöglich, in ihrem Gesicht nicht nach Spuren dieser Geschichte zu suchen. Die junge, hübsche, temperamentvolle Margaret schien eine ganz andere Person zu sein als die verkrampfte, verwelkte und einsame Margaret, die jetzt vor ihr saß. Andererseits war diese Margaret hier auch eine ganz andere Person als die rundwangige, großzügige, freundliche Pedantin, die Libby, seit sie Jason kannte, jedes Jahr zu Weihnachten freundlich aufgenommen hatte. Die war nun auch fort.

Libby sprang auf. »Möchtest du einen Kaffee? Ich war gerade dabei, die Pläne ...«

Margaret hob die Hand, als wolle sie es einfach hinter sich bringen. »Ich wollte mich dafür entschuldigen, dass ich am Freitag dein Interview gestört habe«, sagte sie. »Das war ... unsensibel, und es tut mir leid. Ich hätte Rücksicht darauf nehmen sollen. Und ich hätte dir für all die Anstrengungen danken sollen, die du unternommen hast, um das Hotel wieder auf die Beine zu bringen.«

Nun hatte sie ihre Entschuldigung. Obwohl die Anspannung in Margarets Gesicht nicht ganz dazu passte.

»Eigentlich solltest du Alice danken«, sagte Libby. »Sie ist mit Tara spazieren gegangen und hat ihr erzählt, was für ein fantastisches Familienunternehmen das Hotel war. *Ist*, meine ich. Bei ihrer Abreise war Tara mehr oder weniger davon überzeugt, dass wir alle diesen Ort unendlich lieben.«

Margaret schaute konzentriert auf den Schreibtisch. Libby fragte sich müde, ob sie nach dem altmodischen Karteikasten suchte, der zwanzig Jahre dort gestanden und zu nichts anderem getaugt hatte, als seinen Tee darauf abzustellen.

»Bist du zu einem Entschluss gelangt, was den Verkauf betrifft?«, fragte Libby.

»Wie du schon sagtest, es ist nicht an mir, das zu entscheiden.« In Margarets Stimme schwang ein Märtyrertum mit, das Libby daran erinnerte, wie genüsslich Jason in seinem Elend geschwelgt hatte. Libbys Mitleid wurde auf eine harte Probe gestellt. »Ich werde hier nicht mehr gebraucht.«

»Margaret, das ist nicht wahr ...«

Sie schaute Libby an, und ihnen war beiden klar, dass Margaret recht hatte. Libby rang um die richtigen Worte, um zu sagen: *Hör auf, uns abzustrafen. Lass mich dir helfen*, aber sie war müde und, wenn sie ehrlich war, auch verletzt durch die fehlende Anerkennung. Sie wollte sich entschuldigen, war sich aber nicht sicher, was sie sagen konnte, ohne dass Margaret es in den falschen Hals bekommen würde.

Sie schauten sich an, und der einsame, verlorene Hirsch über dem Kaminsims bedachte sie mit einem unheilvollen Blick.

»Nun ... Ich habe gesagt, was ich sagen wollte. Damit lasse ich es bewenden. Du hast sicher viel zu tun.« Margaret erhob sich. Auf dem Weg hinaus ließ sie unbewusst ihre Hand auf der Stuhllehne an der Tür liegen, auf die Donald beim Eintreten immer seine Jacke gehängt hatte. Die mechanische Zärtlichkeit dieser Geste durchbohrte Libbys Herz.

Wie oft hatten Margaret und Donald in diesem Büro gesessen, zu beiden Seiten des Doppelschreibtischs, und sich ihren täglichen Pflichten gewidmet. Die Gäste kamen und gingen, aber die beiden hatten jeden Tag gemeinsam begonnen und beschlossen, hatten tausendmal Donalds perfektes Frühstück serviert und Tausende von Gutenachtküssen ausgetauscht. Nun hatten sich die Pflichten verändert. Donald war nicht mehr da, und Margaret war allein in einem Hotel, das nicht mehr das ihre war, vermisste seinen Geruch, seine Berührungen, die Tweedjacke, die er über den Stuhl geworfen hatte. Sie war nur noch ein Geist ihrer selbst.

Und Jason machte einen riesigen Aufstand, weil er mit fünfunddreißig seinen Job verloren hatte.

»Margaret«, rief sie. Als Margaret sich umdrehte, sah sie, dass Tränen in ihren blassblauen Augen standen. »Margaret, geh nicht.« Sie sprang auf und durchquerte in wenigen Schritten das Büro, die Arme ausgestreckt.

Margaret stand für einen Moment stocksteif da, zu stolz, um sich zu fügen, aber Libby ließ ihrer Schwiegermutter keine Wahl und drückte sie an ihre Brust, um nicht nur sie zu trösten, sondern auch sich selbst. Sie waren beide verloren, waren beide von Kummer zerfressen, weil etwas unendlich Vertrautes unversehens verschwunden war.

»Es tut mir so leid«, sagte sie, als Margarets Körper von stummen Schluchzern geschüttelt wurde. Sie war so viel kleiner, als Libby es in Erinnerung hatte, und ihre Knochen fühlten sich unter der Wolljacke scharf und zerbrechlich an. Das letzte Jahr hatte sie ausgezehrt. Libby schämte sich, dass sie sich nicht mehr Zeit genommen hatte, um sie besser zu verstehen, weil ihre eigenen Sorgen und Ängste sie für das Ausmaß von Margarets Unglück blind gemacht hatten. Wie klein sie war unter den Schichten ihrer tristen Kleidung, wie farblos.

Und dann schlossen sich Margarets Arme um Libby und

ihr Kopf legte sich an Libbys Schulter, die sie festhielt und hin und her wiegte.

So standen sie da und hielten sich in den Armen, in der Stille des Büros, die nur vom Ticken der Standuhr in der Ecke durchbrochen wurde. Libby fühlte sich müde und jung und alt, alles zugleich. Aber sie fühlte sich nicht mehr so allein wie vor einer halben Stunde, als sie das Büro betreten hatte.

»Es tut mir so leid, Elizabeth«, sagte Margaret schließlich. »Ich war dir überhaupt keine Hilfe. Eine dumme, alte Frau, die an allem etwas zu meckern hat.«

»Nein, wir sind doch gekommen, um *dir* zu helfen«, sagte Libby. »Das war die Idee.« Sie hielt Margaret von sich fort, das reumütige Gesicht von Tränen überströmt. »Aber wir haben dir überhaupt nicht geholfen, nicht wahr? Nicht so, wie du es gebraucht hättest. Wir haben es nur noch schlimmer gemacht. Das tut mir leid.«

Margaret seufzte, setzte sich und zog ein kleines weißes Taschentuch aus dem Ärmel. »Du hast getan, was dir am Sinnvollsten erschien. Mein altes Leben konntest du mir ohnehin nicht zurückgeben.«

»Wir haben es versucht, das musst du uns glauben, Margaret. Egal wie unbeholfen wir uns angestellt haben, wir haben es wirklich versucht. Wir haben nur nicht … *konnten* nicht hinter die praktischen Anforderungen schauen. Uns ist aus dem Blick geraten, was das Hotel für dich bedeutet hat.«

»Nun, ihr hattet eure eigenen Probleme.« Sie schaute auf den Schreibtisch und wischte sich über die Augen. »Das war mir nicht klar, bis du mir das mit Jasons Job erzählt hast. Ich weiß nicht, ob ich zugelassen hätte, dass ihr so viel ins Hotel investiert, wenn ich das gewusst hätte.«

»Wir wollten es doch selbst. Und wir wollen es noch.«

Margaret erwiderte nichts, und Libby fragte sich, ob sie

wirklich begriff, was Jason getan hatte. Es war allerdings nicht ihre Aufgabe, sie darüber aufklären, was für Lügen Jason erzählt hatte. Würde sie ihr überhaupt glauben? Libby war das alles mittlerweile fast egal – für sie zählte nur noch, was Jason als *Nächstes* tun würde.

»Es tut mir so leid um Donald«, sagte Libby leise. »Ich habe mir so oft gewünscht, er wäre hier, um ihn um Rat fragen zu können. Oder mir einfach von ihm sagen zu lassen, dass ich mir nicht so große Sorgen wegen etwas machen soll, weil es so wichtig nun auch wieder nicht sei. Ich kann mir kaum vorstellen, wie sehr du ihn vermissen musst.«

Margaret schaute mit einem traurigen Lächeln auf den Aktenschrank, als würde dort ein Schmalfilm der Sonntagnachmittage so vieler vergangener Jahre projiziert. »Es ist seltsam, aber die alltäglichen Verrichtungen kann ich problemlos allein bewältigen, das habe ich immer getan«, sagte sie. »Was ich vermisse, ist, jemanden zu haben, mit dem ich im Garten stehen und reden kann. Jemanden, der es merkt, wenn ich beim Friseur war.« Sie schaute Libby an. »Jemanden, der mir sagt, wenn ich mich wie eine lächerliche alte Schachtel benehme. Wie an diesem Wochenende.«

»Du bist doch keine …«

Margaret fixierte sie mit ihrem alten scharfen Blick. »Donald hätte mich beiseitegenommen und gefragt, was der *eigentliche* Grund für meine Wut sei. Was mich störe, obwohl ich so täte, als sei es mir egal, während ich wegen dummer Dinge wie diesem Makler so einen Aufstand probe.«

»Und was *ist* dieser eigentliche Grund?« Libby machte sich auf die Erklärung gefasst, dass Margaret endlich Enkelkinder wolle oder Libby mehr Verständnis für Jasons finanzielles Debakel hätte zeigen sollen.

Die Melancholie in Margarets Antwort überraschte sie. »Wenn ich dich hinter dem Rezeptionstresen sehe, ist es, als sei ich nie hier gewesen. Du hast eine so natürliche Begabung dafür und hast diesem Hotel sofort deinen Stempel aufgeprägt – was nur recht und billig ist, da ihr euer Geld reingesteckt und die Sache ins Rollen gebracht habt ... Nein, lass mich ausreden ... Aber wo bleibe ich bei der Sache? Ich bin keine Ehefrau mehr. Ich bin keine Mutter mehr, da meine Jungen jetzt erwachsen sind. Ich dachte, ich könnte Großmutter werden. Das würde mir etwas zu tun geben, aber ... da tut sich nichts.« Sie wirkte orientierungslos. »Und allmählich wird mir klar, dass Donald und ich das Hotel so heruntergewirtschaftet haben, dass du und Jason rund um die Uhr schuften müsst, um das Schlimmste zu verhindern.«

»Du hast doch damals dasselbe geleistet, noch dazu mit zwei kleinen Kindern ...«, begann Libby.

Margaret ging sofort dazwischen. »Ich war müde, Elizabeth. Wenn ich ehrlich sein soll, war ich todmüde. Aber ich hatte keine Wahl. Du hast sie.«

Aus ihren Worten sprach dieselbe Selbstzerfleischung, in der sich Jason gefiel, aber Libby erkannte auch Margarets Stärke dahinter – das Bedürfnis, eine neue Rolle zu finden, selbst inmitten dieser verwirrenden Situation, in der sie alles verloren hatte.

»Margaret, du wirst immer Teil dieses Hotels sein, und du hast nie aufgehört, all diese Dinge zu sein«, stellte Libby klar. »Du bist immer noch eine Ehefrau – fünfunddreißig Jahre Ehe hören nicht einfach auf, nur weil Donald nicht mehr da ist.«

»Es ist sehr lieb von dir, das zu sagen.«

»Aber es stimmt doch. Donald ist hier, überall. Nimm den Teppich in der Rezeption zum Beispiel – immer wenn ich ein Black-Tartan-Muster sehe, muss ich an ihn denken.«

Margaret rang sich ein Lächeln ab.

»Und schau dir an, wie viel Unterstützung wir in den letzten Wochen hatten. Das hat nichts mit mir zu tun«, fuhr sie fort. »Das verdanken wir ausschließlich dir. Deiner Stellung in der Bürgerschaft. Wenn sich die Menschen nicht für dich interessieren würden und nicht alles dafür tun würden, um dein Unternehmen durchzubringen, hätten sie keinen Finger gerührt. Donald war natürlich sehr wichtig für die Stadt, aber du bist es auch, Margaret.«

Während Libby redete, wurde sie von frischer Energie durchdrungen. Nicht nur, dass sie recht hatte – es ging ihr auch gleich besser damit, es laut auszusprechen, etwas Glückliches, Ehrliches und Positives zu vermitteln und festzustellen, dass Margaret die Anerkennung mit Dankbarkeit erfüllte.

»Für dich beginnt ein neues Kapitel, jetzt, wo ich Spiegeleier braten kann«, fuhr sie fort. »Du kannst gut organisieren, kennst tausend Leute und bist eine wunderbare Gastgeberin – all diese Eigenschaften stecken immer noch in dir. Die Stadt ist deine Austernschale.«

»Mag sein ...«

»Und du wirst auch nie aufhören, Mutter zu sein.« Libby hielt inne, weil sie nicht wusste, ob sie Margaret von ihrem Treffen mit Jason und ihrer Verzweiflung über ihn erzählen sollte. Sie wollte nicht, dass ihre vorsichtige Wiederannäherung durch einen Streit über Prinz Jason gefährdet wurde.

»Ich weiß nicht.« Margarets Gesicht verdüsterte sich wieder. »Ich habe mein Bestes getan, aber ...«

»Luke und Jason werden dich immer brauchen. Sie vermissen ihren Dad, deshalb möchten sie dich gerne unterstützen. Das hat nichts damit zu tun, dass sie dir nichts zutrauen oder dich für hilfsbedürftig halten – sie wollen einfach tun, was er getan hätte. Jason *und* Luke.«

»Ich liebe sie ja auch«, sagte sie. »Meine kleinen Jungen.«

Ihre Blicke trafen sich, und Libby fragte sich, ob Margaret

es wohl schaffen würde, Luke ihr Herz zu öffnen und ihre Augen, was Jason betraf, der schließlich nicht nur Vorzüge hatte. Donald musste es ihr auf seine sanfte Weise nahegelegt haben, aber solange sie nicht selbst einsah, dass keiner ihrer Söhne nur gut oder nur schlecht war, würden sie die Teenager bleiben, die sie in vielerlei Hinsicht immer noch waren.

Eigentlich müsste Margaret zunächst sich selbst verzeihen, dachte Libby. Ihre Selbstwahrnehmung war schuld daran, dass Luke an seiner Fähigkeit zweifelte, lieben zu können und zu einer Frau zu stehen, während Jason panische Angst davor hatte, seine Frau im Stich zu lassen. Margaret hatte ihre eigenen Ängste auf die beiden projiziert.

»Es sind gute Jungs, und sie lieben dich beide«, sagte Libby. »Gleichermaßen.«

»Ich weiß. Vielleicht kann ich es nicht zeigen, aber ich tu es auch. Ich liebe sie beide.« Eine lange Pause entstand. »Und dich auch.« Sie hielt Libby die Hand hin. »Die letzten Wochen waren entsetzlich. Dieses Gefühl, dass ich dich verlieren könnte, die Tochter, die ich mir immer gewünscht habe.«

»Oh, Margaret.« Libby traten heiße Tränen in die Augen. Damit hatte sie nicht gerechnet.

Margaret nickte. »Die Leute behaupten, dass keine Frau gut genug sein kann für den Sohn einer Mutter, aber ich hätte mir keine bessere Schwiegertochter wünschen können, Elizabeth. Du bist so freundlich und geduldig, und du hast zu Jason gehalten, als er …«

Libby hielt die Luft an.

Margaret schien sich zu wappnen. »Nachdem er dich so im Stich gelassen hat. Mir ist immerzu durch den Kopf gegangen, was du mir erzählt hast. Es war dumm von mir, es einfach abzutun. Und selbstsüchtig. Ich liebe Jason sehr, vermutlich weil ich so viel von seinem Vater in ihm sehe. Und es fällt mir nicht leicht, seine schlechten Eigenschaften wahrzunehmen, aber ... Dass er mich nicht anruft, ist jedenfalls ziemlich armselig. Ich bin enttäuscht von ihm, dabei hätte ich im Leben nicht geglaubt, dass ich so etwas mal sagen würde.«

»Ich habe ihn heute gesehen«, sagte Libby, weil sie es nicht mehr aushielt. »Ich habe mich in der Nähe von Oxford mit ihm getroffen, um mit ihm zu reden.«

Margarets Gesicht leuchtete auf. »Ja? Wie geht es ihm? Ist alles in Ordnung bei ihm?«

»Es geht ihm gut, aber ...« Nein, es ging ihm nicht gut. Keine Ausflüchte mehr. Libby fing noch einmal an. »Jason hat sich nie damit auseinandersetzen müssen, dass auch er scheitern kann. Für ihn ist das nichts, was zum Leben nun einmal dazugehört, sondern ein persönlicher Makel. Er hat uns im Stich gelassen. Er hat sich selbst im Stich gelassen. Er ist nicht das unfehlbare Wesen, für das er sich Zeit seines Lebens immer halten musste. Er denkt, er hat unsere Liebe nicht verdient, wenn er nicht perfekt ist.« Libby machte eine kleine Pause, damit Margaret das verdauen konnte. Die erwiderte nichts.

»Dies ist ein Wendepunkt für ihn«, fuhr Libby fort. »Wenn er sich jetzt aufrafft und noch einmal von vorn beginnt, steht ihm die Welt offen. Wenn er weiterhin glaubt, dass seine Identität daran hängt, immer perfekt zu sein, haben wir alle ein Problem.«

»Du denkst, es ist mein Fehler?« Margaret schien sich verteidigen zu wollen, aber Libby wollte ihr gar keine Vorwürfe machen.

»Ich denke, du bist die einzige Person, die ihm nahelegen kann, dass er ohne irgendwelche Vorbedingungen geliebt wird«, sagte sie. »Auch wenn es an Jason ist, sich klarzumachen, was auf dem Spiel steht, und sich endlich einen Tritt zu geben.«

Das wäre die wichtigste Aufgabe, die im Moment zu tun wäre, hätte sie am liebsten gesagt. Aber vielleicht wollte Margaret das gar nicht leisten. Immerhin würde sie damit zugeben, dass sie Jason gegenüber genauso versagt hatte wie bei Luke.

»Ich liebe ihn«, sagte Libby. »Mehr als alles in der Welt. Aber du bist seine Mutter.«

Sie saßen in dem stillen Büro, umgeben von Bildern, Aktenschränken und Erinnerungsstücken längst vergessener Gäste. Es war der letzte Raum, den Libby noch zu renovieren gedachte, und obwohl er wesentlich sauberer war als zu Donalds Zeiten, hatte er noch die größte Ähnlichkeit mit dem alten Hotel.

»Und was ist mit dir?« Margaret schaute sie über den Schreibtisch hinweg an, viel wacher als in der gesamten letzten Zeit. Plötzlich sahen sie sich beide mit anderen Augen. »Was ist, wenn Jason nicht zurückkommt?«

Die Frage war absolut offen gestellt, und Libby hörte verschiedene Färbungen heraus. Bleiben? Gehen? Scheidung? Das Hotel mit Margaret führen?

Libby wusste die Antwort nicht. »Lass uns abwarten«, sagte sie mit einem tapferen Lächeln.

Margarets Lächeln, mit dem sie es erwiderte, war traurig, aber nicht so resigniert, wie Libby befürchtet hatte.

Kapitel dreißig

Die Woche zwischen Tara Bradys Besuch und dem Tag der Wiedereröffnung des Swan verging schneller als sämtliche Wochen, die Alice bislang im Hotel verbracht hatte. Von dem Moment an, wenn sie morgens kam, bis zu dem, an dem sie abends wieder ging, war sie unentwegt beschäftigt. Sie musste die Eröffnungsfeier organisieren und Buchungen für die neuen Zimmer entgegennehmen, da die Website allmählich auf Interesse stieß. Jedes Telefonat dauerte Ewigkeiten, weil es sich Alice nicht verkneifen konnte, jede Option bis ins kleinste Detail zu beschreiben, damit die Gäste auch das perfekte Zimmer buchten.

»Zimmer acht könnte Ihnen gefallen«, sagte sie begeistert. »Es hat einen wunderschönen Blick auf den Garten. Zimmer drei hat allerdings die Regendusche und das edle Bad. Wenn Sie also ein romantisches Wochenende …«

Plötzlich war alles in greifbare Nähe gerückt. In der Lokalzeitung von Longhampton war eine halbseitige Anzeige erschienen, mit einem neuen Foto von der Rezeption neben einem alten von Doris, nebst Ankündigung eines zwanglosen offenen Tages, zu dem alle eingeladen waren, um sich das Swan Hotel in seinem neuen Gewand anzuschauen. Alice hatte außerdem ein paar gezielte E-Mails verschickt und die Website mit unterhaltsamen Neuigkeiten gespickt. Mittlerweile hatte ihr Job sogar eine richtige Bezeichnung: Chefrezeptionistin mit Zuständigkeit für soziale Medien (was übersetzt bedeutete, dass sie das Twitter-

Konto @LordBobOfficial's betreute). Obwohl nur sie und Libby im Büro waren – Margaret war für ein paar Tage zu ihrer Schwester gefahren, um »über alles nachzudenken« –, war die Stimmung nie hektisch oder panisch.

Alles in allem war Alice recht glücklich. Das einzige Problem war, dass Gethin es nicht war.

Selbst Libby gab trockene Kommentare dazu ab, dass Gethin neuerdings um Punkt fünf erschien, um Alice und Fido abzuholen – ein Kompromiss, den sie mit ihm ausgehandelt hatte, um weiter im Hotel arbeiten zu dürfen, obwohl sie ihm doch »versprochen« hatte, es nicht zu tun. Mittlerweile wirkte er schon beleidigt, wenn sie die Arbeit auch nur erwähnte, und er hatte sich auch beschwert, dass sie ihn nicht rechtzeitig vom Tag der offenen Tür in Kenntnis gesetzt hatte.

Gethins Leben war strikt durchgeplant, wie Alice aufgefallen war. Selbst ihre Supermarktbesuche standen schon im Wandplaner an der Küchenwand, und es war ihm ein Gräuel, wenn etwas in letzter Minute umgeworfen wurde.

»Kann es sein, dass du es ihm noch nicht erzählt hast?«, fragte Libby, als sie am Freitagnachmittag im Büro saßen und Flyer falteten, während eine sanfte Julibrise zum Fenster hereinwehte und den Duft der Rosen im Garten herbeitrug.

»Was denn?« Es gab so vieles, von dem sie Gethin noch nicht erzählt hatte: von den Zellen, die sich in ihrem Innern in ein Baby verwandelten; von ihrer Angst, dass sie nicht mehr die Person war, in die er sich verliebt hatte; von ihren wachsenden Zweifeln an ihm. Davon, dass ihre Gedanken ständig zu Luke wanderten. Sie hatte Lukes Nummer aus ihrem Handy löschen müssen, um der permanenten Versuchung, ihn anzurufen, nicht doch irgendwann nachzugeben.

Libby schaute sie an. »Alice, du *musst* es ihm sagen. Er wird es bald selbst merken. Und er muss es wissen.«

Sie atmete lange aus. »Tut mir leid. Es ist nur so schwer, es wirklich in den Kopf zu bekommen. Wenn ich hier bin, ist es, als würde ich in einer anderen Welt leben. In der Welt, in der ich vor dem Unfall gelebt habe.«

»Ich weiß nicht, ob ich das ganz verstehe.«

»Das ist auch schwer zu verstehen.« Alice gab sich Mühe, es in Worte zu fassen. »Es ist, als würde Gethin eine andere Version von mir kennen, und als würde ich so angestrengt versuchen, diese andere Person zu *sein*, dass ich einfach nicht vorankomme. Begreifst du, was ich meine? Ich bin ständig damit beschäftigt, mein eigenes Verhalten vorherzusagen.«

Libby schien überrascht. »Aber du bist doch, wer du warst. Warum solltest du so anders gewesen sein?«

Ich habe Gethin geliebt, dachte Alice und fuhr mit dem Nagel über einen Falz, damit der Flyer eine scharfe Kante bekam. Ich habe ihm diese Hilfe suchenden, rührseligen E-Mails geschrieben, die er mir immer unter die Nase hält. Heute erkenne ich mich darin nicht wieder. Aber ich habe sie geschrieben.

»Vielleicht macht die Liebe einen anderen Menschen aus uns. Und wenn sie dann nachlässt ...«

Die Worte hingen in der Luft, und Alice hoffte, sie habe nichts Falsches gesagt. Jason war immer noch spurlos verschwunden. Libby hatte auch nichts verlauten lassen, ob er nun zur Wiedereröffnung kam oder nicht. Sie wünschte, sie könnte irgendetwas tun, aber da Libby immer dieses entschlossene, muntere Gesicht zur Schau stellte, wollte sie auch nicht nachfragen.

»Du willst es aber bekommen, oder?«, fragte Libby. »Das Baby?«

Alice nickte. »So bin ich in mein neues Leben gestartet.

Ich habe einfach das Gefühl, dass es seine Richtigkeit hat. Er oder sie ist jetzt bei mir.«

»Obwohl du nicht weißt, ob du Gethin willst oder nicht?« Libby runzelte die Stirn. »Findest du das logisch? Oder sinnvoll? Du wirst immer an ihn gebunden sein.«

»Erklären kann ich das nicht. Ich weiß nur, dass es richtig ist.« Alice hatte sich geprüft, immer wieder und wieder, bis sie sich innerlich ganz matt und abgenutzt gefühlt hatte. Nur eine Gewissheit war geblieben: Sie wollte das Baby. Der Wunsch war in ihrem Kopf verankert, eine verlässliche Tatsache für ihre Zukunft.

»Dann musst du es ihm unbedingt sagen«, erklärte Libby entschieden.

Der Gedanke jagte Alice einen Schauder über den Rücken, und Libby zog eine Augenbraue hoch. »Was ist denn?«

»Ich glaube nicht, dass er es gut aufnehmen wird«, sagte Alice. »Er denkt ohnehin schon, ich verhalte mich seltsam, ganz anders als sonst. Seiner Meinung nach tu ich mich schwer damit, mich in mein altes Leben wieder einzufinden. Gethin ist sehr empfindlich«, fügte sie hinzu. »Ich … ich habe in seinem Schlafzimmer Antidepressiva gefunden. Er behauptet, er sei schon eine Weile davon los. Und ich möchte nicht, dass er meinetwegen wieder damit anfängt.«

Er hatte also nicht gelogen, als er ihr erzählt hatte, dass sie ihn aus der Depression »gerettet« habe. Alice fragte sich, was sie sonst noch alles über ihn herausfinden würde.

»Dann solltest du es ihm etappenweise beibringen.« Libby hatte mittlerweile zu ihrem freundlichen Kommandoton zurückgefunden. »Sag ihm, dass du hier einen neuen Job mit Schlüsselaufgaben hast, was ja auch stimmt, und dass du in der Woche hier übernachten musst.«

Die Erleichterung, mit der Alice auf diese Worte reagierte, überraschte Libby. »Das wird ihm zwar nicht gefallen …«

»Alice, eigentlich versuchst du, dich von ihm zu trennen, oder?« Libby schaute ihr in die Augen, und sie konnte es nicht leugnen. Und wieder war es eine riesige Erleichterung, dass Libby es wieder einmal auf den Punkt gebracht hatte.

»Gut. Sobald du das mit dem Auszug geregelt hast«, fuhr Libby fort, »erzählst du ihm in einer ruhigen Stunde von dem Baby und bringst deine Hoffnung zum Ausdruck, dass ihr einen Weg findet, wie ihr euch beide um das Kind kümmern könnt. Als gute Freunde.«

»Aus deinem Mund klingt das alles so einfach«, sagte Alice, die schon panische Angst vor Gethins Miene hatte, fassungslos und wütend. Wie sie ihm so etwas antun könne, würden seine großen Augen fragen, obwohl er doch alles für sie tue und seine eigenen Gefühle so oft hintanstellen müsse?

»Es ist doch auch einfach.« Libby ließ ihr Faltblatt sinken und schaute sie über den Schreibtisch hinweg an. »Es ist sehr traurig, dass du den Unfall hattest, aber dadurch hat sich eben etwas verändert. Man kann niemanden zwingen, einen zu lieben, nicht, wenn da nichts ist. Wenn dein Gedächtnis zurückkehrt und dir wieder einfällt, dass Gethin die Liebe deines Lebens ist, wunderbar. Aber wenn nicht … Selbst wenn du mit ihm verheiratet wärst, könntest du ihn verlassen. Zusammenzubleiben ist sinnlos, wenn einer von beiden es nicht möchte.«

Alice lächelte traurig. »Ich werde es ihm nach dem Tag der offenen Tür sagen.«

»Sag es ihm *am* Tag der offenen Tür«, erwiderte Libby. »Dann kannst du gleich hierbleiben. Er wird keine Szene machen, und wenn er in Tränen ausbricht, kann Margaret sich um ihn kümmern und ihm Tee und Kekse servieren. Sie mag Gethin, wie du weißt. Dann musst du nicht zu Hause den richtigen Moment abpassen oder dich mit unangenehmen logistischen Fragen herumschlagen.«

Alice hoffte, dass Libby recht hatte und es zu keiner Szene kam. Ihr schwante allerdings, dass es ganz so einfach nicht werden würde.

Freitagnacht tat Libby kein Auge zu. Sie schaute zu, wie das Morgenlicht an den Rändern der Vorhänge entlangkroch – die nicht so schön gesäumt waren wie die im Hotel –, und schaute ständig aufs Handy. Obwohl sie keinen Signalton gehört hatte, hoffte sie jedes Mal, dass vielleicht doch eine SMS von Jason eingetroffen sein könnte.

War aber nicht.

Sie blinzelte und zwang sich dazu, sich auf den Morgen zu konzentrieren, der vor ihr lag. Eine Menge Leute hatten ihr Kommen angekündigt, fast alle, die sie eingeladen hatten. Die meisten Kontakte waren über Margaret zustande gekommen, aber es war schön, auch die Namen ihrer eigenen neuen Freunde auf der Liste zu sehen, außerdem die von Erin und Pete, die extra aus London anreisten, um ihre ersten Ehrengäste in der Honeymoon-Suite zu sein. Obwohl sich manche Gäste auch für ein ruhigeres Wochenende entschieden hatten, waren viele Menschen neugierig, was sie aus dem Hotel gemacht hatten. Die Lokalzeitung kam, alles, was in Longhampton Rang und Namen hatte, viele Händler, die Gina mobilisiert hatte, sämtliche ehemaligen Mitarbeiter, Lorcan und seine gesamte Mannschaft ... Luke hatte angeboten, den Sekt zu »organisieren«, und Lorcans Frau, die einen Cateringservice hatte, bereitete ein paar Häppchen vor. Es sah aus, als würde es ein schöner Tag werden.

Nur eine Person fehlte. Jason.

Der Gedanke traf Libby direkt ins Herz.

Mittwoch hatte sie ihm noch eine SMS geschickt, um ihn an die Feier zu erinnern, aber er hatte nicht einmal geantwortet. Am Freitag hatte sie noch eine SMS geschrieben, aber gerade als sie auf »Senden« drücken wollte, war Margaret mit ausnehmend guter Laune und einer umwerfenden Frisur von ihrem Kurzurlaub zurückgekehrt und hatte Libby abgelenkt.

Libby musste lächeln, als sie daran dachte, wie Margaret mit ihrer neuen Frisur im Büro auf und ab marschiert war und mit bescheidenem Stolz ihre kürzeren, helleren Locken betastet hatte. Das war nur ein erster Schritt, aber Libby hoffte, dass Margaret allmählich aus den Schatten der Trauer wieder auftauchen würde, nicht als ihr altes Selbst, sondern als ein neues. Die erste äußerliche Verwandlung verdankte sich Jasons Tante Linda, die Margaret zu ihrem Friseur in Banbury mitgenommen und ihr die neue Frisur zur Wiedereröffnung spendiert hatte.

»Es macht keinen Sinn, wenn unser Hotel so schön aussieht und ich wie eine wandelnde Leiche daherkomme«, hatte sie erklärt, und Libby hätte sie für dieses »unser« am liebsten umarmt.

Als Margaret dann auch noch erwähnt hatte, dass sie daran denke, für den Stadtrat zu kandidieren, um »etwas gegen diese hässlichen Windparks auf dem Wergins Hill zu tun«, hatte Libby sie tatsächlich umarmt, hauptsächlich, um nicht in Jubel auszubrechen.

Das Gespräch über Jason hatte Margaret nicht mehr erwähnt. Auf dem Hotelkonto waren weitere fünfhundert Pfund eingegangen, aber eine Nachricht hatte Libby nicht bekommen. Es war kein wirklicher Trost, dass Margaret erklärte, auch nichts von ihm gehört zu haben. Was sollte sie tun? War es das nun gewesen? Wollte er wirklich keinerlei Anstrengungen unternehmen, ihr gemeinsames Leben zu retten?

Libby legte sich wieder hin, starrte an die Decke und ließ zu, dass die Dunkelheit von ihr Besitz ergriff. Normalerweise konnte sie sie mit ihren Aufgaben und Listen und ihrem strahlenden Hotellächeln in Schach halten, aber sobald sie allein war, kroch das Elend durch sämtliche Ritzen. Das ganze Hotel erinnerte sie an Jason. An ihre Hoffnungen. Ihre Pläne. Den Neuanfang, als sie noch ernsthaft daran glaubten, dass sie ihn wollten. Aber wenn er nicht zurückkommen würde ...

Ich muss Longhampton nicht verlassen, dachte sie. Andererseits wäre es vielleicht besser, einen Schlussstrich zu ziehen und etwas ganz Neues zu beginnen, das nur mit ihr selbst zu tun hatte. Sie hatte neue Stärken an sich entdeckt, neue Freunde gefunden und eine vollkommen neue Zielstrebigkeit entwickelt.

Der bloße Gedanke machte sie traurig.

Außerdem musste sie erst das Hotel in Gang bringen. Libby warf die Bettdecke zurück und ging duschen.

Die ersten Neugierigen fuhren kurz nach zehn auf die Kiesauffahrt des Swan Hotel, und in der Rezeption gingen die Tabletts mit den Minicroissants herum.

Alice und Libby – und Lord Bob und Fido – gingen ebenfalls herum, beantworteten Fragen, übergaben Visitenkarten, verbreiteten Informationen und fühlten einen berechtigten Stolz, wenn die Neuankömmlinge erst einmal wie angewurzelt stehen blieben und über die Verwandlung des Eingangsbereichs staunten. Jedes Mitglied des Gartenclubs hatte eine Schachtel mit Blumen aus dem eigenen Garten geschickt, damit Margaret sie arrangieren konnte, und nun vermischte sich der Geruch von duftenden Platterbsen, Rosen und Hortensien mit dem von Holzpolitur, frisch gereinigten Teppichen, Zitronenschnitzen und selbst gebackenem Kuchen.

Gethin hatte erklärt, er komme gegen Mittag, da er noch

»ein paar Dinge regeln« müsse. Alice' Magen kribbelte schon bei dem Gedanken an das Gespräch, das ihr bevorstand. Immer wenn sie es innerlich noch einmal durchging, fragte sie sich, ob sie nicht einen Fehler beging. Gethin konnte so aufmerksam sein, so lieb und sensibel ... Überstürzte sie es mit der Entscheidung, nur weil sie ihrem Instinkt vertraute? Und war nicht bekannt, dass Hormone ein emotionales Wirrwarr anrichteten?

Wenn Alice ehrlich war, gab es überhaupt nur eine Person, die sie heute sehen wollte, und das war Luke. Sie wollte mit ihm reden, obwohl sie nicht wusste, was sie sagen sollte. Am Rande ihres Bewusstseins lauerte die Gewissheit, dass bei seinem Anblick all die unzusammenhängenden Gedanken und Fragen Gestalt annehmen würden, als würde ein Magnet in einen Haufen Eisenspäne fallen. Warum, wusste sie nicht, aber allein der Gedanke an ihn hatte schon eine beruhigende Wirkung auf das Chaos in ihrem Kopf.

Fido kam gut mit den Menschenmassen zurecht, obwohl sie es im Gegensatz zu Lord Bob nicht gewöhnt war. Alice hatte sie soeben in den Salon gebracht, damit sie ein wenig zur Ruhe kam, als Libby ihren Arm nahm.

»Gethin ist da.« Sie nickte zu der Stelle hinüber, wo Gethin vor einem schwermütigen Hirsch stand. Er redete mit niemandem und hielt unbehaglich ein Glas Sekt in der Hand.

»Kommst du mit?«, fragte Alice und fand es selbst entsetzlich, wie ihre Stimme klang.

»Natürlich.« Libby schaute sie an und sagte leise: »Es gibt nichts, wovor du Angst haben müsstest, Alice. Du hast nichts Schlimmes getan.«

Libby marschierte direkt auf ihn zu. Als Gethin sie kommen sah, lächelte er sein nettes »Hab-mich-lieb-Lächeln«, das in Alice sofort die Sorge aufkommen ließ, Libby könne sie für verrückt halten.

»Hallo, Gethin!«, sagte Libby. »Wie schön, dass du kommen konntest!«

»Danke für die Einladung«, antwortete er und legte Alice den Arm um die Taille. »Du hast ein wahres Wunder vollbracht. Glückwunsch.«

»Ich hatte das Glück, so viel Hilfe zu bekommen«, sagte sie. »Alice war wirklich unersetzlich.«

»Sie ist großartig, nicht wahr?« Gethin drückte sie stolz an sich. Alice fand das etwas scheinheilig, wenn man bedachte, wie oft er über Libby schimpfte und ihr vorwarf, sie nutze Alice nur aus.

»Und was macht deine Arbeit so?«, fragte Libby in ihrem Smalltalkton. »Stehen irgendwelche Tourneen an? Oh, warte, da ist Luke. Ich muss schnell mit ihm reden.« Und schon winkte sie ihn herbei.

Alice spürte sofort Panik in sich aufsteigen, aber dann mahnte sie sich, nicht albern zu sein. Alles würde gut. Es würde gut.

Aber ihr Instinkt sagte ihr etwas anderes.

Luke hatte zur Feier des Tages sogar einen Anzug angezogen. Alice hatte ihn noch nie in etwas anderem als seinen Arbeitssachen oder in Jeans gesehen. Der Anzug war gut geschnitten und ließ ihn ernsthafter wirken, aber auch sehr attraktiv; mit den markanten Wangenknochen sah er fast wie ein Schauspieler aus. Das blassblaue Hemd war am Hals aufgeknöpft. Das Wissen, dass sich unter den dunklen Manschettenknöpfen ein Apfel-Tattoo verbarg, ließ ihre Haut eigentümlich kribbeln.

»Hallo, Alice«, sagte er. Sie fragte sich, warum er so förmlich klang, aber dann glitt sein Blick zu Gethin hinüber.

»Stimmt es, dass ihr euch noch nie begegnet seid?«, fragte Libby. »Gethin, dies ist mein Schwager, Luke. Luke, das ist Gethin.«

Sie schüttelten sich unbehaglich die Hand. Alice fand, dass Gethin angespannt wirkte, während Luke so aussah, als wäre er lieber weit weg.

»Es hat sich vermutlich viel verändert, seit du zum letzten Mal hier drinnen warst, Gethin, nicht wahr?«, fragte Libby.

Er wollte gerade etwas sagen, als Libbys Gesicht plötzlich aufstrahlte, weil ein Paar auf sie zukam. Alice kannte die Leute nicht, aber der stilvoll lässigen Kleidung nach zu urteilen und dem Ungestüm, mit dem Libby auf sie zueilte, mussten es wohl alte Freunde aus London sein.

»Erin!«, rief sie und breitete die Arme aus. »Erin! Ihr habt es wirklich geschafft!«

Die Frau stieß ebenfalls einen Schrei aus und umarmte Libby, dann umarmte Libby den Mann, um sich schließlich wieder Alice und den anderen zuzuwenden. »Diese wunderbaren Menschen sind meine Freunde Erin und Pete …«

»Wir freuen uns ja *so* unglaublich, hier zu sein«, sagte die Frau mit einem amerikanischen Akzent.

Libby stellte alle einander vor und berührte Alice dann am Arm. »Ich muss den beiden einen Drink besorgen und ihnen ihr Zimmer zeigen. Danach geselle ich mich wieder zu euch. Trinkt derweil einen Sekt!«

Und dann war Alice allein mit Gethin und Luke. Und mit Lord Bob.

Bob hatte an Lukes Knöcheln geschnüffelt und wedelte nun mit dem Schwanz.

»Du darfst natürlich nicht fehlen, was, Bob?«, sagte Luke und bückte sich, um Bobs faltigen Kopf zu kraulen. »Der eigentliche Gastgeber in dieser Familie bist du, nicht wahr?«

»Du hast sicher die Sache mit unserer kleinen Familie gehört?«, begann Gethin, und Alice' Kehle schnürte sich zusammen. Was meinte er damit? Hatte er das mit dem Baby erraten? Würde er sie nun vor Luke in Zugzwang bringen?

Sie sah, wie Gethin zu Bob hinabschaute, und beruhigte sich wieder. Nein, er meinte Fido. Fido war ihre kleine Familie.

Luke richtete sich auf, das Gesicht absolut undurchdringlich. Dann lächelte er, aber das hatte so wenig Ähnlichkeit mit seinem normalen Lächeln, dass es fast schmerzte.

»Glückwunsch«, sagte er. »Ihr müsst ja beide überglücklich sein.«

»Prost! Obwohl ich mir nicht sicher bin, ob das ein Anlass zur Gratulation ist«, sagte Gethin. »Es war eher einer dieser wundersamen Zufälle. Es war reines Glück, dass Fido in dem Park war, in dem Alice mit eurem Hund spazieren gegangen ist.«

»Ach so, Entschuldigung. Ich dachte, du meinst das Baby.« Luke schaute zwischen Alice und Gethin hin und her.

Alice fühlte, wie der Boden unter ihren Füßen schwand.

»Wessen Baby?« Gethin runzelte die Stirn.

»Eures.« Die Erkenntnis flackerte zu spät auf, und Luke zog die Augenbrauen zusammen.

»Alice?« Gethin schaute sie an, aber sie konnte ihren Mund nicht dazu bringen, etwas zu sagen.

»Das tut mir sehr leid«, sagte Luke. »Ich dachte …«

»Du musst dich nicht entschuldigen, Kumpel.« Gethin wirkte immer noch wie vor den Kopf gestoßen. »Das sind doch … wunderbare Neuigkeiten. Nun, dann werden Alice und ich uns wohl mal unterhalten müssen …«

Luke hob die Hände. »Natürlich. Ich lasse euch dann mal allein.«

Sie konnte nichts tun, als Gethin zu folgen, der ihre Hand genommen hatte und sie in den Salon führte, der bereits für den Nachmittagstee eingedeckt war. Alice sah, dass Fido auf einem der Sofas eingeschlafen war, ein weißes Fellbällchen.

Hinter dem dunklen Vorhang in Alice' Kopf regte sich etwas, eine Art Déjà-vu-Erlebnis. Flackernde Bilder. Rote Tulpen. Ein Geschirrtuch mit einer Amsel darauf. Die Küche in Gethins Haus. Sie hatte das Geschirrtuch nicht mehr gesehen. Wo war es geblieben?

»Gethin, könntest du bitte mein Handgelenk loslassen?«, sagte sie. »Das tut weh.«

Er hielt sie so fest gepackt, dass das Metall ihrer Armbanduhr in die zarte Haut an ihrem Handgelenk schnitt.

»Tut mir leid«, sagte er, ließ sie aber erst los, als er die Glastür hinter ihnen geschlossen hatte.

Fido sprang sofort vom Sofa, und Alice bückte sich, um sie zu streicheln und um Zeit zu gewinnen. Was sollte sie sagen? Es leugnen?

Dies ist genau der richtige Moment, dachte sie. Sag es ihm. *Los*. Aber irgendetwas hielt sie zurück.

»Nun komm schon.« Gethin klang euphorisch. »Was ist los? Bist du schwanger? Hat Luke das richtig verstanden?«

Alice nickte langsam.

»O Gott! Das ist ja wunderbar! Das ist absolut *wunderbar*!« Sein Gesicht strahlte, und er zog sie fest an sich, viel zu glücklich, um zu merken, dass sie gar nicht reagierte. »Warum hast du mir das nicht erzählt? Hast du es gerade erst herausgefunden?«

Sag's ihm. Alice nickte. Er war vollkommen aus dem Häuschen – wie konnte sie ihm das kaputt machen? Sie fühlte sich von seiner Freude in die Ecke gedrängt, als solle sie es nur wagen, sich ihr in den Weg zu stellen.

»Aber ...« Gethin ließ den Blick über ihren Körper wandern. »Kein Wunder, dass du es nicht gewusst hast. Man sieht ja noch gar nichts. Du musst doch schon im fünften oder sechsten Monat sein.«

»Im fünften oder sechsten Monat?«

»Ja.« Er wurde rot. »Das war das letzte Mal, dass wir ...

du weißt schon. An deinem Geburtstag, im Februar. An der Front ist es nicht gerade gut gelaufen, ehrlich gesagt. Aber das würde es vielleicht erklären.« Seine Miene hellte sich auf. »Das würde erklären, warum du so launisch und sonderbar warst. Du wolltest nicht, dass ich dich auch nur anfasse. Ich *wusste* doch, dass es einen Grund dafür geben muss.«

Das kann nicht sein, dachte Alice. Irgendetwas stimmte hier vorn und hinten nicht. Sagte er die Wahrheit? Februar? Sie hatten seit Februar nicht mehr miteinander geschlafen?

»Eigentlich wollte ich warten, bis du wieder richtig bei mir eingezogen bist, aber jetzt müssen wir es sofort offiziell machen ... Du weißt doch, dass ich ein alter Romantiker bin.« Gethin sank auf die Knie, aber nun rastete in Alice' Gehirn endlich etwas aus.

»Nein!« Ihre Stimme war scharf. Zu laut, um höflich zu sein.

»Was?« Gethin schaute aus seiner unbequemen Position zu ihr auf. »Aber ich versuche doch nur, mich formvollendet um ...«

»Du willst mir doch wohl keinen Heiratsantrag machen?«

»Doch natürlich. Du bist die Mutter meines Kindes. Ich bin es dir schuldig, eine anständige Frau aus dir zu machen, das ist doch das Mindeste.«

»Ich kann dich nicht heiraten«, hörte Alice sich sagen.

»Warum? Mir ist egal, was in der Vergangenheit geschehen ist. Vergiss das einfach.« Seine Augen waren noch nie so groß gewesen wie in diesem Moment, als er zu ihr aufschaute. »Wir sind füreinander bestimmt. Das habe ich immer schon gesagt.«

»Aber ich kenne dich nicht.«

Gethins Gesichtszüge entgleisten. »Wie bitte? Was meinst du damit, du kennst mich nicht, Alice? Wie kannst du so etwas sagen? Du hast mich *gerettet*.«

Das Blut rauschte in ihren Ohren. Sie war grausam, dachte sie. Die Worte schossen ihr aus dem Nichts in den Kopf. Was hat er denn noch, wenn ich ihn nicht mehr liebe? Er wird damit drohen, sich umzubringen, und das wird dann meine Schuld sein.

Warte. Er hat nicht gedroht, sich umzubringen, oder? War das ein Déjà-vu? Irgendetwas an den Worten, die ihr durch den Kopf gingen, kam ihr sehr vertraut vor. An diesem Punkt war ich schon einmal, dachte Alice. Aber das kann nicht sein.

Mühsam sortierte sie ihre Gedanken und versuchte, sich daran zu erinnern, was Libby gesagt hatte. Das hatte so vernünftig geklungen. »Es tut mir leid, Gethin, aber was auch immer uns verbunden hat ... es ist nicht mehr da. Ich kann dich nicht heiraten. Ich hoffe, wir können Freunde sein und das Beste aus der Situation machen, aber ...«

»Aber das Baby. Du kannst mich nicht einfach verlassen. Uns verlassen. Du weißt gar nicht, was du sagst. Das sind die Hormone.« Er richtete sich wieder auf und blieb dicht neben ihr stehen. »Vielleicht sollten wir heimfahren und darüber reden.«

Fido, der zu ihren Füßen saß, fing an zu winseln.

»Ich möchte aber nicht heimfahren.« Alice klang bestimmter, als sie sich fühlte, aber irgendetwas in ihrer Stimme ließ Fido noch lauter winseln.

»Halt's Maul, Fido«, fuhr Gethin sie an. Als er einen Schritt auf Alice zutrat, ging Fidos Winseln in ein tiefes Knurren über, das Knurren eines viel größeren Hundes.

»Schsch«, machte sie, aber während sie noch zu Fido hinabschaute und versuchte, sie zu beruhigen, nahm sie eine schnelle Bewegung an ihrem Gesicht wahr. Gethin hatte ihre Nackenhaare gepackt. Von der Tür aus würde es so aussehen, als würde er liebevoll ihren Nacken streicheln, als

Vorspiel zu einem zärtlichen Kuss, aber er hatte ihre Haare um seinen Finger gewickelt und zog so fest daran, dass sie den Kopf zurücklegen musste.

»Spielst du ein Spielchen mit mir?«, fragte Gethin. Obwohl er es war, der ihr Schmerzen zufügte, wirkte er verwirrt und verletzt. »Machst du es wie mit den anderen Männern, von denen du mir immer erzählt hast? Bist du gemein zu mir, damit ich scharf auf dich bleibe? Ist es das, was du von mir erwartest? Ich werde uns aber nicht aufgeben, Alice. Wir sind füreinander bestimmt. Niemand wird dich je so lieben, wie ich es tue.«

Hinter dem Vorhang in Alice' Geist war etwas in Bewegung geraten. Erinnerungen traten in Erscheinung, drängelten sich nach vorn und schlossen sich zu einer Kette zusammen, die endlich Sinn zu ergeben schien. Aus irgendeinem Grund roch sie Curry. Curry, dessen Geschmack sie hasste, weil sie es allzu oft gegessen hatte. *Ihr* Currygericht.

Plötzlich hatte sie Angst um Fido, ein unheilvolles Gefühl, das sie ganz schwindelig werden ließ. Zu viele Dinge wirbelten in ihrem Kopf herum, als ihr Gehirn mit all den Bildern überschwemmt wurde, die es gar nicht mehr verarbeiten konnte. Sie schmeckte etwas Metallisches. Sie sah Tulpen. Tulpen, die sich auf dem weißen Fliesenboden in der Küche verteilt hatten. Der Versuch, in Flip-Flops zu rennen. Der Versuch, Fido zu tragen.

Fido knurrte immer noch, und als Gethin an Alice' Haaren riss und sie vor Schmerz aufschrie, bellte Fido zwei, drei Mal in fürsorglicher Wut auf und sprang an seinem Bein hoch.

»Nein, Fido, nein«, bat Alice, während Gethin keinen Ton sagte. Ohne Vorwarnung trat er den kleinen Terrier in den Bauch und ließ ihn quer durch den Raum fliegen, bis er mit einem dumpfen Geräusch gegen ein Sofa knallte.

Alice schnappte nach Luft. Ihr Herz war zu leicht in ihrer Brust. Und in diesem Moment kam in einer wilden, furchterregenden Welle ihr Gedächtnis zurück.

Kapitel einunddreißig

Alice war auf der Stelle erstarrt. In ihrem Geist wirbelten Gedanken herum, und ihr Kopf platzte fast von dieser wilden neuronalen Aktivität. Chaotische Bilder blitzten vor ihren Augen auf, schneller und brutaler als damals, als sie Fidos Sachen im Schrank gefunden hatte. Dunklere Erinnerungen waren es, durchdrungen von Angst und Panik, Erinnerungen, die ihre Brust bis zur Schwerelosigkeit mit Adrenalin vollpumpten.

Der Vorhang war fort. Wenn sie jetzt die Hand ausstreckte, erreichte sie die Erinnerungen, alte Gefühle, die ineinandergriffen und sich verbanden.

Sie hatte an dem Tag gar nicht abhauen wollen. Sie hatte beschlossen, Gethin mitzuteilen, dass sie ausziehen würde, weil es nicht funktionierte, wenn sie zusammen in einem Haus lebten, als Mitbewohner sozusagen. Es war vorbei, und er würde schneller wieder Fuß fassen, wenn sie nicht in seiner Nähe wäre. Einer von ihnen musste der Tatsache in die Augen schauen, dass sie Freunde waren und nicht Liebende (und selbst damals wusste Alice, dass sie es noch viel zu freundlich ausgedrückt hatte).

»Du wirst jemand anderes finden«, erklärte sie. »Du bist ein sehr netter Mann.«

Und das war er. Ein sehr netter Mann. Nur nicht für sie. Nicht, wenn sie nicht viel italienischen Wein getrunken hatte und von der Sonne und einem New-Age-Feeling beseelt war.

Im Nu war sie wieder da, diese Angst in Gethins Augen, von ihr verraten zu werden. Er hatte es nicht akzeptieren können. Er hatte nicht akzeptieren können, dass sie ihre Beziehung beendet hatte und ins Gästezimmer gezogen war. Sie hatte nur sechs, sieben Wochen das Bett mit ihm geteilt, bevor sie gemerkt hatte, dass die Chemie nicht stimmte. Und sie hatte ihn zu sehr gemocht, um ihm etwas vorzumachen. Aber Gethin hatte sich einfach geweigert, sich damit abzufinden. Zwischen ihnen gebe es eine besondere Verbindung, hatte er beharrlich erklärt. Sie seien Seelenverwandte. Es gehe nicht nur um Sex. Aber seine Liebe hatte sie ausgezehrt; je dringender er sie gebraucht hatte, desto erschöpfter hatte Alice sich gefühlt.

Sie hatte schon vorher versucht, ihn zu verlassen. Allein an einem neuen Ort, nicht genug Geld, um auszuziehen, die Verantwortung für Fido, ein Job, den sie nicht aufgeben konnte, Gethin, der sie ständig daran erinnerte, wie sehr er sie brauchte – und so hatte sie schließlich eingelenkt. Das hatte er als Zeichen dafür interpretiert, dass sie eigentlich gar nicht wegwollte. Gelegentlich hatte er durchblicken lassen, dass er in ihr etwas sehe, das ihre anderen Freunde nicht gesehen hätten. Diese Hinweise hatten sich gehäuft, bis er es irgendwann so oft gesagt hatte, dass Alice es fast geglaubt hatte.

Aber an jenem Morgen ... Alice hatte einen Grund gehabt, endlich zu gehen. Einen sehr guten Grund, der die Worte aus ihr heraussprudeln ließ, wo sie ihr sonst, vor lauter Schuldbewusstsein, im Halse stecken geblieben waren. Sie hatte jemanden kennengelernt. Jemanden, der ihr nicht das Gefühl gab, sich für irgendetwas schämen zu müssen. Jemanden, der die Funken einer weißglühenden Freude durch ihren Körper sprühen ließ. Sie hatte eine Weile dagegen angekämpft, aus Angst, denselben Fehler noch einmal zu begehen, aber dieser Mann war anders, und sie wollte frei sei, um sich eingestehen zu dürfen, was sie fühlte.

Gethins Reaktion war schlimmer, als erwartet. Tränen, ja. Aber nicht diese Wut. Die Wucht seiner Empörung überraschte sie.

»Wie könnte dich jemand so lieben wie ich?«, fragte er, und das Gleißen in seinen Augen ließ Alice' unbestimmte Befürchtungen an Schärfe gewinnen. »Du kannst nicht gehen. Wir müssen darüber reden.«

Du kannst nicht gehen. Die Hand, die ihr Handgelenk umklammerte. Fidos tiefes Knurren.

Jetzt spulte es sich vor ihren Augen ab wie ein Film, den sie nicht anhalten konnte.

Weinend versucht er, sie zu küssen. Sie stößt ihn zurück. Fido knurrt lauter.

Er packt sie, zitternd, wütend, als sie das Gespräch beenden möchte. Fido bellt. Sie bellt und bellt und bellt.

Entsetzt schließt Alice die Augen, aber so werden die Erinnerungen noch schärfer. Gethin schlägt nach Fido und faucht sie böse an.

In diesem Moment geht ihr auf, dass sie Gethin gar nicht kennt. Sie hat keine Ahnung, zu was er fähig ist.

Sie will das Haus verlassen, nur mit dem, was sie in der Tasche hat, und dem winselnden Hund unter dem Arm.

Das ist der Moment, in dem er ihr von seinem »Überraschungsurlaub« erzählt, und sie rennt aus dem Haus und rennt und rennt.

Alice stieß einen Schrei aus und versuchte, zu Fido zu gelangen, die reglos vor dem Sofa lag, aber Gethin hielt sie immer noch an den Haaren fest.

»Lass mich!« Alice befreite sich. Das Reißen an ihrer Kopfhaut spürte sie nicht einmal, als sie ihn von sich stieß.

Gethin schlug die Hände vor den Mund, die Augen weit aufgerissen vor Schreck. »Das habe ich nicht gewollt! Du hast mich dazu getrieben, Alice. Du bedeutest mir einfach so viel. Es tut mir leid …« Er trat einen Schritt auf sie zu, aber sie hob warnend die Hände.

»Fass mich an, und ich schrei den ganzen Laden zusammen.« Sie meinte es ernst.

Wo fühlte man bei einem Hund den Puls? Alice wusste es nicht. Sie wusste auch nicht, wo sie Fido überhaupt anfassen durfte, falls sie sich irgendwo verletzt haben sollte. Fidos Augen waren zwei dünne Striche in ihrem schmalen Gesicht. Es sah aus, als würde sie schlafen, aber Alice wusste, dass es nicht so war.

Sie geriet in Panik. Fido hatte sie beschützt und alles getan, was sie konnte …

Gethin trat noch einen Schritt näher, den Kopf zur Seite geneigt. »Es tut mir leid, Alice. Es tut mir so leid. Ich weiß nicht, was über mich gekommen ist. Das war alles so verrückt, dass du mich nicht wiedererkannt hast. Dass du dich nicht an uns erinnert hast. Es war, als hätte ich alles verloren. Du hast mir das Gefühl gegeben, ein ganzer Mensch zu sein, und jetzt willst du mich nicht mehr kennen? Das bringt mich um …«

Er hat von Beginn an gelogen, dachte sie, als sich am Rande ihres Bewusstseins neue Erinnerungen bildeten. Ihr Treffen in London. Dieser Strand in Aberystwyth, so kalt und salzig. Ein Zelt, Küsse und platt getretenes Gras. Was davon stimmte? All diese Fotos, die Diaschau, die Playlists … Kein Wunder, dass sie alle mit ihrem Geburtstag aufhörten – dem Moment, in dem sie ihm mitgeteilt hatte, dass es nicht funktionierte. Gethin hatte sie in dem Glauben gelassen, dass sie noch eine Beziehung hatten, und sie hatte ihm geglaubt. Ihr kam die Galle hoch. Sie wären geblieben, sie und ihr Baby, für immer. Und immer mit der Frage im Hinterkopf, warum sie sich nicht erinnern konnte. Immer tiefer hätte sie sich in dieses Netz der Bedürftigkeit verstrickt, hätte sich in Gethins Version von ihr verwandelt und sich selbst verloren.

»Geh mir aus den Augen«, sagte sie, so ruhig sie konnte.

Gethin streckte den Arm aus und nahm ihre Hand. »Wir müssen darüber reden, das bist du uns schuldig.«

»Ich habe dir nichts zu sagen.« Sie schüttelte ihn ab, von Wut übermannt. »Ich wollte fort von dir! Du *weißt*, dass ich von dir fortwollte! Du hast mir unentwegt Lügen aufgetischt …« Sie sah zu Fido hinüber, aber die rührte sich nicht. »Du hast mir erzählt, Fido sei tot, damit ich leide, weil ich sie verloren habe – aber du wusstest, dass ich sie gar nicht verloren habe! Du bist krank!«

Alice zog sich von ihm zurück und schaute auf die Glastür. Während ihres Gesprächs waren noch mehr Gäste gekommen, und die Rezeption wimmelte nun von Menschen, die die fröhliche Stimmung und Libbys Erfolg genossen. Dort konnten sie ihre dreckige Wäsche nicht waschen. Aber sie konnte Fido auch nicht bei ihm lassen.

»Geh und hol Hilfe, bitte. Schnell.«

Gethin stellte sich zwischen sie und die Tür. »Nein, lass uns das erst klären. Ich möchte hinausgehen und der Welt die guten Nachrichten verkünden – das kannst du mir doch nicht verwehren, oder?«

»Was? Doch! Du wirst überhaupt nichts verkünden.«

Jemand näherte sich der Tür. Vermutlich ein Gast, der den Salon sehen sollte. Alice' Herz pochte vor Erleichterung, aber Gethin hatte gesehen, dass sie den Kopf gedreht hatte, ging schnell zur Tür und verstellte mit seinem Körper die Sicht auf den Raum.

»Tut mir leid, Kollege«, sagte er mit seinem freundlichen Waliser Akzent, aus dem jede Spur von Ärger getilgt war.

»Wir müssen hier ein paar Dinge regeln. Bekommen wir noch eine Minute? Besondere Momente im Leben eines Paars, du verstehst schon ...«

»Ich soll aber die Lampen kontrollieren. Befehl von der Chefin.« Es war Luke. Luke! Alice wurde von einer unendlichen Erleichterung durchströmt. Wenn Luke da war, war sie in Sicherheit.

»Nur einen Moment noch, Kumpel.« Gethin wollte die Tür schließen, aber Alice sprang auf.

»Luke«, keuchte sie. »Fido ist verletzt. Gethin hat sie getreten! Wir brauchen einen Tierarzt, schnell!«

»Sie getreten?« Gethin lachte, als sei er überrascht. »Warum sollte ich Fido denn treten? Sie schläft. Allen Ernstes, Bunny, ist alles in Ordnung mit dir?« Er schaute Luke an. »Ist ein Arzt hier? Alice ist wohl ...« Er sprach nicht weiter, sondern zog nur eine Augenbraue hoch.

»Bitte«, sagte sie flehentlich. »Ist Rachel hier, die Frau vom Hundeheim? Ihr Mann ist doch Tierarzt.«

»Der Hüne? Ja, die beiden sind im Garten und unterhalten sich mit Lord Bob.« Luke rührte sich nicht, sondern stand einfach da und betrachtete die Szene. Alice hatte das Gefühl, dass etwas, das unterbrochen worden war, wieder in Bewegung kam.

Ich habe Gethin wegen ihm verlassen. Sie musste nicht darüber nachdenken. Wenn sie jetzt nach Erinnerungen kramte, fand sie sie in ihrem Kopf vor. *Ich habe ihn verlassen, um klare Verhältnisse zu schaffen. Für Luke. Er wollte, dass alles seine Ordnung hat. Er hat darauf bestanden. Nach dieser einen ...*

Alice sog die Luft ein, als die Erinnerung in ihrem Kopf aufblitzte. Luke begegnete ihrem Blick, und sie wusste, dass er es auch gespürt hatte. Es war da, in seinem Gesicht, in seinen besorgten Augen. Und doch hatte er nichts gesagt, sondern gewartet, bis sie sich selbst wieder erinnerte. In einer Collage von Momenten war alles wieder da: der Geruch abgestandenen Biers, Lukes lange Finger, die mit einem Kaffeelöffel spielten, seine Augen, die auf ihr ruhten, das Licht in der Bar, in dem seine Wangenknochen harte Schatten warfen. Sie hatten sich unterhalten, über seine Vergangenheit, über seinen schlechten Ruf als Teenager, darüber, dass seine Familie immer nur mit dem Schlimmsten rechnete und er hart dafür arbeiten musste, um diesen Erwartungen nicht gerecht zu werden.

Vierzehn Tage lang hatte er sich mit seinem Team im Pub einquartiert. Sie hatten sich alles erzählt und sich trotzdem noch gemocht. Jeden Abend war die Spannung gestiegen, waren die Geschichten länger geworden, und der winzige Funken hatte sich zu einer starken Anziehung ausgewachsen und sie einander nähergebracht. Geheimnisse, Blicke, Zufälle, Musik, der Geruch des anderen, der unwiderstehliche Drang des Herzens, wann immer Alice gesehen hatte, dass seine dunklen Augen auf ihr ruhten, trotz ihrer Schwächen liebevoll. Draußen war der Mond mit jeder Nacht größer geworden, bis er eine runde, milchig weiße Scheibe war. Jene Nacht. Sie hatten ihn über den Bäumen aufgehen sehen.

Luke schaute sie an, und Alice wusste, was passiert war.

»Ich erinnere mich«, sagte sie mit viel zu hoher Stimme. »Ich erinnere mich an alles.«

Seine Augenbrauen hoben sich, mehr hoffend, als fragend. »An alles?«

Und schließlich tat sie es: der verpasste Bus, die Flasche Wein, ihre Hände an seinem Ledergürtel, seine Hände in ihren Haaren, das Gefühl, dass alles seine Richtigkeit hatte, dass es ganz natürlich war, eine Fortsetzung ihrer Gespräche, nur mit ihren Körpern, sein Mund an der weichen Haut hinter ihrem Ohr, sein abgehackter Atem, als irgendetwas sie aus ihrem Körper schleuderte, seine Reue hinterher und ihre Entscheidung, klare Verhältnisse zu schaffen, damit er sich wie der anständige Mann fühlen konnte, der er war, das wusste sie.

»An alles«, sagte sie und spürte, wie sich Lukes Herz in seiner Brust ausdehnte, obwohl er nicht in ihrer Nähe war.

»Was ist nun mit dem Hund?«, fragte Gethin gereizt. »Wie sieht er aus, dieser Tierarzt? Ich geh ihn holen …«

»Nein, ich denke, du solltest hierbleiben«, sagte Luke. Der warnende Unterton in seiner Stimme war nicht zu überhören. »Ich würde gerne ein Wörtchen mit dir reden. Alice, geh du. Lauf. Rachel hat gesagt, dass sie nicht lange bleiben können.«

Alice' Beine gaben nach, als sie aufstand, da das Adrenalin noch durch ihre Adern rauschte. Sie wusste nicht, wie sie es zur Tür schaffte, aber sie schaffte es.

Libby hatte den Eindruck, dass ihr Fest nicht besser laufen könnte.

Sie hatte der Lokalzeitung ein Interview gegeben und sich mit Margaret hinter dem Rezeptionstresen fotografieren lassen. Als sie zum Scherz verkündete, sie seien Sybil im Doppelpack, sagte Margaret: »Oh I Knowww!«, in der lebensechtesten Sybil-Fawlty-Parodie, die Libby je gehört hatte, und sie musste laut auflachen.

Der Fotograf zeigte ihnen das Bild hinterher auf dem Display seiner Kamera: Libby hatte den Kopf entzückt zurückgeworfen, während Margaret feierlich und im vollen Bewusstsein ihrer Wirkung in die Linse schaute. Libby war begeistert. Das Bild fing alles ein, was die Leute über das Hotel denken sollten: fröhlich, elegant, freundlich, immer für eine Überraschung gut. Ein Familienunternehmen.

Margaret bat, eine Rede halten zu dürfen, und Libby

stimmte natürlich zu. Sie hatte kein Problem damit, Margaret ihren Moment im Rampenlicht zu gönnen. Den Leuten, die so nett zu ihr gewesen waren, wollte Libby aber lieber persönlich danken. In einer Rede würde eher sie selbst im Mittelpunkt stehen als ihre Helfer. Und es waren so viele gekommen: Michelle, die das enthusiastische Lob für die Innenausstattung gerührt entgegennahm; Lorcan und seine Frau Juliet, die mit einem Tablett voller Fondants erschien und sie für den Nachmittagstee zur Verfügung stellte; Lorcans Lehrlinge, die in ihren sauberen Hemden, unter denen auch ihre Tattoos verschwanden, wie Schuljungen aussahen. Selbst Doris war von einer Pflegerin aus dem Krankenhaus herübergebracht worden, saß neben dem Rezeptionstresen, hielt Hof und erzählte wilde Geschichten über den alten Sherry-Zirkel von Longhampton. Libby war sich nicht ganz sicher, wie Margaret das fand.

Und dann Erin. Erins enthusiastische Bekundungen, wie überwältigend das Hotel sei, wie stolz sie auf Libby sei und wie geehrt sie sich fühlten, die ersten Gäste sein zu dürfen, trieben Libby Tränen der Erleichterung und der Dankbarkeit in die Augen. Sie *hatte* Freunde. Die positive Seite an all diesem Schlamassel war vielleicht die Erkenntnis, wie gute Freunde es tatsächlich waren.

Nachdem sie ursprünglich Sorge gehabt hatte, es würde vielleicht niemand kommen, bestand nun eher die Gefahr, dass Lukes Sektvorräte nicht reichten und die Autos auch noch das Nachbargrundstück zuparken könnten. Libby hatte aber noch einen anderen Grund dafür weiterzumachen, weiterzudenken, weiterzulächeln – weil sie sich dann nämlich nicht damit auseinandersetzen musste, was passiert war, als sie den ersten Gästen die Tür geöffnet hatte.

Insgeheim hatte sie davon geträumt, dass Jason zum Fest zurückkommen würde, dass er hereinmarschieren und sehen würde, was sie auf die Beine gestellt hatte, das Gesicht erfüllt von Bewunderung, Liebe und dem Wunsch, sich zu entschuldigen, und zwar in dieser Reihenfolge. Dass er sie bitten würde, noch einmal von vorn anzufangen, diesmal aber richtig. Bei jedem Tweet, jedem Post auf Facebook, jeder Aktualisierung der Website zur Eröffnungsfeier hatte sie Jason im Hinterkopf gehabt. Libby wollte glauben, dass er irgendwo saß und all diese Dinge las.

Und dann, genau in dem Moment, als sie dem Bürgermeister und seiner Frau einen Drink gereicht hatte, hatte ihr Handy vibriert. Mit zitternden Händen hatte sie es aus der Tasche geholt, und – ja! – es war tatsächlich eine SMS von Jason eingetroffen. Aber der Text lautete schlicht: Viel Glück für heute.

Das war alles. Nicht: Ich komme. Tatsächlich hätte er genauso gut schreiben können: Ich komme nicht. Libbys Enttäuschung war so bitter, dass sie sie schmecken konnte. Aber es ist immer noch ein guter Tag, sagte sie sich. Es ist ein schöner Tag. Donald wäre so glücklich.

Margarets Rede sollte um zwölf im Garten stattfinden. Um Viertel vor dachte Libby, dass sie vielleicht Lorcan, Alice, Gina, Luke und all die anderen zusammentreiben sollte, denen Margaret danken würde. Als sie sich langsam durch die Menschenmenge schob, stieß sie fast mit Rachels Ehemann George zusammen, der aus dem Salon kam. Er hatte etwas in der Hand, das in ein Badetuch gewickelt war. In ein brandneues Badetuch aus ihrem Wäscheschrank.

»Hoppla!«, sagte sie, aber dann entdeckte sie direkt hinter ihm Alice, das Gesicht tränenüberströmt, und dann auch noch Luke und Gethin. Lukes Gesicht war konzentriert und wild entschlossen, während Gethin ebenfalls geweint zu haben schien.

»Was ist denn hier los?«, fragte sie.

»Fido«, sagte Alice. »Sie ist …«

»Sie hatte einen Unfall«, sagte Gethin.

Zu Libbys Überraschung drehte Alice sich um. »Nein, Gethin. Es war kein Unfall. Hör auf zu lügen.«

»Jetzt ist aber mal Schluss, ihr beiden. Dafür haben wir im Moment keine Zeit«, sagte George und marschierte weiter in Richtung Ausgang.

Libby trat einen Schritt zurück, um ihn durchzulassen. »Fido?«

»Gethin hat sie getreten.« Libby hatte Alice noch nie zornig gesehen, aber jetzt zitterte sie fast vor Wut. »Er hat meinen Hund getreten, und George möchte sie röntgen, um festzustellen, ob sie innere Verletzungen hat. Und er hat mich belogen, *in allem*.«

»Alice …«, begann Gethin, aber Luke schob ihn ebenfalls zur Tür. Obwohl er ihn kaum berührte, spürte Libby, dass er eine Art unsichtbarer Kraft auf ihn ausübte.

»Ich denke, es ist Zeit, dass du gehst«, sagte er nachsichtig.

»Nein! Ich … Das ist ein gewaltiges Missverständnis.«

»Von wegen Missverständnis«, sagte Luke. »Und wenn es dir jetzt nichts ausmachen würde …«

»Kann mal jemand von euch diese verdammte Tür aufmachen?«, fragte George. »Seht ihr denn nicht, dass ich die Hände voll habe?«

»Ich fahr mit«, sagte Alice, aber er schüttelte den Kopf.

»Du kannst ohnehin nichts tun, als in der Praxis zu warten und die anderen Patienten verrückt zu machen. Ich ruf dich an, sobald ich etwas weiß. Aber mach dir bitte keine Sorgen.« Seine Miene wurde sanft. »Rachel würde es mir nie verzeihen, wenn diesem Wesen etwas zustoßen würde. Aber in Gottes Namen, aktualisiere zukünftig seinen Chip, ja?«

Luke hatte Gethin vor sich hergeschoben, und nun sah Libby, wie er ihn zur Tür hinauskomplimentierte.

Verblüfft wandte sie sich an Alice. »Du musst mir unbedingt erzählen, was los ist. Mir scheint, ich habe etwas Entscheidendes verpasst.«

»Ich auch«, sagte Alice grimmig. »Aber jetzt bin ich wieder im Bilde.«

Margaret stand mitten in ihrem perfekten Garten, umgeben von bestimmt dreißig Gästen, und wurde rot bei dem spontanen Applaus, der ihr entgegenschlug, als sie die improvisierte Bühne betrat (zwei Kisten vom Cateringservice, über die man eine weiße Tischdecke gelegt hatte). Hinter ihr schwebten Bienen von Rosenstock zu Rosenstock, und von dem großen Geißblattbaum wehte der typische Duft frischer Wäsche herüber. Dieser Garten war ausschließlich ihr Werk. Er war das Highlight des »Wochenendes der offenen Gärten« in Longhampton, aber im Moment wirkte Margaret eher schüchtern.

Libby hatte Margaret noch nie so erlebt, aber sie war natürlich auch immer mit Donald zusammen gewesen und hatte sich damit zufriedengegeben, einen Schritt hinter ihm zu stehen. Nun hatte sie ihren ersten eigenen Auftritt. Das kann nur gut für sie sein, dachte Libby. Obwohl sie mir *tatsächlich* die Schau stiehlt.

»Rede!«, rief jemand, und Margaret sagte: »Ich warte nur auf ein wenig Ruhe!«, und alle lachten.

Luke schlüpfte in die Lücke neben Libby. Er lächelte fast verklärt, und sein Gesicht wirkte freundlicher, als sie es je gesehen hatte. »Hat sie schon angefangen?«

»Nein, du kommst genau richtig.« Libby hob eine Augenbraue. »Was zum Teufel war das denn gerade? Mit Gethin?«

»Hat Alice es dir erzählt?«

»Sie sagte, Gethin habe fast ihre gesamte Beziehung erfunden, um sie dazu zu bringen, bei ihm zu bleiben.« Libby schaute ihn mit großen Augen an. »Immer diese stillen Wasser ... War dir klar, dass er so ist?«

Luke schüttelte den Kopf. »Sie hat mir mal erzählt, dass sie sich Sorgen um eine Freundin mache, die einen extrem besitzergreifenden Freund habe, gegen den sie sich einfach nicht zur Wehr setzen könne. Vermutlich habe ich ...« Sein Lächeln erlosch. »Vermutlich wusste ich es, aber ich habe nichts ...« Er fuhr sich mit der Hand über das Gesicht. »Frauen sind mir manchmal ein Rätsel. Ich habe ihr die Adresse vom Hotel gegeben, für den Fall, dass ihre Freundin von ihrem Freund fortwolle. Für eine Freundin von mir gebe es hier immer ein Bett.«

»Sie wollte also zu uns flüchten? Hat sie ihn wegen dir verlassen? Warum hast du denn nichts gesagt, als du sie hier wiedergetroffen hast?«

»Ich wusste ja nicht, was sie Gethin gesagt hat. Ich meine, okay, da *war* etwas zwischen uns. Aber ich hatte ihr auch gesagt, dass sie erst ihre Angelegenheiten regeln müsse, bevor sich zwischen uns mehr entwickeln könne.« Lukes Gesichtsausdruck schwankte zwischen Schuldgefühlen und Erleichterung. »Und als sie plötzlich vor mir stand, hätte ich auch etwas gesagt, aber Alice konnte sich gar nicht mehr an mich erinnern. Ich wusste einfach nicht, was los war. Sie ist eine sehr treue Seele ... Wenn sie sich gar nicht mehr an mich erinnerte und sich mit Gethin vielleicht zusammengerauft hatte, wollte ich nicht derjenige sein, der das wieder zerstörte.«

Libby sah, dass Luke mit sich kämpfte. Früher hätte sie die Augen verdreht und gedacht, wieder einer, der sich nicht entscheiden will, aber jetzt sah sie Luke in einem ganz anderen Licht. Sein Vater. Seine Gene. Sein freier Wille. »Aber jetzt bleibst du doch hier, oder?«

Luke schaute zu Boden, und als er wieder aufsah, lag eine

sanfte Entschlossenheit in seinem Blick. Jetzt hatte er die Chance, altes Unrecht wiedergutzumachen, dachte Libby. Die Chance, der Mann zu sein, der sein leiblicher Vater nie gewesen war – also eher ein Fels in der Brandung wie sein eigentlicher Vater. »Ich gehe nirgendwohin«, erklärte er. »Ich werde tun, was auch immer Alice von mir verlangt.«

»Höre ich da meinen Namen? Komme ich zu spät?« Alice zwängte sich in eine Lücke neben ihnen. »Entschuldigung, ich musste noch etwas klären.«

Von wegen klären. Libby sah, dass sie frisch geschminkt war und feuchte Haare hatte, wo sie sich kaltes Wasser ins Gesicht gespritzt hatte. Luke legte ihr einen Arm um die Schulter, und Alice lehnte sich an ihn. Schweigend schob er sie vor sich und schlang beide Arme um sie. Ihre Körper passten so perfekt zueinander, als seien sie als Paar erschaffen worden. Beide lächelten – wegen nichts, wegen allem.

Libby machte den Mund auf, um etwas zu sagen, besann sich dann aber eines Besseren. Dafür würde noch genug Zeit sein.

»Ladies und Gentlemen.« Margaret artikulierte sorgfältig, und ihr Akzent klang vornehmer als sonst. Der Zettel mit den Notizen in ihrer Hand zitterte leicht, aber sie schaute gar nicht drauf. »Liebe alte und neue Gäste. Liebe alte und neue Freunde. Und natürlich, liebe Hunde.«

»Die Familie kommt nicht vor«, flüsterte Libby Luke zu.

»Natürlich nicht«, flüsterte er zurück.

»Ich werde keine lange Rede halten, da es nicht meine Stärke ist, in der Öffentlichkeit das Wort zu ergreifen. Ich freue mich, so viele von Ihnen heute hier zu sehen, und möchte mich für all die freundlichen Worte bedanken, mit denen Sie mir zur Renovierung gratuliert haben. Ich bin sehr traurig, dass Donald nicht bei uns ist, um zu sehen, wie schön das Hotel geworden ist, aber ich weiß, dass er mit dem

Ergebnis hochzufrieden wäre. Ein frischer Wind ist ins Swan eingezogen, und doch fühlt es sich immer noch an wie das Hotel, das wir alle kennen und lieben.«

»Hört, hört!«, murmelte jemand.

»Indes, das Lob dafür gebührt nicht mir, und ich möchte es nicht unverdientermaßen einstreichen.« Sie klang etwas förmlicher, als sie nun fortfuhr. »Es ist das Werk einer einzigen Person – meiner überaus begabten Schwiegertochter Elizabeth ... Libby, die von so vielen fähigen Leuten dabei unterstützt wurde, von Alice Robinson, unserer Rezeptionistin ... und von meinem Sohn Luke.«

Das hatte Libby nicht erwartet. Ihre Augen füllten sich mit Tränen, als Margaret mit einem zaghaften Lächeln in ihre Richtung schaute.

»Mein Ehemann pflegte immer zu sagen, dass es gut ist, der Erste bei einer Party zu sein, aber nicht der Letzte, der geht.« Obwohl Margarets Stimme kräftig klang, wirkten ihre Augen leicht verschleiert. »Und dies scheint mir der perfekte Zeitpunkt zu sein, um diese spezielle Party zu verlassen und die Zügel der nächsten Generation zu übergeben. Dank an alle, für all die Unterstützung in den zurückliegenden Jahren. Ich hoffe, Sie werden das Swan Hotel in seiner so herrlich wiederauferstandenen Gestalt genauso lieben wie zuvor.«

Applaus brach aus, und Margaret musste einen Moment warten, bis sie sich wieder Gehör verschaffen konnte. Ihr Gesicht spiegelte eine verblüffte Freude, als sei sie über sich selbst überrascht und auch über die Reaktion ihrer Gäste.

»Als Vorsitzende des Gartenclubs scheint es mir nur recht und billig, ein paar Blumensträuße zu überreichen. Glücklicherweise habe ich dafür einen Assistenten gefunden, der mindestens ebenso sehr wie ich darauf brennt, Libby für alles zu danken, was sie für das Hotel und unsere Familie getan hat.« Sie trat einen Schritt zurück, und Libby merkte, dass in der Menge hinter Margaret jemand stand.

Es war Jason, in einem weißen Hemd und Jeans. Sein frisch gewaschenes Haar war kürzer geschnitten. Er schaute sie mit einer Mischung aus Bewunderung und Stolz an, in der Hand den gewaltigsten Strauß selbst gezüchteter Teerosen, den sie je gesehen hatte.

»Ist dir eigentlich klar, dass Mum noch nie allein in London war?«

Jason und Libby saßen im Garten in der Jasminlaube, weit weg von den vielen Gästen, die nun bei Juliets Nachmittagstee zulangten.

»Aber sie hat uns doch besucht«, sagte Libby. »Kurz nach unserer Hochzeit.«

»Klar, zusammen mit Dad. Und wir mussten sie im Hotel aufsuchen, das sie nur mithilfe von schwarzen Taxen erreicht hatten. Ich glaube nicht, dass Mums Füße je das Londoner Straßenpflaster berührt haben.«

»Was willst du mir damit mitteilen?«

Jason schaute ihr in die Augen. »Sie hat mich bei Steve besucht. In *Clapham*. Sie sagte, sie müsse mir etwas sagen, und das ginge nicht am Telefon – sie müsse sicherstellen, dass es auch tatsächlich bei mir ankommt.« Er schaute zu Boden und zupfte am Gras. »Sie hat mich auch noch nie angeschrien. Mum sagte, wenn ich nicht langsam Dampf gebe, würde ich dich verlieren und das würde sie mir nie verzeihen. Du hättest Übermenschliches geleistet, und wenn mein Dad noch leben würde, würde er mir den Marsch blasen für das, was ich dir im letzten Jahr zugemutet hätte.«

Noch vor einer Woche hätte Libby sich das kaum vorstellen können. Jetzt aber, nach Margarets Rede, mit der neuen Frisur … vielleicht.

»Und was hast du gesagt?«

»Nun, ich habe sie darüber aufgeklärt, dass ich auch nicht nur herumsitze und in mein Bier heule. Ich bin jeden Tag zur Arbeit gegangen ...«

»Wohin?« Das war neu für Libby.

»Ich arbeite in der Marketingabteilung von Sanderson Keynes. Nicht gerade ein brillanter Job, aber immerhin ... ein Job. Um irgendwo wieder Fuß zu fassen.« Er zupfte noch mehr Gras aus. »War durchaus peinlich, die ganze Angelegenheit. Lauter Fragen wie ›Und warum haben Sie Ihren Job bei Harris Hebden aufgegeben?‹ und so, aber ... Ich habe denen erklärt, dass ich bereit sei, hart zu arbeiten, und ich hatte ein paar gute Referenzen.«

»Von Steven?«

»Nein! Von meinem alten Chef. Offenbar darf man sich auch mal einen Fehler leisten. Selbst Mum darf das.« Er schaute auf, und aus der Ernsthaftigkeit, mit der er sie ansah, schloss sie, dass Margaret ihm von ihrem eigenen Fehler erzählt haben musste. Jenem Fehler, der sie aber nicht daran gehindert hatte, etwas aus ihrem Leben zu machen.

»Gut«, sagte sie. »Dazu bedarf es eines gewissen Muts.«

Er schob seine Hand zu ihr herüber, bis sein kleiner Finger sie berührte. »Es hat mir nie etwas ausgemacht, hart zu arbeiten. Du weißt, dass es mir nie um die Anhäufung von Reichtümern ging, oder? Ich wollte einfach nur ein bisschen Geld machen, hierher zurückkehren und ein schönes Leben haben. Mit einem netten Mädchen.«

»Für das du bei Tanners Geschenke kaufen kannst.«

»Mhm«, brummte er. »Hast du die Ohrringe zurückgegeben?«

»Ich hab's zumindest versucht. Ich habe erklärt, dass sie mir nicht stehen.« Libby verzog das Gesicht, als sie an das peinliche Gespräch denken musste. Erst mit dem Verkäufer, dann mit dem stellvertretenden Geschäftsführer, dann mit dem Geschäftsführer. »Man hat mir eine Gutschrift angeboten, aber damit konnte ich ja wohl kaum die Stromrechnung bezahlen, daher ... Sie sind noch oben.« Libby machte eine Pause. »Vielleicht können wir sie deiner Mutter zu Weihnachten schenken. Das wäre mal etwas anderes als das ewige Badeöl.«

Jason nahm ihre Hand. »Ich bin ein Idiot, Lib. Was ich dir alles zugemutet habe ... Und wenn du nicht gekommen wärst – und dann auch noch meine Mutter –, wäre ich vielleicht nie zur Besinnung gekommen. Es jagt mir Angst ein, dass ich fast unser aller Leben ruiniert hätte. Dass ich mich bessern will, ist leicht dahergesagt, aber ich werde es dir beweisen, indem ich es tue. Denn nichts bedeutet mir etwas, wenn du es nicht mit mir teilst.«

Sie schaute ihn an und erblickte einen anderen Jason. Nicht den Mann aus dem Zug, sondern einen gereiften Mann mit ein paar Lachfalten und einem anderen Zug um den Mund. Libby konnte sich vorstellen, mit diesem Mann alt zu werden, wie Margaret und Donald es getan hatten. Sie würden um Stärken und Schwächen herumwachsen wie die Apfelbäume im Garten, die sich nur an der Sonne orientierten und den Regen über sich ergehen ließen. Ihre Brust wurde von einem großen Schmerz erfüllt, so sehr liebte sie ihn.

»Jason?«

»Was?«

Sie berührte sanft sein Kinn und drehte sein Gesicht zu sich. »Weißt du, warum ich dich ertragen habe? Weil du der Mann bist, der im Zug seinen Kaffee verschüttet und mein Halstuch ruiniert hat. Ein netter Mann. Der außerdem Nudeln kochen und verstopfte Rohre reparieren kann«, fügte sie um der Klarheit willen hinzu. »Der Rest ... der Rest kommt von allein.«

Jason legte andächtig seinen Finger auf ihr Gesicht und ließ ihn über ihre Nase gleiten, über die Rundung ihrer Wange. Auf der Unterlippe blieb er schließlich liegen.

»Ich muss dir etwas gestehen«, sagte er.

Libbys Herzschlag, der sich durch seinen vertrauten Geruch und die Nähe der weichen Kuhle an seinem Hals beschleunigt hatte, setzte mit einem dumpfen Geräusch aus.

»Noch ein Geständnis?«

Jason nickte und seufzte. »Ich habe den Kaffee absichtlich verschüttet.« Er fuhr mit dem Daumen über ihre weichen Lippen. »Irgendwie musste ich ja deine Aufmerksamkeit erringen. Meine Anmachsprüche waren zum Davonlaufen. Aber alles andere war … schon okay.«

Libby beugte sich vor und ließ seinen Blick nicht los, als ihre Münder sich näher kamen, immer näher, nah genug, um seinen warmen Atem auf ihrer Haut zu spüren. Und dann schloss sie die Augen, und ihr Kopf füllte sich mit Jasmin und Geißblatt und geflecktem Sonnenlicht und dem Geschmack von Jasons Mund und dem Geruch seiner Haut und einem einzigen Gedanken: Ich bin heimgekommen, obwohl ich keine Ahnung hatte, dass ich überhaupt fort war.

An Libby,
danke, dass du vor deiner Haustür eine Fremde gerettet und sie zu deiner Freundin gemacht hast.
   In Liebe
   Alice x

An Alice,
danke, dass du dein großes Herz in unser Haus gebracht hast.
Manchmal braucht es eine fremde Person, um zu erfahren, wer man wirklich ist.
   In Liebe
   Libby x

Dank

Ich habe das Glück, von wirklich netten Menschen umgeben zu sein. Dies ist eine gute Gelegenheit, einigen von ihnen für ihre kleinen und großen Wohltaten während des Verfassens dieses Buches zu danken – sie alle haben diese Welt zu einem besseren Ort gemacht!

Hier ist mein persönlicher Baum der guten Taten. An:

Francesca Best, meine fantastische Lektorin, die immer so geduldig ist und mich ermutigt und alle unsere Treffen in meinem Lieblingscafé, dem Honey & Co, organisiert, wo sie sich dann Puddings mit mir teilt.

Die Mitarbeiter von Hodder, insbesondere Naomi und Véro, für die kreative Unterstützung, das inspirierte Marketing, die wunderschönen Cover und den ansteckenden Enthusiasmus.

Lizzy Kremer, die mich im Glauben lässt, ich hätte mir ihre genialen Vorschläge selbst ausgedacht, und die immer und in allem die freundlichste und klügste Beraterin sein wird.

Harriet Moore, die eine erste Version gelesen und inspirierend, wortgewaltig und aufmerksam kommentiert hat – ihren Brief lese ich immer und immer wieder, wenn ich mich aufmuntern muss.

Chris Manby, die kultivierte Königin des Weins, die mich täglich auf die verschiedensten Weisen zum Lachen bringt.

Hulya Mustafa, die immer im richtigen Moment die richtigen Karten hat und auch sonst einfach nur fantastisch ist.

Dillon Bryden, der meine Computerpannen behebt, mein Auto repariert und immer das schmeichelhafteste Licht für die Autorenfotos findet.

Didrikson, die einen Hundemantel mit Kapuze herstellen kann, die niemals herunterrutscht, und mit vielen, vielen Taschen.

James und Jan Wood, die genau die freundlichen, fürsorglichen Nachbarn sind, die man nur in Longhampton erwarten würde.

Sandra Allen, die sich in letzter Minute zum Basset-Sitting bereit erklärt und über die besten Freilandeier der Welt verfügt.

Christopher Columbus, der Europa die Schokolade gebracht hat.

Meine Autorenfreunde, für triftige Ratschläge, Unterstützung und Ehrlichkeit.

Und wie immer an *Mum und Dad*, die am anderen Ende der Leitung sind und mit Mausefallen umgehen können.

Und am allermeisten an all die *Leserinnen und Leser*, die so freundlich sind, sich die Zeit zu nehmen, Rezensionen zu schreiben, Tweets zu verfassen oder mir Nachrichten zukommen zu lassen – es braucht nur ein paar Worte, um Licht in den Tag eines Schriftstellers zu bringen, und es bedeutet wirklich die Welt! Ganz herzlichen Dank!

Lucy Dillon

kommt aus Cumbria, einer Grafschaft im Nordwesten Englands, und lebt heute mit ihren zwei Hunden, einem alten Range Rover und viel zu vielen Büchern in einem Dorf in der Nähe von Hereford. Lesen war schon immer Lucys Schwäche. Nach dem Studium in Cambridge und der Lektüre zahlreicher Klassiker arbeitete sie als Presseassistentin und las täglich massenhaft Zeitschriften, gefolgt von einer Tätigkeit als Juniorlektorin und dem Lesen unzähliger Manuskripte.
»Im Herzen das Glück« ist der sechste Roman der Autorin bei Goldmann. Ähnlichkeiten mit Lucy Dillons Familie oder ihren Freunden sind rein zufällig – die Vierbeiner dürften sich allerdings wiedererkennen.

Weitere Informationen unter:
www.lucydillon.co.uk,
www.facebook.com/LucyDillonBooks,
www. twitter.com/lucy_dillon und
www.instagram.com/LucyDillonBooks

<u>Von Lucy Dillon außerdem bei Goldmann lieferbar:</u>

Tanz mit mir! Roman
Herzensbrecher auf vier Pfoten. Roman
Liebe kommt auf sanften Pfoten. Roman
Der Prinz in meinem Märchen. Roman
Das kleine große Glück. Roman

(alle auch als E-Book erhältlich)

Elin Hilderbrand
Das Sommerversprechen

384 Seiten
auch als E-Book erhältlich

Seit mehr als einem Vierteljahrhundert leitet die 48-jährige Dabney die Handelskammer von Nantucket, und jeder kennt und liebt sie. Nicht nur wegen ihres Postens, sondern vor allem, weil sie die inoffizielle Heiratsvermittlerin der Insel ist: Dabney hat schon über vierzig Paare zusammengeführt. Seit ihrer Jugend erkennt sie, ob zwei Menschen zueinander passen. Doch als Dabney erfährt, dass sie Krebs und nur noch wenige Monate zu leben hat, beschließt sie, diese Zeit darauf zu verwenden, die richtigen Partner für die Menschen zu finden, die sie am meisten liebt: für ihren Ehemann, ihren Liebhaber und für ihre Tochter. Die Frage ist nur, was die drei selbst davon halten ...

www.goldmann-verlag.de
www.facebook.com/goldmannverlag